Der Australier PETER CAREY wuchs in Bacchus Marsh auf und studierte an der Universität von Monah, bevor er in die Werbung ging. Heute lebt er in den Regenwäldern nahe Yandina in Queensland, wo viele seiner Arbeiten entstanden.

Für seinen Roman «Bliss» erhielt Peter Carey 1981 den *Miles Franklin-Preis*. Die Verfilmung wurde 1985 als bester Beitrag beim australischen Filmfestival prämiert.

Peter Carey

Bliss – Das Paradies umsonst

Drei Leben und der Typ von nebenan

Roman

Aus dem Englischen von Charlotte Franke

rororo

Rowohlt

rororo panther
herausgegeben von Alice Franck

Umschlaggestaltung Dieter Wiesmüller

Deutsche Erstausgabe
Veröffentlicht im Rowohlt Taschenbuch Verlag GmbH,
Reinbek bei Hamburg, Dezember 1987

Die Originalausgabe erschien 1981 unter dem Titel
«Bliss» by Faber and Faber Ltd., London

Gesetzt aus der Garamond (Linotron 202)
Gesamtherstellung Clausen & Bosse, Leck
Printed in Germany
1480-ISBN 3 499 12273 1

Inhalt

TEIL EINS

An den Toren

zur Hölle

Harry Joy sollte dreimal sterben, aber es war sein erster Tod, der sich am meisten auf ihn auswirkte, und es ist sein erster Tod, dem wir jetzt beiwohnen werden.

Da liegt Harry Joy, mitten auf dem grünen Vorstadtrasen, unter dem zerrupften Bananenbaum, halb hinter dem Jasminstrauch verborgen, der in diesem Moment eine einzelne süß duftende Blüte neben sein fahles Gesicht fallen läßt.

Wie gewöhnlich hat Harry einen schmuddeligen weißen Anzug an, und während er so daliegt, völlig tot, kann alle Welt seine blauen Hosenträger sehen, und auch, daß er einen der Knöpfe selber angenäht hat, anstatt seine Frau darum zu bitten. Sein Gesicht ist schmal und macht im Augenblick jedenfalls einen recht friedlichen Eindruck. Nur die unnatürliche Lage der langen, schlaksigen Glieder zeugt von der Plötzlichkeit seines Dahinscheidens. Seine Wangen sind ein wenig eingefallen, und der große Schnurrbart (ein viel zu buschiger Schnurrbart für ein so schmales Gesicht) verdeckt fast ganz den Mund und läßt ihn, wie gewöhnlich, ein wenig rätselhaft erscheinen. Das glatte graue Haar von der Farbe eines leeren Aschenbechers hängt ihm über das eine Auge. Und obgleich es niemand bemerkt zu haben scheint, glimmt zwischen zwei nikotingelben Fingern noch eine Zigarette, als wolle hier ein Witzbold einen jener «gelungenen» Streiche spielen, «die einen Toten wieder lebendig machen können».

Doch selbst als die Zigarette ihm die Finger verbrennt, rührt er sich nicht. Sein kleiner Spitzbauch liegt reglos da. Harry bewegt noch nicht einmal den kleinen Finger. Und die Leute, die keine zwanzig Meter entfernt auf der Terrasse seine Frau umringen, haben keinen Grund zu den optimistischen Bemerkungen, mit denen sie sie so eifrig überschütten.

Harry Joy nahm das alles gelassen, neugierig, höchst unbeteiligt wahr. Er blickte von sicherer Höhe auf den Rasen hinunter und sah die brennende Zigarette in seiner Hand, die er jedoch nicht sofort als seine eigene erkannt hatte. Eigentlich konnte er sich nur an dem Knopf seiner Hose identifizieren. Der Rasen aus breitblättrigen tropischen Gräsern – jedes einzelne Blatt aufregend klar und deutlich zu sehen – war ein einziges Grün, und Harry wunderte sich, warum die anderen sich von dort in den Schatten der Veranda geflüchtet hatten. Ein Weinen drang zu ihm, aber nur schwach, wie ein Morsesignal und ohne erkennbare Bedeutung.

Er war ganz ruhig, und während er höher und höher stieg, nahm er flüchtig den Arzt wahr, der durch das Gartentor hereinkam, aber dieses Bild verblaßte vor dem Anblick der strahlend blauen Bucht, die sich weit ins Land grub, wo früher Sümpfe die Küste gesäumt hatten, vor dem braunschimmernden Fluß, der sich durch die Landschaft schlängelte, vor den stillen Straßen und breiten Boulevards, an denen Mangos, Palmen, Feuer- und Jakarandabäume standen und die von alten Villen in Parks gesäumt waren, prächtige Bauten, von Schiffseigentümern, Kapitänen zur See und Vizegouverneuren errichtet, und daneben die halbverfallenen, stuckverzierten Häuser von Ladeninhabern. Rings um den Sockel des Denkmals, aus Granitstein gehauen, das die

Stadt überragte, wurden die Häuser ärmlicher, die Vegetation karger, und von den kiesbestreuten Straßen wirbelte Staub durch die sonntägliche Abendluft.

Euphorie ergriff ihn. Er bemerkte, daß er durch die Zwischenräume in der Luft gleiten konnte. Er wurde wie von kühlen, dichtstehenden Blättern gestreichelt. Seine Nase war erfüllt von dem Geruch werdender und vergehender Dinge, einem frischen, kräftigen Geruch wie aus den Tälern der Regenwälder. Ihm wurde klar, daß er gestorben war, und daß er sich eigentlich fürchten müßte.

Erst später verspürte er den Wunsch, in seinen Körper zurückzukehren, als er entdeckte, daß es viele verschiedene Welten gab, eine Schicht über der anderen, so dünn wie Blätterteig, und daß ihn die ewige Seligkeit, falls er sie erlangen sollte, nicht vor Schrecken und Entsetzen bewahren würde. Er berührte Wände, dünn wie Membranen, die vor Schmerz bebten, und ein Geräusch, durchdringend wie ein Preßluftbohrer, verhieß sinnlose Qualen, die so schrecklich waren wie die biblischen Geschichten aus seiner Kindheit.

Er erkannte die Welten der Wonne und die Welten der Pein. Seligkeit und Strafe. Himmel und Hölle.

Er wollte nicht sterben. Für einen Augenblick wurde er von Panik ergriffen, und er flatterte durch die Luft wie ein Vogel, der zwischen Glasscheiben gefangen ist. Doch er besaß mehr Reserven, als er erwartet hätte, und in einem ruhigen, klaren Raum fand er zurück und gelangte zu einem schmalen Weg neben einem Haus, wo Männer eine Bahre zu einem Ambulanzwagen trugen. Gleichgültig betrachtete er, wie der Arzt dem Mann auf die Brust klopfte. Der Mann war dünn und trug einen schmuddeligen weißen Anzug. Er beobachtete, wie sie ihm die Jacke auszogen und Drähte an seiner schmächtigen weißen Brust befestigten.

«Mein Gott», dachte er, «das kann doch nicht *ich* sein.»

Der elektrische Schlag ließ seinen Körper zwanzig bis dreißig Zentimeter vom Tisch hochschnellen, und im selben Augenblick setzte sein Herz wieder ein, und er verlor jedes Bewußtsein.

Er war neun Minuten lang tot gewesen.

Harry Joy war neununddreißig Jahre alt und glaubte, was er in den Zeitungen las. In der Provinzstadt, in der er lebte, war er jemand, den man beachtete, dem man aber keinerlei Bedeutung beimaß. Seine gesellschaftliche Stellung reichte an die des Geschäftsführers des größten Kaufhauses der Stadt nicht heran; den Nachkommen der alteingesessenen Pionierfamilien war er kein Begriff, ebensowenig den Angehörigen der Justizbehörden, aber wenn er in seinem schmuddeligen Anzug die feinsten Restaurants betrat und überall seine Zigarettenasche verstreute, sah man geflissentlich darüber hinweg und bediente ihn zuvorkommend, und gnade Gott dem neuen Kellner, der nicht wußte, daß er Harry Joy vor sich hatte.

«Mr. Joy, freut mich, Sie zu sehen. Hier entlang, bitte.»

Die schlanke Gestalt mit dem kleinen Spitzbauch bewegte sich zwischen den Tischen hindurch, Lächeln und Geflüster im Gefolge.

«Geht's Ihnen gut, Mr. Joy?»

«Danke, Aldo, bestens.»

Und tatsächlich glaubte er, daß es ihm gut ging, warum auch nicht? Er hatte eine Frau, die ihn liebte, Kinder, die ihm keine Sorgen machten, eine Werbeagentur, die genügend Geld einbrachte, noch dazu ihm, einem Mann mit einer fast aristokratischen Geringschätzung für wirtschaftlichen Erfolg, und, wichtiger als alles andere, mit dem Anspruch auf den besten Tisch im Milano.

Hier, in einem der Grenzbereiche des amerikanischen Weltreichs, führte er sein Geschäft mehr oder weniger im amerikanischen Stil, wenn auch nicht mit der Ernsthaftigkeit, wie die Amerikaner sie schätzten. In Chicago, Detroit oder New York wurden Fernschreiben aufgegeben, die bis zu seinem vorgeschobenen Außenposten drangen, wo er sich dieser Bitten auf seine eigene Weise annahm, die, wie er zu sagen pflegte (während Asche auf den Ärmel seiner Jacke rieselte), den örtlichen Gegebenheiten Rechnung trug.

«Erwarten Sie noch jemanden, Mr. Joy?»

«Nein, Aldo.»

«Eine halbe Flasche roten Bordeaux?»

«Eine ganze Flasche, Aldo. Suchen Sie einen für mich aus.»

Sein größtes Talent bestand darin, ein «feiner Kerl» zu sein. Wenn er in ein Zimmer kam und sich setzte, freuten sich alle, ihn bei sich zu haben, selbst wenn er nur dasaß und lächelte, denn sie vermuteten mehr hinter diesem Schnurrbart, hinter dem Lächeln, das er verbarg – eine gewisse Strenge, Kritik, aber auch Toleranz, und wenn er lächelte, fühlten sie sich akzeptiert, und alle wetteiferten miteinander, ihn am sympathischschsten zu finden.

Es lief alles darauf hinaus, daß er das Gefühl vermittelte, intelligent genug zu sein, um andere kritisch zu betrachten, es aber nicht tat. Und wenn er lachte, ein volles, tiefes, dunkles Lachen, hörten sich die gleichzeitigen oder nachfolgenden Lacher immer ein wenig zu dünn an. Er war ein guter Geschichtenerzähler, und niemand wäre je auf die Idee gekommen, zu behaupten, daß die Art, wie er eine Geschichte erzählte, seine unerschütterliche Langatmigkeit, die strikte Weigerung, sich beim Erzählen unterbrechen zu lassen, ein Zeichen von Egoismus oder Egozentrik sein könnte, denn an Harry Kritik zu üben, führte immer nur dazu, daß der Kritiker selber irgendwie boshaft erschien.

Was Harry betraf, so hatte man ihn nie irgend jemanden (oder irgend etwas) kritisieren hören. Er stellte gegenüber den Fehlern von Menschen und den Ungerechtigkeiten der Welt eine Blindheit zur Schau, die eigentlich hätte aufreizend wirken müssen, die aber fast die gegenteilige Wirkung zu haben schien: Seine Blindheit gab den Menschen in seiner Umgebung Sicherheit und vermittelte ihnen das Gefühl, daß ihre Ängste und Alpträume nur das Produkt ihrer überreizten Phantasie waren.

Sie beschlossen, seine schmuddeligen weißen Anzüge zu mögen, die Art und Weise, wie er sich räkelte und überall seine Asche verstreute, wie er sich von Frauen verführen ließ (was er mit einer gewissen anziehenden Selbstgefälligkeit tat) und ohne verlegen zu werden ihr Lob entgegennahm. Selbst als er allmählich einen Bauch ansetzte, störte das die Frauen nicht weiter, die nie verstehen konnten, warum er Bettina geheiratet hatte, die über alles und jeden immer nur Schlechtes zu sagen schien.

Aber auch Bettina machte ihre Seitensprünge, wenn auch nicht so sauber, nicht so elegant. Denn wenn Harry, betrunken, eine fast katzenhafte Anmut an den Tag legte, eine Lockerheit, *so* locker, daß man das Gefühl hatte, wenn er zusammenklappte, würde er zusammenklappen wie eine große Stoffpuppe, die speziell dafür gemacht war, war

Bettina auffallender, vulgärer, mit Laufmaschen in den Strümpfen und grell geschminktem Mund, und ihre Aggressionen, gewöhnlich hinter einer dicken Tünche von Freundlichkeit gut verborgen, traten spätestens beim dritten Martini zutage. Die Wahl ihrer Liebhaber war nie besonders glücklich, da sie sich mit den Männern begnügen mußte, die bereit waren, einem «feinen Kerl» Hörner aufzusetzen. Sogar das (besonders das) machte sie wütend, diese Verschwörung der Männer, dieser allmächtige «Verein von Blendern», wie sie es insgeheim nannte.

Harry Joy war nicht besonders intelligent, nicht besonders erfolgreich, nicht besonders gutaussehend und nicht besonders reich. Und doch vermittelte er das Gefühl, etwas Besonderes zu sein, und war ohne jeden Grund (jedenfalls keinen, den Bettina hätte erkennen können) merkwürdig stolz auf sich.

Als die Inhaber vom Milano Montag mittag den leeren Tisch sahen, wußten sie bereits, was los war. Sie empfanden eine Lücke, eine Leere, als fehlte dem Lokal etwas sehr Wichtiges.

Als der Tisch in der Ecke von Joel Davis, seinem Juniorpartner, und Harrys Frau eingenommen wurde, hatte das (obwohl sie es nicht erklären konnten) irgendwie etwas Unschickliches.

Aldo hätte ihnen den Tisch nicht gegeben, nicht gerade diesen Tisch, aber die Frau überlistete ihn, und dann konnte er ihn ihr natürlich nicht wieder wegnehmen. Sie kam als erste, allein, und woher hätte er wissen sollen, daß sie mit diesem Menschen essen würde.

«Ah, Mrs. Joy.» Er strahlte. Er hielt ihre Hand einen Augenblick fest. Man hatte es ihm noch nicht gesagt. Anderen hatte man es gesagt.

«Für zwei, Aldo.»

«Für zwei. Mr. Joy kommt nach?» (Er stöhnte, als er daran dachte.)

«Nein. Mr. Joy kommt nicht.»

Sie sagte ihm nichts. Sie war natürlich durcheinander (möglicherweise war sie wirklich durcheinander). Niemand sagte ihm etwas. Er, Aldo, war der einzige, der nichts wußte. Es war Montag, am Montag konnte man kaum etwas wissen.

Sein Fehler (als er ihn erkannte) wurmte ihn während der ganzen Mittagszeit, er haderte mit sich selbst; zwar achtete er darauf, daß die Bedienung spurte, stand aber selbst trübe, gedankenverloren und zerstreut hinter der Theke.

Als Joel die Treppe heraufkam, fiel der Groschen. Aber jetzt war es zu spät, sie an einen anderen Tisch zu setzen.

Und noch immer wußte er nichts von Harry! Er würde es erst in einer Minute erfahren, und zwar von einem Getränkekellner. In diesem Augenblick blickte er Joel nur mit einer Art mürrischer Verachtung an. Er lächelte, indem er die Zähne bleckte.

Joel bleckte seinerseits die Zähne und fummelte an den Manschettenknöpfen, eine Eigenart, wie man sie von Vertretern kannte und die er sich besser abgewöhnt hätte. Er benahm sich auch sonst wie ein Amerikaner (der er auch war), zum Beispiel beharrte er darauf, daß eisgekühltes Wasser auf dem Tisch stand, und trank zum Essen harte Getränke, was von jedermann bemerkt und nicht immer gutgeheißen wurde. In der Stadt hatte man eine zwiespältige Haltung gegenüber den Amerikanern, man beneidete sie um ihre Macht, gegen die man gern opponiert und mit der man sich zugleich gern solidarisiert hätte. Im Geschäftsleben konnte man nie sicher sein, ob es ein Vorteil oder ein Nachteil war, Amerikaner zu sein.

Joel war erst sechsundzwanzig, vermittelte aber den Eindruck von Überreife und Dekadenz. Er war nicht gerade groß und nicht eigentlich dick. Aber auffallend waren seine fleischigen roten Lippen, die Sinnlichkeit oder vielleicht schon Gier ausdrückten. Sein volles Gesicht war eine Spur zu weich, und die Haut glänzte wie ein morscher Apfel, den man blankgerieben hatte, um ihn noch verkaufen zu können.

Er sah Bettina warten, bemerkte Aldos gerunzelte Stirn und schlug, ohne zu überlegen, instinktiv den Weg zwischen den rosa Tischtüchern ein, der ihn an einem potentiellen Kunden vorbeiführte, von dem er annahm, daß er nur zu gern etwas über Harry erfahren hätte.

Bettina beobachtete ihn mit bedingtem Stolz. Sie sah, daß der Kunde ihn mochte, daß sich andere Leute an dem Tisch aber von seinem allzu ungezwungenen Benehmen abgestoßen fühlten. Er wußte im Grunde nicht, wie er auf andere Menschen wirkte. Er würde nie verstehen, warum er manche Leute vor den Kopf stieß, warum sie ihn für hemdsärmelig hielten, für zu laut, und warum sie ihn andererseits auch erfrischend und klug fanden.

«Tag, Mrs. Joy», sagte er.

«Mr. Davis.» Sie lächelte nicht. Sie nahm das Mißfallen im Restaurant wahr wie einen schwachen Geruch, der von allen Anwesenden gemeinsam ausging. Ein allgemeines Unbehagen breitete sich aus. An einem der Tische wurde ein Glas Wein umgestoßen, an einem anderen fiel eine Gabel zu Boden.

Joel war damit beschäftigt, einem Kellner zu winken.

«Schon erledigt», sagte Bettina und stieß ihn gegen das Schienbein. «Ich hab dir einen Daiquiri bestellt.»

Er verzog das Gesicht. «Du weißt doch, daß ich Daiquiri nicht mag.»

«Wie steht's im Büro?»

Im Büro war man Joel, genau wie jetzt im Restaurant, mit einer gewissen stummen Feindseligkeit begegnet, als wäre er schuld an der ganzen Sache. Man hatte neuerdings Anzeichen von Großmannssucht an ihm entdeckt. Harry hatte in seinem Büro ein wertvolles Porzellankännchen, in dem er sich seinen Kaffee aufzubrühen pflegte; Joel hatte es sich «ausgeliehen» und damit, auch wenn er es nicht erfuhr, einen kleinen Skandal ausgelöst.

«Im Büro ist alles in Ordnung. Alex sieht sich bereits nach einem neuen Job um. Er traut mir nicht über den Weg. Und wenn Harry ...»

Er sprach das Wort «stirbt» nicht aus, und sie schlug die Augen nieder, als hätte er ihr ein deplaziertes Kompliment über die Zartheit ihrer Haut gemacht.

«Und ein paar von den Mädchen haben geweint.»

«Wer?»

Er sah sie an und lachte boshaft.

Der Daiquiri wurde serviert. Er ließ ihn zurückgehen und bestellte einen Martini. Er erklärte dem Kellner genau, wie er den Martini gemixt haben wollte.

«Du Arschloch», sagte sie.

«Wie bitte?»

«Den Daiquiri hatte ich dir bestellt.»

«Ich mag keinen Daiquiri.»

«Dann hätte ich ihn eben getrunken», sagte sie.

Erst als das Essen serviert war, erkundigte er sich nach Harry, und wie es bei jedem Geschäftsessen üblich ist, bei dem die Vorspeise nichtssagendem Geplauder vorbehalten bleibt und erst die Hauptmahlzeit den Beginn ernsthafter Gespräche einleitet, begannen auch sie zu diesem Zeitpunkt damit.

«Nun...?» sagte er.

«Er glaubt, daß er sterben muß.»

«Und...»

«Der Arzt sagt, daß er wieder gesund wird. Es ist zwar eine gefährliche Operation, aber er ist überzeugt, daß alles gutgeht.»

«Trotzdem glaubt er, daß er sterben muß? Warum?»

«Du kennst doch Harry, das ist wie mit seinem Nesselfieber. Er redet sich ein, daß er es kriegt, und...»

«Wenn er sich einredet, Nesselfieber zu kriegen, dann kriegt er es auch.»

«Das wollte ich nicht sagen. Er sieht ganz gut aus.»

«Schön.»

«Der Arzt sagt, man braucht sich keine Sorgen zu machen.»

«Na, prima», sagte er, blickte ihr dabei jedoch, mit Messer und Gabel auf halbem Weg innehaltend, unverwandt in die Augen, als warte er auf einen versteckten Wink. Joel ließ manchmal jeglichen Takt vermissen.

Keiner von beiden hatte die Willenskraft oder die Härte, tatsächlich jemanden umzubringen, wenngleich Bettina im folgenden Jahr zweifellos gewaltige Fortschritte machte, und sie besaßen auch nicht die Härte, rundheraus zuzugeben, daß sie Harry am liebsten tot gesehen hätten. Tatsächlich wagten sie noch nicht einmal, den Gedanken offen ins Auge zu fassen. Doch sie kokettierten mit ihm. Aus den Augenwinkeln schielten sie nach seinen verbotenen Reizen hin, drehten jedoch noch nicht einmal für Sekundenbruchteile den Kopf zu ihm hin, um ihn unverhohlen zu fixieren. Sie gestatteten sich nicht, sich klarzumachen, was sie wollten oder warum sie es wollten. Sie waren wie Würmer, die blind vorwärtskrochen, einander blind umschlangen. Wenn man böse sein wollte, konnte man sie sich als Puppen in der Hand eines Mächtigeren vorstellen.

«Da kommt der kleine Affe.»

Joel wußte, daß sie von Aldo sprach, und drehte sich nicht um. Er hatte es schon lange aufgegeben, Aldo für sich einnehmen zu wollen.

«Mrs. Joy», Aldo neigte den kleinen, dunkelhaarigen Kopf seitwärts und sah sie vorwurfsvoll an, «Sie haben mir nicht gesagt...»

Aldo machte sich nicht viel aus Bettina Joy, trotzdem mußte er zugeben, daß sie ein gewisses Etwas hatte, eine sinnliche Ausstrahlung, wie sie bei rundlichen Frauen mit dicken Beinen ziemlich ungewöhnlich war. Ihr olivfarbenes Gesicht war rund und weich, das Haar glatt und dunkel, die Augen waren undurchdringlich.

«Es tut mir leid, Aldo.»

«Ich verstehe, ich verstehe.»

«Er liegt im Allgemeinen Krankenhaus und wird noch diese Woche operiert.»

«So ein junger Mann. Aber es geht ihm bestimmt bald wieder besser. Mein Bruder hat vor zwanzig Jahren einen Herzanfall gehabt. Seitdem ist er viel gesünder.» Er lachte. «Wahrscheinlich das Beste, was einem passieren kann.»

«Operationen am offenen Herzen», sagte Bettina bestimmt, «sind sehr riskant, aber wir hoffen alle, daß es gutgeht.»

«Vielleicht hört er jetzt endlich auf zu rauchen.»

«Ja, vielleicht.»

Es entstand eine Pause, und Joel dachte: «Keiner von den Idioten hier weiß, daß ich sie ficke.»

(«Hat es Ihnen geschmeckt?»)

Aber natürlich, sie wußten es alle.

(«Ja, danke.»)

Sie hatten seit Monaten zugesehen. Sie hatten bemerkt, wie Bettinas glanzlose Augen zu strahlen begannen. Sie hatten gehört, wie ihr kehliges Lachen um eine Nuance schriller wurde. Sie hatten über die sonderbare *ménage à trois* am Ecktisch nicht gesprochen, hatten die möglichen Bedeutungen nur in sich aufgenommen, um später, als alles offenkundig wurde, zu realisieren, daß sie es die ganze Zeit gewußt hatten.

Aldo ging ungewöhnlich gereizt um die Tische herum zu dem dilettantischen Illustriertengourmet, den der Himmel ihm als zusätzliche Plage geschickt hatte.

Bettina sagte: «Er ist ein Schwachkopf.» Sie war ungerecht, aber sie hatte es satt, sich von Dummköpfen gönnerhaft behandeln zu lassen, die nicht einmal in der Lage waren, sich selbst die Schuhe zuzubinden. Sie wollte Macht und Erfolg, aber nicht durch andere, durch einen Liebhaber oder einen Ehemann, sondern unmittelbar und für sich selbst. Joel zumindest akzeptierte das, und wenigstens in diesem Punkt sah sie etwas Gemeinsames zwischen ihnen beiden. Er besaß eine gewisse perverse Offenheit, die sie mit ihm teilte. Sie brauchte nicht länger die Großzügige, Freundliche und Zärtliche zu spielen. Sie wollte nicht gut sein, sie wollte Erfolg haben. Sie erforschte mit ihm die Grenzbereiche von Lust und Schmerz. Beschmiert mit Kot und Samen hatte sie das Gefühl, unterwegs zu neuen Ufern zu sein.

Rings um sie herum waren saubere rosa Tischtücher.

Schon mit der Muttermilch hatte Harry Joy Geschichten in sich eingesogen, damals, zu jener längst entschwundenen Zeit in dem kleinen Holzhaus am Rande der Stadt. Die Welt, in die er hineingeboren wurde, war frisch und grün. Tautropfen voller Bilder hingen am morgendlichen Gras, und auf der Koppel oberhalb des kleinen Flusses standen regungslos die schweren Ackergäule. Grillen zirpten ihre Lieder, und alle Dinge hatten eine Bedeutung. Der Himmel war mit Göttern und Indianern bevölkert, und die Menschen lächelten ihm zu, berührten ihn, streichelten ihn und brachten ihm außergewöhnliche Geschenke mit aus der fremden Welt da draußen. Da draußen gab es, das wußte er genau, exotische, gewürzduftende Basare voller Menschen in langen Gewändern und Stapel fremdartiger Früchte, und Jesus Christus und den barmherzigen Samariter in seinem staubigen grauen Gewand mit dem roten Flicken am linken Ärmel, und den Soldaten, der Jesus den Essigschwamm hinaufreichte, und es gab Bonbons und weiße Bettwäsche und den Geruch von frischem Brot und Bohnerwachs, und, ganz ganz weit weg, New York mit seinen gläsernen Türmen, ein flirrendes Weltwunder, das, so sagte sein Vater, irgendwann einmal, nach der nächsten Sintflut zu einem herrlichen Buch werden würde, das die ganze Menschheit mit Erstaunen läse.

Sein Vater kam und ging dreimal, das erste Mal, um ihn zu zeugen, das zweitemal, um den Sumpf trockenzulegen, das dritte Mal, um seinen Sohn mit einem unbestimmten Ausdruck der Enttäuschung in den Augen zu betrachten.

Sein Vater hatte im Bett gelegen, als der Landvermesser an die Tür klopfte. Er erinnerte sich an das Kichern seiner Mutter und an das Glücksgefühl, das diese Laute, die wie Wassertropfen im Sonnenlicht waren, in ihm ausgelöst hatten, und daß sein Vater, nachdem er die großen Stiefel angezogen hatte, lachend zur Tür gegangen war, um den griesgrämigen Landvermesser hereinzulassen.

«Mach nicht so ein saures Gesicht, Brophy», sagte sein Vater zu dem Landvermesser, «tot bist du noch lange genug.»

Sein Vater war hochgewachsen und hatte einen großen Schnurrbart. Er war im Staat New York geboren und hatte die ganze Welt bereist. Wenn Harry mit seiner Mutter in die Kirche ging, blieb sein Vater im Bett liegen.

«Ich kann von hier aus mit dem lieben Gott reden», sagte er zu dem Kleinen, der keinen Moment daran zweifelte, daß sein Vater einen besonderen Draht zum Allmächtigen hatte. Er wäre lieber neben seinem Vater im warmen Bett geblieben, als den lästigen Weg zu der kleinen Holzkirche mit den verschnörkelten Bibelworten auf der Bogenwand über dem Hauptschiff zu machen, einem kalten, nüchternen Raum, wo die Leute aufstanden, den Abendmahlswein zu trinken und dann mit feierlichen Gesichtern und einem leicht beängstigenden Geruch zurückzukommen. Die Kirche war immer fast leer, und nur die weiche Altstimme seiner Mutter stieg auf wie ein Vogel und wärmte die leeren Räume mit ihren zitternden Schwingen.

Hier erfuhr er von Himmel und Hölle und von den Qualen, die Jesus erlitt. Er saß wie erstarrt angesichts einer solchen Grausamkeit, und mehr als einmal weinte er aus Mitleid mit dem gepeinigten Gott oder aus Furcht davor, was der Herr ihm selber noch alles zufügen mochte.

Die Geschichten seines Vaters waren ihm lieber.

«Wie ich deine Mutter kennenlernte», sagte sein Vater, «das ist eine Geschichte, die du hören mußt, aber zuerst mußt du mir blaues Brot oder einen Saphir geben.»

«Das habe ich nicht», klagte der Junge. «Bitte, erzähl mir die Geschichte.»

«Ärger ihn doch nicht, Vance», sagte seine Mutter.

«Du sollst mich nicht ärgern», sagte der Junge mutwillig.

«Für eine Geschichte muß man immer etwas geben», sagte sein Vater. «Entweder blaues Brot, das man aus Zedernasche macht, oder einen Saphir. Das weiß ich von den Hopi-Indianern. Alle Geschichten stammen vom Heiligen Volk, und man bekommt sie nicht umsonst.»

«Was ist das, ein Saphir?»

«Ein Stein.»

Der Junge lief hinaus und suchte einen Stein, einen kleinen braunen Stein mit einer weißen Ader. Er gab ihn seinem Vater, der ihn feierlich entgegennahm.

«Danke, und jetzt setzen wir uns auf den Boden.»

«Nein, Vance, nicht auf den Boden.»

Aber sie setzten sich auf den Boden, Vater und Sohn, und der Junge kreuzte die Beine, wie es ihm sein Vater vormachte. Von Zeit zu Zeit unterbrach sein Vater die Geschichte, um im Ofen Holz nachzulegen.

«Dies», sagte sein Vater, «ist die Geschichte von der Prachtvision. Es hatte seit acht Wochen nicht geregnet, und die ganze Luft war voller Staub, heller roter Staub, der sich überall festsetzte. Niemand glaubte daran, daß es je wieder regnen würde. Und dann, eines Nachmittags, sahen wir die Sturmwolken von Süden her aufziehen, und wir beteten, daß es regnen möge. Deine Mutter, die ich da noch nicht kannte, ging in die Kirche und betete. Und ich habe auch gebetet, aber nicht in der Kirche.»

«Und hat es geregnet?»

«Ob es geregnet hat? Wenn deine Mutter den lieben Gott um Regen bittet...»

«Vance», sagte seine Mutter, kicherte aber.

«Ob es geregnet hat? Es hat geschüttet. Es hat so doll geregnet, daß man seine Hand nicht vor Augen sehen konnte. Es hat gegossen, als ob die Luft ringsum ein großer Fluß wäre, und die Gullies in der Hauptstraße liefen über, und dann stieg das Wasser, rotes Wasser, genauso rot wie der Staub, an der Hauptstraße immer höher, bis nur noch der Mittelstreifen zu sehen war, und rotes Wasser auf beiden Seiten, und dann war nicht mal der Mittelstreifen zu sehen, und aus der Hauptstraße war ein Fluß geworden, mindestens einen Meter tief.

In *Captain's Creek* gab es eine Überschwemmung, und ich machte mich mit ein paar anderen auf den Weg, um den Ladenbesitzern dort zu helfen. Wir nahmen das Boot vom alten Malachy, das schon halb verfault war, und als wir zum Co-op kamen, ging es beim Vertäuen unter (wir machten es am Verandapfosten fest). Wir stellten das Mehl und das Getreide auf den Ladentisch, um es vor dem Wasser zu schützen, und als ich gerade mal aufsah und einen Blick nach draußen warf, da hatte ich die Prachtvision vor Augen.»

«Was war das?» fragte der Junge. «Was war die Prachtvision?»

«Das war deine Mutter, Junge, mit ihren langen schwarzen Haaren, schwärzer als Kohle, sie stand vorne in einem Boot, das über und über mit Gerätschaften aus der Kirche beladen war. Sie stand vorne im Boot und hielt das Kruzifix in beiden Händen, und ihre Augen, ihre Augen, mein Junge! Ah...» Er machte eine Pause. «All das rote Wasser ringsum und diese strahlenden Augen.»

Es war nur ein kleines Haus, und wenn die Februarstürme kamen, schwankte es auf seinen Holzpfählen, und das Ausmaß ihres Eigenbrötlertums zeigte sich darin, daß sie die Nachbarn nicht um ihre größeren Häuser beneideten, sondern ihr eigenes Haus in jeder Hinsicht besser fanden. Wer dieses Häuschen betrat, hatte es auf einmal mit Dingen zu tun, die es sonst nirgendwo mehr gab in der Stadt: geölte alte Holzfußböden, weiches Licht, kuriose alte Vorleger und angeschlagenes Geschirr mit hübschen Mustern, Dinge, die von Besuchern fälschlicherweise immer als die Überbleibsel eines verlorengegangenen Wohlstands angesehen wurden. Während alle anderen Leute leuchtende weiße Farbe kauften und ihre Küchenschränke ausrangierten, sah man die Joys die letzten Farbreste entfernen und auf dem Müllplatz in den ausgedienten Möbeln ihrer Nachbarn stöbern.

Man hätte eigentlich annehmen sollen, daß sie abgelehnt oder zumindest verspottet worden wären, aber das war nicht der Fall. Wenn sie auf dem Müllplatz herumstöberten, gestand man ihnen eine Exzentrität zu wie sonst nur Adligen, und es ging das Gerücht, daß sie, auf eine etwas undurchsichtige Weise, fast so etwas wie Adlige wären. Vielleicht brachte die Leute Vance Joys Akzent – der Akzent des englischen Mittelständlers – auf diesen Gedanken oder schuf zumindest das Fundament, auf dem ihre Phantasie, Steinchen für Steinchen, luftige Schlösser bauen konnte. Doch der springende Punkt war wohl der: Vance Joy war ein hünenhafter, umgänglicher Mann mit großzügigem Herzen, den gern zu haben man einfach nicht umhin konnte: er konnte trinken wie ein Fisch, falls es darauf ankam, und, was am wichtigsten von allem war, jeden mit seinen Fäusten bezwingen. Patricia Joy war sehr schön und zugleich sehr bescheiden; sie war gebildet, was sie jedoch nie herausstrich; sie gab donnerstags und samstags Klavierunterricht, und einmal machte sie für die Sonntagsschule eine Kopie von Leonardos «Abendmahl», die sich solcher Wertschätzung erfreute, daß ein Geistlicher, der sie bei seinem Wegzug mitnahm, dadurch ein für allemal sein Ansehen ruinierte.

Wie jedermann zu sagen pflegte, als erwarte er das Gegenteil: «Bei denen sitzt's nicht dick, aber sie tun sich nicht dick.»

Die Joys, charmant, schön, gebildet, exzentrisch, spielten das Spielchen mit und gaben ihm auf unmerkliche (für sie selbst zuallerletzt merkliche) Weise immer neuen Anstoß. Sie empfanden sich tatsächlich in gewisser Weise als Aristokraten: Freidenker, Moralisten, Künstler, Bonvivants, die sie waren, und man muß zumindest die Charakterfestigkeit bewundern, die es verlangte, um innerhalb einer so kleinen und häufig intoleranten Gemeinschaft ein leicht bohemienhaftes Leben zu führen und auch noch ungeschoren davonzukommen.

Wenn Harry später an dieses Haus zurückdachte, war es dort immer Abend, und der Holzofen zischte und krachte und gab ein dumpfes Bullern von sich und rüttelte und schüttelte seine brennenden Eingeweide, um es sich recht behaglich zu machen. Ein weiches gelbes Petroleumlicht warf sanfte Schatten in den Raum, und sein Vater (der alles zusammengerechnet vier Jahre und zwei Monate in diesem Haus wohnte) war da, erzählte auf seine langatmige Weise Geschichten, stopfte sich die Pfeife, legte Holz nach und kochte irgendeinen unappetitlichen Eintopf, an dem er in Indien oder Südamerika oder Oregon irgendwann einmal Geschmack gefunden hatte.

Und Geschichten, immer wieder Geschichten: Waldgeister, Blitze, der Tod von Königen, und New York, New York, New York.

«In New York gibt es Türme aus Glas. Es ist die schönste und die schrecklichste Stadt von der ganzen Welt. Alles Gute, alles Böse ist dort zu finden.» Er konnte das Wort «Böse» so aussprechen, daß man es direkt fühlte, ein kaltes, geschmeidiges Ding, das unter einer verschlossenen Tür durchkriechen und einem in die Eingeweide fahren konnte. «Wenn man weiß, wo man ihn suchen muß, kann man den Teufel finden. Denn er lebt dort. Wenn man die Augen offen hält, kann man ihn in einem Cadillac mit verdunkelten Fenstern die 42. Straße entlangfahren sehen. Er wohnt in der Park Avenue, umgeben von seinen Dienern. Aber New York ist voll von Heiligen. Sie...»

«Vance!»

«Meine liebe Patricia, du weißt, daß es wahr ist.»

«Er glaubt dir alles, was du ihm erzählst, hör auf.» Sie saß am Tisch und stopfte Socken. Sie strich sich die dunklen Haare aus den Augen und lächelte.

«Wenn Gott die nächste Sintflut schickt», sagte sein Vater, «verschont er New York als ein Mahnmal für die Überlebenden. Alles andere auf Erden wird zerstört sein außer den Bauwerken von New York. Es wird eine Bibel aus Bauwerken werden, viel besser als die alte Bibel, eine heilige Stätte, die nur die sehr Gelehrten zu entziffern verstehen.»

«Eines Tages», sagte Harry schläfrig, «gehe ich nach New York.»

«Das tust du bestimmt», sagte sein Vater und las ihm aus der Hand, um es zu beweisen.

Er wuchs zu einem großen, schmalen Jungen heran, der zuerst das gewesen war, was Kinder (oder zumindest die Kinder in dieser Stadt) einen «Goofy» nannten. Damit meinten sie jemanden, der ein bißchen langsam ist und in sich gekehrt und der häufig mit offenem Mund an den sonderbarsten Orten stehenbleibt und Dinge anstarrt, die sich sonst kein Mensch genauer angesehen hätte. Später jedoch mochte man ihn sehr, eine Folge seiner eigenen großen Selbstachtung. Seine Körpergröße erwies sich bei der Art Fußball, den sie spielten, als ein Vorteil, und auch das wirkte sich günstig für ihn aus. Er war ein sehr präziser Schütze und erzielte viele Tore; aber etwas anderes hatte er von sich auch nicht erwartet, denn er war so erzogen, ausgezeichnete Leistungen von sich zu erwarten, und es kam ihm, noch nicht einmal einen Moment, der Gedanke, es könnte lächerlich sein, wenn er sich, mit irgendeinem Problem konfrontiert, fragte: Was hätte Jesus wohl getan?

Tatsächlich fragte er sich das die ganze Zeit. Manchmal träumte er heimlich davon, ein Märtyrer für irgendeine große Sache zu sein.

Sie hatten gewollt, daß er van Gogh, Jesus Christus und Zapata, alles in einer Person sein sollte.

Aber irgendwo fehlte ihm etwas, und als er älter wurde, begann er der Maxime seines Vaters, man solle sich ja nicht zu Tode arbeiten, eine allzu große Beachtung zu schenken. Er wurde allmählich so lethargisch, daß seine Mutter mit ihm zu einem Spezialisten in der Stadt ging, um feststellen zu lassen, ob er vielleicht etwas an der Schilddrüse hatte. Er war wie ein ausgezeichneter Rennwagen mit einem zu schwachen Motor, und ob es nun am endgültigen Abschied seines Vaters oder einfach am Beginn der Pubertät lag, sein idealistisches Interesse für das Gute hatte sich offenbar gelegt. Er fragte sich nun nicht mehr, was Jesus wohl getan hätte. Tatsächlich hatte er sich nicht mehr gefragt, was Jesus getan hätte, seit sich ihm die Aussicht auf Jeanette Grandells prachtvolle vierzehnjährige Brüste eröffnete.

Doch obwohl es lange, lange dauern würde, bis er sich wieder für das Gute interessierte, lagerte sich dieses Interesse in der Substanz seines Wesens ab, und es passierte ihm im Lauf der Jahre immer wieder, daß er sich fragte, was Gott wohl in diesem Augenblick von ihm erwarte.

Jetzt aber war er ein erwachsener Mann von neununddreißig Jahren, lag in einem Krankenhausbett und dachte über den Tod nach. Er konnte sich nicht eingestehen, daß er das Leben satt hatte. Er war wie ein Mensch, der zu lange im Bett gelegen und zu gut gegessen hatte: In seiner Seele erwachte plötzlich ein Sehnen nach Härten und Schärfen, nach Ekstasen, nach den Schauern makelloser Tugendhaftigkeit, ein Verlangen, Schmetterlinge in den Türöffnungen von Belize zu sehen, ein Tänzer beim Gewittertanz zu sein, in Erwartung des Unwetters vor Angst zu zittern.

Doch für all diese Dinge war es nun zu spät, viel zu spät. Er starrte hinaus in den Garten und horchte auf ein Bananenblatt, das auf der Terrasse gegen die Regenrinne schlug. Im Garten pflückte eine alte Frau mit geschwollenen Armen Rosen. An seinem Bett ließ ein Mann mit gestreiften Anzug und mit Augen wie schwacher Tee nun schon zum drittenmal die Karte fallen, auf der die Einzelheiten von Harrys medizinischem Befund standen. Der Mann hob die Karte mit seinen dicken Wurstfingern auf, und doch war es nicht die Ungeschicktheit des Chirurgen oder daß er offen zugab, die Operation sei mit einem etwa fünfprozentigen Risiko verbunden, was Harry Joy davon überzeugte, daß er sterben würde. Tatsächlich machte er sich über das Sterben weniger Gedanken als darüber, wohin er nach seinem Tode kommen würde.

Er sah, wie sich die unnatürlich roten Lippen des Chirurgen bewegten, und konnte sich nicht entschließen, über den Nachgeschmack von Himmel und Hölle zu reden, oder davon zu erzählen, daß die Hölle fahlgelben Blumen glich, daß es im Jenseits Welten gab, die wie Blätterteig Schicht auf Schicht übereinander lagen, daß er, Harry Joy, sich nun am Scheideweg befand und daß er vorgewarnt war.

Was ihm jetzt bevorstand, was er dachte, was er beschloß, würde den Ausschlag dafür geben, ob er in den Himmel oder in die Hölle kam.

Vance Joys Geschichten waren verweht wie die Samenschirmchen des Löwenzahns und hatten an den unwahrscheinlichsten Stellen Wurzeln geschlagen, so, wie er es sich immer vorgestellt hatte in der makellos grünen, von Wasserläufen durchzogenen und nach Orangenblüten duftenden Landschaft seiner Phantasie.

In bestimmten klimatischen Zonen wurden sie zu Unkraut, ausufernd, nicht immer der schönste Anblick, ein Flammenmeer von Affekten und Begierden.

All das hatte Harry unschuldig in sich getragen und die Geschichten an seine Frau, seinen Sohn und seine Tochter weitergegeben. Da er sie nicht verstanden hatte, hatte er sie fehlerhaft weitererzählt, und sie nahmen ganz unterschiedliche Bedeutungen an. Vance Joys Geschichten enthielten apokalyptische Visionen und Machtkämpfe zwischen Gut und Böse, für Harry jedoch waren es lediglich Geschichten, die man erzählte, und für Bettina waren sie wieder etwas anderes.

New York war für sie das Gegengift für die Stadt, die sie haßte. Sie haßte die großen Veranden im Kolonialstil, den trägen, schlammigen Fluß, die schläfrigen Straßen, die kleinstädtische Dünkelhaftigkeit. Sie verabscheute die ewigen Sonntagnachmittage, die häßlichen Menschen, die geschmacklosen Bars und die altmodischen Stutzerjacken.

Hier, am äußersten Rande des amerikanischen Weltreichs, wartete sie wie eine Verbannte seit zehn Jahren darauf, daß Harry sein Versprechen einlösen würde, mit ihr nach New York zu ziehen.

«Aber wie willst du das machen?» hatte sie (vor wer weiß wie vielen Jahren schon) gefragt.

«Ganz einfach», sagte er.

«Wie?»

«Ich verkaufe das Geschäft, und wir fahren hin.»

«Wann?»

«Na, irgendwann.»

Nicht, daß er es nicht vorgehabt hätte, aber andererseits hatte er es auch nicht wirklich vor. Seine Firma war ein stattliches, etwas morsches altes Schiff, das mit der Strömung einen gemächlich fließenden, schlammigen Fluß hinuntertrieb, und er kam ab und zu an Deck, um es mit einer langen Stange vom Ufer abzustoßen. Wenn er dann wieder gemütlich im Ruderhaus saß, konnte er seinen Träumen von New York nachhängen, doch der Gedanke, sich tatsächlich mit diesem wildbewegten Gewässer zu messen, erfüllte ihn mit Erschöpfung.

Bettina gab ihre Träume nicht so leicht auf. Sie sprach zu niemandem von New York. Sie verband den Gedanken daran insgeheim mit einem anderen Traum, verschlang beide miteinander, bewahrte sie in ihrem Innern und ließ sie wachsen. Sie suchte den Umgang mit Amerikanern und las deren Zeitschriften. Sie sparte Geld und tat es auf ein Sonderkonto. Sie trieb Gymnastik, um ihren Körper für den großen Augenblick der Ankunft fit zu halten. Und es hatte Momente gegeben – wie hätte sie es vor sich selbst verbergen können –, in denen sie sich vorgestellt, davon geträumt hatte, daß ihr Problem am allereinfachsten gelöst wäre, wenn Harry ruhig im Schlaf stürbe. Und manchmal, wenn sie in der Palm Avenue abends in der Küche gesessen und darauf gewartet hatte, daß er von irgendeiner ausgedehnten Besprechung zurückkam, hatte sie zugesehen, wie der Uhrzeiger auf dem Zifferblatt weiterrückte, und hatte gedacht – natürlich war sie betrunken gewesen –, er ist tot. Und dieser Gedanke hatte etwas so Erhebendes, so Befreiendes gehabt.

Ah, sie war kein netter Mensch. Soviel war klar. Nette Menschen waren meistens langweilig, waren immer langweilig.

Sie war betrunken und haßte diese Stadt. Sie haßte Harrys Fiat: Er war zehn Jahre alt und voller Zigarettenstummel und alter Zeitungen, und aus irgendeinem unerfindlichen Grund, den sie nie verstanden hatte, war er stolz auf ihn. Er kaufte einen Jaguar und schenkte ihn ihr, aber er selbst behielt den Fiat, als wäre es irgendwie vulgär, einen gewissen Wohlstand erkennen zu lassen.

«Aber warum? Warum? Um Himmels willen, warum?»

«Er gefällt mir.» Und es war deutlich zu sehen, daß er nicht einmal *wußte,* warum er ihm gefiel, sondern daß er an ihm hing wie an einem alten Teddybär, wie an irgendwelchem Scheißplunder, den Dummbart Vance oder die närrische Patricia vom Müll gefischt hatten.

Aber der Jaguar war (wieder einmal) in der Werkstatt, damit sie die Kühlung reparierten (die Heinis), und sie mußte mit diesem albernen kleinen Auto fahren.

Das Getriebe krachte beim Herunterschalten, als sie auf das Krankenhausgelände fuhr. Sie konnte dem alten, mit Bougainvillea bewachsenen und von großen alten Feuerbäumen, Jasminsträuchern und Mangobäumen umstandenen Gebäude keinen Reiz abgewinnen. Nur Amerikaner fanden es reizvoll, und sie hatte den Verdacht, daß es aus reiner Gönnerhaftigkeit geschah, so wie sie jetzt, als sie neben einem besonders großen und ziemlich unförmigen Ford parkte, an seiner Besitzerin eine gewisse Überheblichkeit und Herablassung ihr gegenüber zu verspüren glaubte.

Arschloch. Wenn ich mit dem Jaguar gekommen wäre, hättest du gewußt, wer ich bin.

Die Frau stieg aus dem Ford aus und stakste auf das Krankenhaus zu. (Nun sehe sich einer dieses Scheusal in seinem schwarzen Diolen-Hosenanzug an!)

Bettina blieb neben dem Fiat stehen und sammelte Zigarettenstummel von ihrer weißen Leinenjacke. Sie hatte sich verspätet. Während sie hinter dem Diolen-Hosenanzug hereilte, fiel ihr ein, daß sie die Muschi voller Samen hatte. Er wurde nur von einem Kleenex und ihrer Strumpfhose gebremst. Harry würde es riechen. Er würde Bescheid wissen. Sie überlegte, ob sie nach Hause fahren sollte, lief aber weiter, einer von ihren Bleistiftabsätzen blieb in einem Metallrost stecken, und sie schlug lang hin.

«Scheiße.» Sie hatte sich das Bein aufgeschürft.

Der Diolen-Hosenanzug war, durch die Drastik ihres Kraftausdrucks alarmiert, zurückgeeilt.

«Haben Sie sich was getan?»

Bettina richtete sich mit blutendem Bein und zerrissener Leinenjacke auf und lächelte ihr charmantestes Mittelklasselächeln. «Nein», sagte sie, «alles in Ordnung, vielen Dank.»

Im Krankenhaus mußte sie sich die Schwestern vom Leibe halten, die unbedingt ihr Knie verarzten wollten. Wenn sie gesehen hätten, daß sie keinen Schlüpfer trug, wären sie entsetzt gewesen. Und weiß der Himmel, was passiert wäre, wenn sie etwas vom Geruch ihrer Muschi mitbekommen hätten.

Mit schmerzendem Knie und höflich lächelndem Mund wich sie vor ihnen zurück.

«Haben Sie recht vielen Dank», sagte sie und betonte das «recht» auf englische Weise. «Aber ich hab's eilig. Ich mach mir schon was drauf, wenn ich nach Hause komme.» Sie hätte die Schwestern gerne am Kragen genommen und sie für ihren trostlosen Eifer und ihr trostloses Leben durchgeschüttelt. Ihre sonnenverbrannten Nasen brachten sie auf. Sie schleppten ihre Bettschüsseln und hoben sich Brüche mit schweren Lasten. Sie zogen dorthin zurück, wo sie hergekommen waren, heirateten und kriegten Kinder. Sie wurden immer in Atem gehalten, entweder vom Klingeln ihrer Patienten oder von ihren Liebesgeschichten.

Gerade noch mal davongekommen, dachte Bettina, mit Gottes Hilfe, wie man so sagt.

«Setz dich doch näher zu mir.»

«Nein, laß nur», sagte sie lächelnd. «Es geht schon.»

«Warum sitzt du so weit weg?»

«Ich glaube, ich krieg eine Erkältung», log sie. Der fischige Geruch stieg zwischen ihren Beinen hoch und nahm in ihrer schuldbewußten Phantasie die grandiose Deutlichkeit eines Rauchschwadens an, der aus ihrem in schickes Textil gehüllten Schoß hervorbrach.

«Hast du schon Besuch gehabt?»

«Oh», er lachte sein berühmtes tiefes dunkles Lachen, und für einen

Augenblick sah er so *zufrieden* mit sich aus, wie er in seinem Seidenpyjama da im Bett saß. «Hier ist es zugegangen wie im Taubenschlag. Tom Flynn und Ernie von der Reinigung waren da, und Jack und Belinda und Mike, Dee und die Clarkes. Wir haben Würfelpoker gespielt. Ich hab zehn Dollar gewonnen.»

Auf dem Tisch in der Ecke türmte sich das Obst. Ananas und Bananen und Passionsfrüchte und Trauben, so viele Trauben, und Zimtäpfel und Avocados. Er war sichtlich stolz auf diese Opfergaben, doch Bettina fand, als sie seinen Tisch betrachtete, daß er eigentlich nur die schreckliche Einfallslosigkeit seiner Freunde verriet.

«Iß doch was davon», sagte er. «Ich kann das nicht alles alleine essen. Bitte, komm her und setz dich zu mir.»

Er streckte die Hand aus. Er hätte nie, nicht einmal in seinen schlimmsten Träumen daran gedacht, daß sie ihn nicht mehr liebte. Sie hatte es ihm einmal gesagt, doch er pflegte derlei Dinge auf ihre «Launenhaftigkeit» oder auf den «Wein» zu schieben, als wäre in jeder Flasche ein Quantum schlechter Gedanken enthalten, mit denen sie sich unfreiwillig infiziert hatte.

«Komm her und gib deinem Alten einen Kuß.»

Sie küßte ihm zum Scherz die Hand.

«Auf den Mund.»

Sie beugte sich übers Bett und gab ihm rasch einen Kuß. Natürlich liebte sie ihn, zumindest ein bißchen.

«Puh», sagte er und zog die Nase kraus.

Sie fühlte sich ertappt und wurde knallrot.

«Was hast du gemacht?»

«Nichts.»

«Du hast Whisky getrunken», sagte er.

«Oh, ja», sagte sie und fügte entschlossen hinzu: «Mit Joel. Ich war ein bißchen angeheitert. Ich bin auf dem Parkplatz hingefallen.» Und sie trat einen Schritt zurück, um ihm ihr blutiges Knie zu zeigen. «Ich habe mir die Jacke zerrissen.» Sie spürte, daß sie noch immer errötete, und er sah sie mit diesen großen dunklen Augen an, als wüßte er Bescheid. Aber das war ein Trick von ihm, kein beabsichtigter Trick, sondern einfach ein falsches Signal. Er merkte gar nichts. Es machte den Eindruck, als ob er alles merkte, und die Leute glaubten daran.

Sie zog den scheußlichen orangefarbenen Plastikstuhl ein kleines bißchen näher heran und beugte sich vor, um seine Hand zu halten.

«Du kannst ihn ruhig noch näher ranziehen.»

«So geht's schon.» Sie stank. «Was ist los?»

«Nichts. Was soll los sein?»

«Dich bedrückt doch irgend etwas.»

Er wußte nie, was ihn bedrückte, bis man ihn danach fragte. Er verbarg seine Sorgen vor sich selbst, und sogar sein eigenes Bewußtsein, dachte sie, war für ihn ein unbekanntes Territorium, und es bedurfte immer eines anderen, der es erforschte und ihn auf die angenehmen oder unangenehmen Dinge aufmerksam machte. Oftmals fand sie ihn mit gerunzelter Stirn vor, und erst nachdem sie ihn direkt danach gefragt hatte, sagte er dann meistens: «Ach, ich muß wohl Kopfweh haben.»

Aber heute würde sie ihn nicht fragen. Das leichte Stirnrunzeln rührte vielleicht, rührte sogar sehr wahrscheinlich von dem fischigen Geruch her, den er lieber verdrängte.

«Ich werde sterben», sagte er.

«Warum hörst du nicht endlich auf damit.» Sie wollte ihn nicht anfahren, aber es hatte sie wie ein Vorwurf getroffen. Vom ärztlichen Standpunkt aus gesehen hatte er keinerlei Grund zu der Annahme, daß er sterben würde.

«Komm, sei nicht böse.»

«Ich bin nicht böse.» Und doch war sie böse. Grundlos böse.

«Du ziehst die Stirn in Falten wie eine Bulldogge.»

«Das redest du dir doch alles nur ein. Es ist dasselbe wie mit deinem Nesselfieber...»

«Das habe ich mir nicht eingeredet.»

«Du weißt aber immer, wann du es kriegst.»

«Ich spüre eben, wenn es kommt. Ich spüre es, bevor man es sieht, das ist alles.»

«Du wirst nicht sterben.»

«Du verstehst mich nicht», sagte er, «weißt du: es macht mir nichts aus, zu sterben.»

Warum mußte er einem immer das Gefühl geben, daß er alles wußte, daß er wußte, wie oft sie sich seinen Tod gewünscht hatte, und hielt nun widerstandslos seine Gurgel hin, um sich abschlachten zu lassen. Er würde es fertigbringen zu sterben, nur um ihr zu beweisen, wie sehr sie im Unrecht war. Sie blickte hinab auf das behaarte Handgelenk, dachte an den langen, sehnigen Arm im Ärmel der Schlafanzugjacke, sah ihn vor sich, wie er im Leben gewesen war, und sah ihn zugleich tot und verwest. Sie sah Maden und kriechendes Gewürm und hob den Blick, um ihm ins Gesicht zu sehen.

«Ich will nicht, daß du stirbst», sagte sie, als bestünde der Kern des Problems in dem, was sie sich insgeheim wünschte, und als wäre es dadurch, daß sie es ausspräche, auch bereits gelöst.

Er sah sie erstaunt an.

«Warum glaubst du mir nicht?» fragte sie.

Als er ihr nicht antwortete (er wußte nicht, was er sagen sollte), schwieg sie verärgert.

«Glaubst du an Gott, Bettina?»

Sie zuckte zusammen. Wenn sie religiös gewesen wäre, hätte sie an den Teufel geglaubt und hätte ihn, nach ihren eigenen Worten, «im großen und ganzen weniger langweilig» gefunden. Aber Religion bedeutete all die sittsamen Betschwestern, und es war ihr unangenehm, auch nur darüber zu reden.

«Du wirst nicht sterben», sagte sie. Sie hatte irgendwie den Zwickel ihrer Strumpfhose zerrissen.

«Mir ist etwas sehr Merkwürdiges passiert, als ich den Anfall hatte», sagte er. «Ich habe noch mit niemandem darüber gesprochen.»

«Du solltest mit dem Arzt darüber sprechen», sagte sie zurückhaltend. Wenn ihre Strumpfhose kaputt war...

Bettina rutschte auf dem Stuhl hin und her.

«Ich habe eine Vision gehabt.»

«Das war der Sauerstoffmangel», sagte sie selbstgewiß. Er hatte jetzt den abwesenden Augenausdruck, wie er ihn auch hatte, wenn er sich *«Casablanca»* im Fernsehen ansah. «Ich habe meinen Körper verlassen und bin hoch in die Luft gestiegen.»

Sie sah ihn beunruhigt an. «Vielleicht solltest du mal mit einem Psychologen reden.»

Aber er schien sie gar nicht zu hören. Er sprach jetzt sehr schnell, ohne jede Ausschmückung, ohne die einlullende Weitschweifigkeit, mit der er sonst immer seine Geschichten erzählte; er schnurrte den Hergang während seines Todes herunter und beschrieb ihr, ganz genau, wer wo auf dem Rasen gestanden hatte, wer seine Leiche getragen hatte, was der Arzt angehabt hatte – beschrieb ihr bis ins kleinste Detail, was während seines Todes geschehen war.

«Es war eine Warnung», sagte er schließlich. «Ich habe den Himmel und die Hölle gesehen. Es gibt einen Himmel. Und es gibt eine Hölle.»

«Es war der Sauerstoffmangel», sagte sie beharrend, aber er schüttelte mit ungewohnter Hartnäckigkeit den Kopf.

«Ich sorge dafür, daß er rausfliegt», sagte sie entschlossen.

«Wer?»

«Der Arzt. Er ist ein ungeschickter Esel. Kein Wunder, daß du Angst hast.»

«Das hat doch nichts mit dem Arzt zu tun.»

«Er hat Wurstfinger.»

«Ich weiß.»

«Er läßt alles fallen.»

«Ich weiß.»

Sie zog den Stuhl näher ans Bett und streichelte ihm die Hand.

«Du kommst nicht in die Hölle, Harry. Dazu bist du viel zu lieb. Wenn einer in die Hölle kommt, dann bin ich es.»

Und Harry entging, wie so oft schon, der Groll in ihrer Stimme.

Jahre später, als Harrys Sohn in einem fremden Land im Sterben lag, erzählte er seinen Häschern, daß er während eines Gewitters zur Welt gekommen sei. Wie so vieles andere, was er im Laufe seines kurzen Lebens von sich gab, entsprach auch diese Geschichte nicht ganz der Wahrheit.

David Joy erinnerte sich an den Abend, als ihm sein Vater den Blitz zeigte. Das war seine früheste Erinnerung überhaupt.

Er erinnerte sich noch an den feuchten, muffligen Geruch des Regenmantels, in den seine winzige Gestalt gehüllt war. Er war steif und unangenehm und bewirkte, daß er in Zukunft den Geruch von Schimmel immer mit großer Angst in Verbindung brachte. Sein Vater hielt ihn fest und lachte. Der große Schnurrbart kitzelte David im Gesicht.

Wie die Erde geschwankt hatte! Was für ungeheure Formen der Blitz zeichnete.

«Blitz.»

Konnte er damals schon sprechen? Hatte er Antwort gegeben? Er erinnerte sich nur an den Geruch von Schimmel und die Stiche des Regens auf seinem unbedeckten Kopf.

Sein Vater behauptete immer, daß er nicht geweint hätte, daß er vor Freude die Händchen ausgestreckt und vor Vergnügen gekiekst hätte, aber auch das stimmte nicht ganz, es stimmte ganz und gar nicht, sondern zeigte nur, was Harry von seinem Sohn erwartete.

Nein, er hatte nicht gekiekst, seine großen dunklen Augen waren voller Entsetzen gewesen.

Seine Mutter sagte, er hätte geschrien, aber er hatte nicht geschrien, bis, mitten in einem rollenden Donnerschlag, ein Ungeheuer durch die Nacht herbeigestürzt kam und ihn aus dem fragwürdigen Schutz der väterlichen Arme riß. Da hatte er geschrien. Von fremden Armen fest umschlungen, wurde er durch das Gewitter getragen.

Erst als sie ins Haus kamen, sah er, daß das Ungeheuer seine Mutter war, mit bleichem Gesicht, die Augen vor Angst und Zorn weit aufgerissen. Wie inbrünstig sie ihn geküßt, wie heftig sie ihn an sich gedrückt hatte! Er wußte, daß etwas Schlimmes passiert war. Er roch den Geruch von Wäsche, die am Feuer trocknete, warm und köstlich, und sein Vater stand lächelnd da und sagte: «Ich habe ihm nur den Blitz gezeigt.»

Darauf seine Mutter, die ihn in ein flaumweiches Handtuch wickelte: «Oh, du Idiot, du verdammter Idiot.»

Als er größer war, ging er immer alleine hinaus, um sich dem Blitz zu stellen. Man sagte ihm, er sei wie sein Vater. Das freute ihn. Er gab nicht zu, daß er sich vor Gewittern immer gefürchtet hatte. In Regenmänteln, deren Farbe und Geruch von Mal zu Mal wechselten, stand er da und zwang sich, den heftigsten Unwettern zu trotzen. Sieben Sekunden zwischen Blitz und Donnerschlag bedeuteten, daß das Gewitter eine Meile entfernt war. Er stand da und zählte, und seine nassen Lippen bewegten sich. Er stand hoch aufgerichtet da, dem Mount Sugar Loaf zugewandt, während Blitze in dessen Gipfel einschlugen und wie Teufel die schwarze, regungslose Masse umtanzten. Er stand, von Schimmelgeruch umgeben, allein im Gewitter, während es immer näher kam.

Später aber, im warmen Haus, sagte man ihm, er sei wie sein Vater, und mit männlicher Überheblichkeit sah er zu, wie seine Mutter die Vorhänge zuzog, um das Unwetter auszusperren.

David wurde groß und dünn, und die Leute sagten, er sei wie sein Vater. Sie sahen nicht die dunklen Augen, die vor Träumen vibrierten, oder die glatte olivfarbene Haut seiner Mutter. Es war besser, wie sein Vater zu sein, das war es, was alle von ihm erwarteten. Er ging ins Büro seines Vaters und setzte sich manchmal, wenn gerade ein Schreibtisch frei war, in einen großen Sessel und schrieb Anzeigen wie sein Vater. Merkten die Leute nicht, daß er ganz und gar nicht wie sein Vater war, daß er nur schwer Freunde fand und voller Geheimnisse war?

In der Schule erzählte er Lügengeschichten. Sie kamen dahinter. Er erzählte, daß er in New York gewesen sei. Er stand auf im Klassenzimmer und beschrieb es, so, wie es ihm seine Mutter beschrieben hatte. Er erzählte von Bars, wo die Leute aus hohen dünnen Gläsern, die er sich heimlich in Bettinas *Vogue* angeguckt hatte, köstliche grüne Getränke (seine eigene Erfindung) schlürften. Doch wenn Lucy nach Hause kam und es seiner Mutter erzählte, während er, schamrot und starr vor Schreck, dastand und zuhörte, machte ihm niemand ernsthaft Vorhaltungen.

«Ach», sagte Bettina, während sie den Butterkuchen aufschnitt, «er ist wie sein Vater, er muß immer Geschichten erzählen.»

Doch die Träume, die in seiner Phantasie am strahlendsten leuchteten, waren häufig indirekt von seiner Mutter übernommen, die ihn, ohne es eigentlich zu wollen, auf die Erbärmlichkeit, die Bedeutungslosigkeit der Stadt, in der er lebte, und auf die Enge seines Lebens aufmerksam machte und ihm so, auf ihre eigene verdrehte Art, die Schönheit der Welt oder zumindest des Nichthier zeigte.

Er las Abenteuerbücher und kaufte sich vom Geld, das er aus dem Nachttisch seines Vaters gestohlen hatte, einen Atlas.

Als Harry ihm Vance Joys Geschichte vom Bettlerkönig erzählte, hörte er sie mit den Ohren seiner Mutter.

«Es war einmal ein König», sagte Harry, «der lebte vor langer, langer Zeit in einem Land voll hoher Berge. Die Winter waren eisig kalt, und die Sommer so heiß, daß Kinder und alte Leute starben. Es gab viele Bettler in diesem Land», sagte Harry und wiederholte nach dreißig Jahren die Geschichte in genau den gleichen Worten, «und sie taten dem König leid. Er konnte nachts nicht schlafen. Er lag wach und mußte an die Bettler denken. Wie alle Könige», sagte Harry ohne jedes Gespür für den politischen Hintersinn seiner Worte, «kam er gar nicht auf die Idee, von seinen Besitztümern etwas zu verschenken, sondern wollte sich lieber für seinen Reichtum bestrafen.» (Erinnerst du dich nicht an die herrliche hauchdünne Bosheit in der Stimme deines Vaters, Harry, oder warst du damals noch zu klein, sie zu bemerken?)

«Eines Tages beschloß er, sich wie ein Bettler zu kleiden und unter die Leute zu gehen.»

An diesem Punkt der Geschichte mußte unbedingt, um das Gesicht zu verdecken, ein Mantel oder ein Wollpullover über den Kopf gezogen und anschließend klagend im Zimmer umhergegangen werden. (Aber erinnerst du dich nicht daran, wie dein Vater das machte, wie er es fertigbrachte, so ganz und gar unbettlerhaft zu schreiten, so daß du *wußtest*, unter dem alten braunen Pullover verbarg sich ein König, der nur so tat, als ob er ein Bettler wäre?)

«Er ließ sich einen dunklen Umhang machen und wanderte durch die Straßen. Aber er konnte niemanden täuschen. Alle wußten, daß es der König war, selbst die kleinen Kinder wußten, daß es der König war. Wenn er in seinem dunklen Umhang die Straßen herabkam und mitleidheischend um ein Almosen bat, liefen sie rasch aus ihren Häusern und gaben ihm ein Goldstück.

Jeden Tag kehrte der König, mit Reichtümern beladen, in seinen Palast zurück. Wenn er sein Gold zählte und sah, wieviel ein Bettler an einem Tag verdienen konnte, wurde er schrecklich böse. Er hatte das Gefühl, daß die Bettler ihn hereingelegt hatten, und darum erließ er ein Gesetz, das die Bettler verbot: Jeder, den man beim Betteln erwischte, wurde zum Tode durchs Schwert verurteilt.

«Den ganzen Winter über», sagte Harry mit der klagenden Stimme seines Vaters, «verhungerten die Bettler nach und nach, und als es Frühling wurde, gab es keine Bettler mehr.»

Und das war sie, die Geschichte, aus Harrys Mund ein dürftiges

Ding, in ein irrlichterndes Dasein ohne Zweck und Ziel entlassen, für jede beliebige Deutung offen und doch nicht ohne Wirkung, denn Klein-David Joy verstummte vor ihren messerscharfen Kanten.

«Aber warum?»

Harry fühlte sich unbehaglich angesichts solcher Fragen. «Es ist nur eine Geschichte.»

«Ich werde reich sein», sagte sein Sohn, «und Juwelen haben.»

Kann man dieser Geschichte die Schuld an Davids Habsucht geben? Wohl kaum. Schon mit sechs stahl er Silbermünzen aus dem Nachttisch seines Vaters (zu jung, meinen Sie? Aber ganz und gar nicht), und man soll nicht glauben, daß er kein Mitleid mit den Bettlern hatte, ganz im Gegenteil: Er floß förmlich über vor Gefühl und sah deutlich vor sich, wie das scharfkantige Schwert auf die bedauernswerte Haut ihrer blaugefrorenen Nacken herabsauste.

Als er größer wurde, hielten ihn die Leute für gefühlsarm, aber er war so voller Gefühle, daß er sie nicht aussprechen konnte. Er traute sich nicht, sein Lebensziel zu offenbaren. Er las Bücher und hamsterte den Inhalt. Er machte Südamerika zu seinem speziellen Interessengebiet. Er kannte Paraguay und Patagonien, Chile und Brasilien. Er träumte von Reichtum und Abenteuern und hatte doch Angst vor allem. Auf dem Fußballplatz machte er sich klein und verkroch sich. Wenn er in eine Schlägerei verwickelt wurde, lief er davon und versteckte sich. In dunklen Ecken spielte er sich seine triumphale Rückkehr aus Südamerika vor, mit Geschenken für seine Familie (und auch für seine Feinde) und mit Geschichten von seinen Abenteuern, die er ihnen erzählen würde.

Er hamsterte Geld und zählte sein Bankguthaben. Er verkaufte abends Zeitungen (ein langbeiniger Junge, der ängstlich den Stoßverkehr mied) und sparte alles, was er verdiente. Als er fünfzehn war, fing er an, seinen Klassenkameraden Marihuana zu verkaufen. Das brachte ihm Geld und Ansehen, aber er dealte mit feuchten Händen, aus Angst, entdeckt und bestraft zu werden. Er sagte seinem Vater, daß er Medizin studieren wolle, weil sein Vater ihm zu verstehen gab, daß er sich darüber freuen würde. Er dehnte seinen Handel auf LSD, Aufputscher und gemahlene Zellulose aus, die er als Kokain verkaufte. Er selbst nahm keine Drogen. Er hatte Angst, den Verstand zu verlieren. Und doch berauschte ihn das Kokain, weil es (wenn es echtes Kokain gewesen wäre) aus Südamerika gekommen wäre.

Das also ist Harrys Sohn, nach den Worten seines Vaters «ein guter Junge, der einmal Arzt werden wird». Gedanken an Verhaftungen und tödliche Messerstiche gingen ihm im Kopf herum; er stand hoch aufgerichtet und mit geballten Fäusten vor diesen Visionen, während Blitze die nahe gelegenen Hügel umtanzten.

«Die Geschichte vom Schmetterling.

Ich war in Bogotá und wartete auf eine Freundin. Ich war verliebt, vor langer, langer Zeit. Ich wartete drei Tage lang. Ich hatte Hunger, konnte aber nicht weggehen, um mir etwas zu essen zu holen, weil ich Angst hatte, sie könnte kommen und ich nicht da sein, um sie zu begrüßen. Am dritten Tag schließlich hörte ich es klopfen.

Ich lief durch den alten Bogengang, und draußen, im hellen Sonnenlicht, war nichts.

Nur ein Schmetterling», sagte Vance Joy, «der davonflog.»

David Joy hatte sein Schlafzimmer wie ein Büro eingerichtet. Die Wände waren mit brauner Rauhfaser tapeziert, der Fußboden war mit dunkelbraunem Teppich ausgelegt. Ein schwarzer Schreibtisch bildete den Mittelpunkt in dem Zimmer, das nur von einer kleinen verchromten Schreibtischlampe beleuchtet wurde. Neben dem Schreibtisch stand ein Drehsessel aus Chromstahl und Leder, und vor dem Schreibtisch stand ein zweiter Chrom- und Ledersessel, der sich aber nicht drehen ließ.

Auf Davids Bett, das in eine dunkle Ecke gerückt war, lag eine große braune Decke. Bei Lampenlicht und zugezogenen Vorhängen vergaß man beinahe, daß überhaupt ein Bett vorhanden war.

Seine Eltern begriffen nicht, daß es kein Schlafzimmer, sondern ein Büro war.

Er war siebzehn Jahre alt. Wie er jetzt in einem rehbraunen Kaschmirpullover, das dunkle Haar konservativ geschnitten, hinter dem Schreibtisch saß, hätte er ein Student aus gutbürgerlichem Hause sein können, nur daß die Schreibtischplatte mit Geld bedeckt war, darunter ein paar große Scheine. Sie waren, in diesem stillen und privaten Augenblick, von links nach rechts, von hinten nach vorn, ihrem Wert nach geordnet, jeder Geldschein hatte seinen Platz.

Ein magisches Leuchten ging von den Scheinen aus. Er saß, wie nun schon seit einer Viertelstunde, vollkommen regungslos da, nur die dunklen Augen glitten unaufhörlich hin und her über die acht Reihen vor ihm: Additionen, Subtraktionen, Träume, die den amerikanischen Kontinent von New York bis Feuerland umspannten.

Er hörte seine Schwester kommen, und obwohl sie genausogut in ihr eigenes Zimmer gehen konnte, gab er sich fünf Sekunden Zeit, um den Tisch abzuräumen. Er tat es in acht zügigen, einstudierten Bewegungen, so elegant wie ein Falschspieler, ohne ein Zeichen von Panik oder Furcht, nur mit dieser wunderbar anmutigen Bewegung. Aber er war nicht perfekt: Als Lucy ins Zimmer kam, segelte ein einzelner Geldschein vom Tisch zu Boden, und David hätte es für unter seiner Würde gehalten, danach zu greifen.

Lucy sah ihn, rührte ihn aber lieber nicht an. Ihre Beziehung zueinander hatte sich gewandelt seit der Zeit, als sie ihn wegen seiner Tränen und seiner Lügen aufgezogen hatte. Sie ging um den Geldschein herum und setzte sich ihrem Bruder gegenüber auf die andere Seite des Schreibtischs. Sie war fünfzehn Jahre alt und hatte noch ihre Schuluniform an. Sie sah ihrer Mutter ähnlich, nur fehlte ihr Bettinas leicht verzweifelte Entschlossenheit ganz, dafür ließ ein recht verträumter Ausdruck die Lippen in dem grobgeschnittenen, dunkelgetönten Gesicht sinnlicher, die Augen irgendwie größer, das dunkle Haar voller und üppiger erscheinen als bei ihrer Mutter.

«Willst du es nicht aufheben?» fragte sie.

«Wozu?»

«Damit du es zu dem andern Geld hinten im Fiat tun kannst.»

David gab es einen Ruck, und Lucy, die ihn gut kannte, nahm eine gespannte Haltung an. Ihr Blick ließ den seinen nicht eine Sekunde lang los.

Wenn sie nicht gewußt hätte, daß er in der Lage war, ihr etwas zu tun, wäre ihr sein Verhalten theatralisch vorgekommen. Denn er stieß jetzt einen Schwall von Drohungen gegen sie aus, malte ihr Gefahr und Verderben, in die er sie stürzen könnte, mit derselben Hingabe aus, mit der er außerhalb dieses Zimmers die Rolle des sensiblen, intelligenten Jungen spielte, der gern Arzt werden wollte.

«Woher weißt du das?»

«Ich hab's gefunden», sagte sie. «Als ich nach einem Bleistift suchte, der mir runtergefallen war.»

«Wann?»

«Vor zwei Monaten.»

«Wenn du irgend jemandem etwas davon sagst, bring ich dich um.»

«Ich weiß.» Sie schauerte. Sie war sich nicht ganz sicher, ob er sie tatsächlich umbringen würde.

Für einen Augenblick ließ die Spannung etwas nach, und David bückte sich, um das Geld aufzuheben.

«Was willst du mit dem Geld machen?» fragte sie.

«Warum fragst du, wenn du die Antwort weißt?»

«Willst du immer noch nach New York?»

«Na, siehst du... du weißt es.» Sie wußte es nicht. Sie wußte nichts von Südamerika, und er würde ihr auch nie davon erzählen, weil sie darüber lachen würde.

«Willst du Geschäftsmann werden?»

«Sag mal, hast du nichts anderes zu tun?» sagte er kühl; trotzdem wollte er nicht, daß sie ging. Die Gegenwart seiner Schwester lud ihn mit ungewohnt erotischer Energie auf. Er dachte nicht darüber nach, was er sagte. Er redete nur, um sie festzuhalten. Sie hatte Verehrer. Sie war beliebt. Er hätte gern ihr Haar berührt.

Lucy zuckte die Achseln. Man konnte mit David nicht reden. Er sagte nichts. Nur einmal, vor langer Zeit, hatte er ihr seinen Traum, sein Geheimnis, seine Vision von New York erzählt. Sie hatte ihn wieder von ihm hören wollen, diesen strahlenden Traum, den er sich in der Düsternis seiner Unzufriedenheit ausgemalt hatte.

«Wenn du einmal reich bist in New York, holst du mich dann nach?»

«Nein», sagte er, «was willst du?»

Lucy lächelte.

Sie war nicht gekommen, weil sie ihn besonders mochte. Sie war nett zu ihm, weil sie etwas von ihm wollte. Das war der Lauf der Welt. Und doch kam er in seinen Träumen mit Geschenken für sie nach Hause zurück: mit einer Saphirkette, in Inkagold gefaßt.

«Die Antwort», sagte er, «heißt nein.»

«Oh... bitte, David... nur einen Deal.»

«Ich habe kein Gras mehr.»

«Oh, David... bitte.»

«Ein bißchen Poppers ist alles, was ich habe, und das behalte ich.»

«Was hast du noch?»

«Koks, LSD, Speed.»

«Bitte, gib mir doch ein bißchen Gras. Ich fühl mich so abgeschlafft.»

«Dann nimm ein Valium.»

«Ich will kein Valium. Ich will Gras. Oh, bitte... sei doch ein bißchen nett zu deiner kleinen Schwester.»

«Meine kleine Schwester ist ja auch nicht nett zu mir.» Seine Stimme klang heiser. Er wußte kaum, was er sagte.

Ihr Lächeln verflog für einen Augenblick, denn sie erkannte den Ausdruck in seiner Stimme. Ihr Gesicht wurde hart.

«Aha, also das willst du?» fragte sie.

«Ich will nur, daß meine kleine Schwester ein bißchen nett zu mir ist.» Einen Augenblick lang flackerten seine reglosen Augen unstet, und seine Lippen zuckten, bevor sie wieder zur Ruhe kamen.

«Ich habe vierzig Dollar», sagte sie. «Warum nimmst du nicht einfach das Geld?»

Sie sah, wie er zögerte. Sie dachte, jetzt wägt er es gegeneinander ab, das Für und Wider, Dollars gegen das Vergnügen, rechnet das Vergnügen in Gewinn um.

«Wenn du mir einen bläst», sagte er leise, «dann geb ich dir was.»

Sie kniff die Lippen zusammen. «Wieviel?»

«Ein Päckchen, einen Deal.»

«Einen ganzen Deal? Zeig ihn mir.»

«Nein. Willst du ihn: ja oder nein?»

Sie zuckte die Achseln. Sie blies ihm nicht gern einen, aber es gab Schlimmeres. Er kam schnell, und dann hatte sie das Gras und das Geld.

«Okay», sagte sie, «hol ihn raus.»

«Du sollst nicht so reden.»

«Wie soll ich nicht reden?» Jetzt hatte sie ihn. Jetzt war sie es, die die Macht hatte.

«Du sollst nicht so grob reden, du sollst zärtlich reden. Ja?»

«Okay», sagte sie.

Dann lutschte sie ihn, weder leidenschaftlich noch widerwillig, und dachte dabei, was für ein Quatsch es war, das zu sagen: Du sollst nicht grob reden, du sollst zärtlich reden: Wie konnte sie jetzt reden? Es kam ihr keinen Moment in den Sinn, daß er ihre Zuneigung und ihre Liebe wollte.

«Meine Schwester», sagte er, «meine kleine Schwester.»

Er spielte ihr Zuneigung vor, dachte sie, er simulierte Liebe. Er brauchte das, und er tat ihr leid. Sie konnte ihn sich als Faschist vorstellen, im braunen Hemd, mit fest am Kopf klebenden Haaren, die dunklen Pupillen der Augen verengt, um gewöhnliche Leute aus dem Blickfeld zu verbannen, um nichts anderes einzulassen als die Strahlenvision irgendeines jeglicher Vorstellungskraft entrückten Helden, jeglichen Zugangs entrückten Ortes. Dieser Haß war das einzige, was er von seiner Mutter mitbekommen hatte, die in diesem Augenblick zur Haustür hereinkam.

Lucy hielt inne. «Betty ist da», sagte sie.

Er drückte ihren Kopf herunter, und sie wußte, während sie die Schritte und die Stimme ihrer Mutter hörte, daß er sie nicht loslassen würde. Die Schritte kamen die Treppe herauf, als er endlich seine zehn Kubikzentimeter abschoß.

Als Bettina die Tür aufmachte, saß David mit einem Buch hinterm Schreibtisch, und Lucy stürzte an ihr vorbei aus dem Zimmer. David lächelte. Bevor sie ihn fragen konnte, was denn so komisch sei, hörte sie, wie sich Lucy auf der Toilette übergab.

«Tag, Mummy», sagte er, «wie geht's Daddy?»

«Was hat Lucy?»

Er zuckte die Achseln. «Ich glaube, ihr ist ein bißchen schlecht. Wie geht's Daddy?»

Bettina sah ihn scharf an. «Du kleiner Dreckskerl», sagte sie. «Was hast du mit ihr gemacht?»

Eine solche Frage wäre Harry niemals in den Sinn gekommen, der seine Familie noch nie so erlebt hatte, wie Sie, lieber Leser, gerade die Ehre hatten.

Das fluoreszierende Licht warf auf alles einen grünen Schimmer. Die Äpfel und die Bananen und die Trauben und die Kekse und die Schwarzwälder Kirschtorte und die geräucherte Forelle standen zusammen auf einem kleinen Tisch und waren wie Blumen arrangiert. Warum brachten ihm alle etwas zu essen? Warum sahen sie auf einmal so unheilvoll aus, all die leblosen grünen Dinge, die man ihm geschenkt hatte?

Er nuckelte an seinem Bettbezug und lag ganz still.

Der Apfel hatte einmal zu einem Baum gehört. Jetzt war er von ihm getrennt. Würde er sterben? Was bedeutete der Tod für einen Apfel? Es war ihm vorher nie der Gedanke gekommen, daß zwischen dem Apfel am Baum und dem Apfel auf dem Tisch ein himmelweiter Unterschied bestand. Und er hatte auch nie daran gedacht, daß die Forelle zu einem Fluß gehörte, ein rosa und silbernes Lebewesen in kaltem, blauem Wasser, das fraß, atmete und fickte und jetzt unter grünem Licht in einem Leichenschauhaus aufgebahrt war, ein Ort, der für eine Forelle ebenso unvorstellbar sein mußte wie für ihn seine Vision von der Hölle.

Aber diese Dinge waren Geschenke, die ihm Menschen gebracht hatten, die ihn liebten! Sie brauchten ihn, verlangten nach ihm, wollten, daß er lebte. Wie John Spearitt gesagt hatte: «In deiner Gegenwart werde ich immer ein bißchen fröhlicher, Harry. Sogar jetzt, wo du krank bist.» Das waren keine kleinen Höflichkeitslügen. Und der alte George Meaney vom Zeitungskiosk unter dem Milano, der mit dem Bus und der Straßenbahn gekommen, der mühsam die Treppe heraufgehumpelt war und verlegen hier im Zimmer gestanden hatte, um ihm (woher hatte er es gewußt?) geräucherte Forelle zu bringen.

Doch welche Macht besaßen diese Menschen (der hustende John, der humpelnde George), ihn zu retten? Schon das grüne Licht vermochte ja das Leben aus ihren Geschenken zu saugen, als wäre die

Wirklichkeit (hatte er es nicht erlebt? War es nicht bewiesen?) so dünn wie Seidenpapier, man brach darauf ein (wie auf Glas, Treibsand, einer Eisdecke) und war plötzlich wie die Forelle.

Wieder, wie schon so oft vorher, machte er krampfhaft die Augen zu vor den Schrecken unendlicher Räume. Er würde sterben! Er hatte das Gefühl, durch lange grüne Flure der Verzweiflung gesaugt zu werden, wo er sich nur noch durch einen dumpfen Schmerz definieren konnte, der nicht aufhören wollte. Das Zimmer war jetzt kein Zimmer mehr, sondern ein Gebilde, eingeschlossen in den Schichten des unbegrenzten Raums. Die Äpfel hörten auf, Äpfel zu sein, die Forelle war nur die Erscheinungsform des Schmerzes.

«Hallo, Daddy.»

Er sah mit starrem Blick seinen Sohn an, der ein Päckchen in den Händen hielt.

«David», er setzte sich auf. Er war noch halb in seinem Wachtraum gefangen. Er bemühte sich zu lächeln. Er nahm das Päckchen. «Also, das ist aber lieb.» Er machte sich an dem Päckchen zu schaffen und verbarg dabei seine Verlegenheit. «Schokolade?»

«Nein, keine Schokolade.»

Er riß das Papier auf. «Ah, ein Buch.» Er war irritiert. Man schenkte ihm keine Bücher. Er las keine Bücher.

«Ich weiß, du liest nicht», sagte David, «aber es ist ein sehr ungewöhnliches Buch. Es ist über Drogen.»

«Ah.»

Als er Harrys verdutztes Gesicht sah, begann David sich zu fragen, ob es richtig gewesen war, ihm das Buch zu schenken. Es war ein aufregendes, mitreißendes Buch über Rauschgiftschmuggel und Drogenhandel. Aber als er das Buch jetzt in den Händen seines Vaters sah, wußte er, daß er es nie verstehen würde. Für Harry würde es ein Buch über Kriminelle sein.

«Tabletten?» Harry lächelte seinen Sohn an, drehte das Buch in den Händen und fragte sich, was der Titel, *Schneeblind,* wohl bedeuten mochte.

«Nein. Es ist über Rauschgiftschmuggel.»

«Ah», sagte Harry und drehte es noch einmal um. «Ah, ich verstehe.»

David fühlte sich unwillkürlich gereizt. Der Vater in seiner Vorstellung war immer ganz anders als der Vater, mit dem er sprach. Er hatte sich aus dem Haus geschlichen, damit er ohne Lucy kommen, damit er mit seinem Vater allein sein konnte. Er hatte sich die Unterhaltung anders vorgestellt und bemühte sich nun, sie in die gewünschte Bahn zu lenken: «Es ist wirklich aufregend», sagte er, «es steht eine Menge über Südamerika drin.»

«Ah.»

«Scheint ein recht ungewöhnliches Gewerbe zu sein.» Er hatte ein fast überwältigendes Verlangen, seinem Vater zu erzählen, wie er wirklich war, daß er sich nicht das geringste daraus machte, Medizin zu studieren oder Arzt zu werden, daß er ein Sohn sein würde, auf den man stolz sein konnte, der an ferne Orte reiste, Gefahren bestand, bei Gewittern lachte, sich in Kolumbien verliebte. Er würde ein geschäftstüchtiger Abenteurer werden und mit Geld und unerhörten Geschichten nach Hause zurückkehren.

Harry sah seinen Sohn an und war sehr stolz auf ihn. Er war stolz auf sein Äußeres, auf sein dunkles, intelligentes Gesicht und sein eher scheues, sanftes Lächeln. Er war stolz darauf, daß er ihm ein Buch über ein ungewöhnliches Gewerbe geschenkt hatte. Er war stolz auf seine schulischen Leistungen.

«Wie geht's in der Schule?»

«Wie immer. Die behandeln uns wie Kinder.»

«Na, du bist ja auch ein Kind.» Harry nahm einen Moment seine Hand, und keiner von beiden wußte so recht, was er machen sollte. Sie hätten sich gerne umarmt, aber das war nicht üblich in ihrer Familie. Sie tauschten keine Zärtlichkeiten. Manchmal kitzelten sie einander. Harry zum Beispiel war dafür bekannt, daß er an den Füßen besonders kitzlig war, und David zeichnete sich dadurch aus, daß er fast gar nicht kitzlig war.

Er wollte seinen Sohn nicht mit seinem Tod belasten, und doch hielt er es für falsch, ihm nichts zu sagen. Vielleicht sahen sie sich nur noch drei-, vier- oder fünfmal, und wie würde David zumute sein, wenn er um diese Zeit betrogen, wenn sie damit vertan wurde, daß sein Vater nervös das Geschenkpapier in kleine Streifen riß.

Und als er es dann sagte, klang es so unwirklich, so unbeteiligt, so wenig überzeugt, daß er sich einen Moment lang fragte, ob er sich das nicht nur ausdachte.

«David», sein Sohn lächelte noch, «ich muß mit dir über meine Pläne sprechen», das Lächeln war verschwunden, die Stirn umwölkte sich, «denn es kann sein, daß ich sterbe.» Die dunklen Augen wurden groß vor Schreck, der Mund stand offen, der Kopf bewegte sich hin und her.

«Nein.»

Harry nahm seine Hand. «Hab keine Angst. Ich habe auch keine Angst.»

«Nein.» Tränen strömten ihm übers Gesicht. «Das darfst du nicht.»

Und plötzlich lagen sie sich in den Armen, und Harry hielt den kräftigen jungen Körper fest, der von Schluchzen geschüttelt wurde.

«Daddy, Daddy, ich hab dich lieb.»

Die Forelle lag auf dem Tisch. Das fluoreszierende Licht verbreitete sein Grün. Alles, worüber Harry Joy nachdachte, wurde immer komplizierter, immer unklarer.

Er wußte nicht mehr, ob er sterben würde oder ob er nur den Sterbenden vorspielte, ob er angstvoll oder mutig war, denn in diesem Augenblick, als er den Körper seines weinenden Sohnes in den Armen hielt, fühlte er eine große Kraft, einen seltsamen Triumph. Er hielt ihn fest, voller Glück, sie beide vereint in einem Zimmer voller Geschenke.

Harry Joy besaß eine Härte, die Sie nach dem Bisherigen nicht erwartet hätten, und obwohl er, wie er da so liegt, inmitten von Eßwaren und Freunden, schwammig und weich, wie ein angefaulter Ast wirkt, den man mit einem leichten Schlag seiner Axt zerhacken zu können glaubt, wird man unter dem weichen weißen, verrotteten Splint etwas Überraschendes finden: ein Stück langes rotes Kernholz, für das man schließlich eine gute Säge und einigen Schweiß braucht, wenn man Feuerholz daraus machen will.

Harry Joy hatte bei all seiner Eitelkeit (sehen Sie nur, wie er jetzt die Augen verdreht, um einen unmöglichen Blick auf sein Profil im

Spiegel zu erhaschen), seiner Verblendung, seiner Faulheit und all seinen sonstigen Torheiten eine überraschend kritische Einstellung in der Frage von Erlösung und Verdammnis.

Denn wenn Sie angenommen hatten, er würde sich unter Tränen wieder in den Röcken der Kirche seiner Kindheit (was hätte Jesus wohl getan?) verkriechen und dort um Vergebung, Sterbesakramente und so weiter bitten, dann haben Sie sich getäuscht. Was nicht heißen soll, daß ihm dieser Gedanke nicht gekommen und auf höchst angenehme Weise im Kopf herumgegangen wäre – die wohlduftenden Wollröcke leise raschelnd –, er kam ihm sogar oft, und mehr als einmal streckte er die Hand nach der Klingel aus, und einmal drückte er auch auf den Knopf, um zu bitten, daß man ihm einen Pfarrer schickte.

«Ja, Mr. Joy?»

«Es ist nichts, Jeanette. Ich bin aus Versehen an die Klingel gekommen.»

Er konnte sich (trotz seiner Ängste, trotz aller Beweise, die er für die Existenz der Hölle hatte) nicht dazu bringen, mit Überzeugung zu glauben. Zu keinem Zeitpunkt seines Lebens hatte er dem Christengott förmlich abgeschworen. Aber sich jetzt wieder dem Glauben zuzuwenden, nur weil er sich vor der Hölle fürchtete, kam ihm denn doch zu opportunistisch vor, und er brachte es nicht über sich.

(Trotzdem hoffte er, daß der liebe Gott ihn sah und ihm wenigstens ein paar Punkte für seine Ehrlichkeit gutschrieb.)

Würden wir in dem Wirrwarr, den sein Innenleben darstellt, graben, würden wir vielleicht ein paar versteckte Motive dafür finden. Das soll sein Verdienst nicht schmälern, denn er kennt sie nicht, handelt mutig nach seiner eigenen Einsicht.

Doch bedenken Sie: Der Ort, an den er nach seinem Tode kam, hat keinerlei Ähnlichkeit mit der kleinen Holzkirche seiner Jugend, und die Gerüche sind nicht die Gerüche seines Christentums, die trocken waren und rein wie Straßen in Palästina durch felsiges Land und nach billigem Meßwein, Bohnerwachs und dem leichten, fast strengen Parfüm seiner Mutter rochen. Es paßte nicht. Es paßte zu nichts, außer vielleicht zu ein paar Geschichten, die er seitdem vergessen hat, die er aber noch in sich trägt, so daß er sich eines Tages an sie erinnern wird, obwohl sie in seinen Augen nie eine religiöse Bedeutung hatten.

Hier also ein Bruchstück, hervorgescharrt aus einem entlegenen Winkel seines Unbewußten: Vance Joy, der einen Hopi-Indianer spielte.

«Stell dir vor, du brauchst für irgend etwas einen Baum – um Feuerholz zu machen oder um ein Haus zu bauen. Du bietest vier heilige Steine dafür. Du betest und sagst: ‹Du bist ein großer, starker Baum. Ich muß dich fällen. Ich weiß, du trägst das Wissen all dessen in dir, was um dich herum geschehen ist. Es tut mir leid, aber ich brauche deine Kraft und deine Stärke. Ich gebe dir diese Steine, aber ich muß dich fällen. Diese Steine und meine Gedanken geben dir die Gewähr dafür, daß an deiner Stelle ein neuer Baum wachsen wird.›

Die Bäume und Sträucher antworten dir, wenn du mit ihnen redest. Sie können dir sagen, was kommt und was war, wenn du sie zu deuten verstehst.»

So Vance Joy vor vielen, vielen Jahren. Und vielleicht ist es die Macht solcher Erlebnisbruchstücke, ist es der uneingestandene Pantheismus seines Vaters, was seinen Finger wieder einen Tag vom Klingelknopf fernhielt.

Aber wie Reverend Desmond Pearce am nächsten Tag versichern würde und wie Bettina schon vor zwei Tagen angedeutet hatte, gab es keinerlei Grund zu der Annahme, daß Harry Joy, selbst wenn es sie gab, in die Hölle kam.

Was für schwere Verbrechen konnte man ihm anlasten? Vielleicht ein paar kleine Seitensprünge, eine gewisse Begehrlichkeit den Frauen anderer Männer gegenüber, aber das war auch so ziemlich alles. Warum also sollte er zähneklappernd im Bett liegen, wo er doch höchstwahrscheinlich in alle Ewigkeit ein feiner Kerl sein würde? Und das hätten auch seine Freunde gesagt, wenn er je in der Lage gewesen wäre, den dunklen Vorhang der Scham, der über diesem Thema lag, zu lüften und – endlich ist sie heraus, die schreckliche Sache! – sein furchtbares Geheimnis wirklich und wahrhaftig vor ihnen auszubreiten.

Aber das konnte er nicht und tat es nicht, statt dessen bemächtigten sich seiner die Zwänge des Krankenhausalltags, und er sah, wie ihm die Zeit, seine gesamte Zeit in hauchdünnen Scheibchen und in großen dikken Scheiben damit gestohlen wurde, daß man ihn auf Metalltische legte und ihm Katheter durch die Adern bis ins Herz schob, während er mit Drähten an Meßskalen und Monitoren angeschlossen war, und das Leben als solches enthielt schon Schrecken genug, um sein Herz eines Nachmittags gefährlich ins Flattern zu bringen.

Er hatte die Sünde seiner Mutter erfahren, als sie auf dem Sterbebett lag, und trug diese Sünde zehn Jahre lang in dem Bewußtsein mit sich herum, daß es ihm, wenn seine Zeit gekommen war, genauso ergehen, daß ihre Sünde auch seine Sünde sein würde, nur schlimmer noch, denn wenn sie sich auch vor der Verdammnis fürchtete, wußte er doch, daß sie davon verschont bleiben würde.

Er erinnerte sich jetzt (in seinem antiseptischen kalten Zimmer voller Meßskalen) an das eintönig graue Krankenhauszimmer seiner Mutter, das nach billiger Seife und dem vergilbten Papier alter Frauenzeitschriften roch. Als er zu ihr kam (ganz außer Atem, weil er den Weg vom Parkplatz gelaufen war), erkannte sie ihn nicht mehr und hielt ihn für seinen Vater. Er ließ sie in dem Glauben, aber auch wenn er versucht hätte, sie davon abzubringen, hätte sie bestimmt darauf beharrt, denn sie war ziemlich eigensinnig, wenn sie sich einmal etwas in den Kopf gesetzt hatte.

«Vance», sagte sie weinend, «ich habe eine schreckliche Sünde begangen.»

Er wußte noch genau, was für ein schlechtes Gewissen er beim Zuhören gehabt hatte, als lausche er heimlich einer Beichte, öffne Briefe, die nicht an ihn gerichtet waren. Sie umklammerte seine Hand, ihre Haut war fast durchsichtig, an ihren Mundwinkeln klebte getrockneter Speichel.

«Aber nein», sagte er und fügte hinzu: «Was für eine Sünde denn?»

«Eine schreckliche Sünde.»

«Du sollst dich nicht ermüden.» Welch alberne Bemerkung! Was bedeutete schon Ermüdung, wenn nur noch ein paar Stunden zu leben, ein paar Dinge zu sagen blieben? Sprich nicht, hatte er gemeint, sei still!

«Vance...»

«Ja.»

«Ich habe mein Leben damit vergeudet, daß ich auf dich gewartet habe.»

«Nein!» Aber es stimmte.

«Vergeudet, vergeudet, vergeudet», sagte sie. «Oh, Vance, das ist die einzige Sünde, für die es keine Vergebung gibt.» Und er sah in dem, was von ihren herrlichen dunklen Augen übrig war, seine Mutter vor den gleißenden stählernen Sphären der Hölle stehen.

Es war nicht die Klingel, die Reverend Desmond Pearce zu ihm brachte, sondern die schweren Stiefel des guten Mannes, die über die Krankenhausveranda polterten, als wollten sie prüfen, ob die alten Dielen morsch waren. Seine hin- und herschlenkernden Hände waren derb und rauh und voller Risse und Schrammen, ein Zeichen dafür, daß es bei der Errettung von Seelen nicht allein mit Beten und Predigen getan war, sondern daß man schon mal kräftig zupacken mußte.

Harry blickte aus seinem Korbsessel auf, sah Desmond Pearces Gesicht und mochte es auf Anhieb leiden. Das Gesicht war zerfurcht, pockennarbig, mit leicht eingedrückter Nase und einem pfiffigen Grinsen. Das Haar war ein unordentliches Lockengewirr, und die Kleidung verriet genau die Mißachtung jeglicher Eleganz, die Harry immer als ein Zeichen von Verläßlichkeit an einem Menschen angesehen hatte. Penibel gekleidete Menschen kamen ihm immer so verzweifelt und ehrgeizig vor.

«Guten Tag.»

«Tag», sagte Harry lächelnd und bemerkte das kleine goldene Kreuz, das unauffällig am Revers des ausgebeulten grauen Sportjacketts steckte, wo andere das Abzeichen des Rotaryklubs trugen.

«Darf ich mich zu Ihnen gesellen?»

«Wenn Sie nichts Besseres vorhaben.» Desmond Pearce forderte einen etwas legeren Ton geradezu heraus.

Er zog einen Korbsessel heran und setzte sich, dabei zog er seine grünen Hosenbeine hoch und brachte kräftige Fußballerbeine und zwei verschiedene Socken zum Vorschein.

«Weswegen sind Sie hier?»

«Das Herz», sagte Harry mit einem Grinsen. «Und Sie?»

«Bewaffneter Raubüberfall.»

Beide lachten ein bißchen.

«Harry», sagte Harry und streckte die Hand aus.

«Des.»

«Reverend Des?»

«Richtig.»

Harry trommelte mit den Fingern auf die Sessellehne.

«Ein schöner Tag heute», sagte Desmond Pearce und blickte auf den sonnigen Garten. Auf dem breitblättrigen Gras lag noch Tau, und an den dünnen Ästen eines blau blühenden Buschs hingen Honigsauger. «Und ein schöner Platz zum Sitzen.» Er rückte seinen Körper in dem knarrenden Sessel zurecht und schlug die Beine erst zur einen, dann zur anderen Seite übereinander. «Zweierlei Socken», sagte er und beugte sich vor, um die Jacke auszuziehen, ließ die Beine aber übereinandergeschlagen. «Ich habe zweierlei Socken an.»

Aber Harry sah nicht auf die Socken. Er starrte Desmond Pearce unverwandt an und irritierte ihn damit.

«Tja», sagte Desmond Pearce und schlug sich auf sein großes Knie. Er war gerade erst (vor vier Wochen jetzt) vom Lande gekommen, wo er großen Erfolg gehabt hatte. Er verstand es, mit Menschen auf Viehauktionen zu reden, auf Pferdekoppeln, in Kneipen und auf dem Fußballplatz.

Harry starrte ihn weiter an.

«Ich habe dauernd Ärger mit ungleichen Socken», sagte Des. «Manchmal geh ich mit lauter passenden Paaren zum Waschsalon und komme mit einzelnen Socken wieder zurück. Und manchmal geh ich mit lauter einzelnen Socken hin und komme mit Paaren wieder zurück.»

«Ich habe mal eine Aufstellung der Religionen gemacht», sagte Harry.

«Ach.»

Wenn man mit jemandem auf einer Pferdekoppel spricht, blickt man in die Ferne oder vor sich auf den Boden und starrt ihn nicht so an.

«Und da ich Sie schon einmal bei mir sehe», fuhr Harry fort, «dürfte ich Sie... äh... vielleicht um Ihre Hilfe bitten?»

«Ah, ja», sagte Pearce mit einem Gefühl des Ungenügens, um nicht zu sagen der Scheu angesichts derart gepflegter Umgangsformen.

«Das Problem beginnt damit», sagte Harry und schloß die Augen, und er sprach so, als hätte die ganze Sache nichts mit ihm zu tun, sondern mit irgendeiner Figur in einer häufig erzählten Geschichte, «daß ich höchstwahrscheinlich in Kürze sterben werde, hm?»

Und er lächelte ein wenig entschuldigend, aber nichtsdestoweniger liebenswürdig.

Der Umgang mit Sterbenden war nicht gerade Des Pearces Stärke.

«Daß ich in Kürze sterben werde. Tja, und ich glaube, daß ich höchstwahrscheinlich auch in die Hölle komme, und das... äh, möchte ich gerne vermeiden. Aber», und er zog ein abgegriffenes Notizbuch aus der Tasche seines Morgenrocks und schwenkte es zu dem Geistlichen hin, der sich allmählich zu fragen begann, ob er es hier vielleicht mit einem hinterhältigen Atheisten zu tun hatte, der sich mit ihm einen Spaß machen wollte, «aber es gibt eine Menge Religionen.» Pause. Diese schreckliche Anstarrerei. «Sie verstehen mein Problem.»

«Na ja, das ist allerdings ein schwerwiegendes Problem», sagte er vorsichtig.

«Ich muß leider zugeben, ich habe fünfzehn Milligramm Valium geschluckt.»

«Und Sie sind kein Christ?»

«Ich bin es gewesen, aber jetzt würde man mich wohl als abtrünnig bezeichnen.»

War er ein Atheist?

Harry Joy verschränkte die Arme, und Desmond Pearce bemerkte erschrocken, daß seine Augen feucht waren und daß sein Gesicht, halb verborgen hinter der Stirnlocke, der Brille und dem Schnurrbart, echte Angst ausdrückte, daß er den trockenen, ziemlich unpersönlichen Ton nur angenommen hatte, um ein schwieriges Thema hinter sich zu bringen.

«Abtrünniger geht es nicht», sagte Harry Joy, und sie beobachteten beide eine Kohleule, die sich auf Desmond Pearces Bein gesetzt hatte.

«Fürchten Sie sich?»

Harry nickte.

«Vor der Hölle?»

«Hmm.»

«Was haben Sie getan, daß Sie glauben, daß Sie in die Hölle kommen?»

Harry zuckte die Achseln.

«Haben Sie jemanden umgebracht, oder so?»

«Lieber Himmel, nein.»

Des Pearce fühlte sich jetzt etwas wohler, so, wie man sich wohler fühlt, wenn man erkannte, daß es etwas gab, was man tun konnte. «Hören Sie, alter Junge», sagte er, «glauben Sie wirklich, daß der liebe Gott so ein Hinterfotz ist, daß er Sie gern für alle Zeiten quälen möchte?»

«Warum nicht?»

Des Pearce grinste. «Weil es sinnlos ist. Das wäre genauso, als ob Sie gerne Fliegen oder Ameisen quälten.»

«Ja.»

«Tun Sie das?» fragte er scherzhaft.

«Das meine ich ja. Es gibt Leute, die das tun. Sehen Sie, ich habe da drin die Bibel gelesen», er machte eine Bewegung zum Krankenhaus hin. «Und da wird nicht lange gefackelt. Da heißt es, entweder man glaubt oder man kommt in die Hölle. Und hier», er nahm eine graue, ziemlich zerknitterte Broschüre aus dem Notizbuch, die als Buchzeichen in der Krankenhausbibel gelegen hatte. Sie trug den Titel: *Mahnung an die Hölle.* «Hören Sie sich das an: ‹So wie die Freuden des Himmels von Menschen genossen werden, so werden die Qualen der Hölle von Menschen erlitten. Denn sie werden noch Menschen sein und wie Menschen fühlen und handeln.›»

«Harry, das ist im Jahre 1649 geschrieben worden.»

«Ich weiß. Das habe ich gesehen.»

«Also – das ist doch ein bißchen überholt, nicht wahr? Schließlich leben wir im 20. Jahrhundert und nicht im Mittelalter.»

«Hier geht es um die Ewigkeit», sagte Harry fassungslos, «und Sie reden von 300 Jahren. Das ist doch wie ein Tropfen im Meer. Man kann die Hölle nicht einfach verändern und etwas ganz anderes aus ihr machen.»

«Das habe ich auch nicht getan, sondern die Kirchen.»

Harry bekam jetzt sein Nesselfieber. Er spürte es förmlich kommen. Da war es wieder, das merkwürdige Anschwellen und der zugeschnürte Hals, womit es immer anfing. Seine Finger bewegten sich, als wollte er nach etwas greifen. «Wie kann man seine Meinung über die Hölle ändern?» Er lächelte. «Was früher gegolten hat, muß doch auch heute noch gelten. Was ist mit den Menschen, die man im Mittelalter dorthin geschickt hat? Durften die alle wieder nach Hause gehen?»

«Wir leben im 20. Jahrhundert.» Des Pearce verzog das Gesicht zu einem Grinsen, aber er war gereizt.

«Wollen Sie damit sagen, daß es ganz bestimmt keine Hölle gibt?»

«Ich...»

«Es gibt eine Hölle.» Er sagte das mit dem irren Glanz in den Augen, den Desmond Pearce schon bei Mrs. Origlass bemerkt hatte, die neben den Eisenbahnschienen bei Anthonys Holzschlag eine fliegende Untertasse hatte landen sehen.

«Ich kann mir nicht vorstellen, daß Gott uns quälen will, Harry.»

«Ah, Ihr Gott vielleicht nicht, verstehen Sie? Vielleicht», Harry sah sich verstohlen um (genauso wie Mrs. Origlass, dachte Des Pearce, dieselbe rasche Kopfbewegung), «vielleicht ein anderer Gott. Ein Gott, wie Sie ihn sich noch niemals vorgestellt haben. Vielleicht ist es auch gar kein einzelner, sondern es sind mehrere. Oder ein großer leerer Teil des Weltraums, der mit Elektrizität aufgeladen ist. Und vielleicht ist es noch alles mögliche andere Zeug, das da oben in einem Raumschiff herumfliegt, und die Ufos sind in Wirklichkeit Engel.»

(Die neben den Eisenbahnschienen bei Anthonys Holzschlag landen.)

«Sehen Sie mal», Harry blätterte einige Seiten in seinem Notizbuch um. «Ich habe eine Aufstellung der Religionen gemacht, und wissen Sie, was ich glaube?»

«Was, Harry?»

«Daß sie sich alle auf dem Holzweg befinden.»

«Allesamt?» Er lächelte.

«Ja, allesamt», sagte Harry, «möglicherweise.» Und er spürte, wie die Quaddeln neben seinen Eiern anschwollen, als hätten ihn zwanzig hungrige Flöhe an derselben Stelle gebissen.

«Sie müssen eine Menge gelesen haben», sagte Des Pearce, während er sich die Aufstellung ansah und feststellte, bevor er sie Harry zurückgab, daß der Animismus und die Zoroaster fehlten.

«Lesen», Harry machte eine wegwerfende Handbewegung, die dem Krankenhaus, seinem Garten und ganz besonders seiner Bibliothek galt. «Was nützt schon Lesen?»

Er gestikulierte wie ein Mensch im Zorn, obwohl er, wie Des Pearce sah, noch immer liebenswürdig lächelte.

«Ein Gott für Leute, die Bücher lesen?» sagte Harry. «Nein. Ausgeschlossen. Ich will Ihnen zwei Dinge sagen, die ich weiß: Erstens, es gibt eine Religion, auf die bisher noch niemand gekommen ist, und zweitens, es gibt eine Hölle.»

«Dann kann ich Ihnen nicht helfen», sagte Des Pearce und streckte traurig die Arme aus.

«Aber vielleicht irre ich mich. Verdammt, begreifen Sie denn nicht, daß ich mich auch irren könnte? Sagen Sie mir, was ich tun soll...»

«Das kann ich nicht.»

«Sagen Sie mir, daß ich glauben soll.»

«Das kann ich nicht.»

«Dann sollten Sie lieber gehen», und Harry stand auf und schüttelte dem Reverend immer noch lächelnd herzlich die Hand, als habe ihn der Besuch gefreut.

Desmond Pearce stand auf. «Gibt es denn einen Himmel?» fragte er.

«Ja, ja, es gibt einen Himmel. Es gibt alles.» Und dann ließ er sich, die Hand auf der Stirn, wieder in seinen Sessel fallen.

Des Pearce hatte das fast unwiderstehliche Verlangen, ihn in den Arm zu nehmen und zu trösten, ihn in sein Bett zu tragen, ihm die Absolution zu erteilen und ihn die Sünde beichten zu lassen, die an ihm nagte. Er hätte mit Freuden Harrys ganzen Kummer in seine starken einfachen Hände genommen und ihn festgehalten, bis er verging. Als er aber die sonderbar zerbrechliche Gestalt in dem Korbsessel ansah, wurde ihm klar, daß Harry Joy seinen Kummer niemandem überlassen konnte, daß er ihn mitnehmen würde in den Operationssaal und wo immer er danach hinging.

«Vielleicht hätten wir lieber über Kricket sprechen sollen», sagte er mit leiser Stimme.

Harry bemühte sich zu lächeln. Und Desmond Pearce sollte noch lange das gequälte Zucken auf seinem Gesicht nachgehen, das jetzt von den häßlichen Quaddeln gezeichnet war, die Harry sein Nesselfieber nannte; sie würden Desmond Pearce verfolgen und ihn immer wieder vor die Frage stellen, ob er einer Warnung Gottes, einem Beweis, einem Zeichen für die Existenz der Hölle beigewohnt hatte.

Graue Fledermäuse schossen auf der Jagd nach Insekten über seinen gesenkten Kopf hinweg. Ihm knurrte der Magen. In den gelb erleuchteten Krankenzimmern entlang der Veranda servierten schattenhafte Krankenschwestern geschmacklose Mahlzeiten. Er flüsterte. Er beugte sich zu ihr und sprach sehr schnell. Der Tau lag schon auf dem Gras. Jenseits der Gartenmauer floß der Fluß, von Giftstoffen verseucht, träge dahin, vorbei an Schiffen mit summenden Generatoren. Die Luft war voller Blei und Schwefel, aber das bemerkte Harry ebensowenig wie den betäubenden Geißblattduft, der, so Bettina, die Abendluft erfüllte.

«Du wirst das Abendessen versäumen», sagte sie.

Wieder knurrte ihm der Magen, aber er schüttelte nur den Kopf. Er sollte heute abend nichts essen. Morgen würde er operiert werden, eine Information, über die er mit niemandem sprechen mochte.

«Ich habe keinen Hunger», sagte er. Er klopfte sich leicht auf den Schnurrbart und umfaßte das Knie. Er schaukelte vor und zurück und rieb sich die große Nase. Seine Augen glänzten ein wenig fiebrig, und er spürte, daß er Kopfschmerzen bekommen würde. Er mußte ihr noch so vieles sagen, und jetzt, im letzten Moment, mußte sie ihm zuhören. Nein, nichts über den Tod oder über die Hölle, damit hatte er vor vier Tagen Schluß gemacht.

«Hörst du mir zu, Betty?»

«Ja.»

Er hatte schon eine halbe Stunde über Joel geredet. Er redete immer noch über Joel. Er hörte nicht auf. Joel war nicht der Mann dazu, die Agentur zu leiten. Joel hatte keine Führungsqualitäten. Joel war egoistisch. Joel war zweifellos ein geschickter Verhandler. Joel war faul. Joel war kein guter Stratege. Joel war zu pragmatisch. Joel würde sich nicht um den Mitarbeiterstab kümmern. Joel hatte ausgezeichnet mit den Spotless-Leuten gekonnt. Auf der anderen Seite hatte er das Geschäft mit den Margarinefritzen vermasselt. Joel trieb zuviel Aufwand. Er sollte ein billigeres Auto, so was wie den Fiat, fahren. Andererseits konnte man Joel vertrauen. Joel würde einen nicht belügen oder betrügen. Wenn die Agentur verkauft werden mußte, würde Joel einen nicht übers Ohr hauen.

Bettina hätte ihm gerne gesagt, daß er sich irrte. War es nur Stolz, der sie davon abhielt? Konnte sie einfach den Gedanken nicht ertragen, daß ihr Mann erfuhr, daß sie eine Affäre mit jemandem hatte, den er für einen Dummkopf hielt? Auf jeden Fall irrte er sich. Er irrte sich in so vielen Dingen. Joel würde jeden übers Ohr hauen, wenn es ihm in den Kram paßte (deswegen mochte sie ihn ja, ihren un-tugendhaften Liebhaber). Aber warum glaubte sie Harry trotzdem, was das übrige betraf? Er hatte vermutlich recht, wenn er sagte, daß Joel kein guter Stratege sei. Sie glaubte, daß er recht hatte, und sie ärgerte sich über Harry, weil er sie die ganze Zeit mit seiner guten Meinung über Joel hinters Licht geführt hatte, um jetzt, wo es entscheidend war, alles zu widerrufen. Joel war immer das dicke Ei gewesen. Sie hatte angenommen, daß er das dicke Ei war. Und jetzt sagte Harry, daß sie die Agentur an die Amerikaner (Scheiße!) verkaufen mußte, wenn er starb, weil sie unter Joels alleiniger Leitung nicht weiterbestehen konnte. Wenn er starb. Er war genauso fromm und rührselig geworden wie seine beknackte alte Mutter.

Er nahm ihre Hand und sah ihr in die Augen (würde er wirklich sterben?) wie damals, als er noch um sie geworben hatte. Er hatte ihren Blick nicht losgelassen. Sie hatten von Amerika gesprochen, und er hatte die Namen berühmter Bars genannt, aber das war schon lange her, sie war noch Bettina McPhee gewesen und hatte vor, ein ganz dickes Ei zu werden.

«Du redest mit mir, als wäre ich blöd», sagte sie.

«Du solltest diese Dinge wissen.»

«Du hättest mich in das Geschäft mit einsteigen lassen sollen», sagte sie, «als ich es wollte.»

«Nein.»

Es war ihr alter Streit, ein bitterer Streit für Bettina, und jetzt doppelt bitter. (Aber er würde nicht sterben. Nichts würde sich von selber ändern.)

«Dann hätten wir dieses Problem jetzt nicht», sagte sie.

Harry bereute es, daß er sich für die Leitung der Agentur nicht einen besseren Mann gesucht hatte als Joel, aber er bedauerte es nicht, daß er Bettina nicht ins Geschäft genommen hatte. Er hatte ihr statt dessen genügend Geld angeboten, damit sie eine kleine Boutique aufmachen konnte, aber das hatte sie nicht gewollt.

«Ich habe dir Geld angeboten», sagte er jetzt, Jahre später, auf einer Veranda, am Abend vor seiner Operation.

«Du hättest mich in die Agentur mit reinnehmen sollen.»

«Nein.»

«Ich hatte mehr drauf als Alex.»

«Das hast du auch jetzt noch.»

«Ich habe genau so viel drauf wie Joel.»

«Mehr.»

«Dann war es falsch von dir.»

«Nein», sagte er, «dir fehlt die Erfahrung.» Aber das war es nicht, die Wahrheit war peinlich einfach: Er wollte nicht, daß durch die Anwesenheit seiner Frau im Büro sein Ansehen untergraben wurde. Das war ihm noch nie so klar geworden, aber wenn er sie sich dort vorstellte, wurde er gereizt.

«Es wäre wohl das Beste», sagte Harry, «wenn man noch in diesem Jahr einen amerikanischen Käufer fände. Laß dich nicht davon abbringen.»

Und er redete und leierte über die Vorkehrungen, die er getroffen hatte, über sein Testament, über die Verkaufsbedingungen, wer der beste Käufer wäre, und immer wieder über Joel. Sie hörte gar nicht mehr zu. Sie wünschte sich jetzt, daß er nun wirklich sterben würde.

«Verstehst du das?»

«Ja», log sie. Sie langweilte sich. Sie wollte zu Joel. Wenn er stirbt, dachte sie, werde ich die Agentur leiten, und mit Erfolg leiten, und das einzig Bedauerliche dabei ist, daß er nicht mehr lebt, um es zu sehen. Und dann, erschrocken über diesen Gedanken und voller Angst vor seiner magischen Kraft, umarmte sie ihn.

Als sie sich über die unbequeme Sessellehne beugte und ein loses Stück des Korbgeflechts ihr in die Brust stach, spürte sie seine Angst. Sie war häßlich und bitter, und während sie seinen schönen Kopf in ihren Händen hielt, entdeckte sie, daß sie ihn so vorsichtig anfaßte wie eine überreife Frucht, mit der man ganz behutsam umgeht, um sie nicht zu erdrücken.

Er war nicht bereit. Er würde nie bereit sein. Sein Kopf war voll unausgeführter Entwürfe und zerknüllter Notizen, und es war zu spät, Ordnung in alles das zu bringen.

Er schrieb seinen Abschiedsbrief auf ein Stück Pappe, das er von dem Karton abgerissen hatte, in dem seine Hausschuhe gewesen waren. Auf die eine Seite hatte er in Druckbuchstaben die Adresse geschrieben: An Bettina und Lucy und David Joy, 25 Palm Avenue, Mount-Pleasant. Diese zehn Worte auf grauer Pappe enthielten seine ganze Existenz. Es schien so belanglos, ein Leben, so dürftig und nichtssagend, daß es eine Beleidigung für seinen Schöpfer war, wer immer er sein mochte. Nicht daß er nichts geleistet hätte, aber er hatte keine Eindrücke, hatte keine Erinnerungen. Eine Folge von Höflichkeiten, Mittagessen, Alkoholkatern, schmutzigem Geschirr, festgetretenen Essensresten auf dem Teppich, verschüttetem Wein, die bittere Erkenntnis, daß er sich zum Narren gemacht und Dinge getan hatte, die er nicht hatte tun wollen.

Ja, er war glücklich gewesen. Natürlich war er glücklich gewesen. Aber er war immer nur glücklich gewesen in der Erwartung, daß irgend etwas geschehen würde, irgend etwas Wunderbares, Namenloses, wofür er vorbestimmt war, ein flirrender Schmetterlingstraum, in Sonnenlicht getaucht, im Türrahmen.

Und jetzt: nur diese bittere, trostlose Angst, dieser tödliche Katzenjammer.

Aber er erinnerte sich. Er erinnerte sich an den Tag, an dem sie zur Bank gegangen waren, um die Hypothek aufzunehmen, an ein rostiges Gitter, das er versucht hatte zu reparieren, an den Rasen, an das viele Unkraut, mit dem er sich abgemüht hatte, an die Bäume, die sie gepflanzt hatte (die Bäume, die ihr die meiste Mühe gemacht hatten), die Jahresringe, ein Ring für jedes Jahr, das Kambium, der Splint, die Wurzeln, und an die andern Bäume (wie hießen sie noch? Die unten am Zaun standen?), die sie im ersten Jahr ihrer Ehe gepflanzt hatte, dem Jahr, in dem sie die Zwillinge verloren hatte, und er war hingegangen und hatte sich die Zwillinge im Brutkasten angesehen, jedes winzige Detail vollkommen ausgebildet, und war dann nach Hause gegangen und hatte das Bett, das vom Wasser aus ihrer geplatzten Fruchtblase naß war, frisch überzogen, und die Blumen, die wie Flaschenbürsten aussahen, waren da gerade aufgeblüht gewesen, und er hatte ihr welche mitgenommen.

Sie hatten schöne kluge Kinder, aber das befriedigte ihn nicht, und die Erinnerung daran, daß er sie gebadet und ihnen Geschichten vorgelesen hatte, freute ihn nicht.

«Jetzt ist der Zeitpunkt», hieß es in der Kodakwerbung, «morgen kann schon alles anders sein.» Er hatte diesen Slogan immer bewundert, aber selber nie Fotos gemacht. Egal, egal. Wozu sollten Einzelheiten noch gut sein.

Er konnte kaum schreiben. Er mußte sich dazu zwingen, jedes Wort ganz zu buchstabieren. Er grub die Worte in die weiche Pappe: Kein Lebwohl. Verzeiht mir. Operation heute. Konnte es aber nicht ertragen, euch Lebwohl zu sagen. Ich liebe euch. Drückt mir die Daumen. Macht's gut... Harry.

Er drückte auf die Klingel über dem Bett.

«Ein Briefumschlag?» fragte er und wedelte mit der Pappe.

Denise kam vom Lande. Ihre Eltern hatten Geflügel. Sie war es gewohnt, Kühe zu melken und unter Büschen nach Eiern zu suchen. Sie sah Harry Joy mit seinem aschgrauen Haar, dem großen Schnurrbart und dem Stück Pappe in der Hand an und konnte sich nicht vorstellen, wie er war.

«Möchten Sie nicht ein Blatt Papier, Mr. Joy?»

«Nein.»

Sein Lächeln war so schmerzlich, daß sie sich wünschte, etwas, irgend etwas für ihn tun zu können. Das Lächeln war schlimmer als ein Schrei. Im Büro der Oberschwester fand sie einen großen Geschäftsumschlag, fast 40 cm lang. Sie brachte ihn Harry und sah zu, wie er den Fetzen Pappe hineinschob und in großen, ordentlichen Buchstaben die Namen seiner Angehörigen schrieb.

«Frankieren.» Er gab ihr Geld.

«Machen Sie sich keine Sorgen, ich erledige das gleich morgen früh.»

«Bitte, sofort.»

«O. K., sofort frankieren.» Und sie stapfte in ihren weichen weißen Sandalen davon und stahl Briefmarken für Harry Joy. Sie beklebte den Umschlag mit Marken und tat das einzige für ihn, was sie tun konnte. Sie brachte ihm auch eine Tablette, und er fragte nicht einmal, was es war, sondern schluckte sie fast gierig herunter, und seine zitternde Hand verschüttete Wasser auf seine Brust.

Die Tablette verwandelte seine Umwelt rasch in einen undeutlichen Nebel, in dem jetzt als einzige scharf umrissene Form die Saat der Hölle, von langer Hand gesät und vor kurzem gedüngt, aufging und ihre fahlgelben Blüten öffnete.

Unter der Wirkung von Pentothal versuchte er, sich die Namen einzelner Dinge zu vergegenwärtigen. Er versuchte auf den Namen des Gartens zu kommen, aber es wollte ihm nicht recht gelingen. Während er immer tiefer versank, kamen die Namen ganz abhanden, und es blieben nur mit gelbem Bindfaden zusammengeschlungene Formen, die sich wie ein Riesenrad drehten.

Er befand sich in der Gegenwart von weißen, schattenhaften Formen und scharfen, durchdringenden Gerüchen. Er war wieder gestorben und wartete voller Angst und Bangen. In seiner Verlorenheit fühlte er Übelkeit in sich aufsteigen, er meinte zu schweben, ein Körper ohne Materie.

Er schloß die Augen in dem Bewußtsein, der Technik ausgeliefert zu sein, ein Gegenstand im Raum, zeitlos.

Er wurde grausam und lieblos mit Instrumenten behandelt.

Er wurde von kurzen und heftigen, langen und einförmigen Schmerzen zerrissen.

Er wurde von dem ungeminderten Bewußtsein einer Strafe durchdrungen, und die seltsame Gewißheit des Todes umhüllte ihn wie ein Leichentuch.

Manchmal weinte er vor Selbstmitleid. Furchtsam wie ein Kind bat er um Gnade.

Er befand sich auf vibrierenden Eisenbahnschienen aus gnadenlosem Stahl, um ihn das Echo gefühlloser Stimmen. Das Geräusch silberner Räder klang auf, dann wieder entferntes Donnern.

Er war im Nirgendwo, einsam, voller Entsetzen.

Bilder aus der Zeit vor seinem Tode stiegen vor ihm auf und versanken wieder: Seine Mutter, damals in der staubigen Straße, als sie ihm den Scheck gab. «Geh jetzt», sagte sie, «geh jetzt. Ich habe in der Lotterie gewonnen.» Und im weißen kahlen Raum, der Sonntagsschule, der eine Satz, an dem er seit seiner Jugend krampfhaft festgehalten hatte: Es ist leichter, daß ein Kamel durch ein Nadelöhr gehe, denn daß ein Reicher in den Himmel komme.

Als er seine Umwelt wieder wahrnahm, geschah es wie durch graue Schleier. Die verschwimmenden Gestalten seiner Frau, seiner Kinder und des Reverend peinigten ihn. Joel bewegte sich um ihn herum. Was wollte er?

Jemand sagte: «Er wird noch eine Weile verwirrt sein.»

Ja, dachte er bitter, ich werde verwirrt sein; es wird anders sein, als man mir gesagt hat. Er wußte, daß er von Riesenwunden aufgerissen war, eine gewaltige Strafe über die ganze Brust. Dünne Drähte und Schläuche. Ein armer, schwacher Gulliver.

Mit Bitterkeit betrachtete er die Gestalten um sich herum, die mit der Zeit immer deutlichere Konturen gewannen, aber er war gefaßt auf sie, noch ehe er sie sah. Er lag in einem Zimmer neben einer Veranda. Also, das machten sie mit einem? Er forderte, daß sie ihm seine Sünden nannten, obwohl er sie schon erraten konnte. Sie gaben ihm nie, auch nicht ein einziges Mal, eine klare Antwort. «Da sie noch Menschen sind», dachte er, «werden sie auch wie Menschen fühlen und handeln.»

Allmählich, während er sich von seiner erfolgreichen Operation erholte, gelangte Harry Joy zu der festen Überzeugung, daß er wirklich und wahrhaftig in der Hölle war. Er beobachtete sie, schlau wie ein Fuchs, in schweigendem Groll, daß ihm das Schicksal einen solchen Streich spielte.

TEIL ZWEI

Diverse Prüfungen

und ihre Ergebnisse

Er bewegte sich in Turnschuhen und Trainingsanzug im Haus umher und legte eine seltsame Eigenbrötlerei an den Tag, und wenn Sie das allgemeine Trauma in der Palm Avenue, diese schleichenden, unerklärlichen Irritationen nicht kennen würden, fänden Sie seine Marotten vielleicht komisch.

Sehen Sie ihn nur an: Wie er da die Treppe heraufschleicht, könnte man meinen, er spiele eine Katze oder eine Eidechse. Aber es ist alles blutiger Ernst, und mit dem, was er tut, bringt er das gesamte Gefühlsklima im Haus aus dem Gleichgewicht, indem es die Achsenpole seiner Welt verschiebt und eine Schlechtwetterlage provoziert.

Ist er verrückt?

Eine Frage, die er sich selbst schon gestellt hat. Und wenn wir ihm auf den Fersen bleiben, wie er, ohne ersichtlichen Grund, kehrtmacht und die Treppe wieder hinuntergeht, einen Augenblick zögert, ehe er das große, helle Wohnzimmer durchquert, die knarrende Veranda betritt und die Stufen hinuntergeht, werden wir sehen, daß er wie ein Schatten in die Garage schlüpft.

Dort liegen ein paar staubige alte Munitionskisten unordentlich in einer Ecke, so staubig, daß sie schon Jahre dort liegen könnten; und das tun sie auch. Und doch verraten die neuen glänzenden Messingschlösser sein Geheimnis, und in ein oder zwei Tagen wird er auch darauf kommen und sich frühmorgens um fünf hierherschleichen und die Schlösser mit grüner Farbe überstreichen, dabei unfreiwillig die Schlüssellöcher verschmieren und sich dadurch ein neues Problem schaffen. Aber im Augenblick gleitet der Schlüssel noch leicht ins Schloß, und der blanke Bügel springt auf, das Schloß wird entfernt und sachte in die Tasche gesteckt. In der Kiste sind Notizbücher, fünfzehn Spiralhefte, aber bis jetzt sind nur sechs davon vollgeschrieben, und das siebte ist gerade angefangen.

Sie enthalten alle möglichen eigenartigen Beobachtungen. Es sind Tests auf Irrsinn. Er stellt sie selber an.

Harry Joy nimmt Prüfungen vor. Er vergleicht sein Leben (das in den Heften als «Leben» erscheint) mit seinem ersten Leben, das heißt, mit der Zeit vor seiner Operation, vor der grausamen Narbe auf seiner Brust. Hätte er sich jemandem eröffnet, den er für halbwegs vertrauenswürdig hielt, dann wäre zu Anfang dabei herausgekommen, daß das alles hier mit einer Wahrscheinlichkeit von 60:40 die Hölle war. Aber mit den Wochen haben sich die Indizien gehäuft, und nach Aussage seiner Tests ist er nicht verrückt.

Das hier ist nicht die kindische Hölle der christlichen Bibel mit ihren Flammen. Hier planten sie offenbar raffiniertere Dinge, und es war ihm – in einem Anfall von Panik, während er in die frühmorgendliche Dunkelheit starrte – schon der Gedanke gekommen, daß dieses hier, die Kisten und Schlösser etc. seine Strafe sein sollte. Er grübelte darüber nach, wie man sich die Hölle zu denken habe in einem Universum von der Gestalt einer unendlich großen Zwiebel, bis ihm so elend und bange zumute wurde wie damals, als er als Kind im Sommer im nächtlichen Gras gelegen und versucht hatte, die Unendlichkeit des Raums zu begreifen.

Aber kehren wir zu den Heften und ihren Eintragungen zurück. Da steht auf Seite 16 im ersten Heft: DER FIAT IST FALSCH.

Während er im Krankenhaus lag, hatten Lucy und David beschlossen, den Fiat zu putzen. Es war ein Geschenk. Und sie warteten wie die Kinder, daß er sich freute, oder zumindest, daß er sich bedankte, und wenn er sich schon nicht bedankte, daß er sie wenigstens lobte. Sie drängten ihn, zur Garage zu gehen, in die Garage hineinzugehen, mit dem Auto zu fahren, aber nichts, was sie taten, konnte ihn dazu bringen, den Fiat zu erwähnen, und Lucy, deren Idee es gewesen war und die den größten Teil der Arbeit gemacht hatte, wurde wütend und glaubte, er hätte es für eine Selbstverständlichkeit gehalten.

DER FIAT IST FALSCH, schrieb er und auf Seite 20: SIE HABEN FEHLER MIT FUSSMATTE GEMACHT. Aufs Ganze gesehen war das vielleicht nicht zu bestreiten.

In dem Heft waren auch Beobachtungen über «Lucy», «David» und «Betty» festgehalten.

Hier eine Auswahl von Eintragungen über «David»:

23. Bemerke, daß er Geld nimmt.

25. Redet über Geld.

26. Weitere Geldgespräche.

36. Wieder Anwandlung von Geiz gezeigt.

39. Habe ihn beim Lügen ertappt.

43. Rattenartiges Gesicht, ganz anders.

Die letzte Kennzeichnung in der Reihe könnte (boshaft) auch so verstanden werden, daß sie sich nicht nur auf David, sondern auf Harrys eigenes schönes Gesicht bezieht, das der indonesische Konsul einmal wohlwollend mit dem des Gottes Krishna im javanischen Wayang-Kult verglichen hatte. Krishna, sagte der Konsul, hatte fast dieselbe Adlernase und dasselbe scharfgeschnittene Kinn.

Hier sehen wir nun Harry, wie er sich auf der Toilette einschließt, um weitere Beobachtungen einzutragen, und es wirkt schon komisch, wie er sich da, das Bleistiftstummelchen fest umklammert, mit schiefgelegtem Kopf und herausgestreckter Zungenspitze so ernsthaft über das Heft beugt und sein neustes Beweisstück mit einer Zahl versieht. Er leidet Qualen. Wenn seine Scheiße austritt, dann wird sie schwarz und wäßrig sein.

In klaren Momenten sah und spürte seine Familie, wie er litt. Und sie taten die absurdesten Dinge, um ihn zu erfreuen. David, der sich, empfindlich, wie er war, vor den schwarzen Haaren auf Harrys großen Zehen ekelte, schnitt seinem Vater die Fußnägel, und Lucy las ihm dabei eine lustige Geschichte von Don Camillo vor, die sie aus ideologischer Sicht heftig mißbilligte.

Aber er versagte ihnen seine Liebe – seine große, blinde, kritiklose Liebe –, und sie waren wie Kinder, die man von der Brust entwöhnt. Als ihre Liebe nicht erwidert wurde, straften sie ihn mit einer Wut, über die sie selber schuldbewußt erschraken; sie boten ihm unannehmbare Entschuldigungen an, deren Ablehnung wiederum größere Wunden schlug und alte Narben aufriß, noch ehe sie verheilt waren, und das Ganze endete schließlich in solchen Gefühls- und Wutausbrüchen, daß die Nachbarn das Licht ausmachten, in ihren Garten hinaustraten und schweigend unter den duftenden Bäumen stehenblieben.

Sie waren wie starke Raucher, denen man plötzlich die Droge entzieht. Sie gerieten bei der geringsten Zurückweisung außer sich. Sie sahen keine Zuwendung in Harrys Augen und bekamen kein Wort, keine Geschichte, kein Lächeln von ihm. Depression breitete sich wie ein heimtückischer Pilz in der ganzen Familie aus. Die Depressionen der einzelnen, wenn sie aufeinander stießen, hatten einen kumulativen Effekt, so daß sie sich gegenseitig verstärkten, und so kommt es vor, daß wir an den Familienmitgliedern, die wir eigentlich für normal halten dürfen, dann und wann das Auftreten wahnhafter Züge bemerken.

Lucy war fünfzehn Jahre alt, eine Anhängerin des dialektischen Materialismus, ein Verstandes- und Vernunftsmensch und neigte am wenigsten von ihnen allen zur Hysterie. Und doch war sie es, die zu dem Schluß kam, daß man an Harry die falsche Operation vorgenommen hatte.

«Sei nicht albern», sagte Bettina, als Lucy sich ihr anvertraute.

«Bestimmt. Ich weiß es.» Sie flüsterten in der Küche. Im Nebenzimmer trug Harry «Gemurmel» in sein Heft ein. «Hör auf, Lucy. Man sieht doch die Narbe auf seiner Brust.»

Aber Lucy zeigte die Beharrlichkeit der mit Recht Verzweifelten. «Als ich ihm neulich die Kopfhaut massierte, habe ich eine Narbe gesehen.»

«Unsinn.»

«Doch. Die haben irgend etwas mit ihm gemacht. Du hast ja keine Ahnung, was in Krankenhäusern alles passiert.»

«Quatsch.»

Als sie am selben Abend im Wohnzimmer saßen, erhob sich Bettina, um Harry die Kopfhaut zu massieren. Sie stand hinter seinem Ohrensessel und ging dabei so gründlich vor wie eine Eingeborenenfrau, die nach Läusen sucht. Während sie ihn bearbeitete, konnte man, wenn man darauf achtete, sehen, wie ihr glattes rundes Gesicht einen immer ärgerlicheren Ausdruck annahm und mit zunehmender Wut glatter und glatter wurde.

«Du blöde Kuh», schrie sie Lucy an, die auf einem großen Kissen vor dem Fernseher saß, «warum erfindest du solche Lügengeschichten?»

Harry blieb regungslos in seinem Sessel sitzen, während um ihn herum unerklärliche Dinge geschahen. Lucy weinte und umklammerte seine Beine. Bettina warf ihre Lieblingsvase aus Royal-Doulton-Porzellan durchs Zimmer. Sie schlug gegen die Betonwand, hinterließ ein Loch und fiel ohne zu zerbrechen zu Boden. «Ist nicht zerbrochen.» Lucy ließ seine Beine los und hob den Krug auf.

«Du Hure», schrie sie ihre Mutter an.

Bettina hüpfte. Tänzelte. Stampfte mit den kleinen Füßen. «Du falsches Biest», schrie sie ihre Tochter an. «Falsches Biest, falsches Biest.»

Harry saß regungslos da und machte sich im Geist Notizen, während «Lucy» und «Bettina» ihre Rollen in der Hölle spielten.

David lehnte lässig über dem Geländer der vorderen Veranda und sah zu, wie Joel die Auffahrt heraufgewatschelt kam. Er ließ sein leutseliges Winken (auf der Höhe der Blumenbeete) unerwidert und übte statt dessen stumme Kritik an dem personifizierten schlechten Geschmack, der jetzt den Rasen vorm Haus überquerte: eine giftgrüne Krawatte, ein protziger Ring und, am schlimmsten von allem, Gucci-Slippers mit weißen Socken. David schauderte. Joel war ein Mensch, dem es nicht erlaubt sein sollte, auf die Verläßlichkeit eines konservativen dunklen

Anzugs zu verzichten, und dessen Socken und Krawatten einmal im Jahr im voraus von jemandem gekauft werden sollten, der genügend Interesse und Zuneigung für ihn aufbrachte, um ihn vor so schrecklichen Geschmacksverirrungen zu bewahren.

«Wo ist dein Vater, Davey?»

Er deutete nach unten auf die Garage.

«Da drin?»

David nickte, ein kühles, distanziertes, männliches Nicken, mit dem ihn früher die älteren Jungen immer so eingeschüchtert hatten. Er zog sich vom Rand der Veranda zurück und setzte sich in einen Korbsessel, während Joel unter ihm an eine Tür hämmerte, die für niemanden, am allerwenigsten aber für ihn geöffnet werden würde.

Später blieb es Joel nicht erspart, unter Davids verächtlichen Blicken Spießruten zu laufen, ehe er ins Haus huschen konnte, wo Lucy ihm einen Kaffee kochen würde, während Bettina unter der Dusche war. Joel versuchte mit Harry über Geschäfte zu reden. Harry wollte nicht über Geschäfte reden.

David hörte eine Tür knarren und beugte sich über die Veranda; er sah Harry aus der Garage auftauchen und lautlos am Haus entlangschleichen.

Es gelang Joel erst kurz vor dem Mittagessen, Harry zu erwischen, als er eilig der Toilette zustrebte. Harry spurtete in Trainingsanzug und Turnschuhen leise über die hintere Veranda, während Joel wie ein Reporter, der ein bedeutungsvolles «Kein Kommentar» zu ergattern versucht, verzweifelt hinter ihm herrannte.

«Ich habe die Bilanzen mitgebracht, Harry.»

«Mhm – hm.»

«Was soll ich tun?»

«Einfach so weitermachen.»

«Na, komm, Harry, ich brauche deinen Rat.»

«Mach so weiter», sagte Harry, «das ist mein Rat», und die zweite Hälfte des Satzes kam bereits hinter dem Schutz der verriegelten Toilettentür hervor.

Es war nicht zu übersehen, daß Harry nicht wieder an seine Arbeit zurück wollte. Und ebensowenig war zu übersehen, daß er im Geschäft gebraucht wurde. In diesem Klima der Verwirrung und Bedrängnis, wo alles um ihn her zusammenzustürzen und in die Brüche zu gehen drohte, kam David zu dem Schluß, daß er seine berühmte medizinische Karriere jetzt gefahrlos opfern konnte, noch ehe sie begonnen hatte. Der Druck auf ihn hatte sich, seit er zehn war, mit jedem Jahr mehr verstärkt, und nun sah er eine Möglichkeit zu entwischen und seine Freiheit zu gewinnen.

Er brachte das Thema zur Sprache, nachdem er gewartet hatte, bis Harry sicher in der Hängematte aufgehoben war, die zwischen dem rotflammenden Flamboyant und dem Gartenzaun gespannt war.

«Daddy.»

Harry, der gerade eine gelungene Eintragung in sein Notizheft machte, fuhr erschrocken zusammen, und es fiel ihm nichts Besseres ein, als es vor den Augen seines Sohnes unter sein Hemd zu schieben.

«Schleich dich doch nicht so ran.»

«Entschuldigung.»

Die Luft war an diesem Tag von Wohlgerüchen erfüllt, und man hätte meinen können, das Gras wäre parfümiert. Es waren fast 28 Grad, und in ihrem Garten stand dicht und glänzend die subtropische Vegetation, deretwegen manche Leute um die halbe Welt fliegen, aber keiner von beiden hatte jetzt einen Blick dafür.

«Daddy», er schaukelte seinen Vater in der Hängematte, «ich möchte gerne Geschäftsmann werden.»

Die dunklen Augen seines Vaters machten ihm angst, als sie ihn jetzt so ansahen. Sie riefen ihm die schmerzhaften und verwirrenden Auftritte der jüngsten Vergangenheit nur allzu deutlich in Erinnerung. «Und ich dachte, ich könnte vielleicht in der Agentur mithelfen», sagte er. «Das ist doch sicher eine interessante Arbeit, denke ich mir.»

«Denkst du dir.»

«Ja.»

«Und was wird aus deinem Medizinstudium?»

«Das gebe ich auf.»

«Aus welchem Grund?»

«Der Familie zuliebe. Dem Unternehmen zuliebe. Ich könnte mithelfen. Weißt du...», und er sagte nichts (glaubte nichts sagen zu müssen) über die augenblicklichen geschäftlichen Probleme.

«Ist es wegen des Geldes?» fragte Harry unbeteiligt, als wäre dagegen nichts zu sagen. Er schaukelte ein wenig in seiner Hängematte.

«O.K., das auch. Auch wegen des Geldes.»

«Ha.»

«Was?» David runzelte die Stirn.

«Ha.»

«Ich habe nur gesagt, das auch. Auch wegen des Geldes.»

«Ja, genau. Das habe ich bemerkt.»

Und dann zog Harry, wie immer bei solchen Anlässen, die eine Augenbraue hoch und legte den Kopf zur Seite, um ihnen zu zeigen, daß er wußte, was vor sich ging und wo er war. Aber es konnte geschehen, daß er in all seinem schützenden Zynismus plötzlich von Unsicherheit ergriffen wurde und sich bei den geringsten Anzeichen von Schmerz oder Tränen zu fragen begann, ob am Ende nicht doch seine echte Familie zu seiner Begleitung mit ihm in die Hölle geschickt worden war, wie die Pharaonen von ihren Familien in den Himmel begleitet wurden, und diese verwirrende Neigung, von der einen in die andere Sehweise zu verfallen, sollte ihm für lange Zeit seines Aufenthalts in der Hölle erhalten bleiben.

«Du hast es bemerkt?»

«Dein Interesse am Geld. Das habe ich bemerkt», sagte Harry, «viele Male.»

«Und ich glaube, daß die Werbebranche da noch besser sein könnte als die Medizin», sagte David, der sehr viel lieber über Geld redete als über die sentimentalen, altmodischen Ansichten, die sein Vater einstmals über den Medizinerberuf gehabt hatte.

«Ist das Geld tatsächlich das Verlockendste am Arztberuf?»

«In erster Linie, ja», gab David erleichtert zu.

«Das Allerverlockendste?»

«Ja.»

Das hier war nicht sein Sohn. Das hier war jemand, der seinen Sohn spielte. Der von irgend jemanden dafür bezahlt wurde.

«Für wen arbeitest du?» fragte er seinen Sohn ach so beiläufig, aber der Zeitpunkt war glücklich gewählt: Er ließ es einfach so einfließen.

David sah ihn mit großen Augen an. Wie oft hätte er gern über seine Geschäfte geredet, über sein Interesse am Rauschgift, die Ausflüge nach Südamerika? Er hätte gern mit seinem Vater einmal so richtig fachsimpeln mögen, nicht über das Geschäft als Geschäft, sondern über das Geschäft als Abenteuer. «Du meinst», sagte er, «für wen ich arbeite?»

«Ja.» Harry wartete gespannt. Es war nur ein Verdacht. Aber sehen Sie ihn nur an, wie er schluckt, und wie trocken seine Kehle beim Reden ist:

«Für wen ich jetzt arbeite?»

«Ja.» Eine einzelne rote Flamboyant-Blüte fiel auf Harrys weißes Hemd und blieb dort wie eine schöne Wunde liegen.

«Du weißt es?»

«Was glaubst du? Also, für wen arbeitest du?»

«Für Abe da Silva», sagte David theatralisch.

Harry Joy kannte weder die Helden noch die Hierarchie des organisierten Verbrechens, deshalb ahnte er weder das Ausmaß der Prahlerei noch das Betätigungsfeld, und er konnte auch nicht wissen, daß die Behauptung seines Sohnes nur im weitesten, indirektesten Sinne zutraf; so wie ein Tankstellenwärter einstmals hätte behaupten können, er arbeite für Aristoteles Onassis.

Aber was er tatsächlich bekam, war ein Name, der erste Name in der Hölle. Er war ein Forscher, ein Kartograph, und er konnte diesen Namen auf der großen weißen, unmarkierten Landkarte der Hölle eintragen, obwohl er nicht recht wußte, wo. Trotzdem kehrte sein Vater, nachdem David ihn verlassen hatte (seine Frage war unbeantwortet, seine privaten Probleme unerörtert geblieben), wieder zu seiner geistigen Landkarte zurück und schrieb an den unteren Rand, wo man üblicherweise die Angabe des Maßstabs erwartet hätte, diesen Schlüssel, diesen Code, nach dem er jetzt wie ein Zoologe die Geschöpfe, die er hier vorfand, einteilen wollte. Als Bilanz seiner bisherigen Erfahrungen machte er folgende Aufstellung:

1. Gefangene. (Ich)
2. Schauspieler. «David» u. a.
3. Befehlshaber. Da Silva. Andere?

Am Ende kam es natürlich so, wie man es erwarten konnte: Seine Familie ging ihm aus dem Weg. Er lungerte auf dem Rasen herum, geisterte in der Garage umher, starrte in den Fernsehapparat und merkte, daß ihn sein Wahnsinn isolierte. David schlich sich ins Haus, um neuen Stoff zu holen, und machte sich leise wieder davon. Man konnte ständig jemanden eine Treppe hinaufschleichen, durch die Hintertür verschwinden und über den Rasen huschen sehen, von imaginären Blicken verfolgt, während Harry, der verrückte Hausherr, lustlos in seiner Hängematte onanierte oder im Vorgefühl auf ein besonders ergiebiges Beweisstück seinen Bleistift spitzte.

Bettina, die ehemals mit dem Haus so penibel gewesen war (denn sie hatte einen ausgeprägten Hang zu kleinstädtischer Wohlanständigkeit und achtete sehr darauf, was die Nachbarn dachten, obwohl sie das heftig bestritten hätte), ließ Bilder schief an den Wänden hängen, Fußböden ungefegt und Mahlzeiten ungekocht. Sie verbrachte so viel Zeit wie möglich in Joels Wohnung, deren Absonderlichkeiten sie mit ähnlichen Augen ansah wie ihr Sohn, allerdings standen ihr andere, fleischliche Entschädigungen zu Gebote.

Lucy stand morgens in aller Frühe auf, um die *«Tribune»* zu verkaufen, und bis in die späte Nacht nahm sie an teils öffentlichen, teils geheimen Versammlungen teil, auf denen sie einen Reformflügel der KP zusammenzubringen hoffte. Aber wie David und Bettina konnte sie niemals das leere verstaubte Haus durchqueren, ohne eine gewisse Traurigkeit, einen kühlen Hauch von Melancholie, der sie frösteln machte, zu verspüren.

Als sie eines Abends spät nach Hause kam, stellte sie fest, daß ihr Zimmer durchsucht worden war. Ihr Verdacht fiel auf die *Spezialabteilung*, zu Unrecht, wie sich herausstellte.

«Bist du Kommunistin?» fragte ihr Vater.

«Ja.» Na, endlich!

«Gut», sagte er finster und machte auf dem Absatz kehrt.

Er fuhr in seinem Training fort, wie man es ihm geraten hatte, und verlor durch lange Spaziergänge und unregelmäßiges Essen seinen Bauch. Auf seinen Spaziergängen bemerkte er jetzt überall, wo er früher die Welt ganz passabel gefunden hatte, nur Häßlichkeit und Verzweiflung: Kröpfe, schleimigen Husten, grindige Haut, amputierte

Beine, Glasaugen, schüttertes Haar, verkrümmte Wirbelsäulen, verlorene Hoffnungen, das alles sah er, als aber nichts weiter passierte, fing er an, sich zu langweilen.

Und dann wachte er eines Morgens mit optimistischen Gefühlen auf. Es gab keinen besonderen Grund dafür, nur daß er das Spiel satt hatte, die Grabesatmosphäre im Hause, seine Einsamkeit, seine Marotten und seine Isolation. Vielleicht war er wie jemand, der nichts von Technik versteht und ab und zu einen kaputten Fernseher anmacht, um zu sehen, ob er von selber wieder heil geworden ist, jedenfalls zog er, aus welchem Grund auch immer, seinen Trainingsanzug (das stinkende Ding) und seine Turnschuhe (noch schlimmer) nicht mehr an, sondern ging unter die Dusche, schrubbte sich, wusch sich die Haare und rasierte sich sorgfältig. Er bügelte ein Hemd und holte den ausgebeulten weißen Anzug aus dem Schrank, wo er seit dem Tage, an dem er darin gestorben war, gehangen hatte.

Der Fiat, der falsche Fiat natürlich, sprang sofort an, und er war zu glücklich, um Verdacht zu schöpfen.

Er setzte in der Einfahrt zurück, fuhr dabei fast den Briefträger über den Haufen, brauste die Palm Avenue hinunter und nahm den Fuß nur vom Gaspedal, um krachend die Gänge hineinzuhauen, wie es die Leute, die unten an der Kurve wohnten, ehemals von ihm gewohnt waren.

Bettina hatte Harry aufgegeben.

Sie saß inmitten der schweren edwardianischen Möbel im Wellington Boot und hörte zu, wie Joel sich mit dem Ober wegen der Rechnung stritt. Sie würde sich gleich noch etwas zu trinken bestellen, aber sie wartete noch und sog inzwischen gierig das letzte Tröpfchen Gewürztraminer aus ihrem mit Lippenstift verschmierten Glas. Joel versuchte, andere Zahlen auf die Rechnung zu schreiben, und das mißfiel dem Ober.

«Warten Sie», sagte der Ober, «Ich bringe Ihnen ein neues Stück Papier, Sir. Ich hole es Ihnen. Dann können Sie da draufschreiben.»

Bettina sah zum Fenster hinaus und fragte sich, ob sie wohl nur dieses eine Mal jemand wirklich Schickes und Elegantes vorbeigehen sehen würde, jemand, der einen gewissen Stil hatte, aber es wurde ihr nur wieder der übliche Strom triste aussehender, schlecht angezogener, altmodisch wirkender Leute beschert, die sie schon immer verachtet hatte. Prag 1935, dachte sie und konnte, außer den Autos, kaum etwas sehen, das diesen Gedanken widerlegt hätte, obwohl sie noch nie, und schon gar nicht im Jahre 1935, in Prag gewesen war.

Sie hörte das Hupen. Und dann ein fünffaches Bremsen, in harmonischem Quietschen vereint, und mitten über die Kreuzung schoß ein kleiner roter Fiat 500, mit Harry am Steuer. Es wirkte so heiter und außergewöhnlich, daß sie ihre Animosität gegen ihn vergaß und lächelte. Der gute Harry. Sie lachte laut auf.

«Was ist denn so komisch?» fragte Joel, der mittlerweile neben dem Ober stand. Beide sahen mit beleidigter Miene auf Bettina herab. «Ich habe mit dem Mann debattiert, weil er uns einen Salat berechnet hat, den er nicht gebracht hat. Er gibt seinen Fehler zu.» Seine Stimme wurde eine Oktave höher im Protest gegen ihr ungebührliches Lachen.

«Das war Harry», sagte sie. «Offenbar geht es ihm besser. Er fährt zum Milano.»

Joel ließ sich schwerfällig auf einen Stuhl plumpsen, und der Ober blieb alleine stehen. Joels Kopf wackelte hin und her. «Wir wollen nicht mehr über Harry reden», sagte er.

Bettina hielt dem Ober lächelnd die leere Weinflasche hin. «Noch eine», sagte sie, ohne sich um sein Gesicht zu kümmern.

«Wir reden im Bett über Harry. Wir reden beim Bumsen über Harry. Wir reden unter der Dusche über Harry. Wir können noch nicht mal mehr in dieses gottverdammte Lokal gehen...»

«Schrei nicht, Liebling», sagte sie in makellosem Amerikanisch, «und hör auf, mit dem Kopf zu wackeln.»

«Ich schreie nicht.» Er rückte seine Krawatte zurecht. «Ich habe nur keine Lust, noch länger über Harry zu reden.»

«Dann rede nicht über Harry. Rede über uns. Erzähl mir mal, wie wir unsere Agentur aufmachen wollen. Das interessiert mich mehr als Harry.»

«Sei nicht so ein Drachen.»

«Drachen, wieso Drachen?»

Er preßte seine fleischigen Lippen zusammen. «Du kennst doch die Probleme.»

«Du willst eine eigene Firma...»

«Wir brauchen Geld...»

«...und ich will eine Firma.»

«Wir brauchen Geld.»

«Hast du nicht gesagt, wir hätten das Geld beisammen, wenn es uns gelänge, nur einen oder zwei Kunden aufzugabeln? War das nicht deine ständige Rede? Denn wenn wir...»

Der Ober hatte den Wein gebracht und war mit dem Einschenken beschäftigt.

«Hast du das bestellt?» fragte Joel.

«Ja, Liebling.»

«Warum hast du das nicht vorher bestellt?»

«Weil ich da noch keinen Durst hatte.»

Joel wandte sich dem Ober zu. «Dürfte ich bitte die Rechnung haben?»

Der Ober zog eine Augenbraue den Bruchteil eines Zentimenters in die Höhe. Joel sah ihn einen Moment an, entschied aber dann, daß die Geste nicht deutlich genug gewesen war, um deswegen einen Streit anzufangen.

Als der Ober aber zurückkam, grinste er übers ganze Gesicht.

«Entschuldigen Sie», sagte Joel, «habe ich eben nicht bemerkt, daß Sie in ungebührlicher Weise die Augenbraue hochgezogen haben?»

«Wie bitte, Sir?»

Während Joel seine Debatte mit dem Ober fortsetzte, blickte Bettina zum Fenster hinaus. Sie sah eine Frau in einem weißen Leinenanzug und roten Schuhen. Sie gab ihr sieben von zehn Punkten.

Er hatte sein Auto immer hinter der öffentlichen Bedürfnisanstalt im Park gegenüber vom Milano abgestellt. Er machte das schon seit fünfzehn Jahren, und seit fünfzehn Jahren hatten die verschiedenen Parkwächter alljährlich ein Geschenk bekommen und ein Auge zugedrückt.

Heute aber hatte ein Zirkus im Park sein Zelt aufgeschlagen, und er mußte von hinten herum über den Rasen hineinfahren. Er stellte sein Auto wie immer bei dem Schild mit der Aufschrift «Männer» ab.

Dann überquerte er die Straße und ging die Treppe hinauf.

Er hatte das Milano immer gemocht. Die Wände waren lachsfarben und ebenso die Tischtücher. Das weckte in ihm Vorstellungen vom Innern einer Vagina, von Frieden, und, eigentlich grundlos, von einem großen blauen See. Er mochte die Rosen und Nelken in den altmodischen Silbervasen, die auf den Tischen standen. Er mochte die Spiegel und die geschmacklosen kleinen Wandlampen, die hier irgendwie so elegant wirkten. All das zusammen war sein liebster Aufenthaltsort auf der Welt, und der war unverändert, und Harry stieß einen fast hörbaren Seufzer der Erleichterung aus, als er Aldo wie gewöhnlich hinter der Theke sitzen sah und das geschäftige Hin und Her der Ober, das fahrbare Wunder aus Chrom, den Dessertwagen, das leise erregende Geräusch beim Entkorken eines französischen Weines und das gedämpfte Klirren langstieliger Gläser fast mehr ahnte, als er es tatsächlich hörte oder sah.

Als er an seinem Ecktisch fünf Leute sitzen sah, zog er das Notizheft aus der Tasche seines ausgebeulten weißen Anzugs und fing sofort an zu schreiben.

Aldo beobachtete ihn, das dunkelgetönte Gesicht, in dem die wachsamen intelligenten Augen wie aufgesetzt wirkten, verschlossen wie eine geballte Faust. Er war gereizt über Harrys mißmutiges Gesicht, über die zögernde Haltung, in der er hereinkam und seine Nase wie eine Ratte um die Kaffeemaschine herumstreckte. Aldo, der für seine Grantigkeit bekannt war, war immer höflich zu Harry gewesen. Er hatte sich gefreut, wenn er ihn sah; er hatte ihn sogar gemocht. Und Harry hatte Aldo ohne Einschränkungen gemocht. Sein Anblick hatte Aldo immer gutgetan. Jetzt aber juckte es Aldo in den Fingern, und er hätte Harry am liebsten in die Fresse gehauen. Er hätte ihm gern in die Fresse gehauen, einfach weil er am Leben war. Er schickte den neuen Ober zu ihm, um Harry einen Tisch anzuweisen. Es war eine Provokation. Er war gespannt, wie sie wirken würde.

Harry wurde zu einem Tisch am Fenster geführt, wo er widerspruchslos Platz nahm. Die Ergebenheit, mit der er den Tisch akzeptierte, reizte Aldo noch mehr. Deshalb tat er so, als Harry mit einem unsicheren Lächeln zu ihm herübersah, als ob er ihn nicht bemerkt hätte. Er ließ ihn fünf Minuten warten und schien ihn dann, während er im Lokal umherging und mit den Gästen sprach, ganz zufällig zu entdecken. Harry wartete ergeben auf den Getränkekellner.

«Ich kann einen Tisch nicht drei Monate freihalten, als ob's eine Gedenkstätte wäre», sagte Aldo und sah zu, wie Harry in sein Heft schrieb. «Wenn Sie mir sagen, daß Sie kommen, können Sie den großen Tisch ganz für sich alleine haben, und es macht mir nichts aus, wenn die andern fünf Plätze frei bleiben. Habe ich mich jemals beklagt? Jetzt sitzen Sie hier an diesem Tisch und haben einen schönen Ausblick. Viele Leute wollen einen Tisch am Fenster. Heute können Sie sogar die Elefanten beobachten. Sehen Sie, da.»

«Tag, Aldo.»

«Sie sind braun gebrannt. Sie sind schlank. Sie haben Ihre Operation hinter sich. Sie sollten froh und zufrieden sein, aber sehen Sie sich nur Ihr Gesicht an. Was möchten Sie trinken? Den Mersault wie gewöhnlich?»

«Ja, bitte.»

«Der Mersault ist nicht mehr da. Wie wär's mit einem Mercury Blanc?»

«Und Zander in Sauerampfersoße.»

Aldo zuckte die Achseln. Sein ganzes zerknittertes dunkelgetöntes Gesicht verriet Kummer und Mißvergnügen. «Wenn ich Ihnen einen Rat geben darf, lassen Sie das Fenster zu. Es stinkt nach Tierscheiße.» Er steckte seinen Bestellblock ein. «Wir essen, wir scheißen, wir sterben. Ich selbst habe Krebs.»

«Nein, Aldo, wie schrecklich.»

«Schrecklich? Wieso schrecklich? Es ist einfach so, und basta. Aldo wird sterben. Man hat mir erzählt, daß Sie auch schon mal gestorben sind, trotzdem sind Sie zurückgekommen. Vielleicht komme ich auch wieder zurück», er lachte freudlos.

«So», sagte Harry traurig, «meinen Sie das?»

«Ob ich das meine?» fragte Aldo. «In Ihrem Falle weiß ich es doch. Ich weiß es.»

Aldo verschwand mit der Bestellung und ließ den Mercury Blanc zu Harry an den Tisch bringen. Als der Fisch in Sauerampfersoße auf dem Wege zu Harry an ihm vorbeikam, schickte er ihn nicht, wie er es eigentlich hätte tun müssen, in die Küche zurück, sondern ließ ihn achselzuckend passieren. Harry, einstmals ein Löwe, war jetzt eine Maus. Aldo beobachtete ihn, wie er in dem Zander stocherte, und als er fast mit essen fertig war, ging er zu ihm.

«Wie war das Essen?»

Harry machte eine unbestimmte Handbewegung.

«Was denn, war irgend etwas nicht in Ordnung?»

«Nein, nein», sagte Harry. «Kein Grund zur Aufregung, Aldo.» Er war plötzlich sehr traurig, traurig, weil Aldo entweder durch einen Schauspieler ersetzt worden war, oder aber nicht durch einen Schauspieler ersetzt worden war und Krebs hatte. Beides war deprimierend. Er hatte sich zu beiden Möglichkeiten Notizen gemacht und steckte das Heft wieder ein.

Aldo nahm den Teller weg. Harry hatte noch nicht aufgegessen, aber es machte Aldo verlegen, den Teller auf dem Tisch stehen zu sehen. Er zog sich hinter die Theke zurück und sah zu, wie Harry seinen Wein trank. Er schämte sich. Er hatte Harry gern. Er wollte, daß Harry lächelte. Er wollte einen energischen Harry, aber Harry saß wie ein Gehirnamputierter am Tisch. Deshalb kam Aldo später, als die Flasche Mercury Blanc fast leer war, mit zwei Gläsern Kognak zu ihm an den Tisch. Er setzte sich Harry gegenüber. Er gab sich Mühe, nicht grantig zu sein. Er gab sich Mühe, so mit Harry zu reden, wie er ihn in Erinnerung hatte.

«Mr. Joy», sagte er und schob das Glas über den Tisch. «Die behandeln mich jetzt mit Chemotherapie, und das macht mich krank. Und damit ich von der Behandlung der Krankheit nicht krank werde, geben sie mir das hier.» Er zog einen kleinen Plastikbeutel mit einem grünen grasähnlichen Zeug aus der Tasche.

Harry nahm den Beutel und bewegte ihn zwischen den Fingern. Es knisterte darin.

«Marihuana», sagte Aldo. «Im allgemeinen verboten, außer für so glückliche Leute wie mich, die an Krebs sterben. Es ist gegen die Chemotherapie. Haben Sie es schon mal geraucht?»

Harry schüttelte den Kopf. Er hatte immer geglaubt, was in der lokalen Boulevardpresse über Marihuana geschrieben wurde. Er umfaßte das Notizheft in seiner Tasche. DROGENSÜCHTIG.

«Das Zeug ist nicht schlecht», gab Aldo zu und nippte an seinem Kognak. «Kein Vergleich mit Wein natürlich. Ich meine: keine Blume, keine Farbe, kein Geschmack. Aber es hebt ausgezeichnet die Stimmung, wahrscheinlich sogar noch besser als Wein. Ich erzähle Ihnen das, Mr. Joy, weil ich zum erstenmal seit fünfzehn Jahren erlebe, daß Sie nicht auf der Höhe sind. Da wäre es in Ihrem Alter vielleicht nicht schlecht, wenn Sie auch mal ein bißchen probierten.»

«Nein danke, Aldo.» WOLLTE MIR DROGEN ANDREHEN. AUFDRINGLICH.

«Na, kommen Sie schon. Was glauben Sie denn, was passiert? Daß Sie heroinsüchtig werden? Daß Sie kleine Mädchen vergewaltigen? Nehmen Sie ruhig ein bißchen davon. Sie werden sich gleich phantastisch fühlen. Sie können's mir glauben, ich würde Sie doch nicht anlügen. Sie müssen nur ein bißchen davon mit in Ihre Zigarette tun. Sie brauchen die Zigarette nur so zwischen den Fingern zu rollen, sehen Sie, der Tabak fällt raus, und Sie können eine kleine Prise reinstecken. Es ist ganz einfach.»

«Warum reden Sie soviel, Aldo? Sie haben doch sonst nicht so viel geredet.» SEHR GESCHWÄTZIG.

«Tja», Aldo hielt nachdenklich inne, «um ehrlich zu sein, ich bin high.»

«Ah», sagte Harry und betrachtete Aldo aufmerksam.

«Sehe ich so aus, als würde ich kleine Mädchen vergewaltigen?»

«Nein.» VERENGTE PUPILLEN.

«Nun nehmen Sie's schon.»

Harry schürzte die Lippen und biß sich auf den Schnurrbart.

«Nehmen Sie's, nehmen Sie's.»

«Danke, Aldo», sagte Harry. Er ließ das Plastikbeutelchen in die große Tasche seiner weiten weißen Hose gleiten.

«Sie werden bestimmt Ihr Vergnügen haben und an mich denken.»

Harry hatte da so seine Zweifel.

«Aber ich wollte mit Ihnen über Krebs sprechen, Mr. Joy», fuhr Aldo fort, «der kommt jetzt immer häufiger vor, und das gibt mir zu denken.» Er kniff die Augen zusammen. «Viel häufiger sogar als früher. Meiner Theorie nach wurde uns der Krebs als Strafe für unsere Lebensweise geschickt, für all den Dreck, den wir einatmen, und all die

Scheiße, die wir essen. Meiner Theorie nach, falls Sie das interessiert, soll uns der Krebs vor uns selber schützen. Er soll uns davon abhalten, die Scheiße zu essen und einzuatmen.»

«Was für eine Scheiße?» Harry mußte an den Zander denken.

«Was für eine Scheiße? Na, alles. Hören Sie, Sie kennen doch George Bizneris von Shell, der hat Krebs. Sie kennen Betty Glover, die hat Krebs. Sie kennen», und er fing an, Namen an den Fingern herzuzählen, «und David McNamara und seine Frau, der Mann von da unten vom Zeitungskiosk, mein Vater, und der Mann da drüben in der Ecke mit der rothaarigen Frau, der sagt, in der Schule von seiner Tochter haben drei Kinder Krebs. Drei Kinder, was sagen Sie dazu?»

Harry schüttelte traurig den Kopf und fragte sich, was das alles zu bedeuten hatte.

«Ach, ja», Aldo stand auf, «ich kann leider nicht bei Ihnen bleiben, Mr. Joy, Sie sind mir zu deprimierend. Besuchen Sie mich mal, wenn Sie ein bißchen gekifft haben.»

Harry hatte eine Schwäche für Bisquit-Kognak, und auch wenn ihm jemand gesagt hätte, daß es keiner von den guten Kognaks sei, hätte das seinen Genuß nicht geschmälert. Als er jetzt an seinem Fensterplatz seine Nase in den Kognakschwenker tauchte, glich er einem Rüsseltier, dessen Überleben im Daseinskampf von seiner Fähigkeit, Flüssigkeitsdämpfe einzuatmen, abhängt. Es spielte keine Rolle, was sie mit Aldo gemacht hatten (da flitzt er wieder quer durchs Lokal, der kleine dunkelhäutige Mann mit seinem Gras in der Tasche), denn Harry fühlte sich erwärmt und leicht benebelt, und das Milano hatte noch immer seinen Zauber, auch jetzt noch, um drei Uhr nachmittags, während die Tische für den Abend gedeckt wurden und man sich einbilden konnte, man sei der erste Gast und nicht der letzte.

Er fühlte sich zuversichtlich und (war es möglich?) zufrieden. Der zweitrangige Tisch am Fenster hatte seine Vorteile: Er konnte unten auf der Straße die Gefangenen dahinhumpeln und kämpfen sehen, die lachenden Gesichter der gelegentlich aufkreuzenden Akteure beobachten, und sogar (nur einmal) die unbeweglichen Masken von denen, die das Sagen hatten, verborgen hinter protzigen Fensterscheiben eines Mercedes-Benz.

Mit dem Bleistift zeichnete er auf seiner weißen Höllenkarte Markierungen ein, grob, ungenau, vorläufig nur, aber bestimmt hatte sich Livingstone auch manchmal verirrt und benötigte eine Bodenerhebung, um das Land überblicken zu können.

Und vielleicht auch eine Zufluchtsstätte wie diese hier, in der man die Widerwärtigkeiten und Schrecken des unbekannten Kontinents für eine Weile vergessen konnte.

Rauhes Lachen drang an sein Ohr. Es kam von der Bar. Es paßte nicht ins Milano. Es war das Lachen von Straßenrednern und Marktschreiern, nicht das Lachen von Kristallgläsern und rosa Tafeltüchern.

Er legte den Kopf schief und beobachtete alles genau. Aldo zeigte mit dem Finger auf ihn. Dann kam er mit dieser anderen Person (diesem unpassenden Lachen) in seine Richtung. Es war ein großer Mann mit rotem Gesicht und sandfarbenen Haaren. Er hatte gewaltige buschige, sandfarbene Augenbrauen und große, mit sandfarbenen Haaren bedeckte Arme, die aus einem schmutzigen ärmellosen gelben Pullover ragten.

«Da sind Sie ja», brüllte der Fremde Harry an, als er das Lokal halb durchquert hatte. «Das ist ja wirklich phantastisch.»

«Das ist prächtig», sagte Aldo. Sie kamen und setzten sich, ohne zu fragen, an seinen Tisch, und Harry mußte sein Notizbuch wieder einstecken.

«Das ist Mr....?» begann Aldo.

«Mr.... Billy, Billy de Vere», sagte der sandfarbene Mann und streckte die Hand aus. Sie fühlte sich an, als käme sie aus einem Sack mit ungewaschenen Kartoffeln.

«Vom Zirkus», erklärte Aldo. «Und das ist Mr. Joy.»

«Harry.»

«Nett, Sie kennenzulernen, Harry.» Billy de Vere legte eine ganze Faust voll Geldscheine auf den Tisch. «Wenn Sie gestatten», sagte er, «möchte ich Sie gern einladen.»

«Nein, nein», sagte Aldo, «das geht auf meine Rechnung», und er winkte einen Kellner heran und flüsterte ihm etwas ins Ohr.

Harry saß bewegungslos. Seine hin- und herschweifenden Augen ließen sich nichts entgehen, nicht das Kopfnicken in Richtung Kellner, das Zuzwinkern von Mr. de Vere, das Verschwinden der Banknoten vom Tisch und auch nicht den schwachen Geruch, wie von einem nassen Hund, der dem ärmellosen gelben Pullover entströmte.

«Schon gut, schon gut, Mr. Joy, machen Sie sich keine Sorgen, seien Sie guten Muts», sagte Aldo. «Kopf hoch, Kopf hoch, nur ein kleiner Unfall. Eine komische Geschichte...»

«Was ist denn passiert?» fragte Harry mit belegter Stimme.

Eine Flasche Grand Armagnac erschien auf dem Tisch, und dann sahen sie alle dem Kellner zu, der sein Messer herausnahm und das grüne Wachssiegel auf dem Korken entfernte und die dunkelbraune Flüssigkeit in drei Kognakgläser goß. Die Flasche blieb auf dem Tisch.

«Trinken Sie erst was», sagte Mr. de Vere und klatschte in die Hände wie ein hungriger Mann. «Sonst glauben Sie noch, ich erzähle Märchen.»

Harry und Aldo teilten einen kurzen Augenblick der Verbundenheit im Erstaunen darüber, wie Mr. de Vere seinen Armagnac mit einem schnellen, respektlosen Schluck in sich hineinkippte.

«Guter Brandy», sagte er, «schön weich.»

Aldo gluckste (höchst ungewöhnlich für ihn) und goß ihm noch mal einen ein.

«Genau das Richtige für einen Mann», sagte Mr. de Vere.

«Das muß ja eine tolle Geschichte sein», sagte Harry nervös.

«Fast genau diesselbe wie die eigentliche Geschichte», sagte Mr. de Vere und stellte sein leeres Glas mit einem Seufzer der Billigung auf den Tisch, wo es aber trotz dieses zarten Kompliments dazu verdammt war, länger leer zu bleiben, als er gewünscht hätte. «Das ist fast, als würde der Blitz zweimal in die gleiche Stelle einschlagen.» Er nahm sein Glas in die Hand und betrachtete es nachdenklich. «Aber so was soll ja», sagte er und zog dabei seine buschigen Augenbrauen in die Höhe, «wie ich hörte, tatsächlich vorkommen, trotz allem.» Er sah Harry fragend an, als wollte er sich vergewissern, ob der vielleicht lieber eine Weile über Blitze redete. «Fast ganz genau so wie die richtige Geschichte», sagte er.

«Nein», sagte Aldo, «ganz und gar nicht. In der richtigen Geschichte war es ein roter Volkswagen.»

«Was für eine Geschichte?» fragte Harry.

«Nein, bestimmt», sagte Billy de Vere, «es war ein Fiat. Ich erinnere mich genau. Ein Bambino. Ein Fiat 500, genau derselbe wie der von Mr. Joy.»

«Ich glaube, da irren Sie sich, Mr. de Vere. Aber auf jeden Fall...» Aldo gab es auf und goß ihm noch einen Grand Armagnac ein, «auf jeden Fall – so was Ähnliches.»

«Das Leben», sagte Billy de Vere und hob sein Glas, «eine Imitation von Kunst. Oder sollte ich sagen», er senkte die Stimme und zwinkerte, «Leben – eine Imitation von Scheißkram.»

«Kennen Sie die Geschichte von dem Elefanten, Mr. Joy?» fragte Aldo. «Weil Sie sie nämlich demnächst Ihrer Versicherungsgesellschaft erzählen müssen.»

Aldo und Billy de Vere schüttelten sich vor Lachen.

«Reden Sie schon...» sagte Harry, das angenehme Gefühl war dahin, nur noch Wachsamkeit und Mißtrauen war übrig.

«Er war darauf dressiert, sich auf roten Kisten niederzulassen.»

«Auf großen roten Kisten.»

«Groß für eine Kiste, aber nicht für ein Auto. Das ist so eine Geschichte von etwas zweifelhafter Herkunft, wissen Sie.»

«In Wirklichkeit ist sie nie passiert», sagte Billy de Vere. «Also, dieser Elefant war darauf dressiert, sich auf rote Kisten zu setzen, wissen Sie, und eines Tages stellte jemand in seiner Nähe sein Auto ab.»

«Einen roten Volkswagen», sagte Aldo. «Davon haben Sie doch bestimmt schon mal gehört?»

«Oder einen Fiat.»

«Und da hat er sich draufgesetzt.»

«Ein Elefant hat sich auf mein Auto gesetzt?» fragte Harry mit düsterer Miene. «Sie lachen also, weil sich ein Elefant auf mein Auto gesetzt hat.» Er hatte diese Geschichte noch nie gehört. Es interessierte ihn nicht, was früher mal passiert war. Er sah nur das eine, und zwar, daß ihm ein außerordentlich großes Unglück widerfahren war und daß diese Leute dasaßen und ihn deswegen auslachten. Im Milano!

«Sie haben also eine Flasche Armagnac aufgemacht, weil mein Auto kaputt ist. Wo bin ich hier eigentlich?» fragte er und sah Aldo an.

«Sie müssen das Positive an der Sache sehen», erklärte ihm Aldo düster. «Sie leben noch. Sie trinken einen guten Armagnac. Und Sie sind der einzige Mensch, auf dessen Auto je ein Elefant gesessen hat. Was für eine Geschichte! Sie mögen doch sonst Geschichten. Na, los», er goß Harry noch einen Armagnac ein, «trinken Sie aus. Lassen Sie es sich gut gehen.»

«Ihre Versicherung wird schon zahlen», sagte Billy de Vere. «Wir haben Zeugen.»

«Sie sind ein Trottel», sagte Aldo zu Harry, in einem Ton, wie er ihn bei jedem anderen Gast, der ihn irritierte, angeschlagen hätte.

«Was bin ich?» fragte Harry, dem so etwas noch nie passiert war.

«Ein Trottel», sagte Aldo, und seine Augen glitzerten dunkel und gefährlich.

Später sollte dieser Vorfall Aldo leid tun, sollte ihm klar werden, daß er zu weit gegangen war, sogar er, und daß Marihuana und Armagnac zusammen tückisch sein konnten.

«Ein Mondkalb», sagte er und tat seinem besten und ältesten Gast mit voller Absicht weh. «Ein Gurkenkopf, ein Blödian, ein Dussel.»

Wegen dieser Sache sollte Aldo noch ein ziemlich schlechtes Gewissen haben, und am Ende, als er im Sterben lag, bemühte er sich, Harry Joy eine Nachricht zukommen zu lassen, aber da war Harry Joy nirgends aufzufinden.

«Ein Warzenschwein», rief er der sich entfernenden Gestalt im weißen Anzug nach. «Ein Arschloch», sagte er zu Billy de Vere, «ein Blödmann, ein Scheißkerl», aber da war er schon von einem solchen Lachkrampf erfaßt, daß er kein Wort mehr herausbrachte. Durch einen Schleier von Tränen sah er, wie sich Billy de Vere noch einen Armagnac eingoß.

«Jetzt seh sich einer diesen verrückten Idioten an», sagte Senior Constable Box.

Er brachte den Streifenwagen auf eine Höhe mit dem zertrümmerten

Fiat 500, der mit schmerzhaftem Geheule seine 50 Stundenkilometer schaffte. Hinter dem Lenkrad saß, mit Kopf und Schultern das zertrümmerte Sonnendeck überragend, wie ein Panzerkommandant in einem Privatkrieg, den weißen Anzug von überholenden Bussen vollgespritzt, die Haare an den Kopf geklatscht und strähnig vom Regen, ein Mann mit dem Profil des Gottes Krishna.

«Wink ihn mal ran», sagte Box, der, genaugenommen, wohl nicht betrunken war.

Hastings kniff die Augen zusammen und gab ein Stöhnen von sich. Box ging ihm auf die Nerven.

«Paß auf...»

Box stellte die Sirene ein und winkte, und der Wahnsinnsknabe winkte zurück, lächelte freundlich und nickte mit dem Kopf.

«Okay», sagte Hastings, «das reicht mir. Schluß mit den Faxen. Dräng ihn ab.»

Und dann ließ er Box aussteigen, raus in den Regen, und mit ihm reden, während er durch das Rückfenster zusah.

Box war gleich wieder da, er machte die Tür auf und rülpste.

«Was ist?»

«Er sagt, es hätte ein Elefant draufgesessen», erklärte Box mit einem Grinsen.

«Ist er ein blöder Arsch oder ein Verrückter?»

«Weiß ich nicht.»

«Bring ihn auf die Wache.»

«Da setz ich mich nicht rein», sagte Box.

«Niemand setzt sich da rein», sagte Hastings betont langsam. «Der Karren ist nicht fahrtüchtig. Also, würdest du diesen Herrn jetzt wohl bitten, uns in einem hübschen neuen Auto auf die Wache zu begleiten.»

Das Polizeirevier war nicht, wie er es erwartet hatte. Es war mehr wie ein Wohnhaus. Zwischen Blumenbeeten führte ein kleiner sauberer Weg darauf zu. Ein Rasensprenger spritzte kleine Juwelen aus Wasser durch den Regen. Als sie den Weg entlanggingen, kam die Sonne heraus. Harry, Senior Constable Box und der zweite Polizist, der sich nicht vorgestellt hatte.

Drinnen in der Wache füllten unverdächtige Leute Anträge auf Führerscheine aus. Man brachte Harry durch eine Nebentür in einen Gang, und an dessen Ende in ein Zimmer, dort ließ man ihn allein. In der Mitte stand ein Tisch, der Fußboden war mit abgetretenen Kunststoffplatten ausgelegt, in der Ecke waren ein Küchenspülbecken und ein paar Küchenstühle, die aussahen, als wären sie eben erst geliefert worden. Die Wand war in zwei verschiedenen Beigefarben angemalt: unten glänzend und ab Schulterhöhe matt. An der Wand klebte ein kleines bedrucktes Plakat, auf dem in zehn ironisch gehaltenen Punkten zu lesen war, wie man einen jugendlichen Delinquenten überführt. Über dem Tisch, auf dem ein überquellender Aschenbecher und einc lippenstiftverschmierte Kaffeetasse standen, hing eine Lampe mit einem geriffelten Lampenschirm.

Es gab eine Gardinenstange, aber keine Gardine. Harry setzte sich auf einen der Stühle und sah aus dem Fenster. Er war durchnäßt und fühlte sich elend. Wasser tropfte auf den Boden. Draußen hing eine Wäscheleine, und eine junge Frau hängte Wäsche auf. Harry sah ihr zu, wie sie einen sehr großen Schlafanzug, einen braunen Socken mit Rautenmuster und drei kleine Höschen an der Leine befestigte.

Ein kleiner blonder Junge zog ein gelbes Plastikfahrrad mit roten Rädern über den Rasen unter der Wäscheleine. Irgendwie stimmte alles nicht. Wasser tropfte von Harry Joy auf den Boden, während er auf seine Bestrafung wartete.

Nach zehn Minuten betrat der zweite Polizist das Zimmer. Es war Sergeant David Hastings, aber er stellte sich noch immer nicht vor. David Hastings stammte ebenfalls aus einer kleinen Stadt auf dem Land. Wenn man ihn ansah, hatte man noch immer den kleinen blonden Jungen mit Leinenschuhen an den Füßen und Schrammen an den kurzen, mageren Beinen vor sich. Sein Gesicht war mit Sommersprossen überzogen, seine Haare standen hinten vom Kopf ab, und obgleich er nicht mehr so leicht rot wurde wie früher, lief sein Gesicht auch jetzt noch immer rot an, wenn er das Gefühl hatte, daß man sich über ihn lustig machte. In diesem Augenblick lag ein matter Glanz auf seinem Gesicht.

«Also, Harold», sagte er, «hier ist eine Tasse Kaffee.»

«Vielen Dank.»

David Hastings zog sich einen Stuhl heran und setzte sich mit dem Rücken zum Fenster. «Wir haben 'ne Menge zu tun», sagte er langsam und spielte mit seiner Kaffeetasse, drehte sie dabei um volle 360 Grad auf dem Teller. «Wir haben keine Zeit für lange Reden.»

Harry befühlte seine Hosentasche, in der Hoffnung, das Marihuana würde irgendwie verschwunden sein, aber als Hastings ihn scharf ansah, zog er die Hand weg, als hätte er sich die Finger verbrannt.

«Und jetzt, Harold, erzählen Sie mir bitte alles über Ihren Unfall, aber die Wahrheit, wenn ich bitten darf, und dann ist alles in bester Ordnung. Sie kriegen eine kleine Geldstrafe, und dann rufen wir Ihre Frau an, damit sie kommt und Sie holt.»

«Ich habe ihm schon alles gesagt.»

«Erzählen Sie es mir», ermunterte ihn der Polizist, dessen Gesicht ein kleines bißchen röter wurde.

«Es hat sich ein Elefant draufgesetzt.»

Der Polizist schloß die Augen und stieß einen Seufzer aus. «Ach, Harold», sagte er, «das ist doch albern. Wenn Sie der Polizei schon Märchen erzählen müssen, dann denken Sie sich wenigstens was Originelles aus. Aber kommen Sie uns nicht mit irgendwelchen uralten Elefantengeschichten, und wenn Sie es schon tun, dann legen Sie sich gefälligst ein anderes Auto zu. Das Auto in der Story war nämlich ein Volkswagen.»

«Da hat sich ein Elefant draufgesetzt», sagte Harry unbeirrt, aber inzwischen glaubte er die ganze Geschichte schon selbst nicht mehr. «Der Mann vom Zirkus hat es mir erzählt.»

«Name...?» Mit einer müden Handbewegung klappte Hastings sein Notizbuch auf.

Aber obgleich Harry de Vere deutlich vor sich sah, wie er den Armagnac trank, wollte ihm sein Name nicht einfallen.

«Den hab ich vergessen.»

Draußen fuhr der kleine Junge mit seinem Dreirad gegen ein nasses Laken. Er blieb wie erstarrt stehen, das Bettlaken um sich gewickelt. Die Sonne schien auf den in Weiß gehüllten Jungen und die Räder des Dreirads.

«Wollen Sie denn nicht Ihre Versicherung in Anspruch nehmen? Warum haben Sie sich seinen Namen nicht aufgeschrieben?»

Harry schwieg. Er wußte, daß es ihm an den Kragen ging. Man hatte ihm Drogen angedreht, und er konnte nur auf seine Bestrafung warten. Er begann, über die zwei verschiedenen Farben nachzusinnen, die man für die Wände benutzt hatte, die matte oben und die glänzende unten. Genauso hatten sie es auch in der Schule gemacht. Er konnte die matte Farbe nicht leiden. Sie erinnerte ihn an Fingernägel, die über eine Tafel kratzten.

Er verzog das Gesicht, als er daran denken mußte.

«Wozu soll das gut sein?» David Hastings stand auf, nahm Harrys Kaffee, ging hinüber zum Ausguß und leerte ihn aus.

«Was?»

«Ein albernes Gesicht zu ziehen. Wozu soll das gut sein?»

«Ich mußte gerade an was denken.»

«Sie denken jetzt besser mal ganz schnell, Harold, bevor ich Sie dafür drankriege, mit einem fahruntüchtigen Wagen herumgegondelt zu sein, wegen Widerstands bei der Festnahme, obszöner Ausdrucksweise sowie Behinderung eines Polizisten bei der Ausübung seiner Pflichten.»

«Rufen Sie doch im Zirkus an», sagte Harry, «die werden es Ihnen bestätigen.»

Hastings legte seinen Block auf den Tisch und ging quer durchs Zimmer zu Harry. Er legte eine Hand auf Harrys Brust und drehte sein Hemd mitsamt der darunterliegenden Haut herum. Als es ihm genug schien, hob er Harry hoch und stellte ihn vor die Wand.

«Und jetzt», sagte er, «erzähl mir nicht noch mal, was ich zu tun habe. Und zweitens, glaub ja nicht, daß du mich zum Narren halten kannst.»

Harry rülpste.

«Du dreckiges Schwein.»

Harry, noch immer gegen die Wand gepreßt, zog fragend die Augenbrauen hoch.

«Du hast Knoblauch gefressen, du Stinktier.» Und er stieß Harry gegen die Wand.

«Entschuldigung», sagte Harry. Er hatte Angst. Er wartete. Er würde nicht dafür bestraft werden, daß er stank. Er würde für das wirkliche Vergehen bestraft werden.

Hastings ging ans andere Ende des Zimmers. Harry knöpfte sich das Hemd auf und sah sich die Narbe auf seiner Brust an. Sie blutete. Er merkte, daß er die Nesseln bekam, er fühlte sie in sich aufsteigen. Er stand ganz still und gab sich Mühe, keine Aufmerksamkeit zu erregen.

Senior Constable Box betrat das Zimmer. Er hatte den Regenmantel ausgezogen. Sein Bauch hing ihm über den Gürtel. Er hatte seine schwarzen Locken gekämmt und sich das Gesicht gewaschen. An seinem kleinen Schnurrbart hingen noch zwei Wassertropfen.

«Erzählt der etwa noch immer komische Stories?» fragte er.

«Komisch sind die nicht gerade», sagte Hastings. «Dafür aber uralt.»

Box zog den Bauch ein und klemmte die Daumen hinter den Gürtel. «Vielleicht könnte er sich mal ein bißchen was Originelleres ausdenken.»

Hastings schob einen Stuhl beiseite. «Weiß nicht, ob das drin ist bei dem.»

Er starrte Harry an, und die Sommersprossen in seinem roten Gesicht waren fast unsichtbar. Er nahm den Stuhl und stellte ihn ein paar Zentimeter weiter nach rechts. «Vielleicht kennt der nichts anderes, vielleicht kann der immer nur seine alten Geschichten erzählen. Vielleicht sollte ich ihn lieber mal dir überlassen.»

Box nickte wie jemand, der eine ganz spezielle Anweisung erhalten hat. Harry beobachtete die beiden. Es war wie ein Tanz. Box zog sich zurück, Hastings kam näher. Hastings zog Harry von der Wand weg und stand plötzlich hinter ihm.

«Und jetzt», sagte Hastings, «gebe ich ihn an dich weiter, Constable.»

Er stieß kräftig zu. Harry bekam die scharfe Tischkante zwischen den Beinen zu spüren.

Er zuckte zurück, als Box sich hinter ihm bewegt. «Nein», sagte Box, «ich sollte ihn dir einfach überlassen.»

Wieder rammte Harry den Tisch, und Hastings zog ihn nach hinten und stieß dann noch mal kräftig mit dem Stiefel zu. Die Ecke der Tischplatte traf ihn direkt in die Eier. Er versuchte sich zu übergeben. Der Junge hatte sich auf sein Dreirad gestellt und sah durchs Fenster herein.

«Nein, nimm du ihn dir vor.»

«Ich hab nichts übrig für ersoffne Ratten.»

Harry heulte laut auf. Er konnte nicht mehr stehen. Sie hoben ihn hoch und setzten ihn auf einen Stuhl. In seinem ganzen Körper wüteten die Nesseln. Er legte den Kopf nach hinten und heulte himmelwärts. Er heulte wie jemand, der in einem Traum gefangen ist. Endlich war er angelangt, wo er hingehörte. Er würde bis in alle Ewigkeit von Akteuren bestraft werden, während ein Kind durch die Fensterscheibe sah.

Sie setzten sich hin. Sie warteten. Er ertrug es nicht, auf Schlimmeres zu warten. Ihm war schwindlig. Er mußte ihnen zuvorkommen. Er zog das Päckchen Marihuana aus der Tasche und warf es auf den Tisch.

«Da», schrie er, «da. Das ist die Wahrheit. Das ist die reine Wahrheit.»

Es herrschte langes Schweigen, während Hastings das Päckchen nahm und Box sich über seine Schulter lehnte. Hastings hatte seine rote Gesichtsfarbe verloren. Er verkniff sich das Lachen. Er roch an dem Marihuana (ein ärmliches kleines Päckchen, dachte er, höchstens dreißig Gramm) und reichte es Box, der aussah, als würde er jeden Augenblick einen Lachkrampf kriegen.

«Na schön», sagte Hastings, der nur mit Mühe die Fassung bewahrte, «mal sehn, ob dir diesmal was Originelles einfällt.»

«Aber komm uns bloß nicht wieder mit dem Scheiß von dem Elefanten, Harold.»

«Denk dir mal was Neues aus.»

«Eine richtige Geschichte.»

«Was Interessantes.»

«Was wir noch nicht kennen.»

«Wir haben schon 'ne Menge Geschichten gehört, Harold», sagte Box und setzte sich rittlings auf einen Stuhl und legte die Arme auf den Tisch.

Der Mann in dem schmuddligen weißen Anzug strich sich die Haare aus den Augen. «Über Marihuana?» fragte er. «Über dieses Marihuana hier?»

«Ganz egal, Harold», sagte Box, «wenn es nur irgendwas ist.»

«Na, gut», sagte der Gefangene und rückte auf seinem Stuhl hin und her.

«Aber es muß auch wirklich originell sein», sagte Box.

«Laß ihn doch...» sagte Hastings zu Box. «Machen wir, daß wir seine Erklärung kriegen, und dann...»

«Nein», Box zwinkerte mit den Augen. «Du erzählst uns jetzt eine feine Geschichte, Harold.»

Auf dem Gesicht des Gefangenen kamen große rote Flecken zum Vorschein, und Hastings war peinlich berührt, als er in das gequälte Gesicht blickte. Er stand auf.

«Bin gleich wieder da», sagte er zu Box. Er ging aus dem Zimmer, weil er wußte, daß gleich irgend etwas Gemeines geschehen würde, einer von Boxens entwürdigenden kleinen Tricks. Box bekam keine Wutanfälle. (Wutanfälle waren wenigstens sauber und hitzig und kurz.) Box liebte Tricks, langsame, in die Länge gezogene Unterhaltungsspiele.

«Na, gut», sagte der arme Hase, «ich werde Ihnen eine absolut neue Geschichte erzählen.» Hastings hatte schon die Hand auf der Türklinke, als der Mann mit seiner Geschichte begann; aber diese dunkle Stimme fesselte ihn, wie ein Cello an einem grauen Nachmittag, und dann ließ er die Türklinke wieder los und lehnte sich gegen die Wand.

Nie wäre er auf die Idee gekommen, niemals hätte er ahnen können, daß Harry zum ersten- und letztenmal in seinem Leben eine Geschichte wirklich erfand und aus dem Stegreif erzählte. Aus Furcht vor Bestrafung, in der Hoffnung, freizukommen, einen kurzen Einblick in das wahre Wesen seiner Sünde gewinnend, erzählte er eine Geschichte, die er noch nie von jemandem gehört hatte, von Leuten, denen er noch nie begegnet war, und von einem Ort, den er noch nie gesehen hatte.

Da ist er – ein Seiltänzer im Dunkeln.

«Er war sehr klein», begann Harry Joy, «und kurzsichtig. Allerdings wußte das damals noch niemand, anfangs nicht, und deshalb hatte er andauernd Ärger, wenn er zu spät in die Schule kam, weil er die Zeiger an der Rathausuhr nicht richtig erkennen konnte.

Das Rathaus», beschloß Harry, «lag auf der andern Straßenseite, gegenüber der Schule.

In der Schule war er schlecht. Er konnte überhaupt nichts. Nicht rechnen, nicht schreiben, und Sportspiele auch nicht.

Seine Mutter war auch nicht sehr groß. Sie stammte aus Bow, dem

Londoner East End, und sie war nur einen Meter vierzig groß. Fast eine Zwergin, nicht direkt. Die Geschichte spielte vor langer Zeit, und in dem einen Jahr gab es einen Wettbewerb am Strand – damals waren die Strände noch anders, mit Badehäuschen und Wettspielen – die Leute hatten viel leichter Spaß an was –, es ging darum», sagte er, «wer die kleinste Frau war.

Daniel, oder Little Titch, wie er gewöhnlich genannt wurde, überredete seine Mutter, bei dem Wettbewerb mitzumachen. Die Frauen mußten sich alle in einer Reihe aufstellen, um beurteilt zu werden, sie beäugten einander, knickten die Knie ein, gruben die Zehen in den Sand und solche Sachen. Alles war ganz friedlich. Aber als sie Little Titchs Mutter kommen sahen, kreischten sie vor Wut und Verzweiflung.

‹O nein.›

Und die Hälfte der Frauen ging einfach. Und Little Titchs Mutter nahm ihren Platz am Ende der Reihe ein, ganz bescheiden, mit ernstem Gesicht, wie sie es immer machte, und natürlich war sie die Gewinnerin.

Als sie am Abend mit der Straßenbahn nach Hause fuhren, trug Little Titch den Silberpokal, den seine Mutter gewonnen hatte. Obgleich er schnell beschlug und trüb wurde, konnte man noch Jahre später die Inschrift lesen. Sie lautete: *Die kleinste Frau, Queenscliff, 1909.*

Little Titch war stolz auf den Pokal, aber er war auch verwirrt. Er war stolz, weil die Leute seiner Mutter zugelächelt und ihr den Pokal gegeben hatten. Er war stolz, weil der Pokal aus Silber war, und wo die Inschrift stand (er fuhr mit dem schmutzigen Finger drüber), da war er aus Gold. Aber er konnte einfach nicht verstehen, und wenn er noch so viel darüber nachdachte, weder damals noch später, warum seine Mutter für eine Sache belohnt worden war, für die ihr Sohn immer bestraft wurde. Die Leute schubsten seine Mutter nicht herum, weil sie klein war, sie zogen nicht an den Ohren (das sollten sie mal probieren!) oder gar an ihrer Nase. Sie zwickten sie nicht, wenn sie schlief, und lachten sie nicht aus, wenn sie dann weinte. Aber all das, all diese Strafen, waren das tägliche Los, das Little Titch zu ertragen hatte. Seine Brüder waren größer und älter, mehr wie sein Vater, und sie wechselten sich darin ab, ihm eins auf die Ohren zu geben und ihm zu erzählen, wie dumm er war. Und als er an jenem Tag damals nach Hause kam, war er nicht fröhlich, sondern hatte Angst, wie sonst auch, eine Angst, die aber mit Klugheit und List gepaart war, und er verkroch sich schnell in der Ecke unter dem großen grauen Wäschetrog, um sich zu verstecken, und schlang die schmutzigen kleinen Arme und die schorfigen Knie. Manchmal saß er dort stundenlang. Als sein Versteck entdeckt wurde – sie wurden immer entdeckt – unter dem Tank, unterm Haus, in dem stinkenden Schlupfwinkel hinter der Außentoilette –, dann suchte er sich ein neues.

Er war nicht faul. Er gab sich immer große Mühe. Und später, als sein Vater mit dem Fliegen anfing und einen gebrauchten Bleriot-Eindecker kaufte, brach sich Little Titch mehmals den Arm, wenn ihn die großen Holzpropeller erwischten, die mit der Hand angeworfen werden mußten.

Aber zum Zeitpunkt dieser Geschichte besaß sein Vater kein Flugzeug, nicht einmal ein Taxi, sondern einen Stall mit Pferden. Und so drehte sich die Arbeit der Familie um Pferde – Pferde zwischen Deichseln spannen, ihre Gurte festziehen, ihre Hufeisen säubern, die Ställe ausmisten, füttern und so weiter.

Little Titch bemühte sich, jede Arbeit, die man ihm auftrug, auszuführen, aber sie sagten immer, er wäre zu zaghaft und dumm und zu nichts anderem zu gebrauchen, als den Stall auszumisten und den Pferdedreck wegzuräumen, was er jeden Abend nach der Schule tat, und oft ging er ungewaschen ins Bett, nur von dem kalten Geruch von Pferdemist begleitet.

Das schwierigste Pferd im Stall, das den meisten Ärger machte», fuhr Harry fort, «war ein Wallach namens Billy-Boy, der nicht nur die Angewohnheit hatte, auszuschlagen, sondern der noch dazu wild um sich biß, wie man es von Pferden sonst nicht kennt. Er fand absolut nichts dabei, sich eines Morgens, als sein Gurt festgezogen wurde, kurz umzudrehen und einen der älteren Brüder in den Arm zu beißen. Es war nicht nur ein häßliches Zuschnappen, wie es gewöhnliche Pferde tun, sondern ein entsetzlicher Biß, der bis tief ins Fleisch ging, so daß der Arm blutete. Und dann bestand in dem allgemeinen Durcheinander auch noch die Gefahr, daß, wer immer zur Hilfe herbeigeeilt kam, ein oder zwei Tritte verpaßt kriegte.

Man konnte Billy-Boy nicht von vorn anfassen und sich auch nicht hinter oder neben ihn stellen, es hatte den Anschein, als hätte er früher auf die meisten Teile seines muskulösen Körpers schon mal Schläge bekommen, so daß er nicht gerade darauf versessen war, dies wiederholen zu lassen.

Little Titchs Vater sagte, Billy-Boy hätte einen Menschen auf dem Gewissen, deshalb wäre er so billig zu haben gewesen, weil sich sonst niemand traute, mit so einem Untier umzugehen.

‹Das ist eine gute Übung für die Jungs›, sagte sein Vater. Aber nach zwei Bißwunden und einem gefährlichen Tritt verbot die Mutter den größeren Jungen, in Billy-Boys Nähe zu gehen, und der Vater mußte sich selbst um ihn kümmern.

So ging das Leben weiter. Billy-Boy biß den Vater, der Vater schlug die Jungen, und die zwei großen Jungen schlugen Little Titch und zogen ihn an der Nase und gaben ihm Ohrfeigen, und Little Titch suchte immer neue Schlupfwinkel, in denen er sich verstecken konnte.

Aber an dem einen Abend, dem einen, speziellen Abend, konnten ihn die Brüder nicht finden, und am Ende machte sich die ganze Familie auf die Suche nach ihm, sie weckten die Nachbarn und riefen laut: ‹Little Titch! Little Titch.›

Es war der Vater, der ihn schließlich fand», erklärte Harry.

«Das Pferd hat ihn totgetrampelt», sagte Box.

«Da stand Billy-Boy», fuhr Harry unbeirrt fort, «und hinter ihm, direkt neben seinem Hinterlauf stand Little Titch, er hatte die Arme um Billy-Boys riesigen Schenkel geschlungen und drückte das Gesicht tief in die schwarze Wärme seiner Flanken.

‹Komm her›, riefen sie, ‹du sollst sofort herkommen.›

Aber Little Titch», sagte Harry, «sollte überhaupt nichts, denn die Dreckskerle konnten nicht an ihn ran», sagte er, «und das ist das Ende der Geschichte.»

Es war ganz still im Zimmer, und die beiden Polizisten sahen aus wie die Zuschauer aussehen, wenn im Kino das Licht angeht. Hastings schaute aus dem Fenster und stellte fest, daß es schon wieder regnete. Box gähnte und räkelte sich.

«Ich glaube, es ist besser, wenn du dich jetzt verpißt», sagte Hastings ganz ruhig zu dem Geschichtenerzähler, der genauso erstaunt aussah (wer war eigentlich Little Titch?) und genauso peinlich berührt war wie die beiden Zuhörer.

Als Hastings Harry durch die Tür hinausbegleitete, stellte er fest, daß Box, fast geistesabwesend, das Päckchen Marihuana in seine Tasche steckte.

Alter Drecksack, dachte Hastings, führte Harry aber schweigend nach draußen, in die Freiheit.

Als ihn das Taxi über die Brücke nach Hause fuhr, war der Fluß unter ihm so schwarz wie der Styx. Schleppkähne transportierten ihre karzinogenen Stoffe flußaufwärts, und Neonlichter machten sich mit ihren endgültigen Formulierungen gegen die Verdunklung des Himmels stark.

Harry Joy, dessen Gesicht vom Nesselfieber gräßlich entstellt war, räkelte sich, im speckigen Anzug, mit blutiger Brust und wundem Rücken, seitlich im Rücksitz, von süßem Erfolg berauscht. Die Gebäude der Hölle, glänzend, mit verdunkelten Fenstern, von reflektierenden Lichtern angestrahlt, erschienen ihm nun nicht mehr unbesiegbar. Es hatte den Anschein, als könnte jemand mit Phantasie und Talent hier sehr wohl zu Erfolg gelangen und ungeschoren davonkommen. Der alte Optimismus durchströmte ihn wieder, wärmte ihn auf wie Brandy und gestattete ihm, für die armen Gefangenen, die die dunklen Straßen bevölkerten, Zeitungen über die gebeugten Köpfe hielten, in bemitleidenswerter Abwehr gegen den Hagelregen, der geräuschvoll auf das Taxidach prasselte, so etwas wie Bedauern zu verspüren.

Die Belohnungen für Originalität waren bei ihm nicht vergeudet, und wenn er sich in diesem Stadium einer übertriebenen Selbstgefälligkeit hingibt, so sollte man ihm diesen Genuß ruhig gönnen. Daher wollen wir den Taxifahrer, der diese Euphorie verlängert, indem er den längeren Weg zurück nach Hause eingeschlagen hat, auch in keiner Weise behelligen.

Harry saß auf dem Küchenstuhl, in ein Handtuch gewickelt, die Ränder der blutenden Wunde waren mit Jodtinktur markiert. Es war merkwürdig still, als Bettina die Frage noch einmal stellte.

«Und jetzt», sagte sie, «erzähl mir, was passiert ist.»

Er hätte es ihr gern erzählt, aber er traute sich nicht, die Elefantengeschichte noch mal vorzubringen. Er sah gegen die Decke. Er machte die Augen zu. Er saß in völliger geistiger Dunkelheit da und wartete auf Originalität. Eine verirrte Schmeißfliege umkreiste den Küchentisch, bis sie sich oben auf dem Türrahmen niederließ, an dem Joel lehnte.

Die Stille war ihm schrecklich.

Ihm wollte einfach keine neue Geschichte einfallen. Er setzte sich auf die Hände und sah hinunter auf seine Füße, und nachdem sie noch ein, zwei Minuten gewartet hatten, gingen Bettina und Joel hinaus.

Er hörte sie im Nebenzimmer sprechen, aber ihre Worte verloren sich im Geräusch des Fernsehers.

Am Montag sollte Harry seine Arbeit bei der Bank aufnehmen. Und dann gewann seine Mutter am Mittwoch davor in der Lotterie. Und nun würde sich, wie es den Anschein hatte, sein gesamtes Leben ändern: Er würde auf die Kunstakademie gehen.

Er selbst wäre lieber in der Stadt geblieben und hätte in der Bank gearbeitet. Aber ab morgen würde er die Kunstakademie besuchen, und er tat so, als freute er sich darüber. Alle wußten es. Sie schüttelten ihm die Hand und waren stolz auf ihn.

Als er nach Hause kam, hatte seine Mutter ein langes Kleid angezogen, dunkelblau mit prächtiger Stickerei auf dem Rücken und an den Rändern der weiten Ärmel. Sie hatte sich die Haare hochgesteckt, diese pechschwarzen Haare, die später nie wieder so schwarz aussahen. Ihre Augen glänzten vor Erregung, und sie zog die Ärmel hoch, damit sie sie beim Kochen nicht störten.

«Geh ins Eßzimmer.»

Sie schickte ihn raus. Er saß allein im Eßzimmer, das gleichzeitig Wohnzimmer, Salon, Arbeitszimmer und Besuchszimmer war. Er setzte sich in einen alten Lehnstuhl, der in der Ecke stand, und machte das Feuer an.

Er wollte nicht fort. Er wollte hierbleiben. Er liebte diesen kleinen Raum mit seinen blankgebohnerten Dielen, dem alten Teppich mit dem

Blumenmuster, der sich bei starkem Wind geisterhaft in die Höhe wölbte, dem winzigen offenen Kamin mit seinem Eisengitter, das jeden Sonntag geschwärzt wurde, dem uralten Radio mit seiner großen runden Skalenscheibe, die von weichem, bernsteinfarbenem Licht erhellt wurde. Er ging um den Tisch herum, der jetzt mit einem vornehm gestärkten weißen Tuch bedeckt war, und auf dem glitzerndes Silberbesteck funkelte. In der Mitte des Tischs standen zwei Kerzen, und er steckte sie an.

An diesem Abend zeigte ihm seine Mutter Dinge, die er noch nie gesehen hatte, als machte sie mit ihm eine Generalprobe für ein neues Leben. Sie kochte ein Essen, wie er es noch nie vorgesetzt bekommen hatte, eine Cremespeise, leicht und köstlich, junge Ente mit unzerteilten grünen Pfefferschoten. Und dazu gab es Wein, einen goldenen Wein in einer eleganten langhalsigen Flasche.

«Ah», sagte sie, «Wein.» Er war überwältigt vor Stolz auf seine Mutter, aber er fragte sie nicht, woher sie all diese Dinge kannte, genauso wenig, wie er sie je danach gefragt hatte, wem das Haus gehörte, als sie heiratete, wo das Geld herkam, von dem sie lebten, warum sein Vater fortgegangen war und wann er zurückkommen würde. Und doch begann sie an jenem Abend vor seiner Abreise zu erzählen, und er bekam einen kurzen Einblick in andere Welten, in ihre Wünsche, ihre Vorlieben, ihre Enttäuschungen. Es erregte ihn, aber es machte ihn auch verlegen. Sie trank den Wein mit Genuß, und ihre Augen begannen zu glühen. Sie tanzte wie ein Schmetterling durch die Unterhaltung, flatterte einen Augenblick über einer Erinnerung und eilte, kaum hatte sie sie berührt, weiter zur nächsten.

«Ah», sagte sie, «das ganze Leben liegt vor dir, Harry. Wie ich dich beneide! Stört es dich, daß deine Mutter dich beneidet? Natürlich nicht.»

Sie bestand darauf, mit ihm zu tanzen. Ihm war schwindlig von dem Wein. Sie drehten sich durchs Zimmer und stolperten übereinander. «O, Harry», sie sank auf die zerschlissene Couch, «ich freue mich so für dich, freue mich so schrecklich für dich.»

Aber hatte er ihr je dafür gedankt, daß sie ihn auf die Kunstakademie geschickt hatte? Jahre später versuchte er sich daran zu erinnern. Hatte er je darüber nachgedacht, was sie aufgegeben hatte, um ihn auf die

Schule schicken zu können? Sie hatte ihn in den Zug gestoßen, fast verzweifelt, als hätte sie Angst, daß sie ihm das Geld wieder wegnehmen könnte, um rund um die Welt zu reisen und seinen Vater zu besuchen, wo immer er sich gerade aufhielt, um sich die großen Kunstschätze Europas anzusehen, die Uffizien, die Villa Borghese. War es ihm je in den Sinn gekommen, daß eigentlich sie diejenige gewesen war, die die Kunstakademie hatte besuchen wollen, daß sie ihm ihren Traum überlassen hatte und daß er alles angenommen hatte, ohne sich darüber im klaren zu sein, worum es ging?

Er hatte sie gefragt, ob sie sich einsam fühlen würde.

«Einsam?» Sie lachte. «Wieso einsam? Ich habe doch meine Freunde.»

Aber das stimmte nicht. Sie hatte keine engen Freunde. Sie kannte Leute, denen sie half, und andere, denen sie einen Gefallen tat. Und dann gab es noch solche, die ihr leid taten, und ein paar, mit denen sie gern ein paar Worte wechselte. Mit der Zeit wurde sie immer mehr von Mitleid für andere beherrscht und versuchte ihnen zu helfen. Sie wandte sich mit einer Begeisterung der Religion zu, daß es ihm fast peinlich war.

Doch in jener Nacht sprachen sie nicht von Gott, es gab nur taumelnde Tänze und goldenen Wein.

«Wirf dein Glas ins Feuer.»

Er wußte nicht, was sie meinte.

Sie machte es ihm vor.

Die Gläser platzten im Freudenrausch. Der Wein funkelte im Lampenlicht. Draußen stöhnte der Wind aus purer Wonne, und die hohen Fichten wogten unterm nächtlichen Himmel, und hoch oben zogen weiße Wolken dahin.

Sie holte noch mehr Gläser, langstielig und elegant, die ganz hinten im Schrank versteckt waren. Sie benetzte eins mit Wein und warf es ins Feuer.

«Da», sagte sie, «aus und vorbei. Finito.»

Es kam ihm irgendwie gefährlich und aufregend vor. Er folgte ihrem Beispiel. «Finito», sagte er.

«Und jetzt», sagte sie und stieß erneut mit ihm an. «Jetzt trinken wir auf uns beide, auf eine neue Zeit.»

Er begriff nicht. Er blickte in die glühenden Augen seiner Mutter, auf ihre lachenden Lippen, und fühlte sich nervös, allein gelassen auf einem Terrain, das ihm fremd war.

«Und jetzt», sie trank einen Schluck Wein und wischte sich den Mund mit dem Handrücken ab, «jetzt wirst du ein Künstler, und ich», sie leerte das Glas und warf es ins Feuer, «gehe Fußböden schrubben.»

«O nein.» Er stand auf und nahm sie in die Arme. «O nein.»

Aber sie sah nicht unglücklich aus. Sie war fröhlich, fast fiebrig. «O doch», sagte sie, «o doch, Harry, ich will es so. Und ich bin glücklich, glücklich, glücklich.»

«Nein. Du willst keine Fußböden schrubben.»

«Schrubben, schrubben», sie wedelte mit der Hand. «Es ist nicht nur das, Harry. Ich versuche, dir zu erklären, daß jetzt etwas Neues beginnt, ein neues Stadium. Ich habe es so geplant, Harry. Ich will ein guter Mensch sein.»

Sie lächelte, aber in ihren Augen standen Tränen. Und auch er mußte vor Mitgefühl weinen.

«Nein, nicht», sagte sie. «Du darfst nicht weinen, ich bin glücklich. Ich weine, weil ich glücklich bin. Jetzt beginnt mein neues Leben. Ich werde gut sein.»

Er begriff nicht.

«Ich habe es Gott versprochen», sagte sie lächelnd, «falls ich in der Lotterie gewinne.» Der Wein war ausgetrunken. Seine Kindheit war vorbei. Seitdem hatte es nur wenige Dinge gegeben, die an diesen prikkelnden Augenblick des Versprechens heranreichten, in dem Harry und seine Mutter zitternd am Rande des Lebens gestanden hatten.

Alex Duval verbrachte seinen Samstag wie üblich. Er war der einzige Mensch auf der Etage, in der die Firma Joy, Kerlewis & Day ihre Büros hatte, und so gestattete er sich, was seine Kleidung betraf, eine gewisse Nachlässigkeit. Sein grauer Gartenpulli war am Hals aufgeribbelt, und durch die Löcher an den Ellbogen sah ein knallrotes Hemd hervor. Er ging durch den Korridor zu seinem Büro und balancierte die beiden Krapfen (mit einem Klacks Aprikosenmarmelade in der Mitte) und einen dreifachen Espressokaffee vor sich her. Nicht lange, und er würde sich neuen Kaffee holen gehen, und wahrscheinlich (bestimmt) würde er sich auch noch ein oder zwei Krapfen kaufen.

Nervös flackernd ging die letzte der Neonlampen aus, als er sein Büro betrat. Bei dem abgestandenen Geruch von Pfeifentabak, der ihn empfing, verzog er das Gesicht. Den Kaffee und die Krapfen stellte er auf seinen großen sauberen Schreibtisch. Dann holte er einen kleinen L-förmigen Metallschlüssel aus der obersten Schublade, mit dem er die Doppelscheibenfenster aufschloß. Es regnete. Er sog die Luft ein, gähnte und streckte sich.

Heute würde Alex Duval wie gewöhnlich seine zweite Fassung der Konferenzberichte schreiben. In einer Werbeagentur wird ein Konferenzbericht immer dann geschrieben, wenn die Agentur und ihr Kunde beschließen, etwas zu unternehmen. Er kann eine Kostenaufstellung, die Annahme einer Annonce, Zustimmung und Ablehnung von Medienplänen, Marketing-Strategien enthalten; er führt die gesamten geschäftlichen Aktivitäten des Kunden und die Rolle, die der Agentur zukommt, auf und wird über einen Zeitraum von sieben Jahren aufbewahrt. Bei Unstimmigkeiten zwischen den Kunden und ihrer Agentur wird der Konferenzbericht als bindend betrachtet.

Und während der vergangenen zehn Jahre hat Alex Duval, Geschäftsführer, jeden Samstagmorgen an seinem Schreibtisch verbracht, um eine Fassung der Konferenzberichte zu schreiben und zu tippen, durch die er in den Augen jener revolutionären Nachforscher, von denen er glaubte, daß sie eines Tages über ihn zu Gericht sitzen würden, fleckenlos dastehen würde.

Er war ein großgewachsener Mann, aber er hatte etwas Weiches an sich, wirkte wie jemand, der gerade einem heißen Bad entstiegen ist. Seine Haut hatte eine unnatürliche rosa Tönung, und sein Gesicht mit den blassen intelligenten Augen trug trotz allem Anzeichen einer Niederlage, so fein und zart wie der Geruch weißer Kamelien. Alex Duval war ein Mann mit Prinzipien, der schon vor langer Zeit zu dem Schluß gekommen war, daß Menschen mit Prinzipien niemals auf der Siegerseite stehen. Und doch hoffte und fürchtete er zugleich, daß er unrecht hätte. Er stimmte für die Kommunistische Partei und schrieb seine Konferenzberichte jeden Samstagvormittag um. Er aß gern Süßes. Ab und zu ließ er sich mit einer Sekretärin ein. Er rechnete nicht mehr damit, daß ihm etwas Gutes zustoßen würde, und hoffte von ganzem Herzen, daß die Welt erst nach seinem Tod unterginge.

Trotz dieser pessimistischen Einstellung bereiteten ihm die Krapfen, die vor Fett trieften, und der schwarze Kaffee, der zu stark war, größten Genuß. Er ließ sich Zeit mit diesem zweiten Frühstück, genoß jeden einzelnen Bissen, und wenn er überhaupt irgendwelche Ungeduld zeigte, dann nur, um den etwas bitteren Geschmack des Kaffees dem süßen Fett des Krapfens entgegenzusetzen.

Bevor er sich an seine Konferenzberichte machte, wusch er sich die großen, weichen Hände und holte vom Schreibtisch seiner Sekretärin eine schwere schwarze IBM-Schreibmaschine. Sie wußte es nicht, aber er konnte schneller schreiben als sie: 130 Wörter pro Minute.

Und dann fing er an, sein Bauch hing über dem Gürtel der Hose, seine gebeugten Schultern zogen ihn nach vorn zu der schwarzen Maschine, die hohe, intelligente Stirn hatte vor Konzentration Falten. Die Hände flogen über die Tasten. Wenn man ihn so beobachtete, hätte man wohl nie den Eindruck gehabt, daß es sich hier um einen Mann handelte, der mit einer ermüdenden Aufgabe beschäftigt war, sondern vielmehr um einen, der sich in den Geburtswehen einer manchmal schwierigen, aber zumeist aufregenden Schöpfung befand. Denn beim Schreiben dieser Konferenzberichte stieß Alex Duval hin und wieder merkwürdige kleine Schreie aus: einen Stoßseufzer des Triumphs, ein Schnauben der Verachtung, ein hohes Kichern. Er war schnell im Tippen, perfekt, beherrschte seinen Stoff mit absoluter Sicherheit, bediente sich der gängigen Formulierungen mit vollendeter Leichtigkeit: Der Kunde fordert, daß die Agentur dieses und jenes in Angriff nimmt. Die Agentur gibt ihrer Meinung Ausdruck, daß so und so... Die Agentur warnt den Kunden, daß diese oder jene Praktiken prinzipiell nicht üblich seien, daß dieses oder jenes Versprechen nicht abgegeben werden sollte, daß dieser oder jener chemische Stoff karzinogen sei, daß dieses oder jenes Produkt Leberschäden verursachen könne.

So verrückt war er nicht, um nicht zu wissen, daß er verrückt war. Er war sich fast völlig darüber im klaren, wie verrückt er war. Aber er räumte sich auch ein Prozent einer Chance ein, eine nützliche Vorsichtsmaßnahme zu treffen, und so hatten sich diese Samstagvormittagssitzungen fortgesetzt. Später, wenn er mit dem Lift wieder hinunterfuhr, würde er die klamme, bittere Scham einer trotz allem praktizierten Perversion verspüren, befriedigte Lust. Und auf der Straße, zwischen den anderen Menschen, würde er gleichzeitig Haß auf sich selbst und ein seltsames Gefühl von Überlegenheit entwickeln.

Als nun also Harry Joy an diesem Samstagmorgen hierherkam, um festzustellen, wer Akteur und wer Gefangener war, ging er in seinen Leinenschuhen leise durch den Korridor. Er hatte ein weißes Hemd und weiße Hosen an und bewegte sich völlig ungezwungen, überhaupt nicht wie jemand, der zum Spionieren gekommen war. Er hörte die Schreibmaschine und dachte, es wäre ein Texter. Er folgte dem metallischen Geklapper durch die abgestandene Wochenendluft bis zu Alex' Büro, wo er, von der Tür aus, dem Schöpfungsprozeß eine Weile zusah.

Alex kicherte in sich hinein. Er schrieb mit einer Hand weiter, während er mit der andern nach der Kaffeetasse griff. Harry mußte an Winifred Atwell denken, der gerade den «Black and White Rag» spielte.

Harry hatte Lucy schluchzend in ihrem Schlafzimmer zurückgelassen, weil er daran gedacht hatte, sie wie einen Akteur zu behandeln. Er konnte sich nicht mehr konsequent verhalten; mal behandelte er einen wie seinen Todfeind, und im nächsten Augenblick, völlig seinen Zustand außer acht lassend, wie einen alten Freund.

Er hatte Alex seit drei Monaten nicht mehr gesehen und lächelte ihn jetzt an und vergaß völlig, daß er zum Spionieren gekommen war. Er lehnte sich an den Türrahmen, sah ihm bei der Arbeit zu und mußte über seine rasende Energie lachen.

«Großer Gott... Harry.» Alex fuhr zusammen, er griff sich ans Herz und ließ den Kopf sinken. «Verdammt.»

Er bemühte sich, das Blatt Papier zu bedecken, aufzustehen, Harry die Hand zu schütteln. Er war verwirrt und konnte sich nicht darauf konzentrieren, was er tat oder sagte.

«Harry, Harry.» Er kam und umarmte ihn. Harry roch die feuchten Achselhöhlen dicht neben seinen Ohren, denn Alex war sehr groß. «Harry, Harry, wir haben dich alle so vermißt, ach, Harry.» Er schob Harry aus dem Büro, weg von den Papieren, hinaus in das trübe Licht des Korridors. «Komm hierher, Harry, damit ich dich anschauen kann. Du hast abgenommen. Du siehst prächtig aus.»

Harry hatte noch immer das Lächeln auf dem Gesicht. Er konnte es einfach nicht abstellen. «Danke, Alex. Es ist schön, dich wiederzusehen.»

«Harry, ach, Harry.» Er steckte seine großen Hände in die Taschen und wippte auf den ausgetretenen alten schwarzen Schuhen vor und zurück. «Es ist alles nicht mehr wie früher. Du wirst hier gebraucht, Harry, alter Junge. Bist du wieder zurück?»

«Beinahe.»

«Harry, ach Harry, die werden sich alle freuen. Warte nur, bis du ihre Gesichter siehst. Nichts gegen Joel, aber es ist nicht dasselbe mit ihm. Ohne dich macht es einfach keinen Spaß. Was wir vermissen, Harry, ist dein blinder Optimismus.»

«Komm und setz dich, Alex.» Harry schlüpfte zurück ins Büro, bevor Alex ihn aufhalten konnte. Er nahm die Konferenzberichte in die Hand. Alex, der ihm aufgeregt gefolgt war, versuchte, so zu tun, als wären sie nicht weiter wichtig. Er schärfte sich ein, ja keine Bewegung in ihre Richtung zu machen, um nicht die Aufmerksamkeit auf sie zu lenken. Er freute sich, mit Harry reden zu können, aber ihm war zumute, als wären im Radio zwei Sender auf einmal eingestellt.

«Du siehst wirklich prächtig aus. Du hast deinen Bauch verloren, alter Junge.»

«Ich bin 'ne Menge spazierengegangen.»

«Und schwimmen. Die Bräune macht dich zehn Jahre jünger.»

«Manchmal geh ich mit Lucy an den Strand», Harry blätterte nachlässig die Konferenzberichte durch.

«Und wie geht's Lucy?»

«Hm.»

«Und Bettina?»

«Zum Teufel, Alex, was hat das hier alles zu bedeuten?»

«Ach, nichts, Harry, das mach ich nur so zum Spaß.»

«*Du* hast ihnen gesagt, daß Saccharin Krebs erzeugt? *Du* hast ihnen das gesagt, Alex?»

«Das ist doch nur ein Spaß, Harry, mehr nicht. Ich hab mir nur einen Spaß erlaubt.»

Harry schnüffelte. Er konnte Alex' Angst riechen. Er sah den großen, in sich zusammengesackten, traurigen Mann in seinem roten Hemd, das unter dem Gartenpullover durchschien, an und sah, wie er sich eine neue Low Tar-Zigarette ansteckte. «Das ist kein Spaß, Alex. Das tust du nicht nur zum Spaß.» Er kniff die Augen zusammen, überlegte, um welche Qualenkategorie es sich hier wohl handeln mochte. «Sag mir die Wahrheit, alter Freund», sagte er und benutzte aufrichtige Zuneigung als Köder für die Falle.

Alex setzte sich hinter den Schreibtisch und sah zu ihm hoch.

«Ach, Harry, du kennst mich doch...» Alex fühlte sich, als hätte jemand seine Seele in Streifen gerissen und auf den Schreibtisch geworfen. Sie war fahl und glitschig, bedauernswert anzusehen.

Harry las noch immer voller Verwunderung in den Konferenzberichten.

«Harry, das ist nicht echt. Ich habe es nicht wirklich getan.»

«Was geschieht, wenn du das hier abschickst? Verlieren wir dann den Auftrag? Ist es das?»

«Nein, nein, Harry, du verstehst nicht. Hier, nimm den Schlüssel. Nimm ihn. Es ist der einzige. Und mach damit den Aktenschrank hinter dir auf. Das ist der Schlüssel dafür. Na, mach schon.» Er wartete, während Harry aufschloß. «Da drin sind Konferenzberichte von sieben Jahren, alle wie der da. Sie werden nicht abgeschickt.»

«Aber warum das alles?»

«Vielleicht bin ich verrückt.» Er quälte sich ein Lächeln ab, das Lächeln eines fetten Idioten, der glaubt, daß er ein fetter Idiot ist.

Harry konnte nur seinen Schmerz sehen. Es war fast wie eine sichtbare Aura, eine blasse, zitternde Kraft, die ihn einhüllte. «Nein», sagte er, «du bist nicht verrückt. Du hast Angst.»

«Harry, ach, Harry, mir wäre fast lieber, wenn du mich beim Schwanzlutschen erwischt hättest.»

«Alex, sag mal...»

«Was soll ich dir sagen, es ist so verrückt.»

«Du mußt es sagen.»

«Ich kann dir nichts sagen, verdammt noch mal.» Alex schlug mit der Hand auf den Tisch, und über sein schweißglänzendes Gesicht lief eine Träne. «Ich kann es dir, verdammt noch mal, nicht sagen. Es ist lächerlich. Es ist meine Strafe, Harry, mehr nicht.»

Harry setzte sich vorsichtig auf die Schreibtischecke. «Strafe wofür?» fragte er.

Alex rannen die Tränen übers ganze Gesicht, und Harry reichte ihm ungeduldig ein Taschentuch.

«Die Strafe für das», sagte Alex, «was wir hier tun.»

«Aha.»

«Du würdest es nie verstehen. Du hast recht. Du bist normal, Harry. Ich weiß, daß du recht hast und daß ich unrecht habe, aber ich bin nun mal verrückt. Das bringt mich durcheinander. Ich schreibe... ich schreibe diese Konferenzberichte für den Fall, daß sie kommen, um mich zu holen... um mich zu bestrafen.»

Harry war auf der Hut. Er machte langsame, vorsichtige Bewegungen. Er nahm sein nasses Taschentuch zurück und sagte kein Wort. Er benahm sich wie jemand, der einen prächtigen Vogel beobachtete, wie er im tiefsten Wald ungewöhnliche Rituale ausübte.

Und selbst als er sprach, war seine Stimme leise und behutsam, als könnte der scharfe Ton eines Konsonanten oder der kratzende Laut eines Vokals den Zauber brechen.

«Komm mit», flüsterte er, «wir gehen was trinken.»

Er bewegte sich fast lautlos auf seinen weißen Leinenschuhen, und Alex kam mit quietschenden Sohlen hinter ihm her, in den Händen eine Schachtel Kleenex-Tücher. Zuerst gingen sie in Harrys Büro, wo auf dem Schreibtisch uralte Layouts aufgestapelt waren. Der Kühlschrank war weg, und in der früher immer so großzügig bestückten Bar standen zwei schmutzige Gläser und eine verstaubte Flasche Campari, die nur noch ein Viertel voll war.

«Den Kühlschrank hat Joel.»

Harry nickte. «Sag Tina, daß sie hier aufräumen und die Bar auffüllen soll.»

«Joel hat Tina rausgeschmissen.»

Sie gingen in Joels Büro und fanden den Kühlschrank, der in einem neueingebauten Schrank eingeschlossen war. Es war kein kompliziertes Schloß. Sie brachen es mit einem Schraubenzieher auf und nahmen eine Flasche Scotch und einen großen Kübel Eis mit in Alex' Büro.

Alex setzte sich in den Sessel hinter dem Schreibtisch, und Harry machte es sich in dem niedrigen Besuchersessel bequem. Er schlug die

Beine übereinander und stellte das Whiskyglas auf die Armlehne. Er wirkte wie ein Mann, der gerade Urlaub macht. Er sah gut aus.

«Und jetzt erzähl mir, wer dich bestraft», sagte er.

«Bitte nicht, Harry… bitte.»

Harry sah die Demütigung in seinen Augen.

Alex stand auf und machte die Tür zu, aber als er sich wieder hingesetzt hatte, wußte er offenbar nicht, wie er anfangen sollte. «Ich nehme an», sagte er und unterbrach sich wieder, «ich nehme an, ich bestrafe mich eben einfach selbst.»

«Ich glaube nicht, daß du verrückt bist», sagte Harry leise. «Ich glaube nicht, daß du dich selbst bestrafst.»

«Dann bist du auch verrückt», sagte Alex mürrisch.

«Nein», sagte Harry und kniff die Augen zusammen.

«Okay, okay, reg dich nicht auf.»

«Glaubst du an Gut und Böse?» fragte Harry.

Ein Ausdruck leichter Verwirrung breitete sich auf dem Gesicht von Alex Duval aus, und für einen kurzen Augenblick war zu erkennen, daß er auch ein ziemlich arroganter Mann war. «Du weißt, daß ich das tue», sagte er. Er nahm sich eine Zigarette, drehte sie zwischen den Fingern und legte sie mit schlechtem Gewissen wieder in die Packung.

«Und du wirst bestraft, weil du böse bist?»

Die Einfachheit dieser Erklärung ließ alles so kindisch erscheinen, daß Alex Duval fast wütend wurde. «Ja», sagte er. «Wenn du es so ausdrücken willst.»

«Dann», sagte Harry und stand auf, er lächelte, «dann werden wir eben gut sein.»

«Ach, Harry, das klingt sehr schön, aber es wäre nicht sehr vernünftig.»

«Vernünftig?» Harry zog drohend die Augenbrauen hoch. «Vernünftig. Wieso ist es nicht vernünftig? Wir werden einfach gut sein.»

«Wir.»

«Wir beide.»

Alex blinzelte mit den Augen. «Du wirst gut sein?»

«Alex», sagte Harry und setzte sich wieder, aber er beugte sich nach vorn und sah auf den Fußboden, «Alex, ich bin auch ein bißchen verrückt. Ich glaube, daß ich in der Hölle bin.»

Schweigen.
«Du bist der erste Mensch, dem ich es sage. Ich weiß nicht, wem ich trauen kann. Ich habe versucht herauszufinden, was zu tun ist.»
«Du meinst, du weißt, daß du in der Hölle bist?»
«Ja», sagte Harry.
«Ach, du lieber Gott, Harry.»
«Du glaubst, ich wäre verrückt.» Harry stand auf. Er sah hilflos aus. Sein Gesicht war plötzlich schneeweiß.
«Nein», sagte Alex Duval mit ruhiger Stimme. Es wäre ihm keine Sekunde eingefallen, zu glauben, daß Harry alles, was er sagte, auch buchstäblich so meinte. Er war nur unglücklich, weil Harry der letzte Mensch gewesen wäre, von dem er erwartet hätte, daß er ihm offenbarte, zutiefst unglücklich zu sein.
«Seit wann?» fragte er.
«Seit ich –», Harry lächelte ermutigend, aber seine Stimme wurde von Gefühlen fast erstickt. «Seit ich im Krankenhaus war.»
«Ah ja.» Alex erinnerte sich, daß ungefähr zu derselben Zeit offenkundig geworden war, daß Joel und Bettina ein Verhältnis hatten.
«Es tut gut, mit dir zu reden, Alex.»
«Es tut gut, mit dir zu reden, Harry.»
Die beiden Männer fielen in verlegenes Schweigen. Alex Duval steckte sich schließlich eine Zigarette an, und Harry angelte sich das Eis vom Boden seines Glases.
«Ich habe eine Theorie», verkündete Harry, als er das Eis in den Mund gesteckt und heruntergeschluckt hatte.
«Erzähle.» Alex zündete sich die Zigarette an.
«Es gibt in der Hölle drei Sorten Leute. Erstens Gefangene wie wir, zweitens Akteure und dann noch die, die das Sagen haben. Was meinst du?»
«Wer sind die Akteure?»
«Das sind die meisten. Sie arbeiten für die, die das Sagen haben.»
«Um die Gefangenen zu quälen?»
«Ja.»
«Es sind Akteure; sie tun nur so und sind nicht, was sie zu sein scheinen.»
«Hmmm. Was meinst du?»

«Ausgezeichnete Idee», sagte Alex Duval und goß sich noch einen Scotch ein. «Völlig richtig.» Während er trank, überlegte er, ob Harry und er vielleicht noch Freunde würden, richtige Freunde, nach all den Jahren. Harrys Theorie gefiel ihm. Sie hatte keinen Platz für Optimismus.

«Ist Joel ein Akteur?» fragte er.

«Absolut.»

«Und Bettina?»

«Auch.»

«Und wir sind Gefangene?»

«Ja.»

«Nimm dir noch einen Scotch, Harry.»

«Danke, Alex. Die Frage ist», Harry ließ eine ganze Handvoll Eis in sein Glas fallen, «die Frage ist, wer die Gefangenen sind und wie sie befreit werden können.»

«Harry», sagte Alex, «es tut gut, dich zu sehen. Es ist schön, mit dir zu reden. Wir haben seit den alten Zeiten nicht mehr so geredet. Weißt du noch, wie wir immer wer weiß wie lange rumgesessen sind und geredet haben?» Alex stopfte Tabak in seine kleine gebogene Pfeife und zündete sie an. Als er sie zum Glimmen gebracht hatte, lehnte er sich in seinem Sessel zurück. «Du alter Idiot», sagte er. «Es tut so gut, mit dir zu reden.»

«Ich möchte dir eine Frage stellen», sagte Harry. «Deine Meinung...»

«Ja», Alex machte es sich in seinem Sessel bequem.

«Sage mir den relativen Verdienst von Originalität und Gutsein... was glaubst du?»

«Harry», er schüttelte den Kopf, «du bist wirklich erstaunlich, ich kann es nicht fassen.»

Die beiden Männer lächelten sich gegenseitig stolz an.

«Originalität ohne Gutsein», sagte Alex schließlich, «ist nichts, ist ohne jeden Wert.»

«Das glaube ich auch», sagte Harry. «Originalität allein ist wirklich nichts wert?»

«Nicht mal ein Häufchen Scheiße.»

«Aber mit?»

«Dynamit.»

«Ich finde, wir sollten mit Krappe Chemicals Schluß machen», sagte Harry. «Ich finde, das ist genau der richtige Punkt, um anzufangen.»

«Ja...» erwiderte Alex vorsichtig.

«Wieviel bringen sie?»

«Knapp zwei Millionen.»

Alex hatte allmählich das Gefühl, daß es in der Unterhaltung um etwas ging, das er überhört hatte, als hätte er geschlafen und irgendeine wichtige Information versäumt. Eine Weile saß er still da, paffte an seiner Pfeife und sah dem Hockeyspiel im Park auf der anderen Straßenseite zu. Harry fischte sich ein paar Eisstücke aus dem Kübel und zerbiß sie.

«Warum?» fragte Alex schließlich.

«Warum was?»

«Warum mit Krappe Chemicals Schluß machen?»

Harry sah ihn erstaunt an. «Damit du deine persönlichen Konferenzberichte nicht mehr zu schreiben brauchst. Ich will verdammt sein, wenn ich mich für immer und ewig bestrafen lasse. Möchtest du für immer und ewig bestraft werden?»

Alex nahm die Pfeife aus dem Mund. «Nein», sagte er und hielt die Pfeife, aus deren beiden Enden Rauch aufstieg, ein Stück vom Mund entfernt. «Trotzdem», sagte er, «das ist eine ganze Menge Geld...» und als Harry darauf nichts sagte: «Es erscheint vielleicht ein bißchen widersprüchlich...»

«Wieso widersprüchlich?» fragte Harry mit Eiswürfeln im Mund.

«So plötzlich, nach all den Jahren.»

«Ah – aber früher haben sie es ja auch nicht getan.»

«Was getan?»

«Dich unglücklich gemacht.»

Alex kniff die Augen zusammen. «Aber, Harry, ich mache das hier schon seit zehn Jahren.»

«Hm», sagte Harry Joy zögernd und goß sich einen Scotch ein. «Auf uns», sagte er, «auf daß wir gut sind.»

Des Nachts im Bett las Alex Rousseau und Pascal, Bertrand Russell und Hegel, Marx und Plato, aber jetzt, als er Harry Joy ansah, für den er seit fünfzehn Jahren arbeitete, hatte er Angst, ihn verstanden zu haben.

«Du meinst richtig gut, nicht wahr? Mit Großbuchstaben?»

«Mit ganz großen Buchstaben», grinste Harry und benetzte seinen Schnurrbart mit Scotch.

«Du meinst GUT.»

«Worauf du dich verlassen kannst.»

Als Traum, als Vorstellung, hätte es Alex zum Lachen veranlaßt. Wenn er des Nachts dalag und las, während seine Frau neben ihm vor sich hin schnarchte, hätte er in der lächerlichen Vorstellung geschwelgt, daß Harry Joy beschlossen hatte, gut zu sein. Aber jetzt, als er sich mit dieser Vorstellung in seinem stickigen Samstagvormittagsbüro konfrontiert sah, bekam er es mit der Angst.

«Und du meinst es wirklich ernst?»

«Klar. Warum denn nicht?»

«Du wirst Pleite machen.»

«Wen kümmert das schon.» Harry fühlte sich, als hätte er gerade die Fenster eines verrammelten Hauses geöffnet. Er konnte frisch gemähtes Gras riechen.

Alex setzte ein gekränktes ironisches Lächeln auf. «Mich vielleicht. Ich brauche einen Job.»

Harry stand auf und legte beide Hände auf Alex' weiche Schultern. «Du wirst einen Job haben. Ich werde dafür sorgen, daß du einen Job hast. So unheimlich viel Geld brauchen wir ja gar nicht.»

Harrys Begeisterung hatte Alex schon immer Kraft gegeben, aber sonst hatte sie immer Sicherheit bedeutet, nicht Gefahr. Und außerdem irritierte ihn Harrys Entdeckung von Moral und Bestrafung irgendwie, als bewegte er sich auf einem Terrain, das ihm nicht zustand, einem Terrain, in dem er, Alex, sich viel besser auskannte, all die kleinen Nuancen von richtig und falsch, die Einzelheiten über die Verbrechen ihrer Kunden, das genaue Wesen ihrer eigenen kriminellen Willfährigkeit. Auf diesem Gebiet fühlte sich Alex zu Hause, und Harrys Begeisterung und sein kindischer Entschluß, gut zu sein, störten ihn. Vor einem Jahr, vor drei Monaten noch, hatte sich Harry für nichts anderes interessiert als für einen erfolgreichen Geschäftsabschluß, und jetzt spielte er sich auf, als hätte er den Anspruch auf das moralische Dilemma des Lebens gepachtet. Er hatte nicht auf Alex gehört, als dieser, nervös, andeutungsweise, darauf hingewiesen hatte, daß mit verschiedenen Produkten von Krappe Chemicals einiges nicht ganz in Ordnung war.

Und jetzt riß Harry Joy einfach die Führung an sich.

«Trotzdem», sagte Alex, «es ist schön, dich hier zu haben, alter Knabe.» Aber sein Lächeln war zaghaft.

«Mach dir keine Sorgen wegen des Geldes, Alex.» Ich kümmre mich schon darum, daß du nicht auf der Straße stehst.»

«Sicher», sagte Alex, und Harry beschloß, den Sarkasmus in seiner Stimme zu überhören. Statt dessen saßen sie da und redeten darüber, wer Gefangener war und wer Akteur, und während der Nachmittag fortschritt und die Flasche Scotch zur Neige ging, stellten sie eine Liste zusammen, die auf Alex' Informationen beruhte.

Draußen waren die Straßen überschwemmt, Autos blieben stecken und standen am Straßenrand. Schließlich, als die Liste komplett war, rollte Harry Joy seine Hosenbeine hoch und ging hinaus, um ein Taxi zu holen.

Alex blieb in seinem Büro und bemühte sich, mit einem Schraubenzieher den Aktenschrank zu öffnen und verfluchte Harry Joy, der jetzt den Schlüssel besaß.

Es war einer jener stillen heißen Vormittage, die kurz vor Beginn der Regenzeit auftreten: Der Himmel in strahlendem Kobaltblau, und darunter alle Schattierungen von Grün, frisch gewaschen oder neu geboren, und nur die raschelnden verdorrten Blätter, die wie riesige getrocknete Fische von den Bananenbäumen hingen, gaben Hinweis auf den Tod, aber auch nur jemandem, der nach seinen Zeichen Ausschau hält. Die Luft, die durch die geöffneten Fenster des alten Holzhauses hereinwehte, war süß und warm, und Geißblatt und Jasminblüten ließen ihre aromatischen Düfte wie unsichtbare Schleier durch die hohen Räume wogen.

Harry Joy pfiff vor sich hin und breitete alte Zeitungen auf dem Küchentisch aus, legte die Schuhcreme (dunkelbraun, hellbraun, schwarz und farblos) und die dazugehörigen Bürsten und Tücher obendrauf. Er widmete sich dem Gutsein mit dem ein wenig besessen wirkenden methodischen Interesse, das für Laien typisch ist. Er nahm das erste Paar Schuhe und freute sich, als er sah, daß es dreckverkrustet war. Er holte ein altes Messer und kratzte sie vorsichtig ab; dann ein etwas feuchtes Tuch, um sie abzureiben; dann die Bürste und die Schuhcreme, jetzt ein Tuch zum Polieren. Ihm fiel ein, daß er die Arbeit ziemlich schnell verrichtet hatte und vielleicht nicht gründlich genug, daher zog er die Schnürsenkel heraus und begann noch mal von vorn.

Bis acht Uhr hatte er innerhalb einer Stunde die Schuhe der gesamten Familie geputzt, und bis jetzt hatte sich keiner von ihnen auch nur gerührt. Er gestattete sich den Luxus einer Tasse Tee, und während das Wasser im Kessel kochte, beobachtete er eine ganze Honigsaugerfamilie, die die restlichen Papaufrüchte der letzten Saison an dem Baum vorm Küchenfenster attackierte. Er bemühte sich, die Formen und Farben der Vögel im Gedächtnis festzuhalten, aber er wußte, daß er dafür kein Talent besaß. Innerhalb weniger Minuten würden die Honigsauger in seiner Erinnerung zu einer verschwommenen Masse geworden sein, und er würde nur noch wissen, daß sie dicht neben dem Auge ein gelbes Mal hatten.

Als er seinen Tee ausgetrunken hatte, machte er sich ans Fensterputzen und begann in der Küche, in der eine feine Fettschicht auf den Scheiben lag. Er war gerade dabei, sie mit alten Zeitungen abzureiben, als David, fertig angezogen und mit nassen, ordentlich gekämmten Haaren, in die Küche kam.

«Morgen», sagte Harry.

David nahm alles zur Kenntnis, die Schuhe, die jetzt nebeneinander aufgereiht auf der Hintertreppe standen, das saubere Fenster und Harry Joy, mit nackter, vernarbter Brust und in einen balinesischen Sarong gehüllt, den straffen Körper in Schweiß gebadet, die gelben Zähne vor Konzentration in der Unterlippe vergraben. Er wußte nicht, worüber er sich am meisten entrüsten sollte.

Er hob seine Schuhe auf. «Warst du das?»

«Ja.»

«Bitte, Dad, das darfst du nicht.»

«Ist schon in Ordnung. Hat mir Spaß gemacht.»

Das entsprach der Wahrheit. Er konnte sich nicht erinnern, seine

Zeit je auf so angenehme Weise verbracht zu haben wie an diesem Morgen, allein mit den Schuhen der Familie. Er hatte es von Anfang bis Ende genossen.

«Das darfst du nicht», sagte sein Sohn.

«Sie waren schmutzig.» Er rieb die Fensterscheibe, bis die schmierigen Streifen samt und sonders verschwunden waren.

«Es hat mir Spaß gemacht», sagte er. «Ich hab sie dir gern geputzt.»

Davids dunkle Augen glänzten. «Nein. Eigentlich müßte ich deine Schuhe putzen.»

«Wenn du das gern möchtest...»

«Aber es gehört sich nicht, daß du meine putzt.»

«David, es hat mir Spaß gemacht.»

Die Verwirrung, die sein Sohn zeigte, tat ihm wohl. Es schien die Wirksamkeit des Rituals zu bestätigen.

«Aber das darfst du nicht, Dad, das darfst du nicht tun. Verstehst du denn nicht? Warum kannst du das nicht verstehen?» Er schüttelte den Kopf und strich seine nassen Haare glatt.

«Was gibt es denn da zu verstehen?»

«Du hast überhaupt kein Feingefühl, ich kann es einfach nicht glauben! Genau wie mit dem Fiat. Du hast nie begriffen, warum das nicht in Ordnung war.»

«Es war dir peinlich.»

David goß Milch über seine Cornflakes. «Großartig», sagte er ironisch. «Nach zehn Jahren begreifst du endlich. Großartig.»

«Du brauchst es deinen Freunden ja nicht zu erzählen, daß ich deine Schuhe geputzt habe.»

«Dad», David stieß seine Schüssel von sich weg, als würde ihm übel, wenn er noch mehr äße, «du bist das Oberhaupt dieses Haushalts. Bedeutet dir das denn nichts?»

«Scheint mir dieser Tage aber eine komische Art Haushalt», sagte Harry. «Jedenfalls kommt es mir so vor. Was meinst du?»

«Und an wem, glaubst du wohl, mag das liegen?» sagte David mit großen Augen und herausforderndem Blick, den Kopf schief zur Seite gelegt. «Glaubst du etwa, das wäre meine Schuld? Glaubst du, Lucys? Glaubst du, Bettinas? Es ist ganz allein deine Schuld.»

«Meine also», sagte Harry fröhlich. «Es ist meine Schuld!» Die Fenster waren so blank geputzt, daß er jetzt die Honigsauger viel deutlicher sehen konnte. Sie hatten einen grauen Bauch und kleine rote Kehllappen, die wie Ohrringe von ihren Köpfen herabhingen. Er beobachtete sie fasziniert, betrachtete das Loch, das sie in die Papaufrucht gepickt hatten.

«Du bist das Oberhaupt des Haushalts. Du solltest uns führen. Du solltest uns bestrafen.»

«Großer Gott.»

«Ja. Wenn wir etwas falsch machen, sollten wir bestraft werden.»

«Du lieber Himmel.»

«Es herrscht keine Disziplin. Das ist es. Das ist der Grund, warum Mama unglücklich ist. Das ist der Grund, warum Lucy Drogen nimmt.»

«Was für Drogen?»

«Du darfst nicht unsere Schuhe oder die Fenster putzen. Du mußt uns dazu anhalten, all diese Dinge zu erledigen.»

«Was für Drogen?»

«Wenn wir heute Mittag essen, dann läßt du alles die andern machen. Und du gehst im Garten spazieren. Damit würdest du uns allen einen Gefallen tun.»

«Nein.»

«Du und ich, wir könnten Monopoly spielen.»

«Ich dachte, du gehst zur Arbeit.»

David zog die Schale mit den Cornflakes wieder näher zu sich heran. «Eigentlich gibt es für mich dort nicht furchtbar viel zu tun», sagte er.

Harry kehrte zu seinem Fenster zurück und bemühte sich, diese peinliche Personifikation seines Sohnes zu vergessen. Er verweilte mit seinen Gedanken auf dem kleinsten Fleck Fliegendreck, konzentrierte sich einzig und allein auf das Problem, wie er sich entfernen ließ. Er nahm vage wahr, daß David ging und bemerkte überhaupt nicht, daß Bettina kam.

«Du hast soviel Feingefühl wie eine Tonne Ziegelsteine!»

Sie sah nicht besonders gut aus. Ihr Mascara war über dem einen Auge verschmiert. Es verlieh ihr ein gaunerhaftes, fast dämonisches Aussehen. Sie saß am Küchentisch und rauchte wütend zwei Zigaretten.

Als sie mit der zweiten fertig war, drückte sie sie geradezu brutal aus. «Du gibst dir Mühe, mich wie eine Schlampe hinzustellen», sagte sie.

Sie wollte ihn in Wut bringen, aber er würde nicht wütend werden. Schließlich war er gut.

Er stellte den Wasserkessel auf und kochte Tee.

«Koch mir bloß keinen Tee, verdammt noch mal.» Bettina stand schwankend auf. «Wag das bloß nicht.»

Er klammerte sich entschlossen an der Teedose fest. «Es macht mir Spaß», sagte er. «Bitte. Laß mich doch.»

Bettina drehte das Gas ab und schüttete das Wasser in den Ausguß. «Versuch bloß nicht, für mich den Märtyrer zu spielen.»

«Ich will dir doch nur einen Tee kochen.»

«Ich weiß, was du vorhast.»

Mit Eiseskälte überfiel es Harry, daß sie vielleicht wirklich wußte, was er vorhatte.

«Oh», sagte er. Er spitzte die Lippen und machte hohle Wangen.

«O ja», sagte sie und sah ihn mit großen, spöttischen Augen an.

«Tut dir das weh?» Er bemühte sich, kein Interesse an den Tag zu legen.

«Ja, im Arsch.»

«Aha», und er musterte sie eingehend, mit schiefgelegtem Kopf, während er sich mit dem nackten linken Fuß am rechten Bein kratzte.

«Komm und setz dich hierher, alter Junge.» Sie klopfte mit der Hand auf den Stuhl neben sich. Es war ein Ausdruck der Zuneigung aus anderen, früheren Tagen, und Harry, der wie ein scheuer tropischer Vogel auf einem Bein dastand, ließ sich dazu verleiten, am Tisch Platz zu nehmen.

Sie nahm seine Hand und gab ihm einen Kuß auf seine schöne Nase. Sie hatten seit zwei Monaten nicht mehr zusammen geschlafen.

«Harry...»

«Ja.»

«Glaubst du, daß du vielleicht drauf und dran bist, ein bißchen überzuschnappen?»

Harry zuckte die Achseln. «Ich tu doch nichts anderes als...» Aber er unterbrach sich, weil er seine Karten nicht auf den Tisch legen wollte.

«Was tust du dann, alter Knabe?»
«Ich putze nur die Fenster.»
«Damit ich wie eine Schlampe dastehe.»
«Nein.»
«Damit jeder sieht, daß ich keinen Finger rühre?»
«Ich hatte geglaubt, du würdest dich freuen, wenn ich es tue.»
«Du bist ein ziemlich sarkastisches Schwein, finde ich», sagte sie gutmütig. «Na schön, mach daß du rauskommst.»
«Wieso, wo denn raus?»
«Mach, daß du aus der verdammten Küche rauskommst, damit ich weiterputzen kann.»
«Nein, laß mich noch ein bißchen weitermachen.»
Bettina streckte einen Finger aus und bohrte ihn dicht bei der Wunde in seine Brust. «Mach jetzt, daß du rauskommst, raus.»
Er ging nach oben. Und es gelang ihm, das halbe Badezimmer zu putzen, bevor sie kam und ihn dabei erwischte.

Sie hatte vor, Karriere zu machen, aber dann lernte sie Harry Joy kennen und verliebte sich in ihn. Man erzählte ihr, er wäre vom französischen Konsulat, und sie sah ihn sich eine Weile an, nicht im geringsten ungeduldig, nur fasziniert. Er trug einen wunderbar geschnittenen, ziemlich lose sitzenden weißen Anzug. Er hatte einen großen Schnurrbart. Er war eine Augenweide. Sie beobachtete ihn, wie er sich bewegte, so geschmeidig, als würden seine Füße gar nicht den Boden berühren, wie ein Tänzer.
Es war auf einer Party für einen scheidenden Handelsbevollmächtigten, alles Geschäftsleute mit Rotary-Abzeichen. Sie war mit ihrem Chef gekommen, dem Leiter der Ogilvy & Mather-Zweigstelle.
«Kommen Sie, Tina», hatte er zu ihr gesagt, «setzen Sie Ihren Hut auf. Wir gehen auf eine Party.»
Sie saß in einem Sessel und beobachtete Harry Joy. Sie war schüchtern und wußte nicht, wie sie es anstellen konnte, mit ihm bekannt zu werden. Vorerst genügte es ihr, ihn anzusehen und zu bewundern.
Schon damals ging ihr die Farblosigkeit dieser Stadt, ihr Stumpfsinn,

ihr Mangel an Stil, gegen den Strich. Ihre einzige Zuflucht war ihr stinkiges kleines Zimmer über der Tankstelle ihres Vaters. Unten rülpste und furzte Billy McPhee herum, riß Witze, kicherte, rannte zwischen Kasse und Benzinpumpe, Benzinpumpe und Kasse hin und her; oben blätterte seine Tochter in den Kunstdruckseiten des New York Art Directors' Annual.

Einige Männer kamen und setzten sich zu ihr und verwickelten sie in Unterhaltungen, aber ihre Augen blieben auf dem exotischen Mann in dem schönen weißen Anzug haften. Wahrscheinlich sprach er nicht einmal Englisch, dachte sie.

Und dann stand er vor ihr.

«Sie starren mich die ganze Zeit an», sagte er. Natürlich war er kein Franzose, aber seine Worte hatten einen so tiefen, langgezogenen Klang, daß sie nicht im geringsten enttäuscht war.

«Ja», sagte sie. Etwas anderes fiel ihr nicht ein. Aber die Kürze ihrer Antwort kam ihm wohl kühn vor.

Er setzte sich neben sie, und sein Blick glitt durch den Saal des Hotels, in dem sich graue Anzüge und gestreifte Krawatten drängten. «Hm», machte er.

Sie fand, er war der originellste Mensch, dem sie je begegnet war.

«Das ist ein schöner Anzug», sagte sie. Ihr Körper war so verkrampft, daß ihr die Fingernägel weh taten.

Als er lächelte, bildeten sich kleine Fältchen um seine Augen. «Warum tragen Sie Handschuhe?»

Sie war neunzehn. Sie sagte: «Weil meine Hände schwitzen.»

Unter dem großen Schnurrbart rührte sich ein Lächeln. «Sind Sie exzentrisch?» fragte er.

«Ja.»

Er rief einen Kellner und bestellte Wodka. Dann zog er ihr die Handschuhe aus und wischte die Handflächen mit einem Taschentuch ab, das er vorher in Wodka getaucht hatte. Er ließ sich vom Kellner ein Handtuch geben und trocknete sie wieder ab.

«Da», sagte er, «jetzt brauchen Sie nur noch einen Spritzer Wermut, und dann haben Sie einen schönen trockenen Wodkatini.» Er war zweiundzwanzig. Er hatte von den Wodkatinis im *New Yorker* gelesen.

Sie fragte ihn nicht, was er machte. Sie selbst verabscheute Leute, die sie danach fragten.

«Fragen Sie mich das in drei Jahren noch mal», pflegte sie dann immer zu sagen.

«Warum?»

«Weil ich Ihnen in drei Jahren etwas Interessanteres erzählen kann.»

Nicht einmal die beiden Männer bei Ogilvy & Mather wußten, daß ihre Sekretärin, Empfangsdame und Telefonistin den Ehrgeiz hatte, in der Werbung Karriere zu machen. Wahrscheinlich wußte sie über die Geschichte der amerikanischen Werbung besser Bescheid als die Herren selbst. Sie besaß fünfzehn Jahresbände des New York Art Directors' Club, und sie wußte im einzelnen, wer welche Anzeige für die Volkswagenwerbung verfaßt hatte, seit den ersten von Bill Bernbach. Sie verschlang die amerikanischen Handelsblätter und kannte jeden Klatsch aus der Branche. Wenn sie jemanden gehabt hätte, mit dem sie darüber hätte reden können, dann hätte sie lustige kleine Geschichten über Mary Wells und Jack Tinker erzählt, aber sie hatte nur ihren Vater mit seinem narkotisierten Blick und seinen blöden Sprüchen: «Einer von zehn, die Nummer eins, hau drauf und ab geht die Post.» Sie wohnte auf dem Grundstück eines Abbruchunternehmers.

«Ich habe mit Werbung zu tun», stellte sich Harry Joy vor. «Harry Joy.»

Diese Information genügte ihr voll und ganz, um ihn genau einzuordnen. Er war gerade zweiundzwanzig, und er war der Joy von Day, Kerlewis & Joy. Man hatte ihn nach nur acht Monaten, als Mr. Kerlewis plötzlich gestorben war, zum Geschäftspartner gemacht. Sie wußte, wie hoch sein Einkommen geschätzt wurde, welche Anzeigen von ihm stammten und wie die drei Frauen hießen, mit denen er regelmäßig gesehen wurde.

Sie wollte nicht, daß er wußte, daß sie bei Ogilvy & Mather Telefonfräulein war. Sie wollte niemand Gewöhnliches sein. Später, später würde sie etwas Besonderes sein, aber jetzt, wo es drauf ankam, war sie ein kleines Fräulein Niemand, die wenig Interessantes von sich zu geben hatte. Verzweifelt sah sie ihn an, als könnte er ihr jeden Augenblick entrissen werden, und dann handelte sie schnell, mit dem draufgängerischen Mut sehr schüchterner Menschen.

Sie stand auf und zog ihre Handschuhe an.

«Wohin gehen Sie?» Er sah gekränkt aus.

«Ich gehe essen», sagte sie. «Kommen Sie mit?»

«In Ordnung», sagte er, als wäre es für ihn nichts Ungewohntes, von Frauen zum Essen eingeladen zu werden. Ihre Hände waren vor Nervosität schweißnaß, und später an dem Abend, als sie ihre Schuhe auszog, rochen sie nach all den Hoffnungen und Ängsten, von denen das glatte dunkelgetönte Gesicht, das den guten Harry Joy so bestrickte, nichts verraten hatte.

Auf dem Weg zum Essen beschloß er plötzlich, ohne Vorwarnung, zu tanken.

«Nein», sagte sie, «nicht hier.»

Aber es war schon zu spät. Sie standen schon vorn im Hof, und Billy McPhee kam, mit einem schmutzigen Lappen in der Hosentasche, aus dem Büro. Er hielt den hohlwangigen, rot angelaufenen Kopf gesenkt, pendelte mit den Armen und pfiff irgendeinen Unsinn, den er im Radio gehört und nicht richtig verstanden hatte, vor sich hin, und Harry sagte zu ihr: «Was wollten Sie damit sagen?»

«Ach, nichts», sagte sie. «Nichts weiter.»

Sie versuchte, sich unsichtbar zu machen.

«Volltanken», sagte Harry.

«Öl, Wasser, Präsident Nasser?» leierte Billy vor sich hin und lugte in den Wagen, aber Bettina hatte sich abgewandt. «Soll ich die Scheibe machen?»

Sie hatte es nie vergessen können. Noch achtzehn Jahre später mußte sie laut aufstöhnen, wenn sie daran dachte. Wie hatte sie einen solchen Verrat begehen können an ihm? Wie hatte sie sich mit ihren herzlosen, grausamen neunzehn Jahren weigern können, den Mann, der durch die Windschutzscheibe in den Wagen sah, als ihren Vater anzuerkennen?

Mehr nur als ihr Vater. Auch Mutter, denn ihre richtige Mutter hatte Billy sitzenlassen, und Billy hatte alles getan für sie – dort auf dem Vorhof hatte er sie großgezogen. Er wechselte ihr die Windeln neben der Kasse. Er stellte ihren Kinderwagen zwischen den Benzinpumpen auf. Während eine Gallone Benzin nach der anderen durchlief, redete er ununterbrochen mit ihr. «Das hier ist deine Welt», sagte er zu ihr. «Sie steckt dir im Blut. Du hast einhundertundzwanzig Oktan.» Er war mal jung gewesen, begeistert, dynamisch, vorwärtsdrängend, voller Pläne. Aber irgendwo waren seine Energie und seine Träume außer Kontrolle geraten, während er schwatzend zwischen seinen Benzinpumpen herumlief, Pläne schmiedete, wie er ein Haus mit Appartements kaufen würde und danach zwei Häuser mit Appartements, dabei besaß er nicht einmal eine eigene Wohnung. Er roch nach Schweiß und Aufputschern und abgefahrenem Gummi, und unter seiner unnatürlich weißen Haut quollen ihm die blassen blauen Augen aus dem Gesicht.

Bettina sah ihren Vater durch das Fenster. Sie sah mitten durch ihn hindurch. Ein Krampf, ein Tick, irgend etwas brachte Billys Mund zum Zucken, dann umwölkten sich seine Augen, und er wischte ausdruckslos das Fenster sauber und füllte den Tank auf.

«Könnten Sie mal den Reifendruck prüfen?» fragte Harry.

«Verdufte», forderte Billy McPhee seinen zukünftigen Schwiegersohn auf. «Gib das Geld her, und dann verdufte, sag ich dir, bevor ich dir die Fresse einschlage.»

Dieser Abend stand, nachdem sie sich kennengelernt hatten, ihr Leben lang zwischen ihnen.

Bettina McPhee hatte nicht damit gerechnet, sich zu verlieben. Sie hatte es sich nicht vorstellen können und daher bei ihren Plänen auch nicht berücksichtigt. Später vielleicht, in Amerika oder sonstwo, aber nicht hier und jetzt.

Aber dann stand sie plötzlich vor vollendeter Tatsache. Einfach so. Ohne auch nur zu denken. Und dann zählte alles andere nicht mehr, und sie ging ihrer Liebe mit rückhaltloser Begeisterung nach, und plötzlich gab sie überhaupt nichts mehr darum, Karriere zu machen oder nach Amerika zu gehen, denn sie war glücklich, und ihr Glück schien so vollkommen, daß es ihm an nichts fehlte. Mit geradezu wildem Enthusiasmus stürzte sie sich in die Ehe, als gäbe es in ihr vergrabene Schätze, die sich, in dem Maße, wie sie Energie aufwendete, bergen ließen. Mit einemmal kam ihr die Stadt interessant vor. Sie kauften ein altes, auf Pfeilern stehendes Haus in der Palm Avenue, und sie wurde schwanger, ohne auch nur einmal darüber nachgedacht zu haben, ob sie überhaupt ein Kind wollte. Sie ließ sich von diesem durch und durch verrückten Strom mitreißen, und als sie mit David schon im sechsten

Monat war, schlug sie noch mit Brecheisen und schwerem Hammer eine Zwischenwand heraus und hatte jeden Abend aufgerissene, blutige Hände und Mörtel in den Haaren.

Ganz Billy McPhees Tochter, ohne jeden Zweifel.

Sie hörte nicht auf, sich für Werbung zu interessieren; schließlich war es das Metier ihres Mannes. Sie las die amerikanischen Handelsblätter. Sie kaufte die neuesten Art Directors' Annuals. Sie unterzog Harrys Arbeiten einer scharfen, intelligenten Kritik.

Sie war schockiert, als sie feststellte, wie selbstzufrieden er war.

«Er ist doch gut angekommen», sagte er und verteidigte einen Fernsehspot, den er geschrieben hatte.

«Er ist also gut angekommen», sagte sie, «na und? War er etwa *gut*?»

«Ach, hör doch auf, Bettina...»

«War er gut?»

«Na, schön», sagte er, «besonders war er gerade nicht. Aber er bringt Geld.»

«Ach, zum Teufel mit dem Geld», sagte sie. «Das Geld ist mir egal. Aber es ist mir nicht egal, wie deine Arbeiten aussehen. Ich will, daß du geistreiche, herrliche, wunderbare Werbespots machst.»

«Du hast ja recht», sagte er, und sie versuchte sich damit abzufinden, daß er niemals besonders gute Anzeigen zustande bringen würde.

Beim zweitenmal war sie schon nicht mehr so versessen darauf gewesen, schwanger zu werden. Sie wollte wieder Karriere machen. Jedes Jahr sagte sie sich, daß sie noch jung wäre. Und während des Wartens wurde sie amerikanischer als die Amerikaner. Sie unterstützte ihre Kriege, sah ihre Kinofilme, kaufte ihre Produkte, verabscheute ihre Feinde. Selbst deren trivialste Bräuche wurden als Artikel des Glaubens angenommen, und in der Palm Avenue stand immer Eiswasser auf dem Tisch. Sie glaubte an die Wohltätigkeit der amerikanischen Konzerne, den Triumph der Astronauten, das Gesetz des Kaufmarkts und die zweifache Bedrohung durch den Kommunismus und das Zweitklassige, wenn auch nicht unbedingt in dieser Reihenfolge.

Als Lucy schließlich zehn war, stritten sie darüber, ob Bettina im Geschäft mitarbeiten könnte. Nach Harrys Auffassung hatte es sich nie um erbitterte Streite gehandelt, und oberflächlich gesehen hatte er auch recht. Aber Bettina war verletzt, weil er sich weigerte, diese Frage überhaupt in Betracht zu ziehen. Es war eine Zurückweisung, die mehr weh tat als alles, was ihr je widerfahren war, und das konnte sie ihm nicht verzeihen.

In Bettinas Augen war es diese Zurückweisung, die bewirkt hatte, daß sie jetzt so unglücklich waren. Und doch gab es sogar jetzt, inmitten von Harrys Wahnsinn, inmitten des totalen Ruins ihrer Ehe, Tage, an denen sie sich fanden, fast selbstvergessen, fast so etwas wie Genuß verspürend (obgleich immer irgend etwas schiefging, irgendeine Verwirrung auftrat, und plötzlich alles verdorben war und Haß und Ressentiments aus ihr herausquollen und sich in einem häßlichen, glitschigen Durcheinander mit dem Rosenkohlwasser und den verstreuten Kohlblättern auf dem Küchenfußboden vermischten).

«Wer hat denn die Schuhe geputzt?»

«Dein verrückter Vater.»

Ihre Tochter war ein wilder, ungepflegter Ableger des gleichen Stamms, unbändig wie ein junger Hund, ihre dunklen Haare türmten sich zu einem dicken Lockengewirr, ihre Bewegungen waren anmutig, aber affektiert. Sie hatte die mandelförmigen Augen ihrer Mutter, aber ihre olivfarbene Haut war von der Sonne fast schwarz gebrannt. Sie saß auf dem Küchentisch und sah zu, wie Bettina an der Fensterscheibe rubbelte.

«Warst du schon wieder schwimmen?» fragte Bettina ein bißchen kurzatmig.

«Ja.»

Sie machte sich wegen der breiten Schultern ihrer Tochter Sorgen. Sie drehte sich um und sah sie zwischen falschen Wimpern hindurch an.

«Keine Angst, Mami, dann heirate ich eben einen Gorilla.»

«Vielleicht wird dir am Ende gar nichts anderes übrigbleiben», sagte sie trocken. «Geh mal unter die Dusche.»

«Kann ich nicht. Daddy putzt gerade das Badezimmer.»

«Dieses Miststück», kreischte Bettina und rannte die Treppe rauf. Sie hielt Harry für verschlagener, als er in Wirklichkeit war. Sie hatte ihn von seinen Methoden erzählen hören, wie er mit schwierigen Kunden fertig wurde, und jetzt hatte sie das Gefühl, als würde sich um sie herum ein feines Netz zusammenziehen. Warum putzte er das Bad im Sarong? Warum standen auf der Hintertreppe reihenweise geputzte

Schuhe? Er stellte sie als Schlampe hin, als Hure, eine Trinkerin, eine Versagerin. Er erniedrigte sich, um sie zu erniedrigen.

Sie traf ihn im Badezimmer an, und nachdem sie mit dem Scheuerlappen auf ihn eingeschlagen hatte, bat sie ihn um Verzeihung. Dann hielt sie ihn fest umschlungen, und trotz aller Vorsätze, aller Beschlüsse, aller ehrgeizigen Pläne spürte sie, wie sich altvertraute Liebe regte.

«Du erlaubst mir nicht, dich zu lieben», sagte sie zu dem Mann, den zu verlassen sie beschlossen hatte, der sie wahnsinnig machte und in heftige Wut versetzte.

Sie fühlte, wie er zitterte. Sie mochte seinen Körper seit seiner Krankheit: er war schlanker und fester. Sie mochte sogar die große seidige Narbe auf seiner Brust.

«Du läßt mich nicht an dich heran.» Und dann verführte sie ihn doch tatsächlich im Badezimmer, mit den Händen unter seinem Sarong. Sie biß ihn ins Ohr. «Harry, Harry.» Sie spürte, wie er sich widersetzte, und dann machte er, ohne ein Wort zu sagen, den Knoten auf, und es war wieder wie in früheren Tagen, in alten Zeiten, in denen sie Samstag vormittag im Bett geblieben waren, in den Tagen vor Joel, und er machte mit der einen Hand die Tür zu, während er ihr mit der anderen den Morgenrock herunterzog.

«Betty, Betty», sagte er, «bist du's?»

Gemäß der Familienmythologie waren die McPhees dunkel, unzufrieden, poetisch und die Joys friedlich und ziemlich normal. Bei dieser Klassifizierung mußte man allerdings Harrys exzentrische Mutter und seinen rastlosen Vater vergessen. Genauso, wie man unbedingt auch Bettinas traurigen, glotzäugigen Vater ausklammern mußte, der an einer Überdosis Benzedrin und aus Wut gestorben war, als er einem Kunden Bescheid gab, der für einen Dollar Benzin zu tanken wünschte.

«Für einen Dollar», hatte Billy McPhee gebrüllt und war neben der Pumpe buchstäblich auf und ab gehüpft, «Sie erwarten von mir, daß ich Ihnen für *einen einzigen* beschissenen Dollar Benzin gebe!» Und Bettina, die ihm schuldbewußt die letzte Ehre erwies, konnte sich des Gefühls nicht erwehren, inmitten des süßen Dufts der Grabblumen die wohlvertrauten Gerüche ihrer Kindheit wahrzunehmen: Öl, Benzin und verbranntes Gummi. Dieser blasse, tote Mann war kein McPhee.

David Joy war ein McPhee und wurde deswegen von seiner Schwester aufgezogen: «Na, wie geht's der Herrenrasse?»

«Du bist eine Joy», sagte Bettina zu Lucy und strafte damit alle äußerlichen Tatbestände Lügen. Und als wollte man dieses Unglück irgendwie kompensieren, hieß es immer wieder: Lucy wird mal glücklich. Und das hörte sich so an, als wäre es irgendwie entsetzlich, auf diese spezielle Art glücklich zu sein.

Die elitäre Haltung ihrer Mutter irritierte Lucy. «Was ist denn schon Schlimmes dabei, ganz normal zu sein?» fragte sie. «Warum willst du immer was Besonderes sein?»

«Ich könnte es nicht ertragen, zweitrangig zu sein.»

«Mir würde es überhaupt nichts ausmachen, sechstrangig oder zehntrangig zu sein.»

«Kannst du nicht mal was für dein Äußeres tun?»

«Mein Äußeres ist okay.» Sie biß in einen Apfel. Sie war mit sich selbst so zufrieden, daß sie ganz automatisch schön war, und wenn auch ihr Hintern schon jetzt zu groß und ihre Waden zu dick waren, hatte sie etwas an sich, daß auf andere Leute beruhigend wirkte und auslöste, daß sie sich wohl fühlten, wenn sie mit ihr zusammen waren. Die Männer würden sich später von ihr angezogen fühlen, genauso wie jetzt die Jungen. Außerdem machte es ihr Spaß, mit ihnen zu schlafen. Und bei dem Appetit, den sie vorzuweisen hatte, war es ein Wunder – wenn man bedachte, daß die Stadt doch recht provinziell war –, daß sie deswegen nicht in Verruf geriet.

«Du bist zu gleichgültig», sagte ihre Mutter (hatte es schon immer gesagt und würde es auch immer wieder sagen). «Du wirst im Sozialwesen tätig sein und wirst, kaum daß du deinen Abschluß gemacht hast, mit einem Haufen Kinder dasitzen, in einer Vorstadtsiedlung.»

«Ich will aber nicht im Sozialwesen arbeiten.»

«Sag so etwas nie zu deinem Vater.»

«Ja, ja. Ich weiß.»

«Aber was willst du dann werden?»

Doch man konnte Bettina McPhee nicht sagen, daß man vorhatte, die Amerikaner niederzumachen.

Harry deckte den Tisch im Eßzimmer. Er stammte aus dem vorviktorianischen England, war aus Eschenholz gearbeitet und von einem Kapitän, einem gewissen Percy Lewis Esq., ins Land gebracht worden, der sich ganz bestimmt nicht vorgestellt hätte, daß sein Tisch einmal in einem solchen Zimmer stehen würde, mit dieser übertriebenen Aussicht auf einen Berg, der wie ein Zuckerhut geformt war, und auf einen Baum mit flammenden Blüten. Gerade jetzt, während Harry das Silberbesteck auf den Tisch legte, glitten die Wolken über die flachen Mangrovensümpfe im Süden und schlangen sich, als wären sie sich der schier unerträglich schönen Aussicht, die sich bot, bewußt, um den Zuckerhut und verdeckten die glitzernde Bucht unten.

Die Luft tropfte vor Feuchtigkeit. Lucy und David und Bettina saßen draußen auf der großen Veranda und wanden oder entspannten sich in der schwülen Hitze, ganz wie es ihnen ihre familiäre Veranlagung – McPhee oder Joy – erlaubte. Bettina genoß die Hitze ganz und gar nicht und lehnte sich schlaff in ihrer Korbliege zurück und schloß die Augen. David versuchte sich so zu geben, wie er es angemessen hielt für ein sonntägliches Mittagessen, und obgleich er einen Pullover aus Kaschmirwolle anhatte, schien er nicht im geringsten zu schwitzen. Lucy saß in einem luftigen weißen Mullkleid auf dem Verandagitter und starrte hinauf zu den Palmen, die in der völligen Windstille geheimnisvoll mit ihren Fischgrätenwedeln raschelten, als würden sie miteinander reden.

Heute sollte wieder einmal ein richtiges Familienessen stattfinden, eine alte Tradition, die sie früher, wie sie glaubten, stets aufrechterhalten und geteilt hatten. Es war Lucys Idee gewesen; sie hatte, nicht ganz zu Unrecht, mit der heilenden Kraft dieses Rituals gerechnet.

Harry kam mit einem neuen Glas Veuve Cliquot auf die Veranda und machte es sich in dem großen Korbsessel bequem.

«Ah», sagte er genüßlich und nippte an seinem Champagner.

Wie bei einem Hund, der sich heimlich auf ein Sofa schleicht, das für ihn verboten ist, lag es im Wesen Harry Joys, daß er es sich immer irgendwie bequem machte. Und da sitzt er nun also, zwei Wochen nach seinem Versprechen, gut zu sein, seinem größten Auftraggeber zu kündigen, seinen Kollegen vor den Qualen der Hölle zu retten. Dem Auftraggeber wurde nicht gekündigt. Die Qualen seines Kollegen, falls sie überhaupt existierten, haben sich gemehrt: Schlaflos liegt er in seinem

Bett, wälzt sich in Alpträumen von Arbeitslosigkeit und wandert durchs Haus, in dem es weder seiner Frau noch seinem Pascal gelingt, ihm das geringste Wohlbehagen zu bereiten. Und was das Gutsein anbelangt: das scheint zu etwas degeneriert, das fast so albern ist wie das Tischdecken für ein sonntägliches Mittagessen.

Und inzwischen kann sich Harry auf der Veranda seines schönen Hauses in der Palm Avenue zurücklehnen, an seinem Veuve Cliquot nippen und darauf warten, daß es regnet, während er versucht, sich davon zu überzeugen, daß er am Ende vielleicht doch verrückt war.

Lucy ging zu ihrer Mutter, die zufrieden ihre Hand in die ihre nahm. Das Essen könnte funktionieren, wenn Betty sich nicht zu sehr betrank und wenn Harry nicht wieder damit anfing, sich Notizen zu machen.

«Was gibt's als Vorspeise?» fragte Harry.

«Escrivée Amoureuse.»

«Ah», sagte er.

Es fing zu regnen an, zuerst ganz leicht, und es prasselte auf die Bananenblätter, auf denen sich die Tropfen in kleinen Dämmen stauten, die sich rasch senkten, auseinanderliefen und sich neu bildeten. Der Flamboyant, der unzählige Federhände aufhielt, ließ den Regen achtlos durch seine Finger gleiten.

Der Veuve Cliquot war alt und hatte eine goldene Farbe, und Harry wußte seine Schönheit wohl zu schätzen, aber er übersah auch nicht seine Kosten, noch den Beitrag, den Krappe Chemicals dazu beisteuerte.

Er hatte noch mal in seinen Notizbüchern gelesen und fand sie ein bißchen übertrieben, ein bißchen verrückt, um nicht zu sagen, überspannt. Und all die Beweise, dachte er, reichten nicht aus, um diese schreckliche, riskante Strategie vom Gutsein rechtfertigen zu können, die ihm in diesem Augenblick, während er unter dem sanften Regenvorhang saß, fast so peinlich vorkam wie eine Indiskretion sexueller Art.

Aber so richtig bereit ist er noch nicht, seine Notizbücher zu verleugnen. Sogar jetzt, während er dasitzt und gähnt, sich räkelt und die sandalenbekleideten Füße von sich streckt, überlegt er sich noch einen letzten Test.

Die Bar war nicht ganz das, was sie sich gewünscht hätte, aber sie würde gehen. Es war die beste Bar, die sie kannte, wenn sie auch den Bars, in denen sie gern gesessen hätte, in keiner Weise ähnelte. Die Bars, in denen sie gern gesessen hätte, besaßen ein verschromtes Gitter, das parallel zu der weichen Lederoberfläche der Decke verlief. Sie hatten elegante Art-deco-Spiegel, die schöne Menschen in salopper Kleidung zeigten, und kleine Lampen mit Figurinen von Lalique, von denen jede ihre dreitausend Dollar wert war.

Aber wenigstens stellten sie hier Pistazien auf die Bar, anstelle von Erdnüssen, und mixten die Tequila Sunrises aus richtigem Orangensaft, und außerdem war es die beste Bar in der ganzen Stadt, und solange ihr niemand erzählte, daß es eine sehr schicke und elegante Bar wäre (und sie damit zwang, dem provinziellen Geschmack heftig zu widersprechen), fühlte sich Bettina sehr wohl hier. Es machte ihr nichts, daß Joel sich verspätete. Es irritierte sie nicht im geringsten. Sie sah sich die Flaschen in den Regalen an, fühlte sich von der schimmernden Dunkelheit eingehüllt und überlegte (wobei sie die Augen zum Spiegel hob), ob sie sich nicht einfach jemanden auflesen sollte. Sie machte, wie sie glaubte, einen interessanten Eindruck. Sie war mit ihren matt schimmernden dunklen Haaren zufrieden, die jetzt, dank Edouard, ihr rundes Gesicht unter den hohen Backenknochen in zwei glatten geschwungenen Bögen einrahmten. Ihr großer Mund (Revlon Crimson Flush No. 7) war grellrot. Sie sah vielleicht nicht direkt hübsch aus oder leicht zu haben, aber dafür interessant. Sie hätte überall sein können (Budapest 1923, Blakes Hotel London 1975).

Wenn sie sich endlich dazu durchgerungen haben würde, Harry zu verlassen, und dann ihr eigenes Geschäft besaß, würde sie nach London ins Blakes Hotel fahren und sich dort an die Bar setzen.

Sie saß am einen Ende der Bar und behielt die Tür mit einem wundervollen Gefühl der Erwartung im Auge, als käme jeden Augenblick der herrlichste Mann herein, drei Tage alte Bartschatten in seinem gutaussehenden Gesicht, die Leinenjacke locker über die Schulter geworfen, das Gesicht dunkel, sinnlich und heftig, gleichzeitig hohe, intelligente Stirn.

Und als dann ausgerechnet in diesem Moment Joel die Bar betrat, fühlte sie sich, ohne den Grund zu wissen, irritiert und deprimiert. Sie war jedesmal enttäuscht, wenn sie ihn sah. Rein physisch war er nie ganz das, was sie im Gedächtnis hatte.

Joel war immer in Eile. Nie cool und lässig. Harry hatte mehr Stil als Joel, der beim Gehen fast immer watschelte, und da, da waren schon wieder diese verdammten Manschettenknöpfe, die er sich nicht abgewöhnen konnte.

«Hallo, Liebling.» Der Barhocker gab einen Furz von sich, als sich Joel draufsetzte. Sie versuchte sich einzureden, daß das jedem hätte passieren können. «Ich habe deinen Mann in ein Flugzeug gesetzt.»

«Mußt du immer diese Manschettenknöpfe tragen?»

Aber Joel bestellte sich etwas zu trinken. «Fast hätte er das verdammte Flugzeug verpaßt.»

«Wenn du unbedingt Manschettenknöpfe tragen mußt, warum gehen wir dann nicht mal zusammen einkaufen, und ich such dir welche aus.»

«Ich kann absolut nicht einsehen, was zum Teufel er eigentlich da will. Die Sache hätte sich genausogut am Telefon erledigen lassen. Halt... nimm deine Finger von meinen Manschettenknöpfen. Was hast du vor?»

«Ich mach die verdammten Manschettenknöpfe ab.»

Joel saß an der Bar, und aus seinen Jackenärmeln flatterten die losen Enden des weißen Hemds. «Verdammt, was soll ich jetzt machen?»

«Kremple einfach die Ärmel hoch», sagte sie und begann zu kichern. «Hattest du heute einen angenehmen Tag im Büro?»

«Verdammt, Liebling, das find ich gar nicht komisch.» Bettina bestellte sich noch einen Sunrise, und Joel zog seine Anzugjacke aus, legte sie sorgfältig über den nächsten Barhocker, rollte sich die Ärmel auf und zog die Jacke wieder an. Eine Weile saß er beleidigt da, und Bettina sah sich in der Bar um. Schließlich begann er zu sprechen, damit sie aufhörte, sich andauernd umzusehen.

«Ist er in keiner besonders guten geistigen Verfassung?»

«Wer, Liebling?»

«Dein Mann.»

«Ach», Bettina winkte mit der beringten Hand ab, «er wird nur erwachsen.» Wenn sie mit Harry nicht zusammen war, hatte sie ihn gern. Er übertraf jeden anderen, den sie kannte.

Joel stieß ein ungläubiges Lachen aus. «Das finde ich ja gut, Liebling, das finde ich wirklich gut. Er wird nur erwachsen. Im Auto erzählt er mir, daß er von jetzt ab gut sein will. Wenn das nicht verrückt ist, Liebling! Wenn das nicht verrückt ist, dann will ich es sein.»

«Das ist nicht dein Stil, Schatz.»

«Was ist nicht mein Stil?»

«Verrückt zu sein ist nicht dein Stil.»

«Was, zum Teufel noch mal, willst du damit sagen?»

Sein Kinn begann zu zittern, und sie wechselte schnell das Thema. «Mit wem warst du essen?»

«Nächste Woche gehe ich mit George Lewis essen. Ich habe einen Tisch im Belle Epoque bestellt.»

«Er sagte letzte Woche, er würde gehen.»

«Das mußte er absagen.»

«Warum können wir nicht jemand anders die Kunden wegschnappen? Warum müssen wir sie ausgerechnet Harry wegschnappen?»

«Bis jetzt haben wir noch niemandem was weggenommen.»

«Verdammt richtig, das haben wir tatsächlich nicht», sagte Bettina verbittert und überlegte, ob sie vielleicht bei einem Trottel hängengeblieben war, der nicht mal fähig war, Geschäfte zu machen. Sie hatte auf Harry gehört, als sie es nicht hätte tun sollen, und sie hatte ihn ignoriert, als sie hätte zuhören sollen.

«Dann tu *du's* doch.»

«Schon gut, verdammt noch mal, vielleicht tu ich's tatsächlich.» Dieses Schwein. Er wußte genau, daß sie das nicht konnte. Er wußte, daß sie sich totärgerte, weil sie nicht imstande war, genau das zu tun, was ihr mehr bedeutete als alles andere auf der Welt. Aber wie hätte Harry Joys Frau einen potentiellen Kunden anrufen und zum Essen einladen können.

«Na, dann tu's doch», sagte er überheblich. «Dann tu's doch selber.»

«Vielleicht tu ich's sogar.»

Aber er fühlte sich dadurch nicht im geringsten bedroht. Im Gegenteil, es stellte seine gute Laune wieder her, und sein Gesicht bekam etwas Farbe.

«Was ich mir überlegt habe», sagte er und fuhr mit seinem dicken Finger über den nassen Rand des Whiskyglases.

Bettina lauschte. Wenn Joel in diesem Ton sprach, mußte sie an einen Eisläufer denken. Mit einem Schlag wurde der kleine Dreckskerl so verdammt elegant, daß es fast nicht zu ertragen war.

«Was ich mir überlegt habe, ist, ob es nicht für alle *besser* und *einfacher* und *konstruktiver* wäre, wenn wir ihn unter Aufsicht stellen ließen.»

Es verschlug ihr den Atem. Bettina fehlten buchstäblich die Worte. Aber dann, als sie Joel ansah, wußte sie, daß er es ernst meinte: Er hatte dieses merkwürdige kleine gezierte Lächeln aufgesetzt, und seine Augen waren feucht, aber wie und warum sie feucht waren, konnte sie nicht sagen. Er wurde von irgendeinem Gefühl bewegt. Aber sie konnte keine Schwäche spüren, sondern nur durchtriebene Befriedigung, haltlose Stärke.

«Großer Gott», sagte sie, «du kleines Biest.» Aber ihre Augen glänzten vor Bewunderung, und das Lächeln auf Joels Gesicht schien auch nicht vergangen, als er von seinem Scotch trank.

In derselben Nacht wollte Harry, in den Zweigen des Feigenbaums neben seinem Haus sitzend, seinen letzten Test machen.

Es war gar nicht so leicht gewesen, dorthin zu gelangen. Joel war aufmerksam und freundlich gewesen. Er hatte ihn zum Flughafen gefahren und darauf gewartet, daß er in das Flugzeug stieg.

«Geh ruhig, Joel. Es hat keinen Sinn, hier zu warten.»

«Nein, nein, das tu ich gern.»

Als das Flugzeug schließlich zum Einsteigen geöffnet wurde, wartete Joel noch immer.

«Geh nur», sagte Harry. «Ich steige gleich ein. Ich warte nur, bis die andern in der Maschine sind.»

Aber Joel wollte auch jetzt nicht gehen, und Harry war von seiner Freundlichkeit sowohl irritiert als auch gerührt. Joel wartete und sah ihm nach, als er dem Wegweiser zum Einstieg folgte, und winkte ihm den ganzen Weg bis zum Flugzeug hinterher.

Harry nahm seinen Sitz ein und stand dann wieder auf.

«Ich bin im falschen Flugzeug», sagte er zu der Stewardess und lächelte schwach. «Tut mir leid.» Sie nahm ihm das Ticket aus der Hand.

«Nein», sagte sie, «Sie sind im richtigen Flugzeug, Sir. Bitte, setzen Sie sich hin.»

«Ich will aussteigen.»

«Aber das ist doch Ihr Flugzeug.»

«Das ist mir egal. Ich will nicht mitfliegen. Ich habe nur *so getan*, als würde ich mitfliegen.»

«Und da ist es mit Ihnen durchgegangen, was?» bemerkte die Stewardess säuerlich und trat in den Gang, um ihn vorbeizulassen.

Und jetzt saß er, wie geplant, oben im Feigenbaum und wartete darauf, zu erfahren, wie Akteure verfuhren, wenn sie sich unbeobachtet fühlten. Der letzte Test war diese ganze Mühe kaum wert.

Es war gar nicht so unbequem. Er hatte schon Schlimmeres mitgemacht. Von seinem Ast aus hatte er eine gute Sicht zum Nachbarn, der das Licht des langen Sommertags nutzte, um ein Loch zu graben. Das paßte zu seinem Benehmen all der Jahre zuvor, vor Harrys Tod, und es wirkte irgendwie beruhigend auf ihn, zuzusehen, wie der Nachbar in seinem Garten herumlief und wie ein Maulwurf im Boden wühlte. Er hatte schon immer eine große Vorliebe für Löcher und Erdwälle gehabt. In seinem Garten kam die Erde nie zur Ruhe, war immer in Bewegung, von einer Ecke in die andere. Immer wenn sie sich gerade irgendwo gesetzt hatte, beschloß er, sie zu verlagern. Das Ganze hatte eine gewisse Ähnlichkeit mit dem sinnlosen Fortgang einer sadistischen Bestrafung, und doch sah der Mann (der von der gesamten Joy-Familie liebevoll als «der Gräber» betitelt wurde) glücklich und zufrieden aus, wie er so neben seinem Erdwall stand und das neue Loch im Boden betrachtete.

Harry lehnte sich mit dem Rücken gegen den Stamm und zündete sich gerade eine Zigarette an, als der Gräber zu seiner Hintertür ging. Er blieb stehen und starrte in den Baum. Ohne sich zu rühren.

«He, Sie da», rief er schließlich, «Sie da oben im Baum.»

«Ich bin's nur», flüsterte Harry.

«Wer sind Sie?»

«Mr. Joy.»

Der Gräber antwortete auf die gleiche Weise, mit einem durchdringenden Flüstern: «Was ist denn los?»

«Ich habe meinen Schlüssel verloren.»

Die Frau des Gräbers kam aus dem Haus und blieb auf der Hintertreppe stehen: «Wer ist es denn?»

«Mr. Joy von nebenan.»

«Was macht er da?»

«Er hat seinen Schlüssel verloren.»

«Der Junge ist doch zu Hause.»

«Ihr Sohn ist zu Hause», flüsterte der Gräber.

Harry wußte, daß sein Sohn zu Hause war: Er konnte durch den Schlitz in den schweren Vorhängen, einen Meter über seinem Kopf, gelbes Licht sehen.

«Ich weiß», flüsterte er zurück.

Unten, auf der Hintertreppe ihres Hauses, hielten der Gräber und seine Frau eine besorgte kleine Beratung ab.

«Er weiß es», sagte der Gräber.

«Ich bin ja nicht taub.»

Der Gräber tat einen vorsichtigen Schritt in Richtung Zaun. «Möchten Sie, daß ich für Sie klingle?»

«So was Blödes», fuhr die Frau ihn an, ging ins Haus und schlug die Tür hinter sich zu.

«Ich will sie überraschen», flüsterte Harry.

«Er will sie überraschen», erzählte der Gräber der dunklen Tür. Offenbar hatte sie noch nicht völlig das Interesse verloren. Die Tür öffnete sich quietschend, fragend. Eine weitere, im Flüsterton geführte Beratung endete mit einem kleinen harten Schlag, als die Tür wie eine Falle zuschnappte und der Gräber wie jemand, der zögernd Befehle befolgt, sein Territorium verließ und den Weg auf der Joy-Seite des Zauns entlangging.

Es sah aus, als wollte er ein vertraulicheres Gespräch führen.

Es war nicht leicht, auf den Baum zu klettern, und der Gräber stellte sich auch nicht gerade besonders geschickt an. Das Schwierigste war der erste Ast.

«Stellen Sie sich auf den Stuhl», flüsterte Harry, der beschloß, daß die Kletterei, wenn sie schon stattfinden mußte, besser ruhig verlief.

«Auf welchen Stuhl?»

«Da drüben.»

Es war jetzt fast dunkel, aber die Rundungen und Biegungen der unförmigen Gestalt des Gräbers waren noch zu erkennen, als er, von lautem Keuchen begleitet, näher kam.

«Hallo.»

«Hallo.»

Eine derart amerikanische Lässigkeit inmitten eines Baums! Würde er eine Bemerkung über das Wetter machen?

«Er ist nicht da», sagte der Gräber schließlich.

Es gab so viele Leute, die nicht da waren. Harry wußte nicht, was er meinte.

«Der blaue BMW.»

Joel fuhr einen blauen BMW, aber warum sollte irgend jemand in einen Baum klettern, nur um ihm zu erzählen, daß Joel, was völlig offensichtlich war, nicht in seinem Haus weilte.

«Die Person, die Sie überraschen wollen», sagte der Gräber und versuchte, sich auf Harrys Ast zu schwingen, «ist nicht hier.»

«Vielen Dank, Mr. Harrison.»

«Ich bin Ihnen stets gern behilflich.»

«Finden Sie alleine wieder runter?»

«Ja, ich glaube schon.» Aber er war nur einen Ast weit gekommen, als er schon wieder anhielt. «Mr. Joy?»

«Ja.»

«Ich muß mit Ihnen mal über den Zaun reden. Wir müssen ihn erneuern.»

«Ich schau mal bei Ihnen vorbei, Mr. Harrison.»

«Es hat keine Eile.»

Mit lautem Getöse arbeitete er sich zu den unteren Ästen zurück, und gerade als Harry glaubte, er wäre wohlbehalten unten angekommen, hörte er ein scharfes Knacken und gleich darauf einen dumpfen Plumps und einen Schmerzensschrei.

«Alles in Ordnung?» rief er.

Er bekam keine Antwort, aber er glaubte, den Schatten des Gräbers zu sehen, wie er neben dem Zaun entlanghumpelte und dann durch die noch immer dunkle Glastür verschwand.

Harry kamen bereits Zweifel, ob der letzte Test wirklich eine gute Idee gewesen war, und der Gräber hatte ihn daran erinnert, hatte ihm gezeigt, wie er selbst anzusehen war: Harry Joy war verrückt. Er wünschte sich inbrünstig, er wäre es. Seine Theorie, die er sich so klug zurechtgelegt hatte (wenn es Akteure gibt, dann werden sie sich zu erkennen geben, wenn sie sich unbeobachtet fühlen), kam ihm jetzt kindisch vor, mehr von zuviel Champagner als vom gesunden Menschenverstand hervorgerufen.

Und so saß er da und überlegte, ob er nicht lieber wieder vom Baum steigen, sich eine Flasche Wein beschaffen, sich aus dieser unbequemen, unwürdigen Position befreien sollte, als draußen Joels blauer BMW vorfuhr, und es war nur aus Angst davor, für verrückt gehalten zu werden, daß er nicht hinunterkletterte und sagte: Hallo, hier bin ich.

Er wartete und beobachtete, ohne echtes Interesse.

Er hörte, wie Joel sein laut plärrendes Radio abdrehte. Er sah Bettina, wie sie sich aus dem Auto schlich. Das Klirren von Flaschen. Bettina sagte: «Wenn du mir noch mal die Tür aufmachst, breche ich dir die Knochen.» Gelächter. Wie Joel die Tür zuschloß und Schwierigkeiten mit den Schlüsseln hatte.

Wie sein Geschäftspartner seine Frau küßte. Das Bein seines Geschäftspartners rammte hart zwischen die Schenkel seiner Frau, im Schein der Straßenlaterne, vor der Hecke, neben dem Fußweg.

Nein.

Harry zog sich schmerzerfüllt nach oben in den Baum zurück.

Joel, weit unten, sagte: «Wir hätten lieber zu mir gehen sollen.»

Er wollte nichts hören. Er war gekommen, den Qualen zu entfliehen, nicht um sie zu finden.

Aber Bettinas Stimme drang beharrlich an sein Ohr: «Ich kann deinen verdammten Messingkram nicht mehr ertragen. Wenn ich noch ein einziges Mal dieses verdammte Messing ansehen muß, kriege ich das Kotzen.»

Fernöstliches Kunstgewerbe aus Messing in Joels Schlafzimmer. Er hatte auf einem Markt in Kabul eine ganze Ladung davon gekauft, und jede Woche kam eine Frau, um es zu putzen. In seinem Wohnzimmer standen Bücher, die er am laufenden Meter gekauft hatte.

Harry kletterte weiter nach oben, fort von den Stimmen.

Sein Wunsch nach Normalität und Frieden war so groß, daß er sich sogar jetzt noch vormachen konnte, diese Qualen nicht erlebt zu haben. Er hätte sie aus seinem Gedächtnis löschen können. Er wollte ein normales Dasein und Wärme. Ganz instinktiv, auf der Suche nach Ruhe, wanderte sein Blick zu dem Schlitz in den Vorhängen, zum Schlafzimmer seines Sohnes. Zeig es mir, mein Sohn.

Und da: David Joy, die Hosen bis zu den Knien heruntergelassen, und Lucy, deren Rock auf dem Fußboden neben ihr lag, wie sie den blassen Penis seines Sohnes lutschte.

Harry Joy an den Fenstern zur Hölle.

Er stöhnte auf und taumelte wie vom Schlag getroffen auf seinem Ast. Er begann den Abstieg, vergaß dabei, daß man einen Baum nicht in Eile verlassen sollte, sondern langsam, sorgfältig, ein Bein nach dem andern setzend, selbst wenn man Übung hatte.

Aber Harry war in Eile und verließ seinen Ast allzu schnell, und kaum hatte er den nächsten Ast erspäht, da war er auch schon auf dem Weg nach unten. Er fiel mit lautem Krachen drei Meter tiefer, wurde aufgefangen und festgehalten.

Das scharfe Ende des Astes, den der Gräber bei seinem Fall abgebrochen hatte, hielt Harry wie ein Fleischerhaken an den Hosen seines Anzugs fest.

Er blieb dort in der Schwebe hängen, schaukelte ein wenig hin und her, direkt vor einer weiteren Aussicht: Vor seinen Augen war ein Fenster mit sorgsam zurückgezogenen Vorhängen, durch das er einen letzten Blick auf die schwammige kleine Hand seines Partners warf, die eben unter dem Kleid seiner Frau verschwand.

Bettina Joy schaute hoch und sah ihren Mann überkopf ins Fenster hereinstarren.

Harry beobachtete, wie sie den Mund aufriß und ihre Augen aus den Höhlen traten. Er mußte an Fischaugen in Schaufensterauslagen denken und an Billy McPhee, der sich über Benzin für einen Dollar aufregte.

Bettina Joy schlug Joel Davis, der es falsch verstand und nicht aufhören wollte.

Harry sah, wie sich Joel Davis umdrehte und den Mund weit aufriß. Joel Davis trocknete sich die Hand an seinem Taschentuch ab, bevor er sich in Richtung Fenster bewegte.

«Aber ich habe dich doch ins Flugzeug gesetzt», sagte er und blickte hinauf in den Himmel, als wäre Harry möglicherweise heruntergefallen.

«Tut mir nur den einen Gefallen und schneidet mich hier ab, ja?»

Von einer Sekunde zur anderen waren sie alle zur Stelle: die ganze Mannschaft der Peiniger: der Geschäftspartner, die treue Frau, der gute Nachbar, die lieben Kinder.

Sie machten ein Getue um ihn und den abgebrochenen Ast herum, klagten, nicht stark und nicht groß genug zu sein. Er konnte fühlen, wie sie unter seinem Kopf, in dem sich das Blut staute, herumgingen, einer Versammlung teuflischer Zwerge gleich, die dabei waren, Zauberrituale auszuführen.

Sie diskutierten über Leitern. Eine ziemlich langwierige Angelegenheit.

Er bat sie, ihn einfach loszuschneiden.

Aber nein: «Ich hole die Aluminiumleiter.»

«Die Holzleiter ist besser.»

«Na gut, hol die Holzleiter.» Die war weiter entfernt, beim Nachbarn.

Dann brauchten sie noch eine ganze Weile mit der Leiter und waren der Meinung, daß sie ihn nicht herunterheben sollten. Er hielt den Kopf hoch erhoben und bemühte sich, nicht ohnmächtig zu werden.

Joel Davis kniete sich auf den Boden, um in die blutunterlaufenen Augen seines Seniorpartners sehen zu können. «Wir werden dich losschneiden müssen.» Er hielt eine rostige alte Rasierklinge hoch. «Okay?»

Harry schloß die Augen. Er fühlte, wie sie schnitten, und dann, ganz plötzlich, hörte er einen Riß und fiel in ein unordentliches Nest aus Ellbogen und Armen, mit steif aufragenden Fingern. Bettina stach ihm einen Finger ins Auge. David rammte ihm den Ellbogen in die Kehle.

Als er sich fertig übergeben hatte, spuckte er auf den Rasen und sah sie ruhig an. Sie waren alle neben dem Haus versammelt, wie eine Gruppe Leute, die sich für den Fotografen aufgestellt hat, und blickten etwas verlegen in die Linse, ohne recht zu wissen, was für ein Gesicht sie aufsetzen sollten.

Der letzte Test.

«Ich verfluche euch», sagte er und war von der Kraft, die der anachronistische Ton dieser Worte ausstrahlte, selbst beeindruckt. «Ich verfluche euch, alle miteinander, auf alle Zeiten, ohne Ausnahme.»

Schweigend standen sie vor ihm und zollten ihm den Respekt, der den Heiligen und den Wahnsinnigen gebührt.

TEIL DREI

Der Rolls-Royce

der Honige

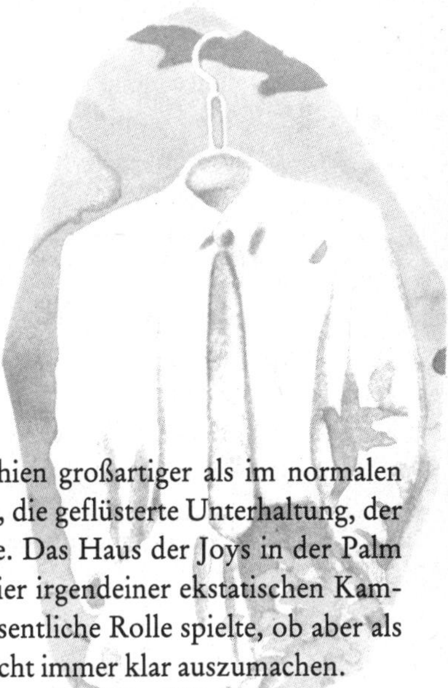

Es war wie in den Ferien. Alles schien großartiger als im normalen Leben: der gute Wein, die Dramatik, die geflüsterte Unterhaltung, der Wahnsinn, vielleicht sogar die Liebe. Das Haus der Joys in der Palm Avenue wirkte wie das Hauptquartier irgendeiner ekstatischen Kampagne, in der der Wahnsinn eine wesentliche Rolle spielte, ob aber als Verbündeter oder als Gegner, war nicht immer klar auszumachen.

Harry hatte sich in eine Suite in der 21. Etage des Hilton zurückgezogen, und aus dieser privilegierten Position gelang es ihm, die Ärzte, die ihn für unmündig erklären sollten, einzuwickeln. Sie genossen den Champagner, spülten mit seiner Säure das Gefühl hinunter, beinahe mit etwas Unsauberem in Berührung gekommen zu sein.

Sie hatten Joel nicht leiden können und seine Manschettenknöpfe als anstößig empfunden.

Der Weißwal-Kaviar, den Harry Joys ihnen offerierte, half ihnen, dieses billige Lebensgefühl bis auf den kleinsten Krümel auszumerzen, und so plauderten sie über die Hilton-Hotels, die ihnen von anderen Ländern und aus anderen Zeiten in Erinnerung waren. Sie erinnerten sich an abhanden gekommenes Gepäck auf Flughäfen, an abgesagte Flüge, und langweilten sich gegenseitig, bis der Champagner ausgetrunken war und sie sich freundlich lächelnd und etwas unsicher auf den Beinen wieder verabschiedeten.

Und während sich Joel über die hohen Kosten beklagte, die Harry verursachte, bestellte Bettina im Milano Essen zum Mitnehmen und ließ es per Taxi hinbringen. Sie alle hatten das Gefühl, sich zitternd an der Grenze von irgend etwas Neuem und Wunderbarem zu bewegen. Lucy sah und verstand es instinktiv. Aber sie konnte nicht verstehen, warum sie von ihrem Glück überrascht waren oder warum man es leugnen sollte.

«Ihr wart doch an einem toten Punkt», sagte sie zu Bettina.

«Was meinst du damit?»

«An einem toten Punkt. Und jetzt geht es weiter.»

«Das kannst du nicht verstehen. Dazu bist du noch nicht alt genug.»

«Du hast einen neuen Liebhaber», sie umarmte ihre Mutter. «Dir geht's prächtig.»

«Du bist herzlos. Denkst du nicht an deinen Vater? Dein Vater ist verrückt. Er ist wahnsinnig.» Und sie brach in Tränen aus.

Sie aßen Schokolade und schütteten sich Curaçao in den Kaffee. Sie machten sich Pfannkuchen und Glühwein. Sie nahmen alle zu, und ihre Gesichter wurden runder, ihre Haut straffer, und keiner von ihnen sah deswegen weniger schön aus, sondern eher irgendwie prall. Sie räumten das Haus auf, als erwarteten sie wichtigen Besuch. Sie berieten sich wegen Harry, redeten sich ein, daß sie alles nur für ihn taten und daß selbst die Schokolade, die sie aßen, zu seiner Heilung beitrug, die sie, wie sie sagten, von Herzen herbeiwünschten. Sie saßen an dem polierten englischen Tisch und spielten sich gegenseitig Besorgnis vor, und während sie es taten, begannen sie selbst daran zu glauben. Joels Augen glänzten vor Mitgefühl, und niemand hätte daran zu zweifeln gewagt, daß er seinem Partner eine baldige Genesung wünschte.

Diese Sitzungen nahmen für Lucy schon bald den Geruch des

Heuchlerischen an, so daß sie nicht mehr recht bei der Sache war. Unlustig saß sie daneben und lauschte all den ungesagten Dingen, den düsteren Worten mit weichem Kern. Irgend etwas war faul an diesen Zusammenkünften. Sie mußte an abgestandenes Wasser in einem abgetauten Kühlschrank denken.

Lucy verdarb den andern die Stimmung. Sie waren glücklicher und fühlten sich wohler, wenn sie ins Bett ging, und wenn sie aus dem Zimmer war, hörte sie, wie sie mit den Stühlen rückten und ihre Körper sich entspannten und manchmal einen leichten Plumps, mit dem Bettina ihre Schuhe auf den Boden fallen ließ.

Lucy ging nicht zu Versammlungen der kommunistischen Partei (weder zu offiziellen noch zu geheimen). Sie hatte sich zurückgezogen und wurde deswegen von ihren Genossen verachtet. Genossin Dilettante, sagten sie zu ihr.

Sie lag auf ihrem Bett und starrte gegen die Decke. Sie rollte sich einen Joint und stellte das Radio an, um das konspirative Gemurmel aus dem Zimmer unten nicht hören zu müssen.

Man konnte es nicht direkt Rempelei nennen, denn sie saßen auf Stühlen, und die Stühle bewegten sich nicht, außer wenn sie gelegentlich ungeduldig hin und her scharrten oder wenn sie auf ihren wackligen hinteren Beinen vor und zurück schaukelten; aber was mit Joel und David geschehen war, glich aufs Haar der Rempelei, die auf einem Fußballplatz stattfindet, wenn sich zwei Spieler für einen Ball, der noch das halbe Feld entfernt ist, in Position bringen, eine irritierende Art von Ellbogenbewegung, die häufig in einem Faustschlag aufflackert, und wenn dann einer der Spieler plötzlich am Boden liegt, wundern sich die Leute und wissen nicht, was los ist.

Sie buhlten um Bettinas Aufmerksamkeit, um ihr Interesse, und sprachen kaum direkt miteinander.

Natürlich drehte sich immer alles um die Frage, wie man Harry am besten unter Verschluß bringen konnte.

Ursprünglich hatte David an diesen Unterhaltungen nur wenig Anteil genommen, aber im Verlauf immer neuer Nächte wunderte er sich immer mehr über die Dummheit, die Joel, wie er fand, offenbarte. Staunend hörte er sich die Entscheidungen, die getroffen wurden, an. Wenn es auf der Welt lauter Leute wie Joel gab, würde das Leben sehr einfach sein, jedenfalls sehr viel einfacher, als er sich je vorgestellt hatte. Wenn das ein Geschäftsmann sein sollte (ein *amerikanischer* Geschäftsmann), dann würde es ein leichtes sein, Geschäfte zu machen. Hatten sie alle dieselbe schäbige Gesinnung und waren dabei so dumm wie dieser kleine Frosch mit den Schweißperlen auf der Lippe?

Aber heute abend würde es nicht nur eine kleine Rempelei geben. Heute abend würde er zuschlagen.

Wie ein in Ungnade gefallener General wartete David auf die Aufforderung, die Führung zu übernehmen. Er hatte es nicht einmal eilig, und der Reizzustand, den er fühlte, war gar nicht unangenehm. Er rollte heimlich die Augen und spitzte die Lippen, während er den letzten Berichten über die erfolglosen Versuche, seinen Vater in Gewahrsam zu geben, lauschte. Sie waren die reinsten Kinder. Sie waren nicht mal fähig, sich mit Hilfe einer Bestechung der Strafe für Verkehrsvergehen zu entziehen. Und jetzt machten sie sich Sorgen wegen des Geldes. Es war geradezu erbärmlich, Joel über Geld reden zu hören. Er ließ sich darüber aus wie ein mickriger kleiner Buchhalter, dem zwei Pfennig in der Kasse fehlten. Er hatte eine solche Angst davor, Geld auszugeben, daß er sich nicht einzubilden brauchte, je welches zu machen. Er war aufgebracht. Er schob Rechnungen über den Tisch und schmiß sie durch die Gegend.

«Aber er hat sich eine Suite genommen», sagte Joel. «Das versuche ich dir doch die ganze Zeit zu erklären, Schatz. Es ist kein Einzelzimmer. Es ist eine ganze Suite.»

«Ich kenne den Unterschied», fuhr Bettina ihn an. «Wahrscheinlich hab ich in meinem Leben schon öfter in einer Suite gewohnt als du. Was erwartest du eigentlich von ihm? Soll er etwa in einem *Zimmer* hausen?»

«Wie lange will er eigentlich noch dort bleiben? Du kennst doch die Weinsorten, die er konsumiert?»

«Das Hilton hat eine miserable Weinkarte.»

«Aber darum geht es doch gar nicht, Betty.»

David stand auf und ging im Zimmer auf und ab und betrachtete eingehend die Fliegengitter an den Fenstern. An der Tür war eins nicht richtig zugemacht. Er schob es mit einer kurzen, überexakten Bewegung der linken Hand zu.

«Joel», sagte er.

Joel hatte seine Anwesenheit benutzt, um ein verschwörerisches Flüstern anzustimmen, aber als David das Wort ergriff, sah Bettina auf, und Joel blieb nichts anderes übrig, als ihn zur Kenntnis zu nehmen.

«Ja, Davey.»

David verdrehte die Augen und blickte zur Decke. Er konnte es nicht leiden, Davey genannt zu werden. Es erinnerte ihn an einen Hund oder einen dummen kleinen Jungen im Matrosenanzug. Wortlos ging er zum Tisch, an dem seine Mutter saß und ihm die Hand entgegenstreckte. Abwesend ergriff er die Hand, aber er setzte sich nicht hin. «Joel, wenn du reinkommst, mußt du die Tür richtig hinter dir zumachen.»

«Entschuldige, alter Junge.»

«Sonst kommen Moskitos rein.»

«Entschuldigung.»

David legte die Hand seiner Mutter vorsichtig auf den Tisch zurück und ging in die Küche.

«Er haßt Moskitos», sagte Bettina.

Joel zog ein Gesicht.

«Er ist bloß ein bißchen aufgebracht.»

«Ja, sicher!» Joel hatte darüber seine eigene Meinung, aber bevor er etwas sagen konnte, kam David wieder und sprühte aus zwei Dosen gleichzeitig Insektenmittel in die Luft, mit jeder Hand eine hoch über den Kopf haltend. Er ging einmal rund ums ganze Zimmer und dann, immer noch sprühend, die Treppe hinauf.

«Leg deine Hand übers Glas», sagte Bettina.

Von oben hörten sie polternde Schritte.

«Lucy kann Insektenvertilger nicht leiden», erklärte Bettina.

Als David wieder ins Zimmer kam, stellte er, ohne zu wissen warum, mit Genugtuung fest, daß Joel sein Glas mit der Hand zugedeckt hatte.

David setzte sich hin. Niemand sagte etwas. Joel nahm die Hand von seinem Glas und wischte mit dem Finger über den Rand, bevor er daraus trank. Das Schweigen dauerte an. David streckte seine langen Beine unter dem Tisch aus. Er streckte die Arme über den Kopf und gähnte. Er fühlte sich locker und entspannt. Das Schweigen dauerte an. Es war köstlich.

«Ich weiß, wie man es anstellen muß», sagte er.

Joel schnalzte irritiert mit der Zunge, aber Bettina sah ihn an.
«Und wie?» fragte sie.
«Na, hör mal», sagte Joel zu ihr, «jetzt fragst du noch Kinder um Rat: Was weiß er denn schon? Auf wen willst du eigentlich hören?»
David zuckte die Achseln. «Ist mir doch egal», sagte er, «ich wollte ja nur helfen.»
«Sag es mir», sagte Bettina, und Joel schob wütend seinen Stuhl zurück.
«Also, erstens einmal wirst du niemanden finden, der ihn gleich auf der Stelle einsperrt, das ist mal sicher.» Seine Mutter sah ihn an, wie sie ihn noch nie angesehen hatte.
«Weiter», sagte sie.
«Davey, ich will ja nicht unhöflich sein», sagte Joel. «Aber du bist siebzehn! Du bist wohl kaum kompetent.»
«Also, hör mal, du bist auch nicht gerade ein Experte. Warum säße Harry wohl sonst immer noch im Hilton?» Er drehte sich zu Bettina um. «Ich wüßte, wie man ihn in eine Anstalt kriegt, aber es wird Geld kosten.»
«Aha, da haben wir's», sagte Joel, «... Geld.»
Dieser Kleinkrämer!
«Fünftausend Dollar», sagte David und betonte jede Silbe. Dabei sah er Bettina an.
«Hör mal», sagte Joel zu Bettina, «muß ich mir das wirklich anhören?» Wütend wandte er sich wieder den Rechnungen vom American Express und vom Diners Club zu, die auf dem Tisch lagen. «Sieh dir das hier an.»
Ein Hohlkopf ist das! Man sehe nur, wie er seine kleinen Rechnungen zu einem Haufen ordnet. David verzog die Lippen und legte eine Reihe kleiner weißer Zähne frei.
«Die fünf Riesen stifte ich», sagte David. Das war nicht geplant gewesen. Aber es machte nichts. Das war ihm die Sache wert.
Köstlich: dieser Joel mit seinem Froschmaul, das vor Staunen offen stand, und Bettina, wie sie ihn anstarrte! Aber bei ihr, seiner Mutter, war das Erstaunen von einem Lächeln begleitet.
«Wo wolltest du wohl 5000 Dollar herkriegen?» fragte Joel.
Es war herrlich.

«Ich will was dafür», sagte er zu seiner Mutter. «Wenn Harry in eine Anstalt kommt, will ich diese Sache mit der Universität aufgeben. Ich will da nicht hin. Ich will einen kaufmännischen Beruf.»

«Du überraschst mich», sagte seine Mutter. «Ich kann es einfach nicht glauben. Um Himmels willen», sie drehte sich zu Joel um, «sag bloß nichts zu Harry davon, sonst bring ich dich um.»

«Du mußt deinen Vater wirklich hassen», sagte Joel zu David.

«Nein...»

«5000 Dollar», Joel schüttelte den Kopf. «Das ist eine Menge Geld.»

«Ich hasse ihn nicht», sagte David, «er ist nur krank.»

Aber Joel saß mit einem gerissenen Lächeln da und schüttelte den Kopf. «Junge, Junge», sagte er.

«Du bist vielleicht scheinheilig», sagte David aufbrausend.

Aber Joel setzte dieses widerliche rotlippige Lächeln auf, als wäre *er* der Gewinner.

«Ich wollte es nicht», sagte David zu seiner erstaunten Mutter, «ich wollte, ich hätte es nicht tun müssen...» und brach zur Überraschung aller in Tränen aus.

Er wartete, daß etwas mit ihm geschah, so wie er es immer getan hatte, mit seiner sonderbaren, glücklichen Veranlagung, passiv und aufsehenerregend zugleich zu sein, so daß er nie lange in der Ecke gestanden hatte, sondern entdeckt wurde, umsorgt, in Projekte verwickelt, in Affären, Geschäfte, die Empfängnis von Kindern. Sogar die Liebe war ihm auf diese Weise zugefallen, war genau an der Stelle zu ihm gekommen, an der er gerade in seinem schönen weißen Anzug stand. Er erweckte immer den Eindruck, als würde es ihm an nichts fehlen, und wirkte auf alle anziehend, vor allem auf Frauen, die ihn irgendwie katzenhaft fanden, elegant und so geschmeidig und sinnlich wie eine Schlange.

Er wartete, und Ärzte kamen zu ihm. Er sagte ihnen nichts von seinen Schmerzen. Er kannte ihr Spiel und spielte es mit, und sie verließen ihn wieder. In jenen ersten paar Tagen hatte er, genauso wie die verschwörerischen Mitglieder seiner Familie, das Gefühl, daß er an der

Grenze zu etwas Neuem stand, nur daß er für seinen Teil keine Verbesserung erwartete, sondern das Gegenteil.

Aber die Tage vergingen, und nichts geschah. Er betrachtete den häßlichen Güterhof unter seinem Fenster und blickte hinaus, über die Weite der Hölle, die unter einer giftigen gelben Wolke dalag. Die Ärzte kamen nicht mehr. Das Telefon blieb stumm. Akteure kamen und gingen. Sie brachten Essen, leerten Aschenbecher, saugten Staub am Boden und machten die Betten. Ihre Auftritte waren glanzlos, ihre Augen stumpf. Sie dachten an andere Dinge, die sie lieber getan hätten. Sie verrichteten ihre Arbeit und sprachen nicht mit ihm.

Das war Harry Joy noch nie passiert, und es passierte jetzt auch nur deshalb, weil das gesamte Hotel über den Verrückten in Zimmer 2121 Bescheid wußte. Es hatte verschiedene Unterhaltungen zwischen Ärzten und Hotelleitung gegeben, zwischen Hotelleitung und Familie und so weiter. Man kann in einem großen Hotel nichts verborgen halten. Das Personal behandelte ihn höflich, aber mit großer Vorsicht und Zurückhaltung.

Er gönnte sich, wie seine Familie, hübsche kleine Besonderheiten: Zeitschriften, Blumen, Bonbons, Premier Cru Bordeaux. Er ließ sich noch mehr weiße Anzüge schneidern und bestellte sich ein Standfahrrad, das von zwei Jugendlichen geliefert wurde, die vor und nach Betreten der Verrückten-Suite kicherten.

Die Schmerzen hörten nicht auf. Ein Druck quer über der Brust, der von unsichtbaren Stahlbändern erzeugt wurde, so daß er kaum Luft bekam. Er trank viel, um die Bilder von seiner Familie auszulöschen. Aber irgendwie hatte es den Anschein, daß er nie richtig betrunken wurde, oder nicht betrunken genug, denn er hatte sie ständig vor Augen, sie wollten einfach nicht verschwinden.

Während einer solchen schmerzerfüllten Stimmung telefonierte er schließlich mit Krappe Chemicals, aber nicht etwa, wie man vielleicht annehmen könnte, weil er an das Gute geglaubt hätte, sondern einfach nur, um Ablenkung zu haben, irgend jemanden, irgend etwas, das seine Gedanken von den rasiermesserscharfen Qualen der Hölle ablenkte.

Als Adrian Clunes, Marketing-Direktor von Krappe Chemicals (Verbraucherprodukte), gebeten wurde, zu Harry Joy ins Hilton zu kommen, fragte er nicht lange, warum. Er nahm an, Harry sei im Hilton, weil er seine Frau verlassen hatte (alle hatten es längst erwartet). Adrian war überrascht und erfreut, daß sich Harry ausgerechnet an ihn wandte.

Er fragte nur: «Wann?»

«Wann immer Sie wollen. Wie wär's mit heute?»

«Ich werde um ein Uhr dort sein.»

Und um Punkt ein Uhr betrat er in seiner steifen Uniform aus grauen Hosen und lederbesetzter Tweedjacke, eine Aufmachung, die er sich nur aufgrund der Klimaanlage in seinem Auto leisten konnte, Harrys Suite. Er ließ seine unelegant große Aktentasche auf den Tisch plumpsen, schob seine runde Schildpattbrille auf seiner leicht anrührenden Nase zurecht und klatschte in die Hände wie jemand, der eine schwere Arbeit vor sich hat.

«Ich muß schon sagen», sagte er und blinzelte Harry zu, der sich in einem weißen Frotteemantel zurücklehnte, «kein schlechter Ort, um seinen Geschäften nachzugehen. Was wollen wir machen? Sekt trinken?»

Adrian Clunes war, ganz eindeutig, Engländer. Ursprünglich hatte er diese Tatsache nicht betont, aber als er merkte, daß man ihn deswegen bewunderte, versuchte er nicht mehr, sie zu verbergen. Er trug den Eindruck des Englischen offensichtlich zur Schau, und dieser brachte ihm fälschlicherweise den Ruf von Intelligenz ein.

«Hübscher Morgenmantel», sagte er neckend.

«Ich lasse mir gerade einen neuen Anzug machen. Ich habe mir die Hose zerrissen.»

Harry Joy hatte etwas Flaues an sich, wie er es noch nie an ihm bemerkt hatte. Der Mann sah unlustig aus. Sogar seine Stimme schien angespannter als sonst, als wäre seine Kehle zusammengeschnürt. Die Sache schien ihn mitzunehmen.

«Also dann eben Bier», sagte er, «wenn es keinen Sekt gibt.»

«Ich habe einen eigenen Kühlschrank», sagte Harry dumpf. «Diese albernen kleinen Selbstbediener sind mit allem möglichen Kram vollgestopft. Wollen Sie ein San Miguel?»

«Ja, bitte.»

Harry ging langsam zur Bar und goß bedächtig das Bier ein, dann schien er vergessen zu haben, warum er es getan hatte. Er trank selbst aus dem Glas und stellte es auf die Bar.

«Ich wollte am Telefon nichts sagen», erklärte er, «und im Büro auch nicht.»

«Wollen Sie ganz allein trinken?»

Harry starrte auf das Bier und goß ein neues ein, das er seinem Gast reichte.

«Sollen sie doch alle zum Teufel gehen», sagte Adrian Clunes und ließ sich in einen der niedrigen Hilton-Sessel fallen.

«Mich kriegen die heute nicht mehr zu Gesicht. Sollen sie ruhig ein bißchen schmoren», sagte er. «Kommen Sie, essen wir was Hübsches zusammen.»

Harry lehnte sich gegen die Bar und spielte mit seinem Glas. Er kümmerte sich nicht darum, wer Adrian Clunes war, obgleich er sich mit einigem Bedauern erinnerte, daß sie früher einmal, irgendwo, gern zusammen gewesen waren.

«Feines Bier», sagte Adrian mit Schaum auf den dicken Lippen. «Warum gehen wir nicht aus und nehmen irgendwo ein paar Dutzend Austern zu uns.» Er kicherte, und auf seinem Gesicht hüpften Sommersprossen auf und ab. Er war von Harry Joy schockiert. Er hätte es nicht für möglich gehalten. «Gott, ist das nett, mal in der Stadt zu sein, Harry, da draußen ist es so schrecklich. Gräßlich ist es. Die ernähren sich von Sandwiches mit Curry-Eiern! Wie kann man einem unschuldigen Ei nur etwas derartig Abscheuliches antun. Sie schmecken nicht mal nach Curry.»

Harry Joys Gesicht blieb ausdruckslos.

«Kommen Sie», sagte Adrian, «lassen Sie uns zum Milano gehen und Aldo einen Terror machen.»

«Adrian, ich kann Sie nicht länger als Kunden nehmen. Ich muß Ihnen den Laufpaß geben.»

«Na schön, dann zahle *ich* eben für das Essen.»

Harry setzte sich ihm gegenüber. Ihre Knie (Harrys nackt, Adrians flanellbedeckt) berührten sich fast. «Nein», sagte er mit einem Gefühl von Unwirklichkeit, «ich meine es ernst.» Aber er konnte an nichts anderes denken als an die Abende, an denen er mit Adrian Clunes auf Sauftour gegangen und am Ende im Spanish Club gelandet war und bis drei Uhr morgens Wodka getrunken hatte. «Ich meine es ernst», sagte er noch einmal. «Es hat nichts mit Ihnen zu tun, es liegt an den Produkten.»

«Haben Sie mich deshalb hierherkommen lassen?» Adrian stellte langsam das Bier hin, und es gab ein scharfes klirrendes Geräusch von sich, als er es auf den niedrigen Glastisch stellte. Er wischte sich das Bier von der Oberlippe, und als er die Bewegung halb ausgeführt hatte, hielt er plötzlich inne. Er pfiff durch die Zähne, eine kleine Schaumflocke segelte durch die Luft.

«Heilige Mutter Gottes», sagte er ganz ruhig. «Sie meinen es ernst, nicht wahr?»

«Ja.» Nein, das meinte er nicht, nein, er meinte es nicht ernst. Die Brust tat ihm weh.

«Sie haben mich zwanzig Meilen weit fahren lassen, nur damit Sie mir den Vertrag kündigen können. Ich bin hergekommen, um Sie aufzumuntern, weil ich glaubte, Sie hätten Ihre Frau verlassen.»

«Warum sollte ich meine Frau verlassen?» fragte Harry mit schmalen Lippen.

«Weiß nicht, ich dachte nur.»

«Kommt mir komisch vor, so was zu denken. Schließlich sind wir seit achtzehn Jahren verheiratet.»

«Ja, natürlich, jetzt wo Sie es sagen. Ich dachte ja nur.»

Die Sessel waren niedrig gehalten, so daß alte Damen leicht an ihre Handtaschen kamen. Die beiden Männer, Knie an Knie, sahen etwas albern aus.

«Sie sind hier, damit ich Ihnen den Laufpaß geben kann», sagte Harry eisig.

«Heilige Mutter Gottes. Sie sind ja verrückt.»

«Nein.»

Adrian zog die buschigen rötlichen Augenbrauen hoch. «Sind Sie verrückt?»

«Nein», sagte Harry Joy, setzte aber eine hinterlistige Miene auf, als er es sagte.

«Sie sind bei der Konkurrenz eingestiegen? Sie haben General Foods!»

«Nein.»

«Und warum wollen Sie uns dann den Vertrag kündigen?»

«Ich habe Beweise», sagte Harry Joy langsam, «daß drei von Ihren Produkten Krebs erzeugen.»

«Ach, Scheiße...»

«Sie leugnen es.»

«Natürlich nicht. Großer Gott, Harry, das geht doch schon seit Jahren. Es hat in allen Zeitungen gestanden. Die Tests in Amerika. Sie werden sich doch daran erinnern.»

«Ach, die. Diese Tests hatten nichts zu sagen. Sie haben zuviel Saccharin verwendet.»

«Ach, Harry, Harry, Harry.»

«Was soll das heißen: Ach, Harry, Harry, Harry. Das haben Sie mir damals selbst gesagt. Oder jedenfalls jemand, der so aussah wie Sie», sagte er tonlos.

«Harry, Sie wissen genausogut wie ich, daß das die Politik der Gesellschaft war. Niemand hat es geglaubt. Wir mußten nur alle so tun, als würden wir es glauben.»

«Sie leugnen es nicht?»

«Leugnen, was leugnen?»

«Daß Sie Produkte herstellen, die Krebs erzeugen.»

«Ach, Scheiße...»

«Reden Sie schon.»

«Natürlich nicht.»

«Dann», sagte Harry Joy und stand auf, «kündige ich Ihnen den Vertrag.»

«Sie sind unmöglich», sagte Adrian Clunes schließlich. «So was wie Sie gibt es gar nicht. Kann es gar nicht geben, Harry. Sie machen mit uns seit zehn Jahren Geschäfte und jetzt... hören Sie, lassen Sie sich das Ganze noch mal durch den Kopf gehen. Denken Sie darüber nach. Sie machen 17½ Prozent von 2 Millionen Dollar. Jahr für Jahr. Was haben Sie davon, wenn Sie aussteigen?» Er legte den Kopf in die Hände. «Wir haben das alles schon vor sieben Jahren durchgemacht.»

«Ich bin erst jetzt drauf gekommen.»

«So ein verdammter Blödsinn.»

«Ich bin gerade eben erst drauf gekommen. Und ich werde es nicht tun.»

Adrian Clunes stieß einen Seufzer aus und stand auf. Er ging zur Bar und holte noch ein Bier. Er füllte Harrys Glas nach, dann sein eigenes. Als er sich wieder hinsetzte, lachte er.

«Das ist unmöglich», sagte er. Er hob sein Glas. «Auf Harry Joy, den neuesten, unmöglichsten Idealisten der Welt. Lachen Sie schon, verdammt noch mal», sagte er, «das soll ein Witz sein. Du liebe Güte, jetzt werden Sie bloß nicht auch noch trübsinnig. Hören Sie», er ging zum Telefon und nahm den Hörer ab. «Wenn Sie Ihr Geld zum Fenster rausschmeißen wollen, bitte sehr, dann kann ich Ihnen gerne helfen, noch mehr rauszuschmeißen.» Er bestellte Bollinger und Austern.

«Und jetzt», sagte er zu Harry Joy und legte den Arm um seine Schultern, «ist Ihnen jetzt wohler in Ihrer Haut?»

«Ja, ein bißchen schon.»

Sie tranken Bier, während sie auf die Austern und den Champagner warteten.

«Ah», sagte Adrian, während er Zitronensaft über die wabbelnden Austern drückte, «verdammt gute Austern hat dieses Land. Sagen Sie mal, Harry, wo wollen Sie eigentlich die Grenze ziehen? Wenn Sie uns feuern, müssen Sie es auch mit allen andern Klienten machen.»

Harry fühlte sich schon wohler. Er glaubte Adrian Clunes kein Wort. «Ja, natürlich», sagte er ironisch.

«Sie sind vielleicht komisch, Harry. Sie sind ein Kind. Ich verstehe nicht, wie Sie es so lange schaffen konnten. Hören Sie zu, jedes Jahr werden an die 80000 völlig neue organische Verbindungen freigegeben. Ohne ordentlich getestet zu sein. Der Himmel weiß, wie viele davon Krebs erzeugen. Krebs braucht Jahre, bis er auftritt. Die gesamte westliche Welt lebt von Dingen, die Krebs erzeugen. Man kann es sich nicht leisten, sie einfach nicht mehr zu produzieren. Um Himmels willen, sehen Sie sich doch mal Ihre Kundenliste an. Mobil hat Benzol im Treibstoff, das krebserzeugend ist. Und Firestone verwendet es für die Reifen. Wir verwenden Saccharin, und selbst wenn wir auf Zyclamate umstellen, nützt das gar nichts, weil es nämlich auch Krebs erzeugt. ICI produziert Dieldrin, und das erzeugt Krebs. Und dieses Gesindel,

Ihre Kunden mit der chemischen Reinigung, verwendet Kohlenstofftetrachlorid, was genau dasselbe ist. Und mit jedem Mal, wenn verkündet wird, daß dieses oder jenes Krebs erzeugt, werden die Leute nur noch sorgloser, weil sie einfach nicht glauben können, daß die Hälfte der Dinge, die sie einatmen und essen, krebserzeugend sein soll. Und jetzt kommen Sie daher», Adrian machte, atemlos, eine Pause, «und kündigen uns den Vertrag, nur weil wir Saccharin verwenden!»

Harry nippte an seinem Champagnerglas. Er lächelte. Es war das Lächeln eines Mannes, der weiß, wann man ihm was vormachen will.

«Sie glauben mir nicht», rief Adrian Clunes erstaunt. «Das muß man sich mal überlegen, der Mann glaubt mir nicht.»

Er sprang vom Tisch auf. «Ich werde es Ihnen, verdammt noch mal, beweisen.» Seine Stimme war schrill. «Ich werde Ihnen beweisen, wie schlimm es bereits ist, und wie kleinkariert Sie sind. Was Sie da tun», er ging zu seiner Aktentasche, «ist gar nichts.»

Er holte eine Karte hervor und breitete sie auf dem Boden aus.

Da! Vor ihm: die echte Karte von der Hölle. Man brauchte es Harry nicht erst zu sagen. Er sah die Farben – den heißen roten Kern, das Zinnoberrot, das Karmesinrot, das harte Industrieorange, die giftigen Gelbtöne, die aus dem heißen Kern geschossen kamen.

Sie knieten sich auf den Fußboden.

«Das hier», sagte Adrian Clunes, «ist eine Krebskarte. Sie zeigt das Auftreten von Krebs nach Wohnsitz und Arbeitsplatz. Und, wie Sie sehen, ist eine verdammte Krebsepidemie im Gange, Harry Joy. Die rücken diese Karten schon gar nicht mehr raus, lassen Sie sich das gesagt sein, Harry Joy, die machen sich doch schon selbst in die Hosen.»

Harry starrte entsetzt auf die Karte. Er konnte es nicht fassen. Er machte sich nicht einmal die Mühe, das relative Aufkommen von Tumoren zu prüfen oder all die anderen Statistiken verstehen zu wollen. Er sah nur eins: daß sie sich, hier und jetzt, im Epizentrum der Hölle befanden.

«Es ist eine Epidemie», sagte Adrian Clunes wütend. «Und warten Sie nur. Warten Sie nur ab, noch fünf Jahre, aber dann! Das hier», er tippte auf das Papier, «ist die Rechnung, die wir dafür kriegen, wie wir leben. Und glauben Sie mir, das ist erst der Anfang, bevor es richtig losgeht.»

Als er zu seinem erst halb leer gegessenen Teller Austern zurückkehrte, war er kreidebleich und fahl im Gesicht.

«Meine Frau hat Krebs, Harry», sagte er ruhig. «Sie wiegt noch knappe sechzig Pfund, und alle kommen sie, wie zu einer Leichenbeschauung, um sie sich anzusehen. Wenigstens unsere Freunde halten sich zurück», er hob die Hand. «Schon gut, Sie brauchen nichts zu sagen. Aber predigen Sie mir bloß nicht was von Krebs. Ich kenne mich aus mit Krebs, mein Lieber, in jeder Beziehung.» Er schob seinen Teller weg. «Mir ist der Appetit vergangen.»

«Ich muß Ihnen kündigen», sagte Harry Joy leise.

«Ich bewundere Sie», erwiderte Adrian Clunes ruhig. «Sie sind sehr exzentrisch und versetzen einen in Erstaunen, aber ich bewundere Sie. Ich wünsche Ihnen viel Glück.»

Und wie es sich so ergab, an jenem Tag kam Harry Joy die Aufgabe zu, sich zu überlegen, wie er Adrian Clunes aufheitern könnte. Er begann damit, indem er ihm sein Glas noch einmal füllte.

Man muß sich daran erinnern, daß Lucy erst fünfzehneinhalb war, so daß sie es trotz ihrer Fähigkeit, sich erwachsen, um nicht zu sagen weise, aufzuführen, ebenfalls fertigbrachte, sich ganz genau wie eine Fünfzehneinhalbjährige zu benehmen.

Lucy steht neben der Mobil-Tankstelle und will per Anhalter fahren, um Harry im Hilton zu besuchen.

Und da, direkt in der Kurve, kommt er angerollt, mit quietschenden Reifen, ein rostiger Cadillac Eldorado mit einem arbeitslosen Automechaniker namens Kenneth McLaren am Steuer. Er ist zweiundzwanzig Jahre alt, und seine falschen Zähne sind eine exakte Reproduktion der krummen, unregelmäßigen, die er vorher gehabt hatte. Seine Wangen sind eingefallen. Er hat ein runzliges, ein wenig altes Gesicht, einen Schopf wirrer, lockiger Haare und mittendrin in diesem ganzen Trümmerhaufen zwei braune Rehaugen.

Auf dem Rücksitz des Eldorados liegt neben Keilriemen, alten Kühlern und instand gesetzten Benzinpumpen ein Stoß Zeitungen.

Es handelt sich hier um einen zweifachen Zufall. Der erste und wichtigere ist, daß Kenneth McLaren gerade eben, vor fünf Minuten, aus der kommunistischen Partei ausgetreten ist; der zweite ist eigentlich gar kein Zufall, wenn man bedenkt, daß Lucy in ihrem Mullkleid auf den ersten Blick hübsch und romantisch aussieht, daß sie ihm den Daumen hinhält, und besteht darin, daß er ihretwegen anhält. Und vielleicht sollte an dieser Stelle gar nicht erst verhehlt werden, daß Lucy Joy *nie* bis zum Hilton kam.

Genossin Dilettante, darf ich vorstellen, Genosse Jüngstes Gericht.

Das schrille Lachen von Adrian Clunes drang durch die geschlossene Tür zu ihnen.

Harry Joy saß in seinem Morgenrock auf einem niedrigen Sessel und sah seinem Mädchen zu. Sie war groß und gerade gewachsen, und alles an ihr war vertikal, sogar ihr Profil, das so gut wie flach war und nur von dem Höcker ihrer Nase und der Erhebung ihrer Lippen unterbrochen wurde. Sie wirkte, von einem Augenblick zum andern, ausgesprochen nichtssagend und dann wieder erstaunlich schön, und ihre schönsten und auffälligsten Merkmale waren ihre sehr großen, ihre unglaublich großen braunen Augen, die, wie es dem hingerissenen Harry vorkam, vor Mißtrauen glitzerten. Er täuschte sich nicht. Sie war wie eine Katze, die durch ein Fenster gestiegen kam. Er kannte sie. Er wußte, was sie fühlte, wenn sie durchs Zimmer schritt, mit ihren seltsamen Händen mit den langen Fingern Dinge berührte, über Lampen strich, Stoffe befühlte und dabei abwesend lächelte. Sie war wie jemand mit einem Notizblock in der Hand. Er hatte das Gefühl, daß sie, wenn er von seinem Sessel aufspränge, davonlaufen würde, mit einem einzigen geschmeidigen Satz fort sein würde: der Sprung der Katze vom Stuhl auf die Fensterbank.

«Ist das deine Brieftasche?» Sie lag oben auf der Bar zwischen ein paar schmelzenden Eiswürfeln.

«Ja.»

«Ist da deine Scheckkarte drin?» Sie hatte ein komisches, scheues, schüchternes Lächeln.

«Ist es Diners Club?»

«American Express», entgegnete er. Er ließ sie die Brieftasche anfassen, öffnen, die Karte herausnehmen. Er vertraute ihrem Argwohn.

«Kümmere dich nicht um mich, wenn ich zuviel rede», sagte sie. «Ich hab nur diesen ganzen City-Scheiß in mir. Der macht mich ganz kribblig.»

«Kommst du vom Land?»

«Nein», sagte sie scharf. Sie zog ein dickes Scheckheft aus ihrer Handtasche. «Ich bin von nirgendwo.»

Er lächelte.

Sie lächelte zurück, aber etwas unsicher. «Für irgendwelche komischen Sachen bin ich nicht zu haben. Keine Golden Showers.»

«Ich will nicht irgendwelche komischen Sachen.»

«Wenn du dir's anders überlegst, in Ordnung, dann ruf ich eben das Büro an, und sie schicken wen anders.»

«Das geht schon in Ordnung», sagte er. «Ich will nicht irgendwelche komischen Sachen.»

«Besser, wenn wir das vorher klären.»

«Ja, Karten auf den Tisch», neckte er sie.

«Offen und ehrlich.»

«Et cetera», sagte er.

Sie lachte und ruinierte dabei ihr drittes Diners Club-Formular.

«Verdammt», sagte sie.

Aber beim vierten klappte alles, und sie brachte es Harry zum Unterschreiben.

«Gut», sagte sie, «das wäre erledigt.»

Sie ging zurück zur Bar und drehte ihm den Rücken zu. Sie ließ einen Löffel fallen und hob ihn eilig auf.

«Du fragst dich, was ich tue, nicht wahr?»

Harry zuckte die Achseln. Sie hatte einen Stützverband am Bein, unter dem Strumpf.

«Es ist nicht, was du denkst.»

«Ich hab überhaupt nichts gedacht.»

«Es ist kein Kokain.»

«Was dann?»

«Honig.» Sie hielt einen kleinen Topf, etwa von der Größe einer teuren Nachtcreme, hoch. Sie zog die Augenbrauen in die Höhe, und er fand sie drollig, als sie die rosigen Lippen verzog – dieses Gesicht konnte alles bedeuten. Sie nahm einen Teelöffel voll Honig und hielt ihn hoch, bevor sie ihn in den Mund steckte.

«Dieser Honig ist mächtig. Man sollte davon nicht mehr als einen Teelöffel essen.» Sie schraubte den Deckel fest und steckte den Topf wieder in ihre Tasche.

«Wozu ist er denn gut?»

«Ihr Leute», sagte sie. (Welche Leute meinte sie?) «Ihr Leute seid erstaunlich. Sieh dir meine Augen an. Nein, komm her. Komm rüber zum Spiegel.»

Sie streckte die Hand aus, und er stand auf. Sie führte ihn zum Schminktisch, wo sie ihre Gesichter nebeneinander vor den Spiegel hielten.

«Komm mit deinem Gesicht näher an meins», befahl sie. «Damit du deine und meine Augen sehen kannst.»

Harry sah in seine trüben grauen Augen und dann in ihre glänzenden dunklen, die Iris war von einem so dunklen Blau, daß es fast schwarz war, das Weiß war vollkommen weiß.

«Du hast wunderschöne Augen», sagte er ernst und betrachtete das Spiegelbild ihres ernsten Gesichts.

«Honig», sagte sie. Sie lehnte sich von dem Spiegel zurück und sah ihn prüfend an.

«Was ißt du denn so?»

Harry versuchte es aufzuzählen.

«Großer Gott», sagte sie erstaunt. «Laß mich deine Augen sehen. Halt mal still.»

Sie hielt seinen Kopf fest und starrte tief in seine Augen, während Harry von den aromatischen Düften ihres mächtigen Honigs überwältigt war. «Du ißt eine Menge Salz», sagte sie.

«Es ist alles da, in deinen Augen, Jahre von Salz. Aber du hast sehr schöne Wimpern», fügte sie hinzu. «Und du siehst ein bißchen wie... dreh dich mal so rum... ja, wie Krishna aus.»

«Das hat mir schon mal jemand gesagt.»

«Du weißt, wer Krishna ist?»

«Gewiß.»

«Tatsächlich?»

«Ja.»

Sie zog erstaunt die Augenbrauen in die Höhe. «Also», sagte sie, «möchtest du was von meinem Honig?»

Sie holte den Löffel und fütterte ihn. «Das ist Lederholzhonig», sagte sie. «Der Rolls-Royce der Honige, vom Lederholzbaum. Hast du es schon eilig mit dem Ficken oder was, weil, wenn du willst, ich kann jederzeit, weißt du.» Sie streckte die Hände aus, um die Gegenwart ihres Körpers anzudeuten. «Schätze, diese Unterhaltung ist nicht gerade sehr erotisch für dich.»

«Mehr als du denkst», sagte er und rollte den Honig in seinem Mund.

«Hast du 'ne Menge Nutten?» fragte sie ihn.

«Ein paar.»

«Dann hast du heute aber Glück gehabt», sie lächelte, «weil du eine talentierte Amateurin vor dir hast.»

Was Honey Barbara sagte, stimmte nicht ganz: Sie war, genaugenommen, keine Amateurin. Dieser Nuttenjob war eine ihrer kommerziellen Begabungen, und einmal im Jahr kam sie auf zwei Monate in die Stadt und unterzeichnete einen Vertrag bei der Executive Escort Agency. Darüber hatte sie genauso zweideutige Gefühle wie über die Stadt selbst, manchmal erinnerte sie sich voller Nostalgie daran zurück und vergaß ganz, daß dieses Leben normalerweise voller Furcht und Heimweh verlief.

Manchmal mochte sie ihre Kunden, aber normalerweise konnte sie sie nicht leiden, und wenn es tatsächlich einmal richtiggehend schlimm wurde, dann stopfte sie sich, gegen alle Prinzipien, bis oben hin mit Stoff voll, um nichts zu spüren.

Aber heute hatte sie ihren ersten gewerblichen Fick des Jahres, und der Kunde war nicht fett und schwabblig, und wenn er sich auszog, würde sie nicht dieses unbehagliche Gefühl kriegen, das wie saures Gas aus aufgedunsenem weißen Fleisch und Nylonsocken strömte. Außerdem sah er wie Krishna aus.

Sie erkannte seine passive Haltung und wußte, daß mit ihm leicht umzugehen war, daß, wenn sie von ihm fortging, alles in Ordnung wäre, oder daß sie ihn gleich jetzt nehmen konnte, einfach so, auf dem Fußboden, und ihn verschlingen konnte, zuallererst mit dem Mund, und daß er, zumindest dort, nicht allzu schlecht riechen würde für einen

Stadtmenschen, und er würde auch nicht ficken wie jemand, der Angst hat, den Bus zu verpassen.

Er war nur ein Geschäftsmann, aber sie fühlte sich mit ihm so vertraut, daß sie ein oder zwei Stunden lang mit dem Herzen dabei sein konnte, während sie ihre langen Beine mit seinen verschränkte, und als er seinen großen Schnurrbart gegen ihr Gesicht drückte, machte es ihr überhaupt nichts aus, ihn zu küssen.

Sie würde es nie begreifen, und wenn sie hundert Jahre alt würde, wie ein großer Propfen Samen 300 Dollar wert sein konnte. 300 Dollar reichten aus, um sechs Wochen davon zu leben. Es war ein Dach. Ein Wassertank. Ein Herd. Es waren dreißig Avocado-Bäume. Ein halbes Pferd.

«War ich 300 Dollar wert?» Sie schmiegte sich in ihn hinein. Er sah zufrieden mit sich aus. Er hatte ein Fältchen im Augenwinkel.

«Jeden Cent davon», sagte er.

«Wirst du mich wiedersehen wollen?»

«Nun», sagte er, «was glaubst du?» Er war ein dünner Mann mit einer weichen Stimme. Er war ihr so fremd, daß sie sich nicht vorstellen konnte, was er dachte. Sogar seine Kleider fühlten sich fremd an. Sie hatte keine Erfahrung mit Männern, die Seidenhemden trugen.

«Ach», sie rieb sich den Kopf. «Ich fühle überhaupt nichts.»

«Nichts?»

«Nicht die Bohne.»

«Aber *irgend etwas* mußt du doch fühlen», sagte er hartnäckig und berührte die Warzen ihrer kleinen Brüste. Sie sahen beide zu, wie sie sich aufrichteten.

«Irgend etwas.» Sie zog das Laken über die herausfordernden Brustwarzen. «Das ist mein Karma. Du weißt wohl nicht, was Karma ist, was?» Sie grinste. «Du weißt, daß du wie Krishna aussiehst. Aber du weißt nicht, was Karma ist?»

Er nickte ergeben...

«Karma bedeutet, daß sich das, was du in deinem einen Leben tust, darauf auswirkt, was in deinem nächsten geschieht. Vielleicht war ich in meinem vorigen Leben eine Hure, so daß ich im jetzigen diese ganze Fickerei nicht besonders mag. Es bedeutet auch, daß du, wenn du in dem jetzigen Leben gut bist, es im nächsten schöner haben wirst. He, hör mal», sie schlug ihn auf den Arm, «willst du mich verscheißern?»

Er starrte sie an. «Wenn du gut bist?» fragte er.

«Hör auf. Hör auf mit dem Scheiß.» Sie zog sich das Laken bis zur Nase herauf.

«Nein, im Ernst, sag mal. Wenn du in deinem einen Leben gut bist, hast du es im nächsten schöner?»

«Ja», sagte sie vorsichtig. «Das stimmt.»

«Aber das versuch ich ja gerade zu tun.»

Sie brach in Lachen aus, aber als sie sein ernstes Gesicht sah, hörte sie auf. «Aber du bist doch ein Geschäftsmann.»

«Ja. In der Werbung.»

«Das ist aber *wirklich* ein schlechtes Karma.»

«Nein», sagte er, «ich bin ein guter Mensch.»

«Das geht nicht», sagte sie dickköpfig. (Wie eingebildet. Wie dumm.) «Wie kannst du das sein? Wie könntest du das je sein?» Sie zog das Laken ein Stück nach unten und zeigte ihm die gerade, dünne Linie ihres Mundes.

«Ich habe gerade einen zwei Millionen Dollar schweren Auftraggeber geschaßt, weil sein Produkt Krebs erzeugt», sagte er. «Da drüben ist er, im Zimmer nebenan.»

«Zwei Millionen Dollar!»

«Genaugenommen 350000 Dollar, ich bekomme von den Medien 10 Prozent Kommission und 7 ½ Prozent Honorar, das macht bei 2 Millionen 350000 Dollar.»

«Großer Gott.»

«Das ist was Gutes», sagte er. «Das muß was Gutes sein.»

«Ich weiß nicht», sagte Honey Barbara, «vielleicht, ja, bestimmt ist das was Gutes.» Das war mehr, als man für eine gute Dope-Ernte bekam.

«Und ich sag dir noch was.» Er sprang aus dem Bett und lief auf Zehenspitzen quer durchs Zimmer. «Ich will dir noch was sagen.» Er hob eine bunte Karte vom Boden auf und brachte sie zum Bett. «Das hier ist eine Krebskarte.»

«Scheiße.»

Krebskarten waren für Honey Barbara Volkslegenden, genauso wie Traumpolizei (eine legendäre Truppe von Psychiatern), und die ganze Bande kosmischer Konspirateure, die CIA, fliegende Untertassen, Multis mit Samenpatenten.

Sie hatte in ihrem ganzen Leben noch keine Krebskarte gesehen. Sie betrachtete Harry Joy mit neuem Respekt. «Wo hast du die denn her?»

«Die hab ich gestohlen», log er. «Von ihm.» Er deutete mit dem Kopf zur Tür.

«Du bist mir vielleicht ein Geschäftsmann», sagte sie.

Er rückte seinen Hintern auf dem Bett zurecht.

«Ich hab dir gleich vertraut, gleich als du reingekommen bist», sagte er. Er machte eine Pause. Er lächelte. «Ich bin der Überzeugung», sagte er, «daß ich in der Hölle lebe. Daß das hier, dies alles», er deutete mit der Hand ins Zimmer, «die Hölle ist.»

Und blieb mit hochgezogenen Augenbraunen sitzen.

Wo Honey Barbara herkam, hatten die Leute viele verschiedene Vorstellungen vom Wesen der Realität. Christopher Rocks glaubte an Waldgeister. Und Edith Valdora wußte, wie fliegende Untertassen funktionierten; sie würde sich selbst einmal eine bauen, und keiner (jedenfalls sprach es keiner aus) hielt sie für verrückt. John Lane war in einem anderen Leben ein Fisch gewesen, und man glaubte an Jesus Christus, an Buddha, an Seelenwanderung, an das freie Schweben, und fürchtete sich vor den drei Sechsen auf der Scheckkarte als Symbol des Antichristen in der Apokalypse. Bart Pavlovich, der seit Jahren in seinem Astralleib herumreiste, dachte sich nichts dabei, eine Unterhaltung mit den Worten zu beginnen: «Als ich gestern nacht auf dem Mond war...» Denn das stellte, wie alle wußten, seine Realität dar.

Als Harry Joy ihr mitteilte, daß er glaubte, in der Hölle zu leben, wäre sie nicht einen einzigen Augenblick auf die Idee gekommen, daß er das als Metapher gemeint haben könnte. Sie verstand ihn voll und ganz.

«Toll», sagte sie.

«Sag mir, bitte, was du denkst», bat Harry.

Die Tür zum Nebenzimmer ging auf. Sie zog das Laken hoch, um die Krebskarte zu verbergen, als Adrian Clunes splitternackt quer durchs

Zimmer stolperte und auf der Toilette verschwand. Sie warteten, während er sich übergab.

«Entschuldigung», sagte er, als er wieder zum Vorschein kam, «sie benutzt gerade die andere.» Er hob seine Aktentasche auf und ging wieder ins andere Zimmer.

Honey Barbara schlug das Laken zurück.

«Hältst du mich für verrückt?» fragte er.

«Du bist nicht verrückt.»

«Sie wollen mich einsperren lassen.»

«Das kann ich mir denken.» Ihr war noch nie jemand begegnet, der 350000 Dollar zurückgewiesen hatte. Sie war ganz schön beeindruckt.

Und dann erteilte ihm Honey Barbara, die über derartige Dinge eine Menge wußte, seine erste Lektion für das Überleben in der Hölle, die zum überwiegenden Teil von Psychiatern und Polizisten handelte und unter dem vagen Motto rangierte, daß man sich selbst sauber halten müßte – damit meinte sie: keine Drogen, keine komischen Bücher, keine komischen Freunde, eben einfach sauber. Spiel dich vor den Bullen nicht als kluges Kind auf, laß dich auf keine Diskussionen ein, sieh zu, daß du Zeugen hast, wenn sie dein Zimmer durchsuchen. Sei nett zu ihnen, koch ihnen Tee, sprich mit fester Stimme, wenn du mit ihnen redest, bemüh dich, sie als menschliche Wesen zu betrachten. Du darfst nie ohne Geld anzutreffen sein, darfst nie die Namen von Rechtsanwälten aufschreiben, sondern mußt ihre Telefonnummer im Kopf haben und dich vergewissern, daß du stets auf dem laufenden bist. Wenn sie dir die Traumpolizei schicken, dann laß dich ja nicht in einen Kampf verwickeln, denn sie sind schädlich und untauglich und benutzen Betäubungskanonen statt ihrer Fäuste, und dann liegst du ohne Bewußtsein da und wirst nicht freiwillig mitkommen können (gehe immer freiwillig mit, schreib dich von selbst ein, dann kannst du später vielleicht, wenn du Glück hast, auch wieder ungehindert raus). Aber was am wichtigsten ist: Gib nie zu, daß jemand versucht, dich zu bedrohen, dich zu schnappen, dich anzugreifen, dich zu verletzen, dich zu vergiften, dich mit Strahlen zu verseuchen, dich zu schlagen, dich zu zwikken, dich zu ficken oder dir sonstwie auch nur den geringsten Schaden zuzufügen, denn das sind die Symptome von Paranoia, und die, sagte Honey Barbara, sind nicht erlaubt, wenn du sie zeigst, wirst du eingesperrt, auch wenn du tatsächlich von Strahlen in der Luft verseucht und von Wasser vergiftet bist.

Harry war überwältigt. Er sah sie an, lächelte, schüttelte den Kopf und hielt ihre Hand.

Er hatte sich verliebt.

Er wollte ihr ein Geschenk machen, irgendwas Glitzerndes und Schönes. Er holte es hervor, und zeigte es ihr, enthüllte es fast schüchtern, genauso vorsichtig, wie man das Seidenpapier von einem Opal zieht, um zu zeigen, wie er in sein zerbrechliches Nest gebettet ist.

Er erzählte ihr, wie es war, wenn man starb.

Als er fertig war, war es völlig dunkel im Zimmer, und er konnte nichts anderes erkennen als die beiden großen Augen von Honey Barbara.

«Ich lasse dir ein bißchen Honig da», flüsterte sie.

Erst später wußte er richtig zu würdigen, was es bedeutete, Honig dazulassen, und selbst da würdigte er es noch lange nicht entsprechend, und es würde noch ein ganzes Jahr vergehen, bis er die volle Wahrheit über Honey Barbara erfuhr, die vielleicht keine Profi-Nutte gewesen sein mochte, die aber eine ganze Menge über andere Dinge wußte.

Sie wurde Harrys verläßliche Führerin durch die Hölle; und er wurde ihr Kunde, so daß sie jeden Morgen gegen zehn sein Zimmer betrat und mit einem Diners Club-Scheck in der Tasche wieder ging.

Honey Barbara wohnte nicht weit vom Hilton entfernt in einem kleinen baufälligen Haus, in dem fünfzehn grüne Plastikmüllsäcke voll Marihuana hinter der gewölbten Stuckdecke verstaut waren. Sie teilte sich das Haus mit Damian, der mit ihr zusammen aus den Bergen gekommen war und der die Dope-Ernte verkaufen sollte, ein Job, von dem er die Nase gründlich voll zu haben schien. Er stürzte sich auf allen möglichen Stadt-Scheiß, was Honey Barbara nicht verstehen konnte. Er aß Big Macs und Hähnchenburger, und mißbilligend stellte sie fest, daß er um die Hüften schon Fett ansetzte.

Sie weckte ihn, um es ihm zu sagen.

Später dachte sie, daß das vielleicht nicht besonders nett gewesen war, aber wenn sie nach Hause kam, schlief er immer schon, und morgens mußten sie natürlich, für alle Fälle, früh aufstehen, gegen vier Uhr, und aus dem Hause verschwinden.

Eigentlich hätte er gar nicht mehr hier sein dürfen. Er sollte die Ernte verkauft haben und auf dem Rückweg nach Hause sein.

«Du wirst richtiggehend fett, Mann.»

«Was?»

«Das ganze Haus stinkt nach toten Hähnchen.»

«Hast du mich etwa nur geweckt, um mir das zu sagen?» Damian richtete sich im Bett auf, und sie konnte dieses Fett *sehen*, wie es *runterhing*, bis jetzt fiel es noch nicht weiter auf, aber nicht lange, und er würde von giftigem Fett, von krebsverseuchtem Hühnchen und Big Macs zugedeckt sein. «Du spinnst ja.»

«Hör zu, Damian, ich tu meinen Job. Ich arbeite. Ich habe ein Recht darauf, Bescheid zu wissen. Was hast du wegen des Dopes unternommen? Warum stopfst du diesen ganzen Mist in dich rein? Du müßtest längst wieder zu Hause sein. Sie brauchen das Geld, das weißt du doch.»

«Hast du mich geweckt, um mit mir einen Streit anzufangen? Bist du schon so verdorben von dem ganzen Scheiß hier, daß du unbedingt streiten mußt?»

«*Ich* habe keinen Stadt-Scheiß in mir. Wer frißt denn hier die ganze Zeit Big Macs?»

«Geh jetzt schlafen.»

«Ich will mit dir reden. Und zwar jetzt. Es ist die einzige Zeit, in der wir reden können.»

«Ich bin morgen eine Weile hier.»

«Und ich habe einen Kunden.»

«Aha, wer steckt denn nun voll in der Stadt-Scheiße?» Er lächelte sie mit seinen großen weißen Zähnen an und zog die eine Augenbraue hoch, guruhaft, so jedenfalls sollte es aussehen. «Vielleicht bildest du dir das alles nur ein, Honey Barbara, weil du auf diesem schlimmen Trip bist und dich von fetten Kaufleuten ficken läßt.»

«Diesen Entschluß habe nicht ich gefaßt.»

«Ist doch egal, wessen Entschluß es war, am Ende ist es doch dein Entschluß. Es ist dein Dharma.»

«Mein Kunde ist nicht fett. Er würde dir gefallen, Day. Er ist ein erstaunlicher Mensch.»

Er drehte sich auf die andere Seite und zeigte ihr seinen behaarten Rücken. «Das ist ja echt übles Theater, Barb. Ich will von deinen verdammten Fickereien nichts hören...»

«Komm, Day», sagte sie und setzte sich neben ihn. «Du weißt doch, daß ich überhaupt nichts fühle dabei...»

Er lachte in sein Kissen.

«Ich wurde hypnotisiert», rief sie, «du weißt, daß man mich hypnotisiert hat. Es hat fünfzig Dollar gekostet, also hör auf zu lachen.»

Er hörte zu lachen auf, blieb aber still liegen.

«Was ist mit dem Dope?» fragte sie ruhig. Sie wartete eine Weile. «Day?» Er bewegte sich nicht. «Du liegst hier den ganzen Tag rum, läßt dich von den Fernsehstrahlen verseuchen und rauchst Zigaretten und ißt kranke Hähnchen, die mit Antibiotika vollgestopft sind, und wer weiß, was für einen Scheiß du alles einatmest. Du solltest längst wieder zu Hause sein. Sie brauchen das Geld.»

Damian rollte sich auf den Rücken und starrte sie an. «Wir sind beraubt worden», sagte er. «Sie hatten ein Schießeisen. Sie haben alles mitgenommen. Ich kann nicht nach Hause.» Und begann inmitten der toten Hühnerreste und der großen Big Mac-Schachteln zu schluchzen.

«Gute alte Honey Barbara», dachte sie voller Bitterkeit, als sie seinen schluchzenden Körper in den Armen hielt.

Wenn sie später an die Zeit in der Stadt zurückdachte, erinnerte sie sich nie an die Angst. Daß es sie gegeben hatte, vergaß sie nicht, aber ihre Intensität, ihre totale, die Kehle zusammenschnürende, das Auge trübende, Schweißhände verursachende Allgegenwart. Es war gar nicht mal die Lastwagenfahrt mit den Dope-Säcken. Das war nicht halb so schlimm. Sie zogen sich wie Bauern an und fuhren über Nebenstraßen.

Es war die Zeit des Wartens, vor dem Verkauf, die sie immer vergaß: die Angst vor der Polizei, die Angst vor Polizeispitzeln, Spionen, die Angst, beraubt zu werden, so daß jeder, mit dem sie sprachen, ein potentieller Feind war, und Bemerkungen wie «nur ein Polizeiwagen» oder «nur ein Besucher» gab es nicht mehr. Jeder machte den Eindruck eines Polizeispitzels. In jedem geparkten Auto schienen große Männer zu sitzen, die sich hinter Zeitungen verbargen. In jeder öffentlichen Telefonzelle gab es merkwürdige, klickende Geräusche und schwache Stimmen. Wenn es an der Haustür klingelte, krampfte sich das Innere zusammen. Aber Jahr für Jahr, wenn die Regenzeit zu Ende ging, stellte sie fest, wie sie sich schon darauf freute, und wenn sie sich vielleicht gerade noch an die Angst erinnerte, die sie wegen des Stoffs hatten – so war jene andere, dumpfe, schrecklichere Angst, die sie ganz allgemein in der Stadt verspürte, völlig vergessen.

Sie dachte an die Bars und Restaurants und an die Kinos, und sogar die gräßlichen Fertigspeisen hatten in ihrer Erinnerung Geschmack, und auch die Männer schienen gar nicht mehr so übel, und sie dachte an die guten Zeiten, und an die fröhlichen. Und wenn dann die Abfahrt kurz bevorstand, sagten die Leute: «Seht euch bloß mal Honey Barbara an», denn allein der Gedanke daran berauschte sie, und wenn sie dann in die weiten gelben Ebenen kamen, auf ihrem Weg nach Süden, und es nirgends mehr Hügel gab, nur dieses wunderbare, wogende gelbe Meer und darüber den endlosen Himmel, dann wollte ihr vor Glück das Herz zerspringen, und alles war vergessen.

Sie hatte vergessen, wie häßlich die Menschen aussahen, und wie schmutzig die Luft war, aber vor allem hatte sie die ohnmächtige Wut vergessen. Sie schienen in Zorn eingeschnürt, und die ganze Stadt machte den Eindruck, als wolle sie sich in einem Anfall von Raserei aufrollen.

Sie ging ins Kino, hatte aber zu den Figuren auf der Leinwand keinen Zugang mehr, sie fühlte nichts mehr an Sympathie, was die anderen Zuschauer, die wie vorgesehen auf Befehl lachten und weinten, in Wut versetzt hätte.

«Die sind so kaputt», sagte sie. «Wie kann ich mich mit ihnen identifizieren? Es ist alles so deprimierend und häßlich. Ich kann diese ganze negative Einstellung nicht ertragen.»

Für Honey Barbara war die Stadt eine Macht, halb Mensch, halb Maschine, die Gifte verströmte.

Und in diesem Jahr war es noch schlimmer. In diesem Jahr waren sie ausgeraubt worden. In diesem Jahr war eine Kanone im Spiel gewesen.

In diesem Jahr würde es kein Geld geben, und die Arbeit einer ganzen Saison, all die Düngersäcke, die sie auf ihrem Rücken durch den Busch geschleppt hatten, all die kleinen Pflanzen, die sie großgezogen hatten, die sie vor den Wallabys geschützt hatten, die von oben unsichtbar sein mußten, all das war umsonst gewesen.

In diesem Jahr würden sie nur das Geld von Honey Barbara bekommen, die sich dafür auf den Rücken legte und gegen die Decke starrte, bis obenhin voll mit Stoff, um ja nichts zu fühlen.

Sie saß in Harrys Zimmer im Hilton, und nicht einmal die langen blauen Streifen auf dem Teppich, die türkisfarbenen Bezüge aus Thai-Seide auf den Sesseln, keines dieser sorgfältig aufeinander abgestimmten Blaus oder Grüns trugen auch nur das geringste dazu bei, sie friedlich zu stimmen, denn sie waren kalt und synthetisch und sahen aus, als wären sie giftig.

Harry sprach ins Telefon und log Adrian Clunes etwas wegen der Krebskarte vor. Bestimmt war das ein schlechtes Karma. Sie hatten ausführlich darüber geredet.

Die Karte lag auf dem Tisch, und irgendwo, wo genau, wollte sie Harry nicht verraten, war der Ort, an dem Honey Barbara zu Hause war. Voller Sehnsucht sah sie auf das kühle (sichere) Gelb des Nordens und auf die dünne blaue Linie des ungenannten Flüßchens, das sie kannte, und stellte sich in Gedanken, denn das war auf der Karte nicht eingezeichnet, den zerfurchten Pfad vor, der zum Mount Warning und der Silky Oak-Plantage hinaufführte, wo früher einmal die Bog Onion Road gewesen war, und der Geruch von der Mühle, wenn sie im Winter angestellt war, und das gute, klare, harte Geräusch der Säge, als sie einen Lackbaum fällte, neben dessen Stumpf ein neuer Baum gepflanzt worden war. Und am meisten mußte sie an all die Blüten denken, die durch die wogenden grünen Schirme wuchsen, die das Dach des Waldes bildeten und an denen sich die Bienen labten: der Eukalyptusbaum mit der für ihn typischen Schärfe, die Sarsaprille, die süß und schwer und ein bißchen fad war, und die prächtigen rotblühenden Gummibäume, die sich unter dem Südost-Wind bogen, der um die Hügel über dem Tal fegte.

Wenn sie über all das nachdachte, vergaß sie auch nie die schlimmen Dinge, und die Erinnerung wurde von einer ganzen Reihe Todesfälle getrübt, besonders von einem: dem aufgedunsenen Körper eines unbekannten Mannes, der über den Wasserfällen an einem Keulenbaum hing. Und sie übersah auch nicht die Nachbarn, die eine andere Denkart hatten als sie selbst. Die Ananda Marga, die Orange People, die Hari Krishnas und andere, die nicht unbedingt alle friedfertig waren und von denen manche sogar eigene Armeen besaßen, Waffen, tödliche Geheimnisse, geheime Riten, Ritualmorde. Im Busch wurde Hexenzauber praktiziert, und nicht selten lag der Kopf eines Schafs oder eines Schweins, von Maden wimmelnd, auf dem Pfad vor Honey Barbaras Haus, und die Nacht war längst nicht mehr so harmlos wie in früheren Zeiten.

Und doch wollte Honey Barbara Harry im Hilton nur erzählen, wie es war, wenn man am Morgen aufwachte und hörte, wie die riesigen Lackbäume miteinander wisperten.

Er legte den Hörer auf und lächelte sie an.

«Ich bin froh, daß ich dir begegnet bin», sagte sie und blickte von dem Kunststoffbelag am Fußboden zu ihm auf.

«Und ich bin froh, daß ich dir begegnet bin.»

«Ich glaube nicht, daß ich es sonst schaffen würde.»

«Ich auch nicht.»

«Wie wär's», sagte sie, «wenn wir heute mal ausgehen, in den Park, damit ich dir die Namen der Bäume sagen kann.»

«Die lassen sich aber Zeit, um mich hier wegzuholen», sagte Harry, der nicht wissen konnte, wie schwierig es für einen Siebzehnjährigen ist, ernst genommen zu werden, vor allem, wenn er 5000 Dollar in bar mit sich rumträgt und Gefahr läuft, es einfach abgenommen zu bekommen.

«Die werden kommen, verlaß dich drauf», sagte Honey Barbara. «Und zwar genau dann, wenn du glaubst, sie hätten dich vergessen, dann kreuzen sie auf. Darum mußt du immer früh auf den Beinen sein.»

«Ich war noch nie ein Frühaufsteher», sagte er gähnend. Es stimmte durchaus, daß er eine bemerkenswerte Geschicklichkeit entwickelt hatte, Wecker, Telefonanrufe und das Geräusch menschlicher Stimmen einfach zu überhören.

«Um vier Uhr früh klingelt der Wecker, dann stehe ich auf und sitze bis sieben im Park.»

«Aber sie könnten ja um halb acht kommen, wenn du gerade wieder zu Hause bist.»

«Nein, das tun sie nie.»

«Oder Viertel nach sieben, oder mittags.»

«Nein, sie kommen immer am frühen Morgen. Sogar auf dem Land, wenn sie Hunderte von Meilen zu fahren haben, kommen sie niemals nach sieben. Der Wecker», sagte sie, «ist dein Schlüssel zur Freiheit.»

Das war einer ihrer Ausdrücke. Ein anderer lautete: «Einer von dreien ist immer ein Spion», eine Statistik, die sie mit großer Überzeugung zitierte.

«Ich fühle mich im Hilton sicher», sagte er.

«Mit mir im Park ist es sicherer.»

So saßen sie jeden Morgen im Park und zitterten in der frühmorgendlichen grauen Dämmerung, kamen stets zu spät, um einen der wärmeren Plätze zu ergattern, die bereits von den Wermutbrüdern besetzt waren. Sie hüllten sich in Honey Barbaras Decken. Ihre Zähne klapperten. Manchmal schliefen sie zusammen. Sie waren nicht unglücklich.

Harry lebte intensiver, als ihm bewußt war, und sein Leben war mit mehr Freuden angefüllt als je zuvor, doch war die Kulisse dazu geprägt von Angst und Wachsamkeit, und jeder Kellner war ein Spion, jeder Wermutbruder ein Informant. Seine Augen wurden wacher. Er lernte es, die glitzernden Gifte der Stadt zu erkennen, die ihm in den Weg gelegt wurden. Die schillernden Früchte trugen dicht unter der Oberfläche ihrer ansprechenden Schale DDT.

Er verzichtete auf Fleisch, Kaffee, Salz und alles, was die Hilton-Küche hervorbrachte. Sie aßen fleckiges Obst und klumpiges Brot. Er gab alles auf, was seine Begleiterin vorschrieb, außer Wein, womit er sie seinerseits bekannt machte. Am Ende mehrerer Wochen Unterweisung wußte sie wahrhaftig das tiefviolette Bouquet eines 1973er Cheval Blanc zu schätzen.

Honey Barbara gab sich dem Teufel Alkohol mit schuldbewußtem Erröten hin. Sie steckte ihre kecke kleine Nase in ein Glas Mouton Rothschild und murmelte: «Ist wahrscheinlich organisch», bevor sie das köstliche Naß in den Mund nahm und genüßlich die glänzenden Augen zumachte.

Es war halb vier Uhr morgens, als das Telefon klingelte.
«Hallo.»
«Harry, hier ist Alex.»
«Hallo, Alex.»
«Muß mit dir reden, Harry.»
«Wo bist du?»
«Am Empfang. Unten.»
«Okay, ich bin in 2121. Das ist die 21. Etage.»
Er legte auf und zog sich schnell an.
Er drehte die Lampe im Wohnzimmer an und öffnete die Tür einen Spalt breit. Dann zog er sich ins Schlafzimmer zurück, schloß die Verbindungstür ab, drehte das Licht aus und machte die Tür nur einen ganz kleinen Spalt breit auf, so daß er zum Lift sehen konnte. Er hatte Schuhe an, die Brieftasche war in seiner Hosentasche.
Als die Fahrstuhltür aufging, gab sie nur die große, schwammige, taumelnde Gestalt von Alex Duval preis.
«Hier herein, Alex.» Er drehte im Schlafzimmer das Licht an und hielt die Tür auf.
«Entschuldige, Harry.»
«Du brauchst dich nicht zu entschuldigen.»
Alex hatte ein großes, blasses, krankes Gesicht. «Harry, ich muß mit dir reden. Ich bin betrunken. Es tut mir leid, daß ich betrunken bin», sagte er herausfordernd, während er ins Zimmer stolperte, und ließ sich schwer aufs Bett fallen. Harry ging ins Wohnzimmer und brachte eine Flasche Scotch, ein Glas und einen Krug Wasser. Alex trank gierig. Harry lehnte sich gegen das Fenster und wartete schweigend.
«Du redest nicht mehr viel, Harry.»
«Nein, nicht soviel.»
«Du warst mal ein guter Redner, Harry. Das war deine Stärke, weißt du das? Nicht, was du gesagt hast, nein.» Er machte eine Pause und dachte darüber nach. «Es war die verdammte Art und Weise, wie du es gesagt hast.»
«Ich lerne, zuzuhören», Harry lächelte, aber er war auf der Hut.
«Ich verlasse die Agentur.»
«Aha.»
«Ist das alles, was du dazu zu sagen hast? Aha?» Er äffte ihn auf

häßliche Weise nach. «Aha.» Er goß sich noch einen Scotch ein, halb Scotch, halb Wasser, das Glas bis zum Rand gefüllt. Während er damit beschäftigt war, schwiegen beide.

Alex trank und hob den Kopf, sein weißes Gesicht schwitzte Alkohol aus.

«Du bist ein Klugscheißer, Harry.» Chinesisches Essen war vorn über sein Hemd gekleckert. «Du bist kalt wie ein Fisch.»

Harry schien am Fenster zu lehnen, ohne auch nur einen Muskel anzuspannen. Doch er war bereit, loszurennen.

«Du bist nie kalt gewesen, Harry, du warst warm. Du warst ein so warmherziger Mensch. Du warst ein Narr», er hob einen Finger und bemühte sich, seinem Argument einen ehrlichen Klang zu geben, «du warst ein Narr, aber du hattest Herz. Jetzt bist du kalt. Du kümmerst dich um nichts anderes als um dich selbst, und du hast uns im Stich gelassen. Was ist da drin?»

«Das ist das Wohnzimmer.»

«Verdammt, warum gehen wir da nicht rein? Ich bin schließlich nicht hergekommen, um mit dir zu schlafen.»

Harry folgte dem schweren Mann ins Wohnzimmer und beobachtete ihn, wie er seinen beträchtlichen Hintern auf den kleinen seidenen Thai-Sessel hievte.

«Ich bin nicht gekommen, um zu schlafen», sagte er und stellte sich seine Flasche und sein Glas auf dem Fußboden zurecht. «Wieviel kostet das Ganze hier eigentlich?»

«200 pro Tag.»

«Scheiße, Harry. Du hast uns im Stich gelassen. Du hast Krappe Chemicals gefeuert. Der arme Joel, der arme kleine Trottel, armer, einfältiger, ehrgeiziger, kleiner Trottel. Es ist nicht seine Schuld. Du hast es ihm nicht mal gesagt, du redest einfach mit dem Kunden und schmeißt ihn raus. Zwei Millionen Dollar. Puff. Einfach so. Was ist da drüben?»

«Das ist der Gang.»

«Aha.»

«Alex», sagte Harry vorsichtig, «weißt du denn nicht mehr, wie wir an einem Samstag vormittag darüber geredet haben? Da habe ich dir versprochen, ihnen den Vertrag zu kündigen.»

«Ich habe dich nicht darum gebeten.» Alex sprang von seinem Sessel hoch und vergaß dann, warum er es getan hatte. Der Scotch in seinem Glas schwappte gefährlich hin und her. «*Du* hast beschlossen, es zu tun. Du hast mir den verdammten Schlüssel gestohlen», sagte er ungläubig. «Du hast meinen Schlüssel gestohlen. Du hast dich in mein Leben eingemischt. Na schön, ich bin verrückt. Und wenn schon? Ich schreibe komische Konferenzberichte und schicke sie nie ab. Hat das irgend jemandem weh getan? Hat es dir weh getan?» Er schickte sich an, sich wieder hinzusetzen, hielt aber in der Bewegung inne. «Du bist so naiv, weißt du das? Dein ganzes Leben lang gehst du rum und siehst nie irgendwas Schlechtes. Jeder, der sagt, irgendwas sei mies, ist nur mißgünstig. Genau so stellst du einen hin. Wenn ich sage: Der Soundso ist ein altes Arschloch, dann siehst du mich an, Harry, als wäre ich selbst ein altes Arschloch. Du willst nie was Schlechtes hören. Die Zeitungen sind voll von diesem Krebskram, und du sagst: ‹Ach, das hat nichts zu bedeuten, die wollen einem nur angst machen›, weil du sie für Arschlöcher hältst, weil sie Krappe Chemicals Arschlöcher nennen. Und jetzt blickst du plötzlich durch, verdammt noch mal. Weiß der Himmel, warum. Warum?» fragte er.

«Warum ist egal», entgegnete er selbst. «Du weißt nicht, warum. Ich weiß nicht, warum. Aber wenn dir plötzlich klar wird, wie die Welt ist, dann gehst du rum und machst alle Menschen, die du gekannt hast, kaputt. Warum willst du mich kaputtmachen?»

Es war fünf vor vier, fünf Minuten, bevor Harry das Zimmer verlassen mußte. Alex zerrte jetzt an seinem Hemd, genau wie Hastings es getan hatte. Alex war groß. Er stand über Harry gebeugt und zerrte mit mehr Kraft an dem Hemd, als man ihm zugetraut hätte.

«Warum willst du mich kaputtmachen?»

Ein Ausdruck unbeschreiblichen Hasses zog über sein weiches, fleischiges Gesicht, klappte in sich zusammen und zerfiel. Seine geballte Faust öffnete sich, und Harry spürte nur noch Schmerzen.

Alex bückte sich zum Sessel und ließ sich mit einem Plumps hineinfallen. «Ich bin die ganze Nacht durch die Gegend gefahren, weil ich Angst hatte, es dir zu sagen. Warum sollte ich vor dir Angst haben? Du bist so armselig. Du bist es nicht wert, daß man Angst hat vor dir. Ich kriege bei Ogilvys einen Job. Die mögen mich. Die mögen mich verdammt, sage ich dir. Adrian Clunes hat mich persönlich angerufen und gefragt, ob ich seine Konten führen will. Da staunst du, was? Es ist ja auch erstaunlich. Die ganzen Jahre hab ich die Konten geführt, und du hast das Geld kassiert. Und jetzt machen sie mich zum Direktor. Soviel halten die von mir.»

«Ich habe sie für dich gefeuert», sagte Harry und ging zu ihm und setzte sich ihm gegenüber, ganz genauso, wie er vor einer Woche Adrian Clunes gegenübergesessen hatte. «Ich hab sie gefeuert, um dich zu retten, verdammt noch mal. Weißt du denn nicht mehr? Ich habe sie gefeuert, weil du ein Gefangener warst und...»

«Ach», Alex winkte mit der Hand ab und verschüttete Whisky auf sein Hemd. «Gefangene...»

«Hast du versucht, mich reinzulegen? Hast du mich reingelegt, damit ich sie feure?»

«Harry...» Er öffnete seine großen rosa Handballen und hielt sie ihm hin.

«Weil, wenn du das getan...»

«Harry.»

«... ist mir doch egal.»

«Ich versuche dir zu sagen, daß es mir leid tut, und du siehst auf Uhr.»

«Ich muß bald weg.»

«Aber es ist überall geschlossen. Verdammt, ich sage dir doch, daß es mir leid tut. Bedeutet dir das denn nichts? Ich muß leben, darauf kommt es an. Ich muß Geld verdienen. Am Ende hättest du mich doch rausgeschmissen. Du hättest es tun müssen. Gib nicht mir die Schuld.»

«Ich bring dich jetzt zu Bett.»

«Ich bin keiner von den Akteuren, Harry. Ich bin Alex, verdammt noch mal», schnüffelte er. «Ach, Scheiße.»

Er wehrte sich nicht, als Harry ihn ins Schlafzimmer führte, und begann sich gleich auszuziehen. «Ich verrate dich, du verrätst mich», sagte er. «Ach, Scheiße.» Er stolperte über seine Hosenbeine, und Harry half ihm aus den großen grauen Socken und der erstaunlich feinen seidenen Unterhose. Schockiert nahm er einen Augenblick lang die enorme Größe seines schlaffen Penis zur Kenntnis, und als er Alex aufs

Bett zog, ging ihm durch den Kopf, wie unbenutzt er aussah, nur von Sahnetorten und Krapfen genährt.

Es war drei Minuten nach vier.

Die Doktoren Hennessy und Cornelius fuhren mit dem Lift in den 21. Stock. Sie konnten sich nicht leiden. Cornelius' eingedrücktes, kleines Gesicht war hinter einem säuberlich gestutzten schwarzen Bart verborgen, und sein Hemd stand offen und enthüllte einen dicht behaarten Brustkorb. Er sah zu Hennessy auf und zwinkerte aus keinem besonderen Grund mit den Augen.

«Wie geht's, Ace?»

Hennessy betrachtete ihn aus fahlen, blauen Augen. «Recht gut», sagte er kühl, «recht gut.»

In der 21. Etage klopften sie an Harrys Tür, und als ihnen niemand öffnete, schlossen sie mit dem Schlüssel auf, den man ihnen gegeben hatte. Ihre sichere Beute saß im Bett und hielt sich das Laken auf eine Art und Weise vor die Brust, wie es Frauen tun, um sich zu bedecken.

«Guten Morgen», sagte Hennessy in förmlichem Ton, «ich bin Dr. Hennessy, und das ist Dr. Cornelius.»

«Sie kommen wegen Harry, nicht wahr?»

«Ja», sagte Cornelius und öffnete seine Tasche auf dem ungemachten Bett, sah die Beute an und schätzte das Gewicht auf 200 Pfund bzw. 400 mg Pentothal.

«Der ist ja wirklich verrückt geworden.»

«So sagt man», bemerkte Cornelius und zog die 400 mg in die Spritze.

«Na, und... werden Sie warten... oder was?»

«Oder was, möchte ich meinen», sagte Hennessy trocken und holte seine Papiere aus der Tasche und sah zu, während Cornelius die geladene Spritze an seinem Zielgewehr befestigte, das er selbst erfunden hatte.

«Und jetzt, Mr. Joy», sagte Cornelius, «möchten wir gern, daß Sie ganz ruhig mit uns mitgehen, und dann bringen wir Sie an einen Ort, wo man sich um Sie kümmern wird.»

«Nein», sagte Alex, «bitte, verstehen Sie doch.»

Die Bettücher schlängelten sich wie Därme aus dem ausgeweideten Zimmer in den Gang.

Weder Harry Joy noch Honey Barbara sagten etwas. Sie standen einen Augenblick da und lauschten. Nur das gedämpfte Geräusch des Fahrstuhls, der nach unten fuhr, durchbrach die Stille.

Harry betrat das Zimmer als erster. Als er den zertrümmerten Sessel in der Tür sah, das Blut auf dem Boden, die gähnenden Innereien des Fernsehers und den Büschel Haare im Badezimmerbecken, die wie Schamhaare aussahen, aber in Wirklichkeit aus Dr. Cornelius' blutendem Gesicht stammten, nickte er nur, er war zwar geschockt, aber nicht überrascht.

Honey Barbara stellte die Schachtel mit Essen auf das zerwühlte Bett. «Der Arme», sagte sie. «Er hat sich gewehrt.»

Harry nickte. Ihm war schlecht. Er richtete die Lampe neben dem Bett auf und legte den Telefonhörer in die Gabel.

«Komm ins andere Zimmer», sagte sie.

Sie zogen die Laken ins Schlafzimmer und machten die Tür zu.

«Was zu essen?» fragte sie mit der Schachtel in den Händen.

Er schüttelte den Kopf.

«Er hat sich gewehrt», sagte sie. «Gut für ihn.»

Sie sahen beide krank aus. Sie wußten nicht, ob sie sich hinsetzen oder stehenbleiben sollten. Honey Barbara legte schließlich die Schachtel auf den Tisch und setzte sich auf einen Stuhl. Harry lehnte am Fenster.

«Sie werden ihn wieder gehen lassen», sagte er, «wenn sie es merken.»

Sie schüttelte den Kopf. «Darauf würde ich mich nicht verlassen. Die Klinik kriegt für jeden eine Beihilfe. Sie werden versuchen, ihn dazubehalten.»

Er nahm den Telefonhörer ab.

«Was tust du?»

«Ich rufe meine Familie an und sage es ihnen.»

«Was denn?» Sie war bereits auf den Beinen und lief zu ihm.

«Daß sie den falschen haben.»

Sie riß ihm den Telefonhörer aus der Hand und legte ihn behutsam zurück in die Gabel. «Nein.»

«Das kann ich nicht mit meinem Gewissen vereinbaren. Ich muß es tun.»

«Liebling, sie werden kommen und dich holen.»

«Die kriegen mich nicht. Ich stehe viel zu früh auf.» Er nahm den Hörer und begann zu wählen. Er setzte mehr Vertrauen in Honey Barbaras Theorien als Honey Barbara selbst.

«Hallo», sagte Joel verschlafen.

«Hier ist Harry Joy», sagte Harry zu seinem Juniorpartner. «Ich rufe an, um dir zu sagen, daß wer immer von euch losgeschickt wurde, um mich einsperren zu lassen, an meiner Stelle Alex Duval gekriegt hat.»

Er konnte Joel lachen hören. «Wirklich? Wirklich? Ach, Harry...»

«Hast du mich verstanden?»

«Ach, Harry, du weißt gar nicht, wie komisch das ist.»

«Ich sagte, sie haben Alex Duval...»

«...an deiner Stelle.»

Er legte auf. «Was war?» fragte sie.

«Er hat gelacht.»

Es war wie in einem Zimmer, in dem gerade jemand gestorben ist.

Sie schliefen zusammen, aber es war irgendwie fast wie auf einer Beerdigung, und sie sahen einander traurig in die Augen und nahmen sich fest in die Arme. Alles war plötzlich so unsicher und von Vorsichtsmaßnahmen geprägt. Er füllte sechzehn Diners Club-Schecks für sie aus, und sie sah mit Tränen in den Augen zu.

«Ich sollte dich mit zu mir nach Hause nehmen.»

Er lächelte schmerzerfüllt.

«Aber es würde dir nicht gefallen: Schmutz und Blutegel», sagte sie, «kein elektrisches Licht, keine Seidenhemden.»

Nach einer Weile sagte sie: «Außerdem würde dich keiner verstehen. Sie würden glauben, du wärst ein Spion.»

Sie schrieb ihm die Adresse von dem Haus auf, in dem sie wohnte, und er mußte versprechen, sie auswendig zu lernen. Über der ganzen Situation lag ein Anflug von Notlage, und als Honey Barbara unter die Dusche ging, war sie überzeugt, daß es für sie das letzte Mal in einem Hilton Hotel war.

Die Doktoren Hennessy und Cornelius fanden sich zwei Wochen später um vier Uhr nachmittags bei Harry ein, verpaßten ihm schnell eine Spritze und trugen ihn, ohne den geringsten Widerstand von Harry, hinaus.

Als Honey Barbara am nächsten Morgen die Tür aufschloß, fand sie die Suite so vor, wie er sie verlassen hatte, einschließlich eines kleinen Stückchen Papier, auf das sie ihre Adresse geschrieben hatte.

Sie duschte nicht noch mal im Hilton.

TEIL VIER

Einige unerfreuliche Tatsachen

Alice Dalton hatte keine Pfadfinder erwartet. Sie sagte Jim und Jimmy, daß sie keinen Termin eingetragen hätte, aber die zwei ließen sich nicht abweisen. Sie stellte sich eine ganze Busladung vor, aber als sie bemerkte, daß es nur zwei waren und der eine von ihnen noch ziemlich klein, ließ sie die beiden in ihr Büro führen, bot ihnen Stühle an und ließ sie ihre Vasen anstarren, während sie die Zulassungspapiere auf den neuesten Stand brachte. Sie wollte, daß sie sahen, wie es wirklich war.

Mrs. Dalton war eine Frau mit einer Mission, die darin bestand, die Behandlungsmethoden von Geisteskranken zu erhellen. Nach ihrer Erfahrung wurde über dieses Thema eine Menge sentimentalen Unsinns geredet, und sie selbst hatte viele unglückliche Jahre hinter sich gebracht, bis ihr schließlich klar geworden war, daß mit der Geisteskrankheit genau wie mit allem anderen Geschäfte zu machen waren.

Nachdem sie diese Entscheidung getroffen hatte, verlief ihr Leben viel befriedigender. Was die Behandlung selbst betraf, so stammte ihr wichtigstes Axiom von einem Psychiater, der es folgendermaßen erklärt hatte: Wer geheilt wird, wird geheilt; der Rest besteht aus Psychiatern, die neurotisch sind oder sich selbst zu wichtig nehmen, oder die Angst oder Schuldgefühle haben; effektiv kosten sie eine Menge und bewirken nichts.

«Also», sagte sie, «was hat man euch über mich erzählt?»

Diese Frage hätte sie gern vielen ihrer Besucher gestellt – aber Erwachsene konnte man so etwas nicht fragen, was wirklich schade war –, denn Alice Dalton war von ihrer eigenen Berühmtheit fasziniert. «Ich tue nichts anderes», sagte sie strahlend zu ihren Besuchern, während ihr kleines rundes Gesicht so angespannt war, daß es aussah, als würde es gleich bersten, «als das Offensichtliche.» Aber sie konnte sie nie fragen, was sie wirklich von ihr dachten. Was sie selbst dachte, war ganz einfach: Sie war ein Pionier in Geschäften der geistigen Gesundheit, eine Meinung, die Mr. da Silva, der kürzlich dreißig Prozent ihres Anlagekapitals übernommen hatte, offenbar teilte.

Aber die Pfadfinder konnten sich nur schwer erinnern, was man ihnen, wenn überhaupt, zum Thema Alice Dalton beigebracht hatte. Sie blickten in die fahlen blauen Augen, die hinter der hellen rosa Brille schwammen, und hatten das Gefühl, etwas falsch gemacht zu haben.

«Man hat uns nichts gesagt», sagte der kleinere Junge.

«Habt ihr mich im Fernsehen gesehen?»

Sie schüttelten fast unmerklich den Kopf.

Sie war irritiert, lächelte aber und nickte mit dem Kopf. Der größere Junge zog einen Notizblock hervor und nahm einen Bleistift in die Hand. Das munterte sie irgendwie auf, und sie bemühte sich, langsam zu sprechen.

«Das hier ist ein Krankenhaus für Geisteskranke», begann sie mit einer Direktheit, an der sie immer wieder Spaß fand, «in dem wir Verrückte einsperren.»

Sie verschränkte die Arme und beugte sich vor: «Das ist die eine unerfreuliche Tatsache», sagte sie zu dem kleineren Jungen, denn der andere hatte sich über seinen Notizblock gebeugt. «Die andere unerfreuliche Tatsache ist, daß es sich um ein geschäftliches Unternehmen handelt und ich das Ganze tue, um damit Geld zu verdienen, so wie alle andern Leute das auch tun. Und was bezweckt man mit Geschäften?» fragte sie den kleinen Jungen, der irgendwie verdutzt aussah. «Man macht Geschäfte, um Geld zu verdienen», beantwortete sie ihre Frage selbst. «Am Ende des Jahres», sie tippte mit ihrem Bleistift auf den Stoß Einweisungspapiere, «müssen wir einen Gewinn erzielt haben.»

Sie beschloß, ihre dritte unerfreuliche Wahrheit für sich zu behalten, die folgendermaßen lautete: «Wir sind ein Verwahrungsort für Abfallprodukte.» Pause. «Finden Sie das schockierend?» Fast immer schrecklich. «Aber das ist es nun mal. Wollen Sie sich etwa um die alten Männer kümmern? Die schwimmen im Urin. Es sind Abfallprodukte. Sie sind woanders rausgeflogen. Soll ich sie vielleicht auch noch gern haben?»

«Findet ihr das schockierend?» fragte sie die Pfadfinder, die sich darüber nicht ganz im klaren zu sein schienen.

«Für mich ist das überhaupt nicht schockierend, das ist das Leben.»

Der kleine Pfadfinder hob die Hand hoch.

«Ja?»

«Wann kriegen wir unsern Ingwerreis?»

«Wie, bitte?»

«Er meint Ingwereis», sagte der größere Junge und sah von seinen Notizen auf. «Er will wissen, ob wir unser Ingwereis vor oder nach dem Rundgang bekommen?»

«Ich habe hier kein Ingwereis», sagte Mrs. Dalton mit fester Stimme, wie eine Tante, die man unhöflicherweise um Eis angebettelt hat.

«Klar gibt es welches», sagte der kleine Junge, «das war ja, warum wir uns dieses Projekt ausgesucht haben. Weil es da Ingwereis gibt.»

Mrs. Dalton machte ein Gesicht, daß der kleine Junge plötzlich schreckliche Angst bekam. Er hatte sich schon gefürchtet, seit sie diesen Raum mit den vielen Vasen und Blumen und dem komischen Geruch betreten hatten. Er sah Mrs. Dalton an und begann zu weinen.

Die Klingel schrillte, und ein großer Mann in einem weißen Kittel kam ins Zimmer.

«Bring sie rüber in die Ingwerfabrik», sagte die Frau.

Der kleine Junge begann hysterisch zu kreischen, und selbst seinem größeren Freund rollte eine Träne über die roten Bäckchen.

«Er bringt euch nur in die Ingwerfabrik». Mrs. Dalton versuchte zu lächeln. «Er bringt euch dahin, wo ihr eigentlich hin wolltet.»

Man glaubte ihr nicht, und am Ende mußten Jim und Jimmy kommen, um die beiden schreienden Pfadfinder zu packen und sie quer über die Straße in die Ingwerfabrik zu befördern.

In der Hölle war es sein Geruchssinn, der als erstes richtig zu sich kam.

Ihm war schwindlig, und er konnte nicht aufstehen, aber er konnte riechen, und obgleich er in seinem Leben noch nie in einer Nervenklinik gewesen war, wußte er, ohne daß man es ihm hätte sagen müssen, daß das der ganz spezielle Geruch einer Nervenklinik war. Bohnerwachs, Methylalkohol und Chlor schienen vorzuherrschen, erhielten aber ihren typischen Charakter und ihren echten Ton erst durch ein ganz kleines bißchen abgestandene Orangenschale, Urin und etwas, das große Ähnlichkeit mit verwelkten Rosen hatte. Der Geruch hatte nichts Sympathisches, und jeder einzelne Bestandteil erinnerte, auf verschiedenste Weise und in verschiedenem Maß, an Angst (selbst wenn die Angst so geringfügig war wie die, die durch Methylalkohol in Verbindung mit Wattebäuschen, kalter Haut, operativen Eingriffen, Stahlnadeln und Chromoberflächen hervorgerufen wurde).

Ohne daß es ihm bewußt geworden war, hatte Honey Barbara ihm beigebracht, zu riechen, und wenn er jetzt an sie dachte, dann war es nicht in Bildern und nach ihrem Aussehen, sondern im Zusammenhang mit diesem herrlichen Aufgebot an Gerüchen, das er mit ihr in Verbindung brachte, salzig und streng wie Ziegenkäse, voll und blumig wie Lederholzhonig.

Er kämpfte gegen das Pentothal an, aber es ließ sich nicht bezwingen. Er lag etwa eine Stunde lang auf dem Rücken, und in dieser Zeit gelang es ihm, ganz allmählich und verschwommen wahrzunehmen, daß das Zimmer vier Betten enthielt, von denen das eine viel größer war als die andern, daß die Wände gelb gestrichen waren, vielleicht um einen «sonnigen» Eindruck zu vermitteln, daß die Fliegengitter über den beiden kleinen Fenstern zerrissen waren, daß das Linoleum am Fußboden eine lange schwarze Schramme aufwies, die von unterhalb des Fensters bis zur Tür an der gegenüberliegenden Wand verlief, und auch: daß er einen Schlafanzug anhatte, der nicht ihm gehörte.

Angst hatte er weniger, aber er wartete voller Ungeduld darauf, zu erfahren, was als nächstes geschehen würde, und es war Ärger über seine von Drogen verursachte Schwäche, die ihn schließlich dazu brachte, mit weichen Knien durchs ganze Zimmer zum Fenster zu gehen.

Er hatte Mauern erwartet.

Was er sah, erinnerte ihn an eine Anzahl ländlicher Bahnhofsgebäude, die alle in einem Park mit Zwergenbäumen lagen und die mit überdachten Gängen verbunden waren. Die Gebäude aus roten Ziegelsteinen waren lang und schmal und schienen alle nur ein Zimmer breit zu sein, mit verblassenden grünen Türen davor, die auf Veranden führten. An manchen Türen waren Schilder mit Aufschriften wie «Sozialfürsorge», anstatt «Stationsvorsteher» oder «Wartesaal», aber unter den Leuten, die er sah, herrschte die gleiche melancholische Stimmung wie bei Reisenden, die gerade den Zug in die Stadt verpaßt haben und wissen, daß sie die nächsten vier Stunden hier festsitzen. Sie gingen auf und ab, saßen still auf Bänken, sprachen miteinander oder, was noch häufiger vorkam, hüllten sich zwischen den Zwergenbäumen in eine feindselige Isolation. Die Sonne versank hinter dem Dach der Ingwerfabrik (allerdings hielt Harry diese häßliche, verrostete Wellblechbaracke für einen Teil des Krankenhauses), und das tief grüne, perfekt gemähte Gras nahm eine dunklere, schwärzere Farbe an.

In diesem Augenblick hörte er die Pfadfinder schreien. Absolutes, die Eingeweide durchbohrendes Entsetzen griff um sich und hing zitternd in der Luft. Die Patienten, die wie weidende Tiere wirkten, erstarrten. Harry durchquerte das Zimmer mit zwei großen Schritten und machte die Tür auf. Aber da war kein Gras, nur Asphalt, über den zwei große Männer liefen, die die um sich schlagenden Körper von zwei kleinen Jungen festhielten. Ein Notizbuch fiel zu Boden. Ein Bleistift rollte, irgendwie kläglich, quer über das Asphalt-Pflaster. Über die Treppe eines kastenförmigen Aluminiumgebäudes kam eine Frau gelaufen und hob, hüpfend wie eine Elster, die auf den Streifen neben einer verkehrsreichen Straße schmarotzt, den Bleistift auf. Als sie sich wieder aufrichtete, entdeckte sie Harry Joy, der instinktiv die Tür zumachte.

Die Schreie kamen jetzt durch das geöffnete Fenster, hinter dem Jim und Jimmy die sich wild sträubenden Pfadfinder quer über den Rasen zur Ingwerfabrik trugen. Harry sah, wie die Patienten auf die Seite traten und ihnen dann neugierig folgten. Die beiden Jungen kreischten, als wäre ihnen das Geheimnis jener rauchenden Schornsteine bekannt.

Für diesen speziellen Teil der Hölle hatte Honey Barbara Überlebensregeln. Sie lauteten folgendermaßen: Ärgere sie nicht, verhalte dich still, lächle nett, zeig ihnen nicht, wie klug du bist. Iß dein Essen auf und klau keine Marmelade. Fick jeden, der gefickt werden will, und vergiß es dann wieder. Sag einem Arzt nie die Wahrheit, sondern mach alles, was du ihnen erzählst, irgendwie interessant. Sag nie, daß du nicht krank bist. Halt dich aus allem raus und schreib nie Beschwerdebriefe.

Harry war entschlossen, diese Regeln genau zu befolgen, und es war dieser Wunsch, der ihn, durch das schreckliche Geschrei verstärkt, schon so bald seinen ersten Fehler begehen ließ. Sein Herz raste. Er war in Panik und noch immer ganz benommen von dem Pentothal. Aber er sah es klar undeutlich da stehen, hell wie der lichte Tag, am Ende des großen Bettes. Nicht an dem Bett, in dem er geschlafen hatte, sondern an einem anderen: sein Name! MR. HARRY JOY, in ein Metallband eingeritzt.

Schon jetzt war er dabei, die Katastrophe heraufzubeschwören. Er lag im falschen Bett. («Sag nie», hatte Honey Barbara ihn beschworen, «daß irgendwas deren Schuld wäre, selbst wenn es stimmt.») Man hatte einen Fehler gemacht, oder es war ein Trick. Vielleicht hatte man ihn ins falsche Bett gelegt, oder irgendein Witzbold hatte ihn dort hineingelegt, während er schlief.

Schnell, noch ganz benommen, machte er das Bett, in dem er geschlafen hatte, und legte sich in das richtige.

Und wartete. Er hielt sich raus, befolgte die Regeln, beklagte sich weder mündlich noch schriftlich. Er lag im richtigen Bett, machte sich jetzt nur Gedanken darüber, ob man ihm vielleicht auch den falschen Schlafanzug gegeben hatte, und so saß er gerade aufrecht im Bett, schielte über die Schulter und versuchte das Schildchen in seiner Schlafanzugjacke zu lesen, als Alice Dalton, sowieso schon etwas gereizt, das Zimmer betrat.

Sie hatte einen Bleistift in der Hand. Es war der Bleistift von den beiden Jungen. Sie hielt ihn ohne jedes Gefühl, und Harry sah sie scharf an, als sie sich dem Bett näherte, und ließ damit eine von Honey Barbaras zahlreichen Regeln unbeachtet: «Strahle immer gute Laune aus, bring sie nie auf den Gedanken, du könntest sie hassen.»

Sie blieb ein paar Sekunden am Fußende des Betts stehen, den Kopf gebeugt, Daumen und Zeigefinger an die Stirn gelegt. Als sie schließlich aufblickte, war ihr Mund verkniffen.

«Mr. Joy, ich bin Mrs. Dalton. Ich leite dieses Krankenhaus, und Sie sind hier, weil Sie krank sind.»

Harry wartete. Er hatte nicht vergessen, was Honey Barbara über die gute Laune gesagt hatte, aber jetzt konnte er nichts anderes mehr denken, als daß er diese Bleistiftfrau nicht mochte. Er mochte ihre Überheblichkeit nicht, ihr fleckiges rotes Gesicht, ihre rosa Brille, ihre Dauerwellen von unbestimmter Farbe, ihre Spatzenbeine, ihre quenglige Stimme, ihre schwarzen Schuhe und was nicht noch alles, immer neue Dinge hätte er finden können, die ihm nicht gefielen an ihr, wenn sie nicht den Mund aufgemacht und zu reden begonnen hätte und er sich nicht auf ihre albernen Worte hätte konzentrieren müssen.

«Unerfreuliche Tatsache Nummer zwei», sagte Mrs. Dalton gerade, «ist, daß Sie im falschen Bett liegen. Bitte, unterbrechen Sie mich nicht. Wenn wir Ihnen ein Bett zuweisen, dann tun wir das aus gutem Grund, wahrscheinlich aus einer ganzen Reihe guter Gründe. Wir wissen Dinge, Mr. Joy, die Sie niemals wissen können, und wenn Sie damit anfangen, sich in falsche Betten zu legen… nun, dann muß ich sagen, geht das einfach nicht.»

«Aber da steht mein Name drauf», sagte Harry. Er wollte sich nicht streiten. Er bemühte sich nur, die Dinge aufzuklären. Er wollte nicht streiten.

Mrs. Dalton seufzte. Wieder hatte sie, auf die gleiche feine Art, Daumen und Mittelfinger an ihre Stirn gelegt. Harry bewahrte respektvolles Schweigen.

«Ich will mich nicht mit Ihnen streiten, Mr. Joy», sagte sie schließlich. «Sehen Sie, das ist ein glänzendes Beispiel. Woher hätten Sie wissen sollen, daß es in diesem Zimmer zwei Mr. Joys gibt? Sehen Sie, wie dumm Sie nun aussehen? Sie haben geglaubt, alles zu wissen, und nun müssen Sie feststellen, daß das nicht der Fall ist. Sie stellen fest, daß es noch *andere Faktoren* gibt. Selbst wenn Sie», fuhr sie fort, «gesund wären, könnten Sie es nicht wissen. Daher», und sie machte den Versuch, freundlich zu klingen, «seien Sie so nett und gehen Sie wieder in Ihr eigenes Bett.»

Er wollte sich nicht streiten. Er wußte, daß es nicht diplomatisch war, aber es änderte nichts an den Tatsachen:

«Aber ich *bin* Harry Joy.»

«Nein, Sie sind *Mr.* Joy.»

«Mr. *Harry* Joy.»

«Sie sind nicht Mr. Harry Joy. Bitte seien Sie so nett und versuchen Sie nicht, sich um Dinge zu kümmern, von denen Sie nichts verstehen.»

«Ich werde doch wohl meinen eigenen Namen kennen.»

Sie lächelte und wartete gut zwei Sekunden, bevor sie antwortete.

«Wenn Sie Ihren eigenen wüßten, Mr. Joy, dann wären Sie wahrscheinlich nicht hier. Ich bin hier, weil ich meinen eigenen Namen weiß. Und nicht nur meinen eigenen Namen, sondern auch die Namen meiner Patienten. Sehen Sie, Mr. Joy, darin bin ich *Spezialist*. Das ist mein *Job*.»

«Ich bin nicht Harry Joy?»

«Nein. Sie sind *Mr.* Joy. Und nun verlassen Sie, bitte, Mr. Harry Joys Bett, bevor er zurückkommt. Sie wollen sich doch nicht gleich mit ihm anlegen.»

Harry kletterte aus dem Bett, das größer und bequemer war als das, in dem ihn diese schreckliche Mrs. Dalton schlafen lassen wollte. Als er raus war, zog sie an dem Laken und strich es pedantisch glatt. Dann kam sie und setzte sich auf seinen Bettrand.

«Tut mir leid, daß ich ein bißchen brummig war», sie lächelte.

Einen schrecklichen Augenblick lang fürchtete er, sie würde seine Hand ergreifen.

«Macht nichts.»

«Es ist verwirrend, ich weiß: zwei Mr. Joys in einem Zimmer.»

«Ich heiße auch Harry.»

«Das werden Sie für eine Weile vergessen müssen», sagte sie. «Überlassen Sie den Harry ihm. Haben Sie einen zweiten Namen?»

«Stanthorpe.»

«Also gut, Stanthorpe. Ein sehr aristokratischer Name.»

Stanthorpe!

«Sie können Stanthorpe sein.»

«Aber ich will nicht Stanthorpe sein.»

«Dann können Sie eben einfach nur Mr. Joy sein, verdammt», sagte sie und stand gereizt auf. «Ich kann mich nicht den ganzen Tag herumstreiten. Auf Wiedersehen, Mr. Joy.»

Er wäre gern höflich gewesen, aber er hatte ihren Namen vergessen. «Gute Nacht», sagte er vage. Der einzige Name, der ihm durch den Kopf ging, war ‹Mrs. Bleistift›.

Als er aufwachte, hatte er Hunger. Und später, wenn er auf all die Schmach und den Ärger in diesem Teil der Hölle zurückblickte, war ihm der Hunger immer am deutlichsten in Erinnerung, das Knurren seines leeren Magens. Es war Nacht, und er war nicht allein im Zimmer. Er hörte, wie jemand eine Seite umblätterte und kicherte.

«Oje», sagte eine bekannte Stimme, «Ojemine.»

Er stützte sich auf den Ellbogen und sah die Person, die zu Mr. Harry Joy ernannt worden war.

«Großer Gott, Alex.»

Alex lag auf seinem Bett und las. Er hörte nicht gleich mit Lesen auf, nur weil man ihn angesprochen hatte. Er las noch eine gute halbe Minute weiter, bevor er sein Buch in den Schoß fallen ließ, und dann drückte sein Gesicht nichts von dem Vergnügen aus, auf das sein fröhliches «Ojemine» hätte schließen lassen können. Seine hohe weiße Stirn war verknittert wie ein Stück unbrauchbaren Schreibpapiers, und ein sprießender Schnurrbart betonte seine heruntergezogenen Mundwinkel.

«Großer Gott, Alex. Was für ein Durcheinander. Es tut mir so leid.»

«Ich dachte, du wußtest.»

«Nein, nein. Ich habe es eben erst erfahren. Ich meine, ich habe eben erst erfahren, daß du hier bist. Es tut mir leid, Alex.»

«Ich dachte, du wüßtest», erwiderte Alex langsam, «daß ich Harry Joy heiße.»

Es war lange Zeit still im Zimmer, und Harry Joys Lächeln verschwand von seinem Gesicht.

«Na, hör mal, Alex, nun sei aber nicht albern.»

«Ich bin nicht *albern*. Wenn du meinst, ich wäre *albern*, dann frag doch Mrs. Dalton.»

«Ich kann verstehen, daß du eine Wut hast, Alex. Ich hätte dich nicht im Hilton lassen sollen. Du hast völlig recht, mir böse zu sein.»

Alex machte die Augen zu und strich mit seiner großen Hand darüber hinweg. Harry mußte an Mrs. Dalton denken.

«Hier ist es gar nicht so übel, wenn du vernünftig bist. Hör also auf, rumzuerzählen, du wärst Harry Joy, damit bringst du dich nur in Schwierigkeiten.»

Harrys Magen gluckste. «Aber ich bin Harry Joy», sagte er. Sein Name war sein Name. Sein Name war mehr als sein Name. Kurz, er war er. Man konnte ihm nicht einfach seinen Namen stehlen.

«Du bist neu hier. Du hast doch keine Ahnung.»

«Ahnung wovon?»

«Du siehst das mit deinem Namen viel zu einfach.»

«Ich weiß nicht, wovon du redest. Drück dich deutlich aus.»

Alex zögerte, es war die Stimme des früheren Arbeitgebers von Alex, die zu ihm sprach und die ihm nun nichts mehr anhaben konnte.

«Es ist eine Art Therapie», sagte er schließlich, «den richtigen Namen zu finden. Aber zuerst mußt du deinen alten Namen aufgeben. Siehst du, als ich herkam, war ich ganz versessen darauf, Alex zu sein. Ich wollte diesen Namen nicht aufgeben. Auf gar keinen Fall wollte ich ihn aufgeben», sagte er lächelnd, als er sich daran erinnerte. «Ich wollte nicht Harry Joy sein. Auf gar keinen Fall wollte ich Harry Joy sein. Aber am Ende habe ich einfach aufgehört, mich zu wehren. Und es hat funktioniert, siehst du, die Sache hat verdammt gut funktioniert. Es war mir schon immer *verhaßt*, Alex zu sein.»

«Das ist keine Therapie. Das ist ein Scheißspiel. Sie haben dich Harry Joy genannt, weil sie dich aus Versehen gekriegt haben. Eigentlich gehörst du gar nicht hierher. Sie wollten mich haben. Sie haben dich für mich gehalten.»

Alex lächelte und schüttelte den großen Kopf. «Tut mir leid», sagte er, «heb dir deine Phantasie für jemand anders auf.»

«Es ist wahr.»

«Du kannst mich nicht mehr zerstören. Ich habe mich von dir befreit.»

«Du bist ja verrückt.»

«Du hast auf mein Leben keinen Einfluß mehr, und wenn du an noch so vielen Fäden ziehst. Du bist hier zu einem letzten Test. Das ist ganz klar. Mich kannst du nicht zum Narren halten. Ich bin auf dich vorbereitet. Siehst du: du kannst mir nichts anhaben.»

«Haben sie dir denn *gesagt*, daß es der letzte Test ist?»

«Was sollte das für einen Sinn haben, es mir zu *sagen*. Nein, natürlich würden sie es mir nicht sagen. Man braucht es mir nicht zu *sagen*.»

«Alex...»

«Bitte, nenne mich Harry.»

«Na schön, Harry. Harry, du brauchst nicht in dieser Klinik zu bleiben. Dich wollten sie gar nicht. Geh nach Hause.»

«Du willst, daß ich gehe, nicht wahr?» Alex lächelte verschlagen. «Es gefällt dir nicht, ein Zimmer mit Harry Joy zu teilen», er lachte. «Ach, ist das komisch, ist das komisch.»

«Alle wissen, daß du nicht Harry Joy bist», sagte Harry, der, trotz seiner wachsenden Überzeugung, daß man Alex hierhergebracht hatte, damit er von ihm gequält werden konnte, nervös war.

«Wer?»

«Alle im Büro. Deine Frau. Meine Frau. Meine Kinder. Aldo...»

«Ich kann von denen niemanden hier sehen.»

«Natürlich nicht.»

«Aber *hier* wissen es alle, daß ich Harry Joy bin.» Er nahm sein Buch, um anzudeuten, daß er die Unterhaltung für beendet hielt, aber nach einem kurzen Augenblick legte er es wieder hin. «Weißt du», sagte er und starrte gegen die Decke, «ich bin überhaupt nicht überrascht, dich hier zu sehen. Ich wußte, daß du verrückt bist. Dieser ganze Quatsch mit dem Rausschmiß von Kunden und mit den Gefangenen und Akteuren. Du bist schon seit Jahren verrückt. Und du hast alle anderen auch verrückt gemacht.»

«Ich habe mich bemüht, ein guter Mensch zu sein.»

«So was Naives», sagte Alex. «Das ist das Gefährlichste überhaupt: wenn ein ungeübter Kopf beschließt, Errettung zu finden. Das Erstaunlichste an dir ist, daß du dir die ganze Zeit über deine Ignoranz bewahrt hast. Damit hast du wahrscheinlich einen Rekord aufgestellt.»

«Diese ganze Sache mit der Hölle...»

«Wir sind in der Hölle, du blöder Dingsda», sagte Alex und gab eine Vorstellung als Harry Joy. «Hier geht es nur darum, wie man es sich einrichtet. Ich meine, wenn du gepeinigt werden willst, dann bist du hier genau richtig. Aber sieh mal ... eigentlich ist es ganz *nett* hier. Wenn wir wollen, können wir *ewig* hier bleiben. Sie brauchen das Geld, um Subventionen von der Regierung zu kriegen. Sie *brauchen* uns, Harry.» Er hielt verdrossen inne. «Ach, Scheiße.»

«Was?»

«Ich hab dich gerade Harry genannt.»

«Das hab ich gar nicht gehört.»

«Ist mir doch egal, ob du es gehört hast. *Ich* habe es jedenfalls gehört. Ich habe dich Harry genannt.»

«Mach dir deswegen keine Sorgen.»

«Aber ich mache mir deswegen Sorgen. Du willst nicht, daß ich mir deswegen Sorgen mache. Aber ich muß mir Sorgen machen deswegen, weil ich jetzt nämlich glücklich bin. Ich fühle mich wirklich wohl als Harry Joy. Ich bin ein erfolgreicher Werbemann ohne die geringsten Skrupel. Ich habe Geld gemacht, mir einen Namen gemacht, und mache mir um nichts Sorgen. Ich bin verrückt und glücklich.» Sein Gesicht hatte sich aufgehellt, als er den Vorteilen, Harry Joy zu sein, lauschte. «Ich kann relaxen», sagte er strahlend. «Übrigens könnten wir beide doch ein Team bilden, beim Dartspielen, und die alten Männer besiegen.»

«Werden die mich hier quälen?» Harry erwartete keine ehrliche Antwort.

«Nein, sie mögen uns. Sie wollen die Beihilfen, die sie für uns kriegen.»

Einer von dreien ist ein Spion.

«Sie werden uns Elektroschocks verpassen und in unser Gehirn Elektroden einbauen. Sie werden uns Pillen geben und uns zu Zombies machen.»

«Harry, du gehörst der Industrie mit der größten Wachstumsrate des ganzen Jahrzehnts an. Du kannst hier Frieden finden. Niemand wird dir weh tun.»

Harry Joy dachte darüber nach. Als er Alex betrachtete, fiel ihm auf, daß er die gesunde rosige Farbe einer schwangeren Frau hatte. Er schüttelte sein Kopfkissen auf, machte es sich bequem und dachte über die Folgen dieser erstaunlichen Transformation nach.

«Scheiße.»

«Was?»

«Ich hab dich schon wieder Harry genannt.»

Der Magen des richtigen Harry Joy gluckste traurig, träumte von Vollkornbrot und Honey Barbara.

Alex Duval hatte seinen Traum nur einmal gehabt, aber er war so lebendig gewesen, daß er sich einen Weg in sein Bewußtsein gebahnt hatte, wo er einen wichtigen Teil seines wachen Geistes belegte, vom Traum zur Erinnerung geworden.

Da ist ein plüschweicher grüner Teppich, und da ist eine anmutige graue Katze mit seidigem Fell. Auf dem Rücken der Katze sitzt ein großer Panzerkrebs, fast genauso groß wie die Katze. Der Panzerkrebs gräbt seine scharfen Scheren in den Körper der Katze. Da ist ein krachendes Geräusch. Die Katze, die alle Beine des Panzerkrebses abreißt, die sie mit dem Maul erreichen kann. Alex Duval sieht zu. Zuerst glaubt er, daß der Panzerkrebs stirbt, aber dann fällt ihm ein, daß das dumm ist – Traumlogik – und daß der Panzerkrebs schreckliche Schmerzen hat und nicht schreien kann. Das Geräusch der Beine im Maul der Katze erzeugt das gleiche Geräusch, das man hört, wenn man ein gekochtes Panzerkrebsbein zerbeißt.

Es war ein Bild seiner Ehe. Wer war die Katze? Wer war der Panzerkrebs? Er wußte es nicht.

Seit zehn Jahren hatte er seine Frau verlassen wollen. Täglich, nächtlich, war er drauf und dran gewesen, es zu tun, und täglich, nächtlich, hatte er versagt, fühlte er sich besiegt und war betrunken ins Bett gefallen. In diesem Licht betrachtet, könnte man seine schuldhaften Konferenzberichte weniger als Strafe, sondern eher als eine Flucht sehen. Er glich einem unglücklichen Mann, der sich in seine staubige Garage zurückzieht, um Krieg zu spielen.

Auf den ersten Blick läßt sich schwer erkennen, warum er sie nicht verließ, oder warum er, nachdem er sie das erste Mal verlassen hatte – und da hatten, vor zehn Jahren, die Schwierigkeiten erst richtig begonnen –, je zurückgekehrt war.

«Freunde» hatten ihn beim erstenmal überredet, zurückzukehren, und auch sein eigenes schlechtes Gewissen, wenn er daran dachte, wie sie ständig dicker wurde und kaum noch begehrenswert war, allein in diesem großen Haus, und er, Alex Duval, verantwortlich für die Zerstörung eines Lebens.

Aber obgleich das, auf seine Weise, auch wichtig ist, hat es nichts damit zu tun, warum Alex Duval weiter dort blieb, Jahr für Jahr; denn der einzige wirklich wichtige Beweggrund seiner anhaltenden Gefangenschaft und Bestrafung war die Findigkeit seiner Frau, die allgemein für eine langsame, schwerfällige Frau gehalten wurde, für nicht sehr intelligent, dauernd unglücklich, und alle möglichen Dinge, die ihr nachgesagt wurden, alles deutete auf Schwerfälligkeit und Plumpheit hin, den Verlust jeglicher Eleganz.

Und doch spielte sie mit Alex Duval ein Spiel, das von einer solchen grausamen Eleganz war, wie es sich keiner ihrer Kritiker hätte träumen lassen, und hätte sich diese «langweilige» Frau einer Sache gewidmet, die mehr öffentlichen Zwecken diente, dann wäre die Bezeichnung ‹Genie› sicher nicht fehl am Platz gewesen.

Es ist unmöglich, die Spielchen zu beschreiben, die sie mit Alex Duval trieb: Es konnte sich um etwas so Alltägliches handeln wie eine zerrissene Briefmarke, ein zerknittertes Blatt Papier, ein blaues Handtuch, und sich mit der Gleichmäßigkeit eines vorrückenden Uhrzeigers fortsetzen. («Habe ich mich bewegt?» sagt die Uhr. «Sieh mich an.» «Ja, du hast dich bewegt.» «Ich stehe völlig still», beteuerte die Uhr, «du bist verrückt. Du bildest dir das nur ein.»)

Ein Spiel, bei dem es um zwei verschiedene Socken ging, dauerte zwei volle Tage, Zug um Zug, bis es zu einem Ende kam.

Zu diesem Zeitpunkt explodierte Alex Duval vor Wut und Zorn.

Aber damit ist das Spielchen nicht zu Ende. Jetzt, innerhalb dieser kurzen Zeitspanne, ist der entscheidende Augenblick erreicht. Jetzt muß man Geschicklichkeit zeigen. Jetzt ist er gefährlich. Er könnte durch die Tür hinausgehen und weg sein. Er könnte sie mit einem Schlag vernichten.

Martha Duvals großes, träges Gesicht verschließt sich, und aus den schmalen Augenschlitzen könnte man Leidenschaft, Furcht, ablesen, und aus der Art, wie sich am Ende ihre Schultern entspannen, Triumph.

Ein ums andere Mal, Spiel auf Spiel, war er in diese Falle getappt, in die Ecke gedrängt worden und hatte seinen Zorn nur gegen sich selbst richten können.

Sie beobachtete ihn, wie er eine zierliche Porzellanfigur aus seiner Sammlung zerschlug oder wie er die Feder seines Lieblingsfederhalters in die Wand stach, was durch den dadurch verursachten blauen Tintenfleck zu einem weiteren Spiel führen würde, könnte.

Sie widmete ihr ganzes Leben dem Zweck, ihm heimzuzahlen, daß er sie einmal verlassen hatte. Die Waagschalen kamen nie ins Gleichgewicht. Kein noch so hohes Maß an Schmerzen, das sie ihm zufügte, genügte, um die Verletzung und das Entsetzen jener dreizehn Tage aufzuwiegen, die er ihr vor zehn Jahren zugefügt hatte. Er konnte sie nicht verlassen. Sie würde es nicht zulassen. Sie spielte mit ihm, als wäre er eine zehn Pfund schwere Forelle an einer Angelleine für Dreipfünder.

Und in dieses Leben waren, ohne Absicht, ohne es auch nur gut zu meinen, die Doktoren Cornelius und Hennessy getreten.

Alex Duval war nicht die Spur verrückt. Sie wollten, daß er Harry Joy war, und so war er es. Bis ins kleinste Detail. Er machte sich Notizen über Harry Joy: seine Art zu reden, den Tonfall seiner Stimme, die Art, wie er die Augenbrauen hochzog, seinen geschmeidigen Gang, seine eingeknickten Knie. Er legte seinen Pascal und Rousseau beiseite und empfand große Erleichterung.

Er vertiefte sich in seine Rolle, und nichts bereitete ihm mehr Vergnügen als irgendein Manierismus, eine Geste mit der Hand, ein Rukken des Kopfes, die ihn zu einem noch perfekteren Harry Joy machten. Er lachte und erzählte Geschichten. Er dachte sich Geschichten aus. Bessere Geschichten. Er saß in stillen Ecken und erfand Harry Joy-gemäße Geschichten.

Er hatte Mrs. Dalton schöngetan, hatte sich sogar dazu überwunden, ihr vorzumachen, daß er sie gern hätte. Die Entscheidung, wer eine Elektroschocktherapie bekam (die einzige Therapie, die verfügbar war) und wer nicht, lag bei Mrs. Dalton. Sie sprachen gemeinsam über ihre Clarice Cliff-Sammlung, holten die kleinen Tassen mit den dreieckigen Henkeln hervor. Sie bewunderten sie und gurrten dabei.

Und dann wurde ihm noch dazu ein unerlaubter Genuß zuteil: die Bücher, die Alex Duval liebte und die Harry Joy nicht einmal im Traum aufgeschlagen hätte: Tolstoi, Dostojewski, Dickens, Flaubert, Tschechow. Er mußte sie heimlich lesen, aber dadurch wurde der Genuß nur noch erhöht. In der Öffentlichkeit blätterte er ungeduldig den *Reader's Digest* durch, zeigte nur Interesse an den Werbeanzeigen. Er saß im Fernsehzimmer und erzählte jedem, der ihm zuhören wollte, wie die Werbespots hergestellt wurden und wieviel sie kosteten. Er beschrieb es so farbig, so charmant, daß er beliebter war als die Fernsehprogramme.

Und jetzt war der richtige Harry Joy gekommen, um sein Glück zu stören. Es würde ihm nicht gelingen. Diesmal würde Alex Duval alle Reserven seines umfassenden Geistes aufbieten, um sich mit dem Problem dieses Emporkömmlings Joy zu befassen, ein Problem, das noch dringender wurde, als der Computer des Sozialamts die beiden Harry Joys aufspürte.

Ganz gleich, was Honey Barbara ihm über Nervenkliniken erzählt hatte, er war auf die Niedergeschlagenheit und Langeweile doch nicht genügend vorbereitet gewesen. Es gab einfach nichts zu tun. Es gab keinen Tennisplatz, kein Schwimmbassin, keine Zielscheibe zum Pfeilwerfen. Man konnte nicht einmal Körbe flechten. Es gab eine Bibliothek, in der irgendwelche Machenschaften vor sich gingen, die er nicht einmal zu durchschauen versuchte. Alex hatte, wie er feststellte, stets Bücher unter dem Kopfkissen.

Es gab nur das Fernsehen, und das wurde durch den schlechten Zustand der Geräte, die alle Augenblicke kaputtgingen und dann Wochen brauchten, um repariert zu werden, sehr erschwert. Es gab nichts zu tun, außer zwischen Verrückten auf und ab zugehen. Morgens wurden die Patienten, die Elektroschocks bekamen, an den Ort gerollt, manche protestierend, manche völlig passiv, an dem sie «abgefertigt» wurden. Diese Prozession von Betten auf Rädern über die Betonpfade wurde mit morbider Neugier verfolgt und hatte etwas von dem Reiz öffentlicher Hinrichtungen, obgleich die Zeremonie selbst hinter verschlossenen Türen stattfand.

Ein alter Mann mit langen grauen Haaren und einer großen Knollennase, der mit grimmigem Gesicht auf dem Wagen zu der vielgefürchteten Therapie rollte, schien jedes Mal dabei zu sein. Er hieß Nurse, und Harry sollte ihn später noch kennenlernen.

Nicht einmal die Mahlzeiten boten irgendwelche Abwechslung. Das Essen wurde in großen elektrisch beheizten Aluminiumwagen, in denen sich zylindrische Behälter befanden, die wie dampfende Speiseeistrommeln aussahen, in den leer hallenden Speisesaal gerollt – Kartoffelbrei, Kürbisbrei, Hackfleisch in wäßriger Soße und eine endlose Reihe von Puddingspeisen, alle wohl in dem festen Glauben ersonnen, daß die Insassen nicht nur verrückt, sondern auch zahnlos seien. Zum Frühstück gab es aufgewärmte Spiegeleier, die in der Mitte hart waren. Für fünf Cents konnte man einen süßen Orangensirup dazu kaufen, der den Geschmack wegnahm.

Und Alex war immer neben ihm und wartete darauf, daß er seinen geistlosen Enthusiasmus teilte.

«Ist das nicht ein wundervoller Pudding?»

«Sieh dir den Baum an da drüben. Muß schon hundert Jahre alt sein.»

«Sieh mal, wie der Knabe dort Schach spielt. Er soll Granscy in Polen geschlagen haben.»

Harry sah keinen vernünftigen Grund, Alex das Glück, das ihm der Umstand, Harry Joy zu sein, vermittelte, streitig zu machen, und doch nagte es an ihm. Es ärgerte ihn, die Veränderungen zu sehen, die mit Alex vor sich gingen, je mehr er in seine Rolle hineinwuchs. Es ärgerte ihn auf eine verwirrende, widersprüchliche Art.

Alex hatte sich einen beachtlichen Schnurrbart wachsen lassen, der vielleicht mit der Zeit wahrheitsgetreu herunterhängen würde. Und schon jetzt hätte man mit einigem Wohlwollen glauben können, daß er ein Onkel des ersten Harry Joy war, dicker, älter, ein wenig langsamer, aber auch (und das gehörte zu den Dingen, die weh taten) gebieterischer, weniger passiv. Er hatte sich mit Erfolg gewisse Verhaltensweisen des Originals abgeguckt, so daß es ihm wie einem guten Schauspieler, der einen berühmten Mann spielen soll, dem er physisch nicht ähnelt, gelang, einen niederschmetternden Abklatsch von Harry Joy zu geben. Der Original-Harry Joy fand sogar das zermürbend, als würde er andauernd von einem heranwachsenden Kind gehänselt und kritisiert. Er beobachtete, wie der zweite Harry Joy mit Jim und Jimmy und Mrs. Dalton lachte und scherzte, beobachtete es als ein Außenseiter, der aus den besseren Kreisen ausgeschlossen ist, beobachtete die Vertrautheit, mit der er Mrs. Daltons Arm tätschelte, das Vertrauen, mit dem er seinen Finger in Jimmys Brust bohrte, die gedehnte, fröhliche Art, in der er lachte. Es war eine Größe, eine Wärme, eine Freiheit in seinen Bewegungen, die darauf hinzudeuten schienen, daß der zweite Harry Joy maßlos glücklich war, und das verursachte bei Harry nichts als Verärgerung.

War Alex völlig blind? Sah er denn nicht, daß sein wichtigtuerischer dummer Optimismus fehl am Platz war? Er zeigte kein Feingefühl, nahm keine Rücksicht auf die Gefühle der anderen Menschen hier. Wenn er ihn in diesem weißen Anzug herumstolzieren oder mit Mrs. Dalton scherzen sah, dann erinnerte er sich immer an einen Film über Nazikollaborateure, den er irgendwann gesehen hatte.

Alex sprach nicht mit den Patienten. Er sprach *zu* ihnen. Harry konnte seine laute, dröhnende Stimme quer über den Hof hören, wie sie voller Selbstzufriedenheit irgendeine langwierige Geschichte von sich gab. Er begann sich vor Alex zu verstecken, abgelegene Winkel des Grundstücks aufzusuchen, wo man ihn nicht fand. Er wurde listig und verschlagen und nahm die Gewohnheit an, immer dicht an den Mauern entlangzugehen.

Eines Morgens floh er gerade vor der «Harry Joy»-Stimme von Alex, als er Nurse sah, einen zähen, knochigen achtundsechzigjährigen Mann mit enormer Kraft in den Gliedern, der sich krampfhaft am Türrahmen festhielt, während Jim und Jimmy ihn schlugen und stießen, um ihn zum Weitergehen zu bewegen. Er sagte kein Wort. Er gab nicht einmal einen Laut von sich. Er stand, wie ein Fels unter der Tür, und wenn er zusammenbrach, schlapp machte, dann weil er es so wollte.

Am nächsten Tag sah Harry ihn im Speisesaal. Er setzte sich neben ihn. Sie sprachen über Elektroschocks. Das war in der Anstalt kein ungewöhnliches Thema.

«An dem Morgen, an dem sie dich holen kommen, kriegst du kein Frühstück», sagte er. «Du kriegst überhaupt nichts. Dadurch weißt du es, verstehst du? Dann kommen sie und versuchen dich zu kriegen, bevor du dich wehren kannst. Sie schaffen dich fort, egal, was du tust. Ich wehre mich nicht gegen sie, um mich zu retten, weil man sich doch nicht retten kann. Ich wehre mich gegen sie, weil es Schweine sind, verstehst du.» Er fuhr sich mit der Hand durch die dicke Mähne seiner grauen Haare und schob sie mit einer schnellen Bewegung aus den Augen. Er schob den Unterkiefer vor. «Dann bringen sie dich zu dem Tisch und befestigen diese beiden Blechstücke, Metallstücke, an deinem Kopf. Hier. Und dann dreht der Doktor den Saft an.» Er hatte zu essen aufgehört, legte die Hände aneinander, als enthielten sie Würfel, und schlug mit ihnen auf und nieder. «Es ist eine Dunkelheit, die man sich nicht vorstellen kann. Eine Schwärze. Kalte schwarze Tinte. Wie der Tod.»

Am anderen Ende des Speisesaals stieß der zweite Harry Joy ein Lachen aus.

«Sie nehmen dir deine Erinnerung weg», sagte Nurse und mischte seinen Kartoffelbrei mit der Soße. «Sie nehmen dir deine ganzen Gesichter weg, deine ganzen Bilder.»

Er muß Harry Joy gern gehabt haben. Denn er nahm ihn beiseite und zeigte ihm sein Notizbuch. Er schrieb alle Erinnerungen, die ihm geblieben waren, auf. Er wickelte die Bücher in Plastiktüten ein und vergrub sie im Garten, wenn sie voll waren. Später fand Harry heraus, daß Nurse jedem sein Geheimnis verriet, so daß ihm sogar seine Erinnerungen in den Notizbüchern gestohlen wurden.

Harry bekam quer über die Brust Schmerzen und begann gebückt zu gehen. Seine Schultern wölbten sich nach vorn, und seine Brust wurde hohl, und vielleicht lag es daran, daß Alex ihn niederdrückte, oder auch, daß die Schmerzen, die er verspürte, gar nicht seine eigenen Schmerzen waren, sondern die Schmerzen der Leute, zwischen denen er sich bewegte, und er nahm das mit einem Wohlwollen hin, das ihm völlig neu war. Auf jeden Fall hatte man ihm seine Schuhe gestohlen. Statt dessen hatte man ihm Pantoffeln ausgehändigt.

Eines Abends, gleich nach der Kakaopause, kam Alex und setzte sich zu ihm ans Bett. Er war erhitzt und überschäumend. Er hatte gerade die sogenannten Intellektuellen im französischen Scrabble geschlagen. Eine Viertelstunde lang ließ er sich beglückt darüber aus und wurde ärgerlich, als Harry seine Freude nicht teilte.

«Es ist irritierend», sagte er, «daß wir beide den gleichen Namen und den gleichen Schnurrbart haben, und jetzt», er glättete seine ausgebeulte weiße Hose, «haben wir auch noch den gleichen Anzug an.»

«Ja», stimmte Harry zu, «sehr irritierend.»

«Folglich», sagte der große Mann, während er die Beine locker vom Bett hängen ließ, «könntest du Alex werden.»

Harry hatte das Gefühl, als hätte sich jemand auf seine Brust gesetzt.

«Alex ist ein Trottel», sagte er vernichtend und fühlte, wie sich seine Brust noch ein Stückchen weiter zusammenzog. Es herrschte Schweigen. Er hatte getroffen. Er war froh, daß er ihn getroffen hatte.

«Er paßt gut zu dir», sagte Alex kalt. «Er macht sich über Gut und Böse Sorgen, und über Recht und Unrecht. Um Himmels willen», sagte er, «sei doch vernünftig.»

«Was ist denn so Großes daran, Harry Joy zu sein?» Er war verbittert und verwirrt. Er mochte den Harry Joy nicht, den Alex verkörperte. Er konnte sich nicht vorstellen, daß irgend jemand ihn mochte. Aber Harry Joy war *sein* Name. Er war Harry Joy und sonst niemand, und er quetschte sich in irgendeine Art geistigen Türspalt und weigerte sich standhaft, sich den Namen wegnehmen zu lassen.

Alex goß sich ein Glas Wasser ein und gab einen Tropfen seines «Privilegs» hinzu, ein wenig Johannisbeersirup, der noch besser war als der Orangensaft. «Ich bin ein erfolgreicher Werbefachmann, der verrückt geworden ist. Ich habe Macht und Geld, und ich brauche überhaupt nichts zu beweisen.»

«Ich weiß», sagte Harry. «Du bist nicht zu übersehen.»

«Aber es würde nicht mehr zu dir passen», sagte Alex ölig. «Siehst du denn nicht ein, daß es dir widerwärtig sein sollte? Ich glaube, es ist dir widerwärtig... nicht wahr?»

Was für eine kriecherische Stimme das war. «Alex», sagte Harry, «um Himmels willen...»

Er stellte nicht einmal das Glas hin. «Wenn du mich noch einmal

Alex nennst», sagte er und trank einen Schluck Johannisbeersaft, «dann hau ich dir eine runter.» Er sagte es so ruhig, daß Harry diesen Fehler nie wieder begehen würde. «Es ist nicht nur meinetwegen. Mrs. Dalton hat mich gebeten, mit dir zu reden.»

«Warum kann sie nicht selbst mit mir reden?»

Sie paßte nicht zu Alex, diese zwingende Eindringlichkeit. Sie würden ihm seinen Namen wegnehmen und ihn mit dem Namen eines völligen Versagers sitzenlassen.

«Im Computer des Sozialamts sind zwei Harry Joys», sagte Alex, «und sie wollen einen von uns als Schwindler zurückweisen. Ich schätze, die Stunde ist gekommen, könnte man sagen.»

«Das bist du. Du bist der Betrüger.» Aber man konnte das Schwanken in der Stimme hören. Man konnte bereits die Kapitulation hören.

«Mrs. Dalton findet, daß du Schwierigkeiten machst.» Es gab im ganzen Krankenhaus keine schlimmere Drohung als diese. Und es gab nur eins, was mit schwierigen Patienten geschah. Alex, dessen frühere humanitäre Prinzipien schwach aufflackerten, fühlte sich einen Augenblick schuldig. «Na, komm schon, Harry», sagte er, «bitte, um der alten Zeiten willen.»

Harry!

Um die Insel des Versehens bildete sich ein See des Schweigens. Wären sie Hunde gewesen, hätten sie sich gekratzt und gegen die Decke gestarrt.

«Ich werde darüber nachdenken», sagte Harry, aber er begann bereits, das blasse, schlurfende, unglückliche Dasein eines Alex zu verinnerlichen.

Man übte erheblichen Druck auf ihn aus, seinen Schnurrbart abzurasieren und sich anders zu kleiden, aber er fand immer neue Ausreden. Er hatte eine dumme Entscheidung getroffen, und je mehr Zeit verging, um so mehr verabscheute er sie. Nur reiche Männer suchen Erlösung, indem sie ihre Macht verschenken. Wenn ein armer Mann ein Auto besitzt, hängt er sehr daran. Wenn er einen Pfennig hat, wirft er ihn nicht fort. Er träumt davon, ein Vermögen zu machen, einen guten

Namen zu haben. Und hier stand er nun und hatte das Privileg fortgegeben, Harry Joy zu sein, und im selben Augenblick, in dem es passiert war, unterzeichnet und besiegelt und in den Computer gefüttert, tat es ihm auch schon leid. Als er noch der rechtmäßige Harry Joy gewesen war, hatte er Macht besessen, und selbst wenn sie ihm die Therapie verpaßt hätten, wäre er noch immer Harry Joy.

Aber nachdem er erst einmal ein Alex geworden war, würde jeder wissen, daß er ein zusammengeschrumpftes Etwas war, ein Versager, schutzlos. Man hatte ihm drei Seidenhemden gestohlen und trug sie schamlos in seiner Gegenwart.

Er saß mit Nurse in der Sonne und übernahm für ihn das Schreiben, wenn sich seine Finger verkrampften.

«Ein Hund sieht komisch aus, wenn er so dahintrottet», sagte Nurse, und Harry schrieb es in das Notizbuch. «Er hebt den Kopf hoch und seinen Schwanz auch. Dann gibt es noch andere Hunde, die gehen mit der Nase nach unten, und über die muß ich auch lachen. Ich war mal in Cooktown, und da war so 'n Kerl mit 'nem schwarzen Hund, und dem hab ich immer Reste zu fressen gegeben. Wie er hieß, hab ich vergessen. Und Katzen...» Und dann ging er zum nächsten Thema über, und Harry Joy beugte sich in seiner Schlafanzugjacke über den Notizblock und schrieb so sauber er konnte.

Am Nachmittag, an den Tagen, an denen Nurse nicht «abgefertigt» worden war, machten sie ihre Runde zu den Fallen, wie Nurse es nannte, um nachzusehen, welche Erinnerungen gestohlen worden waren. Eines Tages stellten sie fest, daß jemand einen Block 3/10 vollgeschrieben und ihn dann wieder vergraben hatte.

Der neue Harry Joy unterhielt sich mit Alice in ihrem Büro und kommandierte die alten Männer herum. Der neue Alex hörte ihn und war eifersüchtig. Er beneidete sein lautes, glückliches Lachen, die Art und Weise, wie er seinen großen leicht kahlen Kopf zurückwarf und einfach immer nur lachte, lachte und lachte, als gäbe es auf der ganzen Welt nichts, weswegen man sich Sorgen zu machen brauchte, keine Schmerzen, keine Qualen, keine Unentschlossenheit, niemand, der Nurse seine Erinnerungen aus dem Kopf und aus den Löchern im Boden stahl.

Sie besaßen Gewalt über ihn. Sie ließen ihn die Betonböden fegen, und er tat es. Sie versuchten ihn wie einen Alex zu füttern. Sie taten es aus reinem Vergnügen. Zu ihrer Unterhaltung. Sie brachten ihm große Krapfen und lachten über ihn, wenn er das Gesicht verzog. Er erzählte Nurse, daß das Essen voller Gifte sei. Er erzählte ihm alles, was er von Honey Barbara gelernt hatte, und Nurse bestand darauf, daß es ins Buch geschrieben wurde, selbst wenn es keine richtige Erinnerung war, denn am nächsten Tag würde es, sollte es, zur Erinnerung geworden sein, und daher sollte es auch im Buch stehen. Dem neuen Harry Joy erzählte er nichts von der vergifteten Nahrung, um zu vermeiden, daß sie ihm eine Therapie verordneten. Er schrieb Honey Barbaras Regeln in Nurses Buch und hob vor allem ihre Gedanken über Paranoia hervor.

Hunger, Lethargie und Zorn, den er aber noch nicht erkannt hatte, wurden seine ständigen Begleiter. Er ließ ständig die Schultern hängen, ging mit eingefallener Brust, und wenn er die Betonwege neben den Seitenflügeln entlang lief, schlurfte er in seinen Pantoffeln über den Boden wie ein geschlagener Mann.

Seine Feinde, die ihn sahen, seinen schleppenden Gang, bemerkten, begingen den Fehler, zu glauben, daß er endgültig geschlagen sei. Aber im Innern des gebeugten Manns, der Alex genannt wurde, braute sich eine kleine Revolution zusammen, und Niedergeschlagenheit und Teilnahmslosigkeit waren für ihre angemessene Beschließung wahrscheinlich genauso wichtig wie zu einem späteren Zeitpunkt Optimismus.

Die Veränderung, die in jedem Fall eingetreten wäre, wurde durch die Ankunft der schrecklichen Mrs. Martha Duval beschleunigt, der man ihren Eheman nicht mit so untauglichen Mitteln wie einem bestochenen Angestellten des Sozialamts vorenthalten konnte. Sie traf an einem Mittwoch vormittag ein und wurde kurz nach dem Mittagessen mit jemand bekannt gemacht, von dem Mrs. Dalton behauptete, daß er ihr Mann sei. Sie erklärte, diese Person sei kein anderer als Harry Joy.

Es wurden noch einige weitere Beamte des Sozialamts herbeigerufen. Es wurden Interviews geführt. Und am Ende trieb man in einer entlegenen Ecke des Gartens irgendwie den wahren Alex Duval auf und präsentierte ihn auf dem Asphalthof vor Alice Daltons Büro seiner Frau.

Einige Männer von der Sozialversicherung standen mit ihren Klemmblöcken herum, und Mrs. Dalton bemühte sich eifrig, mehrere auserwählte Leute in ihr Büro zu schieben, aber sie ließen sich nicht beirren und beobachteten mit schrecklicher Faszination, wie der falsche Harry Joy zu stöhnen begann. Er riß an seinem Schnurrbart und knirschte mit den Zähnen. Er hockte sich auf einen alten Mann und machte sich in die Hosen. Er wälzte sich quer über den Asphalt und biß Jimmy in die Ferse. Er rollte sich zu einer Kugel zusammen und jammerte laut.

Er hatte nichts anderes vor Augen als eine große graue Katze, auf deren Rücken sich ein Panzerkrebs festgeklammert hatte. Es war ein lautes Knirschen zu hören, als er ihm ein Bein ausriß. Die Scheren des Panzerkrebses fühlten sich wie Stahlnadeln an. Er rollte sich unter dem Küchenfenster zusammen und klagte, während ihm der Panzerkrebs ins Ohr kreischte.

Es gab kein Entkommen vor der Tatsache, daß er ein Betrüger war. Jim und Jimmy hoben ihn hoch und trugen ihn zu dem Gebäude, das als «Foyer» bezeichnet wurde, wo er für geistig gesund erklärt und in die Obhut der mütterlichen Frau gegeben wurde, die seine Ehefrau war.

Harry Joy kehrte in das Zimmer zurück, das er mit dem Betrüger geteilt hatte. Er lag in dem kleinen Bett und aß einen Apfel. Seine Augen waren dunkel vor Schmerz und Verschlagenheit: Neid, Furcht, Eifersucht, Wut, in allen ihren Schattierungen.

Alice Dalton arrangierte die Vasen auf dem Tisch. Normalerweise hielt sie die Vasen von den Tassen, Untertassen, Schüsseln, Teeschalen, Kaffeekannen und so weiter getrennt, aber an diesem Abend stellte sie alle zusammen auf, als wollte sie ihre Macht konzentrieren, ihre Farbe intensivieren. Die Arbeiten von Clarice Cliff hatten etwas Fröhliches, Mädchenhaftes an sich, mit ihren hellen Farben, ihren stilisierten kleinen Häusern und Bäumen, und drückten darüber hinaus auch Optimismus für die mechanisierte Zukunft aus, auf die die absonderlichen dreieckigen Henkel und Tüllen hindeuteten, die schon 1929 mit der Bezeichnung «Bizarr» auf dem Markt waren. Jetzt schien der Optimismus nicht mehr so begründet und fand daher um so größere Anerkennung.

Mr. Harry Joy hatte sie auf all dies aufmerksam gemacht, und er war es auch gewesen, der stundenlang über diese dreieckigen Henkel und ihre Bedeutung hatte reden können. Hier hatten sie gesessen, in diesem Zimmer, ihre Knie nur wenig voneinander entfernt, und es hatte eine geradezu atemlose Stimmung des Entdeckens geherrscht, und wenn sie auch keine Liebenden geworden waren, so hatten sie doch alles gerichtet wie zu einem Fest, und sie rückten nur noch den Tischschmuck zurecht und stellten Namensschilder auf, nahmen letzte kleine Handgriffe vor, damit das Fest in aller Pracht beginnen konnte und nicht nur den gewöhnlichen Geschmack, sondern auch die höheren geistigen Ansprüche befriedigte.

Aber er war fort, von ihr fortgerissen, sie war beraubt worden. Sie wußte, daß es in gewisser Hinsicht ihre Schuld war und daß sie *nicht professionell* gehandelt hatte. Sie hatte versucht, den Computer zu betrügen. Sie schämte sich und war gleichzeitig wütend. Es war unvorstellbar, wie sie so unprofessionell hatte sein können. Man würde darüber reden. Es könnte Mr. da Silva zu Ohren kommen, und obgleich er nichts *unternehmen* würde und auch nicht könnte, nicht einmal etwas *sagen* würde, so würden ihr seine unausgesprochene Kritik, seine Enttäuschung, doch schmerzlich sein.

Denn Alice Daltons größter Stolz war ihre Geschäftstüchtigkeit, ihr Talent, sich unerfreulichen Tatsachen zu stellen. Niemand konnte ahnen, was es bedeutete, einen solchen Ort wie diesen hier zu leiten. Ihre Kritiker hätten es nicht gekonnt. Allein die Verwaltung entsprach der eines großen Hotels. Man kritisierte sie wegen ihres Mangels an Gefühl, aber niemand kannte ihre Gefühle, ihre wahren Gefühle, und daher waren sie bei den seltenen Gelegenheiten, zu denen die Gefühle wie eine große Sturzwelle aus Alice Dalton herausströmten, überrascht, wenn sie weinte und irgendeinen Unglücklichen in den Armen hielt, dessen Geist bruchstückhaft von Wahnsinn durchzogen war.

Zwanzig Jahre zuvor, als junge Krankenschwester, war sie noch ganz anders gewesen. Sie hatte sich bemüht, zu glauben, daß es keinen Wahnsinn gäbe, nur einen Mangel an Liebe oder Verständnis, und daß er sich beheben ließe, wenn sie Liebe gab und ihre Liebe erwidert wurde. Paradoxerweise vielleicht glaubte sie auch, daß die Welt des Wahnsinns insgesamt intensiver und schöner sei, und war auf eine romantische Weise neidisch darauf.

Sie war in ihrer Jugend einsam gewesen. Sie hatte Gedichte gelesen, und Romane, und nachdem sie Auto fahren konnte, hatte sie immer darauf geachtet, keine von den Kröten zu überfahren, die sich nachts auf den Straßen sammelten. Sie hatte Schmeißfliegen befreit, die hinter der Fensterscheibe festsaßen, und fühlte sich zur psychiatrischen Krankenpflege hingezogen, sobald sie davon erfuhr.

Und doch zeigte sich, daß sie ihr nicht gewachsen war: dieser düsteren, grauen, vor Pisse triefenden Welt des Wahnsinns, in der die Menschen nicht gesünder oder kränker wurden und in der jede noch so starke tränenerfüllte Liebe keine andere Wirkung erzielte als Ablehnung und Spott.

Mit einundzwanzig hatte sie einen totalen Zusammenbruch und kam ins Krankenhaus. Dort gelang es ihr schließlich, ihre Einstellung gegenüber der Geisteskrankheit zu finden, ihr Verzeichnis unerfreulicher Fakten. Sie geriet in den Bann kommerziellen Denkens. Sie spürte, wie sie stark wurde, und als sie wieder in der Krankenpflege tätig war, merkten ihre Vorgesetzten, daß sie glücklicherweise von ihren romantischen Vorstellungen, die sie früher in Konflikte gestürzt hatten, befreit war.

Alice Dalton hatte objektives Denken gelernt.

Sie war nie eine Feministin gewesen. Sie war viel zu autoritär, um an irgendeine Art von Gleichheit zu glauben. Und während die Leute um sie herum sie für stark hielten und ihr aus dem Weg gingen bei ihrer Suche nach Einfluß und Macht, sehnte sie sich danach, von einem starken und feinfühligen Mann als arme, schwache Frau behandelt zu werden.

Aber solche Männer liefen ihr kaum über den Weg. Verrückte waren, so entdeckte sie, normalerweise nicht sehr gescheit, waren eher arm als reich und nicht so feinfühlig (jedenfalls was sie darunter verstand) wie geistig gesunde Menschen. Ihre Ehe mit dem schizophrenen Henry Dalton dauerte zwei Wochen, und noch während sie auf seiner Beerdigung weinte, erkannte irgend etwas in ihr, daß sein Selbstmord für beide eine Wohltat gewesen war.

Aber die Nächte waren lang und einsam, und sie fand, daß es nicht unbillig war, Mr. Harry Joy zu bekommen. Vom Sozialamt hätte sie mehr Verständnis erwartet. Sie rückte ihr Porzellan auf dem Tisch zurecht und wischte den etwas staubigen Deckel der bizarren Zuckerdose ab. Sie wünschte sich, 1929 gelebt und für Clarice Cliff und ihre Mädchen in der Töpferei gearbeitet, fröhliche Bilder gemalt zu haben, nach London gereist zu sein, um ihre Ware anzubieten, in Künstlerkitteln und mit einem Lächeln für die Kameras.

Ob sie bei ihren Besuchen in der Hauptstadt Männer kennengelernt hatten? Oder waren sie einsam gewesen, so wie sie, um elf Uhr abends, mit diesem ... Verlangen. Sie wollte nicht nach Jim oder Jimmy klingeln. Sie begann mit dem Finger, aber am Ende war es immer dasselbe, egal was die Feministinnen über das Masturbieren und die Klitoris sagten, es war immer dasselbe gewesen, und so würde es immer sein. Da war ein Loch, ein verdammtes Loch. Eine schmerzende Leere, die sich noch nicht offenbart hatte, noch nicht, und im Augenblick, in diesem Augenblick, konnte sie sich noch immer der Täuschung hingeben, daß sich das letzte erniedrigende Bedürfnis, den Klingelknopf zu drückem, um Jim oder Jimmy herbeizurufen, vielleicht vermeiden ließ. In ihrer eigenen Vorstellung war Alice Dalton ein bebendes, verwundbares, glitzerndes rosiges Etwas: eine Gartenschnecke ohne Gehäuse.

Harry Joy beobachtete Nurse, der auf ihn zukam. Er war eine ausgeprägte Erscheinung. Er hatte keine Hüften und keinen Hintern. Seine Hosen wurden von einem dicken Bindfaden gehalten, trotzdem sah es so aus, als hätte man ihm den Hintern gestohlen, und wenn er bei der Bank ankam und sich umdrehte, um sich hinzusetzen, hing hinten ein großer leerer Sack unter seinem Gürtel.

Nurse nannte Harry immer ‹Mo›, wenn die Tatsache auch keine andere Bedeutung hatte als eben den Namen: Mo.

«Gute Nachrichten für Mo», verkündete er und legte ein zerknittertes Packpapier-Päckchen auf die Bank zwischen sich und Harry. Er forderte Harry nicht auf, das Päckchen zu öffnen. Harry starrte es an und sah dann weg.

«Mo kommt raus», sagte Nurse herausfordernd.

«Und wie?»

Wenn es um die Beantwortung von Fragen ging, machte Nurse gern Umwege.

«Um an einem solchen Ort überleben zu können», sagte er, «muß man so verrückt sein wie eine Spinne auf einem Dreißig-Dollar-Schein. Bist du verrückt?»

«Nein.»

«Nein, du bist nicht verrückt. Du wirst nicht überleben. Sieh mal», er deutete mit der offenen Hand auf den Garten, «das da ist mein Job. Das ist meine Arbeit. Ich habe meine Notizbücher, meine ganzen Erinnerungen. All die kleinen Kaninchenerdlöcher, voller Erinnerungen. Aber sieh du dich mal an!»

Auf Harrys Hose waren Flecken von verkleckerten Speisen. Seine Pyjamajacke war schmutzig. Der linke Pantoffel war ihm gestohlen und durch einen, der nicht paßte, ersetzt worden. Er sah geduckt aus, wie eine Ratte.

«Du hast deine Jacke falsch zugeknöpft.»

Harry knöpfte seine Jacke richtig zu.

«Gut, besser so. Jetzt bist du ein ansehnlicher Bursche.»

Harry grinste verlegen.

«Sitz gerade. So ist es gut. Ein ansehnlicher Bursche.»

«Du hättest mich mal sehen sollen, als ich noch meinen Anzug hatte.»

«Vergiß deinen Anzug. Du brauchst keinen Anzug.» Nurse schüttelte seine gekrümmten Hände. «Sie ist eine einsame Frau», sagte er, «und du bist ein ganz ansehnlicher Bursche.»

Harry verstand nicht.

«Du machst ihr schöne Augen, und dann...» er zog die Augenbrauen hoch und grinste lüstern. «Du weißt schon, was du zu tun hast.»

«Das wird sie nicht wollen.»

«Doch, wird sie. Hör zu», Nurse senkte die Stimme zu einem Flüstern, obgleich niemand in der Nähe war, «sie klauen dir deine Pantoffeln und deine Hemden. Ich kann nicht andauernd auf dich aufpassen. Ich hab zuviel zu tun. Warte nur, das nächste Mal, wenn du deine Pantoffeln verlierst, werden sie kommen und dir die Therapie verpassen. Sie werden dir deine Gesichter und deine Bilder wegnehmen.»

«Mal bloß nicht den Teufel an die Wand.»

«Na gut, aber...»

«Sie würde mir keinen zweiten Blick gönnen», sagte Harry, «sie haßt mich.»

Aber Nurse grinste und rückte sich in seinen Hosen zurecht. Er warf das Packpapier-Päckchen in Harrys Schoß. «Da», sagte er, «mach es auf.»

Das Päckchen enthielt ein paar Schuhe, ein Seidenhemd, Zahnpasta, Rasierwasser und Pomade.

«Kalifornischer Mohn», sagte Nurse und hielt die Flasche mit der Pomade in der gleichen behutsamen Art, wie Harry Joy selbst früher immer Flaschen mit französischem Wein gehalten hatte.

Harrys Hose war durch seine Bemühungen, sie mit Seife zu bearbeiten, ziemlich fleckig, aber sein Hemd war prächtig, Seide ohne jeden Makel. Seine Schuhe glänzten. Seine Zähne funkelten. Und doch hatte sie beschlossen, daß die Unterhaltung über den Schreibtisch hinweg stattfinden sollte und nicht in den bequemen Sesseln, die um den mit Blumen beladenen Kaffeetisch standen. Sie trauerte noch immer um diesen Betrüger. Sie schaukelte in ihrem knarrenden Sessel vor und zurück, während hinter ihrem Kopf die Fische im Aquarium umherschwammen, und spielte mit ihren kurzen Fingern.

Er saß auf der Kante seines Stuhls, lächelte und nickte, zog die Augenbrauen hoch, neigte höflich den Kopf, und falls ihm die Nase lief, hatte er ein gebügeltes Taschentuch bereit, um sie sich zu putzen.

«Sie werden nie der richtige Mr. Joy sein», sagte sie. «Tut mir leid. Ich weiß, das ist nicht fair, aber es ist wahr.»

Es herrschte Schweigen. Harry schenkte ihr ein scheues Lächeln.

«Finden Sie nicht, daß erfolgreiche Männer immer etwas ungeheuer Attraktives an sich haben, ihnen fehlt eine gewisse Verzweiflung.»

Er streckte die Schultern zurück und ließ die Arme locker durchhängen.

«Ich habe in meinen Ausgaben von der *Financial Review* geblättert, und sehen Sie mal, da ist er.» Sie schob ihm eine herausgerissene Seite aus einer Zeitung über den Tisch (es bestand keine Möglichkeit für eine Berührung der Finger) und zog sich etwas zurück, um näher bei ihren Fischen zu sein. «Allerdings keine große Ähnlichkeit zu erkennen. Manche Leute machen gute Fotos», sagte sie. «Mein verstorbener Mann besaß kein einziges gutes Foto von sich. Jetzt bedaure ich das. Ich hatte immer vor, mal ein Portrait machen zu lassen. Wenn Sie etwa probieren, mich mit diesem albernen Grinsen für sich einzunehmen, dann muß ich Sie enttäuschen. Ich kann es mir nicht leisten, Sie rauszulassen.»

Er rieb sich das Gesicht, als hätte er eine Ohrfeige bekommen.

«Und glauben Sie ja nicht, Sie könnten einfach weglaufen.» Sie nahm ihre rosa Brille ab und säuberte die Gläser mit einem Tuch. «Wenn Sie das versuchen, werden Jim und Jimmy Sie zurückbringen, das garantiere ich Ihnen.»

«Die Jungs in Weiß», scherzte er schwach.

«Manchmal tragen sie Weiß, manchmal tragen sie Grau», entgegnete sie. «Manchmal tragen sie Shorts und weiße Socken, und manchmal, falls Sie es mitten in der Nacht probieren sollten, da muß ich Sie warnen, da haben sie überhaupt nichts an. Mr. Duval», seufzte sie, und während Harry Joy unter dieser Beleidigung noch zusammenzuckte, wiederholte sie, «Mr. Duval, ich gebe mir Mühe, niemanden zu bevorzugen. Ich gebe mir Mühe, niemanden aus persönlichen Gründen zu benachteiligen, aber ich fürchte, für Sie habe ich nicht viel übrig.»

«Das tut mir leid.» Bestimmt gingen aus solchen kaum vielversprechenden Anfängen viele Romanzen hervor.

«Das ist nicht Ihre Schuld. Sie haben eine unglückliche Art, und natürlich sind Sie krank, daher kämen Sie auch gar nicht auf die Idee zu merken, wie taktlos Ihr Ansinnen ist.»

«Tut mir leid.» Er würde noch mal von vorn beginnen, diesmal auf dem rechten Fuß.

«Sie brauchen sich nicht andauernd zu entschuldigen. Genau das ist es, was ich meine. Wenn Sie sich nicht so oft entschuldigen würden, könnten Sie vielleicht besser zuhören. Dann würden Sie mich nämlich fragen, *warum* ich Ihr Ansinnen taktlos finde, und dann hätte ich es Ihnen gesagt.»

«Bitte, sagen Sie es mir.»

«Ich weiß nicht, ob ich noch will.»

«Bitte, Mrs. Dalton.» Er raffte seine ganzen Reserven an Vertrauenswürdigkeiten zusammen. Man hatte ihm mal gesagt, daß er wie der Gott Krishna aussähe.

«Das Wesen des Industriewachstums», seufzte sie, «ist häufig zyklisch. Zuerst gibt es einen Mangel an Versorgung, und dann stellt man als nächstes fest, daß alle Erfolg haben und ein Überfluß vorherrscht. So daß wir von der Knappheit an Betten zu einem Überfluß an Betten gelangen, und Leute wie ich, Pioniere in diesem Geschäft, haben als erste darunter zu leiden.»

«Aber mit der Zeit», sagte Harry (jetzt war seine Chance gekommen, sich als Mann von Intelligenz zu beweisen), «hebt sich das zwangsläufig auf.»

«Ach, mit der Zeit!» sagte sie bitter. «Mit der Zeit. Aber werde ich dann noch mit von der Partie sein? Diese dreckigen kleinen Würmer im Sozialamt vertreiben mir meine Patienten oder bringen ihre Kundschaft an den billigsten Plätzen unter, die sie finden können. Und glauben Sie mir, da gibt es einige sehr billige Bettenangebote, natürlich ohne all den Luxus, den wir hier zu bieten haben. Selbst die Krebspatienten können das Defizit nicht ausgleichen.»

«Krebspatienten? Hier?» fragte er. Er zog interessiert die Augenbrauen hoch. Ah, sagte er sich, du dreckiger kleiner Genius!

«Sie sind völlig durcheinander, die Armen. Übrigens rate ich Ihnen, sich von Block L fernzuhalten. Die können ziemlich gewalttätig werden, wenn sie noch bei Kräften sind, obgleich sie, wie jeder weiß, selbst Schuld haben.»

«Verzeihung, aber ich kann Ihnen nicht folgen.»

«Es ist ihre Schuld», sagte sie ungeduldig mit erhobener Stimme, «ihre eigene Schuld. Man braucht doch nur die Zeitungen zu lesen, dann weiß man, woher es kommt.»

«Aha, Zigaretten.»

«Zigaretten!» Sie schwenkte ihren Stuhl herum, und einen Augenblick lang dachte er, sie würde aus dem Zimmer gehen. Sie legte ihre dünnen Arme auf die Sessellehnen und hielt sie fest. «Zigaretten.» Ihre Augen schwammen wie Goldfische hiner der Brille. «Alice, du bist intolerant», sagte sie. Sie bedachte ihn mit einem Lächeln, das offensichtlich irgendwie freigebig gedacht war. «Ich dachte, die Zeitungen hätten es zur Genüge verbreitet», sagte sie mit honigsüßer Geduld. «Jedenfalls nehmen die fortschrittlicheren Mitglieder dieser Branche allgemein an, daß Krebs durch emotionale Repressionen verursacht wird. Wenn man uns also als einen therapeutischen, präventiven Faktor verwenden würde...»

Lügnerin! Kotztype!

Es lag nicht an der Lüge. Es waren all die Wochen, die Monate von Kränkungen, Beleidigungen, so fein wie von Rasiermessern kreuz und quer über sein ungeschütztes Ego geschnitten. Aber in diesem Augenblick, bei dieser ganz speziellen Lüge, wurde er vom Zorn übermannt.

Er hatte die stillschweigende Überlegenheit gekannt, die die Tatsache, ein feiner Kerl zu sein, mit sich brachte. Aber darüber hinaus nagten Zweifel an ihm, ob ihm nicht irgend etwas fehlte, ob er nicht irgendwie unfähig war. Wenn in einem Kinofilm zum Beispiel jemand einen Stuhl über dem Kopf schwang, verspürte er sowohl Erregung als auch Groll, daß ihm so etwas verwehrt war. Wenn Bettina wütend wurde, verspürte er Eifersucht. Wenn sie einen Teller gegen die Wand warf, beneidete er sie.

Statt in Rage zu geraten, setzte bei ihm in solchen Momenten das Nesselfieber ein.

Und jetzt war er, wie in einem Traum, in dem man fliegen kann, in Rage.

Eine Wand aus Wachs war verschwunden, eine Sperre beseitigt, und das Gefühl von Wut durchflutete ihn, und es war besser, als man es ihm beschrieben hatte, war eher wie das, was er sich vorgestellt hatte. Es war angenehm. Es war ein Geschenk, eine Droge, ähnlich schön wie sexuelle Wonnen. Es vermittelte einem das Gefühl, größer, stärker, höher, unbesiegbar zu sein.

Aber noch verbarg er es, hielt es wie eine heiße Kastanie in der hohlen Hand.

«Saccharin erzeugt Krebs», sagte er. Er zog an seinem Schnurrbart.

«Sind Sie Kommunist, Mr. Duval?»

«Nein.» Er fuhr sich mit der Hand durch sein geöltes Haar.

«Das hört sich aber sehr nach einem Kommunisten an. Die Amerikaner sind gute Menschen, Mr. Duval, aber in ihrer Regierung sitzen haufenweise Kommunisten und Liberale, und die werden sie nicht so schnell loswerden.»

Die Muskeln an seinem Hals waren zu harten Knoten verkrampft, und seine Augen waren rot. An seinem Hals traten Sehnen hervor, wie angespannte Seile.

«Diese Leute hassen Geschäfte», sagte die Lügnerin. «Sie sind auf Leute mit Macht, auf erfolgreiche Männer, die sich einen Namen gemacht haben, neidisch.»

Er starrte sie an, seine Augen traten aus den Höhlen.

«Ich glaube, ich rede zuviel», seufzte sie und bemühte sich, ihren komplizierten Charakter objektiver zu betrachten.

Harry Joy machte die Fäuste auf und zu.

Am liebsten hätte er sie mit bloßen Händen erwürgt. Am liebsten hätte er ihr das Genick gebrochen und wäre auf ihrem Kopf rumgesprungen, bis ihr das Gehirn aus den Ohren quoll. Er hätte ihren Schreibtisch mit einer Axt zerschlagen und ihre Vasen zum Frühstück verspeisen können.

Mit einem Schnurren des Wohlbehagens machte er die Hand auf und ließ sie entkommen.

Benommen stieg er die Treppe hinunter, überrascht, daß die Sonne schien und Hirtenstare hinter der Küche im Abfall pickten. Er war so wütend, daß er am liebsten laut gesungen hätte.

Jim und Jimmy sprachen mit einem weiblichen Patienten. Der weibliche Patient war ungefähr siebenundzwanzig und hatte pludrige weiße Hosen und ein gelbes T-Shirt an. Auf dem Kopf thronte ein großer Strohhut mit einem Schal um den Rand, aber nicht einmal der vermochte das Leuchten der großen dunklen Augen zu verbergen.

Als Harry an ihnen vorbeikam, hörte er, wie sie sagte: «Ich fühle nichts, gar nichts.»

Honey Barbara erinnerte sich noch daran, wie sie zum erstenmal ein neues Auto gesehen hatte. Es war in Bog Onion Road gewesen, und sie war damals noch ein Kind. Es war ein nasser Tag mitten in der Regenzeit gewesen, in der Zeit, in der sich alles mit Mehltau zu überziehen begann und man plötzlich ein Buch, an dem man besonders hing, oder ein Lieblingskissen halb verschimmelt wiederfand. Der kleine Rufus kam durch den Busch zu Paul Bees (Honey Barbaras Vater) gelaufen, um ihm zu berichten, daß in der zweiten betonierten Furt ein Amerikaner mit seinem Auto steckengeblieben und mitgerissen wäre. Wenn er gewußt hätte, daß es sich um einen neuen Peugeot handelte, wäre Paul wohl noch schneller gerannt, als er es so schon tat. Aber er wußte es nicht, daher zog er aus Rücksicht auf den unbekannten Besucher ein Paar Shorts an und lief den Pfad hinunter. Er hatte einen kleinen Körper, der aber drahtig und kräftig war, und man könnte sich vorstellen, daß der Amerikaner froh war, als er ihn kommen sah.

Paul Bees war auch als Peugeot-Paul bekannt, und so lange Honey Barbara denken konnte, war bei den ausgedehnten langweiligen Gemeindetreffen immer wieder von jemandem die Frage nach seinen Peugeots aufgeworfen worden. Er besaß einen ganzen Fuhrpark davon, oder zumindest einen Platz, speziell für fünf Peugeots verschiedenster Baujahre, aus Zeiten, wie es ihm schien, in denen nur Peugeots stark und sensibel genug waren, den Widrigkeiten der holprigen Bog Onion Road zu trotzen. Aber in der Zeit, als der Amerikaner in der Furt steckenblieb, waren sie schon fast gänzlich verrostet, verschwanden unter den alles überwuchernden Heckenrosen, und wenn von ihnen die Rede war, dann gab es immer welche, denen sie ein Dorn im Auge waren, aber fast jeder teilte insgeheim Pauls Überzeugung, daß sie einen potentiellen Wert besäßen. Und tatsächlich war es in jenen Tagen nichts Ungewöhnliches (wenn auch nicht gerade alltäglich), daß irgend jemand, der mit seinem alten Peugeot umherirrte und nach Paul Bees suchte, zu dem einzigen Schild in ganz Bog Onion Road dirigiert wurde. Darauf stand: Paul Bees, Honig, Bog Onion Road. In jenen Tagen hatten sie noch Besucher, und ihr Vater und der Fremde verbrachten dann einen ganzen Nachmittag damit, aus einem alten Peugeot 203 irgendwelche wichtigen Teile zu ziehen, und häufig stellte sich erst danach heraus, daß der Besucher kein Geld hatte, und er blieb dann noch zum Essen, und einmal, im Fall von Ringtail-Phil, blieb er gar ein ganzes Jahr, und man mußte ihm erst nahelegen, wieder zu gehen, und dann ließ er auch noch, wie Paul verbittert feststellte, den Wischermotor da, wegen dem er ursprünglich gekommen war.

Aber als Albert an dem Tag in seinem neuen Peugeot nach Bog Onion Road kam, suchte er nicht nach Ersatzteilen, sondern nach Land. Später behauptete er, daß er mal einen Range Rover von Mexiko nach Amerika geschmuggelt hätte, indem er den Rio Grande durchquert hätte, aber wenn das stimmte, dann mußte er vergessen haben, wie er das gemacht hatte, denn er blieb mit seinem neuen Peugeot in fünfzig Zentimeter tiefem, reißendem Wasser stecken und machte dann das Verdeck auf, damit der Monsunregen das Werk vollenden konnte.

Als Paul und Honey Barbara zum Fluß kamen, war er mit reißendem Wasser angeschwollen und Albert, dessen karottenrote Haare flach am Kopf klebten und dessen Bart nur so triefte, stand flußabwärts neben dem Wagen, lächelte seine Retter mit einem verzweifelten goldzahnblitzenden Lächeln an und versuchte, den Wagen gegen die Strömung zu schieben.

Bald darauf trafen Robert und Dani ein, und Sally Coe kam mit fünf zerzausten pitschnassen jungen Hähnen auf dem Rücksitz ihres alten Peugeots. Sie versuchten, Alberts Peugeot zu schieben und hielten eine Beratung ab. Der Regen wurde immer stärker und stärker, aber aus Respekt vor dem Mann mit dem neuen Auto behielten sie ihre Sachen an.

Die elektrische Anlage war rettungslos durchnäßt, und am Ende einigte man sich darauf, daß Paul seine Winde holte, aber das Seil war gerissen und mußte erst repariert werden, und während dieser ganzen Zeit stemmten sich Honey Barbara und die andern gegen das Auto. Aber der Fluß war stärker. Er schob den Wagen zentimeterweise gegen den Rand, während sie darauf warteten, daß Paul die Winde in Ordnung brachte.

Ihr Vater war ein kleiner, drahtiger Mann, der sich in physikalischen Fragen auskannte. Bei dem Problem, wie man einen zwölf Meter langen Baumstamm für den First eines Hauses hochhob oder wie man einen Peugeot aus einem überschwemmten Fluß holte, wurde er immer erst zu Rate gezogen. Wenn es Meinungsverschiedenheiten gab, wie man am besten irgendwo Wasser auspumpte, oder bei anderen schwierigen technischen Problemen war Paul Bees der Mann, den man um seine Meinung fragte. Wenn er es nicht so wußte, dann besaß er immer noch drei Fachbücher über Physik, auf die er zurückgreifen konnte, und wenn sie es auch nicht zu sagen wußten, dann ließ er sich eben irgendwas einfallen. Einmal, vor ein paar Jahren, hatte er sich einen gebrauchten elektronischen Rechner mit Sinus, Kosinus und Tangenten gekauft. Aber dann waren auf einmal die Batterien leer, und er hatte sich einen Abakus gebastelt, oder jedenfalls damit angefangen, aber er legte ihn wieder beiseite, und jetzt, zehn Jahre später, gehörten die Perlen zu einem Vorhang in Honey Barbaras Haus.

Honey Barbaras Mutter wurde an jenem Tag nicht gerufen. Ihre Begabung lag mehr auf dem Gebiet des Heilens und Beschwörens, und obgleich sie während einer kurzen schmachvollen Periode der Pfingstkirche anheimgefallen war (man erzählte sich zum Spaß, daß sie nur wieder ausgetreten war, weil sie darauf bestanden hatten, daß sie Paul heiratete und aufhörte, in Sünde zu leben), verschrieb sie sich die meiste Zeit jener seltsamen Kombination aus Religion, Glauben und Aberglauben, die das geistige Leben in Bog Onion Road bildete. Crystal wurde stets um ihr Urteil gebeten, wenn es um folgendermaßen heikle Angelegenheiten ging: mußten die Hände, wenn man beim Singen einen Kreis bildete, rechts über links oder links über rechts gekreuzt werden? Lief die Energie im Uhrzeigersinn oder dagegen durch die zum Kreis verbundenen Menschen? Von ihrer Mutter lernte Honey Barbara ein wenig Heilkunst und ein paar Rituale, aber nicht besonders viele. Immerhin konnte sie in der Mitte des Kreises stehen und die gesamte Energie sammeln, die von den andern erzeugt wurde, und sie dann zu demjenigen innerhalb des Kreises weiterstrahlen, der gerade Hilfe oder Energie oder Liebe benötigte, zum Beispiel bei einem Trauerfall. Sie konnte die Energie auch speichern und sie an Leute, die weit entfernt waren, weitergeben, aber das waren kaum besonders ausgefallene Fähigkeiten, und unter den Kindern, die neben dem gestrandeten Peugeot standen und schoben, gab es wohl kaum eins, das so was nicht auch gekonnt hätte. Ihre Mutter brachte ihr Tai Chi bei, Massage, und von ihr erbte sie auch einen kräftigen, gerade gewachsenen Körper und wunderschöne Augen.

Aber von ihrem Vater lernte sie die Hebelgesetze und wie Bienen leben und wie man sich um sie kümmert. Sie konnte am Geschmack erkennen, was für einen Honig sie gesammelt hatten und wann man die Bienenstöcke entfernen mußte, und wie man das machte. Sie lernte auch, wie man Obstbäume pfropft, wie man ein Huhn tötet, wie man einen Nagel gerade einschlägt, wie Seife hergestellt wird, wie man Gitarre spielt, einen Pfosten eingräbt, eine Säge schärft und ein Buschfeuer mit nassen Säcken bekämpft.

Ihre Erziehung wies also nichts auf, das sie darauf vorbereitet hätte, wie sie dem Amerikaner auf der Brücke gegenüberzutreten hätte, und obgleich sie später nicht einmal mehr wußte, ob sie an jenem Tag überhaupt mit ihm gesprochen hatte (sie wußte nur noch, daß er goldene Zähne hatte, was sie noch nicht kannte), wurde sie fast auf den Tag genau zwei Jahre später seine Frau. Die Ehe war, wie sich später herausstellte, eine Doppelehe. Aber eine Menge sollte sich noch ganz anders entwickeln, als sie zunächst erwartet hatte, und von Albert Goodman lernte sie das Kerzenziehen (er errichtete in Bog Onion Road eine Fabrik) und, mit mehr oder weniger Erfolg, die Kunst, vor der Polizei wegzulaufen, die ständig nach ihm fahndete. Mit sechzehn, als sie dort oben auf der Brücke stand, hatte sie noch nie eine Stadt gesehen, war noch nie in einem Restaurant gewesen und hatte noch nie in einem Hotel übernachtet; sie war noch keine Hure; sie war noch nie im Gefängnis oder in einer Irrenanstalt gewesen.

Sie wußte nur, warum dieses Auto, das jetzt mit einer Winde an einem großen Blutholzbaum befestigt war, langsam seinen Weg aus dem Fluß fand. Sie half ihrem Vater, die elektrischen Leitungen zu trocknen, und fuhr zum erstenmal in einem neuen Auto hinauf zu ihrem Haus, und sie waren alle stoned später, Paul brachte sie dann zum Lachen, indem er mit einer Taschenlampe unter den neuen Peugeot kletterte, in dem warmen Morast lag und die Festigkeit seines Fahrgestells bewunderte.

Damals, in dem Zwielicht mit dem feuchten, modrigen, warmen Geruch, in dem sie lebten, wußten sie noch nicht, daß der Peugeot zwei Jahre später zertrümmert am Grunde eines Tals liegen würde und daß, noch später, Honey Barbara mit häßlichen hochhackigen Schuhen, die an ihre schönen Füße geschnallt waren, über den Asphalt staksen würde, eine Expertin für Angst, Gift und für das Stadtleben.

Harry Joy schlich über den Asphalt und setzte sich neben den Küchenabfluß, wo die Luft nach Fett und Kohl roch. Aus dem Metallgitter strömte Dampf, aber er trug nichts dazu bei, Harrys fettige, jämmerliche Pomadenhaare, die ihm in kleinen Schwänzen herunterhingen und auf seinem Seidenhemd ölige Streifen hinterließen, zu verbergen.

Seine Ohren standen ab. Auf seiner einst so stolzen Nase saßen drei Pickel, direkt unter der Oberfläche. Seine Schultern sackten nach vorn. Seine Augen traten aus den Höhlen.

Dieser speckig anzusehende Nichtstuer untersuchte seinen Zorn wie ein Bettler, der ein Juwel gefunden hat. Man sehe sich nur seinen gerissenen Gesichtsausdruck an, die Art und Weise, wie er hinterlistige Blicke auf Jim und Jimmy losläßt, und auf Honey Barbara, die mit ihnen flirtet.

Honey Barbara hatte geglaubt, ihn für immer verloren zu haben, und dann sah sie ihn in den Kohldämpfen sitzen, und sie war verwirrt. Sie war so aufgeregt, daß sie nicht wußte, wo sie hinsehen sollte, und ihr Lächeln bekam, wie sie wußte, etwas Dümmliches, während sie Big Jimmy ansah, ohne auch nur darüber nachzudenken, was es zu bedeuten hatte, und sich dann verabschiedete und hinüber zu Harry ging. Sie hatte geglaubt, ihn zu lieben. Sie war nicht zufrieden mit ihm. Sie hatte vorgehabt, ihn wegen seiner Dummheit zu bestrafen, aber als sie sein Rattengesicht sah, das von straffen Sehnen nach unten gezogen wurde, war sie viel zu durcheinander, um ihn zu bestrafen.

«Scheiße», zischte sie, «was hast du gegessen?»

«Mein Gott, hast du mir gefehlt», fuhr er auf. «Du hast mir so verdammt gefehlt.»

«Was hast du mit dir angestellt? Du siehst ja gräßlich aus.»

Er ruckte mit dem Kopf wie eine Straßenratte, ein Taschendieb-Nikken. «Ich hab versucht, mich an sie ranzumachen.»

Sie verschränkte die Arme vor der Brust und preßte die Lippen aufeinander, daß sie alle Farbe verloren. «Harry, *niemand* wird sich von dir ficken lassen, so wie du aussiehst. Du hast meine Adresse in deinem Zimmer liegen lassen.» Sie hockte sich hin und sah ihm in die Augen. «Das war nicht gerade sehr cool.»

«Ich hätte meinen Anzug haben sollen», sagte er. «Wenn ich meinen Anzug angehabt hätte, hätte ich sie leicht rumgekriegt.»

«Hast du gehört, was ich gesagt habe? Du hast *meine Adresse* in deinem Zimmer liegen lassen.»

«Sie kamen am Nachmittag», er zog die Nase hoch. «Es war nicht meine Schuld.»

«Sie kommen nur morgens.»

«Aber sie sind an einem scheißverdammten Nachmittag gekommen.»

«Was ist *los* mit dir?» Sie starrte auf die traurigen Reste seiner Iris. «Du hast Scheiß gegessen. Kübelweise.»

Er bog seine Finger zurück und ließ die Knöchel knacken. «Ich hab eine Wut», sagte er selbstzufrieden.

«Du hast Knoten in den Muskeln.»

«Das ist phantastisch», sagte er, «das ist herrlich.»

«Und deine Haare stinken.»

«Ich hab immer von dir geträumt», sagte er, «die ganze Zeit. Ich habe dich vermißt. Ich habe von Honig und braunem Brot und vom Ficken geträumt. Wo bist du gewesen?»

«Hier», sagte sie. «Wo sonst? Weil du meine Adresse vergessen hast, mußte ich sehen, wie ich das Geld loswerde.»

«Warum?»

«Jetzt fang bloß nicht an.»

«Du bist schon die ganze verdammte Zeit über hier?»

«Ich dachte, sie würden kommen und mich wegen dem Geld drankriegen. Ich hab es verbrannt. Als ich damit anfing, es zu verbrennen, da hat dieser Scheiß-Damian die Scheiß-Bullen gerufen.» Ihre Stimme war unwillkürlich lauter geworden, und Jim und Jimmy, die auf der anderen Seite des Hofs am Boden hockten, sahen herüber und grinsten. «Und die holten sich von mir ein verdammt unfreiwilliges Geständnis, Geld verbrannt zu haben.»

Harry spürte, wie sein Penis hart wurde und sich mit Blut füllte.

«Ich möchte mit dir schlafen, Honey Barbara. Komm, wir gehen schlafen.» Er wollte ihre Brustwarzen küssen und ihre Muschi essen und ficken, wie er es immer in den paradiesischen Tagen im Hilton-Hotel getan hatte.

«Ich dachte, du wolltest die Dalton ficken.»

«Nur damit ich rauskomme.»

«Wer ist denn auf die tolle Idee gekommen?» Sie grinste.

«Nurse.»

«Nurse ist ja verrückt.»

Harry zuckte die Achseln.

«Wenn du ihr gefallen hättest, würde sie dich hierbehalten, Blödmann. Die einzige Möglichkeit, hier rauszukommen, ist Geld. G-e-l-d.»

«Komm, laß uns ficken gehen, Honey Barbara.»

«Wenn du mir das Geld gibst, hier wieder rauszukommen, kannst du mich drei Jahre lang ficken, ohne aufzuhören», und sie setzte ein breites wunderbares Grinsen auf, von dem Harry, trotz seines inneren Widerstreits von Zorn und erotischem Verlangen, angesteckt wurde.

«Miss Harrison», rief Jimmy quer über den Platz.

«Diese Schweine», zischte sie, «die verlieren aber auch wirklich keine Zeit.»

«Zeit für Ihr Bad, Miss Harrison.»

«Ich komme», rief sie, und dann flüsternd: «Die Stunde ist gekommen.»

«Honey Barbara, ich liebe dich.»

Sie sah ihn fassungslos an. «Ich liebe dich auch», sagte sie, und ihre Augen schwammen in Tränen, «und was ist aus dir geworden? Ein Kriecher.»

«Ich bin kein Kriecher.»

«Miss Harrison.»

«Ich muß gehen. Wir sehen uns morgen abend. Ich komme dich holen.»

«Okay», sagte Harry, und als er sie quer über den Asphalt in Richtung Block C gehen sah und Jimmy hinter ihr herschlendern sah, verspürte er Eifersucht, reine und unverfälschte Eifersucht, die seiner Wut neue Nahrung gab.

Später am selben Nachmittag kam an Harry und Nurse im Garten eine Delegation der Christlichen Wissenschaft vorbei. Beim ersten Teil der Unterhaltung, bei dem es um die Macht des G-e-l-d-e-s ging, die mit Süßholzraspeln verglichen wurde, waren sie noch zu weit entfernt. Sie bekamen gerade noch den Schluß mit.

«Ich bin kein Kriecher», sagte der Mann mit dem Schnurrbart, der wie eine Ratte aussah, zu dem anderen mit der Knollennase und den langen grauen Haaren. «In diesem Punkt hat sie unrecht.»

«Aber so was ähnliches», sagte der Mann mit der Knollennase.

Sie glaubten, daß das der Punkt war, an dem der Kampf begann.

Geld.

Plus Zorn.

Ist gleich Erfolg.

Wenn man es wußte, war es leicht, und Harry Joy verschwendete keine Sekunde der kostbaren Zeit, den Gedanken in die Tat umzusetzen. Er hatte seine Wunden gebadet, seine Haare gewaschen, und als die Delegation von der Christlichen Wissenschaft zu Abteilung L kam, saß er schon wieder Mrs. Dalton gegenüber.

Er schüttelte ihr die Hand und sah ihr in die Augen. Keine Drohungen von wegen Therapie. Kein Schnickschnack über Gewalttätigkeit. Alles war geregelt. Der Betrag war festgesetzt. Die Geldquelle ermittelt. Mrs. Dalton machte ihm sogar Komplimente wegen seines Geschäftssinns. An dem Schnitt über seinem Auge war sie nicht interessiert.

Er hatte schmutzige Hosen und ein Seidenhemd an, das Pomadeflekken aufwies, aber als er Mrs. Daltons Büro verließ, ging er, für Kennerblicke, mit einer gewissen Forschheit in seinem Taschendiebgang, und wenn er eine Münze bei sich gehabt hätte, hätte er sie sicherlich hochgeworfen und mit einem Schnalzen wieder aufgefangen.

Gene Kelly hätte getanzt, den ganzen Weg quer über den Asphalt und über den Betonweg nach draußen.

Ein Kriecher?

Nein, Sir!

Kriecherähnlich?

Ganz und gar nicht.

Seine Haare waren sauber; sie wippten beim Gehen auf und ab. Er sah dem Harry Joy, der hierhergekommen war, nicht sehr ähnlich. Er hatte einen Schnitt über dem Auge, Pickel auf der Nase, wunde Rippen von Nurses Fäusten. Er war älter, weiser. Er wußte Bescheid. Er kannte dieses Spiel. Und bald würde er frei sein. Er würde einen guten Fick haben, er war verliebt.

Honey Barbara handelte sich gegen gewisse Gefälligkeiten bei Jim und Jimmy ein leeres Personal-Appartement ein, und gegen weitere Gefälligkeiten Geld für Kerzen, Öl, Brot, Obst, Käse, Weihrauch. Während sie auf ihn wartete, reinigte sie sich. Reinigte ihre Gedanken von den brummigen roten Fratzen, wischte das einfältige Lächeln fort, ihre wirren Vorstellungen, ihre Seufzer, ihre Grausamkeiten, ihre Phantasien, Fehlfunktionen, vorquellende Augen, die Gifte, die aus ihrer Haut strömten.

Sie bürstete ihren Körper mit einer harten Bürste und machte Atemübungen.

Als es dunkel wurde, zündete sie die Kerzen an, um einen Kreis zu bilden. Später, wenn er kam, würde er wissen wollen, wieso sie so sicher war, daß es sich um einen magischen Kreis handelte, wie er funktionierte, warum er vorhanden war. Sie würde ihm keine Antwort geben. Sie wußte es. Sie hatte immer gewußt, wie man einen magischen Kreis bildet.

Er kam ins Zimmer und brachte Kälte herein. Wie in einem Mantel aus kaltem Gas. Er war kein Teufel. Er war das Opfer eines Teufels. Sie hatte mal einen Zauberer kennengelernt, in der Stadt, mit sieben Hexen, die ihm dienten. Der Hexenmeister war so ruhig und entspannt wie möglich. Er besaß starke Kräfte. Unter seinen Kräften stammelte ein anderer Besucher, ein junger Mann, sexuelle Phantasien und wurde gedemütigt.

«Du hast einen Teufel in dir», sagte sie.

Er stellte zu viele Fragen und meinte keine ernst. Er wollte sie anfassen. Sie kannte die Antworten nicht, aber es spielte sowieso keine Rolle. War es ein christlicher Teufel? Teufel waren Teufel. Sie gehörten niemandem, nicht den Christen, nicht Buddha – es waren Teufel, böse Geister. Sie existierten überall. Teufel, Kobolde, böse Kräfte. Die Leute sagten, es gäbe keinen Teufel, aber sie irrten sich. Honey Barbara hatte die Maden in den Köpfen von enthaupteten Schweinen, Schafen, einmal sogar von einem Pferd, gesehen, Tiere, die nur zum Zweck eines teuflischen Rituals getötet worden waren. Man konnte das Böse auf der Stelle fühlen. Es war nicht der Ton (die summenden Fliegen), nicht der Geruch, sondern ein feuchtes, dunkles Gefühl inmitten einer sonnigen Lichtung, und das Pferd, auf dem sie ritt (Sally Coes George), spürte es genauso wie sie selbst. Es war nicht nur der Tod. Der Tod ist überall. Unten im Regenwald, dort, wo ein alter Mann ganz allein lebte, gab es einen Geist, und es war ein guter Geist, der in keiner Weise kalt war.

Er glaubte, er sei in der Hölle, und er war ausgezogen, um den Teufel zu suchen. Er hatte den Teufel gezeugt und ihn geboren, und jetzt war der Teufel in seinen Eingeweiden, wie ein Parasit.

Zuerst mußte er gewaschen werden. Er verstand nicht. Er versuchte sie zu küssen. Sie hielt ihn kraft ihres Willens von sich fern. Heute nacht besaß sie die Kraft der Beschwörung und wußte, daß sie ihn heilen konnte. Sie bürstete ihm kräftig den Rücken und redete mit ihm. Sie verteilte die Seife auf seinem ganzen Körper. Sie entfernte die Gerüche von ihm. Man wußte nicht, ob sie eine Heilerin war.

Aber heute nacht war sie von einer goldenen Lichtkugel erfüllt, mitten im Zentrum ihrer selbst. Sie konnte heilen.

Sie war nicht stoned. Sie war Honey Barbara, Pantheistin, Heilerin, Hure.

Wenn ein Teufel deinen Körper in Besitz genommen hat, dann verknotet er ihn, macht Seile, zieht ihn zusammen, vertäut ihn, flicht ihn ein, umkreist dich, bewirkt, daß du dich mit deinen eigenen Halsmuskeln erwürgst, dich mit deinem eigenen Gewebe schneidest, deine eigenen Organe zerbrichst. Die Muskeln sind die Seile des Teufels. Die Christen wissen das nicht, aber es ist wahr.

Sie bettete ihn auf die Matratze, die in dem Kreis aus Kerzen am Boden lag.

Ganz sanft fiel Regen aufs Dach. Sie machte Kokosnußöl warm. Er lag auf dem Bauch, auf seiner Erektion. Als sie mit dem Öl zurückkam, versuchte er, sie zu küssen, aber sie stieß ihn weg. Noch nicht. Er griff nach ihr, und in seinen Augen lag noch immer trüber, wie mit Asche bedeckter Zorn, wie bei einer Schlange, die man, noch lebendig, nach einem Waldbrand findet.

Honey Barbara würzte das Kokosnußöl mit ein paar Tropfen Zitrone.

Sie wünschte, sie wüßte die richtigen Worte für ein Ritual, aber sie hatte nur ihre Hände. Nackt setzte sie sich neben ihn und rieb das warme Öl in seinen Rücken. Dann begann sie damit, den Teufel aus ihm herauszuhämmern. Sie legte die Handballen auf seine Wirbelsäule und klopfte ununterbrochen dagegen, auf und ab. Sie hackte mit den Knöcheln auf seinen Rücken, tack, tack, tack, und dann mit den Kanten ihrer Hände. Ein Trommelwirbel. Sie zerbrach die Worte, die aus seinem Mund kamen, und ließ sie davonschweben.

Sie nahm seine Haut zwischen Daumen und Zeigefinger und kniff sie sanft. Dann ließ sie los. Über seinem Rücken und seinen Beinen erstreckten sich Hunderte kleiner Spuren und bildeten ein Muster.

Als sie ihn umdrehte, sah er schon etwas besser aus.

Sie strich über seine Knie, seine Oberschenkel, ihre Lippen waren entschlossen zusammengepreßt, und wie jemand, der die bösen Geister fahren läßt, gab Harry Joy ein leises Stöhnen von sich.

Sie dehnte seinen Hals und hob seinen Kopf ein wenig. Ein seliges Lächeln überzog sein Gesicht.

Sie hob seine Arme und befühlte sie – schöne lockere Muskeln.

Sie umkreiste seine Brustwarze mit der Zunge. Sie rollte ihn auf die andere Seite und fuhr mit der rosigen nassen Zunge über seine Wirbelsäule, bis weit hinunter, und biß ihn dann zärtlich in die Kniekehle. Ihre kleinen festen Brüste strichen über seinen Rücken.

Und dann küßte sie ihn.

Und mit einer einzigen, weichen, akrobatischen Bewegung, die zehn langsame, geschmeidige Minuten zu dauern schien, während der sie sich wie eine Schlange um ihn wand, nahm sie seinen Penis in sich auf und lächelte, als er die Augen schloß und leise stöhnte. Ihre Lippen glitten an sein Ohr, als er in sie eindrang (Lippen in einer Schale, Lippen in einer Rose), und als er mit den langsamen Stößen begann, sprach sie ihren Zauberspruch.

Regen fiel aufs Dach.

Sie sagte ihm, daß es ein anderes Dach sei, nicht dieses hier, nein, Harry, es ist mein Dach, bei mir zu Hause, der Regen ist viel lauter, richtig laut, du bist bei mir, und es liegt genügend trockenes Holz bereit, und du kannst den Fluß hören, Harry, und die Ziegen sind in ihrem Stall, und sie sind ganz still, und die großen Lackbäume oben auf dem Hügel beugen sich im Wind, und wenn du deine Arme um sie legst, kannst du ihre Kraft spüren, und sogar die alte Rautenschlange hat aufgehört, nach Hühnereiern zu jagen, Harry, ich liebe dich, und du bist glücklich.

«Ich liebe dich», stöhnte sie, «ich weiß nicht, warum ich dich liebe, aber wenn ich dich mit nach Hause nehme, werden sie denken, ich bin verrückt. Willst du mit mir nach Hause kommen?»

«Ja», sagte er, «ja, ja, ja.»

Die Worte kamen in Wellen («Und ich will, daß du mein Geliebter bist, Harry»), wie Regen («Ja, ja, ja»), und er war dort, wie sie es sagte, weit entfernt, in einer wellblechbedeckten Hütte mit Kerzen, die in einem sicheren magischen Kreis flackerten, und oben auf dem Hügel beugten sich die Lackbäume im Wind, und das Wasser strömte den Fluß hinunter, der morgen lehmig-gelb sein würde, und die Hühner und die Ziegen und vielleicht sogar die Rautenschlange lagen still da, und morgen früh würden die Bäume in der Morgensonne glitzern, und aus dem Tal in Bog Onion Road würde Dampf aufsteigen.

Bis an sein Lebensende würde er sich an die Nacht erinnern, in der Honey Barbara ihm das Böse austrieb. Damals glaubte er, daß es für alle Zeiten verschwunden wäre, und der Regen auf dem Dach, das war sie, und die Bäume, die er nie gesehen hatte, und der Fluß, von dem er nie gekostet hatte.

Später, in Kerzenlicht getaucht, sagte sie: «Jetzt können wir Wein trinken.» Sie saßen auf der Matratze. Sie zog den weißen Seidenmantel an, den sie im Second-hand-Shop gekauft hatte. Er war mit zwei großen goldenen Blumen und einer kleinen Biene bestickt. Sie hatte ihn wegen der Biene gekauft, die bis ins letzte Detail getreu nachgebildet war.

Sie rochen an dem Cheval Blanc und schlangen ihre Beine umeinander.

«Kommst du wirklich mit zu mir nach Hause, wenn sie uns rauslassen?»

«Natürlich», sagte er.

«Warum?»

«Weil ich dich liebe. Ich habe dich vermißt. Ich weiß nicht, wo ich hin könnte.»

«Wann kriegst du das Geld?»

«Morgen.»

«Auf deine Kreditkarte?»

«Sie will keine Schecks. Sie will Bargeld.»

«Hast du denn soviel?»

«Meine Frau bringt es.»

Er fühlte, wie sie steif wurde.

«Stört es dich?»

«Nein», sagte sie, «es macht mir nichts aus.»

Aber als er sie ansah, hatte sie die Stirn gerunzelt.

«Das geht schon in Ordnung», sagte er, «wirklich.»

«Was will sie?»

«Nichts.»

«Hast du ihr was von mir gesagt?»

«Ja.»

«Und was sagt sie?»

«Nichts. Sie bringt das Geld.»

«Und sie weiß von mir?»

«Ja», er küßte sie aufs Ohr. «Ja, ja, ja.»

Er war erschrocken, als er Bettina sah: ihr Gesicht war aufgedunsen, ihre Wangen waren eingefallen, unter ihren Augen waren breite Ränder, ihre Haut hatte eine schlechte Farbe. Als sie sich einen Kuß gaben, waren ihre Lippen fest und hart. Ein Picken, im wahrsten Sinne des Wortes. Sie roch nach abgestandenem Tabakrauch.

«Du lieber Gott», sagte sie, «wie siehst du denn aus?»

Und es stimmte – er hatte verkrusteten Schorf über den Augen und Pickel auf der Nase, und in seinen Augen glühte Zorn, den Honey Barbaras Zauber noch nicht völlig gelöscht hatte, und es bedurfte nur eines kleinen Windzugs, um die Funken neu zu entfachen.

Und doch fühlte er sich wunderbar. Die ganze Nacht hatte er wach gelegen, hatte sich vor lauter Erregung über sein Leben hin und her geworfen, seinen Kampf mit Nurse noch einmal erlebt, den Regen auf Honey Barbaras Dach, die Zukunft in Bog Onion Road. Er fühlte sich wie ein Kind am Tag vor den großen Ferien.

Sie saßen in dem kleinen, sonnenlosen Zimmer im «Foyer», das so genannt wurde, obgleich es getrennt von den anderen und ganz für sich stand und zu nichts anderem benutzt wurde als zu Einweisungen.

«Also», sagte sie.

«Also», sagte er.

Sie trug Schwarz: Jacke, Rock. Sie hatte schon immer etwas gegen helle Farben gehabt, obgleich sie ihr gut standen. In Schwarz konnte sie ernst und schön zugleich sein, aber heute sah sie nur ernst und unattraktiv aus, und wenn man ihr auf der Straße begegnet wäre, hätte man sie für eine frischgebackene Witwe gehalten.

Sie saß auf einem häßlichen roten Stuhl und spielte mit den Händen. Er saß ihr gegenüber auf einer Couch, die so hart gepolstert war, daß sie seinen Körper geradezu abstieß.

«Ich entschuldige mich nicht dafür, was ich getan habe», sagte sie, «also versuch nicht, mich zu bestrafen.»

Er war auf diesen Ton nicht vorbereitet gewesen. Am Telefon hatte sie anders geklungen.

«Ich will dich nicht bestrafen.»

Sie hob einen Finger hoch. «Nicht mit Schweigen, nicht mit Worten, nicht durch Trennung, überhaupt nicht. Ich lasse mich nicht bestrafen. Hast du mich verstanden?»

«Ja», sagte er angewidert. «Ich habe dich verstanden, Bettina. Ich werde dich nicht bestrafen.» Er stellte sich äußerst lebhaft vor, wie er sie ins Gesicht schlug.

«Und das auch nicht.»

«Was nicht?»

«Nicht diesen ekelhaften Ton in deiner Stimme. Ich weiß nicht, wo du das gelernt hast, aber ich werde keinen Pfennig rausrücken, wenn du ihn nicht unterläßt.»

Am Telefon war sie voller Tränen und Zerknirschung gewesen. Jetzt hörte es sich an, als hätte sie einen Rechtsanwalt konsultiert. Sie war feindselig, wachsam.

«Bettina, Bettina», sagte der ‹feine Kerl› und streckte die Hand aus. Ihre Hand war feucht. «Schon gut, Bettina.»

Ihr Kinn zuckte unsicher und wurde dann wieder hart. Sie zog ihre Hand zurück.

«Ich will dir ein Geschäft vorschlagen.»

«Sicher», sagte er, aber jetzt war er es, der auf der Hut sein mußte. Am Telefon hatte sie nichts von einem Geschäft erwähnt.

«Ich möchte Anzeigen entwerfen», sagte sie. Er hob ihr Kinn hoch.

Er verdrehte die Augen.

«Ich meine es ernst.»

«Okay», sagte er, «dann mach doch Anzeigen.»

Werbeanzeigen waren ihm im Augenblick völlig gleichgültig. Er hatte ab und zu Werbung angesehen, während er im Krankenhaus war, und er fand es erstaunlich, daß er sie früher einmal für eine wichtige Sache gehalten hatte. Jetzt konnte er an nichts anderes denken als an den Regen auf dem Dach, an Bog Onion Road, an Honey Barbara, an Vollkornbrot. Er wollte in Sicherheit leben. Es war ihm egal, was mit seinem Haus, seinem Geschäft, seinem Auto geschah.

«Schön», sagte er, «abgemacht. Ich akzeptiere. Mach du nur Anzeigen.» Er war ungeduldig. Honey Barbara wartete mit ihrem Bündel hinter der Küche.

«Und du wirst sie für mich verkaufen.»

Sie lächelte. Er starrte sie mit offenem Mund an.

«Wenn du nicht wieder zurückkommst, in die Agentur, gebe ich dir kein Geld.»

«Davon hast du am Telefon aber nichts gesagt.»

«Tut mir leid.»

«Das kann ich nicht. Ich habe mein Versprechen gegeben. Das ist nicht drin.»

«Tut mir leid, Harry. Aber das ist das Geschäft, das ich dir vorschlage.»

«Du bist gemein», knurrte er. Er ballte die Fäuste und kniff die Lippen zusammen. «Du bist gemein.»

«Soll ich gehen?» Sie stand auf.

«Nein, nein, setz dich, Bettina», sagte der feine Kerl. «Was ist denn bloß in dich gefahren?»

«Es war immer *in* mir», sagte sie. «Immer, von Anfang an. Ich war nie ein liebes, kleines Weibchen. Ich war eine berechnende, ehrgeizige Hexe.»

«Es ist wegen des Mädchens. Deshalb bist du sauer.»

«Nein.»

«Was zum Teufel ist es dann?» schrie er, und sie sah erstaunt in sein verzerrtes Gesicht.

«Du verstehst was davon, Anzeigen zu verkaufen», sagte sie, «und ich verstehe was davon, sie zu entwerfen.»

«Du hast in deinem ganzen Leben noch keine Anzeige gemacht.»

«Du hast ja überhaupt keine Ahnung, was ich gemacht habe», sagte sie. «Also, das ist mein Angebot, es ist das einzige Angebot. Und wenn du etwa wieder anfängst, verrückt zu spielen, dann bring ich dich wieder hier rein, aber dann für verdammt lange.»

«Großer Gott», sagte er zu seiner Frau.

«Komm, Harry.» Jetzt war sie es, die ihm die Hand hinhielt. Ihre Augen glitzerten vor Erregung. «Wir zwei zeigen es ihnen, Harry. Die werden sich wundern.»

Sie hatte das Gefühl, wieder an den Punkt zurückzukehren, damals, als er ihre Hände genommen und mit Wodka benetzt hatte. Sie würde Karriere machen.

Sie hob Honey Barbaras Bündel auf. Es war in brüchigen gelben Samt gewickelt und mit einer burgunderfarbenen Schnur zusammengebunden. Sie warf es vorn auf den Beifahrersitz des Jaguars und beseitigte so, mit einer beiläufigen Bewegung, jede Unentschlossenheit über die Frage, wer auf welchem Platz zu sitzen hatte.

Sie war nicht unfreundlich zu dem Mädchen. Sie hatte ihr zugelächelt und die Hand geschüttelt. Sie hatte alles, was sie wissen mußte, bereits am Telefon erfahren.

«Liebst du sie?» hatte sie gefragt.

«Ja», hatte er gesagt. Er hatte nicht einmal eine Pause gemacht. Nur: «Ja.»

Irgend etwas geschah dann mit ihr. Irgend etwas, das sie beinahe so geplant hatte, und jetzt war alles in Ordnung, und sie hatte sich alles genau zurechtgelegt, und fand überhaupt nichts dabei, daß Harry sich verliebt hatte. Aber auch darüber gab es eine Abmachung. Und die war, daß nichts daran auszusetzen wäre, was Harry getan hatte, so lange es nichts daran auszusetzen gäbe, daß sie Harry (den feinen Kerl) hatte einsperren lassen. Sie hatte nichts Schlimmes getan. Sie war nicht schlecht. Sie hatte viel darüber nachgedacht, ob sie schlecht war oder nicht, und die meiste Zeit, nüchtern, frühmorgens, wußte sie, daß sie nicht schlecht war.

Mit dem Mädchen, das ging schon in Ordnung. Wenigstens hatte sie einen gewissen Stil: einen merkwürdigen, nicht besonders akzeptablen Stil, aber doch immerhin etwas (Kalifornien 1968), und wenn sie auch geradezu nach Drogen *stank, irgend etwas* war an ihr dran.

Bettina gab ihr acht von zehn Punkten.

Honey Barbara hatte noch nie in einem Jaguar gesessen, und sie war darauf nicht vorbereitet. Sie verstand nicht, was hier vor sich ging. Sie bemühte sich, Harry mit Blicken zu fragen, sie saßen zusammen auf dem Rücksitz und hielten sich an den Händen. Irgend etwas Merkwürdiges ging hier vor sich. Sie spürte, daß etwas irgendwie «daneben» war.

«Ich habe dich überfallen», sagte Bettina zu Harry und lachte in den Rückspiegel. «Nach all den Jahren habe ich dich doch noch so weit gekriegt.»

Es war ein Spiel, das hier gespielt wurde. Honey Barbara verstand es nicht. Sie war nur darüber erschrocken, wie alt und ungesund Harrys Frau aussah. Sie lachte. Honey Barbara konnte sich nicht vorstellen, warum. Sie sollte schnell dahinterkommen.

«Barbara», sagte Bettina, «am Ende habe ich meinen Mann doch noch rumgekriegt, mit mir zusammenzuarbeiten. Ich mußte ihn zurückkaufen, um mit ihm arbeiten zu können.» Sie drehte den Kopf nach hinten und lächelte, und Honey Barbara überlegte, ob ihre Schilddrüsen Überfunktion hatten.

«Ach», sagte sie. «Was für eine Arbeit?»

«Anzeigen machen.»

Honey Barbara sah Harry verständnislos an, der auf seinem Schnurrbart kaute.

«Werbeanzeigen», sagte er.

Auf einmal war alles Horror. Die Luft war völlig verpestet.

«Er hat mich nie welche machen lassen», erklärte Bettina. «Aber als er im Krankenhaus war, habe ich welche gemacht, und jetzt verkauft er sie für mich.»

«Entschuldigen Sie», sagte Honey Barbara und lehnte sich in ihrem Sitz nach vorn, «aber ich verstehe nicht.»

Sie lächelte, um anzudeuten, daß sie es nicht böse meinte.

«Ich habe mit seiner Hoheit eine Abmachung getroffen. Ich mache die Anzeigen, und er verkauft sie.»

«Das war die Abmachung», sagte Harry und drückte ihre Hand. Sie konnte fühlen, wie schuldbewußt er war. «Tut mir leid, aber es war die einzige Möglichkeit, das Geld zu bekommen.»

«Was für eine Abmachung?» Honey Barbara hatte die Stimme gehoben. Sie sah von einem zum andern. «Ich weiß nicht, wovon ihr redet. Ich kann nicht mal eure Sprache verstehen. Ich weiß nicht mal, was eure Worte bedeuten.»

«Ich werde wieder arbeiten, Bettinas Anzeigen an Kunden verkaufen», sagte Harry düster.

«Aber du hast doch gesagt, du würdest mit mir nach Hause kommen.»

«Ich kann nicht. Noch nicht.»

«Ich habe ihn gekidnappt», sagte Bettina. «Aber du kannst mit zu uns kommen. Ich will ihn zu nichts anderem als für die Arbeit.»

Honey Barbara konnte das Böse in der Luft riechen. Sie war schon mal in die Nähe von Hexen gekommen, von Leuten, die Magie betrieben, Schwarze und Weiße. Sie hatte solche Willenskraft wie diese schon mal gespürt, Willenskraft, der man nicht widerstehen konnte. Sie hatte damit gelebt. Sie war morgens ausgeritten und hatte die Köpfe von Schweinen gefunden, in denen Maden wühlten. Die Gifte von der Autobahn strömten in den Wagen. Sie fühlte, wie das Blei seinen Platz einnahm, das Kohlenmonoxyd seine Arbeit tat.

«Du meinst», sagte sie zu Harry, «daß du in der Stadt bleiben willst.»

Er sah sie nicht an.

«Das stimmt doch, nicht wahr? Du kommst nicht mit zu mir. Du bleibst hier.»

«Du kannst...»
«Scheißkerl.»
Sie zerrte das Bündel vom Vordersitz und klemmte es sich fest auf die Knie. Einen Augenblick lang glaubte Harry, daß sie das Bündel nur an sich drücken wollte. Sie hielt es fest und legte das weinende Gesicht darauf. Er wußte, daß sie weinte. Er konnte die nassen Stellen auf dem brüchigen Samt sehen, als sie den Kopf bewegte. Sie streckte ihre Hand nach ihm aus, ohne aufzusehen. Sie drückte seine Hand. Sie drückte sie fest.
Als das Auto an der nächsten Ampel anhielt, machte sie die Tür auf und stieg aus. Sie ging denselben Weg zurück, den sie gekommen waren, gegen den Verkehr.
Als die Ampel wechselte, zögerte Bettina. Die Autos hinter ihnen hupten, zuerst eins, dann alle. Sie blickte Harry an, um zu sehen, was er wollte. Aber er saß wie versteinert da, ohne sich zu bewegen, und schließlich trat ihr Fuß aufs Gaspedal, ganz langsam zuerst, und als sie weiterfuhren, wehrte er sich nicht. Gott sei Dank, dachte sie, ein Problem weniger.
Aber nach einer Weile sagte er: «Sie hatte recht. Ich habe mein Versprechen gebrochen.»
Darauf gab es nichts zu sagen. Alles, was Bettina interessierte, war etwas, das ihr durch den Kopf ging, seit sie dem Mädchen begegnet war. Aber sie hatte noch nicht fertig ausgesprochen, da wußte sie bereits, daß es die falsche Frage war.
«Dieser Geruch», fragte sie, «war das Marihuana?»
«Das war Sandelholzöl», sagte er nach einer Weile.
«Ich dachte immer, daß Marihuana so riecht.»
«Es ist, verdammt noch mal, *kein* Marihuana.»
Sein Ton überraschte sie. Sie sah in den Rückspiegel.
«Du hältst mich für hinterhältig, stimmt's?»
«Nein», sagte er müde, «das tue ich nicht.»
«Für eine verdammte Ränkeschmiederin?»
«Nein.» Er war an der Unterhaltung nicht einmal mehr interessiert. Er war an Bettinas Selbstspiegelungen nicht interessiert.
Selbstspiegelungen!
Sogar die Art und Weise zu denken hatte er von Honey Barbara.

Bevor er sie kannte, hatte er das Wort noch nie gehört. Er hatte sein Versprechen gebrochen. Sie war ausgestiegen. Er war ein Scheißkerl. Er hätte einfach weglaufen sollen, mit ihr zusammen weglaufen.

«Harry, ich bin kein schlechter Mensch.»

«Bettina, es ist mir scheißegal, ob du es bist.»

«Ich bin's wirklich nicht.»

«Na schön, dann bist du es eben nicht.»

«Wir *mußten* dich einsperren lassen.»

«Vielen Dank.» Ihm war eingefallen, wie er Honey Barbara finden konnte. Sie würde zu dem Haus gehen, in dem Damian gewohnt hatte. Er hatte sich die Adresse gemerkt. Nicht die Hausnummer, aber den Namen der Straße.

«Harry, wirst du dir meine Anzeigen ansehen?»

«Ja», sagte er. «Ja, ich werde mir deine Anzeigen ansehen.»

«Harry, wir werden es ihnen allen zeigen.»

«Ja.»

Er überlegte, wie schlecht die Anzeigen sein mochten.

«Willst du, daß ich zurückfahre und ... Barbara suche?»

«Ja», sagte er und lehnte sich vor, «vielen Dank.»

Als sie das Auto wendete, wußte Bettina, daß niemand sie verstehen würde: umzukehren, um nach der Frau zu suchen, mit der ihr Mann gern schlief. Aber niemand hätte je verstanden, daß Bettina für diese Abmachung *alles* geopfert hätte. Niemand hatte ihren Ehrgeiz verstehen können. Ihr glotzäugiger Vater nicht, ihr träger Ehemann nicht, nicht einmal Joel hatte verstanden, was es für sie bedeutete. Und später würde sie auch nie jemand verstehen. Niemand würde wissen, wie wichtig es ihr gewesen war. Keiner sah eine Werbeanzeige so an, wie sie es tat, und keiner von ihnen hatte so funkelnde Vorstellungen vom Kapitalismus wie sie, für das, was sie liebevoll New York nannte.

Natürlich wäre es ihr lieber gewesen, nicht diese Komplikationen mit Harrys Mädchen zu haben, aber das war nur ein kleines Detail, daher machte es ihr nichts aus, sich auch um sie zu kümmern. Sie hatte beschlossen, nicht eifersüchtig zu sein, und wenn sie so etwas beschloß, dann hatte sie auch die Kraft, sich daran zu halten. Sie konnte ganze Teile des Gehirns isolieren und in Gedanken ganze Organe amputieren, falls sie dadurch bekam, was sie sich wünschte.

Sie hatte beschlossen, weder mit Harry noch mit Joel zu schlafen. Sie hatte beschlossen, daß sie es gar nicht nötig hatte, mit irgend jemandem zu schlafen. Sie wollte Harry nicht, weil es jetzt unmöglich war, und Joel nicht, weil er zu mittelmäßig war, um in Betracht zu kommen, und auch sonst niemanden, weil das Leben viel zu kompliziert werden würde, sie nur behindern würde. Folglich hatte sie sich abgekapselt, und es ließ sich schon an der Art, wie sie Harry küßte, erkennen, und sogar in der Art, wie sie ging: die Zeichen des Zölibats, subtil, zerbrechlich, würden sich den Leuten zu erkennen geben, die ihr die Hand schüttelten oder ihr auf der Straße begegneten.

Es machte ihr nichts, das Mädchen zu suchen. Was nicht heißen soll, daß sie völlig frei gewesen wäre von Eifersucht oder das sie nicht verletzt war von Harrys Zorn und Verärgerung. Aber während sie die mit Fabriken gesäumten Straßen auf- und abfuhr, während Harry reihenweise Arbeiter fragte, die ihre Brote auf dem Bürgersteig verspeisten, war sie so gründlich wie möglich. Am Ende konnte sie es sich jedoch nicht verkneifen, den Vorschlag zu machen, daß man die Suche aufgeben und nach Hause fahren sollte. Und zwar nicht, weil sie gefürchtet hätte, Honey Barbara doch noch zu finden, oder etwa, weil ihr langweilig gewesen wäre.

Sie wollte Harry nur so schnell wie möglich ihre Entwürfe zeigen.

TEIL FÜNF

Betrunken in der Palm Avenue

Das Haus war in Unordnung. Harry hatte es immer gern gehabt, wenn alles gepflegt war: das Gras gemäht, die Fußböden gebohnert, die Zeitschriften in ihrem Ständer, aber heute war er froh, daß es anders aussah. Wenigstens gab es äußere Zeichen der Veränderung. Auf dem Fußboden im Wohnzimmer lag eine Matratze (Joel – er will nicht nach Hause gehen) und eine andere im ersten Stock, gegen die Wand gelehnt (ein Freund von Lucy). Überall waren leere Dosen, und vor dem Haus stand ein uralter Cadillac mit zerbeulter Heckflosse, mit dem Lucy rummacht (sie soll ihn wegschaffen). Hinter dem Haus wucherte Unkraut (man mußte den Gärtner rauswerfen), und Bettina strahlte.

Sie war eine Karrierefrau.

«Du mußt dir meine Anzeigen ansehen», sagte sie. «Du mußt dir unbedingt meine Anzeigen ansehen.»

«Wo soll ich schlafen?» fragte er und sah sich in dem mit Laken übersäten Wohnzimmer um.

«Du bekommst dein altes Zimmer.»

«Und was ist mit dir?»

«Keine Sorge, keine Sorge, das geht schon in Ordnung. Komm, Harry, sieh dir meine Anzeigen an.»

Er setzte sich an den Tisch, das Herz war ihm schwer bei dem Gedanken an Honey Barbara, während seine Frau dicht beim Kamin stand und ihm an die vierzig Anzeigenlayouts für Zeitschriften präsentierte.

Ein Layout ist noch nichts Endgültiges. Es ist, technisch gesehen, ein Entwurf. Es ist die Art Entwurf, die angefertigt wird, wenn ein Kunde keine Phantasie hat, oder, was häufiger vorkommt, wenn derjenige, der die Anzeige macht, so sehr in sie verliebt ist, daß er den Entwurf nicht als rohe Skizze herzeigen möchte, und alles tut, um sie als vollendet hinzustellen, «vorläufige» Fotos und Farbdrucke anfertigen läßt, den Titelsatz in Auftrag gibt und für den Text bereits die richtige Schrifttype (wenn nicht gar den exakten Wortlaut) verwendet, alles sorgfältig aufklebt, um den Anschein von Endgültigkeit zu wecken. Und über das Ganze wird Cellophan gelegt, so daß der Entwurf, weiß gerahmt, auf dicker Pappe, mit seinem glänzenden Überzug, für seinen Schöpfer etwas Wertvolleres sein wird als jemals später.

Aber wie Bettina sagte, als sie Harry ihre Arbeiten vorlegte: «Das sind nur Rohentwürfe.»

Harry vergaß für einen Moment seinen Schmerz und fragte: «Wer hat die gemacht?»

«Ich hab sie gemacht. Das hab ich dir doch gesagt.»

«Ich meine, von wem ist die künstlerische Idee?»

«Ich hab alles alleine gemacht. Ich habe den Text gemacht. Ich hab das Layout gemacht. Ich hab die Schrift bestellt.»

Harry sagte eine lange Zeit nichts und rieb sich den Schnurrbart.

Bettina stand am andern Ende des Tisches und hielt eine Anzeige hoch.

«Du hast alles alleine gemacht?»

«Ja», sagte sie.

«Oh, Bettina», sagte er, «es tut mir leid. Es tut mir ja so leid.»

Seit Jahren hatte sie von diesem Augenblick geträumt, aber als sie jetzt den Schmerz und die Reue in der Stimme ihres Mannes hörte, erschrak sie. Es war, als würde der Freund eines Toten zu der Witwe des Toten sprechen.

Sie brauchte ihn nicht zu fragen, warum es ihm leid tat. Er hatte verdammt recht, wenn es ihm leid tat. Aber es war erschreckend. Und peinlich. Sie konnte ihm nicht in die Augen sehen. Sie hatte Angst, daß er seine Schwäche zeigen und zu weinen anfangen würde. Aber das war nur richtig, *sollte* er ruhig weinen wegen all der vergeudeten Jahre, in denen er nicht hatte auf sie hören wollen.

Ihr tat es nicht leid um die Jahre. Sie wußte sie zu schätzen. Sie schätzte die Stärke, die sie ihr gegeben hatten. Wenn sie all die Jahre mit ihm gearbeitet hätte, wären ihre Fähigkeiten wahrscheinlich abgestumpft, wäre ihr Perfektionismus von Pragmatismus übertüncht worden. Es gab keine besseren Lehrmeister als die Jahresbücher der Werbung, die sie studierte, keinen härteren Kritiker als sie selbst. Wenn sie mit ihm zusammengearbeitet hätte, wäre sie gut gewesen. Aber jetzt war sie nicht nur gut: Sie war hervorragend.

«Es braucht dir nicht leid zu tun», sagte sie. Sie gab ihm kalten, blanken Trost, ein steifgestärktes Taschentuch für seine Tränen. Und außerdem wollte sie nicht, daß seine Augen von Tränen oder Reue und Gerede über die Vergangenheit verhangen waren. Sie wollte, daß sich nichts zwischen seine Augen und die Kristallklarheit der Anzeigenbilder drängte. Es gab nichts über die Vergangenheit zu diskutieren, nur über die Zukunft.

«Es tut mir wirklich leid», sagte er langsam.

«Es braucht dir nicht leid zu tun.» Sie stellte drei auf Pappe aufgezogene Bilder auf den Kaminsims. «Sind das tolle Anzeigen oder sind das keine tollen Anzeigen?»

Sie arrangierte sie in einem magischen Kreis um ihn herum an, auf der Couch, auf Stühlen, entlang der Fußleiste. Sie beabsichtigte nicht, daraus ein Ritual zu machen. Sie war nur praktisch. Er stand in der Mitte des Kreises und putzte sich die Nase.

Was er in diesen Anzeigen sah, in ihren schimmernden Spiegelungen, war die Möglichkeit von Sicherheit. Mit Anzeigen wie diesen konnte man eine Menge Geld machen. Man könnte reich und, in begrenztem Rahmen, sogar berühmt werden. Man würde unleugbar Harry Joy sein, und es gäbe niemanden, der es einem wegnehmen könnte. Niemand würde einem Hemden oder Anzüge oder Schuhe stehlen. Wenn jemand versuchen sollte, einem eine Therapie aufzuzwingen, könnte man ihm Geld geben. Das Prinzip war so einfach, daß es ihn entzückte.

Keinen Augenblick lang, keinen einzigen, vergaß er Honey Barbara. Er würde sie finden. Er würde sie hier herbringen. Sie würde auch in Sicherheit sein. Es gab hier so viele Seidenhemden, so viele Anzüge.

«Wann kommen sie raus?» fragte er Bettina.

«Sie wurden abgelehnt. Wir konnten sie nicht verkaufen.»

«Wir?»

«Joel, ich», sie war noch immer leicht verletzlich wie ein Amateur. «Wir.»

Die Schwachköpfe konnten sie nicht verkaufen. Andere Idioten konnten sie nicht kaufen. Er (Geld plus Zorn ist gleich Erfolg) würde sie verkaufen. Er, Harry Joy.

Aus dem Nichts heraus, aus keinem besonderen Grund, hatte er eine Erektion, die an seinem Bein nach oben drückte, und er schob sie in seiner Hose zurecht und lächelte Bettina heimlich an. Er wollte sie vögeln, ihr Leben feiern, ihre Macht, ihre Freude an der Freiheit, an der Berühmtheit, am Reichtum, an der Sicherheit, ohne jede Therapie, alles und jedes, aus dem vollen Leben heraus.

«Ich werde sie für dich verkaufen, Bettina. Es sind herrliche Anzeigen.» Er wußte, wie er hier überleben konnte. Er stand auf, um sie in die Arme zu schließen, um ihr zu verzeihen, um sie verzeihen zu lassen, um ihr zu gratulieren, um seinen harten Schwanz gegen ihren kleinen Bauch zu pressen.

Aber sie ließ es zu der Umarmung von Fremden werden: nichts als spitze Kanten, Knochen und steife, harte Lippen.

«Danke», sagte sie.

Honey Barbara hätte diese Zeremonie verstanden: der mächtige Kreis der Werbung, der ihn in sich einschloß.

Wären die Nachbarn fähig gewesen, die Anzeigen mit den gleichen Augen zu sehen wie Bettina, dann hätten sie sich keineswegs gewundert. Sie wußten, daß in Nummer 25 der Palm Avenue irgendwie etwas Dekadentes vor sich ging, und das einzige sichere Anzeichen dafür, das sie zu Gesicht bekamen, war dieser große abgewrackte Cadillac, der inmitten des einst so ordentlich gemähten Rasens parkte. Um diesen Cadillac hatten sie Lucy und ihren neuen Freund mit Schraubenschlüsseln und elektrischen Bohrern herumtanzen sehen, aber das nahmen sie nicht so sehr als Problem hin, sondern eher als ein Symbol.

Es war ein ehrenhafter Vorort, in dem die Leute ihren Alkohol in besonderen kleinen Kartons heimbrachten. Und nur das Aneinanderklicken der Flaschen beim Betreten ihres Gartens verriet sie. Die Kinder, die paar, die es gab, hatten alle saubere Fingernägel, und in vielen Häusern wurden noch Tischgebete gesprochen.

Wenn sie an diesem Abend um halb sieben vielleicht in Haus Nummer 25 gestolpert wären und den Ofen unangezündet vorgefunden hätten, den Kamin voller kalter Asche, mit nur zwei angeschalteten Lampen in diesem großen leeren Raum, in dem Harry und Bettina (ein Verrückter und seine Frau) auf diese cellophanbedeckten Anzeigenmodelle starrten, hätten sie deren schwarze magische Kräfte vielleicht *erahnen* können, aber sie hätten sie nicht erkannt. Wenige Menschen auf der Welt erkannten, um was es ging, vielleicht fünfzig in England, achtzig in Amerika. Die meisten Leute, die Anzeigen entwarfen, um damit ihren Unterhalt zu verdienen, hatten keine Ahnung. Selbst Harry erkannte nicht, was Bettina erkannte: daß sich das komplexe Ganze aus einer Einbeziehung von Produkt, Markt, Wettbewerb, Angebot und Vorstellung ergab, eine wirre, überquellende, sich windende Masse von Würmern, gebändigt und destilliert und in die klarste Form gebracht, die, nach Bettinas Geschmack, aus einer großen bildlichen Darstellung und einer einzigen Druckzeile am unteren Rand bestand.

Aber die Nachbarn konnten diese Zauberkraft nicht erkennen, noch konnten sie verstehen, was diese Werbeanzeigen für Bettina bedeuteten, die als Apotheose ihrer Bemühungen nach etwas unerträglich Perfektem suchte wie zum Beispiel die englischen Benson and Hedges-Anzeigen, die, gegen alle Maßnahmen der Regierung, eine völlig neue Sprache, ohne Worte, nur mit Bildern, hervorgebracht hatten.

Während die englische Gesellschaft allmählich auseinanderfiel, hatte sie diese wunderbaren Blumen hervorgebracht, die mitten im Schutt wuchsen. Aber Bettina hatte den Schutt nie gesehen, nur diese Blumen, so exotisch wie etwas, das aus einer Rousseauschen Landschaft gestohlen war.

Bettina wußte, wie man Anzeigen sehen mußte, seit sie als Billy McPhees Tochter in ihrem vibrierenden kleinen Zimmer über dem Luftkompressor gewohnt hatte, der sich während der langen heißen Nachmittage an- und ausschaltete. Und schon damals hatte sie gewußt, daß sie eines Tages Karriere machen würde, und an diesem Nachmittag, um halb sieben, konnte sie sich das Lächeln, das über ihr Gesicht zog, nicht verkneifen. Um ihre Augen bildeten sich kleine Fältchen, und ihr großer Mund konnte nicht aufhören zu zucken. Selbst Joel konnte mit seinem Eintreffen nicht den Glanz ihres Glücks beeinträchtigen. Der arme Mann hatte keine Ahnung von Werbung, und der Mißerfolg hatte ihm übel mitgespielt. Er tat ihr leid. Es war ihre Schuld, ihr schlechtes Urteilsvermögen, das ihn kleingekriegt hatte. Sie hatte ihm eine Chance gegeben, die er nicht hatte nutzen können. Bettina war erstaunt, wie leicht zerbrechlich die Stützen waren, an denen sich manche Persönlichkeiten festklammerten, winzige Zweige, eine schwache Hoffnung, fast eine Einbildung, kaum stark genug, sollte man meinen, um das ganze Gebäude zusammenzuhalten, bis einer diese Stütze herausriß und damit alles zusammenstürzen ließ.

«Harry.»

«Joel.»

Sie beobachtete sie, um eventuelle Feindseligkeiten festzustellen. Sie sah das Glitzern in Harrys Augen, nur ein winziges Zucken. Sie konnte nicht wissen, daß Harry Joels Hand fast mit schmerzhafter Gemeinheit drückte, daher verstand sie auch nicht, was das rote «Oh» des Erstaunens, das von Joels fleischigen Lippen kam, zu bedeuten hatte.

«Du siehst gut aus, Harry.»

«Du auch.»

«Der Aufenthalt in der Klinik scheint dir nicht geschadet zu haben.»

«Hat mir gutgetan.»

«Fühlst du dich besser?»

«Ja, viel besser.»

«Das ist gut.»

Aber inmitten dieses unbeholfenen Wortwechsels bemerkte Harry Joels ruinierten Anzug. Er hatte immer die Sorgfalt bewundert, die Joel auf seine Anzüge verwendete. Joel hatte einen ausgezeichneten Schneider, trug immer den konservativsten Schnitt und benutzte nur das feinste Material. Seine Anzüge waren wie seine Geschäftskarte, und die Leute, die sich noch nicht recht sicher waren, konnten ihm schließlich doch irgendwie aufgrund seiner Anzüge trauen. Für einen Mann, dem guter Geschmack nicht in die Wiege gelegt war, bedeuteten seine Anzüge eine Sensation.

Harry hatte sich gebückt. «Um Himmels willen, was hast du mit deinem Anzug gemacht?» Der verbrannte Stoff zerkrümelte zwischen seinen tastenden Fingern. Es war reine Wolle, und doch hatte er gebrannt, das eine Hosenbein bis oben, der eine Ärmel und quer über der einen Brustseite. Es war ein dunkler Stoff, sonst hätte er es sofort bemerkt.

«Es ist nichts, gar nichts.» Joel schüttelte den Kopf. «Komm, steh auf. Erzähl mir, was es bei dir Neues gibt.» Und er ging hinüber zum Tisch und zog sich einen Stuhl heran, indem er eine von Bettinas Layouts auf die Seite stellte, um sich Platz zu schaffen.

Bettina zuckte zusammen. Sie zuckte aus Scham zusammen, nicht wegen Joel, sondern ihrer selbst wegen. Sie wußte von seiner Verbrennung. Sie kannte keine Einzelheiten, aber sie verstand. Es war, als hätte man sie beauftragt, sich um die Katze von jemand anderem zu kümmern, und die wäre überfahren oder von Ratten angefallen worden. Sie hatte sich Joel gegenüber nicht gut verhalten.

«Was ist passiert, Schätzchen?» fragte sie leise.

Harry hörte das Wort und sah, wie gern Joel Bettina hatte. Er betrachtete sie aus seinen kleinen Augen, als bete er sie an. Sein fleischiges Gesicht hellte sich auf, als er mit ihr redete. «Ach», sagte er schroff, «es ist nichts.» Ganz offensichtlich war aber doch «etwas» los, und Harry überredete ihn gegen seinen eigenen Willen, die Geschichte zu erzählen. Er befürchtete, daß Joel in einem zu guten Licht dastehen würde.

Harry stellte eine andere Anzeige beiseite und setzte sich ihm gegenüber, und Bettina tat, wenn auch ein wenig zögernd, dasselbe.

«Also», sagte Joel, steckte sich eine Zigarette an, zog einen Aschenbecher näher zu sich, bot Harry eine Zigarette an, machte die Packung zu und stellte sie fein säuberlich neben den Aschenbecher. «Ich ging gerade in der Nähe des Büros über die Straße, Harry (wirklich es ist nichts, du brauchst dir keine Sorgen zu machen), und da kam dieses kleine Kind, das muß so ungefähr drei gewesen sein, aus diesem großen braunen Appartementblock rausgelaufen, und ein alter Mann – der, den man öfter den Bürgersteig fegen sieht – na ja, so alt ist er auch noch nicht, ein bißchen älter als du – kam raus, und die eine Frau...»

Er machte eine Pause, um an seiner Zigarette zu ziehen, und Harry bemerkte, daß Bettina unbehaglich auf ihrem Stuhl hin und her rückte. Sie warf ihm einen Blick zu. Er wußte nicht, warum. Er sah wieder Joel an.

«...die hatte so einen Plastikeimer, und sie schüttete den Eimer voller... ich dachte, es wäre Wasser, aber das war gar keins... über das kleine Kind. Fragst du nicht, warum?»

Er starrte Harry herausfordernd an.

«Warum?»

«Ich *weiß* nicht, warum», sagte Joel. «Das ist ja das Schreckliche, aber sie tat es, und der alte Mann fängt an, irgendwas auf Griechisch zu brüllen. Wahrscheinlich hat er gesagt, daß es Benzin ist... es ist Benzin. Er raste rüber, um das Kind hochzuheben, und weißt du, er muß vergessen haben, er hatte doch...»

Joel hielt die Zigarette hoch.

Harry schlug mit der Hand auf den Tisch. «Nein.»

«Ja. Die Zigarette. In seinem Mund. Sie gingen beide in die Luft.»

«Scheiße.»

«Gingen in Flammen auf.»

Harry schüttelte den Kopf und drückte die Augen zu, um das Bild auszulöschen.

«Aber es ist nichts weiter passiert», sagte Joel, «denn ich hab mich über die beiden geworfen und die Flammen erstickt.»

Es entstand eine Pause. Harry starrte seinen Geschäftspartner an.

Er hörte Bettinas Stimme sagen: «Joel, das ist doch totaler Scheiß, den du da erzählst.»

Er sah, wie Joel nach unten auf den Tisch blickte.

Er sah Bettina an, die Joel anstarrte.

«Joel?» sagte sie.

«Na schön», sagte er, «dann ist es eben Scheiß. Du brauchtest nicht zu sagen, daß es Scheiß ist. Ich weiß ja selbst, daß es Scheiß ist. Aber Harry wußte es nicht.»

Harry stand auf, um sich den Anzug noch mal genauer anzusehen. Er war wirklich verbrannt. Diese schöne reine englische Wolle war verbrannt. Unter der verbrannten Wolle konnte er Joels rotes Fleisch sehen.

«Du hast dich verbrannt», sagte er.

«Na und, verdammt? Wen interessiert das schon?» sagte Joel.

Harry hörte Schritte und Laufen, und plötzlich wurde er umarmt.

«Daddy.» Es war Lucy, die sich an ihn klammerte, sich entschuldigte, weil sie ihn nicht besucht hatte. Sie roch wie ihr Großvater, der verstorbene Billy McPhee. «Willkommen zu Hause, Daddy.»

Joel zog seinen verbrannten Anzug aus und ließ ihn auf den Boden fallen. Er sah müde und entmutigt aus, ein Künstler, der eine mißlungene Leinwand abschabt.

«Mach, daß du rauskommst», brüllte Bettina Lucy an. «Raus. Ich kann diesen verdammten Benzingeruch nicht ausstehen.»

«Das ist mein Vater», sagte Lucy zu einem jungen Mann mit braunen Zähnen und einem eingefallenen Gesicht, der einen ölverschmierten Overall trug. «Kenneth McLaren, das ist mein Vater Harry.»

«Mr. Joy», sagte Ken.

«Raus», sagte Bettina und sammelte ihre kostbaren Werbeplakate ein und rettete sie vor dieser Verunreinigung. «Raus mit euch.»

Joel saß in Unterhosen auf der Matratze und rieb sich seine Verbrennungen mit antiseptischer Salbe ein. Es wurde kalt. Er gab Lucy seinen Anzug.

«Den kannst du als Lumpen verwenden», sagte er. «Zu was anderem taugt er nicht mehr.»

«Danke, Joel», sagte Lucy.

«Bring den Anzug her.» Bettina ließ einen Stoß Anzeigenentwürfe auf den Boden fallen und lief quer durchs Zimmer, um ihrer Tochter das dunkle Wollbündel aus den schmutzigen Händen zu reißen. Sie stand in der Mitte des Zimmers und glättete den Anzug an ihrem Körper. Sie legte die Hosen sorgfältig über eine Stuhllehne und hängte die Jacke über eine andere.

Sie ging hinüber zu Joel und setzte sich neben ihn auf seine Matratze. «Also», sagte sie, «jetzt laß mal sehen, was du mit dir angestellt hast.»

Harry wußte nicht, was er fühlen sollte. Es war wie nach einem Krieg: alles zertrümmert, trotzdem gehen die Leute mit einem gewissen Optimismus ihrem gewohnten Leben nach. Er stieg die Treppe hinauf in sein Zimmer und fand seine Anzüge und Hemden. Er zog sich um, ohne zu duschen, und als er wieder nach unten kam, saß seine Frau auf dem Fußboden im Wohnzimmer und rieb den nackten, glänzenden Körper seines Partners mit schmerzlindernder Salbe ein, na ja – nicht direkt nackt –, seine witzigen kleinen Unterhosen spannten sich unten um seine molligen Hüften, und sein verbrannter Körper glänzte ölig.

Harry strich über den Kragen seines Seidenhemds und wunderte sich über die Fülle und Abwechslung des Lebens in der Hölle.

Bettina fand Joel, wie sie Harry später erklärte, nicht mehr sexuell anziehend. (Es schmerzte Harry, daß sie es je getan hatte.)

Joel war nicht mehr bewundernswert, und nur Bewunderung (sie nannte es Liebe) weckte in ihr das Bedürfnis, mit jemandem zu schlafen. Es war eine kalte, glitzernde Art von Emotion, diese Bewunderung, und wurde unweigerlich von dem unangenehmen Geschmack des Selbstzweifels und der Unterlegenheit genährt. Ihr ganzes Leben lang hatte sie sich darüber Sorgen gemacht, kalt zu sein. Sie hatte für ihre Kinder nie gefühlt, was eine Mutter eigentlich fühlen sollte. Sie war an dieser Kälte verzweifelt und machte sich deswegen Vorwürfe, während sie gleichzeitig andere Mütter (buchstäblich) haßte, die ihre mütterlichen Qualitäten allzu offen zur Schau stellten.

Aber jetzt liebte sie Joel, auch wenn sie dieses Wort nie benutzt und es heftig abgestritten hätte, wäre es von jemand behauptet worden. Sie hatte erst begonnen, ihn zu lieben, als er sich als Versager entpuppte, und dann wurde er für sie, wenigstens glaubte sie das, sexuell uninteressant. Und erst, als er endgültig zusammenbrach, als er mit diesen dummen, gefährlichen, bizarren Dingen anfing, um ihren Respekt zu erlangen, begann sie ihn tatsächlich zu lieben.

Sie war für ihn verantwortlich. Sie hatte ihn zu weit getrieben, jetzt würde sie sich um ihn kümmern müssen.

Sie rieb die schmerzlindernde Salbe auf seinen Rücken. Die Verbrennungen waren nicht allzu schlimm.

«Ach, Betty, du hältst mich für einen Trottel.»

«Du übertreibst es, Baby.» Rein physisch waren sie sich ähnlich, stämmig, von bäuerlicher Ader.

«Du hättest nicht zu sagen brauchen, daß es Scheiß war.»

«Nein, nein, ich weiß. Es tut mir leid.»

«Scheiß-Anzug. Noch dazu mein bester.»

«Macht nichts, macht nichts.»

Harry sah zu und spürte Eifersucht. Eine Art Eifersucht, wie sie ein Mann auf ein Kind verspüren kann, das gestillt wird. Er saß allein am Tisch und konnte das Gefühl klar und deutlich erkennen, und wußte auch genau, was es zu bedeuten hatte.

Als David Joy um acht Uhr mit zwei Big Macs zu Hause ankam, saß sein Vater am Kamin. Der Anblick von Joels wabbligem Körper, der zu Harrys Füßen ausgestreckt dalag, war ein so widerlicher und schrecklicher Eindruck für ihn, wie es in seinen heftigsten Alpträumen nicht schlimmer hätte sein können. Es war Davids Schuld, daß Palm Avenue so geworden war. Das kam, weil er Geld dafür gezahlt hatte, seinen Vater einsperren zu lassen.

Und doch hatte er im Hinblick auf seine Untat widersprüchliche Gefühle, einerseits bereute er sie, aber andererseits war er auch stolz darauf. Er wollte gestehen, wollte Vergebung, wollte gezüchtigt, bewundert, verstanden werden, Mitgefühl ernten, alles auf einmal. Er wollte, daß sein Vater sah, wie erwachsen er war, daß er ihm aber auch vergeben sollte, wie es nur ein Vater konnte.

Er war auch gleich, im ersten Augenblick, wegen Harrys mangelnder Begeisterung bei der Begrüßung gekränkt.

«Welcher gehört mir?» fragte sein Vater und ging zum Küchentisch.

«Beide», sagte er, obgleich er einen für sich selbst gekauft hatte. Er war am Verhungern.

David hatte das Gefühl, als würde sein Vater ihn mißtrauisch mustern. Sicher war jedoch, daß er die Box mit den Big Macs voller Mißtrauen öffnete. Aber jetzt hob er den Hamburger an den Mund, biß hinein und, «Großer Gott!», spuckte Halbgekautes über den ganzen Tisch.

Er war verrückter als je zuvor. Er stand da, mit halb vollem Mund, und rang sich ein Lächeln ab.

«Es ist vergiftet. Fast hätte ich es gegessen.» Harry versuchte zu erklären. Aber wie konnte er seinem Sohn sagen, daß er an Honey Barbara gedacht hatte.

«Aber das war ich nicht.»

«Es ist nicht deine Schuld.»

«Ich habe es nicht vergiftet», schrie David, mit diesem düsteren, verletzten Ausdruck im Gesicht.

«Ich hab ja nicht gesagt, daß du es getan hast», schrie Harry zurück und brach in Lachen aus.

«Aber das würde ich doch nicht tun», kreischte David. «Verstehst du denn nicht? Nie wieder tu ich dir was. Es tut mir leid. Es tut mir leid.»

Joel machte die Tür zu.

Es war nach dem Krieg. Es war eine merkwürdige Zeit. Die Leute waren mit den Nerven herunter. Harry stand da und umarmte seinen Sohn, der hemmungslos an seiner Brust weinte.

«Oh Gott», sagte er. Das war kein Akteur. Das war sein Sohn, der sich vor Schmerzen wand. Er konnte die Schmerzen genau so stark fühlen wie all die anderen Verletzungen, denen er in Mrs. Daltons Krankenhaus begegnet war. Und er wußte, daß in seinem Sohn etwas bohrte, wie Glasscherben so scharf, und ihm weh tat, nicht wie ein Schnitt in den Finger eines kleinen Jungen, sondern wie eine große, klaffende Wunde. «Ich habe nicht angenommen, daß du mich vergiften willst», sagte er.

«Das war ich nicht. Das war ich nicht.»

«Nein, nein, ich weiß.»

Die ganze Welt schien voll von Verwundeten.

«Ich hab dich aus dem Weg geräumt. Ich hab dich einsperren lassen. Ich war es.»

Harry hörte ihm zu und glaubte es ihm, aber das spielte jetzt keine Rolle mehr. Es gehörte zum Wesen der Hölle, daß Gefangene dazu gebracht wurden, sich gegenseitig weh zu tun.

«Es ist nicht wichtig», sagte er, «es macht mir nichts. Ich habe dir vergeben.»

Aber diese Vergebung war David irgendwie zu freigebig, er hatte sich etwas Stärkeres vorgestellt. Sein Vater unterschätzte ihn. Er würde nie auf die Idee kommen, keine Sekunde lang, daß sein Sohn 5000 Dollar seines eigenen Geldes dafür ausgegeben hatte, Risiken eingegangen war, geschäftstüchtiger gewesen war als Joel. Sein Vater kannte ihn nicht.

«Also, erzähl mir was», sagte Harry, «von diesem Job.»

«Du bist enttäuscht?»

«Nein, überhaupt nicht.» Und es stimmte. Er war sogar froh, daß sein Sohn kein Arzt werden würde. Die Ärzte in der Hölle verrichteten Teufelswerk. Es gefiel ihm, daß sein Sohn einen gutsitzenden Anzug trug und daß er imstande war, eine kastanienbraune Krawatte auszusuchen und sie zu einem sanft-blauen Hemd zu tragen. Ihm gefiel die Art und Weise, wie sein Sohn ein Weinglas hielt, und daß er die Flasche beim Einschenken, wie jetzt, in der Hand drehte, damit sie nicht tropfte, wenn er sie hinstellte. Sein Sohn war gefühlsbetont, voller Schmerzen, aber wahrscheinlich war das eine gute Sache, und es schien ehrenhafter, so wie Nurse zu sein, als so wie Mrs. Dalton.

David wußte nicht, wie er es anfangen sollte, ihm von dem Job zu erzählen. Wenn man es nur von einer Seite betrachtete, sah dieser Job nicht gerade hinreißend aus. Die Vorstellung eines Vertreterjobs für die Hughe Poker Machine Company löste wahrscheinlich bei keinem helle Bewunderung aus. Zu seiner Arbeit gehörte es, im Auto in den Vorstädten herumzufahren und zu lernen, wie man trinkt, ohne betrunken zu werden. Aber sie bedeutete auch einen Fuß in der Tür der da Silva-Organisation zu haben. Man hatte ihm angedeutet, daß er für größere Dinge vorgemerkt wäre, und er kam überhaupt nicht auf die Idee, daß sie darunter eine Ausbildung verstanden, die die Führung der legitimen Geschäfte der Organisation betraf. Jedenfalls bis jetzt nicht.

Es war das Große, von dem er reden wollte, das unklare, verheißungsvolle Land seiner Zukunft, wo er keine Angst mehr haben würde, wo Südamerika war, New York, breite Flüsse, eine Zukunft, so schwindelerregend und verschlungen wie das Muster auf einem persischen Teppich. Und in seinem magischen Muster trat jetzt ein neues

Element auf, ein neues Glühen, die Schattierung einer goldenen Farbe, die sich über alles ergoß, die ihren Ursprung in dem Helden eines Buchs hatte, das er halb durchgelesen hatte und nie zu Ende lesen würde. Es interessierte ihn nicht, was mit Jay Gatsby geschah. Ihn interessierte nur, daß Jay Gatsby existierte. Und all seinen Träumen von der Zukunft hatte er dieses Element beigefügt, diesen Gatsby mit seinem großen Haus, einsam, wie er des nachts über die Bucht hinübersah zu der Insel East Egg und zu der Frau, die er liebte. In seinem Traum jedoch, in seinem rosigsten, empfindlichsten Winkel, da war es nicht eine Frau auf der anderen Seite des Wassers: da war es Harry Joy.

«Also, erzähle», sagte Harry noch einmal, «erzähl mir von dem großartigen Job. Stellen sie dir ein Auto zur Verfügung?»

Zu seinem eigenen unendlichem Verdruß erzählte David ihm alles über das Auto. Er erzählte ihm von all den langweiligen, allseits bekannten alltäglichen Dingen des Autos in allen Einzelheiten. Er beschrieb sogar die verdammte Polsterung. Und er sprach von seinem Gehalt, seinem Chef, den Maschinen, die er verkaufte.

«Wunderbar», sagte Harry, «wunderbar.»

Es fiel schwer, ihm nicht übelzunehmen, daß er die banalsten Dinge so aufregend fand. Das war nichts, auf das man stolz sein konnte. Das war ein Auto. Ein verdammter Ford. Das waren Dinge, die man scheußlich finden sollte, Grund genug, ihn aus dem Haus zu werfen. Kein Grund, still dazusitzen, zu lächeln und mit dem Kopf zu nicken.

Das war Dreckskram, Mist, grobe Vertuschung.

Und doch redeten sie zwei Stunden lang über diesen verdammten Job, tranken zwei Flaschen Wein, und nun, fast am Grund der zweiten Flasche, schwankte David, ob er es ihm erzählen sollte.

«Na, ja», sagte Harry. Er gähnte und lehnte sich zurück.

Noch war es nicht zu spät.

«Ich glaube, ich sollte jetzt ins Bett gehen.»

«Okay», sagte David und ballte die Fäuste, «dann gute Nacht.»

Und saß mit all den alten Träumen von Vance Joy allein da, die zu einem so billigen Schnickschnack geworden waren, daß man sich denken könnte, er würde sie in Bälde von selbst ablegen. Aber er wird sie nicht ablegen (diese zerrupften Teddybären), und am Ende werden sie ihn zum Espreso de Sol und bis hinauf nach Bogotá führen, zu einem Job als Kellner, zu einer Frau namens Anna, zu dem roten Dodge-Laster seines Schwagers, zu der unwahrscheinlichen Tätigkeit eines Lastwagenfahrers, die er voller Verachtung annehmen wird, seiner Verachtung durch das Tragen eines makellos weißen Anzugs Ausdruck verleihend, wenn er über die schlammigen Bergstraßen von Bogotá kurvt.

Ohne es selbst zu wissen wurde er zu der romantischen Figur, die er immer hatte sein wollen, jemand, der mit einem Spazierstock unter dem Arm durch eine von Vances Geschichten stolzierte.

Auf der Straße mit den wackligen Lastwagen und den armseligen Städten wirkte seine perfekte Sauberkeit fast wie ein Wunder.

«Was wird», fragte man sich, «wenn er mal 'n Platten hat?»

«Er hatte noch nie einen.»

In seinem Lastwagen hingen keine Heiligenfiguren. Sie kamen, um nachzusehen. Vielleicht war er Kommunist. Eines Tages kamen in der Stadt Armenia plötzlich zwei Nonnen auf ihn zu und bekreuzigten sich.

Dann führte eines Abends in der Regenzeit die lange Reihe von Geschichten, die er sich so arglos ausgedacht hatte, einen Besucher an seine Tür. Seine Frau, gerade im sechsten Monat, lag im Bett und schlief, und er empfing den Besucher allein.

Der Mann an seiner Tür war klein und dunkel, ein Mann mit einem so dunklen Bartschatten, daß er David sofort leid tat, und den er, hätte er ihn in einem Restaurant empfangen, an einen der hinteren Tische, mit dem Rücken zum Fenster, gesetzt hätte. Der Mann hatte ein drollig aussehendes langes Kinn, eine kleine runde Brille mit Drahtgestell, die auf einer fast semitischen Nase saß, und sehr kurzgeschnittene Haare. Er hatte breite Schultern, die er aber mit Bescheidenheit zu tragen wußte.

Er wollte sein Anliegen nicht an der Tür vorbringen und brachte David mit Hilfe einer merkwürdigen Mischung aus Willensstärke und Unterwürfigkeit dazu, ihn hereinzubitten. Sie setzten sich in die Küche. Ein Bier lehnte er ab, nahm aber einen Kaffee, hielt mit klobigen Händen die kleine Tasse und hatte eine dünne Stimme.

David Joy stellte fest, daß man ihn darum bat, Waffen in die Berge zu schmuggeln. So deutlich wurde es allerdings nicht ausgedrückt. Das Thema wurde eingekreist, angetippt, wieder aufgegriffen, und am Ende bestand gar kein Zweifel, daß es sich bei der sperrigen, verpackten, ungenannten Sache, um die sich ihre Unterhaltung drehte, um genau das handelte.

Er nahm gegenüber dem Mann eine überlegene Haltung an, aber aus irgendeinem Grund gelang es ihm nicht, sie beizubehalten. Selbst die schulterzuckende Unterwürfigkeit seines Besuchers wirkte zugleich arrogant.

War er ein Spion? Ein Provokateur?

«Warum kommen Sie ausgerechnet zu mir?»

«Ist das Ihr Laster, der unten steht? Tragen Sie einen weißen Anzug?»

«Ja.»

«Wir haben kein Geld.» Der Mann sagte es leise, als könnte es ein Kompliment sein, ein Anreiz, ein Vorteil. Es war lächerlich.

«Ich bin Geschäftsmann. Ich arbeite nur für Geld.»

Der Mann lächelte und zuckte mit den Schultern. «Wir haben kein Geld.»

«Ich arbeite für Geld.»

Er senkte den Kopf. «Wir haben keins.» Und lächelte.

«Sie wollen, daß ich umsonst arbeite?»

«Wir dachten, Sie würden uns nicht im Stich lassen.»

«Aber wer bin ich denn? Warum fragen Sie ausgerechnet mich?»

«Sie sind *el Hombre en el Traje Blanco* – der Mann mit dem weißen Anzug.»

«Ich bin Geschäftsmann», wiederholte er verzweifelt. «Ich bin nur an Geld interessiert.»

«Aber wir haben kein Geld, wissen Sie», sagte der Mann.

«Aber es ist gefährlich. Es ist illegal.»

«Natürlich», er lächelte, als würde er sich über sich selbst lustig machen, duckte den Kopf und zog die Augenbrauen hoch.

«Sie haben kein Geld?»

«Wir haben kein Geld.»

«Vielleicht sind Sie ein Spion. Ein Polizist.»

«Wenn ich ein Spion wäre, hätte ich Ihnen Geld angeboten. Ein Spion würde von niemandem erwarten, es umsonst zu tun. Von diesen Dingen verstehen die nichts.»

«Aber ich verstehe sie?»

«Ja. Natürlich.»

«Aber ich bin ein Geschäftsmann», sagte er zum letztenmal.

Als er dem Ansinnen zugestimmt hatte, ging der Mann, und ihm fiel ein, daß er nicht einmal seinen Namen wußte.

In jener Nacht konnte er nicht schlafen. Er warf und wälzte sich im Bett herum, und Anna wurde wütend und schimpfte ihn in einer Sprache aus, die er nicht verstand. Er stand auf und ging ins Wohnzimmer und sah sich im Spiegel an. Er erkannte den erstaunlichen Widerspruch zwischen seiner äußeren Erscheinung und den Realitäten seines Lebens. Er sah phantastisch aus, interessant, fast exotisch, aber angesichts der hier ansässigen Gangsterbanden hatte er sich nicht dazu entschließen können, eine gefährlichere Tätigkeit als die eines Kellners auszuüben. Es hatte keine Flüsse zum Überqueren gegeben, und wenn die Blitze rund um die Hügel fuhren, brachten sie nur Feuchtigkeit und eine häßliche schwammartige Flechte auf dem Rücken seiner schönen Frau zum Vorschein.

Jetzt erregte ihn der Gedanke, daß ihn jemand, aufgrund eines Mißverständnisses, für mutig halten könnte.

Kurz vor Beginn seiner Geschichte, in Bogotá, setzte er noch einen letzten Brief an Harry Joy auf.

Lieber Daddy, begann er.

Es war nicht derselbe staksige Gang wie bei Stadtfrauen, die, auch wenn sie keine hohen Absätze tragen, immer gehen, als wären ihre Knöchel mit kurzen, unsichtbaren Seidenschärpen zusammengebunden.

Bei Honey Barbara war es ein Schreiten.

Sie hatte einen Gang wie Frauen, die einen Fluß überqueren können, auf einem umgestürzten Baumstamm, fünf Meter über dem Wasser, und es ohne Zögern und scheinbar ohne Nachdenken tun. Sie ging wie jemand, der unbefestigte Wege gewohnt ist. Die Pfiffe der Straßenarbeiter berührten sie nicht. Sie schwang sich ihr safrangelbes Bündel über die Schulter und schritt die Straße entlang, und wer sie ansah, hielt sie für hochmütig: Mit gestrecktem Rücken, hoch erhobenem Kopf, schwingenden Armen. Aber sie war nicht hochmütig, sie ging einfach nur ihres Wegs.

Laufen half am besten, wenn man verletzt war. Es war besser als Dope und besser als Essen. Es war besser als Ficken und besser als Schlafen. Man brauchte seinen Kopf nur von allem leer zu machen, so daß er innen wie ein leerer irdener Topf war, und was immer passierte, man hielt ihn leer. Man hütete seine Leere mit Augen und Ohren, und man blieb nicht einmal stehen, um zu überlegen, wohin man ging. Auf diese Weise kam man immer an den richtigen Ort.

Sie schritt durch Straßen, die von Höfen für Gebrauchtwagen begrenzt waren, und durch andere mit Lagerhallen. Sie wanderte durch Warenhäuser, über einen Fischmarkt und durch die breiten, reichen Straßen am Fuße des Sugar Loaf. Sie ging ziemlich schnell, bestimmt sechs Meilen die Stunde. So gelangte sie durch die alten Kiesstraßen an der Hinterseite des Sugar Loaf weiter nach oben, wo die teuren Häuser aufhörten und wo die Pleite eines berühmten Städteplaners halbfertige Häuser und Häuserblocks ohne Kanalisation, mit hohen Disteln bewachsen und von Prunkwinde erstickt, zurückgelassen hatte.

Ihre Füße fühlten sich wohl auf dem Schotter. Der Schotter war wie der Regen auf dem Dach, sie konnte ihn fühlen, war aber bemüht, nicht darüber nachzudenken, wußte auch, daß sie den Sugar Loaf hinaufstieg. Sie hatte es von Anfang an gewußt. Aber sie gab sich Mühe, es nicht zu wissen. Sie stemmte ihre Muskeln gegen den Berg und fühlte die Schmerzen. Ihre Füße waren weich. Nicht weich im Vergleich zu den Straßenarbeitern, zum Beispiel, sondern weich im Vergleich zu ihrem normalen Zustand. Die großen Flächen mit Hornhaut an ihren Füßen waren während ihres Aufenthalts in der Stadt weiß und schwammig geworden. Es waren große Füße, aber gut proportioniert, mit hohem Spann und gewölbten Fersen. Sei taten schon etwas weh, aber es waren keine richtigen Schmerzen, nicht die Schmerzen, die sie wirklich fühlte.

Macht unsre Bücher billiger! …

...forderte Tucholsky einst, 1932, in einem «Avis an meinen Verleger». Die Forderung ist inzwischen eingelöst.

Man spart viel Geld beim Kauf von Taschenbüchern. Und wird das Eingesparte gut gespart, dann zahlt die Bank oder Sparkasse den weiteren Bucherwerb: Für die Jahreszinsen eines einzigen 100-Mark-Pfandbriefs kann man sich ein Taschenbuch kaufen.

Sie trug ihr Bündel über den Rücken geschwungen. In ihrem Bündel waren eine Decke, ein Wecker, ein Paar weite Hosen, zwei T-Shirts, ein alter Pullover und ein gesondertes, mit Packpapier umwickeltes Päckchen mit ihren ganzen Nuttenkleidern.

Weiter brauchte sie nichts. Sie brauchte nicht darüber nachzudenken, wo sie hinging, wo sie schlafen würde. Sie stieg den Küstenhang hinauf, mit jedem Schritt etwa fünfzehn Zentimeter, immer ein wenig höher, bis über die Mangroven hinaus, hoch über den großen braunen mißhandelten Fluß und die blaufunkelnde Bucht, ging durch namenlose Straßen am Sugar Loaf, wo die Arbeitslosen, die Hippies, die Junkies und sogar die ehrbaren Armen inmitten des Geruchs von unkanalisierten Abflüssen, halb vergrabenem Kot, liegengelassem Müll, Geißblatt und rotem Jasmin lebten. Überall wuchsen wilde Bananenstauden und bildeten richtige Dschungel. Im Gras lagen grüne Müllbeutel aus Plastik, aus denen der Inhalt herausquoll. Prunkwinde rankte sich über verrostete Autos.

Früher einmal hatte es hier Betten gegeben, in denen sie willkommen gewesen war, aber heute waren die Hütten entweder ganz verschwunden oder leer oder von Fremden bewohnt, die sie mißtrauisch beäugten. Sie hatte sowieso nicht nach ihnen gesucht. Sie hatte nach niemandem gesucht. Sie ging nur immer weiter, ihr Kopf wunschlos, leer wie ein irdener Topf.

Sie schritt über eine Koppel mit hohem Gras, überquerte die vordere Seite eines kleinen steilen Abhangs, der vom Sickerwasser feucht war, fand eine neue Straße und begann, wieder bergab zu gehen. Sie atmete ruhig, aber ihre Augen waren verkniffen.

Weiter unten, wo der Asphalt begann, setzte sie sich auf den Boden. Sie betrachtete ihre Füße: sie waren aufgeschürft, aber nicht besonders schlimm. Ihre Beine taten ihr weh, aber das begrüßte sie nur. Der wirkliche Schmerz saß an anderer Stelle, und sie wußte nicht, wie sie damit fertig werden sollte.

Sie ging drei Meilen bis zum Zen-Inn und bestellte sich einen Luzernen-Tee. Und obgleich sie sich im Zen-Inn beruhigt und zu Hause fühlen konnte, gelang es ihr nicht. Sie war gereizt und nervös, dabei hätte sie entspannt sein sollen. Es waren ihre Leute. Sie hatten eine saubere Haut und klare Augen. Wenn sie einen Fick oder einfach nur Wärme gewollt hätte, dann war dies hier der richtige Ort, aber es half nichts. Am liebsten hätte sie laut gestöhnt. Sie konnte nicht mal über ihre Probleme sprechen. Wie hätte auch nur irgend jemand verstehen können, daß sie einen Werbefachmann namens Harry Joy liebte.

Sie kaufte sich gebackenes Gemüse und aß es langsam. Sie zwang sich dazu, den Geschmack wahrzunehmen, dankbar zu sein, daß sie nicht mehr Scheiß essen mußte.

Als sie das Zen-Inn verließ, würde sie bestritten haben, daß sie einen Entschluß gefaßt hatte, aber nicht, daß in ihr ein Entschluß gereift war. Sie bestritt einfach nur, zu wissen, was in ihr vorging. Sie wollte nur, daß sich ihre Gedanken von selbst ordneten und sie ihnen folgen konnte.

Auf dem Hauptplatz fand sie eine Telefonzelle. Es gab nur einen Joy in der Palm Avenue, und sie merkte sich die Hausnummer.

Sie überquerte den Platz, als es gerade elf schlug. Sie stand vor einem riesigen verglasten Straßenplan und drehte zuerst beiläufig die Knöpfe, als sähe sie nur nach, welche Straßen die Stadt anzubieten hätte. Schließlich fand sie Palm Avenue: drei Meilen entfernt.

Sie ging nicht mit weit ausholenden Schritten, denn jetzt war es eine andere Art des Gehens. Ihre Schritte hatten etwas Schleppendes, nicht vor Müdigkeit, sondern weil sie ihr Ziel kannte und sich davor fürchtete. Autos fuhren neben ihr her und hupten, als wollten sie sie bis zu Bettina eskortieren.

Sie hielt nichts von Gras. Es war ein Gift wie jedes andere Gift, aber ohne Gras hätte sie keine Hure sein können, und ohne Gras hätten sie ihre Beine nicht bis in die Palm Avenue getragen. Sie sog den Stoff tief in ihre Lungen, fand, daß er sehr stark war. Im Park sprühte und glühte ihr Joint wie ein Leuchtfeuer.

Die Straßen, durch die sie danach ging, erinnerten sie an eine Reihe von Mausoleen, die sie mal auf einem Stadtfriedhof gesehen hatte, Reihe um Reihe von Bauten ohne jedes Leben. Sogar die Bäume schienen schwer und düster, und während ihre nackten Füße weich über den betonierten Bürgersteig glitten, hatte sie das Gefühl, als wäre sie der einzige lebende Mensch auf der Welt.

Schweren Herzens bog sie um die Ecke in die Palm Avenue. Sie hatte keinen Plan. Ein dunkles Haus nach dem andern lag in die negative

Beleuchtung der fluoreszierenden Straßenlampen getaucht da. Sie benötigte nicht erst Wilhelm Reich, um über tödliche Orgon-Strahlung belehrt zu werden. Vielleicht war er der Meister der Theorie, aber sie wußte, wie es sich in Wirklichkeit *anfühlte*. Sie geriet in Panik und wäre fast umgekehrt. Sie hätte nicht hier sein sollen. Sie hatte Herzklopfen. Sie hätte auf dem Weg zurück in den Norden sein sollen, auf schmutzigen Pfaden, hätte harte Hände und klare Augen haben sollen und jeden Morgen um fünf auf sein und die hohen Blüten in den alles überragenden Eukalyptus-Bäumen riechen sollen.

Sie stand vor Haus Nr. 25 der Palm Avenue. Nirgends ein Zeichen von Leben. Aber in der Auffahrt stand der Jaguar, und sie wußte, daß es dasselbe Auto war, in dem sie mitgefahren war, und daß Harry Joy im Haus lag und schlief.

Sie sah den Cadillac auf dem vorderen Rasen. Der paßte besser zu ihr, dachte sie. Sie kroch auf den Rücksitz und machte sich dort, eingehüllt in die gefährlichen Öl- und Benzindünste, mit ihrer einzigen Decke ein Bett zurecht. Sie stopfte sich ihre Hurenkleider unter den Kopf und stellte ihren Wecker auf vier Uhr früh. Dann lag sie da und starrte auf die Stelle, an der die Nacht am schwärzesten war.

Er war erschrocken, als er den säuerlichen, muffigen Geruch des Betts erkannte, das er früher mit Bettina geteilt hatte. Er hatte mit diesem Geruch gelebt und nie darüber nachgedacht. Dieser Geruch mußte ihm angenehm vorgekommen sein, und er mußte sich glücklich darin eingewickelt haben. Aber in dieser Nacht war er unerfreulich.

Er konnte nicht richtig liegen, und die Gedanken in seinem Kopf wollten nicht aufhören: Joels wabbliger Körper, sein verbrannter Anzug, Bettinas Werbeanzeigen, die Tränen seines Sohns, der fremde Freund von Lucy und – scharf, so schmerzhaft, daß er den Atem anhielt – Honey Barbara, wie sie aus dem Jaguar stieg.

Wie ein Karussell waren seine Gedanken, er versuchte, zu Schlüssen zu gelangen, seine Probleme und Gedanken offen darzulegen und sie kühl zu analysieren, einen Plan aufzustellen, sich ein Ziel zu stecken, an das er sich halten konnte.

Aber, wie es schien, hatte er nie an irgend etwas anderes geglaubt als an sein eigenes Wohlergehen, und allein diese Seidenhemden, die im Schrank hingen, genügten, um ihn von Honey Barbara fortzulocken.

Er konnte nicht schlafen. Er konnte nicht vor sich selbst fliehen. Er fand sich so nichtswürdig, so verächtlich, hohl, flach, einfach ohne jeden Wert. Gedanken an Selbstmord wirbelten durch seinen Kopf, aber er hielt sich nicht einmal mit ihnen auf. Jene unsichtbaren Götter würden ihn einfach zurückschicken auf eine weitere Runde.

Er rollte sich im Bett herum, verwickelte sich im Laken. In dem Zimmer auf der anderen Seite des Gangs konnte er seinen Sohn im Schlaf sprechen hören. Als er noch jünger war, hatte er immer Alpträume gehabt. Manchmal wandelte er im Schlaf durchs Haus und sprach im Gehen. «Ich war es nicht», erzählte er ihnen. «Ich war es nicht.» Sie hatten ihn nie gefragt, worum es sich handelte.

Er wußte genau, wie das Abkommen für Honey Barbara ausgesehen haben mußte. Und jetzt sah es für ihn selbst genauso aus. Er konnte nicht so tun, als wüßte er nichts. Er hatte die Krebskarte gesehen. Bösartig leuchtete sie vor seinem geistigen Auge auf. Er hatte beschlossen, sich um die Themen von Bettinas Anzeigen nicht zu kümmern, aber wie hätte er sie übersehen sollen? Er hatte das Abkommen mit Bettina getroffen, sagte er sich, um Honey Barbara aus dem Krankenhaus mitzunehmen. Aber warum hatte er sie dann nicht wegen des Abkommens um Rat gefragt?

Was würde er tun? Galt ein Versprechen wirklich alles? Hatte er Bettina nicht ein Versprechen gegeben? Und schuldete er ihr nicht auf jeden Fall irgendetwas, weil er sie in einem anderen Leben davon abgehalten hatte, Werbeanzeigen zu machen, als es noch eine harmlose Sache gewesen war?

Er schlief ein und träumte von grünen Ameisen.

Als er aufwachte, war es zehn Minuten vor drei. Er wußte, daß er Honey Barbara finden und die Stadt verlassen mußte. Er konnte hier nicht leben.

Als in der ersten Dämmerung um vier ein Hahn krähte, hörte es sich nicht wie ein richtiger Hahn an, sondern unheimlich, ein wenig verstümmelt, als wäre die obere Hälfte des Schreis abgeschnitten, eine elektrische Warnvorrichtung, die nicht richtig anlaufen wollte.

Wenn er in Palm Avenue blieb, wäre er vielleicht in Sicherheit. Wenn er Honey Barbara nicht fand, konnte er hier wenigstens allein auf sich aufpassen. Er stand auf und ging hinunter in die Küche, wo er Gewinne zu berechnen begann. Die großen runden Nullen begannen ihn zu besänftigen, ihm ein behagliches Gefühl zu vermitteln, wie das Rascheln von Seidenpapier, das um ein teures Geschenk gewickelt ist.

Als er (um zwanzig nach vier) auf die Veranda ging, dachte er über den Nutzen von Wohlhabenheit nach, brachte sie nicht länger mit Farben von Wein und der Qualität von Kristallgläsern in Verbindung. Er hatte sich nie gewünscht, reich zu sein. Er hatte die Notwendigkeit nie ganz eingesehen. Aber jetzt dachte er an hohe Ziegelwände, die sie um einen errichtete, an Käfige, Gitter, Glasscherben, an deutsche Schäferhunde, Alarmanlagen, Wachen und dergleichen. Das waren Dinge, die vielleicht notwendig waren.

Unter ihm stand Lucys Auto, mit seiner großartigen rokokohaften Form erinnerte es ihn an unschuldigere und optimistischere Tage. Der Wagen machte ihn neugierig, und er ging die Stufen hinunter, um ihn zu berühren. Er hatte bisher mit Lucy kaum etwas gesprochen. Er wußte nicht, was sie wollte oder warum sie es wollte. Er wußte nicht, wie man sie verletzen konnte, und wen sie verletzte. Alles, was er gesehen hatte, war, daß sie einen Traum mit sich herumtrug und daß das Auto ein Teil davon war.

Alle trugen einen Traum mit sich herum außer ihm. Er hatte keinen Traum. Er wollte nur Sicherheit. Warum war er so leer? Warum hatten alle anderen diese vielen Leidenschaften, und er nichts? In Gedanken strich er über das Auto.

Im Innern des Cadillacs rührte sich Honey Barbara in ihrem unruhigen Schlaf. Der Stoff hatte ihre Gedanken verschleiert, und sie war sich nicht ganz im klaren, was um sie herum vor sich ging. Sie wußte, daß jemand beim Auto war und vor sich hin murmelte. Sie konnte nicht erkennen, ob es ein Mann oder eine Frau war. Sie konnte nur die Gestalt sehen, und gelegentlich bewegte sie sich und ging in andere Gestalten über, Schwärze über Schwärze, die Gestalten von Hexen, in dauernder Verwandlung. Sie atmete die Benzindämpfe ein und war am ganzen Körper feucht vor Entsetzen.

«Merkwürdig», sagte Harry Joy laut, «sehr merkwürdig.»

Er sprach zu ihr. Er wußte, daß sie da drin war. Sie verstand ihn mit verwirrender Deutlichkeit, als er sagte: Es ist komisch, daß du da drin liegst und ich hier draußen stehe.

Er drehte sich auf dem Absatz um, und sie stieg aus dem Cadillac und folgte ihm ins Haus. Sie war ein bißchen mehr bekifft, als sie selber wußte.

Es gibt Momente, in denen die Lippen zu schlafen scheinen, in denen sie ihre Rolle als Künder des Glücks vergessen, wohingegen die Augen beinahe Funken sprühen, und dann sind nicht nur die Lippen, sondern jeder der Sinne ihnen in diesem, ihrem herrlichsten und glanzvollsten Moment zu Diensten.

Und so stand Honey Barbara um vier Uhr zweiunddreißig in der Früh unter seiner Tür.

Ihr Mund war rosig und weich vom Schlaf, als sie sich küßten, und um sie herum nahm alles eine weiche impressionistische Stimmung an, alles war in sanfte Pastelltöne getaucht, die die Formen verwischten, und selbst der weiße Kühlschrank, neben dem sie sich umarmten, wirkte so weich wie Perlmutt.

Auch als alte Frau mit runzliger Haut würde sich Honey Barbara noch an diesen Augenblick erinnern, an den Kühlschrank, und wie unendlich glücklich sie gewesen war, ihren Geliebten inmitten des feindlichen Lagers in den Armen zu halten, und wie weich seine Augen gewesen waren, wie die eines Tieres, eines Fohlens, so schmal und stark und zart, die sie tief bewegt angesehen hatten.

Er konnte nicht aufhören, sie zu streicheln. Er streichelte ihr Gesicht, ihre Arme, ihre Schultern. Sie wußte, daß es richtig gewesen war, zurückzukommen, weil auch sie ein Versprechen gegeben hatte.

(Er war bereit, es ihr zu sagen. Er hatte es beschlossen. In diesem Augenblick wäre er mit ihr fortgegangen, ohne jemandem Lebewohl zu sagen. Er wäre durch die Tür hinausgegangen und hätte diese Werbeplakate einfach liegen lassen, wo sie lagen, auf einem großen Haufen neben Joels Bett. Aber da begann Honey Barbara zu sprechen.)

«Ich bleibe drei Monate», sagte sie.

«Ich werde kochen», sagte sie, und vergrößerte damit noch ihre heilende Wirkung.

Harry dachte keinen Augenblick nach. Die Seidenhemden hatten gesiegt.

Später mußte Honey Barbara denken, wie naiv sie gewesen war. Zu glauben, daß sie ihn vor den Kräften um sie herum verteidigen könnte. Eingehüllt in die Gerüche von Tierfett, Baygon, Silicium, Fluorid, ranziger Butter, abgestandenem Bier, Zigarettenrauch, Asche und sogar Öl und Benzin, von fluoreszierendem Licht bombardiert, eingewickelt in aggressive rote Wände, hatte sie sich nicht einschüchtern lassen.

Dann nahm er sie kurz mit ins Wohnzimmer, um ihr die Werbeplakate zu zeigen, die zu verkaufen er versprochen hatte. Sie standen in einem langen Zimmer, in dem ein Mann mit batterienahrungsgemästeten Hüften auf einer Matratze am Boden schlief.

«Ihr Liebhaber?»

«Früher mal.»

Sie trugen die Plakate wieder in die Küche, wo er ihr zwischen den Big Mac-Resten einen Platz freimachte, während er ihr die Bilder zu erklären versuchte. Sie war schockiert. Sie wußte, daß diese Dinge eine magische Kraft über ihn besaßen, sie konnte sie spüren. Und doch glaubte sie, ihnen ebenbürtig zu sein. Sie war jung und stark und voller Vertrauen. Später fand sie, daß sie auch naiv gewesen war.

Sie legten die Anzeigen auf die Seite, blieben am Tisch sitzen und hielten sich bei den Händen, küßten sich, gestanden sich ihren Zorn und ihre Zweifel ein, oder jedenfalls, was Harry betraf, einen Teil davon.

In Honey Barbaras Vorstellung war Bettina eine Hexe: in Puder gehüllt, weich, weißhäutig, in Schwarz gekleidet. Und als sie dann um halb sieben in einem rosa Morgenrock mit verschwollenen Augen, dunkler Haut und rauher, verschlafener Stimme in die Küche kam, erkannte Honey Barbara sie nicht wieder und wußte nur, daß sie es war, weil sie es sein mußte. Ohne ihre hochhackigen Schuhe war sie auch viel kleiner, und sie kam in die Küche geschlurft und sah sofort, daß sie sich ihre Anzeigen angesehen hatten. Das schien ihr wichtiger zu sein als alles andere.

«Gefallen sie dir?» fragte sie. Honey Barbara bemerkte, wie empfindlich sie gegenüber Kritik sein würde.

«Sie sind sehr schön», log sie. Bettina war eine Hexe, aber sie tat ihr leid. Ihr Liebhaber war fett und schlief auf dem Fußboden. Ihr Ehemann hielt Händchen mit einer anderen Frau. Es tat ihr weh, das war offensichtlich: sie schluckte und wandte den Blick ab und machte sich an dem Geschirr im Abwasch zu schaffen.

Honey Barbara ging zu ihr und umarmte sie. Es war eine unbeholfene Umarmung, nicht nur weil Bettina erheblich kleiner war, aber sie wurde nicht zurückgewiesen.

«Ich würde gern für euch kochen.»

«Nein, nein, das ist nicht nötig.» Bettina drehte sich um und begann, im Abwaschbecken herumzustochern.

«Aber ich möchte es.»

«Das ist nicht nötig. Wir kommen schon zurecht.»

Barbara warf Harry einen verzweifelten Blick zu.

«Es ist eine andere Art kochen», sagte er.

Diese Enthüllung, seine intime und vertraute Kenntnis von Honey Barbaras Kochgewohnheiten, war für Bettina schmerzhafter als alles andere, was geschehen war. Sie füllte ein Glas mit Wasser, trank es halb aus und schüttete den Rest weg.

«Es ist gesund», sagte er.

«Wie schön», sagte sie. «Also, von mir aus.»

«Um wieviel Uhr eßt ihr zu Abend?»

«Um acht.»

«Gibt es etwas, was ihr nicht mögt?»

«Nein.»

Bettina ging hinaus und schlug die Tür hinter sich zu, und Honey Barbara ließ alle Prinzipien fahren und machte ihr Toast aus Weißbrot und starken Nescafé mit weißem Zucker und trug es ihr hinauf in ihr Zimmer, wo sie zitternd auf einem Einzelbett saß.

Als David Joy zum Frühstück herunterkam, stellte er fest, daß Harry und Bettina bereits fort waren und daß sich in der Küche eine hübsche junge Frau befand. Sie hatte alle verfügbaren Plastikmülleimer nebeneinander aufgereiht und räumte, so schnell sie konnte, die Schubladen aus. Brot, Zucker, Bohnenkonserven, Kaffeegläser, Corn-flakes, weißes Mehl, alles wurde ohne großes Zögern weggeworfen. Nur ein kleines ungeöffnetes Päckchen Trockenhefe schien ihrer Wut entgangen zu sein.

«Ich bin Barbara», sagte die junge Frau.

«David.»

«Ich bin eine Freundin deines Vaters.»

Er nickte düster.

«Möchtest du Frühstück?»

Er nickte noch mal und betrachtete schüchtern ihren festen Hintern, den die Morgensonne unter ihren weißen Pluderhosen aus Baumwolle enthüllte.

Sie ging ins Wohnzimmer und kam mit einem großen Kleiderbündel zurück. Sie holte vier kleine braune Papiertüten hervor, die unverarbeitete Kleie, Weizenkörner. Lezithin und Rosinen enthielten. Sie tat von jedem einen Teelöffel voll auf einen Teller, vermischte es, goß Milch darüber und reichte es David Joy, der auf der vordersten Kante seines Stuhls saß.

«Was soll das denn sein?»

Sie zeigte sich durch seine gekräuselten Lippen nicht beleidigt. Sie sagte es ihm.

«Wieso?» sagte er. «Ich esse sonst immer Corn-flakes morgens.»

«Ich koche hier jetzt», sagte Honey Barbara mit fester Stimme. «Ich werde euch heute ein gutes Brot backen, aber im Augenblick habe ich nichts anderes. Also iß. Du kannst davon gut aufs Klo. Es sind verdauungsfördernde Stoffe und Vitamine, damit sich die Muskeln deiner Eingeweide zusammenziehen. Das bringt deine Kacke auf Trab, warte nur.» Und sie lächelte.

David schob voller Abscheu seinen Teller weg. «Ich hab keinen Lust, über Kacke zu reden», sagte er, «und schon gar nicht mit einer *Frau*.»

Honey Barbara zuckte die Achseln und räumte weiter den Schrank aus.

«Hat er dich im Krankenhaus kennengelernt?»

«Na, klar.»

David ließ seine Schüssel auf dem Tisch stehen und ging nach oben, wo er Ken und Lucy, die, wenn Bettina im Haus war, eigentlich getrennte Betten benutzen sollten, zu überreden versuchte, mit ihm nach unten in die Küche zu kommen und eine Art Widerstand zu leisten.

Die Frau war verrückt. Er war von ihrer Verrücktheit schockiert, von ihrem Tick mit dem Kacken, von ihrer Verschwendungssucht, ihrem festen Hintern, ihren Schamhaaren. Alles an ihr war wild und ungebunden, und als er an ihr vorbeiging, hatte er geglaubt, ihre Geschlechtsorgane riechen zu können, und ihm war ganz schwach geworden. Alles, was mit Wahnsinn zu tun hatte, versetzte David in Angst und Schrecken. Und doch hatte er oft das Gefühl, daß er sich über ihn legte. Er spürte weiche Finger, die sich über die Außenwand seines Betonbunkers tasteten. Er konnte Gemurmel wahrnehmen, Flüstern, Blitze am unsichtbaren Himmel.

Er fühlte sich zur Mittelmäßigkeit hingezogen: er forderte sie heraus, benötigte sie, nahm sie hin. Man braucht sich nur seinen Anzug anzusehen, dieser konventionelle Schnitt, wie von einem ganz gewöhnlichen Buchhalter. War es eine Verkleidung, oder entsprach es der Wahrheit? Würde er zu schwach sein für die Blitze? Würde er zu zerbrechlich sein, mit Knochen wie Sperlingsflügel? Würde er einfach zerbrechen?

Er wollte diese verrückte Person da unten nicht hier haben, aber er konnte die beiden nicht überzeugen. Er sah, daß sie ihre Witze über ihn rissen, und er bedauerte es, Lucy je seine Träume erzählt zu haben. Er wirkte steif und förmlich in seinem Anzug, aber ob sie Ken je erzählt hatte, daß sie ihrem Bruder den Schwanz gelutscht und was rauskam runtergeschluckt hatte? Oder erzählte sie ihm einfach nur, er wäre ein Buchhalter, der gern unter die Banditen gehen wollte? Lagen sie deshalb da und grinsten nur vor sich hin?

Lucy und Ken waren an der verrückten Frau von Harry äußerst interessiert. Im selben Augenblick, in dem David das Haus verließ, liefen sie auch schon die Treppe hinunter und beobachteten sie, wie sie die Eßsachen in die Abfallkübel warf, als wäre es Gift, das man nicht anfassen durfte, geschweige denn konsumieren.

Sie stellten sich ihr vor und setzten sich an den Tisch, um ihr zuzusehen.

«David glaubt, du wärst verrückt», sagte Lucy. «Er sagt, du würdest über Scheiße reden wie von Essen, und über Essen wie von Scheiße.»

Es war ein aggressiver Anfang, aber Honey Barbara mochte sie. Außerdem ging ihr durch den Kopf: Lucy Joy war jemand, nicht jemand Berühmtes oder Einflußreiches oder gar besonders Begabtes, sondern eben einfach ein Jemand. Sie sah wie eine wilde Pflanze aus, etwas, das zu einem ganz bestimmten Zweck gezüchtet wurde und jetzt seiner eigenen süßen Wege geht. Honey Barbara nahm nicht einmal wahr, daß sie Übergewicht hatte und machte sich auch keine Gedanken darüber, daß das Weiß der Augen in diesem dunklen Gesicht ein wenig ins Gelbliche ging.

«Er sagt, für dich gäbe es da keinen Unterschied.»

«Entschuldigung», Honey Barbara zwang sich, den Blick von Lucys Gesicht zu nehmen, «was für einen Unterschied?»

«Zwischen Scheiße und Essen», sagte Ken. Er hatte ein spitzes Kentucky-Fried-Käppi auf, unter dem seine wilde Lockenpracht hervorsah und sich um zwei große koboldartige Ohren legte, von dem eines mit einem kleinen Ohrring verziert war.

Die beiden lächelten (wenn Ken lächelte, legte er eine Reihe kaputter Zähne bloß), und Honey Barbara mußte auch lächeln.

«Bei uns sind alle ein bißchen verrückt», sagte Lucy. «Ich werde dir einen Kräutertee kochen.»

«Du hast Kräutertee? Hier?»

«Hier und da gewesen», sagte Lucy, «dies und das getan!»

Es war lange her, ganze sechs Monate, seit Honey Barbara mit jemandem zusammen gewesen war, so jung wie Lucy, und sie wußte noch, was für Energie Fünfzehnjährige ausstrahlen konnten: wie frisch sie einem vorkamen, und so voller Vertrauen, und stark, aber auch, wie sehr sie einem auf die Nerven gehen konnten.

«Wieso sind hier alle verrückt?» Honey Barbara stellte fest, daß Ken den Tee kochte (während unter seiner klobigen Nase eine ebenso klobige selbstgedrehte Zigarette vor sich hinglimmte). Er schielte in das Päckchen, während Lucy weiterredete.

«Bettina ist verrückt, weil sie gern Amerikanerin wäre; Joel ist verrückt, weil er alles dransetzt, um Mitgefühl zu erringen; David ist verrückt, weil er gern mit Drogen dealen möchte; und Harry muß verrückt sein, weil er zugelassen hat, daß die andern ihn einsperren.»

Honey Barbara war entzückt. Sie zog sich einen Stuhl näher heran. «Und warum bist du verrückt?»

Ken stellte Tassen auf den Tisch und legte einen großen Beutel mit Stoff daneben.

«Wir sind verrückt, weil wir alles mögen.» Er lispelte und sagte «alleß». Das machte ihn für Honey Barbara nur noch sympathischer.

«Wir mögen dich, weil du diesen ganzen Kram da rausschmeißt», sagte Lucy, «und wir mögen David, weil du es ihm kräftig gegeben hast. Wir mögen alles. Wir mögen Kräutertee und Coca-Cola und Stoff. Es gibt nichts, was wir nicht mögen.»

Honey Barbara fand die beiden ziemlich dekadent, aber sie hatte sie trotzdem gern. Nicht einmal ihre ausgeprägte viktorianische Moral hatte etwas gegen sie einzuwenden. Was sie allerdings nicht wußte, und was sie ihr auch nie erzählten, war, daß sie sich in einer Phase der Erholung befanden. Sie taten das, wonach es jedem Parteimitglied in irgendeinem heimlichen Winkel seines oder ihres Herzens gelegentlich gelüsten mußte: sie hörten auf mit dem ewigen Analysieren, dem ewigen Taxieren, zum Teufel damit!

Im augenblicklichen Stadium wußten sie jedoch noch nicht, daß sie sich gerade erholten. «Hinterher», sagte Lucy, «wenn es aus ist mit der Welt, wird niemand wissen, wie schön alles gewesen ist.»

Honey Barbara schloß die Augen.

«So schlimm ist es gar nicht», sagte Ken.

«Wir haben Ende des zwanzigsten Jahrhunderts», sagte Lucy, «und wehren uns ganz bestimmt nicht dagegen. Genieße es. Es ist unglaublich. Die Sonnenuntergänge wären nie so schön, wenn nicht dieser ganze Scheiß in der Luft wäre. Dadurch werden die Lichtstrahlen gebrochen und die Sonnenuntergänge schöner.»

«Das hört sich ziemlich negativ an», sagte Honey Barbara. «Ihr solltet versuchen, es zu ändern.» Ein aufmerksamer Beobachter hätte aus Honey Barbaras Worten eine gewisse Gespreiztheit herausgehört.

«Dazu ist es zu spät», sagte Lucy.

«Mit Kräutertee?» sagte Ken.

«Wir sind die letzten», sagte Lucy. «Es ging schon immer aufs Ende zu. Wir sind die ersten Menschen, die ans Ende der Zeit gelangen.»

Ken rollte sich seinen Joint. Es war sein «Leitfaden der positiven Seiten des Weltuntergangs», ein ausschweifendes Opus auf losen Blättern, das Lucy auf ihren apokalyptischen Flug ins All geschickt hatte.

«Unser Cadillac macht pro Gallone zehn Meilen», sagte Lucy. «Spitze, was?»

«Wie könnt ihr nachts schlafen?» fragte Honey Barbara, die über Kens Spötteleien, die Welt mit Kräutertees zu ändern, keineswegs betroffen war.

«Wir ficken die ganze Zeit», erklärte Lucy grinsend, «bis wir nicht mehr können.»

Und da mußten sie alle drei lachen, und Honey Barbara nahm, obgleich sie sich eigentlich dagegen entschieden hatte, etwas von ihrem Stoff an.

«Hör mal», sagte Ken, «warum bist du verrückt? Warum behandelst du Essen wie Scheiße?»

Er hatte es nicht böse gemeint, aber er war bei Honey Barbara auf einen wunden Punkt gestoßen: Sie konnte es einfach nicht vertragen, wenn über das Essen Witze gerissen wurden. Sie teilte die Welt in Leute auf, die Scheiße aßen, und solche, die gute Nahrung zu sich nahmen.

«Dieses Essen da ist Scheiße», sagte sie, «und solange ich hier wohne, werden Harry und ich gutes Essen zu uns nehmen.»

«Und was glaubst du, was gutes Essen ist?» fragte Lucy und beugte sich über die verschränkten Arme nach vorn.

«Wenn du das nicht von alleine weißt, wie soll ich es dir da erklären.»

«Kein Salz? Kein Zucker? Kein Fleisch? Kein weißes Mehl und so?»

«Genau», sagte Honey Barbara und stand auf, um sich wieder mit dem Kühlschrank zu befassen.

«Hört sich ziemlich langweilig an, wenn du mich fragst», sagte Lucy. (Ken war damit beschäftigt, seinen Stoff zu bündeln.)

Honey Barbara leerte den Kühlschrank mit fünf schnellen Griffen, und nur der eisgekühlte Wecker fand Gnade vor ihrer Zerstörungswut.

«Komm wieder, wenn es Zeit zum Essen ist, du kleine Klugscheißerin», sagte sie zu Lucy, «dann werden wir ja sehen, wie sehr du dich langweilen mußt.»

Lucy angelte sich eine Dose Coca-Cola aus dem Mülleimer. «Ich komme», sagte sie.

Sie machte eine Suppe aus Spinat und Kartoffeln und Zwiebeln und würzte sie mit etwas Muskatnuß. Sie backte Kartoffeln in der Schale, Kürbis, Zwiebeln und gefüllte Pilze. Sie dünstete den Kohl mit Zwiebeln und Äpfeln und Knoblauch und schüttete (darauf bedacht, ihren ersten Job nicht wieder zu verlieren) etwas von dem Rotwein hinein, den sie im Schrank gefunden hatte. Als man sie später wegen des Weins fragte, leugnete sie alles ab.

Sie dämpfte die Zuckererbsen, die sie in einer großen Schüssel servieren wollte.

Dir werd ich's zeigen, von wegen langweilig.

Sie machte ihren berühmten Apfel- und Rhabarberauflauf mit Streusel und süßte ihn mit dem Rolls-Royce der Honige.

«Langweilig», sagte sie laut, wie eine Zauberformel hörte es sich an. Sie kochte Liebe und Bosheit in ihr Essen, die Süße des einen hob den bitteren Geschmack des anderen auf.

Sie legte 24 Meilen zu Fuß zurück, und als sie wieder zu Hause war, backte sie einen Laib schweres dunkles Brot. Sie backte es in einem Blumenkasten, den sie, ununterbrochen vor sich hinmurmelnd, hinten aus dem Garten gestohlen hatte, während vor dem Haus ein elektrischer Bohrer die Stahlhülle des Cadillac El Dorado durchbohrte.

Um halb acht duschte sie und wusch sich die Haare und legte einen Tupfer Sandelholzöl auf.

Sie waren alle im Eßzimmer versammelt, außer Joel, der ausgegangen war, um etwas zu erledigen. Ken und Lucy hatten sich ihr zuliebe die Hände gewaschen. Sie hatten sie mit Kernseife geschrubbt und sich mit der kleineren Klinge ihres Schweizer Armeemessers die eingerissenen Nägel gereinigt. Ken hatte sich sein zerbeultes Gesicht glattrasiert und mit einem Kamm versucht, durch seine verfilzten Haare zu kommen. Er zog ein weißes Hemd an und lieh sich sogar eine von Harrys Krawatten aus, mußte sich allerdings erst zeigen lassen, wie man sie band. Lucy hatte einen sauberen weißen Overall an. David überraschte alle mit einem exotischen Hemd und Gucci-Leinenschuhen. Er goß den Wein in die Gläser, aber erst, nachdem er seinem Vater einen Schluck zum Probieren gegeben hatte.

Seit dem gemeinsamen Familienessen (das weniger erfreulich geendet hatte als es begonnen worden war – die Ente fing Feuer, und David löschte es mit einem Feuerlöscher), hatte auf dem Tisch keine Decke mehr gelegen, und sogar Bettina, die ihre Schuhe von den schwitzenden Füßen gestreift hatte und ein Glas doppelten Scotch in der Hand hielt, schien entspannt und glücklich.

David verwickelte seinen Vater flüsternd in eine ernste Unterhaltung über argentinische Cowboys, ein Thema, über das er ausgesprochen gut Bescheid wußte, das er aber, wie es schien, außer mit Harry mit niemandem zu teilen gedachte.

«Laß uns doch auch mal hören», sagte Lucy von der anderen Seite des Zimmers.

Aber David achtete nicht auf sie, und Harry fand es sowieso schwierig, ihm zuzuhören. Er war viel zu sehr darum besorgt, daß alle Honey Barbara gern hatten, die sich von all dem nicht stören ließ und mit ernstem Gesicht, durchgedrücktem Rücken, mit nassen, flach an den Kopf gedrückten Haaren hin und her ging, auf dem Tisch Gegenstände zurechtrückte und alle Angebote, ihr in der Küche zu helfen, ablehnte, als könnte, wie Lucy Ken zuflüsterte, die Reinheit ihrer Speisen darunter leiden.

Auf dem Tisch standen in kleinen Krügen Ringelblumen und eine kleine Glasschüssel mit Wasser, in dem Jasminblüten schwammen. Das Vollkornbrot lag auf einem großen Talgholzbrett, das sie von einer Baustelle gestohlen hatte, und rings um den Tisch hatte sie, als eine Art Friedensangebot, in Eierbechern Meersalz aufgestellt.

Bettina sah Honey Barbara nicht ungern in der Küche hantieren. In einem unbeobachteten Augenblick, als das Mädchen gerade nicht im Zimmer war, schlug sie Harry vor, bisexuell zu werden und sich auch noch einen Chauffeur zu nehmen. Ihr Witz wurde nicht besonders gut aufgenommen, und sie hob ihr Glas, um für sich allein auf den Tod des Humors zu trinken. Ihr gefiel die verträumte Art nicht, auf die Harry Honey Barbara mit den Blicken verfolgte, deshalb setzte sie sich lieber so hin, daß sie es nicht mitansehen mußte.

Die Art und Weise, wie der Tisch gedeckt war, gefiel ihr gut. Es war irgendwie naiv, hatte aber Stil.

Der Scotch war Bettinas erster Drink an diesem Tag, und sie ließ ihn ganz hinten in der Kehle verdunsten. Sie fühlte sich ausgezeichnet. Sie hatte sich den ganzen Tag ausgezeichnet gefühlt, auf eine feste, harte, schonungslose Art, wie eine gut gestimmte Gitarrensaite. Das Gefühl hatte begonnen, als sie Harry in die neuen Büros brachte: billiger Lagerraum unten am Fluß, den sie und Joel an langen Abenden, auf hohen Leitern balancierend, persönlich gestrichen hatten, bis ihr der Rücken weh tat und der arme Joel, der neben ihr schwitzte, die darauffolgenden Tage mit rosa gefleckten Haaren zur Arbeit gehen mußte. Die Schreibtische hatte sie für acht Dollar das Stück aus Armeerestbeständen gekauft, und sie hatte sie alle selbst mit Sandpapier abgescheuert und eingeölt. Den Fußboden hatten sie mit schwarzen Pirelli-Fliesen ausgelegt und die Wände rosa und die Fensterrahmen indischrot gestrichen. Die Lampen waren Second hand – cremefarbene Kugeln, die in regelmäßigen Abständen an der Decke angebracht waren – und sogar die Sofas waren aus einem Trödellager und mit Stoffresten in einem üppigen Beige neu bezogen.

Es war ihre erste geschäftliche Entscheidung gewesen. Sie hatte die alten Büros mit ihrer teuren gediegenen Ausstattung und all den Möbeln weitervermietet und einen beträchtlichen Gewinn herausgeschlagen. Der Profit aus der alten Miete reichte aus, um die gesamten Unkosten für dieses neue Büro zu tragen.

Und in diesen stilvollen, eleganten Raum wurde Harry von ihr geführt und auf den Drehsessel hinter seinem Schreibtisch aus Armeerestbeständen gesetzt. Er beklagte sich, als er Möbelpolitur-Flecken auf seinem Anzug bemerkte, aber bereits um drei Uhr am Nachmittag desselben Tages hatte er seinen ersten Werbefeldzug an den Mann gebracht und verkauft, und dabei legte er eine derartige Vitalität, eine derartige Schärfe, eine derartige Aggressivität an den Tag, wie sie es noch nie zuvor an ihm bemerkt hatte.

Folgendes: ein Farbposter, etwa 70 cm lang und 20 breit. Fast die gesamte Länge des Posters wird von dem Foto eines Streichholzes, sehr groß, ausgefüllt. Darunter in Franklin-Gothic-Lettern folgender Wortlaut: *Ihr gesamtes Brennholz für den Winter*, und darunter der Schriftzug: Mobil LP Gas.

Und das alles nur für kleine Läden auf dem Land, damit es dort an der Wand hing, mit Fliegendreck übersät und von irgendwelchen Idioten beglotzt. Aber wenn man ihn sich hier ansieht, wie er dasteht, an die rosa Wand gelehnt, unter der durchsichtigen Folie: ein Gegenstand von

außerordentlicher Schönheit, der dazu bestimmt ist, einen Platz in der New Yorker One Show einzunehmen, und zwar mit folgenden Angaben:
Text: Bettina Joy
künstlerische Gestaltung: Bettina Joy
Typographie: Bettina Joy
Agentur: Day, Kerlewis & Joy
Auftraggeber: Mobil

Der Auftraggeber hatte nicht mehr verlangt als etwas Billiges, nichts besonders Schönes, um die Vertreter auf dem Land zu besänftigen, die sich über mangelnde Werbung beklagten. Um dieses unverfälschte Kunstwerk, das an der rosa Wand lehnte, hatte er nicht gebeten. Sein Druck würde fünfmal soviel kosten, und es bestand überhaupt kein Grund, Extragelder auszugeben, außer, daß der verdammte Poster so phantastisch gut war.

Es war kein leichter Verkauf für Harry Joy. Der Kunde hatte den Poster bereits zweimal abgelehnt, und nun bekam er ihn ein drittes Mal vorgesetzt, und er rückte bereits in seinem Sessel unruhig hin und her und verschränkte die Arme vor der Brust und legte sie wieder auf die Lehnen und klopfte mit dem Bleistift auf die Tischplatte, während Harry seinen ganzen Charme aufbot, den feinen Kerl herauskehrte, und listig vorpreschte, bis er Wirkung zeitigte und der Kunde einsah (tja, so ausgedrückt – warum haben Sie das nicht gleich gesagt?), wieso und warum der Poster so und auf keinen Fall anders zu sein hatte.

Bettina, die dieser Vorstellung beiwohnte, hatte zweierlei Gefühle. Sie mußte sein Geschick anerkennen, obwohl sie dies Geschick gleichzeitig als seicht und unangenehm empfand, und sie bewunderte ihn nicht wirklich dafür. Es war eine Kunst, etwa wie die Kunst, von Geburt schön zu sein, mit anderen Worten, überhaupt keine Kunst. Sie hatte ihn noch nie bei der Arbeit beobachtet, und so konnte sie nicht ermessen, welch enormen Einfluß die Hölle auf seine Technik genommen hatte. Es war aus und vorbei mit dem träumerisch-trägen Harry Joy, dem Sagen-Sie-mir-was-Sie-wollen-und-ich-werde-es-für-Sie-tun-Pragmatiker. An seine Stelle war ein Mann getreten, der von dem Gefühl besessen war, nicht versagen zu dürfen, eine listige, ein wenig zornige Persönlichkeit, die ihre Aggressionen unter dem natürlichen Mantel seines Charmes verbarg.

Bettina haßte all die Jahre, in denen er sie unterdrückt hatte, und haßte die Tatsache, daß er ihren Triumph nun teilen sollte. Aber Widerwille war für sie nichts Neues, und dieser Widerwille war im Prinzip so unbedeutend, daß sie ihn hinnahm, genauso wie sie die Auspuffgase in der Luft hinnahm. Sie war glücklich. Sie saß für sich allein da und wärmte sich an ihrem Scotch und ihrem Triumph.

«Sollen wir auf Joel warten?»

David fragte in dem speziellen, unverschämten Ton, den er immer anzuschlagen pflegte, wenn es um Joel ging.

«Nein», sagte sie, «wir fangen schon an.»

Joel war es gewesen, der auf Leitern herumgeklettert war und kistenweise Fliesen drei Stockwerke hochgeschleppt hatte, der bis drei Uhr früh auf einem hohen Brett gestanden und Wände angestrichen hatte. Wer sonst würde das für sie getan haben? Wer sonst, was das betraf, kümmerte sich überhaupt um sie?

Honey Barbara saß neben Harry. Bettina beobachtete sie und wußte, daß sich ihre Beine unter dem Tisch berührten. Sie war zu verkrampft, um die Suppe zu kosten. Jeder konnte sehen, daß sie sich unter dem Tisch berühten, und sein blödes verträumtes Gesicht wirkte geradezu lächerlich. Ganz offensichtlich waren auch die andern peinlich berührt. Warum sonst würden sie übers Essen reden? Warum sonst würde sich wohl jemand über eine Suppe unterhalten? Sie nahmen die Suppe auseinander, als handelte es sich um ein Puzzle für Kinder, zerlegten sie in ihre Bestandteile und redeten darüber.

Die Frau war eine Spinnerin.

Sie erklärte, daß sie sechs Meilen gegangen wäre, um von jemandem Spinat zu holen, der nicht gespritzt war, du lieber Himmel. Bettina freute sich, daß Lucy sie gründlich verarschte.

«Und demineralisiertes Wasser?» sagte Lucy zu Honey Barbara. «Du meinst wohl destilliertes Wasser, mit nichts außer dem Wasser drin?»

«Ja.»

«Trotzdem kriegst du auch Krebs», grinste Lucy, «wie wir alle.»

«Halt den Mund», sagte Bettina. Einmal im Jahr ließ sie sich von

Kopf bis Fuß auf Krebs untersuchen. Die Termine fielen automatisch an. Eine Woche vorher erhielt sie einen Bescheid, und für den Rest des Jahres dachte sie nicht weiter darüber nach.

Es herrschte Schweigen. Jeder dachte an Krebs.

«Dein Essen schmeckt mir», sagte Lucy zu Honey Barbara, «und es ist überhaupt nicht langweilig.»

«Danke.»

«Es ist sehr gut», sagte Ken. «Ich hab mal bei einer Dame gewohnt, die genauso 'ne Suppe gekocht hat, aber die hier ist viel besser, und die von der war schon gut.»

Für Ken war das eine sehr lange Rede, und vielleicht hätte sie sogar noch länger gedauert, wenn Joel nicht gekommen wäre und ziemlich viel Aufhebens gemacht wurde, daß er auch ja seine Suppe und seinen Platz gegenüber von Bettina bekam.

Er setzte sich, und auf seinem Gesicht breitete sich ein ruhiges, strahlendes Lächeln aus.

«Joel...» sagte Bettina.

Joel strahlte. Manchmal, dachte Harry, sieht er aus wie ein rosiger kleiner Frosch.

«Alles in Ordnung mit dir, Joel?»

Oder wie das Wachsbild von einem Buddha, einem Marzipanbuddha, dachte Harry, während er seinem Juniorpartner zunickte.

«Danke, es geht», sagte Joel zu Bettina.

Lucy sah ihn scharf an, ihre dunklen Augen zogen sich zusammen, und Ken hielt seinen Suppenlöffel in der Luft, als wartete er darauf, daß etwas passierte. David musterte Joel mit kritischem Blick. Nur Honey Barbara, die damit beschäftigt war, für ihn einen sauberen Suppenteller aufzutreiben, achtete nicht auf ihn.

«Was ist passiert?» fragte David.

«Nichts, Davey.»

Joel begann seine Suppe zu löffeln, und die anderen gaben es auf und beschäftigten sich wieder mit anderen Dingen. In der Regel war es in der Palm Avenue immer so, daß sich leicht zwei Leute fanden, die in einer Sache einer Meinung waren, aber nie drei, so daß es, egal, worum es gerade ging, stets genügend Stoff für Diskussionen gab und manchmal auch für einen Streit.

Niemand achtete darauf, ob Joel und Bettina miteinander redeten, ob sie ihn ausfragte und ob Joel, zögernd vielleicht, sein Geheimnis preisgab. Sie waren alle damit beschäftigt, über demineralisiertes Wasser und das häufige Auftreten von Nierensteinen zu sprechen (die, wie Honey Barbara behauptete, durch den derzeit üblichen übermäßigen Genuß von Mineralwasser verursacht wurden und durch den hohen Natriumgehalt, der vor allem durch die übertriebene Einnahme von Salz zustande kam), als sie Bettina kreischen hörten.

Es ist durchaus möglich, daß sie Joel keine Fragen gestellt hatte. Es ist sogar wahrscheinlich, daß er, als sich die anderen dem Problem Minieralwasser widmeten, nur ein trauriges, resigniertes Hundelächeln aufgesetzt und seine Anzugjacke geöffnet hatte, damit Bettina es sehen konnte. Das Lächeln war wahrscheinlich irgendwie entschuldigend gewesen, als täte es ihm leid, daß er schon wieder Ärger machte, aber offensichtlich mußte etwas geschehen.

Denn: mitten aus seinem blutverschmierten Hemd ragte, genau rechtwinklig, ein Taschenmesser mit Perlmuttgriff heraus.

«Du Idiot», schrie Bettina, «du verdammter Idiot.»

«Keine Angst, die kommen nicht noch mal zurück», erklärte Joel. «Dafür hab ich gesorgt.»

Honey Barbara starrte sie mit offenem Mund an.

«Kein Grund zur Aufregung», sagte Lucy zu ihr, «so was treibt er andauernd.» Aber ihre Stimme hörte sich nicht gleichgültig an.

«Das ist alles deine Schuld», schrie Bettina Harry an. «Du spielst dich auf wie so 'n Rock-'n'-Roll-Star, stolzierst im Büro auf und ab und denkst nicht eine Sekunde darüber nach, wie ihm wohl zumute sein mag...»

Sie wollte nicht, daß eine Ambulanz gerufen wurde. Ken und David hoben ihn hoch und trugen ihn zum Jaguar. Bettina bestand darauf, ihn allein ins Krankenhaus zu fahren.

Honey Barbara wußte, daß sie über Harry herfallen würden. Sie saß da und wartete. Sie nahmen sich Zeit. Sie machten ihr weiter Komplimente über ihre Kochkünste, und sie wartete.

Bettina war eine mächtige Hexe.

«Armer Joel», sagte Lucy.

«Eins muß man ihm lassen, er arbeitet schwer», sagte Ken.

«Was hast du mit ihm gemacht?» fragte David Harry.

«Nichts habe ich gemacht», sagte Harry.

Honey Barbara beobachtete, aber was hier geschah, war schlimmer, als sie es sich je hätte vorstellen können. Sie wußte nicht, daß Harry sein ganzes Leben lang eine geschützte Spezies gewesen war. So wie jetzt war er noch nie angegangen worden. Noch nie war er wegen irgend etwas zur Rechenschaft gezogen worden.

Aber so war das nun mal in der Palm Avenue, solange sie alle dort lebten, sie zwickten sich nicht nur gegenseitig wie Goldfische im überfüllten Wassertank, wenn das auch völlig normal gewesen wäre, sondern sie diskutierten, schrien, lachten, spien, schlugen zu, schlugen zurück, alles zu laut, zu spät, zu verletzend. Es herrschte eine gereizte, übelgelaunte, erregte Stimmung, als stünden sie nur eine Lüge oder eine Idee weit vor irgendeiner großen Entdeckung, und wenn man die erst mal aufgespießt und erledigt hatte, dann würde sich schon alles von alleine klären, aber alles, was je dabei herauskam, war der verkaterte Morgen des nächsten Tages.

Heute abend war Harry «dran». Er wollte für Joel nicht die Verantwortung übernehmen, und Lucy wollte ihm das nicht durchgehen lassen. Sie wollte ihm nicht die ganze Verantwortung zuschieben. Sie wollte ihn nur dazu bringen, zuzugeben, daß er einen Teil der Verantwortung trug, wie alle andern auch. Sie fühlte sich durch ihn irritiert, hielt ihn für einen Heuchler, und obgleich es eine ihrer Charakterstärken war, anderen Schwächen zuzugestehen, ohne sie deswegen zu verurteilen, fiel es ihr jetzt schwer, ihren Vater miteinzuschließen.

Sie wollte nur, daß er zugab, ein bißchen dafür verantwortlich zu sein, dann würde sie von ihm ablassen.

Aber Harry sah es anders. Alles was er sehen konnte, war, daß man ihn angriff, und er versuchte sich auf die Art und Weise zu verteidigen, die er am besten kannte und die er auch sonst immer angewandt hatte.

«Ich will euch eine Geschichte erzählen», sagte er, und sie hätten den Schimmer fehlenden Vertrauens sehen müssen, das nervöse Flakkern seiner Augen, als er den Blick um den Tisch streifen ließ, um zu beobachten, wie sie auf die Idee reagierten.

Barbara und Ken hatten Harry noch nie eine Geschichte erzählen hören, und sie wunderten sich, jeder auf seine Weise, darüber, nicht so sehr über den Inhalt der Geschichte, sondern vielmehr über die Art und Weise, wie sie ins Spiel gebracht wurde; und sie sahen ihn mit anderen Augen, etwa so, wie man einen Menschen mit anderen Augen sieht, von dem man plötzlich erfährt, daß seine heimliche Leidenschaft Kunsttischlern ist. Harrys Geschichten hatten etwas von der Kunst des Tischlerns, mehr von der handwerklichen als von der künstlerischen Seite. Es waren meist gar keine richtigen Geschichten, sondern Geschehnisse, denen er sich mit solcher Hingabe widmete, daß das Endprodukt schließlich einem sinnlosen Monument glich, einem sorgfältig gezimmerten Taubenschlag, einem runden Tempelchen, einer Reihe von kleinen Pavillons mit verzierten Dächern, säuberlich zusammengefügt.

Es ging etwas mit ihm vor, wenn er eine Geschichte erzählte, etwas bestimmte die Art, wie er sich im Sessel zurücklehnte, die Hände im Schoß gefaltet, die Augen halb geschlossen hielt. Wäre jemand dabei gewesen, der Vance Joy gekannt hätte, er wäre nur erstaunt über die Ähnlichkeit, besonders über bestimmte amerikanische Ausdrucksweisen und das langsame selbstsichere Schleppen in der Stimme, das einen beruhigenden, ja hypnotischen Effekt auf die Zuhörer hatte.

Die einzelnen Wörter der Geschichte waren für sonst niemanden von irgendwelchem Nutzen. Die Wörter für sich waren sinnlos. Die Wörter waren ein Instrument, auf dem nur er spielen konnte, und in den Händen anderer wurden sie düster und leblos wie gepflückte Blumen oder helle Steine, die man aus dem Wasser geholt hat.

Wie gewöhnlich war die Geschichte von und über Vance Joy. Sie stammte aus Vances Kindheit und erzählte nur von einer Reise, die ein kleiner Junge (Vance) zusammen mit einem alten Mann (seinem Großvater) von dem tiefen Tal aus, in dem sie lebten, zu der Hochebene über ihnen unternommen hatte. Sie hieß «Reise in den Sonnenschein», und sie endete damit, wie der alte Mann und der Junge ankamen und den Sonnenuntergang beobachteten und wie der kleine Junge das Wesen der Welt außerhalb des Tals falsch deutete, denn er hatte vorher noch nie einen Sonnenuntergang gesehen.

Aber als sie aus war, war es ganz still im Zimmer. Die Kerzen flackerten auf dem Tisch, und man konnte fast hören, wie Ken mit dem Kopf nickte. Honey Barbara drückte seine Hand so fest, daß sie sie gut hätte brechen können, um ihm wortlos zu zeigen, daß sie seine Macht, Teufel abzuwehren, falsch eingeschätzt hatte, und ihn für ihre Blindheit um Verzeihung bat. Harry war, ganz im Bann der einschläfernden Wirkung der Geschichten seines Vaters, still und sanft geworden.

Aber Lucy wollte ihn nicht so einfach davonkommen lassen. Sie hatte nur das Ende der Geschichte abgewartet, für alle Fälle. Sie dachte, vielleicht hatte sie ja eine Moral oder irgendeine Bedeutung, die auf Joel Bezug nahm, aber es war nur eine von seinen üblichen Geschichten, und er benutzte sie nur, um sich auf diese Weise vor ihr zu drücken.

«Du mißbrauchst sie», sagte sie.

«Was?»

«Deine Geschichte. Du benutzt sie, um dich vor deiner Verantwortung zu drücken.»

«Sie *handelt* von Verantwortung», log Harry. «Sie handelt von Liebe und Sorge, und der Vater legt die Hand um die Schulter des Jungen.» Aber er konnte seiner Tochter dabei nicht in die Augen sehen.

Lucy war schon ein bißchen betrunken. Sie wußte nicht, ob das, was sie sagte, stimmte oder nicht. Er hatte ihr Sand in die Augen gestreut. Sie hatte nicht vorgehabt, ihn anzugreifen, sondern wollte nur klären, alle Zweifel beseitigen, aber es war alles umsonst gewesen, und so griff sie ihn von einer anderen Seite aus an.

«Na, hör mal», sagte sie gehässig, «wir haben uns in unserer Familie doch nie berührt. Findest du nicht, daß du ein ganz schöner Heuchler bist, uns so eine Geschichte zu erzählen?»

Noch nie hatte es jemand gewagt, auf diese Art über Harrys Geschichten zu reden. Sie war über sich selbst erschrocken.

«Laß doch...» sagte Ken.

«Das haben wir nie getan», sagte sie störrisch. «Nicht so, nicht, wie du Honey Barbara gerade drückst. Du bist doch nie hier rumgesessen und hast Bettina oder uns auf diese Weise an dich gedrückt.»

Harry streckte seine Arme über den Tisch und hielt sie ihr zu einer Umarmung auf.

«Nein», sagte sie.

Er sah gekränkt aus.

«Laß doch...» sagte Ken.

«Nein.» Sie kannte sich selbst nicht mehr. «Dafür ist es jetzt zu spät...»

«Was hat das denn mit Joel zu tun?» fragte David, und Harry streckte seine Arme in Davids Richtung aus.

«Da mußt du schon kommen», sagte David. «Ich komme nicht.»

«Du kannst mir ja einen Kuß geben, Harry», sagte Ken. Es war gut gemeint, verfehlte aber die Wirkung.

Harry stand langsam auf. Er war gekränkt, aber nicht böse. Es war ihre Art, sich gegenseitig zu kränken. Er wünschte allen, einem nach dem anderen, eine gute Nacht, außer Honey Barbara, der er wortlos und zart und ganz selbstverständlich einen Kuß gab.

Als er gegangen war, fühlten sich alle beschämt, alle außer Honey Barbara, die wütend war.

«Warum hast du ihm das angetan?»

«Er steigert sich da selbst hinein», sagte Lucy traurig. «Aber du hast recht. Ich hätte es nicht tun sollen.»

Und dann machten sie, wie es ihre Gewohnheit war, noch eine zweite Flasche Wein auf, und sogar Honey Barbara trank noch ein Gläschen Fleurie.

Es war ein altes Haus, von Pflanzern so gebaut, daß es am Abend schnell auskühlte. Es stand auf hohen Pfählen, damit die Luft unter dem Fußboden zirkulieren konnte, und die Wände waren nur an einer Seite verkleidet, der Innenseite, so daß die Balken und Querbalken außen ein dekoratives Muster bildeten. Die unmittelbare Folge dieser Bauweise war, daß die Geräusche schnell von einem Teil des Hauses zum anderen weitergeleitet wurden, und Besucher, denen die Tätigkeit ihrer Eingeweide peinlich war, verließen die Palm Avenue oft mit einer schweren Verstopfung.

Aber obgleich alle schon im Bett waren, hörte an diesem Abend niemand Joel und Bettina heimkommen, niemand in den Schlafzimmern oben hörte sie, außer vielleicht David Joy, der noch nicht in den labyrinthhaften Träumen seines Eldorados versunken war.

«Hör mal», sagte Joel lächelnd, «hör doch.»

«Stopf dir bloß deine schmutzigen Ohren zu», sagte sie, aber die knarrenden Geräusche im ganzen Haus waren süß und erotisch. «Komm in die Küche.»

Da war ein Gemurmel, ein bedächtiges sinnliches Treiben, als wäre im Haus selbst, in seinen trockenen grauen Hölzern, der Saft sexueller Lust verborgen, und es dehnte und streckte sich, wand sich in seinen Nägeln, und durch die Kiefernholzdecke drang ein Stöhnen ihrer Tochter, weich wie Wolle.

Sie stellte den Kessel auf und hatte ein ganz zufriedenes Gefühl. Sie las die Nachricht von Lucy, die bat, sie zu wecken, wenn es nötig war, aber dazu bestand keine Notwendigkeit, und Lucy schlief ganz bestimmt noch nicht. Es war eine lange anstrengende Nacht in der Unfallstation gewesen, und kurzfristig hatten sie einen Schreck bekommen, als von der Polizei die Rede war, aber am Ende war Joel versorgt und die Wunde verbunden, die Polizei war nicht gerufen worden, das Messer hatte man ihnen zurückgegeben, und als Joel jetzt die Hand auf den Tisch legte, legte sie ihre darüber. Sie hatte so viele Entscheidungen getroffen, stahlharte Entscheidungen, alle mit dünnen Schnüren miteinander verbunden, doppelt und dreifach verschlungen, doppelt und dreifach überprüft. Die Entscheidung, nicht mehr mit Joel zu schlafen, war ihr am leichtesten gefallen, weil sie, obgleich sie ihn liebte, stärker war als er. Schwache Männer reizten sie nicht. Das hatte sie immer gewußt.

«Ich bin wahnsinnig verliebt in dich, Muschi-Muschi.»

Bettina lächelte und tätschelte seine Hand.

Honey Barbara hatte ihren Körper noch nie so genau gespürt. Er fühlte sich wie geölt an, als wäre er bis in alle Einzelteile auseinandergenommen und von einem Uhrmachermeister wieder zusammengesetzt worden. Vielleicht lag dieses Gefühl zum Teil auch daran, daß sie sich im Zentrum des feindlichen Lagers befanden, zwei gute Wesen, die den gefährlichen und verführerischen Kräften des Bösen ausgesetzt waren, oder vielleicht wirkte eine mit geheimnisvollen Kräften versehene Paranoia auch sinnlich stimulierend, vielleicht war es das, was sie beide so unaufhaltsam aufeinander zutrieb. Sie befanden sich in einem Kegel aus Dunkelheit im Zentrum der Welt, und Harry hatte es aufgegeben, die stechenden Qualen der Hölle in Frage zu stellen, obgleich er sich bestimmt ziemlich gelangweilt hätte, wenn man ihm seinen heimlichen Wunsch, vor ihnen gerettet zu werden, erfüllt hätte.

Sie hörten Lucys Gemurmel und Kens Stöhnen nicht, auch wenn sie es gefühlt haben müssen, wie man in der Nacht das Meer rauschen hört oder wie man den Fluß hört, wenn man direkt daneben schläft, und jede Nacht das Wasser neben den Träumen dahinströmt. Sie müssen gefühlt haben, wie sie vom Strom der Lust aufgehoben und sanft von den Ufern weggetragen wurden, bis in die Mitte des Stroms, wo das Wasser tief und schnell fließt und wo man leicht ertrinken kann, wenn man sich nicht vorsieht, und in die widerstandslosen Lungen sinnliche flüssige Dunkelheit strömt.

Natürlich war Honey Barbara noch nie hypnotisiert worden, aber sie hatte auch noch nie einen Orgasmus gehabt, und in dieser Nacht würde es, aus einem ihr unerklärlichen Grund, das erste Mal sein. Möglicherweise handelte es sich dabei mehr um eine technische Angelegenheit, die mit der geübten Zärtlichkeit zu tun hatte, mit der Harry seine Zunge ins Spiel brachte, aber wahrscheinlich war es nicht allein das, viel wahrscheinlicher war, daß all die erotischen Schwingungen des Hauses harmonische Wellen des Wohlbehagens in Gang setzten, die, unregelmäßig aufeinanderfolgend, einen Rhythmus erzeugten, der wie ein Summen klang. Aber aus welchem Grund auch immer, in jener Nacht stieß sie in dem schwarzen Zimmer laute Schreie aus, wie ein Nachtvogel in der Dunkelheit, zwei laute melodische Schreie, und gab sich Harry und sich selbst hin, und ihr ganzer Widerstand gegen die Palm Avenue schien verflogen, und dann lag sie da, naß, in dem glitzernden Netz gefangen, während Lucys letzter Aufschrei wie ihr Echo durchs Haus hallte. Leise vor sich hinmurmelnd glitt sie in den Schlaf und träumte von Bog Onion Road.

Aber als Joel laut aufschrie, richtete sie sich mit einem Ruck im Bett auf. Sie war schon aus dem Bett und aus dem Zimmer, bevor Harry sie zurückhalten konnte, sie lief zur Treppe und sah in Gedanken dieses Messer mit dem Perlmuttgriff, Blut, Verstümmelung, diese glasigen Augen, dieses schläfrige Lächeln, seine wahnsinnige Besessenheit.

Lucy und Ken kamen auch zur Treppe gelaufen, und alle stürzten nach unten, notdürftig mit Laken und Handtüchern ihre Körper bedeckend. Harry folgte ihnen, in Honey Barbaras bestickten weißen Morgenmantel gehüllt.

Weiß der Himmel, was sie erwartet hatten.

Ganz gewiß nicht das: Joel flach auf dem Küchenfußboden, die Hose bis zu den Waden herunter, Heftpflaster quer über der Brust, und Bettina über ihm, bei ihrem letzten lustvollen Stoß, während der Kessel auf dem Herd vor Vergnügen kreischte.

Die Winter waren in diesen Breiten wie europäische Sommer. Im Winter gab es alles in Hülle und Fülle: Avocados, Zimtäpfel, neue Orangen und Zitronen und sogar Papayas, obgleich letztere hellgelb und im Winter manchmal ein bißchen sauer waren, je nachdem, wo sie standen und wie sie gedüngt worden waren. Die Gemüsegärten waren ebenfalls voll: Blumenkohl, Kohlköpfe, Kartoffeln, Erbsen, Bohnen, Spinat, winzige Tomaten, Salatsorten, Artischocken. Der Winter war eine leichte Zeit, fand Honey Barbara. Der Honig wäre geschleudert, und die Gläser ständen aufgereiht da und würden verteilt. Im Winter hatte man Honig für den Tee übrig und konnte ihn aufs Brot streichen. Die schwere Zeit kam später, in der Regenzeit, dann würde das Essen knapper sein, und für eine Weile würde man mit Kürbissen und Gurken, Papayas, Wassermelonen, Zucchinis, nassen matschigen Dingen auskommen müssen, was eine gewisse Zeit auszuhalten, aber auf die Dauer deprimierend war.

Als erstes legte Honey Barbara in der Palm Avenue einen Gemüsegarten an. Während Ken und Lucy vor dem Haus an dem Cadillac bastelten, machte sie sich mit einem Spaten über den Rasen hinter dem Haus her und verwandelte ihn in etwas Nützliches. Sie mischte säckeweise Knochenmehl unter die Erde und legte einen Komposthaufen an. Sie bestellte verrottetes Heu und deckte die Pflanzen damit ab. Von Garry im Zen Inn kaufte sie Sämlinge, und schon bald war ihr Garten fertig. Nicht alle bewunderten ihn.

Sie putzte das Haus, legte bei dem Cadillac mit Hand an, schrieb

Briefe nach Hause und kochte das Essen und nahm an diesen schrecklichen abendlichen Runden um den Tisch teil. Zu ihrer eigenen Schande entwickelte sie eine Vorliebe für teure Weine, und vier Wochen nach ihrem Einzug konnte man sie dabei antreffen, wie sie ziemlich fachmännisch, um nicht zu sagen stilvoll, an einem Glas Rotwein roch, es gegen das Licht hielt, um die Farbe zu prüfen, aber trotz dieser anfänglichen Eleganz mußte sie immer wieder feststellen, daß sie im Lauf des Abends genau so laut und streitsüchtig wurde wie die andern.

Und so wurde Honey Barbara von dem Wahnsinn angezogen, der rund um den Eßzimmertisch in der Palm Avenue herrschte. Ihre Unterhaltungen hörten sich oft mehr wie die letzten Sekunden bei einer Wollauktion an, alle machten schreiend ihre Angebote – für Erlösung, Aufmerksamkeit, Gelächter oder Verzeihen, und wenn es spät wurde, was die Regel war, sah man Bettina auf der Matratze am Boden sitzen, die sie jetzt mit Joel teilte, von wo aus sie die andern entweder aufforderte, still zu sein oder zuzuhören, Joels Gegenwart oder sein Verschwinden forderte oder ihre Tochter mit gutmütigen Beschimpfungen bedachte.

Sie hatten sich immer vorgenommen, Bettinas Bett umzustellen (es hieß nicht mehr Joels Bett, seit sie eingezogen war). Sie diskutierten darüber. Sie stritten darum. Sie machten Pläne für den nächsten Morgen, wollten es oben ans Treppengeländer rücken. Ein Campingwagen sollte gemietet, ein neuer Seitenflügel gebaut, das Haus um ein Stockwerk erweitert, ein Keller gegraben, ein Hotelzimmer gemietet werden. Aber am nächsten Morgen schien es immer wichtiger, erst mal die leeren Flaschen wegzuräumen, und so blieb die Matratze auf dem Fußboden liegen und ließ verschütteten Wein und Zigarettenasche und die Verärgerung seiner Bewohner über sich ergehen.

Honey Barbaras schöne Augen wurden trüb, und sie fand Mittel und Wege, ihrem eigenen Anblick im Spiegel auszuweichen. Sie suchte nach Entschuldigungen für sich selbst, die praktischste war, daß Harry ihr Geld gab, um es nach Hause zu schicken. Was ihr stilles viktorianisches Herz erschreckte, war jedoch, daß sie dieses Leben zu genießen begann. Es machte ihr Spaß, so zu schreien und zu streiten, wie es zu Hause als grob angesehen worden wäre. Sie verwendete beim Kochen Salz, um die andern zufriedenzustellen. Sie klagte morgens stolz über ihren schweren Kopf.

«Wenigstens leben sie», sagte sie sich. Wenigstens saßen sie nicht herum, nebelten sich nicht mit Stoff ein... erzählten sich gegenseitig von ihren Gärten. Sie schrieb lange Briefe nach Hause, gab Anweisungen für die Pflege der Bienen, wollte wissen, wer sich um sie kümmerte und forderte einen persönlichen Bericht des Betreffenden an. Die Briefe wurden nicht beantwortet.

«Ich glaube diesen ganzen Quatsch über Krebs nicht.» Bettina tippte mit dem kleinen Finger auf die Tischplatte. «Aber ich bin bereit, darüber zu reden. Ich habe entsetzliche Angst davor, aber ich werde trotzdem darüber reden.»

«Man *kriegt* es eben», sagte Lucy, «ganz einfach. Entweder man kriegt's oder man kriegt's nicht.»

«Man *kriegt* das eben nicht einfach», sagte Honey Barbara.

«Das ist doch Lüge», sagte Bettina.

«Du sagtest ‹reden›», sagte Joel. «Du wolltest darüber reden.»

«Meine Mutter nimmt alles für bare Münze», sagte Lucy. «Sie glaubt an diesen ganzen amerikanischen Mythos. Sie glaubt, General Motors wären nette Leute. Sie ist der Meinung, daß Nixon bloß Pech gehabt hätte. Sie denkt, die von ITT würden die Wahrheit sagen. Sie glaubt an das, was sie tut.» Und sie legte den Arm um Bettina und gab ihr einen Kuß. «Sie ist ehrlich. Sie manipuliert nicht.»

«Mach, daß du wegkommst», sagte Bettina, obgleich es ihr gefiel.

«So wie du lebst», sagte Lucy zu Honey Barbara, «das könnte ich mir lustig vorstellen.»

«Du weißt doch gar nicht, wie ich lebe», sagte Honey Barbara.

«Niemand weiß das», sagte Harry stolz.

«Wir wissen es», sagte Ken.

«Wir können es uns denken», sagte Lucy. «Wir können uns denken, wie du lebst.»

«Gelebt habe.»

«Und wieder leben wirst. Aber es ist auch nicht viel besser als das hier. Diese Gesellschaft ist kaputt. Sie wird dich genauso reinreißen wie uns. Man kann ihr nicht entkommen.»

«Nein!» Bettina stand auf. Sie sah aus, als wollte sie einen Trinkspruch aussprechen. Ihr Stuhl fiel krachend nach hinten um. «Warum müßt ihr immer so negativ sein!»

«Das finde ich auch», sagte Honey Barbara, stand auf und stieß mit Bettina an.

Auf diese Weise wurden Bündnisse geschlossen und bei ähnlichen Anlässen wieder gebrochen.

Lucy und Bettina waren sich darin einig, daß Honey Barbara im Hinblick auf Nahrung einen Tick hatte. Lucy und Honey Barbara waren sich einig, daß alle Krebs kriegen würden, Honey Barbara und Bettina waren sich einig, daß sie keinen kriegen würden, aber das traf, wie Honey Barbara erklärte, nur auf Leute zu, die mit dem Essen aufpaßten, und es hing auch davon ab, wo sie lebten, während Bettina überzeugt war, daß die ganze Krebstheorie kommunistische Propaganda wäre.

Joel war immer Bettinas Meinung, und wenn er etwas sagte, mußten sie alle aus Rücksicht auf Bettina still sein. Es war langweilig, was er sagte, aber man durfte ihn nicht niederschreien. Bettina, die ihm beim Reden zusah, lächelte stolz, und Harry, der normalerweise Fehlern gegenüber tolerant war, ließ sich dazu hinreißen, seinen Schnurrbart hochzuziehen, so daß der sarkastische Zug um seinen Mund sichtbar wurde.

Ken stand auf und begann Cavafys Gedicht «Warten auf die Barbaren» aufzusagen. Seine Stimme war so kratzig wie seine Zähne zerklüftet waren, und er deklamierte aus dem Gedächtnis, als würde sein Finger die Linien entlangfahren, aber in seiner rauhen Stimme lag viel Kraft, und David war zur Abwechslung beeindruckt, von Dingen zu hören, die er nicht verstand.

«Worauf warten wir alle, die wir hier im Forum versammelt sind?» deklamierte Ken und stand auf und starrte sie der Reihe nach an. Er hielt einen Finger in die Luft.

«Auf die Barbaren, die heute eintreffen werden», antwortete er sich selbst.

«Warum geschieht so wenig im Hause der Senatoren?

Sie machen keine Gesetze, die Senatoren, wozu sind sie dann aber noch da?

Sie warten auf die Barbaren, die heute eintreffen.

Was für Gesetze soll der Senat denn machen?

Wenn die Barbaren hier sind, machen sie die Gesetze.»

Bei der zweiten Strophe begann Bettina Benzin zu riechen. Ihr war nicht klar, worum es sich handelte, sie merkte nur, daß sie deprimiert war.

Sie lauschte mit düsterer Miene, und als Ken fertig war, sagte sie: «Noch nie wurde hier so geredet. Immer diese ganzen düsteren Drohungen vom Untergang. Erst seitdem du hier bist», sagte sie zu Honey Barbara, «du munterst sie dazu auf.»

«Das liegt nicht an ihr», sagte Lucy, «das liegt an Harry. Der hat früher nie was Böses gesehen, nie was Böses gehört, nie was Böses gesagt.»

Aber Harry schwieg. Er saß da, wie er immer dasaß, und hörte zu. Er war ein Schwamm in ihrer Mitte.

«Er hat uns immer davon abgehalten, schlimme Dinge zu sagen», sagte David. «Ich glaube, er hatte recht.»

«Ich rieche Benzin», sagte Bettina.

«Ich hab mich gewaschen», sagte Lucy.

«Ich hab mich auch gewaschen», sagte Ken.

Es war der Geruch ihrer Kindheit, die Dünste, die vom Vorhof durch das offene Fenster drangen. Es war der Geruch ihres Vaters, wenn sie ihn umarmte, und sie hätte schwören können, daß man das Benzin, das aus seinem Sarg stieg, auch noch gerochen hatte, als man ihn ins Grab senkte.

Sie fanden einen schmutzigen Lappen auf der Veranda, und David, der eifrig darauf bedacht war, etwas zur Unterhaltung beizutragen und einen Spionage-Thriller, den er am Abend davor im Autokino gesehen hatte, von vorn bis hinten erzählte, überging das Benzin.

So daß das Thema Benzin, Cadillac, Lucys Weigerung, etwas zu arbeiten, ihre vergeudete Ausbildung auf einen anderen Abend verschoben wurde, an dem es voraussehbare Formen annehmen würde, in etwa so:

«Du machst Rückschritte, Lucy», würde Bettina beginnen. «Was glaubst du wohl, wofür wir dir eine Ausbildung gegeben haben, Lucy?» Sie sah mißbilligend Ken an. «Damit du nicht mit stinkigem Benzin in Berührung zu kommen brauchst.»

«Das hab ich ja noch gar nicht gewußt», sagte Lucy grinsend.

«Bitte, such dir eine Stelle», sagte Bettina.

«Ich will nicht zu den Bonzen gehören.»

«Dann werd Arbeiterin.»

«Ich will kein Sklave sein.»

Und dann malte Lucy ein sehr überzeugendes Bild von den Grausamkeiten und Freveleien der Hölle. Harry hörte ihr zu, wie sie über das Wirtschaftssystem sprach, von der Blindheit der Gewinnsüchtigen und so fort.

«Ihr Kinder seid verwöhnt.»

«Wir warten auf die Barbaren.»

«Ihr solltet lernen, euch selbst zu ernähren und zu beschützen», sagte Honey Barbara mit fester Stimme.

«Niemand wird überleben», sagte Ken und füllte Harrys Glas mit Cabernet Sauvignon.

«Ich werde überleben», sagte Honey Barbara. «Und Harry wird überleben. Ihr andern seid alle verraten und verkauft.»

Aber am nächsten Morgen sahen ihre Augen im Spiegel klein und trüb aus, und um die Augen hatten sich schwarze Male gebildet, wie winzige Sommersprossen: Blutgefäße, die geplatzt waren, als sie sich hatte übergeben müssen.

Während die Wochen vergingen, traten für Honey Barbara die strukturellen Fehler in ihrer Beziehung zutage. Es war, dachte sie, als säße man in einer Hütte mit einem durchgerosteten tropfenden Dach: man bleibt drin wohnen, man versucht, es zu übersehen, man zeichnet die durchlässigen Stellen mit Kreide an und nimmt sich fest vor, es mit wasserdichter Farbe vorübergehend zu reparieren; aber wenn es dann zu regnen aufhört, vergißt man das Ganze wieder. In der nassen Jahreszeit lebt man zwischen plätschernden Eimern, von denen nie genug da sind, außerdem stößt man sie sowieso um, und alles wird feucht und muffig, und überall wächst Schimmel, sogar im Bett, bis es einem am Ende zuviel wird und man sich eine Leiter besorgt, und im selben Augenblick, in dem Sonnenstrahlen aufs Dach fallen und Dampf aufzusteigen beginnt, reißt man das Scheißding runter, und das verrostete Eisen zerfällt wie ein verdorrtes Blatt in der Hand. Und darunter kommen dicke, fette Küchenschaben zum Vorschein, Holzlatten, ganz weiß vor Schimmel, Blätter, altes Laub, Verwesung, Mäuse, eine Baumschlange mit gelbem Bauch und ein paar merkwürdige eisblaue Schwämme, die aus dem verrotteten Holz wachsen: ein ganzes Ökosystem, das auf Lahmheit und Versagen beruhte.

Kurz, sie wußte, daß sie ihn hätte verlassen sollen, aber sie konnte es nicht. Sie tat genau dasselbe, was sie vor Jahren mit Albert (dem amerikanischen Albert, Peugeot-Albert) getan hatte, sie befand sich inmitten einer Situation, die sie nicht guthieß, lebte mit einem Mann, der verloren war, blieb aber trotzdem bei ihm, wie irgendein Anfänger auf dem Surfbrett, der bis zum bitteren Ende auf einer ungünstigen Welle zu stehen versucht.

Sie suchte Zuflucht im Garten und im Schlafzimmer, wo sie drei Fensterrahmen in drei verschiedenen Farben anstrich: blau, rot, violett. (Bettina zog die Luft scharf ein, sagte aber nichts). Sie begann mit einem Wandgemälde über dem Bett, machte es aber nicht fertig. Darauf war ein kleines Haus mit blauen, roten und violettfarbenen Fensterrahmen zu sehen und ein alter Peugeot, rostbraun, den sie mit Schlingpflanzen und langen Gräsern überwachsen lassen wollte. Auf der Veranda vor dem roten Fenster brachte sie eine Hängematte an, und manchmal, wenn Harry betrunkener oder aggressiver war als sonst, schlief sie dort. Sie hatte fünf Meter Musselin für ein Moskitonetz: sie wickelte sie um die Hängematte und lag dort bis zum Morgen, bis er mit rotäugiger Reue zu ihr kam und sie wieder ins Bett lockte, und dann schlossen sie Frieden und fickten und fickten, bis ihre Augen weit aufgerissen und ihre Münder mit Kissen vollgestopft waren.

Harry hatte mit Bettina und Joel eine Bande gebildet. Jeden Abend berichteten sie von ihren Erfolgen. Mit klirrenden Flaschen und lautem Geschrei kamen sie durch die Tür. Sie hatten diese oder jene Ausschreibung gewonnen. Sie hatten eine ganze Kampagne verkauft. Sie konnte sich nicht mit ihnen freuen, und wenn sie sich noch so Mühe gab.

An ihrem Triumph war keine Freude, nur Zorn, Rache, Naserümpfen, abfällige Bemerkungen, und obgleich es Bettina war, die den emotionalen Ton bestimmte, tat es ihr Harry bereitwillig nach und mischte diesem unerfreulichen Cocktail einen aufdringlichen Geruch von Furcht bei. Sie sah, wie er diese negativen Dinge in sich bestärkte, als wäre ihm ein sicherer Erfolg zuteil, wenn er sie noch weiter ausdehnte und sich ihnen überließ.

Es war Honey Barbara gewesen, die ihn über die Nützlichkeit von Geld aufgeklärt hatte, aber jetzt, einen Monat später, als sie seinen Nutzen als Maßstab für innere Werte in Frage stellte, war sie irritiert, wenn sie sah, was sein Schnurrbart nicht ganz zu verbergen vermochte – dieses Das-sagst-du-ja-nur-weil-du-keines-hast-Lächeln.

Sie bemühte sich, das Schlafzimmer zu einem friedlichen Ort zu gestalten. Sie nähte Kissen und kaufte Kerzen und versuchte zu vergessen, daß es Harrys Geld war. Sie zündete Weihrauchstäbchen an und stellte draußen auf der Veranda, wo sie jeden Morgen und jeden Abend ihre Tai Chi-Übungen machte, Glockenspiele auf.

Trotzdem hörten die Streitereien nicht auf. Es schien, als gäbe es nichts, was dazu führen könnte, den Mißton zu beseitigen. Kein Meditieren, keine Übungen, keine Massagen, nicht einmal Beten. Zwischen ihnen kroch etwas Häßliches herauf und stieß sie auseinander. Er verteidigte Furcht und Zorn als notwendige Emotionen und neckte sie, wenn sie sagte, daß es auch andere Möglichkeiten geben müsse.

«Wie denn?»

«Mit Liebe.»

Er lachte.

«So funktioniert das nicht.» Er lehnte sich mit einem Glas Wein in der einen Hand und einer Flasche in der anderen in die Kissen zurück. Das war nicht derselbe Mann, dem sie im Hilton begegnet war. «Man muß eine Wut haben», sagte er. «Das gibt Kraft. Man stellt sich darauf ein, zu gewinnen. Denn wenn du sie nicht kleinkriegst, kriegen sie dich klein. Verstehst du?» Er fuhr mit dem Finger durch die Luft. «Verstehst du?»

«Großer Gott», sagte sie verzweifelt, «merkst du denn nicht, daß du Scheiß redest?»

«Natürlich weiß ich, daß ich Scheiß rede.»

Sie preßte die Lippen zusammen.

«Schau du nicht so überlegen drein», sagte er.

Sie antwortete nicht.

«Du trinkst meinen Wein. Du fährst den Jag.»

«Darauf würde ich gern verzichten.»

Er stellte das Weinglas und die Flasche hin und beugte sich über sie, daß sie glaubte, er wollte ihr einen Kuß geben, und ihre Lippen gingen ihm schon entgegen, als sie fühlte, wie ihr das Weinglas aus der Hand gerissen wurde. Er warf es aus dem Fenster, und sie hörte es draußen zersplittern.

Sie war zu müde, um böse zu sein. Sie schlang die Arme um sich, ihr war kalt.

Er lehnte sich ins Kissen zurück. «Wenn du es nicht willst, dann laß es.»

Nach ein oder zwei kurzen Augenblicken sagte er: «Weißt du eigentlich, wieviel du mich kostest?»

«Eine ganze Menge Geld.»

«Du kostest mich ein elendes Vermögen», sagte er, «sag also bloß nicht, daß du mich nicht liebst.»

Sie war nicht mal erstaunt. «Du vergiftest dich mit diesem Scheiß, den du tust, Harry. Du kannst damit nicht nur so herummachen. Du fängst es dir voll ein. Du wirst einer von denen.»

Sie kam und setzte sich neben ihn. Er strich ihr traurig über die Haare.

«Aber ich muß es tun,» sagte er.

Schweigen.

«Komm mit zu mir nach Hause», sagte sie.

Er hörte auf, ihr übers Haar zu streichen. Wieder Schweigen.

«Dort ist es sicher», sagte sie weich. «Dort wird es uns gutgehen.» Sie berührte seine Schulter mit den Fingerspitzen.

«Für mich hört es sich nicht gerade sicher an.»

Wieder Schweigen (weil er das noch nie gesagt hatte und wütend wurde und sie sich verraten fühlte).

«Es ist sehr schön dort», sagte sie leise, «und ohne diese ganze Scheiße.»

«Aber sicher ist es nicht.»

Wie konnte er es so triumphierend sagen?

«Doch, völlig sicher.»

«Schließlich warst du diejenige, die im Gefängnis gesessen hat. Ich habe nicht im Gefängnis gesessen. Ich habe nicht mein halbes Leben damit verbracht, vor der Polizei Angst zu haben. Die kommen hier nicht her, um unsere Ruhe zu stören. Meine Kinder haben es nicht nötig, sich für vier Uhr früh den Wecker zu stellen.»

«Vielleicht sollten sie das besser lernen.»

Und natürlich lag es an solchen Antworten, daß sie zuließ, mit hineingezogen zu werden. Er war wie ein Rennpferd geworden oder wie ein Windhund, ganz darauf trainiert, zu gewinnen.

«Du machst das hier zur Hölle», sagte sie. «Du hast beschlossen, daß es die Hölle sein muß, und deshalb machst du es dazu.»

Er schüttelte den Kopf und blickte zum nachtschwarzen Fenster. Er würde mit ihr nicht über die Hölle diskutieren.

«In wessen Hölle bist du?» würde sie sagen und versuchen, sein Spiel mitzuspielen. «Jemand muß sie doch in Gang halten.»

Aber diese Art Reden machte alles nur noch schlimmer.

«Sag du es mir», würde er in häßlichem Ton sagen.

«Ich weiß es nicht.»

«Wie interessant.»

Und so weiter.

Aber genauso, wie es trockene Tage gab, an denen selbst das verrostetste Dach nicht tropfen konnte, gab es Zeiten, in denen das Leben sehr angenehm war. Außerhalb der Stadt gab es nach Norden und Süden meilenweite Strände, und an den Wochenenden konnten sie surfen und nackt schwimmen und vom Meer ihre Körper durchrütteln lassen und die Teufel herausschütteln und sie auf einem Teppich aus weißer Gischt dem gelben Sand darbieten. Sie zündeten auf dem leeren Strand große Feuer an und lagen dort die ganze Nacht und beobachteten die Sterne.

Aber das waren, wie sie ihm eines Sonntag abends sagte, nur zwei Siebtel eines Lebens. Die anderen fünf Siebtel waren Furcht und Zorn gewidmet.

Früher einmal war sie dumm und jung gewesen, und sie hatte Albert mit seinem Peugeot auf dem überfluteten Fluß gesehen und nichts von Hotels und Restaurants und dem Stadtleben gewußt. Das war lange her. Selbst der Fluß war da noch anders, und sie waren alle naiv genug gewesen, seine rasende Stärke während des Monsuns gutzuheißen, sie bedeutete ihnen nichts weniger als das Leben selbst. Aber zwei Jahre danach war ein 22 Monate altes Mädchen mitgerissen worden und ganz in der Nähe derselben Stelle ertrunken, und von da an klang der Fluß immer anders, und niemand konnte die Furt überqueren, ohne an dieses kleine Mädchen zu denken und wie sie alle an jenem kalten Julimorgen in dem hohen gefährlichen Wasser durch den Fluß gewatet waren, in der Hoffnung, ihren Körper nicht finden zu müssen, sie vielmehr beim Durchsuchen des Unterholzes neben dem Fluß nach Hause gehen zu sehen.

Aber sie fanden sie doch, und zwei Wochen später lag Alberts Peugeot am Grunde einer Furt, und Honey Barbara saß zum erstenmal in ihrem Leben in einem Flugzeug, ganz high vom Kokain, und trug hochhackige Schuhe. Sie wußte weder, was sie tat, noch wohin sie ging, doch jetzt, zehn Jahre später, gab es für sie keine solche Entschuldigung.

Aber was hielt sie dann noch in der Palm Avenue? Eines Morgens gestand sie es dem Badezimmerspiegel: «Orgasmen», sagte sie zu ihrem in Grinsen erstarrten Gesicht, «und Klos mit Wasserspülung.»

David Joy lag in seinem Zimmer im Bett. Er hörte ihr Lachen durch die Wand.

Bettina war völlig entflammt. Sie verausgabte sich. Sie verlor drei Kilo Gewicht und mußte sich neue Kleider kaufen. Sie konnte nicht schlafen. Sie wachte um vier Uhr morgens auf und dachte über Optionen nach, änderte Anzeigen, schrieb in Gedanken Briefe an Amerikaner über ihre Zukunft um. Ihr Kopf beschäftigte sich pausenlos mit irgendwelchen Problemen, und sie konnte es nicht ausstehen, sie ungelöst zu lassen, keinen Augenblick lang, so daß sie, wenn in einem Restaurant die Weinflasche geöffnet wurde, nicht darauf warten konnte, bis der Kellner die Gläser füllte, sondern gleich mit dem Finger darauf deutete: da. Denn auch dafür war sie verantwortlich, für die Flasche Wein und das leere Glas, für die es eine einfache, einleuchtende Lösung gab.

Sie merkte nicht einmal, daß sie es tat, so daß sie ganz bestimmt nie auf die Idee gekommen wäre, daß sie bei den Weinkellnern eines Restaurants als «die Glasdeuterin» und Harry als «Mister Glasdeuter» bekannt war.

Und wenn sie es gewußt hätte? «Na und», würde sie gesagt haben, «das tu ich nur, um Zeit zu sparen.»

Eines der Geheimnisse für Bettinas Erfolg war vielleicht, daß sie sich mit banalen Details genauso ernsthaft beschäftigte wie mit großen Ideen. Es war sieben Uhr morgens, und Honey Barbara saß mit einem Glas demineralisiertem Wasser auf dem Grasstreifen neben dem Gemüsegarten. «Willst du hören, was letzte Nacht passiert ist?»

Es war fast gegen Ende des dritten Monats, den Honey Barbara in der Palm Avenue verbrachte (der Termin, den sie sich gesetzt hatte, und sie war noch immer da!), und die Runden am Eßzimmertisch waren so gut wie aufgegeben, seit sich Harry und Bettina (aus geschäftlichen Gründen, wie sie sagten) dem gesellschaftlichen Leben der Stadt widmeten. Bettina hatte eine viel bewunderte Werbekampagne für die State Gallery (Art Schmart, sagte sie, das ist doch Trödelkram) kreiert, und als Folge davon war Harry (Harry!) nominiert und dann in den Verwaltungsrat gewählt worden. In weniger als sechs Monaten waren sie diese unmögliche letzte Sprosse der Leiter raufgeklettert und in den innersten Zirkel der Gesellschaft aufgenommen worden.

«Was Offizielles. Keine Liebhaber», verkündete Bettina, wenn die Einladungen kamen. Sie grinste, und die Liebhaber konnten, auch wenn sie lachten, ihren Ärger nicht ganz verbergen.

«Was passiert ist? Nichts ist passiert. Diese Arschlöcher! Großer Gott, werde ich froh sein, wenn ich erst mal raus bin aus dieser Stadt. Die glauben alle, daß Harry die Anzeigen macht. Sie nehmen automatisch an, daß er es sein muß. Oh, was für einen klugen Mann Sie haben», säuselte sie mit verstellter Stimme. «Was für einen brillanten Mann. Und was machen *Sie* so, Mrs. Joy?»

Und dann kamen die neuesten Mitteilungen der Kampagne mit dem Ziel New York. Ein Brief von dem berühmten Ed McCabe, der ihr zu ihrer Arbeit gratulierte (selbstverständlich hatte sie seine Aufmerksamkeit darauf gelenkt). Und ein Telegramm von Mary Wells. Sie führte eine schnelle, wilde Korrespondenz mit jedem, der ihr antwortete, und ihre Briefe waren heftig, komisch und strotzten vor gekonnter Eigenwerbung. Für die New Yorker Handelspresse schrieb sie Pressemitteilungen. In ihren Reden brachte sie Amerikanismen unter, vergaß nie, «Garage» statt «Car Park» zu sagen, und «out back» statt «out the back».

Und wie sie an diesem frischen, sonnigen Morgen zu Honey Barbara sagte: «Das hier, das ist für mich nur eine Zwischenstation. Noch sechs Monate, und ich nehm meine Muster und den halben Gewinn und laß mich in New York nieder.»

«Und laß dir eins gesagt sein – es wird anfangen, ihm zu gefallen.» Damit war, in diesem Fall, Harry gemeint. Joel gefiel es nicht. Joel wartete darauf, nach New York zu gehen. «Alle glauben, er sei ein Intellektueller. Je weniger er sagt, um so brillanter finden sie ihn. Das ist schon immer Harrys gottverdammte Begabung gewesen. Wenn du etwas zu ihm sagst, dann sieht er dich an, als würdest du die interessantesten und originellsten Dinge von dir geben, wie er sie in seinem ganzen Leben noch nicht gehört hat. Kein Wunder, daß ihn alle leiden können. Kein Wunder, daß wir ihn alle für intelligent halten.»

«Er ist intelligent», sagte Honey Barbara scharf.

«Ja», lenkte Bettina schnell ein. «Ist er, aber du weißt schon, was ich meine. Hier ist er in seinem Element. Das stimmt. Du solltest die Kohlköpfe mal spritzen. Die werden ja bei lebendigem Leibe aufgefressen. Ich besorge dir ein gutes Mittel.»

«Bettina…»

«Ich weiß, ich weiß, aber was hat es denn für einen Sinn, sie hochzuziehen, damit sie von jemand anderem aufgefressen werden?»

«Es bleibt schon noch genug für uns übrig.»

«Hmmm», machte Bettina nachdenklich. Sie starrte auf die Kohlköpfe. «Ich muß jetzt gehen», sagte sie dann.

Sie ging auf Zehenspitzen über den Rasen, damit sie mit ihren hohen Absätzen nicht einsank. Harry rasierte sich gerade, als sie kam.

«Du weißt doch», sagte sie und lehnte sich gegen den Türrahmen, «wie Monsanto sagte, daß sie mit uns reden würden, wenn wir uns ein neues Produkt ausdenken, das ihnen gefällt.»

«Hmmm.»

«Ich hab's.»
«Was denn?»
«Organisches Gift.»

Er verließ Honey Barbara, die wie ein zerzauster Flamingo mit ihrem Glas Wasser auf dem Metallstuhl im Hinterhof hockte. Sie sah aus wie eine exotische Blume, die ein gedankenloses Kind abgepflückt hatte. Er mußte an durchnäßte Eisbären denken, die auf dem Betonfußboden ihrer Käfige auf und ab liefen und deren lauwarmes Wasser übersät war mit Konfektpapier.

Sogar die Kohlköpfe wollten nicht ordentlich wachsen. Sie waren klein und ärmlich, kämpften in dem schweren Lehmboden ums Überleben. Der Komposthaufen, ihre ganze Hoffnung für die Zukunft, begann zu riechen. In der Nacht machten sich Ratten über ihn her, und Opossums verschlangen ihn wie einen riesigen Pudding.

Harry lehnte sich im Beifahrersitz des Jaguar zurück und war deprimiert. Bettina, die ihren Sitz weit vorgeschoben hatte, saß über das Lenkrad gebeugt und fuhr mit feuchthändiger Kühnheit, pausenlos hinter der Sicherheit ihres geschlossenen Fensters Beschimpfungen gegen Unschuldige ausstoßend. Die Lüftung verursachte kaum Geräusche. Es hatte zweiundzwanzig Grad im Wagen.

«Sieh dir bloß mal diese Idioten an!»

Sie hatten bei einer Verkehrsampel gehalten. Fahrräder kurvten um den Wagen, die Gesichter der Leute abgestumpft von düsteren Bestrafungen. Harry war überrascht, wie groß ihr Haß auf diese Gefangenen war.

«Häßlich», sang sie. «Häßlich, häßlich, häßlich.»

Bettina war auch nicht besonders hübsch. Er stellte sie in Gedanken mitten zwischen die Menschen draußen. Von der einen Frau stahl er einen graubraunen Mantel, von einer anderen eine Schultertasche, und nachdem er sie insgeheim damit ausgestattet hatte, ließ er sie direkt vor den Jaguar treten.

«In New York wird das auch nicht viel anders sein», sagte er. «Ganz gewöhnliche Menschen in den Straßen.»

«Unsinn. Die sehen so verdammt trostlos aus.»

«Was wird», fragte er, «wenn du in Amerika nicht reinkommst?»

«Schwachkopf», schrie sie und geriet vor einem Lastwagen ins Schleudern, als sie auf ihre Hupe drückte und zwei Männer mit einer Leiter auf die Seite sprangen. «Ich komme in Amerika schon rein, keine Sorge.»

«Und wenn nicht?»

«Ich werde reinkommen.»

«Und wenn nun irgendwas schief geht?»

«Möchtest du, daß was schiefgeht?»

Er antwortete nicht sofort. Er war der Geschäftsführer eines Unternehmens, dessen Wachstum und Erfolg sich jetzt einzig und allein auf Bettina stützte.

«Komm doch mit», sagte sie.

Er hob den Kopf und biß sich auf die Lippen. «Wohin?»

«New York.» Sie gab diesen beiden Wörtern das ihnen zustehende Gewicht. Es lag nicht das kleinste Körnchen Staub auf ihnen.

Die Lippe zwischen den Zähnen, konnte sie sich ein Lächeln nicht verkneifen und sah direkt, welche Bilder ihm durch den Kopf gingen, diese idealisierten Glastürme, Vance Joys Zauberkraft, aber auch neuere Träume, so leicht und beschwingt wie «The Talk of the Town» im *New Yorker.*

«Nein», sagte er und rückte mit seinem Körper ein wenig ab, damit er aus dem Seitenfenster sehen konnte.

«Du kannst doch nicht mal einen Nagel in die Wand schlagen.»

«Na und?»

«Es wird dir zuwider sein, das Leben im Busch.»

«Die Hütte ist schon fertig.»

«Du wirst nicht gehen», sagte sie und bog auf die Autobahn. «Du bist ein Stadtjunge. Du magst bequeme Dinge.»

Wie ein erfahrener Juwelier tippte sie auf den Fehler, den langen, dünnen Riß, der durch seinen Charakter lief: Er liebte Komfort, weiche Sachen, Seide, Samt, Wörter, die sich auch auf Weine anwenden ließen.

«Nein», sagte er noch einmal. «Ich kann nicht.»

Er konnte sich nicht vorstellen, was geschehen würde, wenn Bettina schließlich ging. Er beschloß zu glauben, daß sie nicht gehen würde.

«Ich glaube, wir kriegen von British Tobacco eine ihrer Marken», sagte er, um das Thema zu wechseln. «Adrian sagt, sie wollen mit einem Zwei-Millionen-Dollar-Start einsteigen.»

«Dann bin ich nicht mehr da. Komm doch mit, Harry, komm mit nach New York. Wir nehmen alle mit.»

Er zuckte zusammen, als er sich seine arme zerzauste Honey Barbara in New York vorstellte. «Wir können doch das Geschäft nicht einfach im Stich lassen. Nachdem wir es gerade erst aufgebaut haben.»

«Warum denn nicht?»

«Wir werden unsern Namen beschmutzen.»

«Wen kümmert das schon. Wir kommen ja nicht mehr zurück.»

«Man wird uns hassen deswegen», sagte Harry.

«Ich hasse *sie* auch», sagte sie schlicht.

Diese Stadt hatte Bettina nie ernstgenommen, was sie für die Vergangenheit vielleicht noch hätte gelten lassen können, aber jetzt nicht mehr. Man wußte sie nicht zu würdigen. Man behandelte sie wie eine Idiotin, und manchmal dachte sie sich nachts besondere Dinge aus, um sie zu bestrafen. Sie verlangte nicht viel von ihnen, nur Anerkennung für das, was sie geleistet hatte. Aber für die Stadt war sie ein Niemand: nur Mrs. Harry Joy.

«Sieh dir bloß diese elenden Hohlköpfe an.»

Sie hatten die Autobahn verlassen und hielten an einer Ampel.

Harry kuschelte sich in seinen Sitz. Er liebte den Geruch von Leder. Er fühlte sich in diesem großen weichen Wagen beschützt. Er wollte keine gleißende Hitze, Morast, Blutegel und harte Arbeit. Es stimmte, daß er keinen Nagel in die Wand schlagen konnte. Wenn Honey Barbara ihm Geschichten von Bog Onion Road erzählte, wollte sie ihn gewiß nicht erschrecken, aber wie hatten Schlangen und Polizei und Buschfeuer und ein Mann, der sich aufgehängt hatte, ihm je verlockend vorkommen können? Er schob die Krebskarte weit von sich, in die Dunkelheit, und versuchte, hier Sicherheit zu finden, im Schutze derer, die das Sagen hatten. Sie mochten ihn, und wenn sie ihn nicht mochten, dann schätzten sie ihn wenigstens. Er stand in ihrer Gunst, war in Mode, und seine Tage waren seinem Hierbleiben gewidmet, und seine Nächte dem Traum vom Untergang. Sie klopften ihm auf die Schulter und luden ihn auf einen Drink ein. Sie stellten Vermutungen an über seine Ansichten, irrten sich aber. Er lächelte und nickte und tat so, als wüßte er nicht, wie es war, auf einer Polizeistation vernommen zu werden oder durch die Korridore von Mrs. Daltons Free Enterprise Hospital zu gehen und den Rollbetten zu begegnen, in denen die Gefangenen zu ihrer Therapie gebracht wurden. Er sah ihnen in die Augen, und sie fanden ihn sowohl mutig als auch intelligent. Er verabscheute sie.

Er war ein Gefangener mit besonderen Privilegien, der seinen Wärtern Tee und Kaffee kochte, ihre Socken zusammenrollte, ihnen zu ihrem Spaß komische Geschichten erzählte, ihre Hemden bügelte, ihnen das Bett wärmte, wenn ihnen danach war.

Seine Seele stank nach Haarpomade: ein hinterhältiges, verschlagenes kleines Ding.

Honey Barbara und Ken und Lucy hatten ihm eine ganze Menge über die Struktur der Hölle beigebracht. Wenn er den Verwaltungsräten der State Gallery bei ihren seidig-gepuderten Gesprächen lauschte, konnte er genau erkennen, wo ihr Platz in dem Schema war. Sie waren es, die mit Giften handelten, das Ausmaß an Sicherheit bestimmten, die Reinheit des Wassers und der Luft oder, was wahrscheinlicher war, deren Mangel kontrollierten. Für sie gab es keine stechenden kleinen Qualen und Torturen, die ein Gefangener dem andern beibringen konnte. Sie besaßen das Privileg, viele spezielle Leiden und sogar den Tod beizubringen, den Kranken eine Behandlung vorzuenthalten, die Mutigen zu schlagen und die Armen zu quälen.

Schon die Glätte ihrer Haut erschreckte ihn, die Perfektion ihrer Fingernägel, die scharfen weißen Scheitel, die sie in ihr sorgsam geschnittenes Haar zogen.

Als er dem Geschäftsführer der Helena-Rubinstein-Vertretung am Schreibtisch gegenübersaß, konnte er sich gut vorstellen, wie ihm dieser lächelnde, kultivierte Mann («Sie haben nie Conrad gelesen? Dem müssen wir aber abhelfen.»), wie ihm dieser liebenswürdige Mann Qualen zufügte, nicht geistiger Art, sondern physische Qualen, in einem ganz gewöhnlichen hellblauen Zimmer, an einem sonnigen Nachmittag, während die restliche Welt ihren Geschäften nachging. Er sah Risse in der weichen äußeren Schale dieser Typen und erhaschte mit einem kurzen Blick die wilde Wut, die sie für diejenigen reservierten, die nicht gehorchen wollten.

«New York», sagte Bettina, «stell dir vor.»

Er stellte sich nicht New York vor. Er stellte sich Honey Barbara vor. Indem er sie festhielt, zerstörte er sie. All die Dinge, die er liebte an ihr, verblaßten allmählich: ihre Stärke, ihr Vertrauen, ihr Glauben an sich selbst, ihr Essen, ihr Körper, ihre Gedanken. Die andern machten sich über ihren Glauben lustig und nannten ihn Hokuspokus. Sie zweifelten an der Macht eines OM. Ihre schwieligen Füße waren weiß und weich geworden, früher waren sie fest und stark gewesen, aber jetzt waren sie groß und häßlich, Stadtfüße mit schuppiger Haut.

Bettina fuhr den Jaguar mit quietschenden Reifen in die Tiefgarage, rutschte über eine Öllache und kam an ihrem Platz zum Stehen. «Was meinst du?» fragte sie.

«Vielleicht», sagte Harry und verdrängte das Thema aus seinen Gedanken.

«Maybe Baby», sang Bettina und unterbrach sich, als sie merkte, wo Buddy Hollys Worte sie hinführten.

Honey Barbara trank mit Joel einen Scotch. Sie mochte den Geschmack von Scotch nicht; sie mischte ihn mit trockenem Ingwer.

Wenn Bettina nicht da war, wurde Joel zu einem Experten für praktisch alles. Er lag auf seiner Matratze und aß das Essen von Ken und Lucy und hielt ihr einen Vortrag über den Anbau von Gemüse. Er putzte seine Brille, rieb sich den Bauch, wischte sich seinen Ketchup-Mund mit einer Serviette ab, während sie am Tisch saß und mit dem verschütteten Ingwer Figuren zog. Nur so zum Spaß zählte sie in Gedanken auf, was Joel angeblich schon alles getan hatte. Er hatte in Texas eine Zeitung herausgegeben, eine Lastwagenfirma geleitet und später einen Busfahrerdienst, eine Rock-'n'-Roll-Band gemanagt, eine Reisegesellschaft sein eigen genannt, in Los Angeles und Caracas für McCann-Erickson gearbeitet, Messingware aus Pakistan importiert, war Disc-Jockey gewesen, hatte ein Hörspiel geschrieben, das von Orson Welles aufgeführt worden war, und war seit fünf Jahren bei Day, Kerlewis & Joy tätig. Obgleich er erst sechsundzwanzig war, wollte Honey Barbara ihm gern alles glauben, aber als er auch noch anfing, ihr zu erzählen, wie man am besten Kohl anbaute, wußte sie, daß er ein Angeber war.

Sie gähnte. Er bemerkte es nicht.

Der Fernseher war an, und er brachte es fertig, während dem Reden zuzusehen, machte gelegentlich mitten im Satz eine Pause, um irgendeinem abgedroschenen Komiker bei seinen Witzen zuzuhören, um dann in das scheppernde Gelächter einzustimmen. Harry und Bettina würden noch Stunden brauchen, bis sie kamen und sie vor ihm retteten, und Ken und Lucy waren unterwegs, um ihren «Leitfaden der positiven Seiten des Weltuntergangs» zusammenzutragen. Sie wünschte, sie wären da. Sie würde sich lieber mit ihnen streiten.

Die einzigen Dinge, die sie am Leben erhielten, waren die Dinge, die sie am meisten haßte: Streit, Mißklang, Bissigkeit, Lärm. Sie war empört über sich. Sie war empört, daß sie hier saß und diesem mit Batterienahrung gemästeten Mann zuhörte, der sie gönnerhaft behandelte.

Sie war betrunken, als sie aufstand, und das ekelte sie ebenfalls an.

«Gute Nacht, Joel.»

«Kuß», forderte er und bot ihr seine Lippen wie Rosenblütten dar, die Bewunderung verlangten. Küsse war ein gesellschaftlicher Brauch. Wenn die anderen nicht da waren, fügte Joel normalerweise noch einige andere Zärtlichkeiten dazu.

«Heute nicht», sagte sie.

Sie taumelte, als sie durch die Tür ging, und er rief ihr etwas nach, was vielleicht gar nicht gehässig gemeint war.

Es war ein Haus, in dem sie gelernt hatte, Geräusche zu unterdrükken, die Schmerzen oder Freude verrieten. Man schluckte sie herunter, verdrückte sie sich hinten in der Kehle, begrub sie unter Bettdecken oder ertränkte sie in rauschendem Wasser. Aber an diesem Abend waren die Hölzer des Hauses mit dem zischenden Geräusch der Ultraschallwellen aus dem Fernseher gesättigt, und das scheppernde Gelächter würde ihr Schluchzen genauso ersticken wie ein Kopfkissen. Sie lag auf dem Bett und weinte. Es war keine Freude oder Erleichterung dabei, nur Haß auf sich selbst und das Gefühl, keine Luft mehr zum Atmen zu haben.

Sie war früher auch schon manchmal einsam gewesen, war sich unerwünscht vorgekommen oder sogar ungeliebt, aber sie hatte sich noch nie überflüssig gefühlt. Sie war die Dekoration auf einer giftigen Torte. Sie war wie der große aufgeblähte Wal von einem Cadillac, der auf dem Rasen vor dem Haus hockte und Energie und Begeisterung und Interesse verbrauchte, ganz ohne jeden praktischen Nutzen. Seine Türen wurden mit plissierter Seide verkleidet, während sein Fahrgestell vor sich hinrostete.

Sie fühlte seine Hand auf ihrem Körper und entzog sich ihm.

«Nein, Joel, geh weg.»

Aber es war David, die dunklen Augen voller Mitgefühl, der zaghaft auf seines Vaters Bettrand saß.

«Hier.» Es war ein Taschentuch.

David hatte seine Meinung über Honey Barbara in jener Nacht geändert, in der sie die Geschichte von den Weckaminen erzählt hatte.

«Das ist eine Geschichte», begann sie, «die von Weckaminen im Wert von einer Millionen Dollar handelt.» Und sie erzählte die Geschichte, wie es üblich zu sein schien, in der Ichform. Sogar Harry tat das, und es war etwas verwirrend, weil er «ich» sagte, wenn das «Ich» in der Geschichte Vance Joy war, und einmal war es sogar Vance Joys Vater, aber es war immer «ich» in Bogotá und New York.

Die Geschichte war keineswegs von ihr selbst; sie war von ihrer Freundin Annette Brownlee, oder Annette Horses, wie man sie allgemein nannte, die mal, was sie behauptete, mit diesem Vorrat an Weckaminen zu tun gehabt hatte, der noch immer in einer Stadt in Europa vergraben lag. Honey Barbara, die in solchen Dingen stets Vorsicht übte, hatte aus Europa Südamerika gemacht, und gerade diese geografische Veränderung war es gewesen, die David Joy so begeistert hatte, denn er kannte ja die alte Stadt Quito in- und auswendig, und als sie die kleinen Plastikbeutel mit dem weißen Pulver und die feuchten unterirdischen Gänge beschrieb, wurde er ganz blaß, und seine Augen wurden zu schmalen Schlitzen, als hätte ihm jemand seine Träume wiedererzählt.

Ein paar Tage später merkte Honey Barbara, daß etwas passiert war. Aber sie wäre nie darauf gekommen, daß es die alte Geschichte von Annette Horses und ihren Weckaminen gewesen sein könnte. Schließlich handelte es sich dabei doch nur um eine Geschichte aus dem großen Repertoire der Drogen-Paranoia-Geschichten, die alle ein bißchen zu realistisch waren, um ihre romantische Ader zu treffen.

Annette Horses, und folglich auch Honey Barbara, beendete die Geschichte immer mit der Behauptung, daß sie der einzige Mensch auf der Welt wäre (der einzige Mensch auf der Welt, der nicht im Gefängnis saß), der wußte, wo sich diese Drogen befanden. Dennoch war es nicht Habsucht, die David veranlaßte, seine Meinung über sie zu ändern – er hatte lange genug in der Palm Avenue gelebt, um zu wissen, daß eine gute Geschichte immer ein bißchen romantischer war als das wirkliche Leben. («In jeder guten Geschichte sollte immer wenigstens ein Turm vorkommen», hatte Vance Joy gesagt, und, typisch für ihn, nachdem er diese Regel anläßlich einer Geschichte, in der es um einen Turm ging, aufgestellt hatte, setzte er sie in der Einöde aus, ein glitzerndes Bruchstück, das von seinen Nachkommen gehegt und gepflegt wurde.)

So allmählich, daß es zuerst gar nicht zu merken war, benahm sich David Joy Honey Barbara gegenüber immer höflicher, und nachdem er das erst einmal geschafft hatte, war er ihr auch behilflich. Er half ihr beim Abwaschen und einmal sogar beim Unkrautjäten im Gemüsegarten, obgleich ihm das trockene, weiche Gefühl zuwider war, das sich an seinen schmutzigen Händen festsetzte, so daß er sich, sobald die Höflichkeit es zuließ, zurückzog, um sie zu waschen und mit Bettinas Oil of Olaz einzureiben. Er ging nicht mit ihr spazieren, wie Harry es tat, und er strich auch nicht (anzüglich) um sie herum, wie Joel es tat, und er war mit Sicherheit viel zu schüchtern, um an der Küsserei teilzunehmen. Ab und zu sprach er mit seiner merkwürdig angespannten belegten Stimme mit Honey Barbara und gestand ihr in manchen stillen Stunden, wenn die übrigen anderweitig beschäftigt waren, ein paar von seinen Plänen ein, teilte ihr ein paar seiner Gedanken über Südamerika mit.

Sie hatte ihm von seinen Träumen nicht abgeraten. Besser für ihn, dachte sie, wenn er seinen Job aufgab und etwas Richtiges zu tun bekam.

Er zeigte ihr einige erlesene Teile seiner Träume, und sie sah etwas Schwarzes und wie Öl Glitzerndes, aber nicht ohne Schönheit. Während Joel vor dem Fernseher saß, blätterten sie und David manchmal zusammen im Atlas, und es gefiel ihr, daß er sie gern hatte, denn er hatte immer so verkrampft, so angespannt gewirkt, so unnatürlich, daß er für sie genau so etwas war wie die Bonsai-Bäumchen, die sie immer unheimlich gern befreit hätte: ihre Töpfe zerbrochen, ihre Wurzeln gelöst, sie zurück in den Busch getragen hätte, um sie dort ungestört wachsen zu lassen. Sie war stolz darauf, mit lebenden Dingen gut umgehen zu können, und sie hatte es gern, wenn David Joy ein Lächeln aufsetzte, und es machte sie stolz, zu sehen, wie er allmählich ruhiger und zutraulicher wurde. Wenigstens etwas Gutes, dachte sie, das ich in der Palm Avenue tun kann, und an diesem Abend, als alles so trostlos war, kam er zu ihr und reichte ihr ein wunderschönes Taschentuch aus gelber Seide.

Sie lag auf dem Bauch, und er berührte die Muskeln an ihrem Nakken. «Verspannt», sagte er mit weicher Stimme.

Er begann sie zu massieren, und sie war überrascht, zuerst, daß er sie überhaupt berührte, und dann, weil er es so gut verstand.

«Ich habe getan, was du mir geraten hast», sagte er. «Ich war in dem Workshop im Zen-Inn.»

Sie spürte, wie seine Finger die Verspannungen lösten und lächelte. Sie hatte ihn Dinge gelehrt, über die er sich zuerst lustig gemacht hatte, und sie lächelte bei dem Gedanken, daß er diese Dinge nun insgeheim befolgt hatte, und sie mußte sich vorstellen, wie sie ihn im Workshop behandelt haben mochten, sah ihn vor sich, wie er dort, in seinen blankpolierten schwarzen Schuhen und mit seiner teuren grauen Strickjacke ankam.

Selbst unter den heftigsten Wahnvorstellungen hätte sie nicht erraten können, daß David Joy diesen Augenblick seit einem Monat immer wieder einstudiert hatte, jede Nacht hatte er ihn in Gedanken nachvollzogen, hatte den Massagekurs aus diesem und nur aus diesem Grund und für diesen Augenblick mitgemacht. Er hatte sie mit einer List beobachtet, einer Heimlichkeit, die für ihn in keiner Weise im Widerspruch zu den Gefühlen seines Herzens stand. Er hatte beobachtet, wie sie allmählich zusammenbrach und brachte es tatsächlich fertig, gleichzeitig froh darüber zu sein und Harry als Urheber davon zu verurteilen.

«Ich muß hier oben sitzen. Okay?»

«Okay.»

Er massierte ihren Rücken, bearbeitete ihre Wirbelsäule durch ihr Unterhemd hindurch, bis sie es von allein auszog. Er lief schnell in sein Zimmer, um Öl zu holen. Es war wunderbar, wie er massierte, mit großer Sensibilität, und er wußte, wie wichtig ein ununterbrochener Strich war, als er ihr von den Fingerspitzen aus die Verspannung in den Schultern nahm.

Als er sie umdrehte, hatte sie die Augen geschlossen, und als er ihre schönen Brüste sah, mußte er nach Luft ringen hinter seinem gefrorenen Gesicht.

«Zieh deine Pluderhose aus.»

«Ich hab nichts weiter drunter.»

«Das macht nichts.»

Es hätte ihr der Verdacht kommen müssen, daß es irgendwie doch etwas machte, daß er sich vielleicht ein bißchen verändert hatte, aber soviel hatte er sich auch nicht verändert, er war noch derselbe dunkeläugige, undurchsichtige, verklemmte Junge, der sie anfangs nicht gemocht hatte und sie nicht hatte hier haben wollen; aber sie war anfällig für Massagen, und er mußte ein guter Schüler gewesen sein. Er bearbeitete ihre Beine, und dann ihre Arme und ihren Nacken und ihren Bauch, und ihre Brüste, und selbst da wußte sie noch nicht, daß es nicht okay war, aber als er die fleischigen Hügel seiner Handballen zwischen die Blütenblätter ihrer Schamlippen drängte, war sie so feucht, daß die Lüge aufflog.

Er hatte so viele Träume, so viele Phantasiebilder, Rache- und Liebesgefühle, Pläne, Hoffnungen, unmögliche Eldorados, daß er beim Berühren dieser duftenden Feuchtigkeit von Emotionen weggeschwemmt wurde, und seine Glieder wurden so weich, daß er stolperte, als er sich auszog.

Sein Körper war erstaunlich hart, aber in seinen sinnlichen Bewegungen auch geschmeidig wie eine Schlange, und sie nahm ihn mit einem leisen Laut in sich auf, der kaum als Wimmern oder Stöhnen zu vernehmen war.

Während sie sich liebten, waren ihre Augen geschlossen, und sie versteckte, was immer sie sah oder dachte, vor sich selbst. Sie spürte sein Zittern und wie er kam, bevor sie selbst soweit war, aber er stieß immer wieder und wieder zu, da sah sie in seine Augen und sah braune Flekken, fast wie Gold, und sie leuchteten wie Katzenaugen im Sonnenlicht. Er wünschte so verzweifelt, ihr Lust zu verschaffen, daß sie es ihm vorspielte, und dabei grub sie ihre Hände fest in seinen Rücken und biß ihn an einer Stelle, wo man es nicht sah, so daß er noch nach Wochen einen rotglühenden Fleck haben würde.

Dann – wie das Aufblitzen eines Messers in einer großen Menschenmenge, das von einer Tasche zur andern wandert, nur ein flüchtiger Blick, ein winziges Glitzern, wenn sich die Sonne darin fängt – bemerkte sie einen bestimmten Ausdruck in seinen Augen. Es war Triumph, kalter, harter Triumph. Sie verstand sofort, daß sie nur ein Traum war, den er in einem Netz gefangen hatte.

Du und deine verdammten Träume. Sie wischte seinen Penis sorgfältig mit dem gelben Taschentuch ab und schob sich die feuchte Seide zwischen die Beine, damit sich der Beweis ihrer Untreue nicht auf der Daunendecke abzeichnete.

Soweit hatte es also mit ihr kommen müssen, zu diesem Verrat, und da wußte sie, daß es höchste Zeit war, diese Menschen zu verlassen, die einen solchen Schwall Träume, Ideen und Ambitionen hatten, aber nie für die Gegenwart, immer nur für später, daher war es an der Zeit, sich davon loszumachen und sich dem zu stellen, was sie zu Hause erwartete, und zu hoffen, daß es noch so sein würde, wie es immer gewesen war: bessere und befriedigendere Freuden an kleineren, normalen Dingen, Freuden, die so alltäglich waren, daß diese Menschen hier nie etwas anderes darin sehen würden als Ermüdung, Wiederholung, Unbehagen und bestimmt keine Originalität.

Das Licht im Zimmer war schon immer schlecht gewesen, eine dürftige kleine 25-Watt-Lampe, die matte, graue Schatten warf, in denen nichts anderes zu erkennen war als der Zipfel eines gelben Taschentuchs, das zu einem glücklicheren Zeitpunkt wie das abgefallene Blütenblatt einer Jonquille zwischen ihren Beinen ausgesehen haben würde.

Es hatte zu regnen aufgehört, aber um drei Uhr nachmittags, an jenem Tag in der ungeahnten Zukunft, hing noch immer ein tiefer Dunst an den Bergwänden, und als David Joy von seinem Lastwagen stieg, war er darauf bedacht, sich nicht den Anzug schmutzig zu machen. Er zündete sich eine lange dünne Zigarre an, und als er die Streichhölzer wieder in die Tasche steckte, ließ er seine Hand drin stecken.

Der Lastwagen stand direkt unter der Brücke, von der aus die Touristen ihre Fotos machten und sich die Lastwagenfahrer die Blase zu erleichtern pflegten. Sie waren auf der armenischen Seite der Brücke von Militärsoldaten angehalten worden, und sein Passagier, der bescheidene, wütende Mann mit dem breiten Schulterzucken und den dunklen Schatten auf dem Gesicht, war erschossen worden, als er in den Schutz der runden Tanks laufen wollte, die sich als (Fabricá de Sulfato Amontaco) Düngemittelfabrik herausgestellt hatten.

Jemand von der lokalen Zeitung kam herausgefahren, um den Mann zu fotografieren, wie er mit dem Gesicht in einer Pfütze lag. Der Major war zu stolz, um einen solchen Unsinn zu dulden, und als er mit dem Reporter sprach, sah er ziemlich hochmütig aus. Sein Name lautete Major Miguel Fernandez. Er war dreiunddreißig Jahre alt, hatte eine olivgetönte Haut, einen kleinen Mund mit ungewöhnlich stark ausgeprägten, geschwungenen Lippen und umwölkte, ausdrucksvolle Augen. Er ließ die Schultern hängen, aber das war nicht das Schulterhängen eines Besiegten, sondern das eines Athleten, der aus irgendwelchen Gründen seine Tapferkeit vertuschen möchte. Seine Liebe galt nicht der Armee. Seine Liebe galt der englischen Literatur.

«Na, gut», sagte er, «vielleicht sollten wir einen Kaffee trinken gehen. Dann können wir uns über diese ganze Sache unterhalten.»

Gemeinsam machten sie einen Bogen um die Pfütze.

Es war ein modernes Café, das von seinem deutschen Besitzer errichtet worden war, um den Lastwagenfahrern und den Buspassagieren Geld abzunehmen, was ihm mit einigem Erfolg gelungen war. Er war dünn und ausgetrocknet wie eine Walnuß und thronte in seiner weißen Schürze auf einem speziellen Sitz, den er für sich und seine Kasse gebaut hatte. Hier spießte er die Rechnungen auf, gab Wechselgeld heraus und überblickte den weiß- und goldgefleckten Boden, die Neonlampen (drei verschiedene Farben), die lackschwarzen Kunststoff-Tische, die Flipperautomaten, und über ein Spiegelsystem konnte er sehen, wenn jemand vielleicht die Absicht haben sollte, das Lokal ohne zu zahlen zu verlassen.

Aber als David Joy und der Major sein Lokal betraten, stieg er von seiner Kanzel herunter und begleitete sie mit einem sparsamen Lächeln persönlich zu einer Nische am Fenster.

Miguel Fernandez setzte sich so hin, daß er sehen konnte, wie seine Männer den Lastwagen entluden. Er war von David Joys, wie er glaubte, englischen Manieren entzückt. Die lässige Art, wie er von seinem Lastwagen geklettert war und sich seine Zigarre angezündet hatte, nicht direkt wie David Niven, aber so ähnlich, wie ein Engländer eben. Er stellte ihm Fragen nach seinem Geburtsort, nach dem Zeitpunkt seines Eintreffens in Kolumbien, nach seinen Papieren und dergleichen, aber er tat all dies kultiviert, wie ein Mann mit Bildung, und streute dabei Details seines eigenen Werdegangs und seiner Familiengeschichte mit ein. Aber als er sah, wie einer von seinen Leuten Maschinengewehre aus einer Kiste hochhielt, krampfte sich ihm der Magen zusammen, denn er hatte unzweideutige Befehle erhalten, was unter derartigen Umständen (die offiziell als Ausnahmezustand deklariert wurden) zu geschehen hatte, Umstände, für die er nichts mehr übrig hatte. In einem Jahr würde er die Armee verlassen. Er würde in der Nähe der Universität von Medelin einen Buchladen aufmachen und Stevenson in der Übersetzung, aber auch auf Englisch verkaufen.

«Mr. Joy, was haben Sie in Ihrem Wagen geladen?»

«Motorradteile.»

«Und wenn ich Ihnen nun sage, daß es Gewehre sind und keine Motorradteile?»

David Joy nahm einen kleinen Schluck Kaffee. «Das war ein Auftrag wie jeder andere», sagte er. «Ich kann mich nicht damit aufhalten, in Kisten zu gucken.»

Miguel Fernandez nickte ermutigend. «Und er hat Ihnen Geld gegeben. Vielleicht haben Sie eine Quittung.»

«Nein, er hat mir kein Geld gegeben.»

«Das könnte für Sie aber sehr wichtig sein, Mr. Joy, daß er Ihnen Geld gegeben hat.»

David Joy übersah nicht, mit welchem Respekt er behandelt wurde. Er sog ihn in sich auf. Er fühlte sich schläfrig und träge, und er gähnte, bevor er antwortete: «Er wollte mir das Geld später geben», sagte er lächelnd. «Nach Ablieferung der Teile.» Er spürte keine Angst, überhaupt keine. Sein Kopf war völlig klar, vielleicht übertrieben klar, als stünde er unter dem Einfluß eines leichten Halluzinogens.

«Aber er hatte Geld.» Miguel Fernandez hatte kleine Hände mit rosigen Fingernägeln, und er spielte mit ihnen, indem er die Fingerspitzen aneinanderlegte und sie dann wie auf einer unsichtbaren Achse gegeneinander drehte. Wenn die Finger länger wären, dachte David Joy, wäre diese Angewohnheit zu akzeptieren gewesen.

«Ich habe ihm vertraut», sagte David und wagte sich auf einem imaginären Drahtseil ein wenig weiter nach vorn.

«Nein», sagte der Major traurig, «Sie haben ihm nicht vertraut. Man fährt nicht zehn Stunden lang für einen, der arm ist, weil der einem sagt, er würde später bezahlen.»

David gab dem Kellner ein Zeichen, ihm noch einen Kaffee zu bringen. Seine Handbewegung drückte Autorität aus.

«Wenn man ein Geschäftsmann ist, nimmt man Geld. Sie sind ein Geschäftsmann. Vielleicht haben Sie die Quittung bloß vergessen. Vielleicht hat er schon bezahlt, und Sie haben die Quittung in Ihren Akten.»

«Nein», sagte David Joy mit lächelndem Gesicht. (Was hier geschieht, ist etwas Besonderes. Ich bin etwas Besonderes.) «Ich habe keine Quittung.»

«Aber ein Kommunist sind Sie nicht.»

«Sehe ich aus wie ein Kommunist?» Hier, in Gefangenschaft, fühlte er sich freier denn je zuvor.

«Dann schreiben Sie sich um Himmels willen selbst eine Quittung, Mr. Joy.»

«Aber ich kann keine Quittung schreiben, weil der Mann mir kein Geld gegeben hat.»

«Dann sind Sie also doch ein Kommunist.»

«Sie wissen genau, daß ich kein Kommunist bin. Der Mann hat mich gebeten, für ihn die Ware zu transportieren.»

«Sie sind wirklich sehr dumm. Bleiben Sie hier.»

David Joy blieb allein am Tisch zurück, und er machte sich einen Spaß daraus, sich selbst zu beobachten.

Major Fernandez telefonierte mit Bogotá. Die Verbindung war schlecht. Er feilschte um David Joys Leben, während David Joy am Fenster saß und eine lange dünne Zigarre rauchte und schwarzen Kaffee trank. Kinder kamen herein und blieben bei der Tür stehen. Er lächelte sie an, und sie versteckten sich. Es war wie in einem Traum, und es war in mancher Hinsicht absolut perfekt. Es war nicht wie das unwürdige Erlebnis mit den beiden messerschwingenden Gaunern gewesen, das ihn zurück in die Sicherheit seiner Kelleruniform hatte schlüpfen lassen. Alles, was er tat, war elegant und stolz. Auch seine Bewegungen, alles absolut perfekt. Mit großartiger Geste zündete er sich eine neue Zigarre an.

Als der Major zurückkam, betrachtete David den exotischen Charakter seiner Uniform, die romantischen Züge seines Gesichts, seine vornehme Art, sich zu bewegen, die zerknitterte Zigarettenschachtel, die er auf den Tisch legte. Es war wie in einem Film. Es war, als wäre er nie in Kolumbien gewesen, sondern gerade eben erst in diesem Sessel abgesetzt worden.

«Sie wollen mich dazu bringen, Sie zu töten», sagte der Major. «Es wäre einfacher für Sie, gleich selbst von der Brücke zu springen.»

David senkte den Kopf und lächelte. Ihm gefiel die Art, wie der Major die Bemerkung vorgebracht hatte. Er bot ihm eine Zigarre an und war freudig überrascht, als der Major sie annahm.

«Sie haben mein Wort, daß ich kein Kommunist bin.»

Der Major sah ihn mit neu geweckter Hoffnung an. «Sie haben von den Gewehren nichts gewußt?»

Einen Augenblick gestattete sich David, die flehenden Augen des Mannes mit Verachtung zu strafen.

«Ich habe es mir denken können», sagte er, «doch.»

«Ich werde Sie nicht erschießen», sagte Major Fernandez zu ihm. «Egal, wie sehr Sie es sich auch wünschen.» Und damit waren die Spielregeln schließlich festgelegt.

Die Nacht brach herein, und sie saßen noch immer da. Die Soldaten kamen ins Café geschwärmt und setzten sich an die Tische und tranken Kaffee und spielten Karten. Der Deutsche machte einen unglücklichen Eindruck, beklagte sich aber nicht. Allerdings hatte es den Anschein, als wäre das Ganze gar nicht so schlecht fürs Geschäft. Ganz im Gegenteil. Die Einheimischen kamen, um sich den Mann in dem weißen Anzug anzusehen, und natürlich kauften auch sie sich Kaffee und Zigaretten. Als der Major mit Bogotá telefonierte (wer würde das zahlen?), wurde es still im Raum, denn alle hörten ihm zu, wie er um das Leben des Mannes in dem weißen Anzug kämpfte. Der Fremde, sagte der

Major, sei kein Kommunist. Er sei ein Verrückter. Man sollte ihn vielleicht des Landes verweisen oder in ein Asyl stecken, aber nicht erschießen.

David Joy bestellte Wein für die Soldaten. Die Soldaten reichten die Flaschen auch den Leuten aus der Stadt. David kaufte noch mehr Wein. Der Deutsche lächelte nicht mehr, aber sein Bleistift fuhr behende kritzelnd über das Papier, und gelegentlich holte er unter einem Vorsprung einen kleinen elektronischen Rechner hervor und hantierte damit herum, bevor er ihn wieder an seinen Platz stellte.

Major Fernandez bemühte sich, den Holzköpfen in Bogotá die wesentlichen Grundzüge David Joys zu erläutern, aber er machte sich dabei nur selbst zum Narren. Er hatte Familie beim Militär. Er verärgerte mitten in der Nacht wertvolle Kontakte, die er besaß, nur um David Joy zu retten, der inzwischen mit den Soldaten Karten spielte, mit einem Mädchen aus der Stadt tanzte (nur einmal, aber unter großem Applaus) und Fragen beantwortete, die ein fünfzehnjähriger Junge hin und zurück übersetzte.

«Haben Sie keine Angst?» fragte man ihn.

«Ich bin bei einem Gewittersturm auf die Welt gekommen», sagte er.

Eine Frau gab ihm einen Schal zum Draufsetzen, damit er sich nicht etwa seinen Anzug auf den Kaffeehausstühlen schmutzig machte. Er nahm ihn huldvoll an, wie es ihm zustand. Dafür erzählte er ihnen Geschichten, die Satz für Satz übersetzt wurden.

Gegen drei Uhr früh kam Miguel Fernandez an den Tisch zurück, mit einem Glas Wein in der Hand und aufgeknöpfter Uniformjacke.

«David», sagte er, «Sie brauchen nur zu sagen, wohin die Gewehre gebracht werden sollten.» Er lächelte. «Mehr nicht.»

Ein paar von den Leuten aus der Stadt waren schon nach Hause gegangen. Aber der fünfzehnjährige Junge war noch da und übersetzte jedes Wort für die Zuhörer. Sie warteten. Sie sahen David Joy an, hielten Gelächter bereit, wie im Raum umherfliegende Tauben.

«Nein», sagte David Joy.

«Non», übersetzte der Fünfzehnjährige überflüssigerweise.

Sie wußten nicht, daß er diese Information gar nicht hätte geben können. Aber selbst wenn er es gewußt hätte, steht dahin, ob er sich dazu hätte hinreißen lassen. Er konnte die Vollkommenheit von all dem, von dieser reinen, makellosen, perfekten Angelegenheit, nicht beschmutzen. Dieser einmaligen, perfekten Angelegenheit.

Wahrscheinlich wären die Zuschauer auch bis zum bitteren Ende dageblieben, hätten sich draußen in der kalten Dämmerung versammelt und wären mit hinuntergegangen, unter die Brücke, wo die Hinrichtung stattfinden sollte. Aber der Major warf sie in einem Anfall wilder Wut hinaus, schleuderte ihnen Beschimpfungen nach.

«Aasgeier», schrie er, «Geschmeiß. Haut ab, bevor es zu spät ist.»

So daß die Prozession, als es soweit war, nur von dem Deutschen begleitet wurde, und er schloß das Café ab, bevor er der Gesellschaft bis zu dem sumpfigen Uferstreifen des Flusses folgte. Als er den Major und den Mann im weißen Anzug ansah, fuhr ihm durch den Kopf, daß eigentlich der Major aussah, als wäre er derjenige, der hingerichtet werden sollte, und der andere, als müßte er das Schießen besorgen.

Es war kalt, Davids Eier schienen sich bis hinauf in den Magen zu ziehen, und er spürte, wie sein Hodensack zu einem festen harten kleinen Beutel wurde. Er mußte pinkeln. Ob er sich vollpinkelte, wenn er gestorben war, während er starb? Er zitterte am ganzen Körper. Er blieb stehen und drehte sich um, um seine Blase zu entleeren. Die andern blieben auch stehen. Die Männer beobachteten ihn. Sein Penis war vor Kälte geschrumpft. Er drehte ihnen den Rücken zu, weil er nicht wollte, daß sie an seiner Männlichkeit zweifelten. Er beobachtete, wie Dampf aufstieg, als der warme Urin auf den Boden floß. Es war genauso ein Gefühl wie damals in seiner Kindheit, wenn er Sonntag abends auf der Autobahn all die Wagen gesehen hatte, die vom Wochenendausflug heimkehrten.

Er hatte überhaupt keine Angst. Von Anfang an hatte er keine Angst gespürt. Es war alles so leicht gewesen. Wenn er gewußt hätte, daß es so leicht sein würde, hätte er sich keine Sorgen zu machen brauchen.

Es bekümmerte ihn viel mehr, daß er auf dem Hang zum Ufer ausrutschte und sich seinen Anzug hinten schmutzig machte.

«Verdammter Mist», sagte er.

Aber als er in das kranke, melancholische Gesicht von Miguel Fernandez sah, war jeder andere Kummer vergessen.

«Kopf hoch», sagte er zu ihm und spürte wieder ein wenig von der prahlerischen Tapferkeit in sich, die ihn in der Geborgenheit des Cafés erfüllt hatte, als sich die Soldaten um ihn versammelten und die Musikbox spielte und er mit diesem Mädchen getanzt hatte, dessen Namen er nicht kannte. «Seien Sie froh, Miguel. Sie können gleich ein üppiges Frühstück zu sich nehmen.»

«Sie sind ein Narr», sagte der Major bitter.

«Möglich.»

«Es wäre nicht nötig. Bitte, David...»

Einen Augenblick zögerte er. Einen kurzen Augenblick lang waren seine Ohren von Furcht erfüllt wie von flatternden Flügeln.

«Doch», sagte er, «es ist nötig.»

Und er trat vor und stellte sich mit hinter dem Rücken verschränkten Händen ans Ufer. Er baute sich vor den unglücklichen Soldaten auf wie jemand, der in einem Fremdenverkehrsort mitten auf einer Kreuzung für die Fotografen Aufstellung nimmt. Der Morast am Boden blieb für die Kamera verborgen.

«Na, los, macht schon», sagte er, «beeilt euch.»

Miguel Fernandez hätte den Leichnam lieber nicht noch mal angesehen, aber man erwartete es von ihm. Als er auf den zusammengesunkenen Körper zuging, der eben noch so lebendig gewesen war, war er auf den Ausdruck häßlichen Erstaunens, der auf dem Gesicht des Toten lag, noch nicht vorbereitet, und er ahnte auch nicht, daß zwanzig Jahre später die Frau seines Sohnes eines Abends die Geschichte von dem Mann mit dem weißen Anzug zum besten geben würde. Die Geschichte entsprach nicht ganz den Tatsachen; sie war mit den andern Geschichten vermischt, die David Joy in jener Nacht erzählt hatte.

Die Geschichte von dem Mann mit dem weißen Anzug hatte einen förmlichen Schluß, es ist immer derselbe – wie die Sonne herauskommt, während er zu Boden sinkt, und es heißt *Pero era sólo una mariposa* (aber es war nur ein Schmetterling) *que se volaba* (der fortflog).

Die Silberfolie von süßem Konfekt fünfundzwanzig Jahre später. Aber das wußte nicht einmal Miguel Fernandez.

Harry Joy fand Honey Barbara morgens einhundert Meilen entfernt auf dem Highway One wieder, und wenn er zwei Minuten früher oder zehn Minuten später gekommen wäre, hätte er sie wahrscheinlich überhaupt nicht wiedergefunden.

Er hielt den Jaguar vor ihr an und sah, wie sie auf das Auto zugelaufen kam. Als sie die Tür zum Beifahrersitz aufmachen wollte, erkannte sie ihn.

«Ich komme nicht zurück», sagte sie.

«Ich weiß.»

«Ich gehe nach Hause.»

«Ich bringe dich hin.»

Sie machte die Tür auf und sah ihn an, zögernd stützte sie ihr Bündel gegen den Sitz. «Es sind vierhundert Meilen.»

«Das macht nichts.»

«Aber nicht bis ganz hin.» Sie warf ihr Bündel auf den Rücksitz und machte die Tür zu.

Es war für sie beide eine schwierige Reise, aber wenigstens wußten sie beide, daß es nichts zu sagen gab.

«Ich mag dich nicht so weich», sagte sie einmal und berührte die Manschetten an seinem Hemd.

Er verstand nicht und lächelte schmerzlich.

«Ich mag dich hart. Nicht mit dieser ganzen Seide.» Sie ballte die Fäuste und lächelte.

«Was meinst du?»

«Wir haben schöne Zeiten zusammen verbracht, Harry.»

«Ja.»

«Wir haben ein paarmal schön zusammen geschlafen.»

«Ja.»

Sie fuhren durch den Sonntagsverkehr, vorbei an riesigen Ananasfrüchten und Bananen aus Fiberglas, eingekeilt in Busse und Menschen mit verstohlenen Pickeln am Hintern.

«Kann ich dich mal besuchen kommen?»

«Man würde glauben, du wärst ein Spion.»

«Wer würde das glauben?»

«Es sind Realisten», sagte sie und versank in ihrem Sitz und sah den Scheibenwischern zu, die den Regen vom Fenster schoben.

Es war fünf Uhr, und es wurde schon dunkel, als sie ihn bat, in der Biegung zur Paddy Melon Road anzuhalten, mitten in der Asphaltkurve, wo die Paddy Melon Road zwischen den Kasuarinen hindurch über viele Pfützen und einen festen Streifen aus festgestampftem Lehm bergab führte. Es hatte aufgehört zu regnen, aber hinter dem Mount Warning hingen schwere tintenblaue Wolken.

«Es wird bald regnen», sagte er.

«Mir macht der Regen nichts», sagte sie. «Bestimmt warten schon alle drauf. Wir haben im Winter Dürreperioden.»

«Wirst du mir schreiben?»

Sie biß sich auf die Lippen, und dann gaben sie sich einen verlegenen Kuß, ihre Körper beugten sich über die Lehnen der Schalensitze und die Instrumente des Jaguars.

Sie nahm das Bündel und schlug die Tür zu, ohne ihn noch einmal anzusehen, und er blieb bei laufendem Motor im Wagen sitzen und blickte ihr nach, wie sie die Kiesstraße hinunterging. Er bemerkte, wie sie von Zeit zu Zeit zusammenzuckte, wenn ein scharfer Stein in ihre nackten weichen Füße schnitt.

Es war Freitag mittag, und in der Stadt waren viele Menschen unterwegs. Die Leute blieben stehen, um sich nach Bettina umzudrehen, aber weniger wegen ihres gutsitzenden schwarzen Kleides oder des Seidenschals mit der Signatur seines berühmten Designers, den sie an ihrer schwarzen Tasche befestigt hatte, noch wegen ihres stolzen Gangs, fast ein Schreiten dieser plumpen Beine, sondern wegen des unverhohlenen Zorns, den sie mit sich trug. Ihre Wangen waren flach, geradezu eingefallen, wie sie es immer waren, wenn sie zuviel getrunken oder eine Wut hatte, aber jetzt war sie nicht betrunken.

Sie stieß gegen Passanten und sah sich nicht einmal um.

Sie blieb an einer Verkehrsampel stehen, und eine alte Frau mit Schnurrbart zwinkerte ihr zu.

«Kopf hoch, Kleines.»

«Blöde Kuh», fuhr sie sie an. Ihr Kleid war von Cardin, ihre Schuhe von Gucci.

Sie hatte einen solchen Zorn, daß sie nicht wußte, wohin damit. Nein, nicht Zorn – nackte Wut. Man hatte Bettina Joy für dumm verkauft. (Was für eine Närrin, was für eine Idiotin.)

Sie betrat das Ecklokal gegenüber dem Bahnhof. Es war eine Stehkneipe. Man machte ihr Platz und bediente sie sofort. Sie bestellte einen doppelten Scotch, kippte ihn in einem Zug herunter, bestellte noch einen und trank auch den.

Sechsundfünfzig Männer sahen ihr schweigend zu.

«So ist's recht, Mädchen.»

Bettina verzog das Gesicht zu einem Ausdruck offener Verachtung, so daß die gesamte Bar in Lachen ausbrach. Sie warf Geld auf den Tresen und ging hinaus.

Bis heute war das Leben fast vollkommen gewesen. In den drei Monaten seit Honey Barbaras Auszug hatte sich Harry voll in die Arbeit gestürzt, sie alle hatten sich in die Arbeit gestürzt. Jetzt gab es keinen richtigen Grund mehr, frühzeitig nach Hause zu kommen oder überhaupt nach Hause zu kommen. Sie machten sich in einem elektrischen Topf Suppe warm, tranken ein bißchen (aber nicht viel) Weißwein. Sie machten sich Toast. Wer gerade Zeit hatte, machte den Toast, das spielte keine Rolle. Sie änderten den Firmennamen in Joy, Joy & Davis um, und genauso war es: sie waren ein Team. Es herrschte eine derartige Stimmung der Erregung, der Kameradschaft, und es machte überhaupt nichts (es bedeutete sogar alles), bis um drei Uhr früh zu arbeiten oder sogar, wie es bei der zweiten Mobil-Vorlage geschehen war, bis es hell wurde. Sie tippten ihre Berichte selbst und banden sie ein. Es gab nichts, was sie nicht konnten: Sie war gut mit Anzeigenentwürfen, Harry war gut mit Verkaufsstrategien, und Joel hatte endlich gezeigt, daß er in bezug auf Details besser war als alle anderen. Joel schrieb die Konferenzberichte. Er brachte I-Pünktchen und T-Balken mit einer Begeisterung zu Papier, daß es sie manchmal fast verrückt machte.

Erst vor zwei Wochen hatten sie einen Brief geöffnet und festgestellt, daß sie bei der New Yorker One Show sechzehnmal vertreten waren. Texter: Bettina Joy, künstlerische Gestaltung: Bettina Joy, und so weiter.

Ihr voraussichtlicher Gewinn für das laufende Jahr belief sich auf 300 000 Dollar.

Das New Yorker Handelsblatt druckte eine von Bettinas Pressemitteilungen.

Und dann, an diesem Morgen, in diesem düsteren kleinen grauen Zimmer mit dem schmiedeeisernen Balkon, dieser sterilen Imitation aus Paris, mit dem Wartezimmer, das nach Methyl stank, hatte sie nicht mit mehr Hangen und Bangen gesessen als beim Zahnarzt, während er das Röntgenbild an die Tafel heftete und in einem Bericht las.

«Mrs. Joy», sagte er, «waren Sie mal über längere Zeit Benzindämpfen ausgesetzt...?»

«Sagen Sie es mir», forderte sie.

Er war groß und sah gut aus und hatte einen etwas verschmitzten Blick. Sie mochte ihn, auch wenn ihr sein Job verhaßt war.

«So etwas», er machte eine Pause und blickte wieder auf das Bild, «so etwas haben wir eigentlich immer nur bei Leuten angetroffen, die lange Zeit Benzindämpfen ausgesetzt waren. Mechaniker, Tankstellenwärter...» Er verstummte und lächelte bei diesen Vergleichen entschuldigend.

«Sagen Sie es mir.»

«Selbstverständlich», sagte er, «werden wir noch ein weiteres Gutachten einholen.»

«Es ist etwas Schlimmes.»

«Waren Sie mal längere Zeit Benzin ausgesetzt?» Er rang sich ein Lächeln ab. «Wohl kaum.» Dann wich er ihrem Blick aus und sah wieder auf die Karte, die vor ihm lag: «Ich fürchte, es ist bösartig. Eine ziemlich schlimme Angelegenheit.»

«Ja.» Sie konnte sich ganz normal benehmen. Sie würde es können. Jedes Mal, wenn sie sich diese Szene in Gedanken vorgespielt hatte, war sie zusammengebrochen. «Ja, schon gut. Ich glaube, ich habe es gewußt.» Das stimmte nicht. SIE HATTE ES NICHT GEWUSST. SIE HATTE ES SICH NICHT EINMAL VORGESTELLT.

Sie mußte die Wahrheit herausfinden.

«Es handelt sich um eine besonders bösartige Form, die normalerweise von Benzin verursacht wird.»

«Benzin erzeugt Krebs?»

Er schnalzte traurig mit der Zunge und zog die Lippen seitlich über die Zähne. «Das Benzol im Treibstoff, um genau zu sein.»

«Ich finde, so was sollte man den Leuten sagen», bemerkte sie trokken. Sie war stolz auf sich. Sie hatte Stil. Man hatte ihr mitgeteilt, daß sie Krebs hatte, und sie machte ironische Bemerkungen. Aber er hatte es ihr immer noch nicht gesagt.

«Wieviel Zeit bleibt mir noch?» stellte sie die übliche Frage. Sie sprach es aus, um es ungesagt zu machen. Er würde sagen: Oh, *tödlich* ist es nicht. So war es geplant.

Wie gut sie ihn hereinlegte.

«Oh», sagte er, «vielleicht noch ein Jahr.»

Und erst, als er den Satz zu Ende gesprochen hatte, wurde ihm bewußt, was für einen entsetzlichen Fehler er begangen hatte, als er sah, wie sich ihr Gesicht verzerrte und in sich zusammenfiel; in ihren Zügen spiegelten sich Wut und Niederlage im Kampf miteinander, aber sie bezwang beide durch die reine Kraft ihres Willens.

«Ich benötige mehr als ein Jahr», sagte sie.

«Mrs. Joy...»

«Das ist ja lächerlich!» sagte sie. «Ich benötige drei Jahre, um es in New York zu was zu bringen. Ich schaffe es nicht in einem.»

Er faltete die Hände und rieb sie gegeneinander, es hörte sich trocken an, wie Papier.

«Warum sagt man es den Leuten nicht?» fragte sie.

«Wie, bitte...?» Er wühlte in seiner Schublade, in der er eine 10-ml-Ampulle Valium hatte.

«Benzin erzeugt Krebs. Sie hatten also doch recht.»

Er schämte sich. Er hatte es verpatzt. «Wer hatte recht, Mrs. Joy?»

«Das blöde Hippie-Mädchen hatte recht. Sie sagte, Benzin würde Krebs erzeugen...»

«Es gibt eine ganze Reihe krebserzeugende Stoffe.»

«Saccharin? PVC?...»

«Ja», sagte er überrascht.

«Und warum sagt einem das niemand?»

Er füllte die Spritze. «Ich gebe Ihnen jetzt eine Spritze.»

«Was ist das?» Und ihre Augen füllten sich sofort mit neuer Hoffnung.

«Valium», sagte er und hielt den Blick gesenkt.

«Das können Sie vergessen», sagte sie.

«Es hilft Ihnen, damit Sie sich besser fühlen.»

«Mir kann nichts helfen, mich besser zu fühlen», sagte sie, «nachdem man mich derart zum Narren gehalten hat.»

Ihr ganzes Leben war auf einer einzigen Scheiß-Lüge aufgebaut.

Später mußte Harry denken, daß sie es, wenn sie mehr Zeit zum Nachdenken gehabt hätte, nicht getan haben würde, wenn Lucy zu Haus gewesen wäre, wenn Honey Barbara noch dagewesen wäre, wenn Joel nicht gerade zu Krappe hinausgefahren wäre, und wenn er selbst nicht mit Adrian Clunes essen gewesen wäre.

Er täuschte sich. Alles, was sie tat, war wohlüberlegt.

Er wußte noch, wie er vom Essen nach Hause gekommen war und ungläubig auf die zerrissenen Mobil-Entwürfe vor der Tür gestarrt hatte.

«Was war los?» fragte er Joel, der hinter seinem Schreibtisch saß.

«Sie hat es sich anders überlegt.»

«Gut», hatte er gesagt. Daran erinnerte er sich noch. So kamen Bettinas beste Arbeiten immer zustande, zuerst lehnte sie eine gute Kampagne ab und dann kam sie mit etwas ganz Hervorragendem an. «Gut.»

An diesem Abend hatten sie alle vorgehabt, zur Krappe-Verkaufstagung für «Süßzahn» zu gehen, aber Bettina ließ sich entschuldigen, weil ihre Anzeigen noch nicht fertig waren. Sie legte eine Notiz in Harrys Terminkalender, auf der stand, daß die Zeit für die Mobilpräsentation auf elf Uhr festgelegt wäre, und daß sie ihn um 10.45 Uhr unten im Café erwarten würde.

Als Harry nach Hause kam, schlief sie. Als Bettina aufstand, schlief Harry.

Sie mußte geradewegs ins Büro gegangen sein.

Wie sich die Kellnerin noch erinnern konnte, war die ganze Sache recht heiter abgelaufen. Im Sitzungssaal waren alle sehr gelöst, und es sah so aus, als freuten sie sich auf das Treffen. Sie hörte auch, wie sich Mrs. Joy für die Abwesenheit ihres Ehemanns entschuldigte, und Mr. Jones, der Marketingdirektor, hatte vorgeschlagen, die Sitzung zu vertagen, aber Mrs. Joy hatte geantwortet: «Nein, das ist nicht nötig. Da müssen Sie eben mit mir vorliebnehmen.»

Alle hatten gelacht.

Mrs. Joy hatte um einen starken schwarzen Kaffee gebeten, und als man sie darauf hingewiesen hatte, daß es nur eine Sorte Kaffee gäbe, hatte sie zwei Tassen verlangt. Sie hatte sehr vornehm ausgesehen in ihrem weißen Leinenkostüm und dem großen weißen Hut. Normalerweise trug sie keinen Hut, dachte die Kellnerin noch bei sich, aber er stand ihr gut, und der Präsident hatte irgendeine Bemerkung darüber gemacht. Bettina war ein bißchen rot geworden und hatte sich über das Kompliment gefreut.

Es fehlte eine Tasse, weil Mrs. Joy zwei hatte, und die Kellnerin war gerade mit einer neuen für Mr. Bernstein zurückgekommen, als Bettina dabei war, einen großen Pappkarton auszupacken. Sie stellte drei große Flaschen Benzin auf den Tisch.

Mr. Cleveland sagte irgend etwas darüber, daß das nun wirklich nahe am Produkt wäre.

Es sieht nicht so aus, als hätte Bettina noch Zeit gefunden, ihren Werbefeldzug darzulegen. Vielleicht ließ sie sich von der ihr angeborenen Ungeduld fortreißen. Aber man kann es sich gut vorstellen, wie sie oben, an der Kopfseite des Tischs, stand und die Männer sich in ihren Sesseln zurücklehnten, mit einem Lächeln auf den Gesichtern, und das kleine Schauspiel, das eine gute Präsentation darstellt, genossen.

«Das hier», hatte sie vielleicht gesagt, «ist Benzin.»

Ganz offensichtlich ein Scherz.

Und falls die Dochte nicht schon in den Flaschen gewesen waren, hatte sie vielleicht sogar die Spannung genossen, die beim Hineinstekken entstanden war. Sie muß es verstanden haben, ihr Interesse wachzuhalten – bisher hatte niemand den Saal verlassen.

Hatte sie überhaupt etwas von Krebs gesagt?

Wenn ja, dann mußte sie es ganz schnell getan haben, wie einen Fluch, könnte man sich denken, so daß keine Zeit blieb für Fragen.

Miss Dobson, deren Schreibtisch vor dem Sitzungssaal stand, neben dem Büro, des Geschäftsführers, glaubte gehört zu haben, wie Mrs.

Joy das Wort «Schleim» ausstieß, und dann gab es auch schon diese schreckliche Explosion, der kurz hintereinander zwei weitere folgten, und ganz plötzlich ging die Sprinkleranlage an und überflutete den ganzen achten Stock, und Mr. Cleveland kam aus dem Sitzungssaal gestürzt und brach schreiend vor ihr zusammen. Sie hatte ihn zuerst gar nicht erkannt. Er rollte in die Vorhänge und setzte sie in Brand.

Nur eine einzige Werbeanzeige überlebte dieses Inferno (was man von Menschen jedenfalls nicht sagen konnte), und unter der blasigen, durchsichtigen Folie war die Headline zu lesen, in Goudy-Schrift mit Groß- und Kleinbuchstaben: «Benzin ist mein Mörder», hieß es da, und die Kunst der Werbung spiegelte sich auf interessante Weise in der Tatsache wieder, daß es ganze vier Stunden dauerte, bis sich jemand die Mühe machte, den Haupttext zu lesen und zu erfahren, daß der Tod in der Titelzeile ein Krebstod war.

So daß sich Harry, als ihn die Polizei an diesem schrecklichen, gräßlichen grauen Tag in dem düsteren kleinen Büro in der Forschungsabteilung von Mobil zum erstenmal vernahm, nur ein Motiv denken konnte.

«Sie müssen ihre Entwürfe abgelehnt haben», sagte er.

Die Gesichter in der Palm Avenue waren grau und wächsern. Sie waren wie betäubt und stellten die Nachforschungen nicht in Frage, bewunderten aber auf eine vage, zerstreute Art den Stil, in dem die Polizei ihre Nachforschungen anstellte, weniger durchsuchte, als vielmehr Kleidungsstücke geradezu zärtlich in die Hand nahm, Gegenstände zu streicheln schien, und wenn sie ihre großen, derben Hände hinter die Sofas gleiten ließen, taten sie es mit einer Geschicklichkeit, fast Zartheit, die im Widerspruch zu ihrem sonst recht ruppigen, maskulinen Benehmen stand. Sie kletterten auf Stühle und musterten tote Insekten in Lampenschirmen; sie arbeiteten sich durch die Bücherregale und rückten Bücher mit einer solchen Behutsamkeit auf die Seite, daß man es für Respekt hätte halten können.

Es waren nur zwei, Macdonald und Herpes – dessen flammendes rotes Gesicht irgendwie eine Verbindung zu seinem unglücklichen Namen andeutete –, und obgleich sie beide den Rang eines Detective innehatten, war es Macdonald, der das Ganze zu leiten schien. Sie waren beide groß, aber eher breit als hochgewachsen, Typen, die manchmal, häufig sogar bewundernd, mit einem Kleiderschrank verglichen werden. Sie trugen Shorts und lange weiße Socken. Sie hatten Notizblöcke.

Herpes scheuchte alle in die Küche, und Macdonald nahm sie sich alle einzeln im Eßzimmer vor, um sie zu verhören. In der Küche drehte sich die Unterhaltung darum, wer Kaffee und wer Tee wollte, oder es ging um so prosaische Dinge wie Namen und Geburtsdatum und Geburtsort. Geduldig ließen sie all dies über sich ergehen.

Nebenan ging es ernster zu, und gelegentlich wurde das leise Gemurmel im Eßzimmer von Schluchzen unterbrochen, wenn jemand mit schmerzhaftem Strandgut der Erinnerung zusammenstieß.

Es war der 13. September, die Jahreszeit, in der es in der einen Nacht stickig und heiß sein kann und in der nächsten bitterkalt, als lägen Kräfte im Widerstreit, die um die Fortdauer des Winters oder für den Beginn des Sommers kämpften, und in der einen Nacht gewannen die einen und in der nächsten die andern.

In der Nacht nach Bettinas Tod regierten die Kräfte des Winters.

Ihr Atem hing schwer in der Luft, als sie sich wie Nachbildungen ihrer selbst um den Küchentisch setzten, und nur der Atem, den sie ausstießen, deutete an, daß sie aus Fleisch und Blut waren.

Man hatte ihnen bis jetzt noch nicht gesagt, wie oder warum Bettina gestorben war. Die Polizei hatte gerade erst Bettinas Werbetexte gelesen und erwähnte absichtlich nichts von ihrer Krebserkrankung. Die Vernehmung, sagten sie, sei Routine.

Das folgende Verhör mit Joel war nicht untypisch, obgleich man es auch schwerlich als Routine bezeichnen konnte. Man stelle sich vor, wie der Polizist am schmalen Ende des Eßzimmertischs sitzt (wie weit entfernt einem jene verrückten Nächte jetzt vorkamen), zu seinen Füßen steht ein Heizkörper, und auf dem Tisch liegen an die dreißig Bücher, meist Taschenbücher, fein säuberlich auf einem Stapel. Die Titel dieser Bücher könnten auf ein Haus mit weitaus tieferen politischen Neigungen hindeuten, als dies der Fall war. Die revolutionären Pamphlete Kropotkins, Ernest Mandel über Trotzki, eine Volksausgabe von *Das Kapital* in zwei Bänden, *Soziale Ausbeutung* und dergleichen. Diese Bücher gehörten alle Lucy, aber das Buch, das Macdonald am meisten interessierte, war *Die Krebs-Strategie* von Samuel S. Epstein, das sich Honey Barbara gekauft und nach seiner fünfzigsten deprimierenden Seite weggelegt hatte.

«Haben Sie irgendwelche besonderen Theorien über die Ursache von Krebs?»

«Nein, nicht direkt.»

«Glauben Sie, das Krebs politisch ist?»

«Ich weiß nicht.»

«Kann man jemandem die *Schuld* dafür geben?»

«Ich glaube, ja.»

«Was wollen Sie damit sagen?»

«Na ja, manche Leute glauben, daß er von Chemikalien kommt, hab ich mal gehört, aber ich weiß nicht...»

«Was für Leute waren das?»

«Da war mal so 'ne Frau, wie sie richtig heißt, weiß ich nicht, wir nannten sie Honey Barbara.»

«Haben sie sich oft getroffen, um darüber zu reden?»

«Nein, das waren keine richtigen Treffen. Wir haben nur was zusammen getrunken.»

«Haben Sie das Buch hier schon mal gesehen?»

«Nein.»

«Aber Sie schlafen doch auf der Matratze da?»

«Ja. Das hab ich Ihnen doch schon gesagt.»

«Dieses Buch lag unter der Matratze.»

«Das Bett wurde von einer Reihe Leuten benutzt, andauernd.»

«Eine Reihe Leute? Sie sagten doch, Sie hätten nur mit Mrs. Joy geschlafen!»

«Tagsüber haben da Leute draufgesessen, wissen Sie, wie auf einem Stuhl.»

«Und obgleich Sie auf diesem Buch geschlafen haben, haben Sie es noch nie gesehen?»

«Nein.»

«Was würden Sie wohl sagen, wie dick es ist?»

«Fünf Zentimeter.»

«Sie haben auf einem fünf Zentimeter dicken Buch geschlafen und es nicht gemerkt?»

«Nein.»

«Glauben Sie, daß Leute, die Krebs erzeugen, umgebracht werden sollten?»

«Darüber hab ich noch nie nachgedacht. War es etwa das, was Bettina getan hat?»

«Wie groß sind Sie?»

«Warum wollen Sie das wissen?»

«Wie groß sind Sie?»

«Einssiebenundsiebzigeinhalb.»

Und so weiter.

Sie hoben sich Harry bis zuletzt auf. Als er das Zimmer betrat, war er bereit, entgegenkommend zu sein, absolut höflich zu sein. Umgekehrt hoffte er aber auch, etwas über den Tod seiner Frau zu erfahren. In der Küche machte sich ein Gefühl von Scham breit. Als hätten sie alle irgend etwas falsch gemacht und würden nun dafür bestraft werden.

Aber Macdonald ging schon bald dazu über, ihn über Honey Barbara auszufragen.

«Ich weiß nicht.»

«Die andern sagten, sie wäre Ihre Freundin gewesen.»

«Nein, das stimmt nicht.»

Macdonald sah ihn an und saugte an seinen Zähnen. Er hatte ein großes Gesicht und kleine Ohren, wie zarte Henkel an einem häßlich gearbeiteten Topf.

«Hören Sie, mein Guter...» begann er. Weiter kam er nicht. Diesen Ton hatte Harry schon mal gehört. Es war der Ton eines Polizisten, der glaubt, mit Drohungen etwas zu erreichen, aber das würde er nicht zulassen.

«Wissen Sie, wer ich bin?» sagte Harry und fuhr mit seinem Gesicht dicht an das von Macdonald. «Wissen Sie, wer meine Freunde sind? Ist Ihnen eigentlich klar», er stand auf, und da es albern gewesen wäre, wenn Macdonald auch aufgestanden wäre, thronte Harry über ihm, «daß der Präsident von Mobil ein enger Freund von mir war? Nicht nur meine Frau...» er zögerte, «ist tot, sondern meine Kollegen sind es auch. Und wenn Sie mir jetzt hier zu nahe treten wollen, mir und meiner Familie heute abend Schwierigkeiten machen wollen, dann werde ich ans Telefon gehen, und dann sollen Sie einen solchen Tritt in den Arsch kriegen, daß sie sämtliche Zähne ausspucken.»

Macdonald zögerte.

Es war ein Zeichen für das große Vertrauen, das Harry in seine gesicherte Stellung in der Hölle setzte, daß sein langsam wachsender Zorn über das Benehmen der Polizei, sein Kummer, sein Ärger darüber, daß Macdonald das Eßzimmer requiriert hatte und nicht die Küche, daß niemand das Feuer im Kamin anzünden würde, wenn er es nicht tat, in einer so kontrollierten, seidiggewandeten Zurschaustellung von Wut mündete.

Macdonald, der zur Kenntnis genommen hatte, daß das Haus zwar teuer, aber nicht erstklassig war, zeigte sich genauso überrascht – noch überraschter –, wie die Leute in der Küche, die erwartungsvoll auf ihren Stühlen rückten und warteten.

Als Macdonald nachgab, lag das nicht daran, weil Harrys Gesicht rot angelaufen war und ihm seine Augen gelb aus den Höhlen quollen, und auch nicht, weil er ein Witwer war, möglicherweise unschuldig, oder weil er einen so teuren handgearbeiteten Anzug anhatte, dessen extravagante Feinheiten an Macdonald verschwendet waren, sondern weil Harry gesagt hatte, dann «sollen» Sie einen solchen Tritt in den Arsch kriegen, daß Sie sämtliche Zähne ausspucken.

In dieser Kombination aus Korrektheit und Heftigkeit lag etwas, auf das er instinktiv reagierte, und er beschloß, ihn wenigstens für den Augenblick für unschuldig zu halten.

«Wir haben einen unangenehmen Job auszuüben», sagte er steif und rückte seine Notizen zurecht, «und wir bemühen uns, alles so angenehm wie möglich zu gestalten. Ich kann verstehen, daß Sie außer Fassung sind.»

Harry nickte und trat einen Schritt zurück, damit der Mann aufstehen konnte.

In einer Nacht wie dieser (an den großen Eßzimmerfenstern rüttelte der Wind, der große Feigenbaum kratzte gegen die Wand an der Westseite des Hauses) würden sie Erbsensuppe aus großen weißen Schalen, gebackenes Gemüse und Honey Barbaras Apfelauflauf gegessen haben. Sie würden eine 2-Liter-Flasche Raussan Segla geöffnet haben. Bettina hätte in ihrem Ohrensessel gesessen, mit müdem Gesicht, ein Glas in der Hand, während Joel zu ihren Füßen gehockt und sanft ihre üppigen Waden gerieben haben würde. Und alle wären sie vorübergehend in süßem Schweigen gefangen gewesen, begleitet nur von dem Oboenspiel des Windes, dem Rascheln des Feigenbaums und dem leisen Schlagen der Tür.

Ah, würde Honey Barbara gedacht haben, all die Träume! Und hinter den Augen, in denen sich das Flackern des Feuers spiegelte, die schimmernden Schatten dekadenter Utopien gesehen haben.

Aber heute abend war das Zimmer dunkel, nur die Straßenlaternen warfen einen blauen Schein, der wie verschüttetes Licht unter dem Wachs des gebohnerten Fußbodens gefangen war, und ihre Augen waren so tot, daß selbst das Licht der Lampen, die sie später anmachten, daran nichts ändern konnte.

Nur Joel war völlig entflammt, und es wäre niemandem in den Sinn gekommen, daß die Energie, die er aufbrachte, um das Feuer anzuzünden und das Essen zuzubereiten, dem keiner von ihnen gewachsen war (Schinken, Eier, Pfannkuchen, Ahornsirup), nicht von schier unerschöpflichen Lebensreserven zehrte, sondern vielmehr dem glich, was Schmeißfliegen aufbrachten, wenn sie hinter Glas gefangen waren.

Sie bewunderten seinen Optimismus, waren aber gleichzeitig darüber verärgert. Sie wollten einen warmen Platz, um frei heraus und ohne Scham weinen zu können, doch er legte ihnen vernünftige, praktische Dinge in den Schoß.

Dennoch vermochte nichts das Bild auszulöschen, das sie alle insgeheim mit sich herumtrugen: rußgeschwärzt, brandblasig, Bettinas unsichtbarer Leichnam, dieser Haufen Kot, der hartnäckig vor ihnen auftauchte, sich zeigte, sich präsentierte, ja, sogar direkt vor ihren geöffneten Augen vorbeimarschierte.

Zu den praktischen Dingen, über die sie sprachen, auf Decken und Matratzen vor dem Kamin kauernd, gehörte die Notwendigkeit, sich über Honey Barbara auszuschweigen. Es war Harrys Vorschlag, und sie waren alle dafür, außer Joel, der nicht einsehen wollte, warum es so wichtig war.

«Ich hab es ihnen schon gesagt», sagte Joel, «aber sie haben sich nicht dafür interessiert.»

«Sie haben sich sehr wohl dafür interessiert», sagte Harry, «sie haben mich nämlich auch danach gefragt. Wenn sie dich noch mal fragen, dann sag, daß du dich geirrt hast.»

«Warum?»

«Weil sie arm ist», fuhr Harry ihn an. «So geht das, nicht wahr? Weil wir reich sind, lassen sie uns in Ruhe. Wir haben uns unsere Sicherheit erkauft.»

«Du warst phantastisch», sagte Lucy. «Du warst wunderbar.»

«Aber wir haben doch nichts angestellt», sagte David.

«Das spielt keine Rolle», sagte Ken. «Mich haben die Bullen mal wegen Dope total fertiggemacht, dabei konnte es gar nicht mein Vorrat sein, weil der in der Teekanne war, ein riesiger Klumpen Hasch, und die haben Tee draus getrunken. Das Zeug, wegen dem sie mich drangekriegt haben, haben die mir untergejubelt, aber das konnte ich vor Gericht nicht sagen. Harry hat recht. Arme Leute nehmen die schwer in die Mangel.»

«Aber wir haben doch nichts getan», sagte Joel.

«Die brauchen keinen Grund», sagte Harry.

«Weil Bettina 'ne Menge reicher Leute umgebracht hat», sagte Ken. «Und reiche Leute haben es nicht gern, wenn andere reiche Leute dran glauben müssen. Das macht sie verrückt.»

Feierlich wurden Tranquilizer ausgeteilt, die sie mit Cognac herunterspülten, damit sie besser wirkten, und dann legten sie im Kamin Holz nach und machten sich darum herum ein Lager, ohne auch nur ein Wort darüber zu verlieren, warum sie etwas so Ungewöhnliches taten. Sie kauerten sich auf einen unordentlichen Haufen Matratzen, unförmige Gestalten unter blauen Laken und verblichenen Daunendecken, wie Reisende in einem Wartesaal in einem fremden Land.

Nur Joel blieb wach, hielt das Feuer in Gang. Um ein Uhr hörte Harry ihn in der Küche Pommes frites machen.

Das Geräusch war aufdringlich und aufreizend, ein anhaltendes Bum, Bum, Bum. Es war Lucy, die sich in eine Decke wickelte und an diesem grauen, verhangenen Morgen die nassen Stufen herunterging.

Das Geräusch kam unter der Veranda hervor und wurde, wie sie später feststellte, von Kens elektrischem Bohrer erzeugt, der an einem Kabel hing und gegen einen der hohen Holzpfeiler des Hauses schlug: Bum, bum, bum.

Es war jedoch nicht der Bohrer, den sie sah, es war Joel, der das dicke schwarze Kabel benutzt hatte, um sich damit aufzuhängen. Seine blankgeputzten Schuhe reichten bis fast zwei Zentimeter über dem Boden, und der Geruch, der schreckliche Gestank seines Kots, ließ keinen Zweifel offen, daß er sich wenigstens diesmal keinen Scherz erlaubte.

Die Polizei hatte kein Mitgefühl mit ihnen. Sie steckten wieder alle in die Küche und begannen das Ganze noch mal von vorn. Aber diesmal waren ihre Gesichter blaß vor Erregung, und als Harry den ungeduldigen Zug um Macdonalds Lippen sah, wußte er, daß es keine Sicherheit für ihn gab in der Hölle. Für diejenigen, die das Sagen hatten, war er *persona non grata*.

Sie pferchten sie zusammen wie eine Rinderherde, zerrten sie einzeln heraus, um sie nacheinander zu verhören, manchmal nur für eine Frage, für zehn Sekunden, und dann ging's zurück ins Gehege.

«Hier herein.» Lucy wurde ins Eßzimmer gerufen, in dem Harry stand.

«Sagen Sie das noch mal in ihrer Gegenwart», forderte Macdonald Harry auf.

«Ich habe diese Karte noch nie gesehen», sagte Harry.

«Okay, schaff sie wieder raus.» Es war enervierend. Genauso wie vor einer Maschine, die einem Tennisbälle zuwirft.

«Wie groß sind sie?»

«Einsachtzig.»

«Wann haben Sie Joel kennengelernt?»

Jetzt war niemand mehr nett. Herpes zeigte nicht mehr das Foto von seinem Ferienhaus herum. Macdonald erzählte keine Witze mehr. Weitere Polizisten, mit Bärten und langen Haaren, begannen das Haus zu durchsuchen, ohne stilvoll und ohne freundlich zu sein. Draußen in der Garage verwendeten sie einen ratternden Elektrobohrer, um den Jaguar auseinanderzunehmen.

«Sie glauben, Joel hätte etwas damit zu tun gehabt, nicht wahr?» sagte Ken zu Herpes.

Herpes hob seinen dicken Finger in die Luft und zog die rotgeränderten Augen zusammen. Ken schwieg.

Die Polizei fand Pässe, Flugtickets nach New York, eine Krebskarte. Sie zweifelte nicht daran, daß Joel etwas mit der Sache zu tun gehabt hatte.

Nachdem alle einmal verhört worden waren, kam Macdonald in die Küche und lehnte sich gegen die Tür.

«Ihre Familie», sagte er, «hat mindestens zwei Terroristen Unterschlupf gewährt, möglicherweise mehr. Ich hatte die unerfreuliche Pflicht, letzte Nacht größtenteils bei jenen Familien zu verbringen, in denen Väter und Ehemänner von zwei Personen aus diesem Haus ermordet wurden. So daß wir heute», er biß sich beim Sprechen in die Backe und sah Harry nachdenklich an, «kein Geschrei oder irgendwelche Drohungen hören wollen. Wenigstens», er lächelte leise, «nicht von Ihnen.» Es war ein freundliches Lächeln, daher um so erschreckender.

Schließlich, nach einer weiteren Runde von Verhören, ging die Polizei und ließ ein mit Büchern übersätes Haus und einen zerlegten Jaguar in der Garage zurück, dessen Verkleidung auf dem Rasen verstreut lag.

«Sie hatte Krebs», sagte Harry langsam. «Sie hatte verdammt noch mal Krebs.»

Niemand hörte ihm zu. Sie hatten anderes im Kopf. Sie stellten das Radio an, um sich vor Wanzen zu schützen. Sie drehten Wasserhähne auf und unterhielten sich flüsternd. Sie hatten noch immer große Pullover und dicke Socken an, obgleich es am Nachmittag plötzlich sehr warm geworden war. Die Wolle kratzte auf ihrer Haut.

Ken und Lucy stritten sich mit David. Ken bohrte einen schmutzigen

Finger in Davids Kaschmirbrust. David sah erschrocken aus, aber er blieb bei seiner Meinung.

«Sie hatte Krebs», sagte Harry. «Von diesem Haus, von dem Zusammenleben mit uns.»

David hatte sich unter Macdonalds Nase ein Flugticket gestohlen, hatte es vom Tisch genommen, während er dem Polizisten in die Augen sah. Ken stieß ihn gegen den Kühlschrank.

«Es ist mein Ticket», sagte David.

«Ich will dein Ticket nicht, Kleiner», sagte Ken.

«Du kriegst es auch nicht.»

Ken schloß die Augen vor Schmerz. Er ging zum Küchentisch und setzte sich hin.

«Die Mittelklasse ist doch ein echter Kackhaufen!»

«Du kannst mich nicht aufhalten», sagte David, aber er bewegte sich nicht von der Stelle. «Ich war es, der seinen Paß versteckt hat. Wenn ich gehen will, dann gehe ich.»

«Und läßt uns hier in der Scheiße sitzen», sagte Lucy. «Typisch.»

«Was für eine Scheiße? Wir haben doch nichts getan.»

«Sie hatte Krebs», sagte Harry, aber niemand war interessiert. Das Radio gab den Verkehrsbericht durch. Auf den Brücken waren Sperren. David und Lucy vergaßen alle eventuellen Abhörgeräte und begannen sich gegenseitig anzuschreien. Ken saß mit aufgestütztem Kopf am Küchentisch.

Harry konnte den Krebs in der Luft spüren. Er war die ganze Zeit hier gewesen. Er saß in den Wänden wie Sporen, wie Schimmelpilz, unsichtbar, aber immer gegenwärtig in dem, was sie atmeten, was sie aßen. Er konnte in seinem eigenen Körper die Zellen aufsteigen fühlen, sich vermehren fühlen, gegen ihn antreten fühlen, um ihn dazu zu bringen, um Gnade zu bitten, um den Tod, um Erlösung, langsam, qualvoll, über eine Ewigkeit von Schmerzen hinweg, die man euphemistisch ‹eine lange Krankheit› nennen würde.

Was jetzt begann, war möglicherweise die niedrigste, beschämendste Periode seines Lebens. Fünf Stunden Panik, in denen er Ken und Lucy dem Geheimdienst überlassen und mit seinem Sohn um Geld kämpfen würde.

Aber sein Verhalten wies Ähnlichkeit auf (wenn auch vergleichsweise harmloser Art) mit der Panik, die zehn Jahre später die gesamte westliche Welt (und Teile des industrialisierten Ostens) ergreifen sollte, als die Krebsepidemie tatsächlich um sich griff. Und sie kam in einer Zeit tiefster Rezession, mit Rohstoffmangel, Arbeitslosigkeit und der Bedrohung durch einen Atomkrieg, und sie gab einer Zivilisation den Rest, die bis dahin ihre brüchigen Teile noch immer hatte zusammenhalten können, mit Baumwollfäden aus materiellem Optimismus, der an die Stelle des älteren sozialen Systems aus Religion und herkömmlichen Bräuchen getreten war. Doch nun ließen sich die wütenden Krebsopfer nicht mehr durch Einrichtungen zügeln, die so simpel waren wie Alice Daltons Station L, sondern sie gingen hinaus auf die Straße, und was als Demonstrationszug begann, entwickelte sich zu halborganisierten Banden, die zuerst raubten und plünderten, um an Heroin zu kommen, und dann wegen allem möglichen, und Bettinas Handlung bei Mobil war nichts weiter als ein kurzes Aufflackern vor dem Wirbelsturm, den ihre Wut dann entfachte.

Wenn man Harry Joy nun also dabei beobachtet, wie er in Panik durch sein Haus rennt, dann hat man die Beruhigung, zu wissen, daß er gar nicht so schrecklich wunderlich ist. Seine Krebskarte ist, wie irgendein tödlicher Spielautomat, schließlich zum Leben erwacht (der Groschen ist gefallen). Seine Haut prickelt, sein Magen krampft sich zusammen, und an der Stelle, an der, wie er (fälschlicherweise) annimmt, seine Leber sitzt, fühlt er eine merkwürdige Kälte.

Und so haben wir ihn vor uns: raubend und plündernd, wie er die Schubläden seines Sohns (netter Junge, soll mal Arzt werden) nach Geld durchwühlt, und ja, wie er sich doch tatsächlich mit dem Jungen herumbalgt, wegen eines Bündels Geldnoten, das vom Tisch gefallen ist und jetzt verstreut im Zimmer liegt. Sie rutschen auf den Knien am Boden, um sie aufzuheben. Er packt seinen Sohn am Fuß und setzt sich auf seine Brust, und aus dieser Position heraus schließt er marktschreierisch und mit hochrotem Kopf ein Geschäft ab.

«Halbe-halbe. Okay?»

«Okay.»

Aber als er ihn losläßt, geht die Balgerei von neuem los, und es gibt wieder einen Kampf, und der Sohn muß erneut unterworfen werden, diesmal mit einem Schlag mit der flachen Hand, der ihn halb taub zurückläßt und ihm in dem Flugzeug, in dem er sich in Kürze befindet, große Schmerzen bereiten wird.

«Du wirst es nicht brauchen», knurrte Harry und rutschte über den Teppich, um die Scheine aufzulesen. «Aber ich brauche es. Ich gehe fort.»

«Ich gehe auch fort.»

«Wohin denn?»

«New York.»

Sie rissen sich um ein Foto von Bettina, und David ergatterte das größere Stück. Harry ging in sein Zimmer und packte eine Tasche, stopfte Seidenhemden hinein, als wären es Devisen. Er kam gleich nach seinem halbtauben Sohn unten an. David hatte einen Koffer bei sich.

«Du hältst dich wohl für besonders clever, was?» fuhr Ken David an, «aber die Bullen sind nicht blöd. Die werden wissen, daß du das Ticket eingesteckt hast.»

«Direkt unter ihrer Nase», sagte David, aber er blieb dicht bei der Tür auf seinem Koffer sitzen.

Harry setzte sich an den Tisch und ließ sich von Ken Tee eingießen.

«Du bist vielleicht ein Idiot», sagte Lucy zu ihrem Bruder.

Er spuckte ihr ins Gesicht. «Du bist auch nicht gerade klug», sagte er, «blöde Kuh.»

«Warum haltet ihr nicht endlich alle den Mund», sagte Ken ruhig. Er drehte sich eine Zigarette und betrachtete sie eingehend, während er es tat. «Wir können nichts anderes tun, als ruhig zu bleiben und zusammenzuhalten. Wir haben nichts angestellt. Diese Bullen hier sind nicht wie die Drogenschnüffler – die sind nicht alle krumm. Die denken nur, daß wir Terroristen sind, und nachher werden sie merken, daß wir keine sind. Wenn ihr alten Waschweiber wegrennt, nehmen die uns alle in die Mangel. Die werden die Eingeweide aus uns rausprügeln, und euch erwischen sie sowieso. Es ist ganz egal, was ihr denen sagt, wenn die glauben, daß ihr was angestellt habt, dann machen sie euch fertig.»

«Ich weiß, wo ich hingeh», sagte Harry.

«Wohin denn?»

«Aufs Land.»

«Zu Schätzchen Honey Barbara», sagte Lucy. «Honey Barbara hält dich für 'n alten Scheißkerl, Harry. Wahrscheinlich wirst du als Hexe verbrannt.»

Aber es war zu erkennen, daß weder Vernunft noch Logik einen von den beiden zurückhalten würden, und David ging, ohne Lebewohl zu sagen, und Harry blieb noch etwas. Er blieb während des schweigend eingenommenen Essens, bestehend aus Sardinen auf Toast. Er blieb während des Fernsehens, bis es aus war. Er blieb im Wohnzimmer sitzen, als Lucy und Ken ins Bett gingen.

Sie lagen im Bett und lauschten auf Geräusche. Im Haus rührte sich nichts.

«Er wird gehen», sagte Ken. «Morgen früh ist er nicht mehr da.»

Um zwei Uhr wachten sie von einem wohlbekannten Geräusch auf.

«Der Cadillac.»

«Mensch, Scheiße. Ach, soll er ihn doch nehmen.»

Sie lagen da und hörten zu, wie er quer über den Rasen fuhr und den Wagen in die Auffahrt lenkte.

«Dieses hinterhältige Schwein», sagte Lucy, als der feine Kerl zum letztenmal durch die Palm Avenue davonfuhr.

Der Pan-Am-Jumbo startete planmäßig um zwanzig Uhr in den aufziehenden Gewittersturm. Blitze zuckten neben Davids Sitz durch den Himmel. Unten, zwischen aufgerissenen Wolken, erhaschte er einen Blick auf das gelbe Spinnennetz beleuchteter Straßen, die ihn endlich freigegeben hatten.

Er stand vor den Blitzen und stellte sich den Ungeheuern der Nacht.

TEIL SECHS

Blaues Brot

und Saphire

Daze ging über den Hügelkamm und suchte nach dem Padoukholz. Es war ein heißer Novembermorgen, und der Razorback war in dünnen blauen Dunst gehüllt, und der Wind vom Meer fuhr durch die Gummibäume und warf ihre silbrigen Schirme hin und her. Er hatte verschlafen. Bald würde es zu heiß sein für diese Arbeit. Er schwang den Schlaghammer über seine Schulter und schüttelte den kleinen Beutel mit Keilen, den er in der Hand hielt. Nur zwei Keile. Die Leute gingen zu sorglos um mit den Keilen. Er mußte immer daran denken, als es noch fünf gewesen waren, in allen Größen. Damals war es viel leichter, Zaunpfosten zu spalten, mit nur zwei Keilen war das viel schwieriger, vor allem bei Padouk, dessen Maserung oft fast korkenzieherförmig verlief. Es war schwieriger mit nur zwei Keilen, aber zwei Keile reichten noch immer aus. Keile waren etwas ganz Erstaunliches.

Er hatte die Vierzig überschritten, aber sein Körper war fest und drahtig, und die braunen Beine unter seinen zerfetzten Shorts waren die Beine eines jungen Mannes. Er hatte ein spitzes Kinn, das sich unter dem etwas spärlichen, gekräuselten Bart verbarg, und eine spitze, neugierige Nase, an deren Seiten kleine, humorvolle Augen lagen. Er war high und vergaß andauernd, warum er hergekommen war.

Das Holz.

Und er hatte über den Keil nachgedacht, den kleinen Keil, und wie erstaunlich es doch war, daß der kleinste Keil schließlich dieses alte graue Holz zerteilen würde, um sein verborgenes rotes Herz zutage zu fördern. Er dachte gar nicht irgendwelche tiefen Dinge, aber er genoß seine Gedanken, und er entdeckte immer wieder Neues und entdeckte es auf diese Weise jeden Tag neu. Wenn er Gesellschaft gehabt hätte, würde er über Keile gesprochen haben, würde seine Überlegungen mit «Hmms» und «Ahs» unterstrichen haben, und sein Begleiter hätte sich manchmal amüsiert, manchmal gelangweilt, wäre manchmal sogar von seinen Gedanken angeregt worden. Vielleicht (mit großer Sicherheit) hätten sie über die Möglichkeit, neue Keile herzustellen, diskutiert und sich alle möglichen Methoden überlegt, wie das geschehen könnte, angefangen mit dem Schmelzen von Eisen, oder sogar noch früher, mit dem Schürfen, vielleicht auf dem rostroten Feld drüben, das den Krishnas gehörte, und dann, wie man die Verhandlungen mit den Krishnas einleiten sollte, vielleicht, indem man zuerst einmal Paul Bees oder Honey Barbara hinschickte, denn es war ihnen erlaubt, ihre Bienenkörbe in den Eukalyptuswäldern aufzustellen, natürlich gegen einen prozentualen Anteil am Honig.

Fast wäre er an dem Padoukbaum vorbeigegangen. Er lag direkt unter dem Kamm des Hügels, sein toter grauer Stamm war in zehn Stücke geschnitten, damit das harte rote Holz mit der dicken hohlen Röhre, die durch seine Mitte verlief, zu sehen war.

«Hmm.» Er holte die Mandarine aus seiner Tasche und schälte sie. Er bewunderte die feinen Spritzer, die herausschossen, als er die Schale abzog. Eines Tages würden sie quer durch das ganze Grundstück, das ihnen gehörte, einen Zaun für die Ziegen haben, bis hierher und über den Hügelkamm, und wieder bis fast hinunter ins Tal, zum Regenwald. Dieses Jahr war dafür kein Geld übrig, denn man hatte ihnen die Ernte geklaut, aber die Bäume zu fällen und sie zu Pfählen zu spalten kostete nichts. Später würden sie den Draht besorgen und den Zaun spannen, aber inzwischen gab es eine Menge zu tun. Er dachte noch immer über die Krishnas nach. Es waren nicht gerade die freundlichsten Leute auf der Welt, aber auf jeden Fall verstand von denen da drüben jemand was davon, wie man Mais anbaute. Ihr Mais war groß und süß und gelb, die Körner saßen üppig wie gelbe Erbsen an den Kolben.

Das ist ja interessant, dachte er – sie haben gelbe Gewänder. Gelber Mais. Er überlegte, ob ihm nicht noch andere gelbe Dinge einfielen, die die Krishnas besaßen. Gelbe Lastwagen fielen ihm ein, und gelbe Melonen, aber ihre Melonen waren nicht so gut.

Als er damit begann, den ersten Padoukstamm der Länge nach zu spalten, zählte er sich noch immer gelbe Dinge auf, wog die Zauberkraft der Krishnas im Hinblick auf Gelb ab. Er überlegte, welche Bedeutung gelb in der Farbenlehre hatte, aber das fiel ihm nicht ein. Er würde mit Crystal darüber reden.

Wenn er arbeitete, tat er es mit aller Kraft, schwang den Hammer und legte sein ganzes Gewicht mit hinein, wenn er ihn niedersausen ließ. Pfähle abspalten war mehr eine abgehackte Angelegenheit, nicht so befriedigend, wie wenn man eine Sense schwang, das war runder und rhythmischer, und sogar das Schärfen der Sense war ein Vergnügen, wenn man die Schneide sowohl scharf, aber doch ein wenig gezackt hinbekam, so daß sie, wenn man damit durchs Gras fuhr, nicht so sehr wie der Schnitt von einer Rasierklinge war, sondern ein wenig geriffelt, und das Gras, plop, weich auf die Seite fiel.

Während er arbeitete, wanderten seine Gedanken von einer Sache zur nächsten, wie ein Flüßchen, das sich einen Weg bergabwärts sucht. Heute abend mußte er drei Ziegenböcke schlachten. Daran konnte er sich nie gewöhnen, konnte sich nie an den Tod gewöhnen, auch wenn er es Heather nicht zeigte. Sie tauschten das Ziegenfleisch gegen Fleisch ein, wofür andere Leute getötet hatten. Er konnte keinen Ziegenbock töten, ohne an seinen zweiten Sohn zu denken, selbst heute noch, und es war schon zehn Jahre her, seit es passiert war (und diese winzigen Hände von ihm!). Er wurde unten im Tal begraben, und dann kamen Inspektoren vom Gesundheitsamt, die ihn wieder ausgruben. Jetzt wußten sie wenigstens, daß man Geburten nicht melden durfte. Sie meldeten nichts mehr. Sie hatten neunundachtzig Kinder hier, und niemand auf der ganzen Welt wußte was von ihnen. Zwei waren begraben worden. Wären sie gemeldet gewesen, hätte man nicht mal das tun können. Diese Schweine nahmen einem die eigenen Toten weg und zwangen einen, sie in ihre Löcher zu legen.

Scheiße!

Beide Keile waren in den Baum gerammt. Er hätte den Tomahawk mitbringen sollen, um ihn als dritten Keil zu verwenden. Er war zu zuversichtlich gewesen. Er sah sich nach einem harten Gesteinsbrocken oder einem Stück Holz um, das sich statt dessen verwenden ließ.

Er schlenderte ein Stückchen den Hügel hinunter, und da sah er, quer über einer umgestürzten Akazie, ein cremefarbenes Seidenhemd.

Das ist gefährlich, dachte er.

Er stand da und sah es an, ohne es anzufassen. Dann hockte er sich hin und sah sich eine Weile um, bewegte den Kopf ruckartig nach allen Seiten. Dann zog er sein abgetragenes Baumwollhemd aus und nahm das Seidenhemd von seinem stachligen Ständer.

Er zog es an. Noch nicht getragen, dachte er, denn er merkte erst, als er es bereits über den Kopf gezogen hatte, daß der Kragenknopf zu war. Könnte gefährlich sein. Er machte seine Hände frei und öffnete den widerlichen Knopf.

Es saß wie angegossen.

Er blieb am Boden hocken. Da mußte sich doch jemand hier herumtreiben und Seidenhemden in der Gegend verstreuen. Die Polizei trug keine Seidenhemden. Die Männer vom Gesundheitsamt trugen keine Seidenhemden.

Er hockte sich auf die Knie. Ein kleiner Honigsauger kam und hängte sich an die Akazie. Er knöpfte die Manschettenknöpfe zu. Toll. Er stand auf, zog langsam das Gesicht in Falten, wartete, daß irgendwas mit ihm geschah.

Als nichts geschah, fiel ihm wieder der Keil ein, und er suchte weiter nach einem Steinbrocken. Er wollte nicht, daß man ihm wieder vorwarf, verantwortungslos gehandelt zu haben. Viele Leute glaubten, er sei verantwortungslos. Sie hatten ein gutes Gedächtnis. Sie zollten ihm nicht genügend Anerkennung für seinen Zaun.

Ein Stückchen weiter fand er ein Paar helle, beigefarbene Hosen.

Er zog seine Shorts aus.
«Verzeihung», sagte er zu niemand im besonderen.
Die Hose war zu lang und ein bißchen zu weit um die Hüften. Er rollte die Hosenbeine hoch.
Das sind aber gute Hosen, dachte er, eine gute Qualität. Er machte sie ein Stückchen auf, damit er den Markennamen lesen konnte. Er kannte zwar keine Markennamen, aber er sah trotzdem nach. Es war keiner da. Klar, dachte er, die sind vom Schneider gemacht. Was war das für ein Mensch, der so was wegwarf? Das konnte eine ernste Sache sein. Sie würden wieder ein Treffen anberaumen, unten in der Gemeindehalle, und ihm vorwerfen, verantwortungslos zu sein. Er würde es abstreiten, high gewesen zu sein. Er würde von dem Zaun reden, aber man würde ihm nicht zuhören. Vielleicht handelte es sich um irgendeinen Schwerverbrecher, der hergekommen war, um wegen des Anbaus von Stoff zu spionieren.
«Mooo», hörte er es plötzlich sagen.
Der Mann war fast direkt neben ihm, ein Mann mit einem großen Schnurrbart, der einen aufgerissenen Koffer gegen die Brust gedrückt hielt. Er lag neben dem umgestürzten Stamm, und sein Gesicht war zerkratzt und die Zunge im Mund geschwollen. Seine Kleider waren zerrissen. Er hatte nur einen Schuh an. Auf seinem Gesicht hatte sich eine Zecke festgesaugt, gleich neben dem rechten Auge. Die Zecke war schon eine ganze Weile dort. Sie war dick und voller Blut.
Daze hüpfte wie eine Elster auf die Seite und starrte ihn an.
«Onny», stöhnte der Mann, aber sein gesundes Auge war auf das Seidenhemd gerichtet. «Onny.»
«Money?» riet Daze, weil er glaubte, der Mann wollte ihm, trotz des Zustands, in dem er sich befand, das Seidenhemd verkaufen.
«Onny.»
«Ich hab's ja nur mal anprobiert.»
«Hoh», sagte der Mann mit einer Riesenanstrengung. «Hoh – Onny.»
«Honig wollen Sie kaufen?»
Weder Paul Bees noch seine Tochter verkauften hier ihren Honig. Nur Polizeispitzel und Grundstücksmakler kamen her und versuchten, Honig zu kaufen. Paul Bees und Honey Barbara zogen mit ihren Bie-

nen und ihrem Wagen durch die Gegend, fuhren die Bienen im Sommer zu den Teesträuchern an der Küste und im Winter zu den Eukalyptusbäumen, und im Herbst durften sie sich am Kreuzkraut laben. Sie verkauften ihren Honig auf den Märkten, besuchten andere Gemeinden. Paul wurde – weil er lange und viel herumgereist war, weil sie ihn alle kannten, weil er von jedem gebraucht wurde – wie ein Botschafter behandelt, ein Diplomat, den alle akzeptierten, nicht nur die Buddhisten in Chen Rhezic, die Horse People in Lower Arn, sondern auch die Krishnas und Ananda Marga, die ihre Ortschaften bewacht hielten, wie man es jetzt auch in Bog Onion Road tat, mit einem großen verschlossenen Tor und manchmal auch einem Wachturm. Pauls Nachkommen würden auch herumreisen, und schon bald würden sie nicht mehr nur Bienenzüchter sein, sondern Zauberer, Musiker, Geschichtenerzähler, Nachrichtensammler und Friedensstifter, die nie ganz richtig zu irgendeinem Ort gehörten, und dort, wo sie hinkamen, sowohl mit Respekt als auch mit Zurückhaltung behandelt wurden.

«Onny Ba-ba.»

«Honey Barbara?»

«Onny Barba.» Aber der klägliche Blick blieb auf dem Seidenhemd haften, und als er hinuntersah, bemerkte Daze, daß er unter dem Kragen zwei schmutzige Daumenabdrücke hinterlassen hatte.

«Aha», sagte er, «Honey Barbara. Sie sind ein Freund von Honey Barbara.»

Er hatte von den Freunden Honey Barbaras keine allzu hohe Meinung. Er hatte ihr die Sache mit Albert, ihrem berühmtesten Freund, nie verzeihen können, und obwohl sie ja viele nützliche Teile aus dem zertrümmerten Peugeot herausgeholt hatten, war er es gewesen, der die Polizei und die Zeitungsleute nach Bog Onion Road gebracht hatte.

«Ich will Ihnen nur mal die Zecke rausmachen», sagte er, «und dann werde ich sehen, ob ich Sie bis zu Clive runtertragen kann.»

Er brauchte einige Zeit, bis er alles zusammengepackt hatte, den Vorschlaghammer und seine Keile in dem zerrissenen Koffer verstaut hatte, aber schließlich, nach ein paar Anläufen, gelang es ihm, sowohl den Mann als auch den Koffer hochzuheben und zu tragen, und dann ging es zurück, den Hügel hinunter, und alle zweihundert Meter oder so wurde haltgemacht.

In dem Ziegelhaus war es etwas kühler, und der Lehmfußboden, auf den sie ihn legten, fühlte sich weicher an als alles, worauf er in den letzten Tagen gelegen hatte. Sie drehten ihn auf den Rücken, und mit seinem gesunden Auge stellte er fest, daß der nackte Mann, der Clive hieß, für seine Seidenhemden zu groß war. Er hatte eine Brust wie ein Schrank und keine Hüften, war breiter als hoch. Er zog das Hemd über, aber seine Arme sprengten fast die Ärmel.

«Das ist das Hemd von einem kleinen Jungen», sagte er. «Das ist ja nur das Hemd von einem kleinen Jungen.» Das Hemd stand offen über seiner behaarten Brust, hing wie ein geöffneter Vorhang zu beiden Seiten des unbeschnittenen Penis, der aussah wie eine Dekoration am Fenstersims.

Harry konnte Daze nicht sehen, er saß außerhalb seines Blickfeldes. Er hatte noch immer das Hemd und die Hose an.

Clive bemühte sich, mit Hilfe eines runden Rasierspiegels seinen Rücken zu betrachten. «Glaubst du, daß Heather mir das Hemd am Rücken auftrennen könnte», fragte er, «hinten einen Flicken reinsetzen und die Ärmel weiter machen könnte?»

«Da fragst du lieber *ihn* erst.»

«Er ist ein Spion», sagte Clive. «Und schließlich haben wir ihm was zu trinken gegeben. Wir haben ihm das Leben gerettet.»

«Er ist ein Freund von Honey Barbara.»

«Honey Barbara hat mir zu viele Freunde. Glaubst du, daß Heather das für mich tun würde? Ich tausche es ihr gegen zwei Arbeitsstunden ein.»

«Du schuldest ihr bereits einen ganzen Tag Arbeit», sagte Daze vorsichtig.

Harry sah, wie Clive den Kopf hob und das Kinn vorschob und einen Moment seine auseinanderstehenden Hasenzähne bloßlegte. «Ich bezahle meine Schulden schon», sagte er.

«Ich geh jetzt Honey Barbara holen.»

Harry sah, daß Daze, als er durch sein Blickfeld lief, die maßgeschneiderten Hosen ausgezogen hatte. Aber das Seidenhemd hatte er noch an, das bis über die Shorts reichte. «Ich behalte es nur so lange an», sagte er zu Harry, «bis ich wieder zurück bin. Okay?»

«Nimm ihn mit.»

«Ich geh doch nicht den Berg mit ihm runter. Ich hole nur Honey Barbara, dann bin ich wieder da.»

Harrys Gedanken wanderten umher. Seine Kehle war ausgetrocknet. Er bekam kaum Luft. Manchmal hatte er das Gefühl, sich zum Atmen zwingen zu müssen, weil sein Körper es nicht von allein tat.

Ein wenig später tauchte Clives Gesicht ganz groß vor ihm auf.

«Wenn sich herausstellt, daß du ein Spion bist», sagte Clive, «häng ich dich da drüben an dem Balken an deinem linken Fuß auf.»

Harry konnte die Balken über seinem Kopf sehen. Es waren dicke Baumstämme.

«Und dann hol ich mein Buschmesser und zieh dir einen hübschen kleinen Strich quer über deinen niedlichen kleinen Bauch, und dann schlitz ich dich auf und wickle deine Eingeweide um einen Marmeladentopf.»

Er lächelte Harry an. Er rückte mit seinem Zahnlückenlächeln bis dicht vor sein Gesicht. Er hatte einen breiten Schädel, und seine Haare waren zu kurzen Borsten geschnitten.

«Ich wette, du weißt nicht mal, was ein Buschmesser ist», sagte er. Er hob ein Werkzeug mit einem langen Griff und einer gebogenen Schneide hoch.

«Das ist ein Buschmesser», sagte er, und dann setzte er sich auf den Fußboden und begann, es mit einer Feile zu schärfen. Während er es tat, sprach er weiter.

«Hier kommt alles mögliche Ungeziefer her, um sich mal umzusehen», sagte er. «Verstehst du? Du weißt doch, was Ungeziefer ist, oder? Ungeziefer ist eine Ratte oder eine Wanze oder alles mögliche, was Krankheiten überträgt. Alle möglichen Arten von Ungeziefer, ja», er nickte mit dem Kopf, «so ist es.»

Harry hörte, wie die Feile über die Schneide des Buschmessers fuhr. Ihm tat der Kopf weh. Er hatte das Gefühl, sich übergeben zu müssen.

«Zuerst nehme ich die Feile, und dann, wenn ich es richtig scharf gekriegt habe, hole ich einen Stein, ja, und dann mache ich...»

Harry hatte Angst zu ersticken, wenn er sich übergab.

«Da kannst du jeden fragen», sagte Clive, «wegen meines Buschmessers.»

Harry wurde ohnmächtig. Als er aufwachte, hörte er, daß gekocht wurde. Er konnte gebratenes Fett riechen. Im selben Augenblick, als er die Augen aufmachte, redete Clive weiter. «Ihr Leute glaubt, ihr könntet einfach hierherkommen. Sieh dir den Betontank an da drüben. Du kannst ihn nicht sehen, weil du zu schwach bist, aber wenn du ihn sehen könntest, wüßtest du auch, was Arbeit ist. Sieh dir diese Balken an, Mann. Das ist solide Arbeit. Sieh dir den Stein da an. Weißt du, wie lange man braucht, um so einen Stein zu verlegen, ihn zu tragen? Und ihr, ihr Kerle sitzt in eurer Stadt auf euern Ärschen und lacht euch kaputt, und wenn ihr endlich draufkommt, was eigentlich los ist, dann kommt ihr schreiend angerannt, zur eurer Mammie. Mammie, Mammie», rief Clive, während er Kartoffelchips auf seinen Teller häufte und sich dicht neben Harrys Kopf auf ein Kissen setzte.

«Es hat keinen Zweck, wenn du was ißt», sagte er. «Du würdest ja doch nur alles wieder rauskotzen.»

«Siehst du die Bolzen da drüben? Nein, auf der anderen Seite. Du kannst sie sehen, gleich beim Fenster.» Harry taten die Augen weh, wenn er sie auch nur bewegte, aber er wollte Clive nicht verärgern. Er sah hinüber zu den Bolzen. Er hatte keine Ahnung, wo er sich befand. Aber er wußte, daß es nicht in Bog Onion Road sein konnte.

«Genau. Siehst du, du kannst schon, wenn du nur willst. Also, das ist die Halterung für ein Maschinengewehr. *Genau*», er lachte mit vollem Mund. «Völlig richtig, ein *Maschinengewehr*. Ja. Und wenn auch nur ein einziger von deinen Ungeziefer-Freunden den Hügel raufkommt, dann werde ich auf dem Posten sein, Freundchen. Und wenn ich keine Kugel mehr hab, dann hab ich noch immer mein hübsches kleines Buschmesser. Ich kann raus in den Busch, und ich werde nicht draufgehen. Du wirst draufgehen. Ich nicht. Du kannst dir ja nicht mal alleine die Zecken rausziehen.

Jetzt dauert's nicht mehr lange», sagte Clive, «jederzeit, nächstes Jahr, oder das Jahr darauf, können die hier raufkommen, aber du kannst nicht mal dein mickriges Auto fahren, stimmt's?

Ich hab da unten einen Damm», sagte er, «fünf Millionen Gallonen unverschmutztes Wasser. Sauberes Wasser. Ich hab dicke fette Barsche. Ich werde nicht verhungern. Du würdest da unten sitzen und verhungern, weil du nicht wüßtest, wie du sie fangen sollst.»

Clive aß seinen letzten Kartoffelchip mit Bedauern und Genuß.

«Willst du 'n bißchen Wasser? Nicht so gierig, Mensch. Nur ein bißchen.» Er zog den Wasserkrug weg. «Das reicht.

Vor ein paar Jahren», sagte er und setzte sich wieder auf das Kissen und schnitt sich eine große Melone auf, «als ich stempeln ging, da war ein Kerl, genauso wie du, der wollte mich immer ausfragen.

‹Mr. Boswell›, sagte der immer, ‹so geht das nicht. Wir haben Sie jetzt schon seit fünf Jahren in unsern Akten, und immer ohne Job.›»

Clive fuchtelte mit dem Messer vor Harrys Nase herum.

«‹Also, jetzt erzählen Sie mal›, sagte ich, ‹was Sie getan haben, um mir einen Job zu besorgen! Wieviel zahlen die Ihnen?› sagte ich. ‹Ihr Job ist es›, sagte ich, ‹mir einen Job zu besorgen, und Sie kriegen das nicht fertig.›»

«‹Was machen Sie eigentlich so den ganzen Tag da draußen, Mr. Boswell?›»

«‹Na ja›, sagte ich, ‹ein Auto hab ich nicht, und da sehe ich eben zu, wie ich mich durchbringen kann, aber nachdem ihr hier mir ständig zusetzt, hab ich mal versucht, mir das Lesen beizubringen, damit ich einen Job krieg.›»

«‹Sehr gut›, sagte er, ‹sehr gut, Mr. Boswell.›»

«‹Aber›, sagte ich, ‹ich hatte nur 'ne Bibel, und 'n Freund von mir ist rübergekommen und hat mir erzählt, wie's ausgeht, in der Apokalypse und so, und als ich das gehört hab, da konnte ich einfach nicht mehr einsehen, warum überhaupt.›»

«Das hab ich gesagt», sagte er zu Harry, «weil ich dachte, der wäre ein verdammter Christ.»

«‹Und was haben Sie getan?› fragten die immer.»

«‹Und was habt ihr mir besorgt?› fragte ich.»

«Die haben mich nicht geschafft, Kumpel. Ich hab länger Stempelgeld gekriegt als jeder andere im ganzen Distrikt, bis sie uns alle rausgeschmissen haben. Das Haus hier hab ich von meinem Stempelgeld gebaut.

Ich brauche nichts. Aber ihr braucht alles. Ich rauche nicht. Ich trinke nicht. Ich nehme keinen Stoff. Ich esse kein Fleisch. Ich habe Obst und Gemüse. Sieh dir diese Melone an. Diese Melone ist absolut reinster Nektar. Sieh dir den Kürbis da an. Das nenne ich gutes Essen, Kumpel. Ja», sagte er, «ganz genau.»

Er vergrub das Gesicht in einer Viertelmelone und tauchte nicht wieder daraus auf, bis er nur noch die dicke Schale in der Hand hielt.

«Deine Hemden passen keinem Mann», sagte er, «aber wir nehmen sie trotzdem für unsere Mühe, weil wir dir das Leben gerettet haben, und wenn Honey Barbaras Daddy mit seinem Honig loszieht, kann er sie gleich mit verkaufen, und dann werden ein paar niedliche kleine Krishnas in deinem hübschen Anzug durch die Stadt spazieren und so echt aussehen, daß jedermann glauben wird, sie wären Polizeispitzel, so wie du.»

Schlimmer hätte er sich in Bog Onion Road gar nicht einführen können, aber das konnte Harry Joy nicht wissen. Er wußte nur, daß ihm gleich übel sein würde. Er konnte gerade noch den Kopf auf die Seite drehen, bevor er Wasser und Galle erbrach.

Später wurde er bei fast völliger Dunkelheit einen steilen Pfad hinuntergetragen. Er lag auf einer Art Trage. Sein Kopf wurde mit jedem Schritt durchgeschüttelt. Wenn sie ihn abstellten, gruben sich scharfe Steine in seinen Rücken. Er war im Delirium. Der Geruch von etwas Feuchtem, Verrottetem stieg ihm in die Nase, von Beeren, Schweiß, Eukalyptus, kräftiger, moschuserfüllter als der Tod selbst.

Über ihm wölbten sich riesige Bäume über den schmalen Pfad, ihre Zweige ragten am Himmel ineinander wie zum Gebet gefaltete Hände.

Paul Bees hatte Harry Joy haben wollen. Jetzt konnte er in der Ecke seiner Hütte sitzen, den Rücken gegen die Wand gelehnt, und ihn wie einen kostbaren Schatz beobachten, wie ein Rätsel, ein Buch, eine ganze Reihe Bücher, teure Bücher, in Leder gebunden und mit Goldbuchstaben, die Informationen enthielten, wie er sie nie für möglich gehalten hätte, so geheimnisvoll wie die soziale Struktur von Gürteltieren und der kristalline Aufbau von Aluminium.

Es liegt in der Natur eines jeden Bienenzüchters, dachte er, Geschichten, Gerüchten, merkwürdigen Bruchstücken von Informationen hoffnungslos zu verfallen; ein Hunger, der auf den Märkten nie richtig gestillt wurde, so daß er, nach all den Jahren, alte Fundstücke bearbeitete, die, nachdem die jämmerlichen Farbreste entfernt waren, in ihrer ursprünglichen Form zu neuem Glanz gelangten.

Sie hatten es nicht geschafft, Harry auf das Podest mit den Betten zu heben, und Honey Barbara war viel zu wütend gewesen, um es ernsthaft zu probieren. Sie konnte den Besuch ihres Freundes nicht gutheißen, und es war schon richtig, so dachte ihr Vater, ihrem guten Ruf würde es nicht dienen, aber wie gewöhnlich würde man es ihr verzeihen, vergessen würde man es allerdings nicht. Sie war nur so lange geblieben, bis sie ihm auf dem Fußboden ein Lager bereitet, sich im Kerzenlicht über sein verschwollenes Gesicht gebeugt und ihn einen Augenblick ruhig angesehen hatte.

«Du kannst dir nicht vorstellen, was für ein Leben er hinter sich hat», sagte sie voller Mißbilligung und Ehrfurcht, und mehr brachte Paul über die Beziehung seiner Tochter zu diesem Fremden nicht in Erfahrung.

Es war eine kleine Hütte, eine der kleinsten in der Gemeinde, und er hatte sie sich im Regenwald gebaut, weil er sich schon immer gewünscht hatte, im Regenwald zu wohnen, und auch (er gab es nur ungern zu), weil Crystal mit achtundvierzig noch immer die störende und schmerzliche Angewohnheit hatte, sich immer wieder einen Liebhaber zu nehmen, so daß er glaubte, daß es vielleicht besser wäre, sich für eine Weile von ihr zu trennen. Er zog sich in den Regenwald zurück und baute sich eine kleine Hütte mit einem Podest zum Schlafen an der einen Seite und einem kleinen Alkoven mit Büchern an den Wänden ringsum, der zu einer winzigen Veranda führte. Diesen Platz gab er Harry Joy, und da saß er nun, ein kleiner, hagerer Mann mit großem, schwarzem Bart, jemand, der einerseits den Eindruck großer Zerbrechlichkeit hervorrief (und ‹der kleine Paul› genannt wurde), und andrerseits von nicht unbeträchtlicher Stärke schien, so daß die Leute versucht waren, ihn bewundernd als ‹zähen kleinen Burschen› zu bezeichnen.

Sie bewunderten, achteten und bedauerten Paul Bees, der in seinem Regenwald eingelocht saß, während Crystal in dem alten Haus oben auf dem Berg wohnte, in helles Sonnenlicht gebadet, eine etwas absonderliche Affäre mit einem Waldfäller von den Ananda Marga hatte, den man, noch mit der Axt in der Hand, des Nachts durch den mondhellen Busch hatte schleichen sehen.

Auf der anderen Seite des kleinen Alkovens, der jetzt von einem weichen gelben Petroleumlicht beleuchtet wurde, standen ein Holzofen, ein Spülbecken und ein paar Schränke. Man mußte die Art und Weise bewundern, wie er Zedernholz geschnitzt hatte, um Griffe für Schubladen zu machen, und die geduldige Suche, die er angestellt haben mußte, um den Sandelholzzweig zu finden, aus dem das geschwungene Treppengeländer gefertigt war, das zu seiner Schlafstelle führte.

Im Herd brannte ein Feuer, und der Kessel gab ein leises Zischen von sich. Er stand auf und ging auf seinen erstaunlich großen Füßen (mit riesigen Zehen) zu dem Spülbecken; er nahm eine Schere und schnitt Zitronengrashalme in acht Zentimeter lange Stücke. Dann steckte er sie in einen großen braunen Teetopf und schüttete kochendes Wasser darüber. Er trug den Teetopf, zwei Tassen und einen Krug mit Sandarak-Honig in den Alkoven zu Harry Joy, der ihn mit seinem einen gesunden Auge beobachtete, das andere war durch die Schwellung, ein Vermächtnis der vollgesaugten Zecke, zu einem mongoloidschmalen Schlitz reduziert.

«Jede Menge Tee», verkündete er.

«Danke.» Die Dankbarkeit in der Stimme des Mannes wirkte fast peinlich. Er hatte ihn davon abgehalten, große Worte zu machen, aber er konnte ihn nicht von dieser überschwenglichen Bewunderung abhalten.

Harry hatte all die Worte gehört, die Paul Bees zu seiner Verteidigung vorgebracht hatte. Sie waren durch den Äther seines Deliriums zu ihm vorgedrungen. Es hatte keine formelle Zusammenkunft in der Gemeindehalle gegeben, keine nächtliche Prozession mit Laternen und in Decken gewickelten Kindern, sondern eine improvisierte Abordnung, als die Nachricht vom gejagten Terroristen über das Radio nach Bog Onion gelangte und sich durch das ganze Tal und den Hügel hinauf verbreitete. Niemand hatte offene Kritik geübt, nicht gleich. Das war nicht die Art, wie man hier die Dinge erledigte. Statt dessen war die Rede von Albert, dem Amerikaner, womit sie natürlich Kritik an Honey Barbara zum Ausdruck brachten, daß sie ihre Sicherheit gefährdete, indem sie Kriminelle in ihre Mitte brachte.

Den Cadillac hatte Garry auf der Paddy Melon Road gefunden, und er war mit Margot hingegangen, um ihn zuzuschieben und über Nacht im Busch zu verstecken. Er war nicht mal besonders ergiebig, was die Ersatzteile betraf, überlegten sie, und erwähnten wieder den Peugeot, den Albert von der Haarnadelkurve ins Tal gerollt hatte.

Crystal fand, daß zweimal neue Autos, zweimal Kriminelle kein Zufall sein konnten, daß so etwas eine tiefere Bedeutung haben müßte, und Honey Barbara, die all die Kommentare mit wütendem, kribbligem Schweigen über sich ergehen ließ, erwiderte darauf, daß das doch alles Quatsch sei, weil der Cadillac gar nicht neu sei und weil sie Albert, den Amerikaner, schließlich nicht ins Tal gebracht hätte, daß er von alleine hierhergekommen sei und daß ihn alle willkommen geheißen hätten und daß ihr Verhältnis mit ihm von gewissen Leuten, die damals alt genug gewesen seien und es hätten besser wissen müssen, unterstützt worden sei, aber vielleicht seien sie ja zu high gewesen, um zu verstehen, was direkt unter ihrer Nase vor sich ging. Außerdem, sagte sie, hätte sie diesen Mann mit den Seidenhemden nicht nach Bog Onion Road eingeladen, sondern ihn in der Stadt verlassen, weil er ein kaputter Typ sei.

Aber da erinnerte Paul sie daran, daß es Harry Joys American Express-Karten gewesen waren, die sie doch mit allerhand Geld versorgt hatten, nachdem ihnen die Dope-Ernte geraubt worden war, und Paul war es auch, der sich erbot, für ihn zu sorgen und die Verantwortung für ihn zu übernehmen.

«Sie finden ihn hier nicht», sagte Paul, und schließlich erlaubte man Harry, hierzubleiben, denn der Regenwald galt als ein sicheres Versteck, von allen Seiten von Rosenhecken eingezäunt, unter deren stachligen und geheimen Bögen mit Blättern bedeckte Pfade zu Pauls Haus führten, und selbst von der Luft aus, glaubte man, war das dunkle Dach der Hütte nicht zu sehen. Es war dem Besucher verboten, den Regenwald zu verlassen.

Wie sich später herausstellte, mußte man den Besucher am Ende auffordern, herauszukommen. Er wollte nicht hinaus. Er begriff nur zu gut, welchen Schutz der Regenwald bot, und als Paul wieder anfing, mit dem Lastwagen herumzufahren, und Honey Barbara mit den Bienenstöcken und beim Spinnen half, war Harry nur zu froh, allein zurückzubleiben. Er wäre mit der Zeit, wenn man ihn sich selbst überlassen hätte, zu einem hilflosen kleinen Tier geworden, zu einem scheuen flügellosen Vogel von gelbbrauner Farbe und monotoner Stimme, zu einem Geräusch, einem Rascheln in den Rosenhecken am Wandrand, zu einer Unruhe zwischen den toten Blättern.

Er wagte sich aus der Hütte, zuerst vorsichtig, inmitten dieses dämmrigen Waldes voller Schlingpflanzen, die wie grüne Telefonkabel in der Luft hingen und alles zudeckten. Sogar in dem Flüßchen unterhalb der Hütte lagen dicke Wurzeln und lange Ranken wie verschlungene Leitungen. Der Boden war weich und mit einer dicken Blätterschicht bedeckt, mit moosgrünen Steinen dazwischen und von dünnen Weinranken gesäumt, durch die man sich am besten ohne Eile bewegte. Und in diese dunkle, schwammige Welt drang in schmalen Streifen Sonnenlicht, so scharf und klar wie der Schrei von Peitschenvögeln, und fing solche Kostbarkeiten ein wie die bunten Pittas, die im Laub pickten, wie Harry Joy in seinen pludrigen weißen Kleidern, die Paul für ihn gemacht hatte, wie den prächtigen grünen Katzenvogel hoch oben in einer Palme, der solch hoffnungslose Klagerufe hervorbrachte.

Und einen Monat später, nach dieser ersten Nacht, konnte Paul Bees nicht verstehen, warum Harry (der den Boden fegte, die Bücher abstaubte, Brennholz sammelte, Holz hackte, Wasser aus dem Fluß holte, Gemüse dünstete, warmes Wasser für Pauls Duschbad bereitstellte) sich nicht dazu überreden ließ, zu der offenen Koppel fünfzig Meter vom Waldrand zu gehen, um Eier einzusammeln oder Holz zu holen oder eine blökende Ziege aus ihrer Leine zu befreien.

Einmal war er an den Rand der Rosenhecke gegangen, bis oben auf den Vorsprung über der Quelle, und als er die große Weidekoppel und den offenen Himmel sah, hatte er fast das Gefühl, in Ohnmacht zu fallen. Er taumelte zurück, riß sich an den scharfen Rosenranken die ungeschützte Haut auf. Die ersten Zeichen echter Platzangst.

Aber all dies würde erst später auf ihn zukommen. Jetzt, in der zweiten Nacht, hatte das Fieber nachgelassen, und er konnte sogar etwas essen, ohne sich gleich übergeben zu müssen. Er wußte nicht einmal richtig, wie der Regenwald aussah. Er kannte nicht einmal das Gefühl, das die Bäume bei ihm auslösen würden, dieser schwindelerregende Taumel, einer Ohnmacht ähnlich, wenn er hinaufsah zu dem grünen

Baldachin und wußte, daß sie Verbündete waren, ihn beschützen würden.

Paul Bees gab zähflüssigen Rindenhonig in seine Tasse und lächelte seinen Gast an. Er sah die Geschichten. Er war der erste, der davon etwas ahnte.

Wie gewöhnlich hielt sie beim Fahren den Kopf aus dem Fenster und blickte nach oben. Es war die typische Haltung eines Bienenzüchters, der nach den Blüten sieht, und es war auch der Grund für die Hiebe von den Gerten der Schlingpflanzen, die blutige Striemen quer über ihr Gesicht gezogen hatten. Der Commer-Kastenwagen rumpelte durch die scharfen Kurven der Straße, und sie hielt an, um einen Blick über die Boggy Plains zu werfen, wo zwischen dem sumpfigen Land der Tigerschlangen Teesträucher und Büsche den Bienen im Winter Nahrung geben würden, diese Bäume mit ihrer dünnen pergamentenen Rinde, die ihr früher einmal, als Kind, nichts anderes bedeutet hatten als eine Vorratsquelle geheimnisvollen Papiers, auf das sie geheime Nachrichten schrieb, während ihr Vater die Bienenkörbe aufstellte.

Die Straße war schon halb weggespült, und die Regenzeit hatte nicht einmal richtig begonnen. Ihre Augen wanderten ständig hin und her, mußten die Probleme mit dem Lastwagen bewältigen, aber auch die Möglichkeit, irgendwo eine noch nicht entdeckte Blüte ausfindig zu machen. Die andern in der Gemeinde wußten die Schwierigkeiten eines Bienenzüchters nicht wirklich zu würdigen, und wenn sie auch froh waren, daß die Bienenzüchter zum Markt fuhren und Handel trieben, ein bißchen Milch oder Eier gegen Honig eintauschten oder gegen den Honigwein, den Paul Bees aus dem Kreuzkrauthonig herstellte, und sogar gelegentlich große Reden schwangen, kam es Honey Barbara trotzdem so vor, als würden sie ihre Anerkennung nicht deutlich genug zum Ausdruck bringen.

Es war fünf Uhr, aber es war noch immer sehr heiß. Ihre nackten Arme waren mit einem feinen Staub überzogen, und ihre Augen waren rot und entzündet. Die andern würden unten am Damm sein. Sie dachte an das Wasser und wie alle darum herumlagen, mit sich zufrieden nach getaner Arbeit, während sie diesen holprigen alten Wagen den Berg hinunterlenkte. Es war das einzige benzinbetriebene Fahrzeug, das die Straßen noch benutzte (den Cadillac hatten sie zu Schrott gefahren, als sie ihn ins Tal brachten, und er lag jetzt rostend zwischen den Peugeots), und selbst diesen einen Wagen schien niemand mehr für notwendig zu halten. Daß die Straßen aufgerissen und holprig waren, wurde sogar irgendwie als begrüßenswert angesehen, und sie machten sich keine besonderen Gedanken darüber, wie sie auf diesen Waldstraßen vorankam, einem Labyrinth aus abgeholzten Schneisen, Sackgassen und absichtlich falsch angelegten Pfaden, über denen umgestürzte Bäume lagen. Die alten Waldstraßen waren im Rahmen der Wiederaufforstung neu bepflanzt worden.

Und die Wiederaufforstung, auf die sie sich alle so viel einbildeten, wurde von Clive und Jan geleitet, und was die beiden für gutes Holz hielten, wurde angepflanzt, vor allem Talghölzer und Bluthölzer, hartes Holz, einhundertjährige Bäume. Es gab auch ein paar tropfende Gummibäume, weil sie schnell wuchsen und gute, gerade Stämme zum Bauen hervorbrachten. Aber für die Probleme des Honigs interessierte sich niemand, denn sonst hätte man auf sie gehört und beides berücksichtigt, Holz und Honig, und dann hätten sie viel mehr Maulbeersträucher, Eukalyptusbäume, rotblühende Gummibäume gepflanzt, und es gäbe sogar ein paar Stellen, an denen Teesträucher gedeihen würden, ein ganzer Wald davon, aber sie sahen alles mit den Augen von Zimmerleuten und bezeichneten Teestrauchgewächse als Gestrüpp.

«Honey Barbara will, daß wir Gestrüpp pflanzen.» Sie konnte die Leute einfach nicht dazu bringen, sie zu unterstützen, und an den feuchten Stellen, an denen die Teesträucher gut hätten wachsen können, pflanzten sie statt dessen Gummibäume.

«Wenn du willst», sagte Clive, «kannst du es ja anpflanzen.» Was alles schön und gut war, wenn sie nicht schon genug zu tun gehabt hätte mit allem, was sie tat, und dabei gab es Leute wie Harry Joy (richtig!), die nichts anderes zu tun hatten, als Bäume zu pflanzen, und die dafür auch noch gerühmt wurden, für etwas so Einfaches, etwas, das doch wohl jeder konnte, und wenn er noch so dumm war.

Harry Joy war irgendwo da unten, unterhalb der Kurve, bepflanzte Straßen, und der Gedanke, ihn gleich zu sehen, irritierte sie. Er hatte sie alle an der Nase herumgeführt. Und auch wenn sie immer noch gern darüber witzelten, wie sie ihn praktisch gewaltsam aus dem Regenwald hatten holen und zur Arbeit antreiben müssen, so gefiel ihnen doch die Art, wie er die Sache in die Hand nahm, nachdem sie ihm erst mal die Bäume gegeben und ihn auf die Straße gesetzt hatten. Paul gab noch immer gern die Geschichte zum besten, wie es schon dunkel geworden und noch kein Harry in Sicht gewesen war, wie er gewartet hatte, einen Joint geraucht, weiter gewartet hatte, sich schlafen gelegt und schließlich etwa gegen acht aufgewacht war, und als er sich endlich aufmachte und den Pfad runterging, da fand er Harry Joy noch immer damit beschäftigt, dieses riesige Loch für einen winzigen Baum zu graben, weil Margot, als sie weggegangen war, zu ihm gesagt hatte: «Je größer das Loch, um so schneller wächst er.»

Paul brachte ihn nach Hause und verband ihm die Hände, und es dauerte zwei Wochen, bis er wieder was anfassen konnte.

Er grub noch immer große Löcher, was allerseits bewundert wurde. Ein Mensch, der für einen Baum ein großes Loch grub und nie den kürzeren Weg nahm, wurde hier in der Gegend viel bewundert. «Sieht fast so aus, als würde er gut taugen für die Arbeit», sagten sie.

Aber sie wußte Bescheid. Sie sagte nichts, aber sie wußte Bescheid. Er grub die Löcher so groß, damit die Bäume wachsen und ihn zudekken konnten. Er grub mit negativer Energie, weil er vor dem Himmel und der Sonne Angst hatte, und er war ein Hühnerdreck. Er glaubte, er wäre in der Hölle, und deshalb grub er große Löcher. Er wurde von der Angst angetrieben, es lag ihm gar nichts an den Bäumen, höchstens aus irgendwelchen unechten, selbstsüchtigen Gründen.

«Dein Freund», sagten sie, wenn sie sich auf Harry Joy bezogen.

«Er ist nicht mein Freund.»

Und während sie ihn allmählich zu akzeptieren lernten, mißtraute man ihr auch weiterhin, weil sie es gewesen war, die ihn hergebracht hatte. Wenn nicht, wieso hatte dann in diesem Jahr niemand etwas zu ihr gesagt, als es soweit war, daß die Ernte weggeschafft werden mußte? Sie wollte nicht gehen; sie hätte sich bestimmt geweigert, aber trotzdem war sie im Innersten überzeugt, daß man sie hätte fragen müssen und ihren Rat in bezug auf den Verkauf des Stoffs hätte einholen müssen, und jetzt sah es so aus, als sollte Damian gehen (Gott steh uns bei, dachte sie), und eigentlich hatte es ihr niemand so richtig gesagt, und sie fand es nur aufgrund einiger Dinge heraus, die halb gesagt oder gänzlich unausgesprochen blieben.

«Er ist nicht mein Freund», sagte sie laut, während sie einem besonders tiefen Loch mit dem Wagen auswich und nur beten konnte, nicht steckenzubleiben. Er war nicht ihr Freund. Sie hatte keine Freunde. Und bevor Harry kam, war sie mit ihrem Alleinsein recht zufrieden gewesen, aber inzwischen waren einige Dinge passiert, so daß sie sich jetzt einsam fühlte.

Sie war immer gern zu Paul gegangen, um ihn zu besuchen. Sie war nicht oft gegangen, vielleicht einmal die Woche, aber dann hatten sie bis tief in die Nacht hinein zusammengesessen und geredet, und auch wenn sie allein in ihrer Hütte war, hatte sie stets gewußt, daß sie es jederzeit tun konnte, wenn sie wollte, aber jetzt ging sie am Abend den kleinen Hügelkamm überm Regenwald hinunter und hörte ihre Stimmen (diese alten Käuze!), die aus der Dunkelheit der Talsohle zu ihr drangen, und die feuchten, fruchtbaren Gerüche des Regenwalds schienen sie nicht länger willkommen zu heißen, und so trat sie nicht ein. Sie war verletzt, daß Paul sie so leicht zugunsten eines Fremden im Stich ließ.

Crystal war noch schlimmer. Sie hatte die politischen Ideen, die Religion und die Eßgewohnheiten ihres neuen Geliebten mit einer Begeisterung angenommen, die Honey Barbara als charakterlos empfand. Sie sah, wie ihre Mutter sich das geistige Gewand der Ananda Marga anlegte, genauso wie sie es mit allen anderen getan hatte, vom Sufi-Tanz bis zum Buddhismus und der Pfingstbewegung, an jeder Idee, die mit bunten Perlen oder Goldflitter zu tun hatte, wie ein Vogel pickend.

«Du führst das geistige Leben einer Krähe», sagte sie zu ihrer Mutter.

Sie hatte sich allen gegenüber launisch benommen. Crystal saß immer noch auf ihrem Hügel und wartete darauf, daß sich ihre Tochter entschuldigen kam. Sie kam nicht. Wo immer sie hinging, hörte sie dies und das und jenes von Harry Joy und seinen Geschichten, und das machte alles nur noch schlimmer. Er hatte sich in jeder Hinsicht taktlos benommen, und es war ihm noch nicht mal eingefallen, zu kommen und sich bei ihr zu entschuldigen.

Da unten war er. Sie hatte ihn auf der Hinfahrt gesehen, und jetzt würde sie ihn nach zwei Kurven wieder sehen. Er grub blöde Löcher, und wenn sie um die nächste Biegung kam, würde er da stehen, nackt, mit seiner Spitzhacke oder seiner Schaufel, würde zurücktreten von seinem gewaltigen Loch und darauf warten, daß man ihm ein Kompliment machte.

Oh, wie toll sie es alle fanden, wie Harry Joy die Löcher grub.

Sie fühlte, wie sie immer wütender und wütender wurde, während sie den Saddleback überquerte, dann zehn Meter über ein Flußbett aufwärts fuhr und dann weiter steil nach unten. Es war alles unnötig, diese lächerlich komplizierte Einfahrt zum Grundstück, aber es amüsierte Clive und die ganzen andern Verrückten. Wenn die Bullen wirklich was wollten, würden sie vom Hubschrauber aus zuschlagen. Die brauchten keine Straße.

Und da stand er auch schon.

Sie brachte den Wagen zum Stehen, obgleich es ein steiler und steiniger Hang war. Er pflanzte die Abzweigung zur alten Billy Road zu, oder wenigstens hieß es so auf den Landkarten. Er hatte schon drei gepflanzt.

«Talgholz», sagte sie, «typisch.»

«Es ist gutes Bauholz», sagte er.

Was glaubte er eigentlich, wer er war, daß er sich plötzlich in Bog Onion Road als Fachmann für Bauhölzer aufspielte.

«Es ist hundertjähriges Holz», sagte er.

Er betete nach, was man ihm gesagt hatte.

«Da drüben hast du ja schon einen gepflanzt», sagte sie.

«Ja», sagte er, «damit es zwei sind, einer auf jeder Straßenseite.»

Sie stellte den Motor ab. «Ist dir eigentlich klar», sagte sie, «daß in hundert Jahren, wenn die beiden Bäume gewachsen sind, niemand in der Lage sein wird, hier mit einem Auto, das so breit ist wie das da, oder», fügte sie schnell hinzu, weil sie ahnte, was er gleich sagen würde, «oder mit Pferd und Wagen hier durchzufahren?»

Zu dem großen Schnurrbart war jetzt noch ein Vollbart gekommen, und sein langes glattes Haar war radikal abgeschnitten. Am Hinterkopf waren ein paar komisch aussehende Beulen zu sehen. Sein nackter Körper hatte die helle Honigfarbe angenommen, die für Menschen typisch war, die sich soviel an der Sonne aufhalten müssen, daß sie sich ihr nicht mehr zum Vergnügen aussetzen.

Er sah sie an und lächelte. «Ja», sagte er, «schätze, ich setze ihn lieber woanders hin.»

«Wie ich hörte, baust du dir ein Haus.»

«Ja.»

«Ein gutes.»

«Ja, sollte es schon werden.»

«Mit Buschpfählen?»

«Ja, mit Buschpfählen. Ich will es mit Schindeln probieren.»

«Schwer zu schneiden», sagte sie und blinzelte ihn an.

«Ich könnte es ja mal versuchen.»

«Ja, versuch's nur.»

«Wir sollten gelegentlich mal reden», sagte er. «Komm doch mal rüber.»

Sie ließ den Motor an. «Ja», sagte sie unbestimmt.

«Ich vermisse dich», sagte er.

Aber sie konzentrierte sich schon wieder auf das nächste Stück Straße, bemühte sich, bergab die Geschwindigkeit niedrig zu halten, damit sie unten an der Kreuzung nicht in den Sumpf rutschte. Sie hatte keine Zeit, über ihre Gefühle nachzudenken, aber die Bienen wußten Bescheid, wie immer, und summten unlustig vor den Eingängen zu ihren Körben herum.

Wie gut sich Harry an das Leben in Bog Onion angepaßt hatte, läßt sich daran messen, daß die Hütte, die er für das späte Frühjahr geplant hatte, schließlich erst nach der Regenzeit in Angriff genommen wurde. Es bestand keine besondere Eile, und über das Thema Hütte, Entwurf, Material, Standort und dergleichen, lernte er seine Nachbarn näher kennen und schloß neue Freundschaften.

Er hatte sich daran gewöhnt, morgens früh aufzuwachen, aber an dem Morgen, an dem er die fünf Talgholzbäume, die er für sein Haus markiert hatte, fällen sollte, stand er sogar noch früher auf. Da gab es etwas, was er tun wollte, bevor Daze und Clive mit dem Pferd kamen, um die Stämme aus dem Wald zu ziehen. Er kochte keinen Tee. Er füllte nicht die Dusche auf der Veranda oder tat auch sonst nichts, was ein

Geräusch verursacht hätte, denn er hatte etwas vor, was ihn selbst ein wenig verlegen machte, nichts Bedeutendes vielleicht, aber wichtiger für ihn, als er hätte zugeben mögen; man hätte ihn leicht auslachen können.

Er zog seine Shorts an und ein schmutziges Trikothemd über. Dann zog er das schmutzige Trikothemd wieder aus und stopfte es in den Leinenbeutel, in dem seine andern Sachen waren. Er holte ein sauberes weißes Trikothemd hervor und zog es an.

Die Axt war schon geschärft. Er hatte sie am Abend zuvor geschliffen, während er und Paul auf der Veranda saßen. Er hatte sie langsam geschliffen, hatte sich an dem Geräusch erfreut. Mit dieser Axt hätte man sich die Arme rasieren können, und Paul, der sie sich ansah, hatte erklärt, sie sei zu scharf. Harry hatte gelernt, sich auf sein eigenes Können zu verlassen. Er ließ sie so scharf.

Er hatte keine Schuhe an. Es gab keine, und seine Füße hatten den Mangel ausgeglichen und sich dicke Sohlen wachsen lassen. Es ist nicht schwer, die Veränderungen zu erkennen, die sechs Monate harter Arbeit, sauberer Luft und mäßigen Essens bei einem Menschen hervorrufen. Es ist ein Vergnügen, ihm zuzusehen, wie er die Treppe von der Hütte herunterkommt und in den Regenwald geht, ein anmutiger Schatten zwischen dem dichten Gewirr von Wurzeln und Schlingen. Er hatte nie aufgehört, sich danach umzusehen, wo er lebte, und nachdem er mit der Grazie eines Peitschenvogels begonnen hatte, dem der Regenwald Schutz gewährt, den er nur mit den Anzeichen großer Nervosität verläßt, hatte er im Verlauf der Monate eine etwas entspanntere Einstellung entwickelt, wobei seine Dankbarkeit gegenüber den Bäumen und den Leuten von Bog Onion nicht das einzige Gefühl war, das ihn beherrschte, sondern er war daneben von einem großen Staunen erfüllt, und von einer ungewohnten Leichtigkeit.

Er nickte (niemand war da, der ihn hätte sehen können) der Monsteriosa zu. Niemand konnte ihm mit Sicherheit sagen, ob die Monsteriosa von Haus aus zum Regenwald gehörte oder ob sie ein Eindringling war, aber er hatte das Gefühl, es verstehen zu können, wie sie ihre Wurzeln um den weißen gefleckten Stamm einer Zeder wickelte. Jeden Morgen, wenn er durch den Regenwald ging, nickte er kurz mit dem Kopf und preßte die Lippen zusammen, und manchmal konnte man sogar ein leises Tss der Anerkennung hören, ein Ton, so leicht wie das Fallen eines Zweiges, das vielleicht andeutete, wie erstaunt er war, überhaupt hier zu sein.

Er ging die Stufen aus Baumwurzeln hinauf, bückte sich, um unter der Wandelröschenhecke durchzugehen, und kam bei den großen verkohlten Holzblöcken heraus (wie nur halb geführte Unterhaltungen), wo sie abends manchmal zusammensaßen, wenn es im Regenwald zu bedrückend wurde. Sie zündeten große Feuer an und erzählten sich ein paar gute Geschichten, und an diesem Feuer hatte er festgestellt, daß er sich an Dinge erinnern konnte, von denen er nie etwas gewußt hatte.

Er versuchte, mit Paul über die Bäume zu reden, aber am Ende, dachte er, hatte sich Paul gelangweilt, außerdem hatte er das Gefühl, daß Paul lieber von anderen Dingen hören wollte, irgendeine Geschichte von Vance, die Episode mit Alice Dalton, wie sich eine teure Hure benahm, wie es bei Milanos aussah, was auf der Speisekarte stand, wieviel ein Glas französischen Weines gekostet haben würde. (Na schön, sagte Paul, dann eben eine Flasche – wieviel kostet eine Flasche?)

Allerdings waren für Paul Bees Bäume überhaupt nicht langweilig. Er zweifelte nicht daran, daß Bäume eine Seele hatten, daß auch der Wald eine kollektive Seele hatte, aber über diese Dinge konnte er mit jedem reden, und Harry Joy wußte viel Erstaunlicheres zu berichten, zum Beispiel, wie ein Werbespot im Fernsehen gemacht wurde und wieviel es kostete.

Harry sprach nicht soviel von den Bäumen und dem Wald, wie er gern gewollt hätte, aber nichts konnte ihn davon abhalten, über sie nachzudenken. Er hatte getan, was Honey Barbara ihm einmal (in den alten Tagen, als sie noch mit ihm redete) gesagt hatte, und zwar hatte er, als ein kräftiger Wind blies, die Arme um einen großen Talgbaum gelegt, um seine Stärke zu fühlen und sein Gesicht gegen die rauhe Rinde zu legen. Er konnte jetzt nicht mehr durch den Busch gehen, ohne unter seinen Füßen das dichte verwobene Netz aus Wurzeln zu fühlen, manche dicker als sein Bein, manche so fein wie die Haare auf seinem Arm, die hohen Türme der Baumstämme, die Säulen des Waldes, die Kanäle zwischen der Welt der Wurzeln und dem Baldachin des Waldes, der nicht nur durch Blätter und Blüten lebendig war, sondern der

– manchmal konnte er es fast fühlen – pausenlos atmete, Kohlendioxyd gegen Sauerstoff austauschte, den er einatmete. All dies war neu für ihn. Wenn er durch den Wald ging, dann nicht auf eine ruhige Weise, sondern auf eine etwas erregte Art, wie jemand, auf den zu viele Dinge auf einmal eindringen.

Er hatte Erbsen gepflanzt und sie wachsen sehen. Konnte diese sentimentale, gewöhnliche menschliche Handlung für einen Menschen wirklich so welterschütternd sein, daß er im Alter von vierzig immer nur den Mund aufmacht vor Staunen, und sonst nichts, wenn er sieht, wie eine Erbse, die er gepflanzt hat, durch den Boden nach oben drängt?

Darauf hat schon mal jeder jeden aufmerksam gemacht. Man hat Filme darüber gedreht und sie mit «Wunder des Lebens» betitelt und so ähnlich. Vielleicht hatte er sie sogar gesehen, aber wenn sich Harry Joy hinhockte und sah, wie eine Erbse wuchs, dann machte ihm das verdammt wenig aus (es wäre ihm nicht mal in den Sinn gekommen), daß die Erfahrung, die er machte, keineswegs neu war. Er war nicht interessiert an Neuheiten. Wenn er allein war, konnte er sagen und denken, was er wollte, und den größten Teil des Tages war er allein. Er konnte die tiefe, rauhe, schuppige Rinde eines Eukalyptusbaums berühren, wie andere vielleicht eine Katze streicheln würden, und sprach nicht etwa, um buchstäblich verstanden zu werden.

«Wenn du über Bäume sprichst», sagte Paul Bees und goß Wasser in den Topf, «hört es sich an, als hättest du Lust auf einen Fick.»

Was zwar rauh und direkt und typisch buschmännisch ausgedrückt war, den Tonfall Harry Joys aber recht genau beschrieb.

Er wählte eine ganz bestimmte Route über den Kamm, so daß er direkt neben Pauls kleiner Bananenplantage vorbeikam, die noch zu jung war, um Früchte zu tragen. Dann betrat er einen struppigen unordentlichen Teil des Waldes, der in Windröschengebüsch überging, und hier, unterhalb von Crystals Haus, zwischen den rostigen Peugeots, wartete der Cadillac auf ihn wie ein großes düsteres wildes Tier, ein stinkiger gestrandeter Wal, den er nicht vergessen konnte, ganz gleich, wie sehr er diesen schmerzlichen Mahner seiner unehrenhaften Vergangenheit zu ignorieren wünschte.

Er hatte in Bog Onion Road ein neues Glück gefunden, aber er hatte auch eine neue Last zu tragen: er hatte schlimme Dinge getan in der Hölle. Die Schuldgefühle, die er wegen seiner Vergangenheit hatte, waren die schlimmsten Schmerzen, die er mit sich herumtrug, aber nicht die einzigen, denn er mußte auch, wenn nicht täglich, so doch wenigstens einmal wöchentlich, Honey Barbaras Feindseligkeit über sich ergehen lassen, die ihn ebenfalls daran gemahnte. Der Cadillac erinnerte ihn auch an diese Schmerzen.

«Du hast ihn gestohlen, nicht wahr?» sagte sie an dem Tag, an dem er an ihre Tür kam, zu ihm.

«Was habe ich gestohlen?»

«Dieses Auto. Dieses amerikanische Ding.» Sie stand nackt an der Tür, aber sie lud ihn nicht ein, hereinzukommen. Hinter ihr konnte er die Umrisse eines Körpers sehen, der auf dem Bett lag.

«Ja», sagte er.

«Wie habe ich dir je vertrauen können?» sagte sie.

Auf dem Boden rund um ihre Treppen lagen trockne Blätter. Er berührte sie mit den Zehen – die trocknen Blätter und die harten holzigen Kapseln, in denen einmal Blüten gesteckt hatten – und drehte sich um, ohne den Blick zu heben. Er war zurückgegangen zu den Löchern in der Straße, obgleich es ein Ruhetag war.

Er hatte seine Bürden so schnell auf sich genommen, daß sie ihm manchmal fast zuviel wurden und sein Körper unter ihnen schwankte, als hätte ihm jemand einen Sack Düngemittel übergeworfen, der für ihn zu schwer war. Er hatte wegen fast jedem, den er in der Palm Avenue gekannt hatte, Schuldgefühle, Gewissensbisse, und obgleich seine Arbeit mit den Bäumen, wie Honey Barbara völlig richtig gesagt hatte, anfangs eine ängstliche Entgegnung auf seine neue Umgebung war, hatte sich das allmählich geändert, und aus seiner Furcht heraus, durch seine Furcht, hatte er Liebe entdeckt, und mit seiner Liebe versuchte er, wiedergutzumachen.

Er ging um Crystals Haus (wo sie, alleine lebend, Pläne für die Rückkehr Paul Bees betrieb) und betrat das große Stück Buschwerk dahinter. Am Rand war nur ein bißchen Gestrüpp, etwas Kreuzkraut, wild wuchernde Heckenröschen (hier mit gelben Blüten) und dann ein Flecken mit Adlerfarn und dahinter Talgholzbäume, Bluthholzbäume, rote Eukalyptusbäume und der ganze Wald voll von Grasbäumen, die dicken schwarzen Stämme von den leuchtenden schopfartigen Kronen überdacht. Der Hügel war vor dreißig oder vierzig Jahren gerodet worden, aber ein paar Riesen waren noch übrig, Bäume von einer solchen Erhabenheit, daß Harry sich nicht vorstellen konnte, daß irgendein Mensch es über sich gebracht hätte, sie zu fällen, große knorrige alte Wesen, in deren verschorften Wunden Possums hausen mochten, weiße Ameisen, Insekten, Wurzelstöcke, Pilze, und die noch immer die Kraft hatten, Wasser und Nahrung in ihre kräftigen alten Wurzeln zu ziehen und bis hoch hinauf in ihr Mark zu saugen, ihre Blätter der Sonne entgegenzuhalten und Gase mit der Welt auszutauschen.

Es war kein Wind. Es war ein perfekter Tag, um Bäume zu fällen, aber er war noch nicht bereit, anzufangen. Es gab noch etwas zu tun, bevor die andern kamen. Etwas, das schnell getan werden mußte. Er lehnte seine Axt gegen den Stamm eines jungen Eukalyptusbaums und ging herum und sammelte kleine Steinbrocken ein, die hier und da aus den tiefen toten Blättern am Boden ragten. Es waren nicht die Steine, die er gern gehabt hätte. Er hatte sich (vor langer Zeit) etwas Graues vorgestellt, etwas, das irgendwie ein bißchen funkelte wie ein Mineral (Glimmer? Anthrazit?), in dem sich später die Sonne fangen konnte. Die Steine, die den Hügel bedeckten, waren weich und rot und sahen wie zerbrochene Ziegel aus.

Als er die Steine einsammelte, schien es im Wald sehr still zu werden. Ein einzelner Honigsauger hub unten in der Furche ein lautes Schnattern an, als er die Steinbrocken zu dem ersten Baum brachte, der die Pfosten für seine Hütte liefern würde. Er war bereits markiert, mit einem kleinen Zeichen, das er mit seiner Axt gemacht hatte. Sein Stamm war am Boden von einem Haufen aus Zweigen und Blättern bedeckt. Bevor er zu sprechen begann, sah er sich um.

«Tut mir leid», sagte er, «wir müssen es tun. Ich brauche ein Haus, um darin zu wohnen. Deshalb haben wir dir gestern das Zeichen gemacht.»

Seine Stimme klang im Wald sehr dünn und unbedeutend. Er konnte sich denken, wie er auf andere Leute wirken würde, aber mehr beschäftigte ihn, wie er neben einem fünfundzwanzig Meter hohen Baum aussah. Wenn er sich unsicher fühlte, dann nicht wegen der

Leute. Er fühlte sich in Gegenwart des Baums unsicher. Er sagte nicht den vollen Wortlaut.

«Ich lege diese Steine hierher», sagte er, «als ein Versprechen. Ich werde heute abend kommen und an dieser Stelle einen neuen Baum pflanzen, einen neuen Eukalyptusbaum. Ich werde hier neben dir ein Loch graben und ihn da einpflanzen, wo die Steine liegen.»

Daze saß still am Rand des Kreises, den sie um die Bäume gezogen hatten, die sie fällen wollten. Er war gekommen, um Harry zu sagen, daß Clive mit dem Pferd erst später kam. Er hatte Harrys Stimme durch den Wald kommen hören und war stehengeblieben, um zu lauschen. Er wollte sich gerade einen Joint drehen, beschloß dann aber, es nicht zu tun. Als er hörte, was Harry zu sagen hatte, war er sehr gerührt. Das war keine blöde Geschichte. Das war ein Mann, der etwas sagte, was er fühlte. Und das war auch nicht die seidige Stimme, die Harry Joy in seinem Stadtleben benutzt hatte, sondern etwas, das zugleich rauher und weicher war.

Als Harry mit dem ersten Baum fertig war, sammelte Daze ein paar Steine und ging zu ihm und stellte sich neben ihn. Er nickte mit seinem spitzen, forschenden Gesicht und hielt Harry zwei Steine hin.

«Mach weiter», sagte er.

Harry schüttelte den Kopf, trat zurück, wurde rot.

«Mach weiter», sagte Daze.

Harry nickte. Diesmal verwendete er den vollen Wortlaut, die ganze Formel, wie es üblich war. Sein Gesicht war brennend rot, aber seine Augen glänzten.

«Du bist groß und mächtig geworden. Ich muß dich fällen. Ich weiß, daß du von dem, was um dich herum vor sich geht, Kenntnis hast. Es tut mir leid, aber ich brauche deine Kraft und deine Stärke. Ich werde dir diese Steine geben, aber ich muß dich fällen. Diese Steine und meine Gedanken werden dafür sorgen, daß an deiner Stelle ein neuer Baum wächst.»

Und so gingen sie mit ihren Steinen von einem Baum zum andern. Ein leichter Wind kam auf und bewegte die obersten Zweige. Clive kam mit dem alten Clydesdale. Paul Bees kam und rieb sich den Schlaf aus den Augen und gähnte. Auch Margot kam, und dann Honey Barbara, die ein Stückchen entfernt mit verschränkten Armen stehenblieb.

«Stellt euch um den Baum», schlug Daze vor.

Sie bildeten einen Kreis um den Baum und faßten sich bei den Händen, und Daze sprach ein paar der Worte mit Harry.

Als es Zeit war, den ersten Baum zu fällen, waren alle sehr still, und als Harry zu schlagen begann, kam es ihm so vor, als würde das Holz, das für seine Härte berühmt war, weich und nachgiebig werden. Große Späne flogen durch den Busch. (Später, als die Stämme am Boden lagen, schälte Harry sie, und das Fleisch des Baums war gelb und schlüpfrig wie ein enthäutetes Tier.)

Als der erste Baum fiel, ging Daze nach hinten, wo Honey Barbara stand.

«Also...» sagte er.

«Was also?» sagte Honey Barbara.

«Das war wirklich erstaunlich.»

«Ich bin gekommen, um zu arbeiten», sagte Honey Barbara, «nicht um hier irgendwelchen Hippie-Firlefanz mitzumachen.»

Und um zu zeigen, daß sie es auch so meinte, ergriff sie das eine Ende der Säge, die Margot quer über den gefällten Baum gelegt hatte. «Komm, Margot», sagte sie, «oder bist du auch bloß wegen dieses Firlefanzes gekommen?»

Honey Barbara arbeitete den ganzen Tag hart. Sie sprach kein einziges Wort mit Harry, und jedes Mal, wenn er an ihr vorbeikam, sah sie in die andere Richtung.

Der Mann mit dem verkniffenen bärtigen Gesicht trug eine Anzughose und eine Anzugjacke, die nie und nimmer, nicht einmal in den verrücktesten Zeiten, Teile ein und desselben Anzugs gewesen sein konnten. Unter den Hosen ragten schwere Arbeitsstiefel hervor, und wo früher vielleicht ordentliche schwarze Schnürsenkel gesessen hatten, waren jetzt Bindfäden durchgezogen. Über dem rechten Stiefel sah ein weißer unbesockter Knöchel hervor, an dem irgend etwas, vielleicht eine Buschratte, genagt haben mußte, bevor sie sich anderen Dingen zuwandte. Dieser Mann (er hieß Jerusalem John) lag auf Dazes Veranda in der Sonne. In seiner Jackentasche steckte ein billiger Krimi. Ein paar

Fliegen legten ihre Eier auf seinen angenagten Knöchel, und er war natürlich absolut tot.

Es war noch früh am Tag, so daß die eine Hälfte des Tals in Sonnenlicht getaucht dalag, und die andere im Schatten, aber hier oben auf dem Hügelkamm war reichlich Sonne. Die Bäume, die man fälschlicherweise als Akazien bezeichnete, glitzerten hell, und zwischen den Zweigen des Baums, der über Dazes wohl für immer unvollendetem Haus aufragte, schwangen sich zwei große Königspapageien, die geräuschvoll die Blüten verspeisten und die Hülsen auf das Blechdach fallen ließen.

Honey Barbara, die mit den andern neben der rostigen Metallröhre saß, die Daze in einen Herd mit Boiler umgewandelt hatte, brauchte man nicht zu sagen, was diese kleinen prasselnden Geräusche auf dem Dach zu bedeuten hatten, und in Gedanken sah sie die roten und grünen Vögel deutlich am strahlend blauen Himmel. Es war kein besonders gutes Honigjahr gewesen. Vielleicht ließe sich aus diesen Akazien ein wenig herausholen.

Daze war natürlich auch da und damit beschäftigt, Tassen abzuwaschen. Paul Bees hockte auf seinen großen Fersen mit dem Rücken zum Feuer am Boden, und Crystal hatte einen kleinen dreibeinigen Kinderschemel näher zu ihm geschoben. Sie trug ein langes zerknittertes Samtkleid, auf das sie fein säuberlich winzige Muscheln genäht hatte. Um den Hals trug sie Holzperlen (die Reste von Pauls unvollendetem Abakus) und die Kristalle, nach denen sie benannt war, nur zwei davon, steckten in ihrem rabenschwarzen Haar.

Clive war da, und wie gewöhnlich hatte er nichts weiter an als seine Stiefel. Richard war da, und Dani auch. Gelegentlich wurden ein paar Kinder hinausgeschickt, die sich dann um den toten Mann hockten. Es war keine richtige Versammlung einberufen worden. Das Zusammentreffen war durch den auf geheimnisvolle Weise funktionierenden Buschtelegrafen zustande gekommen.

«Was weiß der denn schon von Bäumen?» sagte Honey Barbara zu Daze. «Der weiß doch überhaupt nichts. Du kennst ihn nicht, wie ich ihn kenne. Der will nur seinen Hals retten. Der glaubt an gar nichts.»

Daze erwiderte nichts, was sie noch mehr irritierte.

«Er kennt gute Geschichten», sagte Paul Bees, «darauf kommt's an.»

«Und so was nennt sich Anarchist!» sagte sie zu ihrem Vater. «Ihr alle, ihr lauft doch jedem hinterher. Ihr langweilt euch so, daß ihr jeden, der neu herkommt, geradezu vergewaltigt. Na, schön, der Mann kennt gute Geschichten. Seine eigenen sind es jedenfalls nicht. Die sind von seinem Vater. Sogar seine *Geschichten* hat er gestohlen.»

«Das ist doch völlig egal, finde ich», sagte Richard.

«Ich finde», sagte Dani, «das macht überhaupt nichts. So lange er eine Geschichte erzählen *will*.»

Honey Barbara brummte leise vor sich hin.

Clive lehnte sich gegen einen Pfahl, er hatte die Arme über seinem pelzigen Bärenbauch verschränkt. «Ich sehe nicht ein, warum wir nicht dasselbe tun können wie bei dem kleinen Billy.»

«Was war das denn?» fragte Crystal.

«Wir haben ein schönes großes Loch gegraben», sagte Clive, und es ließ sich schwerlich übersehen, daß ihm diese Vorstellung gefiel. «Wir haben ein schönes großes Loch gegraben und den Kerl beerdigt.»

«Wir graben für einen Menschen genauso ein Loch wie für einen Kübel Scheiße», sagte Paul.

«Ja, das stimmt, nicht wahr?» sagte Clive. «Es ist dasselbe. Alles kehrt in den Boden zurück. Ich will nicht, daß sich irgendeiner von euch über meinem Grab die Augen ausheult.»

«Ich finde, wir sollten für Jerusalem John ein bißchen mehr tun als wie für einen Kübel Scheiße», sagte Paul mit Nachdruck.

«Er ist tot, Mann», sagte Clive. «Ihm wird es schließlich so oder so nichts mehr ausmachen.»

Jerusalem John ging sie eigentlich überhaupt nichts an. Er hatte es sein ganzes Leben lang so gehalten, daß er niemandem zur Last fiel. Er war ein alter Einsiedler, ein Einzelgänger, der unten in der Schlucht wohnte, die von Bog Onion zu den Ananda Marga führte. Er schoß Wallabys und las Krimis, und das einzige, was ihn herausscheuchen konnte, waren Buschbrände, da kam er ganz plötzlich aus dem Qualm getaumelt und baute sich mit seinem nassen Sack oder seiner Hacke neben einem auf. Es hätte ihn bestimmt niemand gefunden, wenn Richard nicht gehört hätte, wie sein Foxterrier heulte.

«Du hättest ihn in der Hütte lassen sollen», sagte Clive, «dann hätten wir einfach alles abgebrannt. Da ist doch nichts, was sich aufzuheben lohnte. Das Blech ist verrottet.»

«Ich finde, wir sollten Harry holen, damit er eine Geschichte erzählt.»

«Was seid ihr doch alles für Scheißkerle», sagte Honey Barbara und stand auf und rieb sich wütend ihre Bienenzüchterarme. «Ihr laßt euch von ihm beherrschen. Ihr erhebt ihn zu etwas, was er gar nicht ist.»

«Wir erheben ihn zu überhaupt nichts. Er kennt Geschichten. Er kennt Geschichten über Bäume...»

«Er hat überhaupt keine Ahnung von Bäumen», sagte Honey Barbara. «Fragt ihn doch mal nach dem Unterschied zwischen einem roten und einem gelben Eukalyptus, laßt euch von ihm doch mal einen schmalblättrigen Eisenrindenbaum zeigen, fragt ihn doch mal, wie alt die Knospen an irgendeinem beliebigen sind. Er weiß es nicht. Er kann es euch nicht sagen.»

Aber sie wußte, daß sie zu dick aufgetragen hatte, zu lange geredet hatte, und damit hatte sie nichts anderes erreicht, als daß sie alle, außer Clive, der aussah, als würde er ihr zustimmen, verärgert hatte. Sie war negativ, nicht cool, nicht großzügig, und es stand außer Zweifel, daß sie ihnen zu ihrem Entschluß verholfen hatte, Harry Joy zu bitten, zum Begräbnis von Jerusalem John die Geschichte zu erzählen.

Die nächsten fünf Jahre hätten die reichsten und glücklichsten in Harrys Leben sein können, nicht nur von dem in der Hölle, sondern von jeder Lebensphase, an die er sich erinnern konnte. Er baute seine Hütte über dem Fluß auf hohen Pfählen aus Talgholz. Er lernte, wie man mit einer Säge und einem Meißel umgeht und wie man einen fünfzehn Zentimeter langen Nagel einschlägt. Er baute sich einen Herd aus Steinen und zog eine große Veranda bis über den Bach, und im Innern dieses neuen Hauses lagen seine Seidenhemden, zu Kissen verarbeitet, ringsherum an den Wänden, woran man sehen konnte, daß dieser nüchtern wirkende Mann noch immer den Komfort liebte.

Er hatte viele Freunde. Er war nicht nur beliebt, er war auch unentbehrlich geworden. Er konnte ein ordentliches Loch für einen Baum graben; er konnte auf einer Beerdigung eine Geschichte erzählen, und er konnte bei einer Geburt eine Geschichte erzählen. Wenn sie am

Abend rund ums Feuer saßen, erzählte er oft nur so zum Spaß eine lange Geschichte, genauso wie Richard auf seinem alten Akkordeon spielte und Dani auf ihrer Maultrommel. Er machte sich nie darüber Gedanken, ob es seine eigenen Geschichten waren. Das waren sie auch nicht. Er erzählte die alten Geschichten von Vance, aber er erzählte sie besser, denn jetzt konnte er sie verstehen. Er erzählte die Geschichten von Bog Onion Road neu. Und wenn er Geschichten über die Bäume und die Geister des Waldes erzählte, dann nahm er nur Dinge darin auf, die den Leuten bereits bekannt waren, formte sie um, wie man am Boden verstreute Steine aufliest, um einen Grabhügel zu machen. Er fügte das bunte Flickwerk von Leben, Legenden, Mythen, Glauben, Hörensagen zu einem prächtigen Umhang zusammen, durch den ihrer aller Leben reicher und leuchtender gemacht wurde. Er wußte, wann es richtig war, eine ganz bestimmte Geschichte und keine andere zu erzählen. Er wußte, wie eine Geschichte Kraft oder Hoffnung geben konnte. Er kannte Geschichten, wichtige Geschichten, so traurig, daß er sie vor lauter Weinen kaum erzählen konnte.

Und er gab einer Geschichte auch einen Sinn, so daß sie zu etwas Wertvollem wurde, auf ihre Art so wichtig wie ein festes Haus oder ein guter Damm. Er wies hartnäckig darauf hin, daß die Geschichte nicht ihm gehörte, und auch nicht ihnen. Man muß etwas dafür geben, sagte er zu den Kindern, einen Saphir oder blaues Brot aus Zedernasche. Und was als Spiel begonnen hatte, endete als ein Ritual.

Sie waren die Flüchtlinge einer zerbrochenen Kultur, denen nur das Strandgut von Glauben und Bräuchen übriggeblieben war, um sich daran anzuklammern, oder, manchmal, die erbeuteten Relikte aus den Tempeln anderer. Harry schnitt neues Holz, das auf ihrem Boden gewachsen war, und baute etwas Solides daraus, mit dem sich alle wohl fühlten. Sie waren hungrig nach Bräuchen und Geschichten. An diesen neuen Konstruktionen war nichts Peinliches.

Er wurde kein Führer oder wundersamer Mann mit langer weißer Robe, kein Schamane, kein Zauberer oder Priester. Er war ein Buschmann. Er war ein Buschmann, indem er beim Stehen einen Fuß vorsetzte und den Handrücken auf die Hüfte stützte. Er grub Löcher, benutzte Gummibäume, um mit ihnen das Kreuzkraut zu vertreiben und auszumerzen; er gewann Clives Hochachtung, weil er so tatkräftig in der Mühle mithalf, wo sie Eukalyptusholz zu Verpackungsmaterial zuschnitten und es an die Ananasfarmer draußen verkauften.

Dennoch, je mehr Freude er an seiner Beziehung zu den Leuten von Bog Onion fand (und je mehr er zu akzeptieren begann, daß die Hölle von höchst subtiler Konstruktion war, die er nach Abwägung seinem anderen Leben gegenüber vorzog), um so stärker nagte Honey Barbaras Kälte ihm gegenüber an seinem Herzen.

Es verdunkelte wie eine gelbe Rauchwolke an einem sonst klaren Himmel ihrer beider Leben.

Vielleicht, wenn man sie in Ruhe gelassen hätte, wenn Leute, die es gut meinten und die sie beide gern hatten, nicht ständig versucht hätten, ihnen zu helfen, nicht ihre etwas ungenauen Nachrichten von Honey Barbaras Hütte im Schein der Morgensonne zu Harrys Hütte im schattigen Osten getragen hätten, vielleicht, wenn sie sich einfach nicht darum gekümmert hätten, dann wäre im Verlauf der Zeit vielleicht alles von selbst ins reine gekommen. Aber es war wie ein Moskitostich, an dem immer wieder gekratzt wird, bis irgendein Organismus, der in sonst durchaus wohlgesinnter Erde verborgen liegt, in die Hautwunde eindringt und diese leichte Reizung in ein rasendes tropisches Geschwür verwandelt, mit einem dick mit Eiter gefüllten Kern, der bis tief zum Knochen reicht, und für das es keine natürliche Heilmethode gibt, und einem nichts anderes übrig bleibt als eine Fahrt in die Stadt, ins Krankenhaus, mit all den verfügbaren Antibiotika und den hohen Kosten.

Zuerst war sie über seine Rücksichtslosigkeit, einfach in Bog Onion aufzutauchen, ohne dazu aufgefordert zu sein, verärgert, aber seine Schuldbekenntnisse, die er Paul Bees gegenüber gemacht hatte, waren natürlich durchgesickert und hatten die Runde gemacht und ihrer Entrüstung natürlich neue Nahrung gegeben. Sie pinselte eine große Aufschrift auf den Cadillac, und zwar: GESTOHLEN VON HARRY JOY BEI SEINEN «FREUNDEN».

Sie erwies sich keinen guten Dienst damit. Denn wie jedermann sehen konnte, war Harry Joy nicht anders als alle anderen auch, hatte seinen beträchtlichen Anteil an Dummheit und Dünkel, aber auch an Freundlichkeit und Liebe. Meistenteils redete er über die gleichen Dinge wie sie: den Zustand des Gemüsegartens, ob die Hennen gut legten, ob es eine gute Regenzeit geben würde, und, auch wenn es Honey Barbara gar nicht recht sein mochte, er konnte jetzt die Entwicklung einer Mahagoniknospe erkennen, ob sie noch ein oder zwei oder gar drei Jahre bis zur Blüte hatte, und durch eine Reihe von Fragen und Gegenfragen und einfache Beobachtung wußte er jetzt soviel über Bäume wie alle anderen in Bog Onion.

Möglich wäre auch, daß der Ärger viel schneller vorbei gewesen wäre, wenn Harry Joy Honey Barbara nicht mehr geliebt hätte. Aber das tat er, und sie wußte, daß er es tat, weil er es andauernd anderen Leuten erzählte. Egal, was sie über ihn sagte, egal, welcher Klatsch ihm zu Ohren kam (und sie war darauf bedacht, daß eine Menge Klatsch in Umlauf war), er weigerte sich strikt, irgend etwas Schlechtes über sie zu sagen. Er sprach stets nur voller Bewunderung von ihr, und wenn sie es erfuhr, war sie wütend – es kam ihr wie ein Trick vor, um die Leute gegen sie aufzuwiegeln und auf seine Seite zu ziehen. Als Daze kam, um mit ihr über diese «negativen Gefühle, die du immer auf Harry projizierst» zu sprechen, sagte sie zu ihm, er solle machen, daß er rauskomme, und abhauen.

Manchmal sah sie, wie Harry still am Rande der Lichtung stand, auf der ihre Hütte war, dieselbe Hütte, die zur Hälfte an die Wand des Schlafzimmers in dem Haus in der Palm Avenue gemalt war. Sie versuchte ihn zu ignorieren. Er hinterließ kindische Geschenke: einen Kürbis, ein Wallaby, eine Handvoll Eukalyptusblüten, für die er vielleicht auf einen hohen Baum geklettert war, oder auch nicht, um sie zu pflücken.

«Du machst alles nur noch schlimmer», sagte sie einmal zu ihm, aber dann tat es ihr gleich wieder leid, weil er aus allem, was sie zu ihm sagte, Stärke und Zuversicht schöpfte.

Sie hatte eine Geschichte gehört, nach der er Bettina getötet haben sollte. Er machte sie nervös. Er drückte sich in der Nähe ihrer Hütte im Busch herum. Sie hörte ihn da draußen rumstapfen. «Ein Mann, der glaubt, er wäre in der Hölle», sagte sie zu Crystal, «ist zu allem fähig.» Sie ging hinunter zu Jerusalem Johns Hütte und machte den Riegel an seiner Tür ab. Sie befestigte ihn an ihrer eigenen Tür (der einzige Riegel in Bog Onion) und schob ihn während der Nacht vor.

Es ist merkwürdig, aber kaum überraschend, daß Honey Barbara, die den größten Teil ihrer Zeit im Freien verbrachte, auf der Straße, mit dem Kopf aus dem Fenster, um nach neuen Blüten Ausschau zu halten, die mit schmerzenden Armen Bienenstöcke durch den Busch trug, niemals auch nur hundert Meter weit in den Busch neben ihrem Haus ging. Manchmal flogen ihre Bienen dorthin, wenn das Blutholz blühte, aber das Blutholz blühte nicht im April. Das einzige, was es im April gab, war Kreuzkraut, das einen minderwertigen Honig ergab, der zu nichts anderem nütze war als zu medizinischem Honigwein, den Paul jedes Jahr herstellte. Aber dann, eines Jahres im April, kamen die Bienen schwer beladen zurück, und die Körbe füllten sich; nicht zähfließend, sondern ein guter Honig, nicht von Kreuzkraut.

Um dieser Unstimmigkeit nachzugehen, begab sie sich in den Wald hinter ihrem Haus und stellte fest, daß er dicht mit Eukalyptusbäumen mit silbrigen Blättern bepflanzt war, die gerade in Blüte standen. Aber da stand auch gelber Buchsbaum, ein berühmter Honigbaum, und Schachtelhalm, und wenn sie sich die Mühe gemacht hätte, zwischen dem sogenannten Nutzholz in den dreißig Morgen Wald im Tal nachzusehen, hätte sie zwischen den Talg- und Blutbäumen ganze Bestände junger Bäume gefunden, die sorgfältig ausgewählt und gepflanzt waren, um das ganze Jahr über Blüten zu spenden.

Es kam nicht so, wie es sich Harry Joy oft (sehr oft) vorgestellt hatte. Denn da steht seine geliebte Honey Barbara, hat mit beiden Händen einen Eukalyptusbaum gepackt und versucht ihn auszureißen, während sich ihre Bienen (die, wie man sich gut vorstellen kann, durch das Benehmen ihrer Herrin einigermaßen verwirrt sind) die ganze Zeit von einem Nektar ernährten, der viel zu wertvoll war, um Paul Bees allabendlich betrunken zu machen.

Er saß auf seiner Veranda und genoß die letzten Sonnenstrahlen, als sie in sein Haus kam. Er wußte, wer es war. Er hatte zwei Wochen lang gewartet. Niemand auf der ganzen Welt konnte so gehen wie Honey Barbara, und als sie über die blanken Dielen des Wohnzimmers schritt, war es ihm sogar so, als könne er den Talgstaub von Bog Onion Road an ihren herrlichen Füßen hören und daß sein ganzes Haus von dem

Rhythmus ihres Körpers leicht erschüttert wurde. Er wagte nicht aufzustehen. Er rieb die Handflächen aneinander, wie es die Bauern manchmal tun, wenn sie Leuten die Hand geben müssen, die sie für irgendwie sauberer halten.

Er hatte sich in diesem Jahr den Bart abrasiert, und in seinem Gesicht zeichneten sich all die Linien seiner fünfundvierzig Jahre ab, eine Menge Linien rund um die Augen und rund um die Mundwinkel. Seine braunen Augen richteten sich auf die Tür, und er strich sich über die nackte Brust, auf der die Narbe seiner Initiation noch immer zu sehen war, eine hellrote Erhebung quer über honigbraunem Land.

Sie stand unter der Tür. Sie hatte alte Khakishorts und ein loses weißes Hemd an, das in der Taille geknotet war. Ihre Haare waren kurz geschnitten, nicht schöner als seine. Sie war fünf Jahre älter, seit sie zusammen gewesen waren, und die einzige Beeinträchtigung ihrer Schönheit war eine Spur von Verkniffenheit um ihre blassen Lippen, und für diese Wunde trug er, wie er wußte, die Verantwortung.

«Ich habe nicht die Absicht, mein ganzes Leben damit zu verschwenden», begann sie, und das Herz sank ihm so tief nach unten, daß ihn ein Gefühl überkam, als würde er plötzlich das Augenlicht verlieren. «Ich habe nicht die Absicht, mein ganzes Leben damit zu verschwenden, dich zu hassen.»

Er hatte den Atem angehalten, wartete.

Auch sie begann, über ihren Körper zu streichen. Sie strich über ihre Knie. Sie glättete ihre Wangen. Sie kniete sich neben dem Türpfosten auf den Boden.

«Du bist fünfundvierzig», sagte sie. «Ich bin zweiunddreißig. Wir werden allmählich zu alt für diesen Unsinn.»

Sie beugte sich vor und streckte die Hand aus und nahm seine Hand, lockerte sie, löste den Handballen aus der geschlossenen Falle seiner Fingernägel.

«Wenn du mir je meinen Cadillac klaust», sagte sie lächelnd (ihre feuchten Augen suchten in seinem Gesicht nach Zeichen), «schneide ich dir deine verdammten Eier ab.»

Es war so still, daß sie unten im Regenwald eine Pitta hören konnten, die mit ihren bunten Federn raschelnd durch die vertrockneten Blätter fuhr.

Und jetzt gibt es nicht mehr viel über das Leben der beiden zu sagen, jedenfalls nicht in einem Buch, das vor allem in Städten verkauft werden wird, und an Fremde dazu. Da waren Tage, Nächte, Mahlzeiten, Stürme, Feuer, Bäume, Bienen, viele Dinge, die langwierig waren, sich wiederholten, so voraussehbar wie Erbsen, die durch die rote Erde sprießen.

Natürlich gab es Geschichten, im natürlichen Ablauf der Dinge, die langsamer erzählt wurden. Mit mehr Humor und mit einem Stolz, der nicht mit Arroganz zu verwechseln war. Harry schien oft gerad so gern über den Lehm zu sprechen, den er ausgrub, oder über die Bäume, die er pflanzte (und ein Mann, der einen ganzen Wald anpflanzt, hat guten Grund, mit Stolz davon zu sprechen). Nicht lange, und er begann wie ein Bauer zu reden und entwickelte sich zu der Art Mensch, über den die Leute aus der Stadt lachen, der mit schleppender Stimme Belehrungen gibt. Der über Regen oder den Mangel an Regen klagt. Der unwahrscheinliche (unwissenschaftliche) Dinge glaubt, die fortschrittlichere Leute schon vor hundert Jahren abgetan haben, der neue Chemikalien und verpackte Sachen mit Mißtrauen betrachtet, dessen Blick in die Ferne schweift, bevor er leichte Fragen beantwortet, der sich über ein Stückchen Zaun unterhält, als handle es sich um eine wichtige Angelegenheit.

Er erlebte noch weitere dreißig Regenzeiten, sieben Dürreperioden und zwei Zyklone, die zufälligerweise die gleichen Namen trugen wie seine beiden neuen Kinder.

Es bleiben nun also nur noch zwei Geschichten zu erzählen, oder vielmehr die beiden Hälften der einen Geschichte, und dann wird alles gesagt sein.

An dem Tag, an dem Harry Joy starb, war er fünfundsiebzig Jahre und zwei Tage alt. Er sah aus wie fünfzig. Sein Gesicht war von tiefen Furchen durchzogen, fast könnte man sagen, Runzeln, und seine Kinder hatten es mit einer alten Handtasche verglichen. Beim Gehen humpelte er ein wenig, das kam von einem Sturz beim Löschen eines Feuers, das unterhalb des Hügelkamms bei Clives Haus ausgebrochen war. Es war ein Tag, so vollkommen schön, wie er überhaupt nur sein konnte, ein warmer sonniger Tag Ende Oktober, und der gelbe Buchsbaum stand in voller Blüte und die ‹Hof›Bienen kamen aus ihren Häusern geschwirrt und flogen weiter bis zu den Cañons und Baldachinen von Harry Joys Wald.

Er war nur hierhergekommen, um nach den Blüten zu sehen, mehr nicht, aber er ging wie ein echter Gärtner zwischen den Bäumen hindurch und rupfte sogar eine Kreuzkrautpflanze aus, die seiner Meinung nach kein Recht hatte, dort zu stehen. Unten im Tal konnte er Dani singen hören.

Nichts wird in dieser Geschichte geschehen, nichts außer einem Tod. Sie ist so unlogisch wie alles, was Vance je erzählt hatte. Gleich wird der Ast von einem Baum auf ihn fallen. Der Ast von einem Baum, den er selbst gepflanzt hatte, einer seiner kostbaren gelben Buchsbäume, eine Art, die von Bienenzüchtern einen Preis bekommen hatte, und die von den Waldarbeitern als Witwenmacher (Witfrau-Macher) bezeichnet wurde, wegen ihrer Angewohnheit, an ruhigen, windstillen Tagen wie diesem ihre schweren Äste abzuwerfen.

Gleich, jeden Augenblick, wird dieser dreißig Jahre alte Baum den Verrat begehen und auf den Mann herabstürzen, der ihn gepflanzt hat, während die Bienen, ohne sich stören zu lassen, auf den äußeren Zweigen weiter ihren Honig einsammeln.

Da – es ist geschehen.

Da ist nichts Schönes an diesem letzten Tod, diesem gespaltenen Haupt, diesem zerbrochenen Leben. Und da war nichts Wunderbares an dem zerrissenen Schrei von Honey Barbara, der später immer wieder im ganzen Tal ertönte, auf- und niederstürzend wie eine große, in Panik versetzte Krähe in einem Glaskäfig, wie rabenschwarze Taubenflügel, wie der Flügelschlag von Flughunden am nachtschwarzen Himmel.

Doch nun die letzte Geschichte, und die letzte Geschichte ist unsere Geschichte, die Geschichte der Kinder von Harry Joy und Honey Barbara, und für diese Geschichte müßt ihr, wie für alle andern Geschichten, auch etwas hergeben, einen Saphir oder blaues Brot aus Zedernasche.

Er war tot. Der Ast des gelben Buchsbaums lag quer über seinem Kopf und seinem Arm, die Bienen sammelten noch immer von den spärlichen Blüten ihren Honig ein. Er war völlig ruhig, und während er immer höher stieg, konnte er Daze sehen, wie er das Pferd zu Tal brachte, wo seine erwachsenen Kinder Holz fällten. Er konnte Bäume sehen, Bäume, deren Namen er wußte, und konnte sie berühren. Ihre Blätter streichelten ihn wie Federn, Eukalyptus, mit Minze, Rosen, Honig, Veilchen, Moschus verfeinert, alle möglichen Gerüche kamen zu ihm. Er befand sich an einem Ort, an dem er schon einmal gewesen war. Der Geruch von Dingen, die wuchsen und starben, drang auf ihn ein, ein süßer fruchtbarer Geruch wie die Täler von Regenwäldern. Er wollte nicht zu seinem Körper zurückkehren, und er dehnte sich immer mehr und mehr, wurde immer dünner und dünner, so dünn wie Gas, und als er dünn genug war, stieß er einen Seufzer aus, und die Bäume, diese Riesen mit der festen Rinde, die das eine Gas gegen das andere austauschten, Wasser pumpten, Nahrung herstellten, nahmen diesen Seufzer über ihre Blätter in sich auf (es war im Nu geschehen) und machten kein großes Aufheben davon, gaben keinen Seufzer von sich, kein Flüstern der Zweige, sie nahmen ihn einfach in sich auf, so daß er, mit der Zeit, Teil ihres zähen alten Kernholzes wurde, und es gibt Leute in Bog Onion, die beharrlich behaupten, daß man es dort sehen könne, auf dem fünfunddreißigsten Ring der Bäume, die er gepflanzt hatte: eine dünne blaue Linie, könnten sie schwören, die sogar für einen Stadtmenschen zu erkennen war.

Er war Harry Joy.

Er sprach mit den Blitzen, den Bäumen, dem Feuer, gewann Macht über Blüten und Bienen, erzählte Geschichten, leitete Zeremonien, war der Liebhaber von Honey Barbara, der Ehemann von Bettina, der Vater von David und Lucy und von uns, den Kindern von Honey Barbara und Harry Joy.

Panther

Eine Auswahl

Die Norwegerin Anette Stai gehörte zu den meistbeschäftigten und höchstbezahlten Models der letzten Jahre. In ihrem jetzt auch in Deutsch vorliegenden Tagebuch erzählt sie von ihrem enthusiastischen Einstieg in die Branche, von der Faszination des «Heute-hier-und-morgen-Dort», von der Hektik schneller Szenenwechsel und dem Auf und Ab ihrer Gefühle.
Spannender Einblick in die Wirklichkeit eines Traumberufs oder «Crazy Business»?
(5771)

Für jeden war Sexualität einmal das große Unbekannte. Das, auf das man neugierig war, gierig, es auszuprobieren. Und das, wovor man Angst hatte. Wie sieht er nackt aus, wie wird sie sich anfühlen, wie macht man das überhaupt? Niemand weiß, woran sich halten, eh man es nicht selbst erfahren hat: Wie es ist, wenn die Liebe losgeht (5720)

«Getrennte Wege» gehen die beiden Schwestern Laura und Claire nach ihrem Auszug aus dem Elternhaus.
Die Rollen sind «klassisch» verteilt: Claire, die Ältere, ist die ernste, verantwortungsbewußte, Laura dagegen die selbstsichere, unangepaßte.
Mit subtiler Genauigkeit beschreibt Deborah Moggach die unterschiedliche Entwicklung der beiden. (5682)

rororo

C 2278/1

Svende Merian

Der Tod des Märchenprinzen
Frauenroman (rororo 5149)
«Hier wird nichts an seelisch-körperlichen Regungen und Reaktionen unterschlagen, dieser Text erscheint als authentisches Dokument für Denk- und Fühlweisen derer, die derzeit ‹unter 30› sind» (Jürgen Lodemann, «Frankfurter Rundschau»).

Nicht mit dir und nicht ohne dich
Ein Lesebuch für schlaflose Nächte
herausgegeben von Svende Merian und Norbert Ney (panther 5283)
«Du bist schon längst eingeschlafen, und ich kriege immer noch keine Ruhe. Herzklopfen. Also gut, ich laß dir den Vorsprung, schlaf dann aber gleich ein, überhol dich noch und werde vor dir aufwachen . . .» (Lassahn)

Ein Lied, das jeder kennt
Dreiecksgeschichten
herausgegeben von Svende Merian
(panther 5521)
Dreiecksbeziehungen – gibt es die überhaupt? Und wenn ja, kann so etwas gutgehen? Auf Dauer wohl kaum. Dreiecksverhältnisse sind immer Zwischenstationen, Übergänge. Aber wer gerade auf einer solchen Zwischenstation Halt macht, träumt vielleicht von einem ganz anderen Bahnhof, weiß nicht, wohin die Fahrt jetz gehen soll.

ro
ro
ro

C 2168/1

neue frau

Eine
Auswahl

Robyn Davidson
Spuren
Eine Reise durch Australien (5001)

Harriet Doerr
Erinnerung an Ibarra
Roman (5571)

Margaret Drabble
Gold unterm Sand
Roman (4262)
Porträt einer Tüchtigen
Roman (4928)

Afsaneh Eghbal
Als der Mond sein Gesicht verbarg
Roman (5623)

Sarah Lloyd
Eine indische Liebe (5586)

Margaret Mead
Brombeerblüten im Winter
Ein befreites Leben (4226)

Kate Millett
Im Iran (5062)
Fliegen (5156)

Toni Morrison
Sehr blaue Augen (4392)
Sula
Mit einer Auswahl von Essays zu diesem Roman (5470)
Solomons Lied
Roman
Teerbaby
Roman2 bändige Ausgabe (5740)

Noras Töchter
Neun Autorinnen erzählen
(5609)

C 912/10 a

Eine
Auswahl

Eine
Auswahl

rororo MANN

Ralf König
Der bewegte Mann
Comic (Großformat) (8228)

Wolfgang Körner
Noch mal von vorn anfangen
Männer erzählen, wie sie ihr Leben veränderten (7870)

Lust
Die Lust der Frauen. Die Lust der Männer. Unsere geheimen Lüste (8224)

Männersache
Bilder. Welten. Objekte
Hrsg. vom Museumspädagogischen Dienst der Kulturbehörde der Stadt Hamburg (8234)

Elsbeth Meyer
Enthüllungen
Männer über Verhütung, Kinderkriegen, Abtreibung, Sexualität (8209)

Tor Nørretranders (Herausgeber)
Hingabe
Über den Orgasmus des Mannes (8216)

rororo MANN

C 2120/5b